W0021858

Christian Enzensberger

WAS IST WAS

Roman

Verlegt bei Franz Greno

Nördlingen *1987*

I

Die Eroberung

❖ Zeit, zu handeln: es muß endlich etwas geschehen. Zeit, nicht zu handeln: es geschieht ja doch wieder nichts. Zeit, zu fragen, was warum geschah, warum nicht.

❖ Seine Geschichte keine Geschichte, sondern eine Weiterwälzung ohne Gesetz und Gestalt. Und die große Geschichte, in der seine kleinere steht, ebensowenig eine Geschichte, sondern ein Fortgang ohne Ziel und Notwendigkeit. Der Plan: die zwei Geschichten, die keine sind, ineinanderfügen; zusehen, ob sie dann nicht eine werden. Nur: jede Geschichte braucht einen Anfang. Die seine hat einen, versunken, aber nicht unauffindbar. Hingegen das abgerissene Bruchstück von großer Geschichte, in das sie hineinpassen soll? Nein, zu wenig, zu kurz, da lag alles schon fest und war entschieden, darin gab es schon längst nichts mehr zu erkennen an Notwendigkeit oder Ziel, wenn sie je eins gehabt hat; zusammenzufügen sind die zwei nur von vorn und von innen her. Also muß er bei beiden ganz zurück; zum Anfang, wo es wehgetan hat. Sonst bleibt er ein rollender Stein verloren im Schutt zweier zielloser, gestaltloser Geschichten.

❖ Aber dann: etwas landet hier, ein Wesen landet, was heißt landet, ich lande, aus dem Nirgendwo, Nirgendwann, was heißt das, schlafend, was soll ich darunter verstehen. Dann ein Riß und ein Tohuwabohu, nichts was nicht fehlt, und im Fehlenden keine Verknüpfung. Erinnerung an ein besseres Zuvor? Was heißt zuvor, für welches noch lange nicht vorhandene Gedächtnis, was heißt besser, wenn alle Kraft für Abstand oder Vergleich gebraucht wird zum Aushalten des Fehlens von allem. Zum Aushaltenmüssen, jetzt und noch lange, von Wehtun, aber was ist das, eingesperrt in diese Maschine, was immer das heißen mag: *eingesperrt* oder *Maschine,* die so gebaut ist, daß sie es immer gerade noch aushält. Ich will weg, was heißt ich, ich werde bewußtlos. Das ist gut. Was heißt besser.

❖ Gut, daß die Erinnerung nicht zurückreicht bis zu diesem weißen Schmerz ohne Anfang, daß es noch keine Zeit gegeben hat und weder den Abstand noch die Kraft dazu; gut, daß das alles noch gefehlt hat. Ist die erste Erfahrung also gewesen: hier ist nichts? Nein. Ich habe geschrien, so wie ich immer noch schreie, gut, daß ich das Schreien nicht mehr hören kann. Der Schlüssel ist, daß es wehgetan hat. Der erste Begriff von mir war also: dasjenige, dem es wehtut, sosehr, daß die Erinnerung daran leerbleibt.

Außer dem Wehtun nichts Wirkliches: das ist leicht gesagt. Aber was verdammt tut da weh und wozu, worin liegt verdammt der Grund für dieses Wehtun, ein Nichts ist ein Nichts, wie soll daraus auf einmal ein derart wehtuendes Etwas geworden sein? Zum zweiten Mal falsch. Das Wehtun kein Etwas, sondern ein Widerspruch. Ein Wehtun sagt immer nein. Es sagt, daß was da gelandet ist, das Falsche macht in bezug auf ein Äußeres, von dem es nichts wissen kann, von außen gesehen; sagt, daß es ringsum von einer Lücke umgeben ist, und daher auch noch nichts Richtiges tun kann und ihm deswegen verdammt immer und alles wehtut, von innen gesehen. Es ist kein Nichts, das ihm wehtut, sondern die Lücke zum Äußeren, die ihm, von außen gesehen, alle möglichen Ausläufer und Fortsätze entgegenstreckt, die aber noch nicht bis zu ihm hinreichen und infolgedessen auch nicht für es vorhanden sind, und also wehtun, und daher ist alles, was von innen her überhaupt stattfinden kann, daß es wehtut.

Mein erster Antrieb, sonst wäre ich nicht hier, ist also gewesen: ich muß anderswohin. Und welche andere Mahnung hätte das, was da gelandet ist, auch erreicht? Denn noch gibt es kein besseres Zuvor oder Danach, keine Zeit und kein Bewußtsein, noch fehlt alles, außer dem Wehtun, was mich vertreiben könnte aus dem Nichts und der Lücke.

Also doch ein Gesetz und eine Notwendigkeit, wenn auch nur schwer zu begreifen: eine erste Einfügung des Kleinen ins Größere, wenn auch noch längst nicht gelungen, vielleicht nie ganz gelingend. Aber wenn alles, was sich nicht ohne Ziel und Gestalt weiterwälzen will, eine solche Notwendigkeit und Einfügung braucht, dann, kann sein, liegt darin der Anfang einer Geschichte mit dem Wehtun als Schlüssel.

❖ Zu fühllos und zu abstrakt; zu begrifflich und allgemein; so jedenfalls nicht!

Aber anders noch weniger. Denn an den Anfang reichen weder die Sinne noch das Gefühl, sondern höchstens, und auch das nur widerstrebend, das Nachdenken und der Rückschluß. Und kein Wunder, wenn sich die sträuben. Denn um das zu fassen, was da gelandet ist, müssen sie alles von ihm abziehen, was ihm noch nicht zukommt, und alsbald wird ihnen schwindlig. Von dem, was da etwas sagt und nicht reden kann, was wohinwill und von Örtern nichts weiß, sollen sie jetzt also wegdenken, weil noch nicht vorhanden, alles an Gegenstand oder Stoff oder Welt; und wenn sie damit fertig sind, sollen sie wegdenken alles an Gedanken oder Erinnerung oder Ich. Es soll sich selber wegdenken, und noch dazu jederlei Maß oder Zahl oder Zeit: *alles* sollen sie von ihm abziehen, außer daß es das Aufhören des

Nichts und der Lücke will, und demnach ohne jeden Zusatz nur aus einem solchen Willen und Widerspruch und Wehtun besteht.

Das Nachdenken soll etwas tun, was es nicht kann. Und danach kommt erst noch das Schwerste. Wenn da nämlich etwas bloß will, und sich blind in die Lücke wirft, die es ringsum umgibt und ihm wehtut, wie hat es dann jemals zu so etwas kommen können wie Ich oder Welt oder Zeit, oder überhaupt zu etwas Bestimmtem? Das ist die Frage. Hat, was da gelandet ist, eine Richtung gehabt bei aller Blindheit, einen Ausgang vor allem Wissen gewußt? Das ist der Punkt, an dem das Nachdenken aufgibt; die Grenze, von der es sich nicht losreißen, und die es doch nicht überspringen kann, solange es nicht aufhört zu denken.

❖ Er erinnert sich, wie er von hier aus auf Reise ging, wie andere vor ihm, um zu sehen, was er findet hinter der unvordenklichen Grenze. Denn er konnte noch immer nicht ganz begreifen, warum, was da landet, nicht das Naheliegende tut und eingeht oder erlischt, sondern in seiner aussichtslosen Lage von Lücke und Wehtun trotzdem noch weiterwill. Diese Reise war weder lang noch kurz, hatte mit Weg oder Zeit nichts zu tun; denn sie führte an beidem vorbei. Ob dem jemand folgen kann, ist ihm egal. Dort hat er dann gesehen, was heißt gesehen, wie andre vor ihm, ein Rundes oder Gleißendes, aber es hatte mit Helligkeit oder Form nichts zu tun, ein Licht, etwas, was glühte und sang — aber auch das war nur ein Bild, es selbst blieb dahinter. Denn es war ortlos und grundlos, hatte sein wollen und so unbegreiflich sich selbst durch dieses Wollen gebildet. Dort hat er aus dem Gesang auch eine Stimme gehört, hundertfältig und lautlos, die *will* sagte und *wir* sagte, was heißt also gehört?

Er ist erschrocken in der Gegenwart von etwas, was zugleich unbegreiflich und vorhanden war, aber als er die Stimme *wir* sagen hörte, verlor sich der Schrecken, weil die Stimme ihn darin mit eingeschlossen hatte, und von da an war er erfrischt und gehoben wie auch jetzt noch in der Erinnerung. Denn dieses *wir* klang fest, wie etwas, was noch bevorstand und doch schon erreicht war, in dem Glühenden, Singenden von Anfang an eingewickelt als Ausgang, wo es nichts wußte, oder doch nur das Wenige, was er, wie andere vor ihm, davon hörte und sah.

Auf diese Weise hat er sich als Teil von etwas erfahren, das sich einholen will, um sich am Ausgang selbst zu begegnen; und das gab ihm den Mut, dem Unbegreiflichen und doch Vorhandenen in Gedanken nachzufolgen auf seinem langen und sehr ermüdenden Weg bis zur Landung. Ob das jemand hören will, kümmert ihn wenig. Dabei hat er gesehen, was heißt gesehen, wie anfangs dieses in sich selbst eingeschlossene Wollen und Licht aus sich herauswill: trifft aber auf nichts, als was nicht ist, auf eine es ringsum umgebende Unmöglichkeit, etwas anderes, nämlich das Viele, zu werden. Weiß aber nichts davon, sucht, ohne davon zu wissen, und findet sich schließlich nach dem Absuchen unendlicher Möglichkeiten wieder zuerst als Kraft, dann als Stoff, und kommt so zur Erscheinung. Fällt aber mit dem Gewordenen nicht zusammen, sondern bleibt als das Eine dahinter, das es zum Vielen macht und zum Vorhandenen macht, weiterhin ortlos und grundlos. Starke Ermüdung bei dieser Vorstellung, Pause.

Muß aber seiner Eigenart folgend weiterwollen ins Viele, findet sich im Maß seines Weiterschreitens in der Zeit und also in der Bewegung, geht somit zeitlich in die Veränderung wie örtlich in das Getrennte. Muß sich daher teilen und verzweigen zu einem Baum von Vorhandenem, gerät damit unvermeidlich in einen Widerspruch seiner Teile, von denen daher manche wieder eingehen und erlöschen, andere einander tragen und weitertreiben aus alter Herkunftsverwandtschaft. Bildet also unbegreiflich und doch vorhanden ein Gerüst aus Stoff und Bewegung und bleibt dahinter als Eines, ist aber noch lange bei keinem *wir* angelangt und bei keinem Ausgang.

Wohnt weiter in diesem Gerüst und will darüber hinaus, findet sich wieder, in einem schon sehr viel getreueren Bild seiner selbst, als Lebewesen und Organismus, als Eines im Vielen, das zwar tatsächlich schon *wir* heißen und daher auch lernen kann, aber sich noch lange nicht sieht oder hört. Lernt so mit der Zeit die fast vollkommene Einfügung in das Gerüst, ruht, atmet und rastet. Tiefe Erholung.

Bleibt aber in dieser Einfügung blind und weiß nichts von ihr, will weiter, will laufen, will sehen und hören. Gerät dabei neuerlich zu den anderen Teilen des Baumes in Widerspruch und muß ihn nach innen nehmen als Wehtun, um ihn zu meiden, damit es nicht jedesmal wieder eingeht oder erlischt. Lernt unter andauerndem Wehtun die Meidung, paßt sich zum zweiten Mal ein ins Vorhandene, läuft, hört und sieht, aber noch lange nicht sich. Was also jetzt, fragt er sich, nun schon angelangt beim Moment vor der Landung und in großer Erschöpfung, wie soll es diesem Etwas, eingewachsen und gefangen in seinem weitverzweigten Baum, jemals gelingen, sich selbst zu erblicken, und gar als *wir?* Es muß nochmal heraus aus der erholsamen Einfügung, da hilft nichts, den Widerspruch, die Lücke soweit aufreißen, wie nur irgend möglich, sodaß sie gerade noch auszuhalten sind. Ob das jemand versteht, kann ihm gleich sein. Ah, die Gefährlichkeit, der weiße Schmerz ohne Anfang, die Ermattung! Wie leicht kann es geschehen, wenn es sich nicht rechtzeitig besinnt auf seine alte Herkunftsverwandtschaft, daß es aufhört weiterzuwollen, und damit ist seine Vorstellungskraft durch die sehr lange Reise aufgebraucht und am Ende, wie leicht kann es das Naheliegende tun und erlöschen und eingehen.

❖ Bis jetzt aber nicht, soviel steht fest, keineswegs bin ich eingegangen oder erloschen, im Gegenteil! Denn nach dem Absuchen unendlicher Möglichkeiten ohne Wann und Wo, als ich schon nahe daranwar, aufzugeben und abzulassen von Widerspruch und Geschrei, da ist sie mir doch auf einmal erschienen, so plötzlich und überwältigend, daß ich später vom *Großen Mâ* sprechen werde, vom *Schönen Weißen Berg* und der *Guten Kuppe,* die Lücke in der Lücke, das Antinichts, das Wollen auf der anderen Seite, das mich erwartet hatte, und warum also nicht, woher hätte ich sonst das Bild, dasselbe, dem ich danach auf der Reise begegnet bin, was heißt danach, strahlend, die Fülle und das Ganze, ja! da allerdings habe ich mich schleunigst zum Schlauch gemacht und zur wildsaugenden Pumpe, denn es gab nichts mehr, was fehlte; da schoß es ein in alle Kanäle, nie mehr so süß, die Liebe schoß ein, nie mehr so unbedingt, und in die hat sich, was da gelandet war als bloßer Drang nicht zu erlöschen, nach seiner langen Suche hingeworfen, blind, auf sein Ziel zu, das es nicht kannte, aber gewollt hat. Und daher eben auch der Glanz über allem Vorhandenen: weil dem gelandeten Willen sein Wurf gelungen ist aus der Suche und übrigens aus dem Wehtun, und deswegen wird er nicht mehr ablassen von seinem Drängen, die neuaufgerissene Lücke zu schließen, bis er angelangt ist bei dem in ihn eingewickelten Ausgang.

Aber bis dahin ist es anscheinend noch weit: denn jetzt hört das Wehtun auf, zum ersten Mal seit dem Anfang, und damit der Wurf und die Suche, der Wille hat sich, nie mehr so süß, erschöpft in der Liebe und in dem Unbedingten, und so ist er eben doch erloschen und zurückgefallen hinter das Dasein. Das ist ihm neu. Denn bis jetzt hat er ja nur wollen können und dabei sein eigenes wehtuendes Nichts und Nichtgewolltes hervorgebracht. Jetzt auf einmal will er nichts mehr, denn er ist dem Großen Mâ begegnet, das ein anderes Nichts in sich trägt und austeilt: das Nichts nicht vor dem Gewollten, sondern nach seiner Erlangung. Und so schlafe ich jetzt, was immer das heißen mag, schlafen.

❖ So hat er also beides erfahren, aber denken kann er es nicht — weder die ringsum offenstehende Lücke, noch das plötzlich vorhandene strahlende Ganze. Beide sind nichts; denn alles Wirkliche liegt dazwischen. Er kann sie nicht denken, denn gedacht wären sie schon etwas anderes.

Aber aufbewahrt sind sie in ihm geblieben aus der Zeit vor allen Gedanken; nicht die reichen dahin zurück, sondern nur, was in ihm das Ganze gewollt hat. Was ohne Willen ist, kann von einem Ganzen nichts wissen und demnach auch nicht vom Wirklichen. Er aber weiß davon, und das erste was er wahrnimmt, ist jedesmal ein solches Ganzes.

Denn er sieht zuerst immer den Wald vor den Bäumen, sieht das Haus vor dem Mauerwerk. Er sieht die Gefahr schon lange vor dem herunterstürzenden Stein, sieht eine offene Weite, und danach erst das Meer. Immer wenn er etwas sieht, hat er zuvor, für einen flüchtigen Moment, alles gesehen. Er sieht als erstes immer einen Kreis.

Und nach wie vor will etwas in ihm dieses Ganze und wird nicht aufhören, es zu wollen, bis es wieder bei ihm angelangt ist: wenn nicht in Wirklichkeit, dann in einer Geschichte.

❖ Es war damals eine große laute Stimme vorhanden, am lautesten beim Einschießen der Fülle, und von ihr nicht geschieden. Sie war dauernd anwesend, auch wenn ich sie nicht hören konnte, und hat ohne Aufhören zu mir geredet, auch wenn ich sie noch nicht verstand. Erst später habe ich verstanden, daß sie davon sprach und an mich weitergeben wollte, was wir gelernt hatten seit dem Anfang, was sich bewährt hatte und was nicht gegen das Eingehen und Erlöschen. Aber weil ich selbst erst am Anfang stand, konnte ich damals nur dasjenige von ihr verstehen, was sie vom Anfang wußte.

Alles, was ich damals von der Stimme hören konnte, war, daß die *da* gesagt hat und *will, kann* gesagt hat; aber wer da zu mir redete, und durch welchen Kanal, und ob der Kanal, die Stimme und die Fülle nicht dasselbe gewesen sind, das war nicht zu unterscheiden.

Es war nicht zu unterscheiden, ob ich das Sättigende war, der Gesättigte oder die Sättigung. Ich war alles, was mir zustieß, davon abgesehen war ich nichts. Ich bestand nur aus solchem mir Zustoßenden, wechselte jeden Augenblick alles Innere aus gegen ein neues. Und wenn mir das Nichts zustieß, war ich der Vernichter, der Vernichtete und die Vernichtung. Ich konnte nicht wünschen oder haben: der Wunsch und das Gewünschte war ich, ich konnte nur dadurch etwas haben, daß ich es wurde.

Ich war ein Rohr. Ich konnte nicht wählen, was ich in mich einlassen wollte, was nicht. Ich war der Wollende, das Gewollte und der Willen, ich war das Tränkende, der Trinker und der Trunk, ich war die Stimme und das Ohr, und deswegen war die Stimme zwar vorhanden und hat mir vieles gesagt, aber verstehen konnte ich davon nur *will, kann* und *da*.

❖ Was mir also jetzt begegnet: zwei Zustände, jeder für sich, in der vollkommenen Unverbundenheit — einer von *da*, und ich kann einschießen, bin angekuppelt an einen für mich erreichbaren Ausläufer oder Fortsatz, kringle mich plopp darum herum als Pumpe, insofern eingefügt, gottlob für immer und alle Zeit; einer von *nicht da*, und es ist nichts vorhanden außer der Lücke, dem Fehlen von allem, dem Gebrüll, das ich nicht hören kann, und das niemals endet. Ein Wechsel, der Wechsel noch nicht heißen kann, weil die Erinnerung wie der Vergleich fehlt.

Da auf einmal der feierliche Moment: der Willen, oder was es auch sein mag, was da gelandet ist, faßt, ohne es zu wissen, seinen ersten Gedanken. Er heißt: *dies ist dasselbe wie dieses*. Aber wie in aller Welt kommt er denn darauf? Wenn er beim Gewollten einmal gewesen ist,

daran muß es liegen, dann läßt er sich daraus nicht mehr
vertreiben; die Stimme geht nicht mehr ganz aus dem
Ohr; um das bloße Nichts zu hinterlassen, dazu war die
Fülle zu strahlend und unbedingt: und an die klammert
er sich jetzt, das ist der Grund, eisern, dort bleibt er und
verharrt, er greift nach dem Gewollten und schließt es,
damit es nie mehr ganz wegkann, fest in sich ein, macht
es zu dem, was später sein *Inneres* und seine *Erinnerung*
sein wird, aber freilich noch lange nicht.

Und mit diesem Eingeschlossen, so muß es gewesen
sein, geht er dann neu auf die Suche: aber nicht mehr
blind wie vorher. Sondern hält sich dabei fest am Ein-
gekapselten und sucht wissentlich nach demselben wie
dieses: in keiner Zeit, das freilich noch längst nicht,
sondern in Gedanken, in einer Folge von Vorbild und
Nachbildung. Geht also in sich zum eingeschlossenen
Vorbild und zieht, es läßt sich schwer anders sagen, eine
Schlinge durchs Vorbild nach vorn, schwenkt sie wie
wild durch die Lücke und wahrhaftig, auf einmal ist in
der Schlinge das *da* neuerlich hängengeblieben, ganz
wunschgemäß dasselbe wie jenes, denn die Fülle ist jedesmal die Fülle, ununterscheidbar.

Er holt sich das *da* wieder, und wiederholt es. So ist
das Ganze also doch keine Eintagsfliege gewesen, hat
sich nicht wie eine Leuchtrakete auf einmal verpulvert,
sondern ist wie das Eingekapselte irgendwo verharrt und
geblieben, von wo aus es sich einfangen läßt mittels der
ausgeworfenen Schlinge, und zwar offenbar jederzeit. Es
ist ein Doppelt und Zweifaches, ein Äußeres, das sich im
Innern wieder findet und somit vergleichen und denken
läßt. Heißt das, es ist wirklich? Immerhin denkbar: daß
das Äußere nur dann wirklich ist, wenn es einem Inneren
gleicht, und umgekehrt, sodaß das eine das andere, und
zwar offenbar jederzeit, einfangen und wiederholen kann.

✣ Wie wir davor gelebt haben, ist schwer zu sagen, weil
es damals noch keine Gedanken gegeben hat, und Wörter

schon zweimal nicht. Eben einfach so; selbsttätig sozusagen; ungetrennt. Wir waren eins mit dem, was um
uns herum war, und also auch miteinander. Deswegen
brauchten wir auch die Wörter noch nicht, kamen gar
nicht auf die Idee, sie zu bilden. Wenn wir damals schon
hätten denken oder reden können, hätten wir von uns
gesagt, wir wären ein einziges, vieläugiges, vielohriges,
vielgliedriges Einvernehmen: sobald eins unserer Augen
und Ohren von etwas Äußerem angezogen oder verlockt
war, hatten wir auch schon alle vernommen: *da ist was,*
und dann haben die vielen Glieder danach gegriffen und
es eingesammelt und in das Einvernehmen hineingestopft, bis es voll war. Und deswegen haben wir uns
auch so gern zusammengetan, um ineinander einzugehen
und uns zu vermischen, weil dann aus diesem Einvernehmen ein großer Schwall geworden ist und eine
Beseligung.

Aber das Anziehende, Verlockende hat sich damals
nur sehr selten blicken lassen, und daher sind wir praktisch ununterbrochen unterwegs gewesen, nicht um es
zu suchen, das konnten wir damals noch nicht, sondern
um abzuwarten, ob es sich zeigt. Und wenn es nicht
wollte und fehlte, ganze Tage lang, blieb uns nichts
anderes übrig, als immer weiter zu stolpern und uns
dort festzuhalten, wo uns das Fehlende wehtat. Da
waren wir dann oft genug am Erlöschen und Eingehen,
und auch der große Schwall der Vermischung hat nichts
gegen die ringsum ausgebreitete Lücke und Leere geholfen, von der wir weder hätten sagen oder denken können,
daß sie da war, noch wo.

❖ Ich habe mich getäuscht, leider, meine Ansichten über
das *da* sind irrig gewesen. Zwar weiß ich inzwischen,
daß sich die Fülle und das Ganze wiederholen lassen,
aber keineswegs jederzeit, das war bloßes Wunschden-
ken, sie lassen sich manchmal einfangen, manchmal nicht,
der Stern, auf dem ich gelandet bin, ist offenbar aus

einzelnen, auf dem Nichts schwimmenden Inseln zusammengesetzt, die auf mich zu- oder von mir wegtreiben, und je nachdem bekommen meine Schlingen etwas zu fassen, und ich kann ihnen nachspringen ins Gewünschte, oder sie bleiben leer, Korrektur: *fast leer;* denn auch wenn sie das *da* selbst verfehlen, so fangen sie doch merkwürdige Vorzeichen davon ein, daß etwas angetrieben kommt, daß es bald soweit ist, ein Komma-Strich zum Beispiel, ein elektrischer Geruch, eine lauterwerdende Stimme, die ich sofort alle in mir einkapsle, damit ich sie bei späterer Gelegenheit wiedererkennen kann als dieselben wie diese.

Sehr eifrig und emsig bilde ich daher jetzt meine Schlingen im Nochnicht, denn auch die Wiederholung des Nichts hat ihre Vorzeichen, es bleiben dann sowohl Komma-Strich wie Geruch aus, die Stimme verebbt, und darauf folgt erfahrungsgemäß das Fehlen und Wehtun. Ach, auch das Ganze ist nicht mehr, was es einmal war, leider, das Nichts fängt an, darin einzudringen, es mit Angst zu durchsetzen, und deswegen ziehe ich meine Schlingen auch nicht mehr gemächlich wie früher durch das Vorbild nach vorn, sondern immer schneller aus Ängstlichkeit, ziehe sie schließlich andauernd und fortgesetzt und bringe damit etwas Ununterbrochenes und Zusammenhängendes hervor, was später einmal, aber jetzt natürlich noch lange nicht, *Zeit* heißen wird. Alle möglichen Vorzeichen bleiben so mit der Zeit in den Schlingen hängen und wiederholen sich, ich bin in meinem Innern damit schon so ausgepflastert wie ein Warenhauskatalog.

❖ Bis dann bei einer Gelegenheit, die wir nicht vergessen können, weil sie das erste ist, an das wir uns überhaupt erinnern, alles Anlockende so vollständig verschwunden und die Leere und Lücke so riesenhaft angewachsen war, daß sie nur noch das Maul aufzusperren brauchte, um uns zu verschlingen. Aber genau an dem Punkt, als wir uns dreinschicken und ihr zum Fraß überlassen wollten, damit sie sich füllte, geschah es, daß in unserem Einvernehmen auf einmal etwas aufplatzte wie ein Blitz oder ein Riß, etwas so Unverhofftes, daß wir uns aneinanderklammerten und laut schnatterten, um es wieder zu vertreiben; aber es ging davon nicht weg und kam ganz deutlich von einem kleinen Schmächtigen aus unserer Mitte her, sodaß wir auseinanderfuhren und ihn anstarrten wie etwas Fremdes. Der aber schaute nicht etwa zurück, sondern auf die aberwitzigste Weise *nach innen;* und wegen unserer damaligen Ungetrenntheit tauchte auch in uns auf, was er dort sah, und mußten uns wie er nach innen wenden, wenn auch nur ungern. Es war wie eine Ansteckung, die von einem zum andern übersprang: nacheinander erblickte jeder von uns in sich ein Loch und eine flimmernde Schwärze, von der sich abzuwenden aber unmöglich war, weil sich darin etwas vorbereitete, hervorzutreten versprach und dann auch hervortrat: plötzlich fügte sich das Geflimmer zu dem langentbehrten Anziehenden und Verlockenden zusammen, aber nicht mehr wie vordem gestaltlos und wolkenhaft, altvertraut eben — so wie man ja auch seine eigene Hand kennt, ohne sie eigentlich anzuschauen — sondern jede Verlockung genau umrissen, abgegrenzt und vollständig unterscheidbar von der nächsten!

Wir staunten, gafften, und dann kam die große Enttäuschung. Gieriger denn je wollten wir nach diesen neuartigen Einzeldingen greifen, sie in uns hineinstopfen, uns mit ihnen vermischen — aber sobald wir uns umsahen, waren sie auf einmal wieder verschwunden, wie weggewischt: es gab sie gar nicht! Waren sie etwa *wir* gewesen, hatte sich da unser flimmerndes Innere einfach aus uns herausgestülpt?

Wir gerieten, für einige Zeit jedenfalls, in einen Zustand, den keiner von uns je nochmal durchmachen möchte: ununterbrochen wollten wir uns am Abhang an Büschen festhalten, die nicht dastanden, und stolperten über Wurzeln, die wir, in uns hineinstarrend, übersahen — eine gräßliche Verworrenheit und Verrücktheit, in der niemand mehr unterscheiden konnte, was was war, ein Alptraum mit einem Wort, ein Gebrechen, an dem wir unweigerlich eingehen mußten, mit immer bunteren und saftigeren Bildern vor den inneren Augen in Ecken verhungernd. Am liebsten hätten wir den Schmächtigen für seine Bescherung verprügelt; aber der Arme hatte es ja genauso schwer wie wir, und geholfen hätte es auch nichts. Denn er war offensichtlich nur das Gefäß für etwas Unbegreifliches, das aus dem Nichts in unserm Innern auf einmal ein Etwas gemacht hatte. Aber wozu, zu welchem Zweck?

❖ Der Anfang wäre gemacht. Aber, fragt er sich, folgt daraus nicht auch schon ein dazugehöriges mögliches Ende? Am Anfang, so hat sich gezeigt, war der gelandete Willen, der von Insel zu Insel sprang, zur Fülle als dem Gewollten, immer wieder zur selben. Insofern zuerst einmal ein Vorhandensein ohne Zeit, weil vorläufig ohne Veränderung, oder nur der allergeringsten, und das heißt in der allerlangsamsten Zeit, oder besser, im Stillstand. Dann die Schlingenbildung nach vorn, zuerst gemächlich und später, aus Angst, ununterbrochen, und dabei wird es auch bleiben.

Bis dann, gegen Ende zu, dieser Willen eben doch wieder allmählich eingehen und erlöschen muß. Aber wie allmählich, innerhalb welcher Zeit, und warum nicht auf dieselbe Weise wie anfangs, nur in der anderen Richtung? Die Schlingen werden eine nach der andern nach hinten zurückfallen, zuerst rasch, dann gemächlich, die Zeit wird aufhören, ununterbrochen zu sein und Zeit zu sein, es wird nur noch Inseln von Gewolltem geben, Sprünge im Zurückfallen von der einen zu anderen, rückwärts in die Erinnerung, die bald keine mehr sein wird, von Fülle zu vorausgehender Fülle, immer wieder derselben, und schließlich in keiner mehr.

So folgte also aus dem Anfang ein zeitloses Zurücksinken in das Ganze, auf eine immergleiche, gewollte Insel ohne Wehtun, denn der Stillstand kennt keinen Widerspruch, logischerweise. Und wenn er jetzt, wie er muß, in seiner Geschichte fortfährt, um auszuwickeln, was in ihr angelegt ist, dann immerhin schon gestärkt und ermutigt von diesem möglichen Nichtaufhören-müssen, sieh an! von diesem zum Anfang dazugehörigen, unverhofften Geschenk.

❖ Aber dann zeigte sich, daß die Flimmerbilder in unse-rem Innern so wesenlos doch wieder nicht gewesen waren. Denn als wir, aufgerüttelt von der Enttäuschung, immer nur in die Luft zu greifen, wenn wir im Äußeren nach ihnen haschen wollten, weiterstolperten wie früher auch, da erschienen uns aus der Leere, als hätten wir sie erfunden, die eben gesehenen Verlockungen in der glei-chen, etwas unheimlichen Schärfe. Sie hingen uns nur nicht, wie wir erwartet hatten, vor der Nase: aber wenn wir uns umschauten, ließen sie sich schon von weitem als dieselben wie diese erkennen, glänzend, farbig und frisch hoben sie sich von ihrer Umgebung ab, wir brauchten nur noch hinzulaufen und sie uns zu holen.

So haben wir suchen gelernt, und das ziellose Umher-schweifen hatte ein Ende, das ist wahr. Aber anderer-seits ist das Anlockende und Anziehende dadurch auch auseinandergefallen und vielfältig geworden und hat sich in alle möglichen Beeren und Knollen und Eier zertrennt, und wir selbst haben uns dabei auch in vielerlei Teile und Glieder und Münder aufgeteilt, wobei sich zeigte, daß diese Kuppen und Glieder keineswegs die-selben waren, sondern zu unterscheiden, nicht nur wol-kenartig und gefühlshaft, sondern auch in ihrer Um-grenzung nach männlich und weiblich. Und von da an war es aus mit dem selbsttätigen Leben, alles mußte miteinander verglichen werden, ob es dasselbe war oder nicht, immer mehr und genauer umrissene Flimmer-bilder bildeten sich in unserem Innern und ließen sich dann auch in der Ferne suchen und finden. Aber woher sie kamen, und wann und warum es sie dann auch wirklich gab und wann nicht, blieb uns nach wie vor dunkel.

❖ Dieser Stern ist ein Schlammassel, nur keine Beschönigungen, hier steht alles Kopf, eine einzige Verdrehtheit herrscht! Gebe ich mir doch meinerseits jede Mühe, mich auf ihm mit seilartigen Schlingen festzuzurren und zu verankern, um nicht wieder hinausgeschwemmt zu werden ins Nochnicht und Nichtmehr — und was muß ich erleben? Ich werde gehindert! Ganz wie üblich ziehe ich meine Schlinge nach vorn durch, werfe sie aus, springe ihr nach — und knalle auch schon gegen einen wandartigen Widerstand, der aus der Nachricht besteht *will nicht und kann nicht.*

Es bleibt aber durchaus rätselhaft, was das heißen soll, die Nachricht ist keine. Denn bisher war doch wohl klar, daß es nur einen gibt, der hier will, nur einen, der hier nachbildet nach dem Vorbild, der auswirft und nachspringt. Und der landet jetzt statt an der Einfügung und Ankoppelung mit einem Knall an einer weißgekachelten Wand? Wirrwarr, Entsetzen, endloses Gebrüll.

❖ Seit dem inneren Riß und unserer Trennung nach männlich und weiblich begann von den Frauen etwas Mächtiges und Erdrückendes auszugehen, gegen das wir nicht mehr ankamen; und am meisten waren sie uns in ihrer Fähigkeit überlegen, Örter zu bilden. Wie sie das genau anstellten, haben wir nie herausgebracht; aber es konnte einer noch soviel Gestrüpp wegräumen, Plätze ebnen und mit Laub auspolstern, ohne sie wurde nie und nimmer ein Ort daraus. Sie aber brauchten sich nur irgendwo zu zweit oder zu dritt an einer x-beliebigen Stelle hinzuhocken und niederzulassen, und schon war etwas entstanden, von dem eine Art Witterung ausging, was sein eigenes weg-von-da und zurück-dorthin hatte:

etwas, was sich mit einem Wort wiederholen ließ. Offenbar hatten sie von diesen Stellen ein bestimmtes Nichts verscheucht, so wie sich bei ihnen ja sonst auch öfters das Nichts in ein Etwas verwandeln konnte; und vielleicht waren die von ihnen geschaffenen Örter auch gar nichts anderes als ein teppichförmig ausgebreitetes und in den Erdboden eingelassenes *da*.

Jedenfalls hatte sich seither unser Verhältnis umgekehrt: sie trotteten nicht mehr wie früher hinter uns her, sondern wir mußten bei ihnen antanzen und anklopfen, als Eindringlinge, verschüchtert, fremd, von einem Bein aufs andere tretend aus Verlegenheit, und ihnen schöntun mit Sächelchen und Müschelchen, daß sie uns einließen in ihren Ort, weil wir nämlich sonst zusehen konnten, wo wir blieben, daß es uns nicht fortwehte wie Büschel von trockenem Heu.

Sie waren mit ihren Örtern verbunden wie mit einem dehnbaren Band, das sich ausspannte zwischen dem in den Erdboden eingelassenen und ihrem eigenen *da*. Deswegen konnten wir ihnen auch nicht mehr mit einer knappen Geste bedeuten *geh weg, ich will sitzen,* wie wir das unter Männern gelegentlich machten. Sie zu vertreiben und ihnen ihren Platz wegzunehmen, wie das schon mal unter uns vorkam, hatte in ihrem Fall gar keinen Sinn; denn weggenommen war es kein Ort mehr.

❖ Neue Verhältnisse, sowie langes und eindringliches Nachdenken haben mich zu dem Schluß gebracht: *es gibt noch ein Zweites.* Die Landung hat nicht etwa von mir abgehangen, oder doch nur zur einen Hälfte; denn hätte ich sie nicht gesucht und unbedingt gewollt, nie wäre ich auf neue Inseln gelangt, oder auch nur auf die erste, sondern erloschen.

Aber geleitet war ich auf meiner Suche, wie ich jetzt weiß, von der immer vorhandenen Großen Stimme, die nicht in Wörtern zu mir redet, sondern wortlos tönt in Wallungen oder Stauungen oder einem dahinschießenden Strom von Gefühl. Ich habe anfangs wenig auf sie aufgemerkt wegen der Stetigkeit, mit der sie *will und kann* gesagt hat und *komm du nur* gesagt hat, obwohl in diesem schnell hingewischten *du* schon etwas leicht Spitziges oder Einschnürendes zu spüren war. Aber seit sie mich überfallen hat mit diesem kreischenden und schmetternden *will nicht und kann nicht,* höre ich sehr genau auf sie und weiß, daß ich nicht die Stimme bin, sondern das Ohr; und seit auf einmal nicht einmal mehr ihr *komm du nur* zu vernehmen war, und sie mich heimtückisch an die weiße Kachelwand hat knallen lassen mitten im Sprung, ist es mir nicht mehr aus dem Sinn gegangen, dieses abwegige *du-du*-Gerede mit seinem häßlichen und stachligen Klang, das mich in zwei teilen will, und mich daher sehr rasche, sehr enge Schlingen ziehen läßt.

Mehr noch: ich werde den Eindruck nicht los, daß diese Stimme mich unbemerkt dauernd lenkt und bugsiert, mich einerseits schiebt und zieht mit Ausdrücken wie *lieb-lieb, jajaja* oder *risi-bisi,* aber dann auch wieder schubst, knufft und abwimmelt mit Gefühlen wie *schluß jetzt, gsch-gsch* und *wegda* in einem ununterbrochenen Hü und Hott, dem ich bis jetzt anscheinend vollkommen automatisch gefolgt bin.

Es stellt sich mit anderen Worten heraus, daß ich hierbin und hier sein kann nur als etwas von zwei Seiten Gewolltes. Es reicht nicht, meine inneren Vorbilder nach vorn durch die Schlinge zu ziehen, ich muß mich außerdem noch auf diesen Zweit- und Gegenwillen richten und ihn dazu bringen, daß er will wie ich will: nicht brüllen, sondern *gezielt* brüllen muß meine Devise sein, solang bis die Stimme abläßt vom kreischenden Mißklang, ihre *du*-Stacheln wieder einzieht und zurückverschwimmt in die lauwarme, milde Dauervorhandenheit von *will und kann.*

Dazu muß ich wissen, wo die Stimme eigentlich her- und herauskommt. Aus dem *da* natürlich. Aber genau besehen, zeigt das *da* besondere Auffälligkeiten, irgendwo über dem Komma-Strich, die ich näher eingrenzen und anpeilen sollte, was gar nicht so einfach ist, weil sie oft fehlen; aber manchmal, wenn ich der wortlosen Stimme nachgehe, gelingt es mir, sie wiederzuholen, zwei Lichter-Löcher, oder ist es nur eins? Schwer zu sagen, und am Ende auch gleich: denn wenn sie wiedergeholt sind, ist in ihnen eine sehr starke Beeinflussungsmöglichkeit und Stimmenlautstärke zu spüren.

Unentwegt glotze ich fortan in diese Lichtquelle und Lautquelle und lausche, ob sie freundlich dahinplätschert, oder nicht etwa vorhat, mir schlagartig die Kachelwand entgegenzuhalten. Ich soll also weiter Schlingen bilden, auch wenn das *da* schon längst eingeholt ist? Gott weiß, wie ich mit alldem fertigwerden soll, mit diesen verdrehten und tatsächlich auf dem Kopf stehenden Verhältnissen.

❖ Natürlich wissen die Frauen von ihren überlegenen Fähigkeiten, und stellen damit alle möglichen Sachen an, damals wie heute. Er hat ihnen schon oft dabei zugesehen, denn er braucht nur in sich hinunterzusteigen, und schon sitzt er, er weißt nicht auf welcher Matte vor einem Schilfwald; aber was sie da eigentlich treiben, hat er noch nie ganz verstanden. Sie sind überall zugleich, das ist die Merkwürdigkeit, und erzeugen ununterbrochen ein Getu und Gewese, alles geheimnisvoll, zauberartig. Sie zupfen an wirren Knäueln, wirbeln mit Hölzern und ziehen aus der leeren Luft meilenlange Fäden hervor; sie stampfen und rühren in Töpfen, und schon blubbert darin ein wunderbar zartweiches Mus. Und zu diesem Kochen und Mischen, diesem Spinnen und Weben, diesem Flicken und Flechten ist, man weiß nie, ob von innen oder von außen, ein Summen und Raunen zu hören, *daß es gelinge, daß es gedeihe,* und bei alldem sind sie zu flatternden, schnatternden Grüppchen und Schwärmchen versammelt, schwadenförmig, aber abweisend und scheuchend, sobald einer näherkommt: *das könnt ihr nicht, das geht euch nichts an.*

So ist alles von ihnen besetzt und vereinnahmt, und ihr Gesumm sagt, sie machen es wachsen, sie machen es schwinden. Ihre große Kunst und ihr Geheimnis ist das Vergleichen. Wo sie sich zusammentun mit Geraun und Geschnatter wird auf einmal alles zum selben, der Mond wird zum Wasser, das Pferd wird zum Mond, das Wasser zu Blut, und dann rauscht es auch gleich so im Schilf hinter der Matte.

Sie halten über alles die Hand, und teilen aus, und teilen zu, und lassen hören, *das ist so, das muß so*. Oft hat er sich schon gedacht, sie essen das meiste selber auf, jedenfalls ist nie genug da, alles weg, alles leer, und dann heißt es auch gleich, *geh jagen, geh fischen, geh sorgen*. Aber woher den Fisch nehmen, wenn er nicht kommt? Und wenn einer dann mit leeren Händen zurückkehrt, dann murren sie, äugen sie, scharren in Winkeln und Fugen, beugen sich vornüber, und auf einmal ziehen sie ihn hervor, den Fladen, den Fisch, den Tabak, aber sie murren und äugen.

Und welche Umtriebe erst, wenn sie dick werden, wer weiß wovon, vom Wind sagen sie, vom Wasser, vom Mond, ja dann allerdings kommt eine schlimme Zeit voller Getön von *wehe* und *Weisfrau* und *Blut* und *gedeiht* und *geboren,* dann besprengen sie, wischen sie, und lösen und segnen, und machen sich züchtig, und machen sich heilig, sie nuckeln, tätscheln, schaukeln — und dann muß einer frohsein, wenn sie ihn den kleinen Wurm anfassen lassen, ohne zu zischen, zu scheuchen. Es gibt dann zu ihnen einfach kein Durchkommen mehr, für die ist einer dann nur noch zum Schuften und Sorgen da, und bekommt bloß noch zu hören, *legs dahin, geh nochmal*.

Und dann ist es auch wirklich besser, er geht, in dieser Zeit, denn sonst öffnen sie ihren Schwarm und kommen auf ihn zu in Ringeln und Reigen, dann drohen und fuchteln sie derart mir ihren Bürsten und Kämmen und Spindeln und Besen und Nadeln, daß es ihn vor lauter Grausen von selbst davontreibt.

Oft hat er sie schon belauscht, damals wie heute;
aber noch nie hat er ganz begriffen, was sie da anstellen.
Meistens klingt ihr Geschnatter ganz alltäglich, man
hört gar nicht recht hin. *Ach, bei Ihrem auch?* sagen sie
dann, *also bei mir* . . . *ich nehme dann Honig, nehme dann
Mondamin* . . . *ein Wickel, und Sie werden sehen, ein Einlauf,
ein Umschlag,* oder sagen *ich raffe das dann, nähe das mit
Saumstichen ab* — und all diese Reden hinterlassen schat-
tenartige Wesenheiten, aber wenn man nochmal hin-
schaut, ist nichts mehr davon da. Es muß damit zusam-
menhängen, daß sie verschmelzen können zu Klüngeln
und Grüppchen, daß sie zu einem werden und alles zu
einem machen können, durch Zauber. Es muß davon
herkommen, daß sie ein Mâ sind. Und das tönt in ihrem
Gesumm auch immer mit. *Wir sind eins, wir sind ganz*
so klingt es, man weiß nie, ob von innen oder von
außen, daraus hervor, *das Ganze ist dasselbe wie wir, es ist
alles ein Mâ.*

❖ Mehr als einmal hat er sich schon überlegt, auf welchem
Weg er da hinuntergestiegen sein will zu dieser Matte
mit dem Schilfwald dahinter, wieso er sich daran noch
erinnern kann. Weil er es, was sonst, in der Stimme
gehört hat, als er noch nicht von ihr getrennt war. Wenn
sie ihm aber noch etwas hat sagen können von der Entstehung der Örter, der Wiederholung desselben und der
Zeit, als das Mâ noch das Ganze war, dann hat sie das
Gehörte nicht selbst hervorgebracht oder erfunden, sondern es ihrerseits gehört von einer vorausgehenden
Stimme, und sich daran erinnert, so wie die von einer, die
ihr vorausging; dann hat der Weg, auf dem er da hinuntergestiegen ist, durch eine lange und ununterbrochene
Kette von Stimme zu Stimme sehr weit zurückgeführt in
die große Geschichte.
   Und die hätten auf dem ganzen Weg nichts verloren,
sondern den Anfang noch Wort für Wort aufbewahrt?
Ja, weil sie sich selber nicht hören; sie sind ohne Filter,
weil ohne Bewußtsein, unberührt von der Zeit und ohne

Veränderung. Und dann haben sie dem Anfang das Spätere und in ihn Eingewickelte hinzugefügt, aber langsam, alle hundert Jahre ein Wort, erst wenn etwas sooft eingeübt war, daß die Frage *besser so oder anders?* sich nicht mehr denken ließ; und haben auch dieses Hinzugefügte weitergegeben, ebenso wörtlich und ohne Veränderung, bis so in den Baum des Vorhandenen allmählich, alle hundert Jahre eine Verästelung, ein Baum des Bewußtseins hineingewachsen ist, der von sich selber nichts weiß, oder doch noch lange nicht.

Seine Geschichte und seine Erinnerung ist also die ihre, und dem will er sich fügen. Denn nie hätte er sonst durchgefunden durch die schmale Schneise im Möglichen, die später als das Wirkliche gilt; ohne sie hätte er nie den richtigen Anfang erraten und sich an jeder Abzweigung verirrt. Aber gern fügt er sich nicht. Denn so ist er doch mit eingewachsen in diesen Baum, der von sich nichts weiß, oder doch noch lange nicht; er kann ihn nicht ändern. Erst wenn er dieser Kette von Stimmen nachgefolgt ist, den Verästelungen des Baums nachgelebt hat bis zur allerletzten, läßt sich für ihn die Frage denken *besser so oder anders?* Erst dann kann er auf eigene Kundschaft gehen; erst dann ist er, soweit es ihm seine Geschichte erlaubt hat, erwachsen.

❖ Verknüpfen, so mahne ich mich jetzt daher wieder und wieder, jede Gelegenheit zur Verknüpfung ergreifen, das ist das Einzige, was mir durch diese Verworrenheiten durchhelfen kann, blind darauf vertrauen, daß sich im Verworrenen das Verknüpfbare verbirgt und die Schlamasselhaftigkeit nicht sein Wesen ausmacht. Und so frage ich mich unablässig, ob dieses dasselbe wie dieses ist, oder nicht ein in hundert unzusammengehörige Teile aufgesplittertes Unding? Womit, wie zu erwarten, wieder einmal das *da* gemeint ist, weil es sich mit diesem *da* in der letzten Zeit überaus merkwürdig und widersprüchlich verhält, wenn nicht verdreht.

In seinen Haupterscheinungsformen ist mir das *da* jetzt durchaus vertraut, ich nenne nur Kuppe, Berg, Lichter-Löcher und Stimme. Ebenso ist mir das *nicht-da* inzwischen geläufig, zu durchbrechen durch die Wiederholung des innern Vorbilds durch die ausgeworfene Zeitschlinge, immer vorausgesetzt, daß das *da* auch von der anderen Seite her will, und wenn nicht, durch Gebrüll. Soweit keine Schwierigkeit.

Seit einiger Zeit aber nun das Merkwürdige und Widersprüchliche, was mich daran zweifeln läßt, ob es hier jemals zu so etwas wie einer Stetigkeit oder zusammenhängenden Geschichte kommen kann: dem äußeren Eindruck nach deutet alles auf ein *nicht-da* hin, weder Lichter noch Löcher, keinerlei Berg, und trotzdem tönt im Gefühlskanal laut und deutlich das beruhigende *will und kann* der wortlosen Stimme. Das *da* ist zwar vorhanden, aber nicht da, es ist anwesend, aber zugleich auch weg!

Irgendetwas, eine ungreifbare Sache muß also zwischen mich und das *da* getreten sein, etwas hat sich aufgerissen? aufgespannt? — lauter Verhältnisse, für die mir die Worte, nein die inneren Vorbilder fehlen. Mit Zeitschlingen ist jedenfalls gegen dieses Ausgespannte nichts auszurichten, das *da* ist in eine Art Suppe eingetaucht, in der sie hängen- und steckenbleiben; das heißt, daß es neuerdings nicht nur nach hinten in eine Erinnerung oder Vergangenheit weggeht, sondern in alle möglichen, ich nenne sie einmal versuchsweise: Richtungen davonsaust und kopfverdrehend um mich herumtanzt.

In dieser Notlage versuche ich also, Schlingen in das neue Medium auszuwerfen, die es durchdringen könnten, und habe auch halbwegs das Gefühl, daß die Richtung stimmt, aber was sie einholen, kann ich, abgesehen von ihrer schauerlichen Unschärfe und Getrübtheit, beim besten Willen keine Nachbildungen nennen und schon gar nicht dasselbe wie dieses. Denn das *da* erscheint darin weder in der Gestalt der guten Kuppe, noch der Löcher-

Lichter mit dem dazugehörigen Komma-Strich, sondern vielmehr als riesiger, bis zum Himmel ragender Turm, der in der erstaunlichsten Weise springt, hüpft, fliegt und zuckt, und dann auf einmal einschrumpft auf Daumengröße ungefähr, eine Enormität ist das! Ein Brummkreisel!

Ich bin baff, es packt mich ein Zustand von Fremdheit und Schwindel, Geheul will aufkommen. Aber zugleich bleibt die Stimme durchaus zugegen, sie sagt aus wechselnden Richtungen *jajaja* in voller Lautstärke, ich also nichts wie hinterdrein mit der nächsten Schlinge, die Erscheinungsform ist mir gleichgültig, daß sich das Eine in wechselnden Gestalten verbergen kann, habe ich ja schon längst schlucken müssen. So gelingt es mir, das *da* zuerst in der einen Verkleidung einzufangen, dann in der nächsten, die zwar nicht dieselbe ist, aber doch immerhin kleine Ähnlichkeiten mit der vorausgehenden hat, und noch einmal, aber dann ist es in der Suppe entschlüpft.

Es wird am besten sein, wenn ich möglichst viele dieser Wechselgestalten als Vorbilder ins Innere und in die Erinnerung einhole, obwohl dort wohl kaum Platz für sie alle sein wird. Und mit der Zeit werde ich diesem neuen Medium wohl auch einen Namen geben müssen, vielleicht *Raum* oder etwas in der Art. Es ist ein sehr ermüdendes Medium, wegen seiner Ruckartigkeit und der rasend schnellen Verwandlungen, lauter Strobobilder: einmal nicht nachverfolgt, und ich habe das Nachsehen. Als es nur die Zeit gegeben hat, ist das Leben bei Gott einfacher gewesen. Ist das jetzt zum Beispiel der schöne weiße Berg mit seinem elektrischen Geruch, oder nur eine leere Nachbildung aus der Erinnerung? Schwer zu sagen. Ich will eine Pause machen, mich ausruhen von dem verwirrenden Gaukelspiel, wenn die Nachbildungen leer sind, dann träume ich eben davon, von den Lichtern, der Kuppe, der Fülle. Und wahrhaftig, da sind sie ja auch schon.

❖ Also ein Film und nichts weiter! hat er da gerufen, darauf läuft es doch hinaus, dieses Wirkliche, auf eine ständige Wiederholung und Schlingenwiedereinfangung, auf den ununterbrochenen Vergleich läuft es hinaus, ob das *da* noch eins ist und dasselbe wie vorher, immer schneller und schneller, bis seine Veränderungen in der Zeit und im ruckartig beschaffenen Raum kleiner und kleiner und schließlich gleichförmig geworden sind: ein Kino das Ganze!

Und wenn der Film reißt? hat er sich gefragt, wenn er die Fähigkeit zur Wiederholung verliert, oder wenn er auf ein Ding trifft, bei dem alle Vergleiche versagen, das in keiner Hinsicht mehr dasselbe wie ein anderes ist, was dann? Dann kann er wohl einpacken, wie? Dann ist doch Schluß, oder? Und überhaupt wird ihm schwindlig bei der ganzen Vorstellung, denn was liegt dann hinter diesem Bewußtseinsfilm fragt er sich, was kommt nach und unter und neben dem Wirklichen bittesehr? Das kann doch nur etwas so schlechterdings Unvorstellbares und Bodenloses sein, daß ihn davor ein Kopfgrausen packt, ein Angstgeheul steigt beim bloßen Gedanken daran in ihm auf, auch heute noch! Und alles, was ihn von diesem namenlosen Dahinter trennen soll, das wären diese angeblichen Schlingen, wer weiß wie dünn, wie gebrechlich, mit ihrem eingefangenen *da,* die er noch nicht einmal sehen oder anfassen kann, die am Ende nur ein Bild für etwas ganz anderes sind?

Ja, sagt er sich, es ist ein Film. Nein, sagt er, der ununterbrochene Vergleich kann nicht abreißen, weil ihn das Bewußtsein selber will, die zwei sind dasselbe. Nein, sagt er, in irgendeiner Hinsicht ist alles wie das *da,* es gibt keine ganz anderen Dinge. Ja, sagt er, die Schlingen sind auch nur ein Bild und nichts weiter.

❖ Dazwischen ist es aber auf einmal ausgewesen mit dem Schreienmüssen und Angsthabenmüssen, es ist, nach der Sättigung, eine Pause im Nachgrübeln und Wehtun

gekommen mit weichen, glatten Gefühlen, ich habe dann
etwas Luftiges gespürt und hörte Geplätscher, die große
Stimme hat stetig und stachellos vor sich hingesummt,
und das ging dann oft lange mit Sonnenkringeln an der
Decke und dem hellen Geruch überall, einer Friedlichkeit. Und dabei war ich vom *da* gar nicht ringsum
umgeben, es kam mir so vor, als ob ich eher seitlich an
ihm klebte oder befestigt war — oder es an mir? Jedenfalls ist dabei ein sehr wohliges Gleiten und Streifen
entstanden, ein Hin und Her, fast als hätte ich so etwas
wie eine eigene Grenze, eine Hülle und Außenhaut?
Sonderbare Idee.

In diesem Wohlgeruch und Geplätscher sind dann
auch die Lichterlöcher zu mir hergeflogen, endlich habe
ich sie einmal lange genug erforschen und mich an ihnen
weiden können, der Komma-Strich erschien, und ich
meine fast, er hätte etwas Weißes, Kugeliges mit dabei-
gehabt. Und sogleich hat mich eine zweiseitige Wallung
überkommen, als wollte etwas von mir an die Kuppe,
aber dann, nach der Sättigung, eben doch wieder nicht.
Und weil es danach fassen wollte, und zugleich nicht, hat
dieses Etwas sich selbst auseinandergezogen, und meine
Wallung ist stärker geworden nach der wohligen Seite.

Und dann, jetzt erinnere ich mich wieder, ist der
Komma-Strich länger und länger geworden, ja freilich
habe ich etwas Weißes, Schimmerndes in seinem Innern
gesehen und ein Glucksen aus ihm herauskommen hören,
ein weiches Gegacker oder Geklimper, über den Kanal
ist ein großer süßer Schwall in mich eingeströmt, ich
habe nicht mehr verstanden, was mir jemals gefehlt hat,
und welche Angst das gewesen sein soll, und immer
weiter hat sich das an mir, was sonst an die gute Kuppe
will, auseinandergezogen, obwohl es, genaugenommen,
doch gar nichts zu fassen gekriegt hat.

❖ Das Ganze dasselbe wie ein Mâ! Bei diesem Gedanken
ist uns regelrecht schwindlig geworden. Das Ganze, was

sollte das überhaupt heißen? Endlich, und mit wieviel Mühe und Kopfzerbrechen, hatten wir gelernt, das Einzelne säuberlich umgrenzt von Nächsten auseinanderzuhalten, und es so auch zu suchen. Sollte das jetzt etwa alles wieder zu einem ununterschiednen Einen zusammenfließen? Oder waren von nun an die Würmer und Wurzeln keine Würmer und Wurzeln mehr, sondern nur noch lauter Vorzeichen — für das nämlich, was dieses Mâ-Ganze jeweils mit uns im Sinn hatte?

Und außerdem, wo war denn hier eigentlich die Ähnlichkeit mit dem Mâ? Ach richtig, die hatte ja ganz zu Anfang auch aus dem Einzelnen und Verschiedenen bestanden, dem Berg, der Kuppe und den übrigen Mündern und Gliedern, und war dann auch auf einmal zu Einem und zu einer Gestalt geworden. Außerdem verwandelte sich hier wie dort in ihrer Gegenwart unerklärlich das Nichts in die Fülle. Und schließlich glichen sich die beiden auch in ihrer Launenhaftigkeit, mit der sie unsere Suche manchmal belohnten, manchmal nicht. Insofern war an der Vorstellung zweifellos etwas Richtiges. Aber schwindelerregend ist sie trotzdem geblieben.

❖ Zu anderer Zeit weniger gelöst und gehoben, das Mâ ein wirbelnder, flitzender Turm, himmelhoch, zwirnrollenklein, ein Kobold, ich muß Schlinge um Schlinge auswerfen, um es wiederzuholen, was ist denn nur los? Im Kanal ziemlich viel Rauschen, was durchkommt, klingt wie *will nicht, kann nicht* also wie direkter Widerstand, aber nicht knallhart gekachelt, sondern abgefedert, im Oberton schwer zu fassen, weil die Stimme an mir vorbeigeht, oder doch nur momentweise auf mich gerichtet ist, und in einem dieser Augenblicke höre ich, daß sie in Wirklichkeit sagt *will aber kann nicht*.

Aha, denke ich; nun, das geht mich nichts an, die Hauptsache *will* ist gesichert, ich kann also beruhigt loslassen und einschlafen. Aber gleich darauf fährt etwas in mir zusammen, ich bin hellwach, denn der Satz ist doch nur äußerlich so unauffällig dahergetrudelt, in dem Ausdruck *aber* ist sehr viel mehr eingepackt, als es den Anschein hat, beim genaueren Nachfühlen ist seine Botschaft schwarmartig und massenhaft, er enthält ungeheuere, verworrene Scharen von Unterbotschaften, alle bedrohlich, alle dunkel, sie sagen zu Beispiel *muß wickeln muß waschen,* was immer darunter zu verstehen ist, sagen *was, schon gleich eins?* sagen *muß Wirsing muß Ochsenfleisch* und sagen, *es ist nicht zu schaffen.*

Und bei all diesen durcheinanderschwirrenden Ausdrücken steigen in mir schwankende, rasch wechselnde Vorstellungen auf, Zerrbilder des Mâ: der Turm, der wie eine Windmühle um sich schlägt, ein Däumling, der sich verliert in einem Gestänge aus Kommas und Strichen, angestarrt von hundert Lichtlöchern, die in vollkommenem Gleichtakt aufblinken und wieder verlöschen —.

Das Mâ wird von irgendetwas eingezwängt und zusammengequetscht: das ist beim genaueren Hinhören die Botschaft von diesem *will aber kann nicht!* — nur, wie sich die nun wieder zusammenhängend verknüpfen lassen soll? Durch unbeirrbares Nachgrübeln, es bleibt ja nichts anderes übrig. Übrigbleibt, daß es außer meinem Willen und dem Zweitwillen des Mâ noch einen dritten geben muß, und daß dieser Drittwillen und ihr zweiter irgendwo weit draußen im Raum sich wer weiß welche Gefechte liefern, womöglich mit einem vierten und fünften noch weiter außerhalb, sodaß ich von einer Art Zwiebel umgeben wäre, mit mir selbst in der höchst gefährdeten und umstrittenen Mitte! Es bleibt übrig als einzig denkbarer Schluß: das Mâ ist eben doch nicht das Ganze!

Sondern? frage ich, und es überkommt mich eine innere Unrast und ein Drang, das alles loszuwerden, wegzustoßen, wegzustrampeln, was ist es dann?

❖ Ein späteres Bild aus dieser Zeit zeigt mich in einem im Wasser versunkenen Raum, einer Waschküche vielleicht, einer Zisterne, dampfig und dämmrig, mit langen, von oben herabhängenden Zotteln, zwischen denen ich mich verirre und verstecken kann. Ich bin ein leuchtender Fisch mit einem manchmal sich öffnenden, noch nicht ganz ausgebildeten Auge. Ich suche in Buchten und Winkeln, stupse gegen Stengel, wenn mir etwas nicht ganz geheuer vorkommt, zische ich ab.

Aus der Oberwelt dringt ein Getuschel und Gerede zu mir her, gedämpft aber deutlich vernehmbar, und spricht über mich. Es will wissen, daß sich da unten etwas rührt, etwas tut, und nicht mit rechten Dingen zugeht, murmelt von einem *Säuerling,* der dort angeblich haust, *schnell hingemacht* sagt es, *von der Köchin mit dem langen hageren Otto, der hat sie seinerzeit auf dem Schnürboden, über dem Butterfaß hinter der Tür, die Sowieso hat sie dabei mit eigenen Augen, mit eigenen Ohren, und jetzt soll es nicht mehr wahr sein, aber passiert ist passiert, und wer weiß der weiß* sagt es, *von nichts kommt nichts.*

Ich bin von diesem Gerede und Gemurmel umgeben, zusammengehalten, kann sein hervorgebracht. Ich bin nicht sicher, ob es mich gibt. Ich schnuppere an Fäden, tauche ab. Manchmal der Gedanke an eine Öffnung, schnell wieder fortgewischt. Ich bin unauffindbar, in Sicherheit und gefangen. Ich muß abwarten, wie es mit mir hinausgeht, ob es noch wird mit mir, aber wer hat mir denn eingeflüstert, daß es mit mir hinausgehen soll, daß ich das überhaupt will, ich bin da sehr skeptisch, diese Oberwelt kommt mir wenig verlockend vor, am Ende bleibe ich besser ein Fisch, schnuppernd und kreisend.

❖ Ohne die Fähigkeit, uns einen eigenen Ort zu schaffen, im Innern nichts wie Flimmerbilder, waren wir von da an also auch noch im Äußern umfaßt und beherrscht von diesem allgewaltigen Mâ, das die Frauen mit einem gewissen Recht auf ihre Seite zogen und zu einem weiblichen Überwesen erhoben. Das gab den Menschen und

Dingen zwar einen Zusammenhang und eine Verknüpfung — aber wir wurden dabei doch in eine recht jämmerliche Ecke gedrängt: ameisenwinzig kamen wir uns vor gegenüber diesem riesenhaft Übermächtigen, mit bloßem Auge kaum zu erkennen, stofflose und leiblose Strichmännchen, gut zu nichts anderem als zum Jagen und Sorgen, aber sonst einer wie der andere, so ununterscheidbar und hinfällig wie die Nuckelkinder.

Das war nicht nur eine Einbildung, sondern so sind wir tatsächlich in unserem Innern als Bildchen erschienen, und irgendetwas hat uns dazu getrieben, uns in dieser Armseligkeit auch nach außen zu setzen: als plattgedrücktes Krabbelgeziefer, flüchtig eingeritzt in massige Mâ-Steine. Eine traurige Beschäftigung, gewiß — aber fesselnd doch auch, und übrigens ganz leicht zu bewerkstelligen: die Linien waren in uns ja genau vorgezeichnet, wir brauchten sie eigentlich nur zu verdoppeln. Und diese krakeligen Strichgestalten haben uns schließlich auch auf die Sprünge geholfen. Denn sie ließen sich nicht mehr, wie die inneren, mit einem Gedanken einfach fortwischen, sondern standen uns als bleibende Mahnung vor Augen, daß wir, wenn wir nicht aufpaßten, dabei waren, zu bloßen Nichtsen zu werden.

Es mußte ein Einfall her, und der kam dann auch: von wem, ist nicht überliefert. Denn wir waren damals noch sehr ungetrennt, wahrscheinlich hatten wir ihn also alle miteinander, ist er gleichsam aus unserem Einvernehmen gestiegen. Wodurch waren wir denn schließlich so geschrumpft und vermindert? Durch einen Vergleich. Konnten wir uns da also nicht durch einen Gegenvergleich, der günstiger für uns ausfiel, zu etwas Eigenem und Besonderen vergrößern? Und so machten wir die Erfindung, uns als Bär, als Wiedehopf oder als Schlange auszugeben, obwohl wir das in Wahrheit gar nicht gewesen sind.

Hinterher haben wir uns manchmal gefragt, was uns wohl auf den Gedanken gebracht haben mag. Kein Zweifel, daß er mit unserem inneren Riß und Knacks zu tun gehabt hat. Denn seit uns der befallen hatte, waren uns die Tiere, und übrigens auch die Frauen, in ihrer ungebrochenen Ausgefülltheit und Solidität immer beneidenswerter vorgekommen, heilig fast, und von uns nicht mehr erreichbar. Andererseits erschienen die ganz und gar unfähig, sich als etwas anderes zu wünschen, uns insofern also auch wiederum unterlegen. Und immer wieder hat uns der Riß dieses Gefühl gegeben, wir trügen damit einen Mangel, aber auch eine sonderbare Gabe mit uns herum. Als wäre er dazu da, dem Äußeren nachzulaufen, es allmählich einzuholen und am Ende vielleicht sogar darüber hinauszuschießen in wer weiß welche Wahrheit . . .

In diesem Fall hat er uns jedenfalls augenblicklich ein Riesenstück weitergeholfen. Kaum hatten wir den Tiervergleich zuwegegebracht, ein jeder mit dem seinen, und schon konnten wir uns, wie durch ein Wunder, als der Starke, der Kecke oder der Listige unverwechselbar auseinanderhalten. Dem konnten sich sogar die Frauen nicht ganz entziehen. Aber ihr Gegenzug ließ nicht lang auf sich warten.

❖ Erstaunlich die Vielzahl neuer Ereignisse, Verhältnisse, Sachen, die in diesem ins Nichts ausgespannten Raum jetzt auftauchen und durcheinanderpurzeln, teils einmalig und dann entsprechend wesenlos, ohne Bestand, teils aber auch wiederholbar und also offenbar wirklich. Überraschend, ich sage sogar fesselnd, nichts dergleichen hätte ich mir träumen lassen auf meinen Inseln oder in meinem Unterwasserreich, aber freilich auch zwiespältig, bedenklich, Einbrüche ins Ganze, Risse in der Fülle, denn wie kann in diesem Durcheinander von dem *da* als Einem überhaupt noch die Rede sein?

Strenggenommen hat das ja schon angefangen, als sich das *da* im Raum in eine Daumen- und eine Turmform aufgespalten hat. Aber damit nicht genug, hat sich der Turm und Daumen inzwischen auch noch in verschie-

denfarbige Wolken oder Schwaden eingehüllt und ver-
nebelt, meistens bloß einmaligen allerdings, und damit
Blendwerk, aber sie verwischen die Ähnlichkeit zwischen
Vorbild und Nachbildung und rutschen mir dann aus der
vergeblich nachgeworfenen Schlinge.

Ein Zweites. Aus dem Komma-Strich, vielleicht eher
aus dem Strich, tönt abgesehen von dem Geglucks und
Geklimper neuerdings noch etwas anderes heraus, was
mit der inneren Gefühls- und Kanalstimme verwandt ist,
aber in seinen Signalen verworren bleibt, ehrlich gesagt
sogar unverständlich, ein Kauderwelsch. Hübsch, weil
nach Art eines Vogels auf- und abtanzend, aber zugleich
auch störend, weil diese Zweitstimme, wenn sie mir zum
Beispiel *kugä kugä* ins Ohr schreit, die erste zurückdrängt
und fast unhörbar macht. Aber nur wenn ich im Kanal
die eindeutige Botschaft *nun mach schon* vernehmen kann,
weiß ich doch, was gemeint ist: ich soll auf etwas rotes
Rundes aufmerken, beim Anfühlen leider reichlich mâ-
fremd und neutral, viel zu groß zum Umkringeln, aber
immerhin glatt, nicht geradeheraus *du*-stachlig. Naja.
Aber was soll ich sagen zu dem Lichtloch von neulich,
eins und nicht zwei, dessen bin ich diesmal fast sicher,
aber ohne Strich, ohne Komma, ohne jedes Geruchsbei-
werk? Ich habe das gar nicht glauben können, und es
daher ununterbrochen angeglotzt und wiedergeholt,
aber es blieb was es war: ein einzelnes Lichtloch ohne
irgendetwas drum herum mitten im leeren Raum.

Das *da* will sich in lauter nichtige Einzeldinge auflösen und verwässern, ich finde keinen anderen Ausdruck
dafür. Manchmal trägt es neben sich sogar einen schwarzen Schatten als Zeichen des Nichts, oder vielmehr tritt
der Schatten aus ihm heraus, sodaß manche Sachen
davon völlig eingeschwärzt und also abscheulich werden.
Was braucht es da noch mehr Beweise, daß die Fülle in
das Nichts überläuft und das Nichts in die Fülle! Dafür
spricht auch der Umstand, daß zwischen mich und das
da jetzt gelegentlich ein zweiter Turm eindringt und
einschiebt, mit kaum vernehmbarer, aber sehr großer

Innenstimme, die an mir vorbei irgendwie ins Allge-
mein-Leere gerichtet ist. Über den Kanal läuft dabei
regelmäßig die Nachricht *achtung und aufgepaßt* oder auch
da ist er da kommt er. Aber was das für ein *er* ist, und
wozu er gut sein soll, entgeht mir, ich halte ihn offen-
gestanden für eine weitere Einvermischung des Nichts
in das *da,* und außerdem ist er im Wesentlichen auch
schwarz.

Schlimmster und letzter Punkt. Statt des schönen
weißen Bergs wird mir, nun schon zum wiederholten
Mal, ein zwar ebenfalls weißes, aber sonst mit dem Berg
in keiner Weise vergleichbares Ding hingejubelt und
unterschoben: und anstatt daß Fülle einschießt, bekomme ich mit einer Art Bagger aus fünf Metern Entfernung, grob geschätzt, etwas Rauhes, Hartes und
völlig Unsüßes eingeschaufelt. Ich speie das Zeug selbstredend voller Schreck und Ekel augenblicklich wieder
aus, aber wie es grob geschätzt fünf Meter weit geflogen
ist, fängt es der Mâ-Turm aus der Luft wieder ein, um
es mir neuerlich wieder einzulöffeln, und zwar so oft
hintereinander, bis ich es aus lauter Nochnicht schließlich schlucken muß.

Der Brocken tut noch ziemlich lange weh, bis er endlich weg ist, und auch eine notdürftige Art von Nichtmehr bewirkt, aber eine Ankoppelung nenne ich das
nicht, mit Fülle hat das nichts mehr zu schaffen, besonders weil die Kanalstimme dabei mit lauter stacheligen
du-Tönen und einem kratzigen *nun mach schon* daherge-
fahren ist, was mir den Fraß noch zusätzlich vergällt hat.

❖ Und dann, unverhofft, diese Beseligung, ich kann sie
anders nicht nennen, als mich, nach einem Plitschplatsch
mit Sonnenkringeln und Wohlgeruch, in einer frischen,
luftigen Weite, allmählich ein wundersam ziehender
Kitzel überkommt, der aber nicht von der guten Kuppe
stammt oder mich zu ihr hinzieht, sondern sich über
mich ausbreitet und dann neu versammelt, in einer ganz

anderen Himmelsgegend, so als hätte ich mich in die Länge gestreckt und wäre zu einer Art Wurst mit zwei Enden geworden.

Bahnt sich da eine Ankoppelung ohne Einschießen an, will ich mich fragen, eine Fülle ohne Umkringelung? — aber da plötzlich hat alles Nachdenken aufgehört, ein Schwall hat mich in die Höhe getragen, eine Überflutung, eine Bewußtlosigkeit, fast hätte ich mich aufgelöst wie im Nichtmehr, ich gehe auf und verströme mich, mich selbst oder etwas, das kann ich nicht sagen, eine Sättigung jedenfalls, ohne Berg, ohne Mâ, eine Sättigung anderswoher, es kommt nicht die Milch zu mir herein, sondern ich selbst bin die Milch — oder doch ungefähr so, und dauert lange und lange, und läßt mich danach auch in kein Nichtmehr versinken und eingehen, sondern gönnt mir eine große wohlige Pause voller Lichtergedanken und morgendlicher, glatter Gefühle.

Das ins Innere tun und wiederholen! sage ich mir, denn damit steht fest, daß es nicht nur eine Ankoppelung gibt, sondern zwei. Und das wäre mir allerdings lieb und ein herzlicher Trost angesichts der ständigen Einschnürung und Abwürgung der äußeren Fülle, neulich Salzbrezen zum Beispiel, pfui Teufel! Ein ausgezeichneter Plan, ein glänzender Einfall, wenn er mir nur nicht wieder davonrutscht, wenn ich nur rechtzeitig dahinterkomme, wie das Vorbild eigentlich aussieht, das ich zur Nachbildung brauche!

Aber wenn ich den Plan festhalten kann, das nehme ich mir vor, dann pfeife ich fortan auf das *da* samt Kuppe und samt Kanal, aus dem ja doch nur alle Augenblicke lang Stacheltöne und *du*-Kratzbürstigkeiten herausgeschossen kommen, das *da* soll dann meinethalben tun oder lassen, was es will, dann gehe ich endlich! endlich! in die Autonomie.

❖ Wir waren noch nicht sehr weit darin gediehen, uns durch unsere scharfsinnigen Tiervergleiche voneinander zu unterscheiden und auseinanderzuhalten, da begannen sich sogleich auch die Frauen, in einer zwar einfacheren, aber auch tiefergreifenden Hinsicht aufzuteilen, nämlich nach Mâ und Nicht- oder Nochnicht-Mâ. Wer von beiden uns da besser gefiel, brauchten wir nicht lang zu überlegen. Dürr und knochig waren wir selber. Dagegen die Schönen und Schwellenden mit ihrer unwiderstehlichen Ähnlichkeit zu allem Anziehenden und Verlockenden, berstend vor saftiger Fülle wie die Kürbisse! — bei ihrem Anblick erfaßte uns immer stärker ein süß-ziehendes Gefühl, eine Mischung von Sehnsucht und Anbetung, wirklich eine Art Liebe, die uns unsere Hintansetzung und Verkleinerung fast vergessen ließ. Im Gegenteil, jeder von uns fühlte sich geehrt und gehoben, wenn sich eine von ihnen dazu herbeiließ, ihn zu sich zu rufen, obwohl dabei keineswegs feststand, daß das auch nach einer ausreichenden Erwägung seiner Verwandtschaft zu Bär, Wolf oder Hirsch geschah.

Und das war anscheinend auch, was wir in der Vermischung mit ihnen jetzt suchten: nicht wie vormals die fröhliche Bestätigung unseres Ungetrenntseins und Einvernehmens, sondern eine Aufnahme und Bergung im Ort aller Örter, wo alles Hohle und Leere, alle Vergleiche und Unterschiede wieder dahinschmölzen im Rausch, der nicht mehr danach fragte, was ist Mund, was ist Milch? Es war wie eine zehrende Sucht, von der gar nicht feststand, ob sie uns guttat, denn sie entließ uns kleiner, geringfügiger und unterschiedsloser als zuvor, und es dauerte oft lange, bis wir uns wieder daran erinnerten, daß wir eigentlich Schlange waren, Bär oder Wiedehopf.

❖ Im Kanal Geflatter, nervöser Wirrwarr, gepreßte Dringlichkeit in der Stimme, *alles weg alles leer,* ich werde hochgerissen, verpackt, verschnürt, klatsch abgestempelt mit Strichschmatz, der elektrische Geruch verweht, mit dröhnenden Tritten steigt mir das Erdinnere entgegen, dann Anschnallung im Rirarutsch, Start, und ab in die helle, geruchlose kalte Schlucht mit Karacho. Turm nach Turm zischt vorbei, der Kanal übervoll mit einem Tumult einmaliger, wesenloser Botschaften, weich spitz, grell, muffig, *muß Mehl muß Milch,* dann, sehr laut, *Schlüssel?* und mein Kopf schleudert so heftig nach vorn, daß er fast vom Hals gerissen wird, *gottlob da ist er ja,* und mein Kopf prallt so stark gegen die Rückenlehne wie beim Start in einer Feststoffrakete, *hoffentlich brüllt er nicht* (gemeint bin nicht ich), *hoffentlich will er morgen früh nicht schon wieder* (gemeint bin ich), Einfahrt in ein übelriechendes Kellerloch, Stillstand.

Aufragende Türme ringsum, zum Ersticken nah. Ruhe, Scharren, vorn in meilenweiter Entfernung Kauderwelsch, im Kanal von irgendwoher: *das Liebe das Kleine* (gemeint bin ich), aber die *da*-Stimme schlägt dazwischen mit noch mehr verworrenen unverständlichen Einmaligkeiten und wiederholbar, *doofe Ziege blöder Hut Pelz ah! Pelz,* ich merke, wie ich depressiv werde, nichts ist auf mich gerichtet, ich bin nicht gemeint, verfalle in Stumpfsinn, stiere vor mich hin, *wie das dauert wie die drängelt,* die Türme schieben sich mit unendlicher Langsamkeit scharrend nach vorn auf das Kauderwelsch zu, es war immer schon so, es wird nie anders werden, im Kanal *wie kann ich wie soll ich,* ein wachsender bösartiger Ausdruck von Drittwillen und Außenschale, aber dann rums raus aus dem Loch tatü tata, alle Gedanken fortgespült vom pfeifenden, brausenden Fahrtwind.

❖ Genau wie mir seinerzeit schon geschwant hat: über der ständigen Ablenkung durch die wesenlosen Einmaligkeiten, die von der Außenschale zu mir durchdringen, ist mir mein ausgezeichneter Plan und glänzender Einfall tatsächlich entglitten und weggerutscht. Jetzt habe ich sie wiedergefunden, anders kann ich sie noch immer nicht nennen, die Beseligung in der anderen Himmelgegend, die Sättigung anderswoher. Aber aus meiner

Selbstgenügsamkeit ist nichts geworden, auch hier muß ich offenbar von der anderen Seite gewollt sein: denn beim Üben hat sich gezeigt, daß es zur Beseligung das Fehlen und Ziehen zum Mâ hin braucht: die Beseligung und das Mâ gehören zusammen.

Umso besser! Da liege ich nun in meinen langen und hellen Pausen, übe Gelall und Betätschelung, die mich streichelt und kitzelt auf die süßeste Weise, ich werde zur glücklichen Wurst auf ganzer Länge, und je höher mich der Schwall trägt in die Überflutung und das Verströmen, desto voller und lebendiger wird das Mâ, es flattert in herrlichen bunten Wolken vor mir hin und her und schickt dabei ein Gefühl von *du* und *du-au* zu mir her, in dem die früheren Stacheln sich alle eingezogen und besänftigt haben zu einem wunderbar weichen, flaumigen Flederwisch.

Und wie ich mich nun wohlig räkle in diesem Wallungsgewoge, mich darin, dem Ziehen nachgebend, auflöse und ergieße, merke ich, daß auch das Mâ einer solchen Himmelsgegend angehört: nicht derselben zwar wie meiner, aber einer mir ebenso lieben. Alles, was ich von ihm kenne, die Kuppe, der Berg, das Geklimper, faßt sich darin zusammen: das Mâ ist ein *sie!* Diesen Ausdruck hat die Stimme während meiner Beseligung in mich hineingetragen, und sehr tiefe und geheimnisvolle Obertöne höre ich aus ihm heraus, es ist, als ginge eine leise spiegelnde Trennung durch unser vormaliges Einssein und trennte es in zwei Hälften, mit einem Fluß oder einem Teich auf der anderen Seite, zu denen ich hinmöchte, es rauscht flüsternd und flimmert wie Schilf herüber von diesem *sie,* und voller staunender Ahnung spüre ich dem neuen Namen nach und übe und wiederhole ihn: die Ma, die Mama.

❖ Sie ist dick und weich, hat es bei uns von ihr geheißen, nur ungern bewegt sie den mächtigen Körper. Sie liegt und ruht in sich, sie löffelt sich Brei ein wie eine Nachdenklichkeit. Ihr Schoß bietet sich schamlos den Blicken dar, steht weit offen zwischen rosigen Falten und Polstern. Die Scham ist jünger als sie, haben wir damals gesagt. Ihre Brüste laden aus wie Äste, zwei Weltkugeln unter verschränkten Armen, so hochgewölbt, daß ihren Kopf noch keiner gesehen hat. Sie hat keinen, hieß es. So wächst und liegt sie schwellend seit jeher.

In nichtender Reihe, so ging die Rede, nähern sich, auf Knien rutschend, die Kindlein ihrem Lager, schieben sich an ihr hinauf, behutsam und ängstlich, sie in ihrer Ruhe zu stören. Bemerkt sie sie nicht, will sie nicht wissen, wer sie sind? Angeblich hat sie noch nie die Augen geöffnet. So suchen sie zitternd und wimmernd an ihrem Leib, vergeblich breiten sie die kurzen Ärmchen aus, sie zu umfangen. Sobald sie mit zarten, feuchten Lippen eine ihrer Brüste gefunden haben, war damals zu hören, ergießen sie sich aus winzigen Schwänzchen schnell und still in ihr Inneres.

Sie ruht dabei ohne Regung. Aber es soll auch vorkommen, daß ihr das Suchen und Wimmern lästig wird, dann schüttelt sie sich, streift sie die Kindlein von sich, ihre winzigen Schwänzchen, wenn sie nicht schon zuvor in ihrem Inneren steckengeblieben und dort langsam zerschmolzen sind, brechen ab, und sie fallen flennend zu Boden. Oft dreht sie das Gesicht zur Wand. Aber auch dann, hat es geheißen, schiebt sich die Reihe weiter, ihren Rücken hinauf, unermüdlich, tastend und vorsichtig suchen die Kindlein und können nichts finden und ergießen sich weinend ins Leere, fallen ab und verschwinden.

Und immerzu, so hat man sich damals erzählt, auch im Dunkeln, ist um ihr Lager dieses Flennen und Flehen zu hören, das leise Schieben und Scharren von rutschenden Knien in einer nichtenden Reihe.

❖ Für mich gibts inzwischen nur noch eins: ich will raus hier! Mit der bedauerlichen Durchsetzung der Fülle mit dem Rauhen und Bittren hätte ich mich vielleicht noch abgefunden, und auch mit der Unterschiebung einer geruch- und mâ-losen Ersatzkuppe, denn beides war mehr als aufgewogen durch die geheimnisvolle *sie*-Werdung der Mama und die neue zweiseitige Beglük-kung, in der sich unsere leise Trennung zugleich bestätigt und auflöst.

Und nun werde ich auch noch darin zurückgestoßen. *Ich mag nicht ich habe keine Lust hör auf oder ich schmeiße dich an die Wand!* — diese Botschaft, ich lüge nicht und übertreibe nicht, ist wörtlich über den Kanal gelaufen, ich habe vergessen, ob mit Kauderwelsch vermischt oder nicht. Für die Wörtlichkeit verbürge ich mich.

Mir haben die Worte gefehlt, es ist jedes Gefühl ausgeblieben. Ja, ich kann den Ablauf noch genau rekonstruieren. Was mir zuerst daran auffiel, war kein Wehtun, auch die angedrohte Wand nicht, ich war ja schon oft gegen wirklich entgegengehaltene weiße Kacheln geknallt nach dem Absprung; das erst war vielmehr das merkwürdig Zurückgebogene in dieser unglaublichen und empörenden Nachricht: der darin enthaltene Willen hatte die Form einer schlüpfrigen, in sich selbst zurückgekrümmten, sich wegwindenden und damit abgängigen Schlange, sodaß ich ihm gar nicht nachtasten und nachkrabbeln konnte, ohne daß sich mir in meinem Innern nicht alles verdreht hätte. Ich habe mich davon abkehren und ihn fahrenlassen müssen.

Es ist dieses Insichhineinschlüpfen und damit Wegsein gewesen, nichts anderes, was mich so tief erschreckt und empört hat. Und tatsächlich meine ich, unmittelbar vor der *an die Wand*-Drohung wäre im Kanal eine winzige Pause entstanden, ja genau, das war es, was dabei eigentlich wehtat, daß die sonst ständig anwesende Stimme, ob sie nun *lieb-lieb* gesagt hatte oder *schlußjetzt,* einen fürchterlichen Moment lang einfach geschwiegen hat; es war alles um mich schwarz und totenstill, sodaß die Drohung mit der Wand geradezu als Erlösung daherkam.

Was sich hier kränkend kundtat, war also nicht ein

Willen, der mich will, und dann je nachdem kann oder
nicht kann, sondern einer, der *sich selber wollen kann* und
sonst gar nichts: sich somit in irgendeine mir unbekannte
und unzugängliche Ichkammer zurückzieht und, obwohl
räumlich vorhanden, abwesend wird. Aber mit einem *da,*
das manchmal da ist, und sich dann nach Belieben nur
noch sich selber zuwendet, kann und will ich nicht leben.
Und das ist bestimmt nur der Anfang, das ist nur der
neueste Dreh in dieser allgemeinen Verschlimmerung
und Verschluderung. Ich bin schließlich auch noch auf
der Welt!

❖ Versinken, dahingehen, eines nichtbemerkten Tags
verschwunden sein, als wäre nie etwas gewesen, die
älteste und gleichgültigste Art der Beendigung; nach
ein paar schwächlichen und zaghaften Kratzern im
Boden und einer wackligen Hütte, wie mühsam bewerk-
stelligt, nur noch der Sand und der Wind, der sie verweht hat zusammen mit den Bewohnern; die Vertilgung
vom Erdboden, wahrgenommen von keinem Bewußtsein und nicht erinnert, weil es sich im Zurückfallen
selber vergessen hat —: dagegen, sonst geht nichts
weiter, hilft nur eine Mauer, ein Bollwerk, etwas Unver-
rückbares, hinter das keiner zurückkann, auch in Gedanken nicht, und das daher auch aus den Gedanken verbannt werden muß.

Aber woraus, an welcher Stelle die Mauer errichten,
die das Bewußtsein hindert, sich aufzulösen und zu verschwimmen in der Süße und Fülle, nie mehr so unbedingt, und es zwingt, herüben zu bleiben und weiterzuwollen? Welche Vertreibung denn, durch welchen
Engel und welches Schwert? Ja, nur diese einzige bringt
es zuwege, nichts anderes hilft als das Bollwerk, unüber-
steigbar auch in Gedanken, gegen die Beseligung in der
anderen Himmelsgegend von Teich und Schilf der
wunderbar farbigen und zur *sie* gewordenen Mâ: es hilft
nur das Wehtun.

❖ Und so steht in der Stimme ohne Filter und ohne
Bewußtsein, seit dem sehr frühen Anfang, nie vernommen, weil er immer schon da war, dieser gleichbleibende
tiefe Brummton und verschafft sich jetzt durchdringend
Gehör, schwillt an, heult sich hoch und wird zur gellen-
den Glocke: sodaß ich kaum noch dem ersten Ziehen
gefolgt bin zur Sättigung anderswo, zu Schwall und
Ergießung, als mir auch schon der Gedanke und jeder
Gedanke an den Gedanken herausgebrummt und fort-
gegellt wird; etwas, was ich kaum als Stimme wiedererkenne, fängt an so laut zu schreien, daß fast nicht mehr
zu verstehen ist, was sie sagen will, und kreischt *wehe*
und *fort* und kreischt, sich überschlagend, *alles nur das
nicht* und mit einem Mal weiß ich, warum die Stimme so
fremd klingt: es sind viele Stimmen auf einmal, alle
gellend und krächzend, es ist der bis jetzt undeutlich
gebliebene Weltschwarm, der sich mit seinem *so und
nicht anders* auf mich herunterstürzt und mich zerhackt am
anderen Ende, meine Himmelsgegend zerfetzt mit einem
so tiefen Wehtun, daß ich es nicht mehr spüren kann,
und also auch nicht mehr sagen, daß es wehgetan hat.
   Dann fliegt der Schwarm wieder auf und davon, aber
ich weiß kaum, daß es ihn jemals gegeben hat und kaum,
daß er fort ist. Ich muß bewußtlos gewesen und immer
wieder bewußtlos geworden sein, wenn die Zerhackung
neu anfing, und sie geschah hundertmal, sonst hätte sie
mir nicht soviel austreiben können von meiner Erinnerung an den Schwarm und das Wehtun. Denn ich weiß
sie tatsächlich kaum mehr, sie liegen zusammen mit
einem vielleicht bloß erträumten Schwall, einer vielleicht
nur ausgedachten Beseligung hinter einer undurchdringlichen Mauer. So habe ich, ohne dabeigewesen zu sein,
gelernt, daß sie zu dem gehören, was es nicht gibt, auch
in Gedanken nicht: was heißt gelernt?

❖ Also dort, hat er sich später gedacht, liegt die unter-
gegangene Hälfte und andere Seite der Wirklichkeit,

ohne die die spätere immer so schwer zu verstehen war,
wenn verstehen heißt: sagen können, was was ist, und
was warum geschah, warum nicht. Solange war sie mir
wie ein Teilstück, wie etwas Übriggebliebenes erschienen, jetzt endlich zeigt sich wovon: vom Möglichen,
das versperrt und verbaut werden muß, damit das Bewußtsein sich nicht darin verliert, und was es erobern
will, nicht verschwimmt und versandet, als wäre es nie
gewesen. Der Schwarm hat meine nach rückwärts
gerichtete Erfüllung zerhackt, ohne daß ich dabei war,
und mir so die einzig richtige Schneise und Verästelung
gezeigt: das heißt gelernt!
Damit es etwas geben kann, darf es etwas anderes
nicht geben, ganz einfach! Und zwar ein Gewolltes.
Denn solang es dieses Gewollte gibt als denkbares Ziel,
ist es dem Willen unmöglich, sich auf etwas anderes zu
richten. Damit also ein neues Gewolltes entstehen kann,
darf das alte nicht weiterleben, ganz einfach! sondern
muß zerhackt und vernichtet werden, logischerweise.
So ist die Wirklichkeit, das ist das Übriggebliebene an
ihr, wirklich geworden nur weil ihr fehlte, was der
Willen von ihr gewollt hat. Und die Kraft, die sie am
Wirklichsein hält, ist eine durch nichts zu erschütternde
Beständigkeit dieses Fehlens. Und durch nichts zu
erschüttern sein wird diese Beständigkeit nur, ganz einfach! wenn das Nichtfehlen nicht mehr gedacht werden
kann ohne Bewußtlosigkeit. Je mehr das Fehelnde fehlt,
desto wirklicher das Vorhandene, hat er sich später
gedacht, und deswegen sind in den Dingen die Tränen,
logischerweise, sonst wären sie nie zu Dingen geworden.

❖ Nicht lange, und unsere Sorge, ob uns die Vermischung
mit dem Mâ gut bekam oder schwächte, hatte sich zu
unserer Erbitterung von selbst erledigt. Die Frauen
fingen jetzt nämlich an, zuerst eine unerklärliche Scheu,
dann eine geradezu bösartige Abneigung dagegen zu
zeigen: und vorneweg die, zu denen es uns wegen ihrer

schwellenden Rundungen und prallen Süße am heftigsten hinzog. Aber wieso denn nur? Weil das Mâ etwas
Ganzes und Volles sei, gaben sie uns zu verstehen; wer
in es eindringe, verstöre es und mache es zornig. Wir
sollten es draußen suchen, nicht drinnen; überhaupt
müßten wir endlich lernen, auf eigenen Beinen zu stehen.
Das alles kam noch halbwegs gelassen daher. Aber
wenn sich einer dann nicht schleunigst verzog und
weiter sehnsüchtig nach ihnen grapschte, wurden sie
ausfällig. *Hau ab du Lümmel,* so konnte der dann in sich
vernehmen, *du bist doch kein Kind mehr! Fort mit dir, oder
du kriegst meinen Wollkratzer zu spüren, du Schänder, mother-
fucker du!*
    Eine so rohe Aufkündigung der ältesten Selbstver-
ständlichkeiten! Das war verletzend. Wir glaubten die
Wunde manchmal fast körperlich zu spüren. Und nicht
nur ihre abwegige Unterscheidung nach Mâ und Nicht-
Mâ hatten sie damit gegen uns gewendet, sondern auch
unsere klugen Tiervergleiche rissen sie jetzt an sich und
mißbrauchten sie: sie lernten damit nicht etwa unsere
verschiedenen Wesenszüge und Begabungen auseinanderhalten, die waren ihnen nach wie vor ziemlich egal,
sondern sie bastelten daraus völlig künstliche und pedan-
tische Abstufungen von Mâ-Nähe oder -nichtnähe.
Fisch mit Fisch geht sowieso nicht, ließen sie sich entschieden
vernehmen, *Fisch mit Wiedehopf ist bedenklich, was allenfalls ginge, wäre Schlange mit Fisch* — was zur logischen
Folge hatte, daß unser früheres Einvernehmen sich
immer weiter unterteilte und verästelte, bis wir kaum
noch wußten, was in den anderen vorging. Und daran
schien ihnen auch gar nicht zu liegen: wer sich nicht an
ihre neuartige Kästchenwirtschaft halten wollte, dem
ließen sie bald überhaupt keine einvernehmlichen Regungen mehr zukommen, sondern nur noch Gefühlsüberfälle
von häßlicher, messerartiger Schwärze. Jeder mußte
frohsein, wenn irgendein klappriges, sehniges Ding aus
weiß Gott welcher Unterverzweigung ihn bei sich ein-
ließ. Wen wundert es, wenn wir uns da aneinanderhielten

zur zärtlichen Tröstung? Ganz und gar verstoßen waren wir doch, Stiefkinder einer lieblosen Mâ-Welt.

❖ Es packt mich jetzt also eine tiefe und unstillbare Wut, stelle ich mir vor, denn ich war lange geduldig, habe Mediensuppen, Lücken und Bitterfraß hingenommen, Verständnis aufgebracht für Außenzwänge und *du*-Stachligkeiten trotz allem Wehtun.

Jetzt aber nicht mehr! Wer sich einbildet, mit mir auf der Ebene von *ich* und *mag nicht* umspringen zu können nach eigener Willkür; wer meint *mit dem kann man doch alles machen* — und auch das habe ich mir im Kanal schon anhören müssen als höchst versteckten, sicher nur unwissentlich mithineingeratenen Unterton, aber meinem Ohr entgeht wenig; wer mir hinter meinem Rücken, ich weiß schon nicht mehr welche Zerhackungen zufügt bis zur Bewußtlosigkeit und damit straflos davonzukommen glaubt: der hat sich gebrannt, kann ich nur sagen, und gefährlich mit dem Feuer gespielt.

Ich habe nämlich, aber davon kann niemand etwas ahnen, und ich habe meine Gründe gehabt, es zu verschweigen, ich habe seit einiger Zeit eine Waffe, einen Stachel, einen Haken, ein Schwert. Und aus Wut und aus Enttäuschung, und weil mir nichts mehr anderes übrigbleibt, gehe ich damit jetzt los auf den weißen weichen Berg, die süße Kuppe, ich beiße sie durch und durch und reiße Fetzen heraus und schmeiße die Fetzen nach unten in den unendlichen Abgrund, der sie auf Nimmerwiedersehen verschlingt.

Schluß mit dem Geknuddel, dem Gekitzel, dem *lieb-lieb*-Getue, mit dieser ganzen hohlen Fassade, jetzt kommt mein Widerstand, mein bewaffneter Aufruhr, die Entscheidungsschlacht, jetzt hält mich nichts mehr, und deswegen beiße ich das, ich zerre, reiße und knurre, auch wenn es mir wehtut, das ist mir egal, ich sage *putt,* und tatsächlich, der große Berg wankt, der Ma-Turm kracht ein, er fällt um, er ist weg. Gottlob hat es ein

Ende mit ihm, er kann mir nichts mehr anhaben, ich stehe frei und ledig in einem von mir selbst gewollten und geschaffenen Nichts, in einer Wüste, in einem einzigen Wehtun: aus mir fließt überall Blut.

❖ Nichts mehr ist später je so fürchterlich und so notwendig gewesen, denke ich mir, obwohl es danach an Schrecklichkeiten wahrhaftig nicht gemangelt hat, nichts hat mich so weit und so blind in die Welt hinausgeschleudert wie diese unerbittliche und grenzenlose Raserei. Sie hat den ersten leeren Platz für mich geschaffen, der mir doch zugleich so verhaßt und verwünscht war, vergeblich habe ich bis heute versucht, ihn wieder zu füllen. Sie war die Trennung, mit der die Fähigkeit zur Liebe angefangen hat, als es zu spät war.

Vorher? An das Vorher kann ich mich kaum mehr entsinnen; da hatte es ein *da* gegeben oder auch nicht, und je nachdem ging es mir gut, tat es weh; aber nie hatte ich damals dieses Ziehen in mir gespürt, das auf dieses verlorene, aber eben doch nicht ganz vergessene Ganze hinauswill, jetzt oder später in einem möglichen *könnte:* das Ziehen, das mit der Trennung einhergeht, mit der Trennung, die Abstand schafft, den Abstand, der das Schöne erst zu erkennen gibt. Und dieses Ziehen hat nicht mehr aufgehört und hat in mir weitergebissen, obwohl ich meine Wut schon längst nicht mehr finden kann und schon längst nicht mehr beiße.

Es ist nie mehr wie vorher geworden. Gewiß, die Ma ist dann wiedergekehrt, durch einen Zauber aus dem Abgrund auferstanden und neubelebt. Aber wie schlimm verwandelt! Kein Schwall und keine Fülle, sondern eine Austrocknung und Verblaßtheit, eine tiefe Ermattung. Ich bin nicht mehr doppelt und langgestreckt, kaum daß noch etwas von mir an die Kuppe will. Vorher ja, vorher habe ich damit an der Welt gehangen, damit die Lücke in der Lücke gefunden, nie mehr so unbedingt, alles wollte ich damit ansaugen und einsaugen. Jetzt nicht mehr. Jetzt nur noch manches. Ich bin heikel geworden, denke ich mir, es hilft alles gute Zureden nichts, seitdem hat alles fade geschmeckt, es war nie mehr dasselbe.

❖ In Wahrheit, soviel ist mir inzwischen klargeworden, habe ich die Ma gar nicht in den Abgrund geworfen, ich habe in meiner Wut nicht aufgepaßt und innen und außen verwechselt, in Wahrheit habe ich sie aufgegessen und in mich hineingeschlungen, deswegen bin ich so voll, so appetitlos, daher ist sie nur noch ein Schatten ihrer selbst und hat Löcher: was ihr fehlt, habe ich von ihr verschluckt!

Jetzt liegt es in meinem Innern, zusammen mit meiner Wut, denn auch die habe ich in mich hineingefressen, und so haben sie die zwei vermischt und sind zusammengewachsen zu drei Bildern in verschiedenen Gegenden.

In der ersten Gegend steht da ein hochragender, viereckiger Bau, seine Linien verjüngen sich nach oben fast bis zum Punkt, er ist grau und verwittert, er ruht auf einem mächtigen offenen Torbogen, und vor dem treibt seit jeher alles vorüber, was umsonst war und nicht ans Leben hat kommen können, ein breiter, zappelnder Strom, und das Tor sagt: *muß vorbei.* Und wie ich in diesem Strom mitschwimme und unter Angst und immer mehr Angst merke, daß ich den Bau unmöglich erreichen kann und weitergetrieben werde, sagt das Tor; *das kommt und das geht,* und sagt, *es ist gleich.*

Und in einer anderen Gegend in mir liegt ein betonierter Kanal, das Wasser ist abgelassen, aus den Pfützen am Boden schnellen halbtote Fische, hohe, dunkle Gestalten in Kapuzen kehren sie mit Reisigbesen die Abflußrinne hinunter, spritzten mit Schläuchen nach und sagen *muß weg.* Und in der letzten, benachbarten Gegend stehe ich mit andern auf einer Halde, es ist heiß, wir schaufeln Brocken und Geröll zur Seite, voller Eifer, und feuern einander an, denn darunter liegt bebaubares

Land, aber unsere Kräfte lassen nach, und soviel wir auch schaufeln, denn eine Stimme sagt, *Schrott, Schlacke* — die Halde bleibt immer gleich hoch, es wächst in dieser Gegend nichts mehr.

❖ Aber auch im Großen hat uns nun das Mâ schikaniert, wie es ihm gerade einfiel. Drei Wochen und kein einziger Tropfen Regen; vier Tage Herumgestolper ohne ein einziges Bienennest, oder Faultier, oder Karnickel, obwohl wir sie in den inneren Flimmerbildern zum Greifen nah vor uns sahen. Früher hatten wir das hingenommen und uns die wehtuenden Bäuche gehalten. Aber jetzt, wo wir wußten, daß dahinter nichts als Willkür und Herrschsucht stand, war es aus mit unserer Gelassenheit. Ein großer Zorn ist in uns entstanden, hat in unserem Innern gewühlt und uns wie etwas Wildes gezwickt und gebissen und schließlich geschrien, *ich will alles auf einmal!* Aber wir sind ihm nicht etwa blind gefolgt. Denn etwas anderes hat uns davor gewarnt, in unserer Ohnmacht und Nichtigkeit auf das Mâ direkt loszugehen, eine List, die uns zuflüsterte, *heimlich und hinterrücks! Überlaßt das nur mir!*

So ist in unseren Zorn etwas Kaltes und Lauerndes gekommen, und das hat uns hinter die Bäume und unters Gebüsch gezogen und ist selber geduckt den Pfad entlanggeschlichen, in beide Richtungen, ob es nicht etwas einheimsen und aufgabeln könnte hinter der Anhöhe, der Biegung. Wir haben solange mucksmäuschen atemlos gelauscht und gelinst, keine Bewegung. Und tatsächlich hat der lauernde Zorn dann auch jedesmal an einem unsichtbaren Faden einen angeschleppt von den Fettwanstigen, Triefnasigen, Krummbeinigen und ihn nähergezogen, hinkend und schniefend, bis er ganz dawar. Und dann aber nichts wie mit einem Satz der ganze Klüngel und Haufen auf ihn drauf und daran gerenkt und gedreht und gerissen, was da unter uns gezappelt, gestrampelt, gequietscht hat, und dann mit dem Hackstein eins übers Dach, und aus. Und dann aber nichts wie gesaugt und gesogen, was aus dem herauslief und herausquoll, bis er leer war und wir vollgesoffen und vollgepumpt mit dem flüssigen Willenssaft. Und dann aber nichts wie mit dem Hackstein den Schädel von unten her aufgeknackt und ausgeschlürft, ausgeschleckt, denn darin war die Größe und Kraft, die uns fehlte, am dicksten und süßesten als milchiger Brei.

Da haben wir uns dann heimlich und hinterrücks die versiegte Mâ-Fülle wiedergeholt, die ganze auf einmal. Am Morgen danach hat sie uns dann im Magen gelegen, ein Kater und Überdruß. Aber wer nur noch die Leere und das Fehlen in sich fühlt, wie soll sich der helfen? Immerhin haben wir danach die übriggebliebenen Klumpen und Knochen eingesammelt und unter einem zähen Wacholder vergraben. Denn angenommen, das Mâ hätte sich an ihn erinnert und ihn neu anfüllen wollen mit Saft und mit Milchbrei, und wir hätten ein Loch in der Hülle hinterlassen? Damit wären wir doch todsicher aufgeflogen! Nein, so unklug und kurzsichtig waren wir nicht, bei allem Zorn.

❖ Zu sorglos beim Abstieg ins Innere, zu leichtsinnig, ich muß abgeglitten, ausgerutscht sein, bin tief gefallen. Es hätte schiefgehen können, kein Zweifel, diese Gegenden liegen in mir wie ein letzter Halt, ein Netz, das mich gerade noch aufgefangen hat; darunter liegt, was den Verstand zerstört, die Sinne zu Asche macht; von unter dem Netz kommt keiner je mehr heraus.

Aber auch das Netz war noch tief genug, ich habe mich beim Aufprall ziemlich verstaucht, es hat die halbe Nacht gedauert, bis ich wieder oben war, meine Knie fühlen sich wacklig an, etwas stimmt mit meinem Magen nicht, mein Kopf ist verwüstet. Ich darf das nicht zu oft mit mir anstellen, sage ich mir, vielleicht wäre es gut, in der Geschichte innezuhalten, bis ich wieder besser beisammen bin.

Dann wird mir schlecht, ich kann kotzen, und zu meinem Glück gelingt es mir, über die Schüssel gebückt, dabei die inneren Gegenden festzuhalten, sodaß ein Teil von ihnen mit hochkommt und aus mir herausstürzt. Sie sind nicht mehr in mich eingeschlossen, sie stehen mir vor Augen, und ich kann zu ihnen sagen, *ihr seid nur Bilder*. Andere nicht, andere bleiben in mir liegen, und warten auf ihre Zeit sich zu zeigen.

✧ Wenn aber nicht? Was wäre ohne seinen Aufruhr gewesen? Er wäre auf ewig drinnen geblieben, er hätte es nie zu etwas Äußerem gebracht, alles Einzelne wäre ihm immer wieder zerflossen und durcheinandergeraten, er hätte immer nur Angst gehabt, immer nur geschrien, er wäre verrückt geworden, sie hätten ihn abgeschlossen, ruhiggestellt, er hätte alles ununterbrochen in sich hineingestopft, die Lebkuchen, die Kilometer, die Fischsemmeln, die Liebe, den Eierstich.

Er hätte das Hineingefressene wieder ausgekotzt, aber die Bilder wären in ihm liegengeblieben, er hätte seine Straße, sein Haus nicht wiedererkannt, er hätte von jedem Ding gemeint, es sei dasselbe wie dieses, wäre von einer wüsten Gegend in die nächste gefallen unter dauernder Zerfetzung, Zerbeißung von allem.

Er hätte immer nur darauf achten müssen, ob die Stimme *da* ist oder *nicht da,* hätte nie aus seinem inneren Nichts ein Etwas machen können und eine Geschichte, denn die eine Hälfte der Wirklichkeit wäre für ihn nicht untergegangen, und so hätte er auch die übriggebliebene nicht verstehen können, logischerweise.

✧ So ist dann also in uns der Entschluß gereift, das Mâ nicht weiter tatenlos seiner eigenen Herrschsucht und Launenhaftigkeit zu überlassen: allzuoft wollte es nicht und hatte keine Lust dazu, bis wir dann, vom kalten Zorn gepackt, loszogen, um uns alles auf einmal zu holen, und es hinterher büßen mußten mit Bauchweh und Übelkeit. Dem wollten wir nicht länger ausgeliefert sein. Denn wenn wir auch noch so gewissenhaft darauf achteten, daß beim Verscharren von den Sehnen und Knöchelchen keines fehlte, so wurden wir doch das Gefühl nicht los, wir hackten, wenn wir uns über die Fettwänste warfen, zugleich auf uns selber ein: woher sonst das Bauchweh?

Aber um Zwang abzuschütteln, genügte es nicht mehr, bloß wütend oder beleidigt zu sein; sondern wir mußten versuchen, das Mâ darauf hinzulenken und aufmerksam zu machen, was es können und wollen sollte. Am Ende waren wir mit unseren Nöten so klein, daß es uns einfach übersah? Also fingen wir an, die Wünsche in unserem Inneren nachzuzeichnen, und sie ihm mit der gehörigen Deutlichkeit vorzumachen und vorzumalen: und tatsächlich — wenn es dann zum Beispiel ein lebensgroßes, fettes Mammut leibhaftig vor sich sah als Gaukelbild und Prachtexemplar, dann konnte es meistens einer Nachbildung nicht widerstehen und hat das Mammut geschickt; und dasselbe ist uns manchmal, trotz der Aufkündigung, bei den Frauen gelungen, wenn wir ihnen wünschenswert schwellende, fülleversprechende Mâ-Figuren vor Augen führten mit großen, offenen Beseligungsmündern von heiliger *könnte*-Beschaffenheit. So war unser Willen eben doch nicht gänzlich unerheblich und kraftlos, wir konnten damit dem Äußeren, auf dem Umweg über das Mâ, abluchsen, was uns fehlte.

Aber manchmal ist uns dieser Lenkungszauber auch danebengegangen, und dann überfiel uns der alte Drang schlimmer denn je und mit solcher Gewalt, daß wir oft glaubten, er wäre vom Mâ selber geschickt, das von unserer Gängelei etwas gemerkt hatte und daher angeschwollen war vor Zorn. Oder wollten wir ihm die Raserei, weil sie uns nicht geheuer war, nur in die Schuhe schieben? Jedenfalls sind wir dann so außer uns geraten, daß wir keine Zeit mehr hatten für Lauer und List: unser

Klüngel hat sich blind auf den Nächstbesten geworfen, und dann ging es wieder los mit der Selbstzerfleischung, mit dem Schädeleinschlagen und Kaputtmachen, dann hieß es wieder einmal *das kommt und das geht,* und wieder einmal war alles gleich.

❖ Abgehoben und abgetrennt fühle ich mich nach dem Vorgefallenen, als hinge ich in der Luft, und doch will etwas dabei in mir weiter und nach außen, nur kann ich mir nicht recht vorstellen wohin; was mir einmal doch recht deutlich als *könnte* vor Augen gestanden hat, scheint ausgeflogen, und wo nach ihm suchen, weiß ich auch nicht. So bin ich eingeklemmt.

Ich kann ja nicht einmal sagen, was ich mit dem *Vorgefallenen* eigentlich meine! Sicher, den zuerst gebrummten und dann gellend kreischenden Satz habe ich noch deutlich im Ohr. Aber wovor hat er gewarnt? Alles nur *was* nicht, in Dreiteufelsnamen? Und mit dem Bild von einem hackenden Schwarm kann ich auch nichts rechtes anfangen. Was ist denn passiert? Mir fehlt doch gar nichts!

Depressiv bin ich trotzdem. Die Pausen im Kanal haben zugenommen, er rauscht stundenlang nur so vor sich hin, aber vielleicht hat mir das Gekreisch ja auch das Trommelfell ramponiert. Das wenige, was durchkommt, ist größtenteils sachlich befehlsartig, ein knappes *wegda* hier, ein quengelndes *nun mach schon* dort, und die spärlich eingestreuten Bonbons von *lieb-lieb* und *jajaja* klingen alle flach und routinemäßig, kaum auf mich gerichtet. Entsprechend unwirsch strample ich sie auch fort und fege sie vom Tisch. Weg damit.

Der Dauerverbindung im Kanal weine ich nicht wirklich nach. Mir liegt mehr daran, endlich einen klaren Überblick über die Außenschale zu gewinnen, und sie nicht mehr nur in ihrer bisherigen indirekten, und zudem unzuverlässigen, weil von der Ma vorerlebten und vorgekauten Form eingeflößt zu bekommen. Ich habe daher angefangen, systematisch nach allem zu greifen und zu grapschen, was mir in die Finger gerät, um es dort an Ort und Stelle zu prüfen, oder auch versuchsweise zu zerbeißen. Wie es zu Schaufel und Schwert hingelangt, habe ich geübt und beherrsche die Technik. Allerdings haben einmal ergriffene Sachen die Neigung, an mir hängen und kleben zu bleiben, sodaß sie weggeschüttelt und hinabgeschleudert werden müssen. Es ist jetzt weniger ihre Ähnlichkeit mit der Ma, das heißt mit Kuppe, Komma-Strich, Wolke, Berg oder Lichtloch, die mich an ihnen fesselt — denn die springt ja immer als erstes und Selbstverständliches ins Auge —, sondern die Merkwürdigkeit, daß sie überhaupt da sind, mindestens zum Schein, obwohl doch strenggenommen nur die Ma dasein kann. Das muß ich gelegentlich aufklären.

❖ Zugleich zunehmend beschäftigt vom Kauderwelsch, das durch Raum und Luft zu mir herdringt, schnarrend, gurrend, gackernd, schnalzend, zischend, knallend, singend, und das mich, wenn ich nachdenke und in meinen Vorbildern krame, auch schon früher gefesselt hat. Ich weiß nicht mehr, wann ich darauf kam, es für etwas Stimmen- und Kanalähnliches zu halten, aber es sind darin tatsächlich Gefühlsausdrücke zu vernehmen, wenn auch dünner und farbloser, fadenförmig und ohne Obertöne, und außerdem ist diese Zweitstimme wie gesagt von Verworren-Einmaligem durchsetzt in der Art von *muß waschen muß wickeln muß ein Uhr pünktlich*.

Im Kanal ist das Kauderwelsch meist von der starken Aufforderung *nun mach schon* begleitet. Ich soll das wiederholen und üben. Dieser Aufforderung kann ich mich wegen ihres Nachdrucks auf die Dauer nicht entziehen; und außerdem macht das Üben mit seinem Geriebel, Genudel und Gekitzel ein spürbares, fast kuppenhaftes Vergnügen. Auch ich versuche in meine Lautübungen Gefühle zu legen, das heißt ich setze, was ich sonst in den

Kanal eingebe, in *mi-mi, lu-lu* und *ra-ra* um, die dann durch die Luft davonschwirren. Ich kann sie manchmal in ihrem Flug verfolgen und beobachten, wie sie zum Ma-Turm hineingehen.

Wie gewohnt, werde ich bei meinen Übungen bugsiert und hin- und hergeschubst, und zwar meistens durch auf mich gerichtete, bisweilen auch höhnische Nachäffung. Es kehrt also das eben losgeschickte *lu-lu* wörtlich wieder, und ich muß dann feststellen, daß in die Tonfolge tatsächlich nur mangelhaft lesbare Gefühlsmischungen eingepackt waren; nach mir vorläufig unklaren Regeln bekommen sie manchmal etwas Deutliches zu fassen, manchmal nicht. Unfehlbar gelingt mir das nur in einem Fall. Wenn ich nämlich das Ma-Gefühl selbst verlautbare und dabei verdopple, also den allerersten und einfachsten Kunstgriff anwende, um die Übermittlung zu sichern, kommt eine geradezu erschreckend laute Reaktion zu mir zurückgeschwappt, ganze Bäche von Zustimmung und *jajaja*-Jubel zusammen mit der fast schon geschrieenen Aufforderung *nun mach schon!*

Ich füge mich dann, etwas pikiert, leicht mürrisch, denn eigentlich entgeht mir der Zweck dieses ganzen Zweitverkehrs. Es ist doch nicht etwa später an die vollständige Kappung des Kanals gedacht? Das wäre unvernünftig: denn darin lassen sich die Gefühle doch hundertmal eindeutiger und direkter äußern als durch dieses ungefähre und etwas läppische *mama*-Gelall. Andererseits bin ich sicher, wie laut plärrend sie auch äußerlich daherkommt, daß mich in der Zweitstimme etwas so durchdringend Betäubendes wie die gellende Glocke nicht mehr überfallen kann — aber was nur hat sie gleich wieder gegellt?

❖ Verloren, bis auf ein Bild, versunken, aber wiedergesucht in der Tiefe, und ahnungsweis auch gefunden. Oder warum meint ihr habt ihr euch vollgesoffen und abgefüllt, wieso vor euch hingelallt *es ist gleich,* euch zugepafft, zugekifft, über die Grenze geschossen, wieder und wieder? Doch damit das Wirkliche sich einmal verlöre, auflöste, und ihr wenigstens für zwei Augenblicke neu eintauchen könntet in die langentbehrte Verschmelzung!

Denkt nur nicht, ihr wärt ungesehen geblieben in der verdunkelten, dampfigen Höhle, als ihr über und untereinanderlagt, ein Leibergewirr, ein Geschiebe aus Haut und Haaren, aus Beinen und Bäuchen, als es darin langsam anfing mit einem Tasten und Streifen und Streichen, an den Hälsen und Nabeln entlang, und dann zunahm und hinausfaßte und weitergriff, schnüffelnd und schnaufend, als es darin schaukelte, zuckte und stieß, schließlich sich aufbäumte zum blendend weißen Jetzt-Jetzt-Jetzt, unter Stöhnen und Jammern, der Ergießung!

Oder glaubt ihr, ich hätte mich nicht unter euch gemischt in das Gemenge und hätte nicht gesucht — nein, nicht euch, wer ihr wart, das war mir doch egal, ich wollte gar nicht wissen, zu wem es gehörte, das Runde, Feuchte, Tiefe und Lange, was ich suchte, wie ihr doch auch! — war das Schieben und Drängen und Auffahren in die Bewußtlosigkeit, die Einsaugung der unter Gejammer gespendeten bitteren Milch und die Verschüttung am Ende ins Dunkle und Warme: eine Ahnung und Ähnlichkeit habe ich gesucht! Und dann habe ich mich, wie ihr doch auch! aus dem Leibergewirr wieder herausgewunden, ermattet, gesättigt, und für eine kleine Weile gesundet, und mich, zu mir gekommen, gefragt: *war es das? war es das nicht?*

❖ Diesbezüglich beiläufig folgende weiterführende Fragen: um welche Sorte von Sachverhalten hat es sich in der genannten Höhle gehandelt, um welche Klasse von Erscheinungen, unterstanden sie der Kategorie der Einheit, der Vielheit, der Allheit, waren sie p, waren sie p nicht, waren sie non-p, sind sie zu denken als Kausalität oder Wechselwirkung, kam ihnen der Status des Wirk-

lichen, Möglichen oder Problematischen zu? Wodurch
hat sich in der erwähnten Höhle was konstituiert als
Identität und Subjekt, welches waren die Bedingungen
der Möglichkeit seiner Wahrnehmung, wie stand es mit
der Synthesis der Rekognition im Begriffe, und von
welcher Vernunftidee endlich war es geleitet?

❖ Wie wir dann doch darauf verfallen sind, Namen und
Wörter zu bilden? Wir hatten gar keine andere Wahl.
Denn seit der Aufkündigung des Mâ schien alles so
ferngerückt, es selbst wie seine spärlichen Gaben; und
so lag es nah, laut nach ihnen zu schreien und zu rufen:
wenn es uns gelungen war, uns trotz unserer Kleinheit
durch Vorbilder bemerkbar zu machen, so konnte es
doch ebensogut sein, daß sie uns hörten.
    Aber mit dem bloßen Gebrüll hatten wir kein Glück.
Jedes Einzelding verlangte anscheinend nach einem
eigenen Laut — aber welchem? Bis sich dann zeigte, daß
sie alle, im Voraus natürlich das Mâ selbst, einen solchen
Ruf oder Namen schon *hatten* — nur, daß sie ihn nicht
verrieten, oder, so glaubten wir damals und glauben es
immer noch: gar nicht *kannten*. So blieb es uns überlassen, mit unseren ungeübten Mündern und undeutlichen Ahnungen danach zu suchen — und in höchst
sonderbare Zustände der Selbstbelauschung sind wir
dabei geraten: als wollte sich etwas *durch uns* hervor- und
herausdenken, sich unserer Erfindungskraft bedienen —
und so eben auch *von sich aus* die Verbindung zu uns nicht
ganz abreißen lassen.
    Das ermutigte uns; und anfangs kamen wir in unseren
Ruf- und Lautübungen auch recht gut voran. Der Name
für das Mâ war schnell aufgespürt, und auch der naheliegende für das *mu,* in das das Mâ als Fülle ja einging,
und aus dem es jetzt namentlich wieder herausflog.
Aber dann wurde es mühsam: denn nicht nur wollten
die Wörter den Sachen abgelauscht werden, sondern
sie mußten auch die Kraft haben, verschiedene und oft

ziemlich weit auseinanderliegende innere Bilder zugleich wachzurufen und zu einem neuen zusammenzuschmelzen — sonst hätten wir ja jede Knolle einzeln benennen müssen, und wären nie an ein Ende gekommen. Das war oft alles andere als einfach: drei geschlagene Abende lang haben wir die absurdesten *mu*-Verrenkungen und Lippenknallereien ausprobiert, wie *pi* und *pah* und *hubb,* bis wir endlich auf den Ausdruck *bheu* gestoßen sind — aber dann! Das waren ja kaum mehr Bilder zu nennen! Sondern wie die Hefe, die Wolke, der Pilz sind wir da in einer völlig neuen Art von *Kunsteinvernehmen* alle miteinander innerlich größergeworden und aufgegangen, so trefflich und treffend war darin alles Saftigstrotzende und Schönschwellende gefaßt.

Wenn uns da nur nicht wieder, wie damals beim Riß, das Innere und Äußere durcheinandergeriet! Ganz sind wir diesen Zweifel nie mehr losgeworden, und der Erfolg hat uns in dieser Verwechslung auch noch bestärkt. Gegenüber dieser neuen Erfindung konnten die alten Lenkungsmittel, von der Einfangung durch Schlingen übers Aufspüren der Flimmerbilder im Wirklichen bis zu den Lockmalereien nämlich alle einpacken: täppischkindliche Anläufe, denen das Mâ auch entsprechend zögernd oder gar widerwillig gefolgt war. Aber Namen hörte es so gern, es bekam gar nicht genug davon: wir brauchten nur oft genug danach zu rufen, und herzubeten, was wir von ihm wollten, und schon trieb es uns ganze Herden von Büffeln zu und streute uns soviele Eier und Knollen in den Weg, daß wir sie kaum aufsammeln konnten.

Den Frauen war unsere Benennungskunst nicht geheuer: wie sich zeigen sollte, zu recht. Aber schließlich haben sie sie nach einigem Gemaule von Eindringung und Übergriff wegen des deutlichen Mâ-Beifalls doch von uns übernommen und sie auch ihren Nuckelkindern beigebracht. So sind die Wörter dann von einem zum anderen gegangen. Manchmal hatten wir Angst, sie würden sie, wie damals unsere Tiervergleiche, uns ent-

winden und gegen uns richten. Aber diesmal waren wir
ihnen voraus; es fehlte ihnen, was wir immer für unseren
Mangel gehalten hatten, aber jetzt anfing, uns zugute-
zukommen: die Leere und innere Hohlheit, die uns dazu
zwang, das Neue zu suchen und zu erfinden, und aus dem
Nichts etwas zu machen.

❖ Aber damit sind wir doch nun ein gutes Stück weiter-
gekommen! denke ich mir, vorbei die Zeit der Verklammerung, in der mir, platt wie eine Briefmarke an die
Ma angeklebt, nichts anderes wichtig schien, als ob sie
den Schwall und die Fülle schickte oder nicht, in der es
nur den einen Ort gab, wo sie war, und ich ihr *will und
kann* nur durch die unentwegte Nachbildung des inneren
Vorbilds zu mir herziehen konnte.

Da habe ich mich doch also glatt, denke ich, ein Stück
freigebissen und mir eine neue Art von Raum und Ort
aufgemacht, ich spüre ein Dehnen und Strecken zu ich
weiß nicht welchen neuen Möglichkeiten und Lücken
hin, zu kunterbunten Mischungen aus dem Nichts und
der Fülle.

Wie waren die mir vormals verhaßt! Jetzt kommen
sie meinem inneren Zustand eher entgegen, der das
Ähnliche mehr sucht als dasselbe, und daher meine
wachsende Vorliebe für das ins Essen einvermischte
Nichtessen, das mir inzwischen ohne Umstände ein-
gespachtelt wird. Nur her damit! Meine Schaufeln und
Schwerter wetzen sich gern an dem Rauhen, dem Bitteren, dem Sauren, und gerade dieser Schwebezustand
sagt mir dann zu zwischen dem Zerbeißen und der
Erfüllung, weil er mich nicht mehr abstürzen läßt, nie
mehr muß ich dabei die Ma mitverschlingen und mich
selbst zerfetzen wie früher.

Das Scharfe und Saure sagen *will nicht* zu mir. Von
mir gebissen, beißen sie zurück, logischerweise. Aber
ich bin stärker als sie, es hilft ihnen gar nichts, sie müssen
in den Abgrund hinunter. Also doch mit dem ver-

schluckten Berg noch verwandt? Gut möglich, daß sie mir deswegen so schmecken: sie sind nicht die Kuppe, der Fülle, aber könnten es sein. Fast als hätte das *könnte* selbst den guten Geschmack.

❖ Ich weiß jetzt glaube ich auch, warum das Kauderwelsch und die Zweitstimme weniger durchdringend und damit ungefährlicher sind als der Kanal: weil die Mitteilung hier mit dem Mitgeteilten nur ähnlich, und nicht wie dort dasselbe wie dieses ist.

Und sogar mit der Ähnlichkeit hapert es noch. So hält mir die Ma bei ihrem Gefluder und Affentanz manchmal das rote Runde vor die Nase, von dem ich noch die Lautfolge *kugä* im Ohr habe, aber dann auch wieder etwas Kicherndes, Längliches, Schadenfrohes, was mit dem *da* kaum eine Verwandtschaft aufweisen kann. Oder aber: es wird mir einmal etwas Sanftsüßes eingelöffelt, mit großer Nähe zur Ankoppelung, dann wieder das beißende Salzige, das ich dann, nicht ohne Genugtuung, zurückbeiße, bis es im Abgrund verschwindet.

Beide Male aber, angesichts dieser grundverschiedenen Eindrücke, versteift sich die Ma darauf, mit dem Stimmenvogel denselben Singsang zu zwitschern, also einmal *bieln-bieln* zu piepsen und das andere Mal *njam-njam* zu flöten, beides unter der dringlichen Kanalaufforderung *nun mach schon* oder genauer *kapier doch jetzt endlich*. Und im Prinzip kapiere ich ja auch: es sollen diese schwankenden und wesenlosen Erscheinungen damit offenbar in ihren Gemeinsamkeiten zusammen- oder ineinsgeworfen werden, damit sie so ihre Einmaligkeit abstreifen und als wirkliche wiederholt werden können.

Allerdings verstehe ich nicht, nach welchen Regeln diese Auswahl getroffen wird. Ich merke nur, wie das rote Runde und das längliche Kichernde auf einmal in dem Käfig *bieln* enthalten sind und gefangengehalten werden, und wie aus dem *njam-njam* sich ein ganz ähnlicher Käfig für das Mus wie die Salzbreze gebildet hat. Damit soll meiner Meinung nach behauptet werden, sie seien dasselbe wie dieses, was mich keineswegs überzeugt. Ehrlich gesagt, kommen mir diese Zusammenwerfungen oder Wörter sogar völlig willkürlich und hirnrissig vor.

Ich habe zwischen dem Gleichgesetzten nur eine, freilich sehr allgemeine Ähnlichkeit bestätigen können: nachdem ja alle Wörter, wie das von ihnen Bezeichnete, von der Ma stammen, sind sie eben doch untereinander vergleichbar. Zwar werde ich nie ganz das Gefühl los, die widersprüchlichen Einzeleindrücke ließen sich auch ganz anders zusammenwerfen, und die Wörter setzten nicht nur die Sachen gefangen, sondern auch mich. Aber diese Verwandtschaft haftet den Wörtern doch sehr fest an, ich kann sie aus ihnen heraushören, auch heute noch. Darin liegt wahrscheinlich der Grund, daß es alles, was ein Wort hat, auch gibt, gewissermaßen. Und daher wird es wohl kommen, daß ich den Wörtern so tief verbunden bin, so unaufkündbar.

❖ Daß sie das Meer ist, weiß jeder, daß sie das Haus ist, liegt auf der Hand, sicherlich ist sie der Ofen und so auch die Dürre, der Acker, das Eis. Aber genausogut ist sie auch ein Auto, ein Berg, ein Gipfelkreuz, und zudem ist sie der Wald und die Kirche beim Dorf, eine Kopfweide und ein Strohdach. Eine Quelle, ein Lattenzaun ist sie, sie ist Schüssel wie Topf, Salbe wie Brei, Praline wie Backobst, aber nicht nur —

sondern sie ist unzweifelhaft auch die Bohne, der Griffelkasten, der Zwirn, ist Schnupftuch Wolkenkratzer, Fallschirm, Zebra, und eine kanarische Insel. Eine Blautanne ist sie, wer will es leugnen, ein Gulli, ein Teppich, eine Leihbibliothek, eine Achterbahn, eine Kommode, ist Krautwickel, ist Gurke, ist Honigseim. Sie ist aber auch ein Halsweh, ein Plattenspieler, ein Pudding, ein Föhn, eine Brutstätte, freilich nur unter anderem —

denn ein Salzfaß ist sie nicht weniger, ein Meerschaum, ein Triebwagen und ein Abort. Des weiteren ist sie ein Erbspüree, eine Schachtel, ein Postamt, eine Dattelpalme, ein Lichtschacht, eine Dampfnudel wie sich versteht, eine Gürtelschnalle, eine Jurismappe, eine Kunstmühle beziehungsweise Fabrikhalle beziehungsweise Reparaturwerkstatt. Und eine Landebahn, eine Häkeldecke, eine Zahnpasta, eine Ebene, ein Wackerstein, ein Sumpfhuhn wäre sie nicht? Und keine Limonade, kein Straps? Abgesehen davon, daß sie doch auch ein Trägerverband ist, eine Oberfinanzkasse und ein Gewerbegebiet, eine Bucht, eine Sucht, eine Keramik, ein Gejodel, ein Simsalabim, und damit könnte die Aufzählung schließen —

nur, daß sie auch eine Matratze und Luftwurzel ist: darf man das unterschlagen? Und außerdem ein Kompott, ein Fesselballon, eine Balsamine, eine Einimpfung, eine Wasserwirtschaft, eine Mathematik, ein Kamm, ein Schwamm, eine Tragödie? Sie ist gleichermaßen eine Zwickmühle wie ein Strickzeug, ist Wiege wie Fliege wie Stiege, alles nicht weiter bemerkenswert, wäre sie nicht überdies noch ein Dotter, eine Zunft und ein Ausguß, sowie ein Schnabelwaid, ein Geretsried und eine Pußta. Sie ist ein Muff, ein Napf, ein Zopf, ein Pips, eine Simse, ein Aroma, ein Kürzel, ein Knorpel, eine Feuerwehr, und nicht zuletzt eine Koloratur und Spezerei. Insofern also auch ein Potpourri und Quodlibet, ein Gemischtwarenladen und Förderband ohne Ende, denn es gibt nichts was sie nicht ist, alles und jedes ist am Ende auch sie.

✣ Komisch. Aber auch sonderbar. Komisch, weil jeder Vergleich zwischen der großen und der kleinen Geschichte etwas Lachhaftes hat; sonderbar, weil er stimmt. Denn für ihn jedenfalls war hinter allem Genannten der Kehrreim *ähnlich, ähnlich* ganz deutlich zu hören, ja es hat ihn sogar für einen kurzen Moment die

Angst angefallen, es könnte wieder anfangen, ineinander zu verschwimmen und überzufließen, der Mond ins Wasser, das Wasser ins Pferd, um dann als Wirbel eingesogen zu werden in den glänzenden Schlund und darin zu verschwinden.

Doch dann hat er sich wieder erinnert: wie er zum Ganzen zurückwollte, aber nach dem *alles nur das nicht* und der Zerbeißung nicht mehr zu ihm durchkam, zu seinem Glück nicht; wie er es also in den Dingen suchen mußte und darin nicht mehr fand, weil es hinter der Mauer lag, als versunkene andere Hälfte.

Aber es hat dort weitergewohnt. Und deswegen ist die Mauer nicht schwarz und undurchdringlich geblieben, sondern hat sich, er weiß nicht mit welcher darin eingewickelten und vorwärtsdrängenden Kraft, ausgefaltet zu einem Segel, das ihn hindurchträgt durch das Bodenlose und Namenlose, ausgespannt zu einem straffen, empfindlichen Schirm, auf dem das Einzelne aufleuchtet in seiner Ähnlichkeit zum Verlorenen, und zwar alles und jedes; deshalb kann die Aufzählung des Ähnlichen auch nicht enden und ist komisch nur nebenbei.

Und der Beweis? Er nimmt die Ähnlichkeit weg, sucht nichts mehr auf der anderen Seite — und was bleibt von der Fabrikhalle, dem Schwamm? Neuerlich Angst, aber keine von damals, sondern von jetzt: die stehen dann da, der Topf, das Förderband, der Plattenspieler, aber abgetrennt, vorhanden nur noch für sich. Es fehlt ihnen etwas, aber wie heißt es — die Farbe? Nein, es heißt anders, nicht die Wärme, nicht die Nähe, gleich fällt es ihm ein, nein, nicht die Bedeutung.

Dann hat er den Namen, und ist erstaunt darüber, und auch nicht ganz zufrieden damit, er klingt nur halb richtig, er kann sich darunter nichts Rechtes vorstellen, und muß doch dabei bleiben: die Seele fehlt ihnen, es gibt kein anderes Wort dafür. Also weder Atem noch Lüftchen noch Schmetterling, deswegen hat er sich unter Seele nie etwas Rechtes vorstellen können: kein Ding, sondern ein Verhältnis. Und der Beweis ist die Art, wie

alles dann dasteht, wenn er die Ähnlichkeit wegnimmt:
kalt, in sich gekehrt, seelenlos.

❖ Laut und luftig erhebe ich inzwischen meine Geräusch-
stimme, das ganze Zimmer ist von ihr ausgefüllt, ich
reiche damit bis zur Decke, bis ans Ende der Welt, und
die muß machen, was ich will, es bleibt ihr nichts anderes
übrig, sie ist mir untertan und unwiderstehlich erschallen
meine Befehle über den Erdkreis. Kaum habe ich
gebieterisch *Nanen!* gerufen — und schon regt sichs im
fernen Dorado und schwärmt aus den Hütten, die fetten
grünen Stauden werden vom Stamm gehackt und in
Säcke verschnürt, die Reiter satteln und springen auf die
Kamele und jagen los, in der Karawanserei flitzt alles zur
Seite, wenn sie dahergestürmt kommen, *aus dem Weg!*
rufen sie, *mumbahumba, Priority A!* und trappeln vorbei
und verschwinden hinter wirbelndem Staub.
   Mich kümmert das wenig. Ich beklage mich laut,
wielang das noch dauern soll, werde nervös und verdrießlich. Und wenn sie endlich die Treppe herauf-
stürmen, wenn die Tür auffliegt, wenn sich der Mohr in
die Knie wirft vor meinem Lager, um mir hoch über
seinem Kopf die silberne, mit Bananen überhäufte Schale
darzureichen, atemlos, schweißgebadet, dann lasse ich
mich mit dünnem, müdem Stimmchen vernehmen:
*Nanen? Jetzt kämt ihr mir damit daher? Mich gelüstet nicht
mehr nach Nanen, was soll mir der Plempel! Geht also und
werft sie, zusammen mit den säumigen Reitern, in den unendlichen
Abgrund.* — Was dann auch augenblicklich geschieht.

❖ Die Frauen hatten rechtgehabt: dem Mâ waren alle
direkten Antastungen und Zugriffe wirklich zuwider
gewesen: denn seit wir ihm uns nur noch durch Worte
sanft und berührungslos näherten, hatte es seinen knause-
rigen und herrschsüchtigen Charakter ganz abgelegt.
Etwas nennen und es haben war ja fast schon dasselbe!

Das hat uns vorwitzig gemacht: was soviel heißen will, wie daß unsere Gedanken uns tatsächlich ein Stück weit vorausgelaufen sind, um das Mögliche auszukundschaften, und auszuprobieren, ob es im Wirklichen wiedergeholt werden kann. Angefangen hat das mit einem von uns, der, nachdem er wochenlang nichts wie vor sich hingesonnen, Schlingen in den Sand gemalt und wieder ausgewischt hatte, auf einmal mit einem mehr als heiklen Vorschlag daherkam: wir sollten, wenn wir nächstens auf Sammel- und Einfangjagd gingen — versuchsweise, versteht sich, nur zur Abwechslung sozusagen — einmal losziehen, ohne uns durch unseren üblichen Singsang *liebes Mâ-du! großes Mâ-du!* bei ihm anzukündigen und einzuschmeicheln. Ob es dann auch noch auf uns hörte? Nein, noch besser — und jetzt wurde sein Plan entsetzlich kompliziert, er mußte ihn uns fünfmal auseinanderlegen, bis wir endlich kapierten — wir sollten abwechselnd singen und nicht singen, und nach jedem gelungenen Beutezug einen Strich auf zwei Hölzer einritzen, eins für *gesungen* und eins für *nichtgesungen:* dann konnte sichs ja erweisen, wie gute Ohren das Mâ eigentlich hatte!

Wir alle wußten, daß es dabei um mehr ging als um ein scharfes Gehör: das war ja gerade das Vorwitzige daran; und deswegen haben wir die Hölzer auch listig unter einem Steinhaufen unsichtbar gemacht. Aber daß uns bei den ersten paar *nichtgesungenen* Malen ziemlich flau zumute war, kann man uns glauben, und erwischt haben wir auch nichts: wir waren viel zu sehr mit unserem schlechten Gewissen beschäftigt, um gehörig aufpassen zu können. Aber das legte sich, und schließlich hatten wir den Eindruck, auch ohne Singsang nicht schlecht zu fahren.

Aber das konnten wir jetzt ja nachprüfen. Nach unzählig vielen Tagen verglichen wir die zwei Hölzer miteinander, und da zeigte sich: die Striche waren auch unzählig viele, aber als wir sie mit den Fingern auf beiden Seiten abschritten, kamen die genau zur gleichen Zeit oben an, das andere absolut dasselbe wie dieses! Wer hatte also auf den stummen Streifzügen das Gewünschte zu uns herdirigiert? Das unbesungene Mâ ganz bestimmt nicht. Blieb also nur der Schluß: unser eigener Willen und Vorwitz war es gewesen, die hatten ja auch schon bei den Fettwänsten ihre List bewiesen, und sie ganz ohne fremde Hilfe zu uns hergezogen — wir selbst hatten das zuwegegebracht, wer denn sonst?

Dieser Schluß hat uns, zugegeben, mit Stolz erfüllt, wir waren ganz aufgeblasen und geschwollen davon und haben uns sogar, nach einem etwas veralteten Brauch, mit den Fäusten auf die Brust getrommelt. Strichmännchen? Einer wie der andere, nicht auseinanderzuhalten? Damit war es ja nun wohl vorbei. Und überhaupt dieses Mâ! Zum ersten Mal hatten wir das Gefühl, wir hätten es ein Stück weit von uns weggeschubst, und zwar nach unten und in die Erde, sagte uns dieses Gefühl, denn da gehörte es hin. Oder war — aber das wagten wir nicht laut zu sagen, aber durch den Kopf geschossen ist es jedem von uns — oder war das Mâ am Ende gar nur etwas Inneres, ein Gedankending, eine Einbildung?

❖ Und dann hat er auf einmal gewußt, warum er den Weg nach innen nicht gehen will. Schluß damit, hat er sich gesagt, mit dieser indischen Leier, dieser Versenkung und Seelenschau, die von der Welt nichts wissen will und ihr dabei nur umso schlimmer verfällt, mit ihrem *das ist so, das muß so,* ihrem unerschütterlich schafsgeduldigen Zuwarten, ihrem hilflosen Gelall nach der großen Mama — und ringsum nichts wie greinende Kinder mit Würmern in den Augen, das Gebettel ums Überleben, das drängelnde *gib! gib!* an den Zizen der heiligen Kuh, die selber nur darauf wartet, daß sie krepiert.

Er *will nicht* und bleibt dabei, er pfeift auf die Erleuchtung im weißblendenden Weltschlund, die reglose Durchdringung in der *carezza,* damit nur ja alles schön hier geschieht, jetzt geschieht, und nichts von der Extase

etwa daneben hinausschießt in irgendeine äußere Vor-
sicht und Scharfsicht — und dafür dann die Amöben-
ruhr, das Übereinanderschlafen im Rinnstein, die
Hinabschwemmung in den angeschwollenen Flüssen,
und noch in hundert Jahren kein Staudamm. Die
Kratzer im Acker, die wackligen Lehmhütten, ab damit!
Die Schöpfräder, die Reisterrassen, sie sind nie gewesen!
Die Pocken ein Karma, der Aussatz ein Schleier der
Maja, und wenn die aufgeblähten ersoffenen Rinder an
dir vorbeitreiben, reg dich nicht auf, sag *ta twam asi!*

Das reicht ihm nicht, damit kommt er nicht aus: in
einer Geschichte, die sich so fortwälzt als gestaltloser
Brei, findet er nie eine eigene. Wer sich nur im Inneren
sucht, fällt zurück in einen Schacht aus gespiegelten
Spiegeln. Deswegen will er hinaus, will dem Baum der
Erscheinungen nachwachsen bis in jede Verästelung. Ihm
hat die Stimme von altersher zum Glück gesagt *trenn dich.*
Nur du kannst den Baum sehen, nur in dir wird er sichtbar.
Er hat kein andres Bewußtsein.

❖ So geht mein erstes Zeitalter zuende. War es wirklich
das goldene? *Was hältst du unter deinem Mantel?* fragt einer,
der es dafür gehalten hat, und singt *Freuden, dunkel und*
unaussprechlich heimlich wie du selbst, und raunt *also nur*
darum säetest du in des Raums Tiefen die leuchtenden Kugeln,
und jubelt *Augen, die die Nacht geöffnet, unbedürftig des*
Lichts durchschaun sie die Tiefen.

So schwärmt der von der Sehnsucht Geblendete, nach
der schönen Ma, die er erschlagen, und nach dem Himmel, den er sich zugemauert hat. Auch zu mir hat die
Stimme von altersher von der *Tiefe* geredet; aber ich habe
dem Wort nachgehorcht, und da war in ihm nichts von
Sternen enthalten, sondern nur *Erdvertiefung, mit Wasser*
gefüllt, Höhlung im Baumstamm, Schlucht, Grube; und dann
habe ich dem Wort *dunkel* nachgehorcht, und da hat es
Rauch, Dunst, Nebel geheißen, und *dumpfig, morastige*
Landschaft, Meeresschlamm.

Nein, ein goldenes sicher nicht; eher schon das stofflose. Nicht mehr das Nichts. Aber sonst? Erde und
Wasser noch nicht geschieden, eine Welt gestaltgeword-
ner Gefühle, zeitlos und immerzu. Durch sie hat mich
die Stimme hindurchgeführt; und von ihr stammt auch
die Ankündigung von etwas Festem, einem Brett oder
Boden, der mir Halt geben wird über diesem dunklen
und unteren Himmel, ja sogar von einer Brücke, wie sehr
ich mich auch ängstige vor der Höhe, und obwohl ich
schon sehen kann, wie sie wieder einstürzt, später, in
meiner Geschichte.

❖ Bis hierher die geraden Wege, von der Zeit über-
wachsen, aber schwer zu verfehlen. Von jetzt an eine
Verdüsterung und ein Gebräu, ein Wald aus fuchtelnden
Händen: *geh weg und bleib fort,* eine Wehklage und ein
Gelächter, widerhallend aus Spalten und Schründen.

Dieses Spätere ist sein Feind, weil es von seiner Herkunft nichts wissen will, sie hinuntergetreten hat, um
nach oben zu kommen. Aber er, der seine Geschichte
sucht, die kleinere in der großen, damit er nicht verloren
geht zwischen beiden, er muß sich erinnern; muß hinters Gefuchtel und die Verdüsterung zurück, um das
Frühere wiederzuholen mit Umsicht und ohne Angst
vor dem Irrgang. Es schreckt ihn nicht; ehrwürdig und
rührend erscheint es ihm vielmehr, wie alles am Anfang,
wo das Wirkliche noch nicht feststand, sondern erst noch
zu erfinden war; und zugleich noch verletzlich und sehr
zart gebildet. Schicht um niedergetretene Schicht will er
davon erkunden, bis er verstanden hat, warum er was
geworden ist und was nicht, und also noch werden
könnte nach der Versöhnung, ah Luft, ah das freie offene
Feld mit dem Wind, mit dem Ausgang.

Keiner macht sich gern an diesen Abstieg, er auch
nicht, aber er muß. *Hör auf nichts,* hat er sich also gesagt,
*soviel es auch bettelt und zupft; mach dich blind, laß dir Schau-
feln wachsen; und jetzt lauf, Maulwurf, lauf.*

❖ Mit der Zurückdrängung der vorher überall waltenden
Mâ-Kraft ist es dann unerwartet schnell vorangegangen,

in verwirrenden und undeutlichen, aber dafür umso mächtigeren Schüben; und gleich beim ersten Gedankenanlauf gelang uns das Entscheidende, den Erdboden für uns freizukämpfen und zu vereinnahmen, genauer gesagt, das Erde-und-Wasser: wahrhaftig keine leichte Aufgabe, wenn man sich erinnert, wie tief es mâ-durchtränkt war, besonders wo sich Örter gebildet hatten, und eine wie nahe Verwandtschaft es mit dem Weiblichen verband durch die wünschenswerthe *bheu*-Fähigkeit, anzuschwellen und zu gedeihen, also etwas in sich wachsen zu lassen und dann aus sich auszutreiben als Kind oder Sproß oder Knolle; aber gerade diese Nähe gab uns den Vergleich an die Hand, mit dem wir es schließlich besiegten.

Angefangen hat die Eroberung mit einem Rückzug: wie wir ja offenbar jeden unserer Gewinne einer vorausgehenden Einbuße verdanken. Nach der Mâ-Aufkündigung und der neuartigen Kästchenwirtschaft für die Eindringung und Vermischung haben wir die Frauen — nun, geflohen ist vielleicht nicht ganz das Wort: aber aus der früheren seligen Einkehr und wohligen Auflösung waren wir vertrieben, die wahre Sättigung wollte sich nicht mehr dabei einstellen. Und so hat sich unsere frühere Lust und Leidenschaft, als wäre sie ihrerseits verletzt und beleidigt, mehr und mehr zurückgezogen, und meldete sich immer seltener zu Wort, auch nach außen hin: kaum daß wir uns noch dazu aufraffen konnten, nach dem Gewünschten zu rufen, so ausgeleiert und ermüdet erschien uns das ganze Verhältnis.

Aber dann machten wir, einer nach dem andern, eine merkwürdige und tröstliche Entdeckung: unser Drang und Antrieb war uns nicht einfach abhanden gekommen, sondern er hatte sich aufgespalten und mit seinem Großteil verzogen und dünngemacht, um sich eine neue, heimliche und für niemand mehr zugängliche Wohnung zu suchen; dort hatte er sich eingeringelt und Wurzeln geschlagen; dort wollte er, nur noch auf sich selber gerichtet, bleiben und hausen.

Es war gar nicht so leicht, ihm hinter die Schliche zu kommen und ihn dort aufzustöbern; aber allmählich machte er sich immer stärker bemerkbar als Wallung und Kitzel, ergießungsähnlich und doch nicht, sodaß uns diese Behausung in unserem Innern, wie alles Wünschbare, mehr und mehr anlockte und fesselte, übrigens auch aneinander. Und wieder war es, als dächte sich etwas ohne unser Zutun hervor, aus uns heraus, in eine neue und ungeahnte Richtung: bis es uns mit der Eingebung oder Erfindung, jedenfalls mit dem ungeheuren Vergleich überfiel: auch dies ist dasselbe wie dieses! Auch wir waren *bheu*-begabt und brachten durch inneres Wachstum, Anschwellen und schließliche Austreibung das Etwas aus dem Nichts hervor; und zwar war dieses Hervorgebrachte nichts weniger als das Erde-und-Wasser selbst, schlagend ähnlich in der äußeren Beschaffenheit, wie dem ihm zukommenden Ort, der beidemal unten lag.

Lange haben wir nach einer Wortzusammenwerfung für diesen Vergleich gesucht, um ihn bei Bedarf oder Zweifel wiederholen zu können, denn er war flüchtig und unstet, und eigentlich nur durch unsere neue Lust- und Willensbehausung gestützt; und erst nach vielem vergeblichen Herumgelalle stellte sich heraus, daß sie *gdhem* heißen wollte: und das bedeutete fortan nicht nur *humus* und *dematr,* also Boden und Erd-Mâ, sondern eben auch *homo* oder *guma,* und das war — der *Mann!*

So sind wir schließlich doch zu einem eigenen Namen und festen Platz auf der Welt gekommen: und was für einem! Denn damit war nicht Wesensgleichheit behauptet, sondern Überlegenheit und Schöpfertum, und deswegen konnten uns darin die Frauen, wegen ihrer Erdähnlichkeit und ganz anderen *bheu*-Begabung, nicht nachfolgen. Aber wir behielten ihn vorläufig für uns und machten ein Geheimnis daraus. Er wackelte noch ganz erheblich, soviel war uns klar, und ob er sich tatsächlich halten und befestigen, sich aus der Erfindung etwas Wirkliches machen ließ, stand noch lange dahin.

❖ Von alldem ahne ich nichts: keine Stimme kündigt mir an, was bevorsteht. Seit langem fühle ich mich umgeben nur noch von Wandel und Flüchtigkeit, eingetaucht in einhaltloses Gefühl und Gewoge, die Ma eine unstete Flatterwolke und Zwitschermaschine. Ich bin zappelig und lustlos, greife nach diesem und jenem, verleibe mir seine eintönige Ähnlichkeit mit dem *da* ein und schleudre es mißmutig hinunter. Etwas drückt mich und drängt mich, ich weiß nicht, worauf es hinauswill mit mir, was sich da unter Murren und Grollen vorbereitet und anbahnt. Ich habe Bauchweh.

Und dann explodiere ich. Mein Leib kehrt sich nach außen, fährt aus der Haut, stülpt sich um, platzt auseinander wie ein berstender Stern, ein Funkenregen stiebt auf und goldenes Flockengewirbel, es brennt wie Feuer, unter ungeheurem Getöse springt mein Inneres aus mir heraus in Wallung nach Wallung, es tut weh und hebt mich zum Himmel, es macht mich jammern und jubeln, ich schreie, außer mir, *das bin ich!* — und dann fällt der Aufruhr in sich zusammen, erstarrt, erlischt und läßt mich zurück unter verwehenden Schwaden von Nebel und Dampf.

So will es das Bild. Es redet von einer Geburt: als hätte eine lang geballte und angesammelte Kraft plötzlich gezündet und wäre in ihre zweite Phase getreten. Ich werde gewahr, wie in meinem Kopfe eine blaßgewordene Schattenwelt hintüberkippt und versinkt. Ich taste um mich und erschrecke: meine Hände haben, wirklich und ohne fremdes Dazwischen, an etwas Äußeres gefaßt. Es ist alles aus Stoff. Ich bin mein eigenes *da*.

❖ Die Grenze, da hat er kaum einen Zweifel, von Natur und Geschichte, eine neue Stufe: die Welt nicht mehr einfach da und vorhanden, als etwas, was es gibt oder nicht gibt, sondern, der Lust und Möglichkeit nach, gemacht, gesetzt und geschaffen. Das Vorbild, wenn auch noch längst nicht eingeholt, von ihrer täglich neu zu leistenden Herstellung, als Arbeit und Werk.

Die gefährlichste Grenze, soviel steht für ihn fest. Denn wer sie einmal überschritten hat, muß weiter und weiter, als auf sich selbst gestellter und gerichteter Geist, darf, bei Gefahr des Untergangs, nicht mehr dahinter zurück. Daher, dessen ist er sicher, auch die Verdunkelung und das Verbot, sich ihr zu nähern, und seis in Gedanken; daher der blinde Fleck im Bewußtsein für diese seine folgenreichste Erfindung: aufzuklären erst, wenn die Herstellung der zweiten Natur kurz vor ihrem Gelingen steht; zu durchbrechen erst jetzt.

❖ Nur der äußere Aufruhr hat sich gelegt, aber in mir arbeitet es weiter, rastlos melden sich neue Rätsel und Bilder, schießen in mir hoch, verästeln sich und fliegen davon. Ich muß mich ans Einfache halten. Erstens: es ist etwas entstanden. Durch mich? Mittels meiner? Aus sich selbst? Der Stoff aus dem Unstofflichen? Die Fragen gabeln sich so schnell, daß ich davon ablassen muß. Zweitens: das Gefühl *lieb,* das mich mit dem Entstandenen verbindet, unerschütterlich begründet im Flockenwirbel, im Jubel: eine Anziehung und Fesselung wie früher durch die Ma, und doch längst nicht dieselbe. In der Ma konnte ich mich auflösen, dann war ich weg. Oder sie ließ mich an die Trennungswand knallen, dann tat es weh. Aber dem Entstandenen gegenüber gibt es weder Auflösung noch Trennung, sondern so etwas wie ein Geflecht oder Fadenwerk: nirgendwo ist daraus ein Widerstand zu spüren, kein *will* oder *wegda* schreit mir daraus entgegen, nichts Fremdes oder von mir Unterschiedenes haftet ihm an.

Das Entstandene ist zu mir gehörig, durch und durch, unbedingt und ausschließlich. Es ist mein Werk und meins: hier liegt die Hauptgabelung in meinem Gedankengang, und ihr will ich folgen. Ich bin mit dem heutigen Tage vorhanden nicht nur für mich oder im *da,* sondern außerhalb beider, habe mich in dieses Äußere wirklich hinausgesetzt, in ihm verdoppelt, befinde mich hier wie dort. Ganz ohne Mühe nämlich kann ich in das Meinige hinüber- und hineinhüpfen, und ebensoleicht wieder zurück. Was also bin ich? Und schon hat sich die Frage wieder gespalten: wer oder was soll da eigentlich, wie ein Weberschiffchen so flink, hin- und herschießen zwischen innen und außen? Ich kann ja nichts sehen! Heißt das, auch ich bin nichts, ist das die traurige Wahrheit?

So sinne und grüble ich ohne Ergebnis. Eine undeutliche, schlangenartige Erinnerung steigt in mir auf, aber bevor ich sie erkennen kann, windet sie sich weg. Ich komme mir vor wie einer, der sich um die gute Kuppe ringeln soll ohne *mu;* der etwas vergleichen soll ohne Ähnlichkeit. Ganz auf mich selbst fühle ich mich angewiesen, und sehr allein mit diesem Meinigen.

Aber zum Glück verästelt sich auch dieser Gedanke: daß ich nichts sehen kann, heißt ja noch lange nicht, daß ich nichts *bin* — Ursache und Herkunft meines Werks bin ich doch, wesensverwandt und also auch ähnlich. Um etwas über mich herauszufinden, muß ich das Meine erkunden, das ist die Antwort. Die Lösung liegt darin, eins durchs andere, und um die Ecke zu denken, hinausgehen und in mich selber zurückbiegen muß ich mich! — und da steht sie ja auch wieder klar und deutlich vor mir, die Erinnerung an die Ichschlange: ich brauche nur wiederzuholen, was mir die Ma, damals zu meinem Entsetzen, vorgemacht hat, als sie sich zu mir, also dem vermeintlich *Ihrigen,* vortastete und dann, in sich zurückgekrümmt, abgängig wurde, um nachzusehen, wer demnach sie war.

So geht das also! Entsetzlich höchstens für andere. Es ist gar nicht nötig, daß ich aus etwas bestehe; ich bin ein über das Meine zu mir zurückkehrendes Ich, mit dem heutigen Tage: keine Substanz, sondern ein Verhältnis.

❖ Auch uns hat die neuentdeckte Hervorbringungsfähig-
keit unablässig beschäftigt. Der Vergleich, der sich da
in uns hervordachte, wollte weiter. Unser Willen und
Lustdrang hatte sich nur zum Teil aus Ärger über die
Mâ-Aufklärung beleidigt zurückgezogen, um im Heimlichen zu wirken; ein anderes Stück davon hatte sich
seinen Zorn bewahrt und ist in unsere Hände eingeschossen, die jetzt nicht mehr nur nach allem blind
grapschen wollten, was sie im Äußeren anlockte, sondern
zupacken und eingreifen: und mit einem entsprechenden
ghreb-Antrieb haben wir also angefangen, im *gdhem* und
Mutterboden einmal so richtig zu wühlen, zu scharren,
zu graben, um ihn auch auf diese Weise zum unseren zu
machen. Und dabei ist uns aufgegangen, daß das Mâ
weniger eine undeutlich waltende Wesenheit, als vielmehr ein Urstoff und eine duldsame Knetmasse war, die
sich nur allzugern von uns durchdringen und durch-
walken ließ; denn nach jeder *ghreb*-Bearbeitung, so kam
es uns jedenfalls vor, schwoll und gedieh und sproßte sie
besser denn je.

Das mußten wir mit unserer bewährten Strichmethode
gelegentlich nachprüfen. Aber zuvor brauchten wir ein
Wort, in dem diese neuen Verästelungen des Vergleichs
eingefangen waren, damit er nicht aus innerer Haltlosigkeit wieder in sich zusammenfiel; und nach vielen Fehl-
schlägen haben wir schließlich den Ausdruck *er* oder *or*
dafür gefunden, der ihn tatsächlich in seiner ganzen
Ausdehnung zu umfassen schien. Einem jeden von uns
in der Runde ist dazu gleich ein Ast eingefallen: beschrieb
der eine damit unseren neuerwachten Drang als *kräftig,
gewaltig, Antrieb,* so legte der zweite die davon aus-
gelösten Gefühle von *erregt, reizt, wühlt auf* hinein; ein
dritter verwies auf die Richtung, in die er hauptsächlich
wirkte, nämlich *stemmt, stößt, drängt,* und der nächste
zeigte uns seinen Ausgang und sein Ergebnis, also
Hintertür, Arsch, Stange, Klotz. Andere deuteten aufs
Äußere und schlossen in das Wort den *Stengel* ein und
den *Schößling,* den *Berg* und die *Erhebung,* die nächsten

meinten darin das *Wachsen* herauszuhören, das *Fällen*
und *Fallenlassen,* wie überhaupt ganz allgemein das *Her-*
vorbringen, Bewirken, ja sogar *origo,* also den *Anfang,*
Aufgang und *Ursprung,* was wohl am deutlichsten gegen
die Mâ-Kraft gerichtet war, aber nach unserem Gefühl
unbedingt in die eine Seite des Vergleichs mit hinein-
gehörte, wie die neuen Lusttätigkeiten von *kratzt, ritzt,*
gräbt, Furche auf der anderen.

Es war eine große Gedanken- und Einbildungsmühe,
das alles unter einen Hut zu bringen, aber als wir die
Zusammenwerfung schließlich geschafft hatten, haben
wir uns dafür auch recht gockelhaft geplustert und
aufgeblasen und uns zu vorwitzigen Ausrufen hinreißen
lassen wie: *wir sind die Hervorbringer des* gdhem *und seine*
Gebärer! Da ist es den Frauen, die über den weither-
geholten Vergleich schon lang die Mäuler schiefgezogen
hatten, denn doch zu bunt geworden. *Ursprung und*
Hintertür, höhnten sie, *was denn nicht noch gar!* Dabei
wüßten wir so gut wie sie, wer die seien, die wahrhaft
anschwöllen und hervorbrächten, und zwar das Lebendige, und da wäre das leibliche *gdhem*-Werk pah! ein
Nichts und ein Dreck dagegen.

Die Geringschätzung war verständlich. Denn ihr
Drang und Antrieb, wohl schon von Natur aus schwä-
cher ausgeprägt als der unsere, hatte sich nicht verscheuchen lassen und ein neues Quartier suchen müssen,
wo ja bei uns seine Vergleichslust erst erwacht war; ihre
gdhem-Verwandtschaft, ungebrochen und alt, brauchte
nicht die Stütze einer Willensdurchdringung oder gar
Überlegenheit hinsichtlich des *bheu.* Aber zugleich hatten sie uns damit kampflos das Feld überlassen, und
nichts hinderte unsere Erfindungskraft, sich darin auszubreiten. *Wenn ihr nicht aufpaßt,* drohten wir ihnen gelegentlich, *kommt ihr selbst in das Wort mit hinein, als*
die von uns Hervorgebrachten: denn was seid ihr denn schon als
ein gdhem?

Aber daran glaubten wir selbst nicht ganz. Die Zusammenwerfung war ohnehin reichlich groß ausgefallen, und

wir wurden das ungute Gefühl nicht los, als hätten wir
mehr damit eingefangen, als uns zuträglich war. Und
tatsächlich haben sich aus ihr mit der Zeit bekanntlich
auch sehr schlimme und bösartige Bedeutungen heraus-
verzweigt von *Zorn, Kampf, Angriff,* von *umstürzen, zerstören,* und schließlich sogar von *quält, tötet.* Aber das
war lange danach.

❖ Unergründlich will mir immer noch vorkommen, was
zwischen mir und dem Meinen geschieht. Wäre ich nicht
durch den Flockenwirbel und die mich zum Himmel
hebende Wallung daran gefesselt, schon längst hatte ich
den Versuch aufgegeben, dieses Stoffwerk zu deuten.
Denn zu seiner unzweifelhaften Zugehörigkeit zu mir
tritt auch Fremdes hinzu. Es erscheint nämlich nicht,
wie es der unbeherrschte Ausbruch hätte erwarten lassen,
als roh herausgeworfene Masse und bloßer Klumpatsch;
sondern wie durch Zauberhand ordnet und fügt es sich
vielmehr in der zierlichsten und geglättetsten Weise zum
Runden, sodaß es den Blick förmlich auf sich zieht durch
die genauen Linien seiner Begrenzung und der uner-
schöpflichen Vielfalt, mit der es sich immer wieder
gleicht und von sich verschieden ist.

Kein Wunder, daß ich mich nicht sattsehen kann an
diesem Wechselspiel: es liegt darin so etwas wie ein
Schlüssel und Urmuster für meine neue, greifbar gewordene Umgebung; denn die bezieht ihre Wirklichkeit
nicht mehr aus dem dahinterliegenden und verloren-
gegangenen *da,* besteht nicht bloß aus Bildern, sondern
aus Formen, die ich für Bilder nur hielt, weil ich nichts
wußte vom Stoff, der ihnen Dauer und Halt gibt. Und
ganz sicherlich waren die Bilder von den Formen nur abgezogen, nicht etwa diese nur dem Stofflichen einge-
drückte Bilder, dazu springen sie mich viel zu heftig und
unmittelbar an und lenken meinen Blick fast zwanghaft
auf alles, was in Kringeln oder Ballen ans Licht tritt, als
Wurm aus dem Apfel oder der Zahnpastatube kriecht und

als Schwaden dem Dampftopf entweicht: sie alle sind mir zum unauflöslichen Rätsel geworden.

Und dunkel bleiben sie weiterhin: sooft ich auch zu dem Meinen hinausgehe und dann wieder zurückhüpfe zu mir und meinem Ich, nie finde ich, weder hier noch dort, irgendetwas, was für seine Form Ursache und Herkunft hätte sein können. Und so macht sich meine Wißbegier für die Leerstelle eine Wortzusammenwerfung zurecht, die erste, die nichts Bestimmtes gefangensetzt, sondern etwas Unbekanntes erst noch zu fassen bekommen will, und fragt also *rum? rum?* sobald etwas Geformtes aus dem Nichts auftaucht oder darin verschwindet, und damit auch die Gelegenheit, es zu erkunden.

Aber die Ma, wahrscheinlich weil sie sich ohnehin für die Herkunft von allem hält, empfindet meine Frage offenbar nur als lästig und inhaltsleer. Und einer Ahnung folgend, vermute ich die Antwort auch eher in Richtung des ewig in sich verschlossenen, vor sich hinsummenden Zweitturms, von dem ich, obwohl er mich zunehmend fesselt, noch immer nicht mehr weiß als *Achtung und aufgepaßt!* oder *da ist er, da kommt er,* zu dem aber meine Frage nicht vordringt. Und deswegen richtet sich die jetzt, ausgehungert, auf alles, was ihr gerade beikommt. Ein Betonmischer: *rum?* Ein Kuchen, ein Kaffeesatz: *rum?* Ein Gummibaum, eine Kartoffel, ein Löffelstiel: *rum? rum?* und nochmals *rum?* Bis dann das fast schon Erwartete eintritt und die Ma mit ihrem krätzigen *hör auf damit oder ich schmeiße dich an die Wand* auf mich losfährt. Ich verstumme und zucke die Achseln. Ein Eingeständnis ihrer Unzulänglichkeit wäre mir würdiger erschienen. Ich selber wenigstens will die eigne nicht leugnen.

❖ Immer weiter angezogen und verlockt durch das Runde in seinen verschiedenen Formen, von denen, so verletzlich und zart sie auch gebildet sind, doch etwas beständig Schimmerndes, Leuchtendes ausgeht, bin ich ihrem Geheimnis jetzt einen Schritt nähergekommen.

Unentwegt haben meine Gedanken die flüchtige und auch durchs Gefühl kaum faßbare Wirkkraft einzukreisen versucht, die das Wunderwerk ins Leben ruft. Unstofflich mußte sie sein, weil sie den Stoff ja nicht verminderte oder vermehrte, gewaltlos, und insofern andersartig als die ungeheuere geballte Kraftäußerung, durch die er geschaffen wird; und doch auch mächtiger als sie, denn sie durchdrang ihn ganz und gar mit ihrem Gesetz bis ins Feinste, und hob ihn vom Ungeschlachten ins Einzigartige und Schöne. Substanzlos und geisterhaft also, dadurch der Seele verwandt, aber nicht dasselbe wie sie, denn die stammte doch aus der Zeit vor dem Stoff —

So schien es ganz aussichtslos, sie jemals auch nur im Ungefähren einzufangen. Bis mir dann zu Bewußtsein kommt, daß neben dem fesselnden Anblick noch etwas Unsichtbares meine Gedanken gelenkt und auf sich gezogen hat: etwas, was mit dem Meinigen zugleich erschienen ist, deutlich wahrzunehmen aber ungreifbar, stofflos und sanft, mich als Duft und Wolke umschwebt, ja wirklich als Geist, und auffliegt nach oben. Was soll das sein, wenn nicht diese Verschönungskraft, die sich nach ihrer Arbeit der Formung und Bildung ins Freie davonschwingt? Und mich mitnimmt in die Erhebung! Ich selbst bin die Wolke, kann mich ausbreiten ins Grenzenlose und noch das Fernste zu meinem machen in müheloser Durchdringung: ich steige empor als Ruch, Atem und Hauch.

In welches Hinauf und höhere Eigentum? Welches *könnte* von unabsehbaren Möglichkeiten? Ich kann es nicht sagen. Das Geheimnis der Formen bleibt im Innern der Wolke verborgen. Durch sie muß ich mich hindurchdenken, um ihm dann, in wer weiß welcher singenden, glühenden Gestalt, unverhüllt zu begegnen. Einstweilen sitze ich und sinne, eingesponnen in eine neue Behaglichkeit. Denn alles grüßt als Eigenes zu mir herüber; außer mir gibt es nichts; ich bin dreieinig als Ich, Stoffwerk und Geist; aber zugleich noch verletzlich und sehr zart gebildet.

❖ Früher, als uns die inneren Bilder noch ganz beherrschten, hätten wir nicht nur auf Anhieb zu sagen gewußt, was es mit dem Geist auf sich hat — daß er ganz einfach dasjenige ist, wodurch etwas $g^{u}ei$ oder $g^{u}ig$ wird, wie wir das nannten, es also beweglich oder lebendig macht —, sondern wir hatten auch manchmal gewähnt, ihn leibhaftig gesehen oder gehört zu haben.

Leicht war das schon damals nicht: denn er ist etwas, was, kaum festgehalten, sich auch schon wieder entzogen hat, und immer woanders ist, als wo einer hindenkt. Aber zur Zeit unseres Herumgestolpers und planlosen Suchens, wenn wir in unserem Einvernehmen auf einmal spürten *da ist was,* gewahrten wir ab und zu, in dem Augenblick, bevor das Gespürte dann tatsächlich in den Blick kam, ein flüchtiges Geflirr oder Geraschel, das wie ein Schabernack aus dem Boden hervorzappelte, sich schüttelnd zu einem festen Umriß gerann und dann als Beerenbüschel vor uns stand, als Bienenschwarm aufstob, oder auch nur in flinken, blinkenden Lichtpunkten über den Fluß tanzte.

Und schon hatte sich der Geist daraus wieder verflüchtigt: als hätte er uns nur vorführen wollen, wie etwas zustandekam und sich ins Dasein setzte, nachbebend vor *nochnicht,* — und jedesmal flog uns der Gedanke an, *das ist doch gar nicht das Mâ!* — bevor uns dann das Gefundene zu sich hinzog und uns verlockte, es in uns hineinzustopfen; und damit war es, zusammen mit dem Geist, auch schon verschluckt.

Nur eines gab es, aus dem der Geist auch bei näherem Hinsehen nicht entwich, nämlich die Sterne; und in dieses ungreifbare Geglitzer und Gefunkel haben wir uns dann auch später noch oft verloren: denn nie war gewiß, ob nicht neben dem hellen Stern noch ein kleinerer flimmerte — oder nur eine Einbildung? —, als wäre das Mögliche noch am Überlegen und Schwanken, ob es zu etwas werden soll oder nicht. Manche von uns hat das zu regelrechten Eckensitzern und Geistträumern gemacht: sie haben sich nach dem Nachthimmel schier die Augen

aus dem Kopf geschaut, und Tiere hinein- und heraus-
gelesen, und sich gefragt, ob das Wirkliche wirklich und
das Mâ das Mâ ist, und immerzu weiter sehnsüchtig dort
hinaufgestarrt.

✣ Später, zur Zeit der Mâ-Übermacht, haben die Frauen
dann mit Selbstverständlichkeit auch den $g^u ig$-Geist für
sich und das *gdhem* in Beschlag gelegt, aber besonders
gern hat er darin offenbar nicht gewohnt; denn er hat
sie zwar beide wie gewohnt anschwellen lassen, aber
doch auch etwas Verhocktes vor sich Hindämmerndes
angenommen und sich nie mehr vor unseren Augen
munter ins Dasein geschüttelt und schien, als wir das Mâ
mehr und mehr zurückdrängten, mehr als willig, zu uns
überzulaufen.

Aber er konnte sich anscheinend nicht recht entscheiden, wo und in welcher Form er sich in uns niederlassen
wollte. Wenn wir nämlich mit unserem *ghreb* das *gdhem*
durchwalkten und -wühlten, und es dadurch veranlassen
konnten, mehr als sonst zu quellen und zu sprießen, dann
mußte doch einerseits dieser $g^u ig$-Geist, und zwar in
ziemlicher Menge, in unseren Händen gesessen und von
da aus in den Boden hineingeflossen sein; aber andererseits, das hatte ein ganz Spitzfindiger herausgefunden,
wurde das *gdhem* durch das Stoffwerk zu einer fast schon
abnormen *bheu*-Tätigkeit angeregt, es platzte und schoß
in seiner Nähe alles nur so heraus, ohne jede scharrende
Nachhilfe.

Wie und von wo aus wollte der Geist demnach in uns
wirken, sozusagen selbsttätig oder mittels unseres Willens? Das war unklar und ließ sich auch eine ganze
Zeitlang nicht klären. Denn es war Streit ausgebrochen,
ob die *ghreb*-Methode überhaupt statthaft und auf die
Dauer von Nutzen war. Wir plädierten dafür, hielten
sie für zehnmal wirksamer als die indirekte Anlockung
durch Singsang und namentlichen Herbeiruf. Aber die
Frauen brachten dagegen vor, das Erd-Mâ würde durch

die rohe Durchdringung viel zu deutlich an das *alles nur das nicht* erinnert, daher ärgerlich, und außerdem vorzeitig ermüden. Wir sollten uns mit dem bewährten *das ist so das muß so* abfinden und zurückkehren zum zwar traurigen, aber realistischen *das kommt und das geht*. Jeder der durch die neuerdings grassierende Aufgeblasenheit und Vergleichungssucht nicht schon vollkommen verblendet sei, könnte sehen, wie es mit uns bergab ging, seit wir das große Mâ nicht mehr mit den vorgeschriebenen Gesängen und unterhaltsamen Worterfindungen erfreuten.

Die Absicht, uns aus unseren Eroberungen zurückzudrängen und daran zu hindern, weiter nach dem $g^{u}ig$-Geist zu greifen, war mehr als deutlich; aber viel Stichhaltiges hatten wir dagegen auch nicht vorzubringen. Denn wir hatten auf unser *ghreb*-Steckenpferd ziemlich viel Zeit verwendet und dabei das langweilige Gejage und die noch langweiligere Sammlerei reichlich vernachlässigt; aber das *ghreb* ist uns damals auch noch ziemlich leicht ausgerutscht, wir haben es immer wieder vergessen und verschlampt, und wenn wir dann nachsahen, war alles voller Unkraut und Läuse, weggefressen, abgegrast und zugewachsen, sodaß uns nichts anderes übrigblieb, als uns neuerlich lieb Kind zu machen und dem Mâ das Notwendige abzuschmeicheln. Und so ist die Frage, von wo aus und wie der Geist wirken will, und wem er zugehört, noch eine ganze Weile in der Schwebe geblieben.

❖ Ich werde, was mir sonderbarerweise gar nicht ganz unlieb ist, jetzt fast täglich aus meiner Besinnlichkeit und Selbstversenkung herausgerissen durch einen regelmäßigen Ausflug zum *bielbatz,* einem Kasten nicht nur seiner äußeren Form nach, sondern auch wegen seiner gefühlsmäßigen äußeren Begrenzung: sie wird hergestellt durch einen hohen Zaun, bei dem die außerhalb verweilende Ma den Hauptpfosten bildet, und eine Vielzahl von ma-ähnlichen Türmen, die sich in ebenmäßigen Abständen und genau gleicher Distanz von mir nach ihr ausrichten, die einzelnen Latten.

Im Kasten selbst ist eine riesige Schar von meinesgleichen versammelt: eine Sensation, die auch in der Wiederholung das Unerhörte behält. Daß Kleinmenschen existieren, wußte ich zwar: ich war bei den *alles weg alles leer*-Rennfahrten ja oft schon anderen Rirarutschen begegnet, hatte aber bei dem rasenden Tempo die Insassen kaum wahrnehmen, viel weniger eine Verbindung zu ihnen aufnehmen können. Jetzt aber trete ich, mit einem feierlichen Gefühl, und doch wie in etwas lang Erwartetes, in eine Zusammenkunft dieser meiner Artgenossen ein; und erfahre auch zu meinem Vergnügen von einer neuen Form des Austauschs, die mir außerhalb unseres Schutzraums noch nie zugestoßen, und wohl auch nicht zu finden ist. Hier komme ich auch in fremder Gegenwart zu mir selbst, und werde nicht mehr in einem ständigen Wechselbad von *wegda, komm du nur* oder *nun mach schon* dauernd herumgeschubst.

In unserer Schar herrscht nämlich ein still-vertrauter, kanalartiger Verkehr von leisen, eher fragenden Ich-Signalen, die sich aber zu einem stetigen, etwas geheimniskrämerischen Wir-Gefühl zusammenschließen: eine Art Netz, das uns auf eine lockere, aber beruhigende Weise verbindet und zu einem macht. Jede Regung oder Stimmung teilt sich darin durch inneres Zupfen allen übrigen mit: fängt beispielsweise einer von uns zu brüllen an, fällt die ganze Schar automatisch und ohne lang nach Gründen zu fragen in das Gebrüll mit ein.

Im allgemeinen aber zeigen wir uns gutgelaunt und rege beschäftigt. Die zweite große Attraktion des Kastens ist nämlich sein Fußboden, der werkähnlich ist, ohne jedoch jemand Bestimmtem zuzugehören. Mit seiner weichen Formbarkeit verlockt er uns zur konzentriertesten Wühlarbeit und Patschtätigkeit; mit der nützlichen *saufä* und anderen *biel*-Mitteln schaben und kratzen wir darin herum, bauen und häufen, um dann, wenn die entsprechende Stimmung das Netz durchläuft, alles in fliegender Eile wieder *putt* zu machen, sodaß der Erdstoff in hohem Bogen durch die Luft fliegt und uns im Niederrieseln schier unter sich begräbt. Obwohl ich zwischen den Schargenossen, außer der schwankenden Körpergröße, kaum äußerliche Unterschiede feststellen kann, gibt es einen darunter, gut zwei Köpfe höher als ich, der mit seinem Eintritt in die Vernetzung ein wohliges Wärmegefühl in mir auslöst. Ich habe daher beschlossen, ihn das *Nebenwesen* zu nennen. Unsere Anziehung ist wechselseitig; wir folgen ihr beide, und treffen uns daher in der Mitte zum gemeinsamen Werkeln und Schuften. Dabei ist unser Gefühlseinklang so vollständig, daß uns die Errichtung mannshoher Häufen gelingt, ja wir sind imstand, bis zu zehnmal hintereinander im gleichen Rhythmus haargenau gleichzeitig zu patschen. Ich gerate dann in eine krähende, jauchzende Hochstimmung, die ich kaum mit einer anderen Regung vergleichen kann.

Nicht nur darum ist mir das Nebenwesen ausgesprochen *lieb;* es schickt mir außerdem noch ein ganz auf mich ausgerichtetes *duda*-Signal zu, das mich nicht wie das Ma-*du* kratzbürstig abwimmelt, sondern das gut für mein Ich ist, das dabei fast wie in ein Stoffwerk zu ihm hinüberhüpfen und dann wieder in sich zurückkehren kann. Zudem ist das Wesen auf eine ganz ähnliche Weise *meins*. Ich habe daher auch unlängst versucht, es mir anzueignen, wie es umgekehrt mich, aber *saufä* und anderes, verqueres *biel*-Zeug sind uns dabei dazwischen gekommen, und so ist vorläufig nichts daraus geworden. Immerhin war ich in die Bemühung so vertieft, daß ich im ersten Moment nicht erkennen konnte, wer mich da urplötzlich aus dem Kasten riß: die Ma war mit Fremdheit wie überzogen.

❖ Der mächtigste Schub und zweite Anlauf in unserem Siegeszug, der alle unsere bis dahin bekannten oder auch nur denkbaren Verhältnisse umgewälzt hat, ist dann, wie man sich denken kann, die Hervorbringung und geistige Herausgrübelung des *ghreb-stengh* oder Erdstocks gewesen, durch den sich die tiefsitzenden Ängste vor einer Verärgerung oder Ermüdung des Erd-Mâ mit einem Schlag haben verjagen lassen. Die Episode ist nicht ganz leicht erzählt, weil sich darüber, wie über viele unserer kindlich-bizarren Neuerungen, zuerst der Hohn und dann das Vergessen gebreitet haben; aber sie bleibt ein Glanzbeispiel für unsere damalige Erfindungskraft, uns aus dem eigentlich gar nicht Vorhandenen Mittel von unwiderstehlicher Wirksamkeit zu schaffen.

Die Sache kam so. Einer unserer heftigsten *er-* und *or*-Verfechter, ein kleingewachsener, schwarzhaariger Mensch, der von gar nichts anderem mehr reden konnte, als daß das Mâ ein *gdhem* sei, und das *gdhem* von den Männern hervorgebracht, und die Männer ein *g⁽ᵘ⁾ig,* und vor Ungeduld auf die Weiterführung dieses Vergleichsgebäudes geradezu brannte, schien seit einiger Zeit von wachsender Bedrückung ergriffen. Der ganze Bau sei brüchig, zwiegespalten, und vom Einsturz bedroht: wir merkten doch selber, wie die geistige *g⁽ᵘ⁾ig*-Kraft in uns zur einen Hälfte nach oben und vorn durch die Hände hinausdrängte, zur anderen nach rückwärts und unten ins Stoffwerk; und ebenso hinfällig und vergänglich wie dieses, das sage er uns voraus, müsse die neueroberte Männerüberlegenheit bleiben, wenn es nicht gelinge, die beiden Hälften zu vereinen — aber womit? und durch eine neue Gedanken- und Vergleichsbahn in die gleiche Richtung zu lenken — aber durch welche? Er könne mit dem inneren Zwiespalt jedenfalls nicht leben; wolle alles auf eine Karte setzen; und wenn der Versuch schiefgehe, habe er eben Pech gehabt.

Damit ließ er uns stehen und schlug den Vorhang am Hauseingang hinter sich zu. Das war zu jener Zeit noch etwas sehr Ungewohntes, spürbar als eine Art Lücke und Sorge, die sich zu ratloser Angst steigerten, als der Junge, den er als einzigen zu sich ließ, Schüssel

um Schüssel mit Erde und Rinde anbrachte und uns
zuflüsterte, die würge der unbedachte Mensch wild entschlossen in sich hinein, krümme sich nur noch stöhnend
am Boden, und verlange dabei unentwegt nach noch
mehr. Nach drei Tagen kam es zur Krise: lautes Ächzen
und Keuchen drang aus dem Innern, dann Geheul, das
schließlich zum Wimmern herabsank. Der Junge trat
heraus. Es sei soweit.

Unsere Gedanken hatten solang um alle möglichen
undeutlichen Bilder gekreist, und doch keins davon festhalten und fassen können. Aber auch der Anblick, der
sich uns jetzt bot, ließ uns nur die Köpfe schütteln und
unsere Blicke wie die von überfragten Schulbuben halb
zum Nebenmann wandern, um sich sogleich wieder
zurückzuwenden: vor uns am Boden lag ein mittel-
starker, etwas gekrümmter Ast, abgerundet am einen
Ende, spitzig am anderen; daneben, bleich und ver-
schwitzt, der Erschöpfte. Seine auffordernden und
triumphierenden Blicke zeigten deutlich, daß er damit
etwas sehr Bestimmtes sagen und zum Ausdruck bringen
wollte, aber keiner von uns erriet, was — irgendeine
Anspielung oder Verwandtschaft offenbar, die seine
brüchig gewordene Lehre kitten sollte ... Bis er dann
den Stock packte, mit der Spitze in die Erde rammte und
eine tiefe, klaffende Furche in den Boden riß.

Da endlich ging es uns auf: er wollte nicht etwa als
eigenes Stoffwerk ausgeben, was, für alle ersichtlich, gar
keines war, sondern hatte es lediglich als Sprungbrett
und Ausgangspunkt benutzt, um zur anderen Seite, und
nur zur anderen Seite des Vergleichs zu gelangen, der bis
dahin unentdeckten Bedeutung: die, und nichts anderes
hatte er unter so schweißtreibender Mühe und Gefahr für
die eigne Person aus sich herausgepreßt — und damit
der ursprünglichen, wackligen Männerbehauptung eine
zweite, noch haltlosere aufgesetzt, um dann, in der
gelungenen Zusammenführung von Urstoff- und Hand-
geist, beide auf einmal zu bewahrheiten und zu beweisen!
Oder, um es mit einem noch älteren Bild zu sagen: er

hatte beherzt eine leere Schlinge in die Lücke hinaus-
geworfen und darin etwas zu fassen bekommen, was auf
seine Einholung gleichsam nur gewartet hatte.

Nur die Erfindung macht aus dem Möglichen das
Wirkliche! Aber ohne die Arbeit der Wiederholung
bleibt es ein bloßes Erfundenes. Und so gingen wir
daran, das neue Vorbild durch Nachahmung zu befestigen, und nicht mehr wie früher nur zaghaft zu kratzen
und zu schaben, sondern mit dem nachgebildeten Erdstock und mannhaft gehärteten Stoffwerk auf das *gdhem*
einzustechen und loszuhacken, daß die Fetzen flogen,
und was sich die Erd-Mâ bei dieser rohen und gewalt-
samen Durchwühlung dachte, war uns egal: jetzt mußte
sie das eben hinnehmen und daran glauben.

Außerdem hatten wir jetzt endlich etwas Handfestes
und Verläßliches, um uns daran festzuhalten; und jedesmal, wenn uns andere Verlockungen oder Wallungen
ergreifen und mit sich fortschwemmen wollten, haben
wir uns mittels des eingerammten Erdstocks dagegen-
gestemmt, und so unser Vorhaben am Wegrutschen
gehindert. Diesmal wurde nichts mehr verschlampt oder
vergessen, sondern unentwegt weitergeharkt und -gesto-
chen, und wo sich irgendwo Unkraut zeigen wollte, war
es zack! auch schon weggehackt, sodaß die Läuse gar
keinen Unterschlupf mehr fanden für Einnistung und
Kahlfraß.

Und das hielten wir auch durch vom Anfang der
bheu-Periode bis zu ihrem unvorstellbar weit entfernten
Ende: aber dann hatte die Erde auch eine solche Riesen-
menge von Rüben und Knollen aus sich herausgetrieben,
wie sie kein Mensch je auf einem Haufen gesehen hatte,
und dem Frauentratsch von Mâ-Ermüdung und Bergab
war endlich das Maul gestopft. *Wer sagt da immer, das
kommt und das geht?* haben wir ihnen zugerufen, *es kommt,
wenn man es macht!* Und dann haben wir ein ungeheueres
Tamtam veranstaltet und sind gehüpft und gesprungen
und einander in die Arme gefallen. Denn das war sie
doch, die Revolution!

❖ Seit einiger Zeit hat die in mir sitzende geballte Kraft angefangen, mich als Schub und Höhenantrieb in eine neue Richtung zu drücken, nämlich weg vom Gekrabbel auf der Ma und dem Erdboden, das heißt turmwärts nach oben. Ich habe ihr lange nicht folgen können, weil meine Strampel- und Wegschiebebeinchen unter der ungewohnten Leibeslast immer wieder eingeknickt sind. Aber das Gefühl, etwas längst Überfälliges und *eigentlich schon Gekonntes* endlich einholen zu müssen, hat mich nicht ruhen lassen, und tatsächlich erhebe ich mich mit einer Gewaltanstrengung auf einmal meterhoch über die Erde, ängstlich, ich gebe es zu, unter mir ein großes Gähnen und Klaffen, ich selbst verloren im Luftmeer, das mir um die Ohren pfeift; mein Blick reicht bis zum Horizont, und ich renne wie mit Siebenmeilenstiefeln auf ihn zu, oder besser gesagt, er auf mich, bis sich dann plötzlich alles wild um mich verdreht, sich vor mir aufbäumt und mich beißt.

Die Ma reagiert im Ganzen angemessen mit *baaf-baaf* und *jajaja* undsoweiter, kann sich zu einem ungeschmälerten Lob für meine Leistung aber doch nicht durchringen, denn im Oberton schwingt deutlich ein spitzes *na endlich!* mit. Und ebenso gekünstelt und zwiespältig kommt ihre Bewunderung für meine andere Großtat des Selbstausdrucks und Stoffwerks daher. Auch hier steht der Beifall im Vordergrund, aber er ist mit einem schwer greifbaren Vorbehalt und Zwar-Aber durchsetzt, was mich weniger verstimmt, als ungläubig daran zweifeln läßt, auch richtig gehört zu haben. Ich versuche daher, mir doch wieder einmal über den Kanal Klarheit zu verschaffen — vorsichtig, wie sich versteht, und jeden Augenblick bereit, beim ersten Bimmel- oder Gellton die Verbindung sofort wieder zu kappen.

Die Vorsicht ist angebracht: es kommt mir tatsächlich ein tiefer Brummton entgegen, leicht auf- und abschwellend, als könnte er jederzeit aufheulen und loskreischen. Aber vorläufig bleibt alles ruhig: zu ruhig sogar. Auch wiederholte *rum*-Fragen, zum Beispiel nach der Wirkursache der Formen, nach dem Wechselspiel zwischen mir und dem Meinen, gehen fühlbar ins Leere, als wäre der Ma der ganze Komplex gleichgültig, fremd oder unbekannt. Schließlich locke ich doch noch zwei dünne Antworten heraus, die erste unbrauchbar und weitab vom Schuß: *das Meine? du bist doch das Meine!* — die zweite aus großer Entfernung und merkwürdig trostlos: *du wirst es früh genug von ihm erfahren.* Schon wieder *er!* Der Sache muß endlich nachgegangen werden.

❖ Daß die neue Errungenschaft dann auch auf unser Inneres und damit auf unsere Beziehungen zurückgeschlagen hat, war unvermeidlich. Das alte Einssein und Einvernehmen, durch den Riß, die Tiervergleiche und die aufgezwungene Kästchenwirtschaft ohnehin schon angeknackst, spaltete sich zusehends und zerfiel, sosehr, daß wir einen Namen dafür ausfindig machen mußten, um es wiederholen und vor dem Verschwinden bewahren zu können: *sem* sagten wir inzwischen dazu, also *zusammen und immerdas, ähnlich, am selben Ort,* und wenn damit auch kein tieferer Gefühlsaustausch mehr einherging, so doch wenigstens eine verläßliche äußere Verbundenheit.

Oder war auch die nur mehr ein frommer Wunsch? Denn genau besehen fühlten wir uns keineswegs mehr am selben Ort: vielmehr werkelte jeder mit seinem Erdstock vor sich hin, bestaunte die aus seinen Händen und dem gefestigten Stoffwerk strömende *gᵘig*-Kraft, mit der zusammen er aus sich herausfließen und dann von dort aus voller Stolz auf sich und seinen heimlichen Antriebs- und Willenssitz zurückschauen konnte, wofür sich schließlich die Bezeichnung *se* oder, nachdrücklicher, *seᵘe* einstellte, und damit der wiederholbare Gedanke von einem *selbst-selbst,* das heißt von einer eigenen, niemand sonst zugehörigen Mitte.

Und eben dabei kam einem nun dauernd irgendein Störenfried und Querkopf ins Gehege, grub und scharrte munter drauflos, wo man doch grade selber hinhacken wollte, und machte sich pfeifend breit, als hätte er das Ganze gepachtet: eine lästige und verwünschte Zudringlichkeit, gegen die man sich mit einem unwilligen und vorwurfsvollen *he! da bin ich!* verwehrte — nur um darauf wörtlich, und ebenso unwirsch, die gleiche Antwort zurückserviert zu bekommen. Und so hat sich im Lauf der Zeit ein bestimmter Geistteil und Eigensinn schützend um unser *se^{u}e* gelegt und es in ein ständiges *e-gho* oder *ich-hier* eingekapselt, das sich halbfeindlich gegen alle Neben- und Nicht-Iche absetzte, ohne daß wir uns dessen recht bewußt geworden wären; wir merkten nur, wie uns die Nähe der anderen, und ihre unentwegte Beschäftigung mit dem Ihren immer widriger aufstieß, wie Schwaden von Fremdheit oder stickiger Atemluft. Bis wir uns dann manchmal nicht mehr anders zu helfen wußten — und das ist bald zur uneingestandenen allgemeinen Übung geworden —, als den eigenen Geist hinterlistig in den anderen hineinzuschicken, um ihn gleichsam aus sich zu vertreiben, auch wenn wir hinterher über den unberechtigten Eingriff erschraken: dieses *e-gho* schien ja tatsächlich keine Grenze zu kennen und sein *hier* ohne Hemmung und Rücksicht bis ins Maßlose ausdehnen zu wollen!

Aber dann hat sich zum Glück eine Gegenbewegung fühlbar gemacht. Wenn wir nämlich zum andern hinübergingen, um ihn innerlich wegzudrängeln, spürten wir sehr wohl, daß der ja nicht anders beschaffen war als wir; und so begannen wir, aufeinander aufzumerken und den männlichen Werk- und *g^{u}ig*-Geist auch im Nachbarn wahrzunehmen und schätzen zu lernen. *Ich sehe in dir ein* se^{u}e *wie das meine,* so hätte diese Anmerkung sich etwa übersetzen lassen, oder noch komplizierter, *ich sehe, wie dein* se^{u}e *das meine sieht.* Es kam da also über unser jeweiliges *e-gho* hinweg ein sehr rascher elektrischer Widerhall zustande, der zwischen uns hin- und herschwirrte und einen neuen *sem*-Zusammenhalt schuf: wir waren nicht mehr von der alten blasenhaften Verschmolzenheit umschlossen, vielmehr leicht und beweglich aneinander gebunden mit einem lockeren Geflecht von Geistfäden und -bändern, getrennt und doch nicht getrennt, und dieser Anziehung sind wir dann und wann auch gerne gefolgt: aber sanft und umsichtig und nicht, wie bei den Frauen, in der eher unbedachten Weise des Erdstocks haben wir diese schöne *se*ᵘᵉ-Männlichkeit ineinander aufgesucht und, mit ihrer Verletzlichkeit wohlvertraut, in liebevoller Vermischung dann auch gefunden.

Wir haben das nicht weiter an die große Glocke gehängt, sahen darin auch nicht mehr als die äußere Bekundung, daß wir damals, mit einem Wort, zu einer *Sippe* geworden sind; und, wie wir später erfuhren, haben sich andere nach dieser neuen *se*ᵘᵉ-Zusammengehörigkeit sogar benannt und Schwaben zu sich gesagt, oder Sabiner oder Serben und Sorben, und sich so vor aller Welt dazu bekannt, daß ihnen an der Gemeinsamkeit mehr lag als an der zügellosen gegenseitigen *e-gho*-Anrempelei. Aber daß die damit noch lange nicht überwunden und erledigt war, müssen sie genauso deutlich gespürt haben wie wir: oder steckt nicht in jeder Beteuerung auch schon der Zweifel?

❖ Ein schlimmer Gedanke verfolgt und quält mich seit einiger Zeit und will sich, obwohl auf einen bloßen Verdacht gestützt, durch nichts verscheuchen lassen. Wenn nämlich, so meine Überlegung, zwischen mir und dem Meinen dieses unergründliche Verhältnis besteht, daß ich nur im Hinausgehen zu ihm herausfinden kann, wer ich bin, dann, und bei der Vorstellung wird mir schwindlig, habe ich doch in diesem Stoffwerk eine völlig offene und ungeschützte Stelle! Denn angenommen, es wird von irgendwoher beeinflußt, verändert oder verbogen, angenommen es mantscht da einer heimlich drin rum — dann doch auch, nach der einfachsten Logik, in mir! Und das zudem noch, weil ich die Wechselbeziehung nur von innen her deuten, nicht aber von außen überblicken kann, auf eine gänzlich unabschätzbare, womöglich mir gar nicht bemerkliche Weise!

Wenn also da, sage ich mir, und jetzt bekomme ich wirklich Schiß, einer oder etwas dauernd in mich hineinschlüpft über mein veräußertes Ich und anderes Ende, heimlich und unspürbar, und der die fesselnden Formen hervorbringende Geist demnach gar nicht der meine wäre, sondern ein anderer, der mich mit fremdem Willen durchdringt, mich meinerseits formt und zu dem Seinen macht — wer sagt mir denn, so durchfährt es mich, daß ich nicht ferngesteuert bin, mein Ich ein mir selbst eingeschobener und unterschobener Wechselbalg! Denn ich weiß doch noch, wie schnell das Äußere auf einmal zum Inneren werden kann, und wie mir seinerzeit die Fetzen der zerbissenen Ma plötzlich im Bauch gelegen haben als furchtbare Bilder. Und wenn die sich damals Eingang verschaffen konnten über das nahgelegene und das Verschiedene genau auseinanderhaltende *mu,* um wieviel leichter über das ferne und heimliche hintere Ende mit seinen unzügelbaren Kräften und diesem nicht faßbaren Geist!

Ich durchlebe ängstliche Tage. Überall, in der Besenkammer, in den Bettlaken, scheint etwas auf mich aufzupassen und zu lauern. Oft rauscht es mir in den Ohren, und vor dem Einschlafen überfällt mich ab und zu das Gefühl, mein Kopf hätte sich auf einmal ums Hundertfache vergrößert. Dann hilft es mir wenig, mich an meine zum Elefantenrüssel angeschwollene Nase zu fassen, denn im selben Moment hat sich auch schon meine Hand ums ebenfalls Hundertfache verdickt, und genauso der Bauch, die Bettstatt, alles an mir und um mich her ist viel zu groß und angefüllt mit einer leeren, mir nicht zugehörigen Masse!

Erst die auf mein Geschrei herbeieilende Ma kann den zwielichtigen Spuk vertreiben; sie braucht nur ins Zimmer zu treten, und ich bin wieder der Alte. Aber auf die Dauer darf ich mich nicht nur immer auf fremde Hilfe

verlassen. Ich müßte mich und das Meine undurchdringlich machen gegen alle Einvermischungen von außen.
Aber wie soll ich das bewerkstelligen bei seiner und
meiner Verletzlichkeit und sehr zarten Bildung, und was
täte ich mir dabei an? Muß auch ich mich verhärten,
panzern, muß es ein Ende haben mit meiner dünnhäuti-
gen, genauen Empfindlichkeit? Ein Prellbock soll ich
werden, kein Mensch?

❖ Mein erster gezielter Fußmarsch führt mich, nach
längst gefaßtem Vorsatz, zum *eibtis*. Schon seit meinen
Krabbelgängen, lange vor meiner Aufrichtung, hatte es
mich mit Macht dorthin gezogen. Es war dort immer
etwas sehr Fesselndes zu spüren, was ich glattweg Gegen-
Ma genannt hätte, wäre der Ausdruck nicht gar so
unsinnig gewesen. Jedenfalls schwebt über dem *eibtis*
ein unbestimmter Schimmer, etwas Tempel- oder Kir-
chenartiges, eine Heiligkeit.
   Aber der Zugang dorthin ist fast ständig blockiert.
Meistens sitzt dort nämlich, nach wie vor sprach- und
signallos, und auffällig hauptsächlich durch die von ihm
ausgehende Schwärze, der besagte, stetig vor sich hin-
summende Turm, der alle Annäherungen von sich weist
und durch die *wegda*-Schreckrufe der Ma noch zusätzlich
abgeschirmt wird.
   Dann auf einmal der Glücksfall: Abwesenheit des
stummen Turms, die Ma hinter den sieben Bergen.
Anpeilung also, Aufbruch, Eilmarsch und Festklamme-
rung im letzten Moment, bevor alles kippt: die Wabbel-
knie durchgestemmt, ein kräftiger Klimmzug, und schon
luge ich über die Platte. Der Anblick ist überwältigend.
Glatt, säuberlich, mit messerscharf gezogenen Kanten,
blendend weiß, in vollkommensten Parallelen und der
erhabensten Harmonie liegen vor mir, auf ewig unverrückbar, das *buch,* die *biere,* der *beistiff,* elektrisch aufgeladen vor Bedeutsamkeit. Dazu ein Geruch! Unvergleichlich.

Oder vielmehr im Gegenteil: den Vergleich herausfordernd und erzwingend. Ein Blick zurück ins Zimmer zeigt mir dort wahrhaftig nicht dasselbe wie dieses: in eine Jämmerlichkeit und ein Kuddelmuddel hat sich plötzlich verwandelt, was mir eben noch so nah und vertraut erschien, in einen heillosen Mischmasch aus Wolle und Windeln und *kugä* und *dizzi* und *biel*-Zeug in lauter unübersichtlichen, verworrenen Hügeln und in Häufen.

Dagegen hier! Ich werde sofort hellwach. Denn zweifellos bin ich da, mitten im Alltag und Ma-Dunst, auf eine Kolonie und Enklave gestoßen, einen Ableger und Brückenkopf, eine Art stehende Leitung: nur, womit verbunden? Außenschale! ruft es mir, so deutlich wie nur je aus dem Kanal, vom *eibtis* entgegen. Und ich hatte von einem Schwarm gefaselt; hatte gewähnt, der Stoff sei ihr Wesen, geformt zu Aushub und Sandberg! Irrtum und Phantasterei: mein neuer Einblick läßt mich geradezu starrwerden vor Feierlichkeit. Die Außenschale, verkündet er stumm, ist nicht Ma noch Schwarm; sie ist ein unerbittlich Insichgefügtes, eine dauernd vom Durcheinander bedrohte und täglich neuzuschaffende Ordnung. Aber gottlob nicht von mir! denke ich mit Erleichterung, gottlob nicht mir auferlegt, sie geht mich nichts an. Ich wüßte auch gar nicht wie anfangen.

Aber natürlich will ich sie näher begreifen; natürlich geben meine Hände keine Ruhe, bis sie das Unnahbare angefaßt haben, danach grapschen und zupfen. Und natürlich ist dann mit einem Mal das Insichgefügte hin und beim Teufel, die *biere*, zurückverwandelt zum Schwarm, fliegen auf, klatschen mir um die Ohren und legen sich zu dem übrigen Wirrwarr zwischen Hügel und Häufen am Boden, der nun auch prompt kippt und mich beißt.

Auf den ersten Schreck folgt der Siegesrausch. Er steigert sich zum Jubel, als die herbeistürzende Ma entsetzt einen Riesenstapel von Tüchern und Decken fallenläßt, der das Zimmer vollends zum häuslichen *bielbatz* macht. Begeistert wühle ich mich in die weiche

Vertrautheit hinein. Soll der Brückenkopf nur weiter stumm sein eisernes Gesetz verkünden; vorläufig bleibt die Welt doch noch die meine.

❖ Es war inzwischen ganz eindeutig zuviel frei flottierender und seiner Herkunft nach unbestimmbarer Geist unterwegs: ob nun hinterrücks ausgeschickt oder selbsttätig aufsteigend, ob als fremd-anstößige Ich-Ausdünstung oder dumpfe Mâ-Kraft, die, obwohl nur geistesähnlich, uns doch nach wie vor bedrohlich aus dem zerfurchten Boden entgegenwallte. Und er fühlte sich im Freien offenbar recht unbehaglich und sehnte sich zurück nach einer festumschlossenen und umgrenzten Behausung: wir alle spürten doch, wie er gegen uns andrängte und uns umschlich, um bei der ersten Gelegenheit, fadenförmig verdünnt, in uns einzuziehen und sich dort festzubeißen und breitzumachen. Nie konnten wir sicher sein, ob oder wann ihm das etwa schon gelungen war; denn gerade dadurch, daß sich unser Drang- und Willenssitz soweit zurückgezogen hatte ins Heimliche und in die vermeintliche Sicherheit, ließ er sich umso schwerer beobachten und überwachen; und immer öfter glaubten wir in uns merkwürdige Vorschriften und Befehle zu hören, ein *mach dies!* und *laß das!* wie von fremden Stimmen, vor denen das eigene *selbe* sich dann einkrümmte und zurückwich.

Unsere Beklemmung wuchs. Unter diesen ständigen Eingriffen und Verstörungen kamen wir doch nie zu uns selbst! Aber wir standen ja auch offen da wie die geschälten Bäume im Wind. Und so sind wir auf den naheliegenden Gedanken von *skeu* verfallen, von einer Hülle oder Bedeckung im Sinne von *Wächter, Haus* und *Bewahrung*. Dabei ließ sich freilich nicht vermeiden, in das Wort auch das zu Schützende und zu Verschließende mit hineinzutun: es verzweigte sich demgemäß zu *kul*, und benannte so den *Hintern, Mastdarm* und *Bauch* in aufsteigender Reihenfolge, um alle Stationen auf dem

Weg ins Innere ausdrücklich zu versperren; und dazu ge-
sellte sich bei den Frauen, wegen ihrer doppelten Durch-
dringbarkeit, noch *kun,* soviel wie *Futteral* oder *Höhle.*

Alle diese Zugänge mußten fortan also mit Schnüren
und Schürzchen verknotet und zugehängt werden, was
nicht nur widerwärtig zwackte und kniff, sondern uns
auch übellaunig und verdrießlich machte: denn das hieß
doch auch, die schönen Gefäße der Beseligung, mit deren
Anblick wir einander eben doch immer noch erfreut und
aufgemuntert hatten, vor aller Welt zu verbergen! Und
so ist in unser Wort folgerichtig auch die Bedeutung
Schatz, Schatzkammer, Hort mit hineingeraten, aber eben
auch *Schatten, Verdunkelung, Wolke.*

Irgendetwas stimmte mit diesem *skeu*-Kunstgriff nicht,
zerrte und zeterte im Innern als Widerspruch. Aber
wenigstens nach außen, so glaubten wir in unserer Einfalt, hatten wir für Ruhe und Ordnung gesorgt, und das
schien uns damals das Wichtigste. Man will doch
wenigstens Herr im eigenen Hause, und sicher sein, wer
in einem eigentlich denkt.

✧ Mißmut und Depression. Jeden Tag wesenloser und
flüchtiger zeigt sich, was mich bisher so überwältigend
bestätigt hat als funkensprühender Kraftausdruck und
unbedingte Hinausschleuderung in die Welt; und was
ich gelernt habe, am Verläßlichsten für das Meine zu
halten, fängt an, mir wegzuschwimmen und zu entgleiten.
Nicht nur, daß von der Ma dafür nichts mehr zu holen ist
als ein immer beiläufigeres *baaf-baaf;* sondern es ist auch
jedesmal, noch längst nicht ausreichend erkundet, fort
und verschwunden. Aber nie bekomme ich den Augenblick des Verlusts genau zu fassen: meine Aufmerksamkeit scheint plötzlich verdunkelt, und ich stehe allein
da. Ist denn alles umsonst? Darf ich mich nirgendwohin
veräußern und hinaussetzen ins Wirkliche? Aber was
heißt schon verschwinden! Nichts verschwindet je ganz:
ich weiß doch noch gut, wie das unerschütterliche *da* von

ehedem verlorenging und sich hinter die Mauer entzog, um dann von dort aus geheimnisvoll den Dingen eben doch wieder Halt und inneren Glanz zu verleihen.

Bahnt sich hier etwas Ähnliches an? Soll ich zum zweiten Mal abgeteilt werden vom Eigensten, Liebsten und Nächsten, damit es auffliegen und ins Fremde hineinfahren kann, und mich, mit einem Ziehen, das nicht mehr aufhört, zu sich hinauslockt? Nachdenklich drehe und wende ich hin und her, was vor mir liegt: den *gnobf,* den *schussä,* die *lötze;* denn auch aus ihnen kommt mir inzwischen das Leuchten und Schimmern von Formen entgegen, denen freilich das Zarte und Eigene fehlt, aber dafür etwas Unverletzliches und Ewigbeständiges zukommt. Und so mache ich, auf wackligen Beinen, ohne es zu wissen, den ersten Riesenschritt in die Trennung. Ich suche in den Hügeln und Häufen, sammle das Ähnliche, schichte und baue, füge kunstvoll zusammen: und auf einmal ersteht, ich traue meinen Augen nicht, aus dem vollkommenen Nichts und Wirrwarr auf den versammelten *lötzen* in schönster und farbiger Bildung etwas Vertrautes. Ein Wunder! Denn vor mir liegt nichts anderes als das *Äppchen* und der *Öse Olf.*

❖ Nun wollen wir aber doch sehen, sage ich mir, das Gebilde ist doch wohl unzweifelhaft *eibtis*-verwandt, und dorthin gehört es! Und so schleppe ich den ganzen schweren Kasten, der es vor dem Zerfall bewahrt, in die Richtung des stummen, summenden Turms. Denn wenn ich mich zum beständigen und unzerstörbaren Ichausdruck hinarbeiten will, soviel ist mir trotz aller Abwehr bei meinem ersten gezielten Fußmarsch klargeworden, dann muß ich mich eben doch an der erhabenen Ordnung dieses fast unerreichbaren Hochplateaus ausrichten und an dem dort hereinragenden Brückenkopf, der stehenden Leitung zur Außenwelt.

Aber der Turm schweigt weiter. Seine einzige Selbstäußerung ist sein Gesumm, unterbrochen höchstens durch selten und unscharf mit der Zweitstimme hervorgestoßene Einsilbenwörter. Auch im Kanal ist er ja immer nur als Rauschen und schwärzliche Wesenheit bemerkbar gewesen und hat es nie bis zu verständlichen Gefühlssignalen gebracht. Zu den üblichen Warnbotschaften der Mama wie *Achtung und aufgepaßt, da ist er da kommt er* sind im Lauf der Zeit noch andere, schwarmartige hinzugetreten. *Macht Kohlen muß danke* heißt es da etwa, *hoffentlich nicht heute schon wieder,* oder auch *naja um neun geht er.* Und wirklich gibt der Summturm bald darauf etwas Kurzsilbiges wie *üe-ʒi* von sich und verschwindet. Es kehrt dann eine gesummlose Stille ein, Frieden und entferntes Ma-Gefluder, aber auch eine Öde und Lücke, eine Langweiligkeit.

Zweifellos hat der Turm dann Einlaß in die Außenwelt gefunden und hält sich darin verborgen: aber keine von Rirarutsch oder *bielbatz,* dessen bin ich sicher, oder doch nur in der enormsten Vergrößerung; und selbst die unvergleichliche Harmonie von *buch, bieren* und *beistiff* stellt wohl nur einen schwachen Abglanz von ihr dar. Ich denke sie mir als Ansammlung von *lötzen* in phantastischer Größe und Vielfalt, zu einem riesigen, durch nichts umzuwerfenden Stoff- und Geistwerk zusammengefügt, das womöglich bis zur Decke reicht oder gar noch darüber hinaus, und wenn es der Summturm nicht eigenhändig errichtet hat, kommt ihm doch offenbar das Hauptverdienst und der entscheidende Anteil daran zu: anders ist der Leuchthof von Bedeutsamkeit nicht zu erklären, der ihn abends nach seiner Rückkehr umschwebt, noch seine geistige Erschöpfung, die ihn gerade nochmal *üe-ʒi* hervorstoßen läßt, bevor er entkräftet in den Sessel sinkt.

Ja, es ist sein Geist, der mich fesselt und anzieht: denn anders als der meine ist er deutlich zu sehen, der Turm bläst ihn paffend über den *eibtis,* von wo aus er in blauen, duftenden Kringeln nach oben steigt und dadurch, wie ich das ja auch kann, alles zu Seinem macht. Aber im Innern der Wolke, oder hinter ihr, ist noch etwas anderes

Unbekanntes und Unsichtbares enthalten, was mich mächtig und sturmartig anweht. Ich versuche mir seinen Ursprungsort vorzustellen, aber es geht nicht. Denn das Bild dafür blendet hell wie die Sonne, ich muß tatsächlich die Augen schließen, so zuckt und gleißt es darin in gefährlichen Blitzen. Sie durchbohren den, der in das Loch in der Wolke, in diesen Himmelsabgrund hinein-fällt, er wird zu Asche.

Aber ich bin ja mit einem eigenen Geistgebilde gewappnet, und recke es dem Turm herausfordernd entgegen. Er betrachtet es, aber scheint es nicht zu begreifen. Ich lege es ihm geduldig auseinander: hier *Äppchen*, dort *Öser Olf*. Er stößt einsilbige Lobesworte aus, aber bleibt dabei nach innen gewendet. Auch wenn er mich anschaut, sehe ich ihn immer nur von hinten: wahrhaftig, sein Gesicht ist ein Rücken. Er müht sich zwar, mich zu bemerken, aber sein Geist kann mich offen-bar aus dem Wolkenloch heraus nicht ausmachen. Ich komme mit meinem eigenen Hauch und Atem nicht gegen ihn an, sie prallen an ihm ab, es ist unmöglich, ihn mir anzueignen; eher droht er mich, wie alles übrige auch zum Seinen zu verwandeln. Sein Andruck wird so stark, daß ich mich mit aller Kraft verschließen muß, damit er nicht in mich eindringt. Sein Geist sagt zu mir *du bist nichts*. Er spuckt mich aus, hörbar, und sagt *ba, ah* und *babbà*.

✤ Unsere Bedeckungskampagne ist dann tatsächlich auch ein ziemlicher Reinfall gewesen; entweder hatten wir die falsche Richtung eingeschlagen, oder einen zu halb-herzigen Schritt getan. Jedenfalls mußten wir einsehen, daß alles, was einen Namen hat, damit sein Vorhanden-sein auch laut verkündet und preisgibt; und daß umge-kehrt, was unbemerkt bleiben will, naturgemäß nach der Heimlichkeit und dem Versteck Ausschau hält. Statt einer wirksamen Abwehr hatten wir die Einnistung und hemmungslose *e-gho-* und Geistausbreitung also gerade auf uns gezogen, und unsere Angst nicht beruhigt, sondern verdoppelt. Aber zurück konnten wir auch nicht: schon beim bloßen Gedanken, ohne *skeu*-Hüllen herumzulaufen, kamen wir ins Schwitzen.

Hier mußte reiner Tisch gemacht werden. Wenn sich der Bedrohung nicht ihr Ziel verbauen ließ, dann eben ihr Ursprung! Daß wir darauf erst jetzt verfielen, zeigte uns, wie zerfahren und von Fremdgedanken durchsetzt wir bereits waren. Denn vor einer ganz ähnlichen Frage hatten wir schon einmal gestanden — eher noch vor einer verzwickteren —, nämlich mit den gleichfalls schwer einzuordnenden Totengeistern, und hatten sie rasch und entschieden gelöst. Die hatten sich nicht nur etwa diebisch in uns eingeschlichen, sondern waren uns direkt und unverhohlen in die Köpfe gesprungen, um dann aus unseren Mündern wie wild zu johlen und zu jaulen; und da hatten wir gleich gewußt, daß nichts anderes half, als die Verstorbenen zu verscharren, um uns innerlich und äußerlich von ihnen zu trennen. Und tatsächlich hatten ihre Überfälle dann auch aufgehört: außer einem unbestimmten Huschen und Klappern im Stroh und hinter Bäumen war seither von ihnen nichts mehr zu hören.

Das Vorbild hatte uns also die ganze Zeit schon vor Augen gelegen. Denn die Ähnlichkeit war doch schlagend: nicht nur sind die Toten und das Stoffwerk neben den Frauen dem *gdhem* am Nächsten verwandt; sondern beide geraten nach einiger Zeit auch in den unheimlichen Zwischenzustand, wo bei aller Liebe und Anhänglichkeit keiner mehr sagen kann, ob sie noch g^u*ig* sind, oder ob der Geist schon aus ihnen entwichen ist, auf der Suche nach Unterschlupf. *Skei* mußte wie dort das rabiate Mittel heißen, und wurde seither auch so genannt: die große Scheidung. Nur dadurch konnten wir der Unart ein Ende setzen, mit dem Eigenen alle anderen zu belästigen oder es gar heimtückisch ineinander hineinzuschicken, und unserem *se^{u}e* wieder unverstellt und ohne Naserümpfen zu begegnen.

Allein schon die gute Absicht hat uns in unserem schönen *sem*-Zusammenhalt wieder bestärkt: denn damals ist es uns ja zum ersten Mal geglückt, uns alle zu einer *Versammlung* zu vereinigen, zu der freilich nur die Männer als einzig *se^{lle}e*-fähige zugelassen waren, und auch da nur die *g^{lle}ig*- und *stengh*-stärksten (den Rest haben wir sogar ziemlich grob hinausbefördert); und dort haben wir dann unsere geballte Kraft, jeder die seine, in einen gemeinsamen Topf oder *Beschluß* geworfen, das Stoffwerk fortan von uns abzutun und es, wie sehr wir auch damit verhaftet waren und daran hingen, dem *gdhem* als seiner Urheimat umstandslos zurückzuerstatten.

Es war erhebend, wie leicht sich dabei die Gedanken vom Eigenen aufs Allgemeine richten ließen: als hätten sich in der Versammlung unser *se^{lle}e* und *e-gho* zusammengetan und zögen uns am selben Strick ein Stück weit nach oben. Und trotzdem ist uns der Beschluß so schwer gefallen, daß selbst unsere Sammelkraft kaum dazu ausreichte: er hätte uns fast das Herz abgedrückt. Ein paar von uns jammerten; andere starrten trübsinnig wie ein Häuflein Elend vor sich hin; und einer (der Älteste) hat sogar geschrien, nach dem *skeu* jetzt gar noch das *skei,* das wäre nach der Mâ-Aufkündigung der zweite und endgültige Verrat an allem Natürlichen: diese neue Kluft in unserem Innern würde sich nie mehr schließen und nicht rasten, bis sie uns heillos aufgespalten hätte in ein Oben und Unten, und schon sinne der in uns wohnende Willen, das spüre er deutlich, auf Rache. Außerdem: wie leicht könnte aus der Trennung vom teuren Abgeschiedenen Gleichgültigkeit werden, oder gar Verachtung! Das wollte doch keiner!

Wir kamen ins Schwanken. Aber dann gewann der spürbare Zug ins Höhere doch die Oberhand; wir wollten heraus aus der Trübe, unseren Geist befreien von Einmischung und Gedämpfel, um endlich einmal klar sagen zu können: *das denke ich und kein anderer.* Und so haben wir den Beschluß schließlich doch gefaßt, so schwer er uns auch fiel, so wenig er uns bewahrt hat vor späterem Übel.

❖ Es hat sich herausgestellt, daß der Babbà doch über eine wenn auch wortlose Sprache verfügt: er äußert sich durch Blicke, die er abwechselnd mir und der Ma zuwirft: die Ma ihrerseits gibt sie entweder in ähnlich sprechender Weise an mich weiter, oder an ihn zurück. Ganz unerwartet sind damit die Lichtlöcher von ehedem — aber wie weit liegt diese kindliche Auffassung schon hinter mir, wie fliegen die Tage! — an die Stelle des Kanals getreten, den ich aus Angst vor Gell-Anschlägen und Übergriffen nur noch im Notfall und mit großer Vorsicht öffne. Die neue Verständigungsform ähnelt übrigens dieser alten in der Mühelosigkeit und Deutlichkeit des Gefühlsausdrucks, sodaß ich sie auch viel schneller beherrschen lerne als die holprige und umständliche Wortsprache; die beiden gleichen sich auch in ihrer Kraft der Zusammenfassung von langwierigen Mitteilungen in einen einzigen Augenblick — aber leider auch in ihrer gefährlichen Eindringlichkeit.

Solche wortlosen Tiraden schießen also zur Zeit im Dreieck zwischen uns hin und her, für den Ungeübten schwer einzufangen, aber von meiner scharfen Beobachtungsgabe eben doch aufgefaßt und ins einzeln Gemeinte zurückübersetzt. Trotzdem bleibt die Nachricht unverständlich: sie greift ein mir von der Ma her bekanntes Zwar-Aber auf, aber läßt davon nur ein wie mir scheint völlig inhaltsleeres Aber übrig.

Ts-ts-ts heißt es da beispielsweise von der Babbà-Seite her, *mein Gott es fehlt ihm was, er muß auf den Kopf gefallen sein, er hat sie nicht alle, er ist leider plemplem, was sollen wir nur mit ihm machen?* fragen die Blicke, und bekommen von der Ma her zur Antwort, *nun ja, gedulden wir uns, vielleicht dämmerts ihm noch, er ist eben ein wenig zurückgeblieben. Aber es ist schon eine Last mit ihm,* sagen die Blicke, *man hat es schwer mit einem so unsensiblen Kind, so einem Schaf, einem Esel.*

Was sagt man dazu! Es scheint auf der Gegenseite eine völlige Unkenntnis über meine Vorzüge zu herrschen, und mit entsprechend vielsagenden Blicken rücke ich sie also ins rechte Licht. *Fehlerfrei und mit affenartiger*

Geschwindigkeit füge ich die Lötze zum Äppchen und Olf,
lasse ich sie erwidern, *meine Selbstäußerung im Stoffwerk*
wird von der Ma selbst als baaf-baaf *eingestuft, meine Sprach-*
beherrschung ist bei tadellosen Satzbildungen angelangt, ich bin
euch, das muß doch einmal gesagt sein, in meiner Lernfähigkeit
denn doch entschieden voraus!

Aber meine Blickrede prallt ab. Ein Geiststurm weht
sie zurück. *Schon-schon, aber* — heißt es von der Ma her,
versteh doch Kind, schau wir meinens ja gut mit dir; und vom
Babbà, *Lernfähig! Und kennt noch nicht einmal das Einmal-*
eins der Grundnormen, das ABC der Gesittung! Fähig zur
blinden Selbstausbreitung vielleicht, zur Durchwühlung von
Eibtissen: mein Gott ist der Mensch primitiv!

Dies, um die Eindringlichkeit der Blicke zu steigern,
alles mit zusammengekniffenen Gesichtern, unter Stirn-
runzeln und Naserümpfen. Aber nie, bei aller tiraden-
haften Weitschweifigkeit, auch nur der geringste Versuch, die Vorwürfe zu konkretisieren. Sie reden wie
gezielt um den heißen Brei. Und so verfolgt mich die
Frage, worin ich nicht genüge, was mir da dämmern
soll, schließlich bis in den Schlaf. Immer wieder träume
ich von morgendlichem Geplätscher unterm gebauschi-
ten, sonnigen Vorhang, von hohem, saftigem Gras, das
mich kitzelt und krault auf ganzer Länge — und dann
fangen diese hellen Bilder an, vom Rand her zu kränkeln
und brandig zu werden, alles Luftige und Frische verdunkelt sich, und am Ende krümmen sie sich ein wie
vergilbende Blätter und fliegen davon.

Dann wieder entdecke ich hinter einer niegesehenen
Tür ein wunderliches Zimmer voller samtner Portieren
und Lüster und prunkvoller Kostbarkeiten — aber wie
ich mich genauer dort umsehe, haben sich in den Fugen
der Ledersessel und unter den Vorhangschabracken, und
auf einmal auch hinter der hohen chinesischen Vase,
große schwärzliche Seeschnecken eingenistet, mit entsetzlichen Ausläufern fest in die Wände und Möbel
verkrallt, die sich unter meinen Blicken langsam lösen
und zurückziehen in ihr Gehäuse.

Untertags sitze ich da, äußerlich ruhig, aber in mir
kreisen und suchen die Gedanken unablässig nach einer
Lösung des Rätsels. Umsonst gehe ich alle meine Ge-
wohnheiten und Tätigkeiten durch: sie sind samt und
sonders untadelig. An meinem Verhalten kann es nicht
liegen. Wenn aber nicht am Verhalten, so der einzig
mögliche Schluß, dann an der Wesensart: ein Drittes gibt
es nicht. Mein kleiner Wuchs vielleicht, mein vom vielen
Nachdenken viel zu groß gewordener Kopf? Andererseits läßt sich mein Mangel offenbar durch nichts
Bestimmtes bezeichnen: sonst hätten ihn meine *rum*-
Fragen, mit der ich die Ma inzwischen eindecke wie ein
Schnellfeuergewehr, unfehlbar schon einmal getroffen.
Dann bleibt nur eins: das Mißbilligte bin *ich! Selbstausbreitung* heißt der Vorwurf; was mir zulang nicht
gedämmert hat, ist, daß ich nicht dasein soll!

Aber warum nicht, was spricht dagegen? frage ich
mich, und spüre dabei wie meine rosige Frische ver-
welkt, sich meine Außenhaut zur Rinde verhärtet und
krümmt, ein dünner Ausläufer schlängelt sich aus mir
heraus und sucht tastend am Boden. Ich schreie *halt!* —
und gerade noch rechtzeitig vor der fast schon voll-
zognen Verwandlung bekomme ich den rettenden
Gedanken zu fassen. Es ist kein Wort davon wahr, sage
ich mir, ich bin weder zurückgeblieben noch Schnecke,
sondern ein vollwertiger Mensch, und der Beweis dafür
ist und bleibt das täglich von mir neu geschaffene Eigene.
In ihm bin ich doppelt, und zu ihm hinausgehend kann
ich mich selber erblicken: ich bin der *Istian*.

❖ Was wir unterschätzt hatten, und wie sich bald zeigen
sollte, geradezu lächerlich unterschätzt, war die Wir-
kungsgewalt und zugleich Unbeherrschbarkeit unserer
zusammengeballten *e-gho-* und *selle*-Kräfte, seit sie sich zu
Versammlungen oder Beschlüssen vereinigen konnten,
und dabei mit oft unerwarteter Mächtigkeit zusammen-
flossen und aufeinanderprallten. Am deutlichsten war

das daran zu merken, daß der Platz, auf dem wir gemeinsam berieten, auf einmal zu einem Ort geworden war, ja zum Hauptplatz und Hauptort schlechthin.

Darauf waren wir stolz, denn es zeigte an, daß es mit unserem Siegeszug weiter voranging: bis jetzt waren die Örter ja nur durch die Frauen entstanden, anfangs durch einfache Niederlassung, dann durch Überbauung der so geschaffenen Stellen mit dem nach wie vor frauendurchfärbten Herd und Haus. Aber inzwischen mußten sie sich unserem Männerort unterordnen: es war unmöglich geworden, die Häuser nicht auf ihn auszurichten, und sie durften ihm auch weder zu nah noch zu fern sein, weil sich die Bewohner sonst gegen die Rückwand gedrängt oder zur Vorderfront fast hinausgezogen fühlten. Er selbst mußte leerbleiben, soviel stand fest: als das Große Runde, das uns zugleich zusammenhielt und aus sich verbannte, war er unbewohnbar, ja nur unter Kraftaufwand zu betreten.

Niemand wußte genau, wie er sich gebildet und zu dieser Eigenkraft gekommen war. Aber wir spürten alle, daß seine Entstehung mit unserem zweiten Beschluß zusammenhing, der den ersten verstärkte, und nicht nur die Rückerstattung und Vergrabung des Stoffwerks gebot, sondern außerdem noch ein *ap-agora* verfügte, das heißt *nicht auf dem Platz*. Und dieser Beschluß ist dann tatsächlich unbezähmbar geworden und mit uns durchgegangen.

Jedesmal nämlich, wenn sich einer an das *ap-agora* nicht hielt, packte uns wie etwas Fremdes eine krampfhafte Wallung, der sich keiner entziehen konnte: wir fingen an zu lachen, aber nicht fröhlich oder gelöst, wie wir über die Riesenhäufen von Rüben und Knollen gelacht hatten, oder wenn das Sippen- und Genossengefühl über uns zusammengeschwappt war bis zur übermütigen Männervermischung. Sondern es hatte sich in dieses Gelächter auf einmal — ja, etwas Zerbeißendes eingeschlichen, ein Wehtun, und vielen sind dabei auch wirklich die Tränen gekommen: und das warf sich dann

wie ein ekelhafter, flatternder Schwarm auf den Unachtsamen, sodaß der sich duckte, sich den Bauch haltend
davonrannte und oft noch tagelang kotzen mußte, bis er
es wieder aus sich ausgeworfen hatte.

Was ist nur mit uns los? haben wir uns damals gefragt,
es kommt ja in dieses *skei* etwas durch und durch Verdrehtes hinein, hat uns der heimliche *selle*-Willen die
Scheidung tatsächlich übelgenommen und uns eine
Krankheit oder Rache geschickt, hatte der Alte etwa
recht gehabt mit seinem Geschrei von dem Verrat an
allem Natürlichen? Bahnte sich da eine Wiederkehr an?
Denn wir gerieten da doch in schlechte Wiederholungen
hinein, als hätte sich das alte kannibalische *alles auf einmal*
mit dem willkürlichen *alles nur das nicht* unheilig verbündet!

Aber der Beschluß ließ sich nicht zügeln. Jedesmal,
wenn wir die *skei*-Frage mit Besonnenheit neu überdenken wollten, platzte irgendein Rindvieh mit seinem
Gekecker los und steckte uns an damit. Und dann hat
es nicht lange gedauert, und aus dem *ap-agora* war
wirklich eine Art von Verachtung und Abkehr geworden. Wenn sich aber jemand nach dem Grund dafür
erkundigte, sind wir ihm mit dem verbohrten und rückständigen Frauensatz über den Mund gefahren *das ist so,
das muß so*. Vernünftige Begründungen sehen anders aus.

❖ Aber so geht das doch immer noch! hat er gerufen, bis
heute wohnen wir um den großen leeren Platz in der
Mitte, in dem es tausendfach unsichtbar andrängt und
aufeinanderprallt von Wille und Wunsch und sich so
hinaufschiebt zu dem, was gilt; was jetzt ist. Und darum
herum unsere Häuser konzentrisch in Kreisen: die
ältesten niedrig, die nachgebauten ein Stück höher,
damit der Blick doch noch glücklich etwas erhascht
von dem Glitzerort des Geschehens, bis zu den allerhöchsten am Rand, wo sein Abglanz kaum noch zu ahnen
ist, die Gegenwart sich schon zum Hörensagen verdünnt

hat. Dann Bauland. Dahinter aber, jenseits des Grün-
gürtels, als tauchte man in einen anderen Raum, eine
andere Zeit, das unvorstellbar Andere der Nichtstadt.

Ja, da draußen ist es gemütlich, sicher ist es warm und
geborgen, ganz gewiß die bessere Lösung. Nur, fragt er
sich, was ist jetzt mit dem ehemals so rasch und beweglich aneinandergefügten Selbstgespräch, warum ist ihm
jeder Gedanke aus dem Kopf gewischt und jeder Wunsch
nach einem Gedanken? Es bleibt bei der Frage. Eine
Vergeblichkeit, ein ununterdrückbares Gähnen, eine
Lähmung. Schon wieder ein Bub unter dem Traktor.
Wochenlang nichts als Regen. Kilometerweise nichts
als Mais. Erst füttern, dann melken; dann essen, dann ab
in die Disko. Wer hat es mit wem? Er hat es mit ihr.
Was ist los? Nichts Besonderes; die Liebe schläft ein; die
Alten wollen und wollen nicht sterben.

Ohne die Scheidung kein Geist, ohne die Lossagung
nur ein Muß und kein Könnte. Der andere Raum ist der
Schilfwald, die andere Zeit ist der Anfang. Das *gdhem*
damals, das *gdhem* immer noch. Als wäre jemals etwas
vorbei! Da hocken sie dann und stieren ins Glas. Man
muß aufstuhlen, vorher gehen sie nicht. Man muß sie
schütteln, vorher kommt kein Ton aus ihnen heraus.
Ewig haben sie schlechte Zähne, ewig lesen sie Quelle-
Kataloge, ewig schreiben sie Ochse mit x.

Und umgekehrt? hat er gefragt, was haben wir
umgekehrt von unserer schmerzlichen Trennung gehabt,
wofür haben wir sie fahren lassen, den Erdstoff, den
Geruch und die Herkunft und sie in die Unzeit hinuntergetreten? Für diesen Irrsinn und Massenwahn, wo jeder
zur Mitte will, sich von außen her durchdrängelt, durch-
strampelt, durchboxt bis an den Rand, bis er endlich in
der vordersten Reihe steht und vor dem Nichts. Ohne
den Schimmer eines Gedankens, daß er das ja alles
niemals gewollt hat, ohne die leiseste Regung, wer dabei
alles hopsgeht und draufgeht und hochgeht.

Denn das kann doch zu gar nichts anderem führen, hat
er gesagt, als zu diesem ununterbrochenen Krach und

Spektakel, diesem Gewühl und Gewoge von leer-
gewischten Gesichtern, die Straßen von morgens bis
abends verkeilt und verstopft, heute wie damals, von
Kaleschen und Droschken und Velozipeden, von La-
winen aus Schrott, natürlich kennt sich da dann kein
Schwein mehr! Und selbstverständlich knallt das irgend-
einmal, das ist doch eingebaut! Lest ruhig nach in der
Chronik, hat er gehöhnt, und dann sagt mir, was ihr
gelesen habt in der Zeitung außer Feuersbrunst und
Belagerung und Bombenteppich und Gasexplosion und
Molotows und Polizeieinsatz. Ja merkt ihr denn nicht,
hat er gefragt, was da wiedergekehrt ist, was uns da
seinen Zorn, seine Buße geschickt hat?

❖ Seit dem Dauerbeschuß durch sprechende Blicke ist
mir der *bielbatz,* als Zuflucht und Erholungsort, unent-
behrlicher denn je geworden. Hier finde ich Schutz
unter meinesgleichen. Freilich bleibt auch unser sozialer
Kasten von Einmischungen nicht ganz verschont. Zwar
hält der Ma-Lattenzaun weiter seinen genauen Abstand
zu uns ein, aber er kann doch nicht davon lassen, uns
mit störenden Signalen zu belästigen. Sie gehen aus, oder
werden zumindest verstärkt, von einem glitzernden
Nadelgenist, mit dem jeder Ma-Turm vor sich funk-
feuerartig hantiert. Da blitzt dann also die ganze sattsam
bekannte Litanei von *laßdas* und *wegda* bis zu *mein Großer
mein Liebster* zu uns herüber: nur daß das nun aus
verschiedenen Richtungen auf uns einprasselt und
dadurch etwas unangenehm Auseinanderdividierendes
bekommt: es kann ja wohl kaum jeder von uns der
Größte und Liebste sein, und das wird oft genug auch
offen geäußert als *viel zu klein, weniger lieb, Birnenkopf,
krummbeinig Kalkmangel offenbar,* was widerwärtig sticht,
wenn das Signal auf einen selber gerichtet ist.
Wir lassen das mit möglichstem Gleichmut über uns
ergehen und genießen im Übrigen die leichte Verständigung und Gefühlsvernetzung in unserer Schar, in die nur

manchmal ein Mißton kommt, wenn einer gerade seine festgedrückte Kuchenform hochgehoben hat und dann eine (regelmäßig von einem Großen geführte) *saufä* achtlos dreinfährt und das feingerippte Sandwerk wieder zerstört; das kann dann schon einmal zu einer ansteckenden Schubserei führen, mit darauffolgendem allgemeinen Gebrüll. Aber wenigstens die stummen Blickaufforderungen sind wir los, wie im Übrigen auch die kratzigen Paketumwickelungen mit ihren einschnürenden Schleifchen und Gummis, die sich auch täglich mehr wie eine stoffgewordene Mißbilligung anfühlen.

Und eben diese Befreiung bringt uns einander nah: ein Genuß! Denn nur so kommt unsere rosige und glatte Gestalt zur rechten Geltung, der *bobbs* darf sich zeigen, unversehrt und von keinen Nachtbildern verdunkelt; vor allem aber können wir uns mit einem Vergleich vergnügen, der uns neben unserer Wühlarbeit am meisten beschäftigt: es geht dabei um unsere unterschiedliche Ausformung nach *didi* und *musch,* auf die mich das Nebenwesen zuerst hingewiesen hat. Daß *didi* auch nicht dasein kann, hat uns zunächst bestürzt, aber mit der Zeit haben wir doch auch in *musch* eine höchst wundersame, in ihren Vergleichbarkeiten zu tiefsinnigen Gedanken anregende Naturgabe sehen gelernt. Ihr Name und urtümliches Daseinsrecht leitet sich offenbar vom lebenswichtigen *mu* her und tatsächlich zeigt sie auch dessen reizende Bildung, wenngleich heimlicher und mehr nach innen gekehrt: und damit ist andererseits eben auch auf *luch* verwiesen, das sich hier vorderseitig und verschönt noch einmal verdoppelt hat und auch ganz ähnliche Vorstellungen von kitzelndem Flockenwirbel und wer weiß welcher ohrmuschelhaft gewundenen Zauberhöhle wachruft.

Mit *didi* steht die Sache weniger einfach. Gewiß, auch zu ihm lassen sich allerlei sinnfällige Verbindungen knüpfen; so vermute ich, daß er nach dem *dizzi* benannt ist, und das hieße — ein etwas krauser, aber doch schwer abweisbarer Vergleich — nach der ehrwürdigen Guten

Kuppe der Vorzeit. Außerdem stellt er unzweifelhaft ein Männlein dar, Verdoppelung also nicht nur von *luch,* sondern gleich der ganzen eignen Person — und das wiederum rückt ihn, wenn man den Gedanken fortführt, in die Nähe des Eigenen als hellhäutiges und beständiges Stoffwerk, nicht weniger zart und verletzlich; von innen her ausgetrieben wie dieses, zeigt er seinerseits eine Kraft zur Austreibung im *bisi und wiss,* das er freudestrahlend und unter so fühl- wie sichtbarem goldenem Funkengestöber aus sich entläßt. Aber diese vielen Vorzüge sind auch von Bedenklichkeiten durchkreuzt. *Didi* ist und bleibt, nach allgemein verbreiteter Stimmung in der Schar, undeutlich mit dem Bild schwarmartigen Hackens und Gellens verbunden, auf das innere Abkehr folgt und ihn merkwürdig körperlos werden läßt. Keiner von uns, der sich nicht ab und zu gedrängt fühlte, ihn um die Finger zu nudeln, um sich seiner wieder ganz zu versichern . . .

Ausgerechnet in diese heikle und genaue Abwägung hinein wird uns nun von den Nadelgenisten des Ma-Zauns eine gezielte Auseinanderdividierung herübergefunkt, und zwar mit einer so eintönigen und störrischen Beharrlichkeit, daß sie sich schließlich nicht mehr ignorieren läßt. Sie ist von der einfachsten Art, die nicht mehr als zwei Seiten kennt, in diesem Fall *bupp* oder *meechen;* und so geht das ununterbrochen hin und her mit *meechen-bupp, bupp-meechen,* bis alle unsere tiefsinnigen Verknüpfungen beim Teufel sind. Denn was uns da hin- und herzieht und voneinander trennen will, läßt keine Mühe zur feineren Unterscheidung mehr erkennen, sondern nur noch die reine Schwarzweißmalerei.

So schon von der Wortwahl her. *Bupp,* mit seinem festen Anklang an *bobbs,* wovon es auch sicherlich abstammt, bringt etwas entsprechend Plötzlich-Kerniges und Prall-Kugeliges hörbar zum Ausdruck und deutet damit klar auf geballte Kraft und Patschtüchtigkeit hin: alles durchaus zutreffend gekennzeichnet, wenn auch unter Aussparung aller Bedenklichkeiten. Dagegen

meechen! Wie unentschieden diese Benennung daherkommt, wie windschief und verhuscht, als wollte sie eine
halb umgesunkene Kerze bezeichnen, einen ausgelaufe-
nen Dotter. Jeder kann froh sein, wenn er in eine solche
Wortzusammenwerfung nicht mit hineingerät.

Und worauf beruft sich diese maßlos übertriebene
Dauerwertung? Die richtet sich nämlich gar nicht,
soviel wird uns schnell klar, an der unterschiedlichen
Begabung zur Stoff- und Kraftäußerung aus, was ja
noch einsichtig wäre. Sondern worauf es ihr ankommt,
wovon sie soviel nadelblitzendes Aufhebens macht, ist
eine dümmliche Koppelung von *didi-jajaja* und *luch-
ojeoje*. Und da kann, auch abgesehen von der schrecklichen Vereinfachung, in unserer Schar nun wirklich
niemand mehr folgen. Etwas Fesselnderes als *luch* läßt
sich doch schwerlich finden auf der Welt, unsere halbe
Zeit bringen wir damit zu, es mit der *saufä* auszugraben
und nachzubilden! Ein Aberwitz.

Nur, wie das eben so geht: die haltlose, aber unerschütterliche, also offenbar tief eingewachsene *didi*-
Bevorzugung dringt dann doch in uns ein, füllt uns auf
wie heiße Luft, bis unvermittelt alles, was *bupp* ist,
aufspringt, sich im Kreis um die *meechen* stellt und ihnen
mit herausgestreckten Bäuchen höhnisch *didi! didi!* ent-
gegenplärrt. Auch ich, wie gewohnt mit dem Nebenwesen in die Errichtung eines Riesenhaufens vertieft,
werde von der allgemeinen Regung mitgerissen: daß wir
beide *bupp* sind, tut meinem Ich gut und gibt mir
unwiderstehlichen Auftrieb. Ich ziehe das Nebenwesen
hoch und mit hinein in den frech krähenden Kreis. Von
dem Ma-Zaun ist nicht etwa ein Tadel, sondern nur ein
entschlossen nadelfuchtelndes *das ist so das muß so* zu
vernehmen. Und die *meechen,* statt uns mit der *saufä*
ordentlich eins über die Bäuche zu patschen, sitzen
belämmert uns in sich eingekrümmt da, als hätte sich über
musch und damit *luch* tatsächlich so etwas wie ein Makel
gebreitet. Wieder einmal hat sich gezeigt, was Wörter
vermögen.

❖ Eine gewisse Härte, ich gebe es zu, ist inzwischen in mein Wesen gekommen, wenn nicht gar etwas Verbissenes, Verstocktes, was mich von einem Prellbock so himmelweit nicht mehr unterscheidet. Aber außerhalb der *bielbatz*-Zuflucht hören die auffordernden und durchdringenden Blickreden überhaupt nicht mehr auf, und da mein Widerspruch abprallt, muß ich versuchen, mich anderweitig zu schützen. So wächst in mir der Entschluß, freiwillig nichts, aber auch nichts mehr loszulassen und herzugeben. *Selbstausbreitung* hatte der Vorwurf geheißen? Gut, dann eben nicht.

Aber anstatt sich zu beruhigen, weil er doch nun hat, was er wollte, steigert sich der Aufforderungsdruck daraufhin bis zu geradezu grotesken Szenen. Rastlos rennt die Mama an der Fensterseite des Zimmers auf und ab, hebt die Schürzenzipfel zwischen gerungenen Händen zum Himmel, bis sie schließlich gegen die Wände trommelt und schreit: *Ich muß Wirsing, muß Ochsenfleisch, muß ein Uhr pünktlich! Soll es denn niemals werden?*

Hinter solchen Sätzen steht gefühlsmäßig immer irgendwo der Babbà. Mir kann das gleich sein. Ich blicke ungerührt geradeaus, schweige und konzentriere mich auf mein Inneres. Dort zieht und drängt etwas meine Gedanken immer wieder zu den *lötzen,* in deren Bilderwelt ich nun schwelgend versinke: als *Äppchen* durchstreife ich auf heimlichen Wurzelwegen unbekümmert die Wälder, brumme mir als *Olf* vom Bett her mit rauher Stimme entgegen: *daß äch däch bösser söö-hen kann,* sperre den Rachen auf und verschlinge mich, aber dafür wird dem Untier dann auch der Garaus gemacht, eigenhändig von mir der Bauch aufgeschlitzt mit dem langen, scharfgewetzten Messer, und plopp! stehe ich wieder da, munter und unversehrt, ringsum staunt alles nur so!

Sehr deutlich gleicht dieses Gewölk aus Geschichten dem Geist auf seinem Weg ins Höhere. Aber wovor flieht er und verzieht sich in ein unwirkliches *könnte?* Abwarten, sage ich mir; Stetigkeit, Beharrung, innere Festigung: nur so kann ich mich wappnen.

❖ Keiner von uns kann sich mehr recht erklären, was seit der Großen Scheidung und Lossagung vom Stoffwerk mit den Toten geschehen ist. Haben sie angefangen, aus Wesensverwandtschaft, sein Schicksal zu teilen? Nicht mehr wie ehedem sinken sie in ein blendend weißes Mâ zurück, um mit ihm zu verschmelzen; auch lauern sie nur noch selten hinterm Gebüsch, um sich hinterrücks einzuschleichen in die Lebendigen. Weil sie nichts mehr Eigenes hervorbringen, zu dem hinausgehend sie sich ihrer versichern könnten, sind sie, wie dieses, weder vorhanden noch nicht. Daher ist der Ort, wo sie wohnen, auch eigentlich nicht zu beschreiben; aber weil er eines Tages auch der unsere sein wird, haben wir es trotzdem, so gut es gehen wollte, versucht.

Es herrscht darin weder Lärm noch Stille; aber weil sich dazwischen nichts Drittes vorstellen läßt, sagen wir hilfsweise, er sei von Raunen und Flüstern erfüllt. Es gibt darin weder Licht noch keines, was unmöglich zu denken ist, und so denken wir uns den Ort neblig, im Dämmerlicht, oder als das *was man nicht sehen kann* — aber wiederum nur aus Not, denn unsichtbar ist er auch nicht: sondern abgeschieden und ungeschieden ist dieser Ort nach Wann und Wo, raumlos und zeitlos, und daher sind die Vergangenheit und die Zukunft darin gleich gegenwärtig, er ist unendlich und nirgends.

Die Toten sind ein *gdhem* und auch keines, sie sind *g^{u}ig* und nicht-*g^{u}ig*. Weder glücklich noch unglücklich, machen sie auf unsichtbare Tiere Jagd und scharren in der Erde, ohne eine Furche zu hinterlassen. Was man ihnen hinstellt, essen sie, aber zugleich auch wieder nicht; denn die Speise steht, obwohl verzehrt, am Morgen noch ungemindert da. Am liebsten saufen sie Blut, es kann auch Ochsenblut sein, wenn es nur frisch ist: denn es dürstet sie allein nach dem *g^{u}ig*. Weder tot noch lebendig, sind sie Schatten in einer Schattenwelt.

❖ *Was war das?* An diesem Gedanken kann ich gerade noch festhalten. Und an dem zweiten: nie mehr, unter keinen Umständen und auch in der dringendsten Notlage nicht, noch einmal den Kanal öffnen, diesen Auspuff, dieses rußige Rohr, aus dem das Übel in mich hineingefahren ist!

Betäubt und sprachlos, mehr als wütend oder entsetzt, gehe ich die vergangene Stunde wieder und wieder in allen Einzelheiten durch. Ich sitze in meine Phantasiewelt eingesponnen da, und plötzlich überfällt mich die Frage: was *geschieht* eigentlich mit dem Meinen? Es scheint sich in den Märchendunst einzunebeln und ist dann, ohne daß ich den Trennungsriß spüren kann, auf einmal nicht mehr vorhanden. Aber die Zeit, wo sich etwas einfach in Luft auflösen konnte, liegt doch längst hinter mir! Ist hier etwa Gaunerei und Erschleichung im Gang? Und mit diesem Verdacht ist das Gedankengewölk wie weggewischt. Ich konzentriere mich ganz auf das Äußere, so schwer mir das auch fällt, und löse mich noch gerade rechtzeitig aus dem goldenen Flockentanz, um die Ma — *aber hatte ich das nicht schon immer gewußt?* — mit ihrem Raub leichtfüßig durch die Tür entschlüpfen zu sehen. Vor Empörung aufheulend, renne ich ihr nach, kralle mich strampelnd in ihre Röcke und versuche sie mit aller Macht zurückzuzerren: sie reißt sich mit unerwarteter Gewalttätigkeit von mir los, verschwindet und kehrt mit leeren Händen zurück.

Diese Unverfrorenheit verschlägt mir die Stimme. Nur noch durch anklagende Blicke kann ich ihr *Diebin! Diebin!* entgegenschleudern — aber dann muß ich bemerken, durch alle meine Aufgewühltheit hindurch, daß sie bei der gewissenlosen Person auf keinerlei Schuldgefühl, Reue, oder auch nur Verlegenheit treffen. Ihr Gesicht zeigt eine steinerne, ja geradezu triumphale Unbefangenheit, mehr noch: Befriedigung, wie über eine wohlgelungene Tat, und ihr Blick antwortet: *was denn sonst?*

Ich gerate endgültig aus der Fassung, fühle mich kläglich auseinanderlaufen, eine Ungeheuerlichkeit steht

sirrend in der Luft. Alle Grundrechte und jede verläßliche Ordnung scheinen selbstverständlich und mit
einem Schlag außer Kraft gesetzt. Oder aber, ein letzter
Strohhalm, an den ich mich klammere: der Austausch
ist blockiert, die Verständigung über die sonst verläßliche
Blicksprache zusammengebrochen — und das jetzt, wo
Klarheit dringlicher wäre denn je!

Zurückversetzt in das Gewaber des Anfangs, wo jede
Regel, kaum eingeübt, sich auch sogleich wieder aufgelöst und umgestülpt hatte zu einer Gaukelei willkürlich
wechselnder Weltgesetze, versuche ich mich wie damals
über den Kanal zur wahren und verläßlichen Nachricht
von altersher vorzufühlen. Hätte ich es doch gelassen!
Aber ich weiß mir keinen anderen Rat: und schon bin
ich zurückgefallen in das Reich der furchtbaren Gegenden. Die Ma verwandelt sich. Alles verrutscht. Ein
Bart schießt ihr aus dem Gesicht und verwittert zu
flechtenüberwachsenem grauen Gestein. In seiner Mitte
öffnet sich ein übermannshohes Maul mit einem einzigen
fauligen Zahn und fängt an, dumpf-lallend zu grölen,
und röhrt *bä* und brüllt *boten,* und dabei quillt ihm bei
jedem dieser Laute, wie etwas Angestautes, ein Schlamm
oder Brei über die Zunge heraus, aus dem Gebrüll wird
ein Blubbern und klingt wie *blä* oder *bloden* und *bflabf,*
die hervorgestoßene Masse fließt in Schüben über die
Steinwand ab und kommt näher, etwas Stechendes
durchdringt meinen Kopf, den ganzen Leib, eine Pestilenz erfüllt die Luft, zieht mit dem Atem in mich ein,
setzt sich fest, und alles an mir ist geschwärzt und versaut und verdorben.

✣ Er sah, am Meeresboden, oder vielleicht war es auch
in der Sohle einer sandigen Grube, ein halbdurchsich-
tiges Wesen, plattgedrückt und wie Öl auf Wasser in den
Farben des Regenbogens schillernd, sobald es sich regte
und seinen wandelbaren Umriß einzog oder erweiterte.
Dieses Wesen, das von seinem Beobachter nichts ahnte,

krümmte und wand sich ununterbrochen, und schrie dabei ohne jeden ersichtlichen Anlaß, von seiner *Schande.* Es sei von ihr *bedeckt,* schrie es, Schande sei der Stoff, aus dem es bestehe, und so wollte es sich abwechselnd in sich selbst zurückbiegen, gleichsam zum Nichts zusammenziehen, oder sich über den eigenen Rand hinausquetschen, wobei es, grell aufschillernd, in breiten Ausbuchtungen auseinanderfloß.

Es wisse, daß sein Anblick unerträglich sei, schrie es, sich einkrümmend, die Farbe wechselnd, könne ihn selbst nicht ertragen. Aber weil seine Schande so offen zutage liege, durch nichts zu verhüllen sei, deswegen, und dabei spannte und dehnte es sich, rot anlaufend, zur größtmöglichen Fläche aus, müsse es sich, obwohl es vor den schaudernden Blicken, die es träfen, erbebe, auch zur Schau stellen in seiner ganzen Abscheulichkeit. Daß es so, ohne einen Rest von Scham, ja mit einer gräßlichen Wollust, die es nicht leugne, sich öffentlich darbiete, mache es, auch in seinen eigenen Augen, nur umso schändlicher. Es verlange nach einer Bestrafung, der allerhärtesten, man solle die Schande aus ihm herauspressen und herauswalken, was es mit leider zu schwächlichen Kräften ja auch schon dauernd versuche.

Aber schrie es, es sehe auch ein, daß seine Schande ungesühnt bleiben müsse. Denn wer es abstrafe, mache sich nur mit ihm gemein, und davor sei sein schaudererregendes Beispiel gewiß Warnung genug; ja es flehe jeden an — dabei war doch, so mußte es glauben, gar keiner da! —, ihm nicht durch seine Peinigung eine Ehre anzutun, die ihm nicht gebühre. Schon wer von seiner Schande nur höre, sei ja schon mit hinabgezogen in seine Niedrigkeit, unter der es Niedrigeres nicht mehr gebe, und so wolle es sich fortan auferlegen, schändlich zu verschweigen, was laut hinauszuheulen es sich am sehnlichsten wünsche.

Aber auch die Verweigerung seiner Strafe sei niedrig und schändlich, schrie es weiter, alle Farben des Regenbogens rasch durchlaufend, sich ausbreitend und ein-

lappend, vielleicht das Schändlichste und Niedrigste
überhaupt. Sowohl wenn es rede, wie wenn es schweige,
ob es sich seiner Bestrafung unterwerfe oder entziehe,
durch nichts sei seine Schande zu tilgen, auch durch
Selbstausrottung nicht, die ihm, und für diese gerechte
Verlängerung seiner Buße habe es zuletzt noch zu danken, auf ewig mißlinge.

❖ Meine Benommenheit hält an — als wollte ich nur
soviel von dem Unheil gewahrwerden, wie ich ertrage.
Aber die Ruhe ist unecht: jeden Augenblick sehe ich sie
untergehen in einem Tumult, der unter ihr losbricht,
fortgeschwemmt von einer Sturzflut der Angst. Ich
möchte immerzu schreien, aber ich kann nicht; denn
kaum, daß ich wieder bei mir bin, hat etwas in mir angefangen, mit einer eisernen Gefaßtheit zu überlegen: was
genau ist da über mich gekommen, welche Verheerun-
gen hat es in mir angerichtet, was ist von mir übriggeblieben, in welche neue Lage bin ich durch die Umwälzung versetzt?

Das Erste zuerst: mit meiner Aussicht, mich in einer
wohnlichen Welt friedlich einzurichten und niederzulassen, ist es vorbei. Was mir bevorsteht, ist kein Leben
des besinnlichen Widerspiels zwischen mir und dem
ursprünglich Meinen, in dem ich geruhsam und pflanzen-
haft hätte ausfalten können, was in mich eingewickelt
war. Ich bin aus meinem heimlichen Garten der gewundenen Wege vertrieben. Das Unsägliche hat ihn zuge-
schüttet, unter sich begraben, und ist dann darüber zu
einer planen, grauen, leblosen Fläche erstarrt, die mir
entgegenschreit: *hier ist nie etwas gewesen.*

Eine Leugnung also: aber woher stammt sie, wie
bringt sie es fertig, sich durchzusetzen gegen das unbe-
streitbar Vorhandene? Das hat mit dem kratzbürstigen
laßdas der Mama nichts mehr gemein: sondern zieht als
finstere Gefühlswolke auf und braust nieder mit einer
Überschüttung des vormals Lieben und Hellen mit

Wegwünschung und Haß, sodaß es selbst zu etwas Weg-
gewünschtem und Häßlichem wird. Die Pestilenz und
Einschwärzung, da bin ich sicher, sind nur Ausdruck
und Stoffwerdung dieses feindlichen Ansturms, der da so
unbegreiflich wie allmächtig auf mich niedergegangen
ist: er hat ja sogar die Ma einen entsetzlichen Augenblick lang in ein stinkendes Männerscheusal verwandelt.
Beweis genug, daß er aus der Babbà-Gegend herweht:
ein *Wider-Willen* von solcher Gewalt, daß er offenbar
nur zu sagen braucht: *das gibt es nicht!* und schon ist es
unfaßbar und unaussprechlich geworden. Ja, darin liegt
genau der üble Zauber des *boten und bä:* es kann allem
und jedem, in unbeschränkter Willkür, seinen Namen
wegnehmen, also seine Wiederholbarkeit, und so auch
sein festes Dasein. Ob es umgekehrt auch etwas Nicht-
vorhandenes nach Belieben ins Leben rufen kann, oder
auch nur in ein Scheinleben, scheint mir zweifelhaft:
denn an die Unerschütterlichkeit des alten *da* oder *nicht-da*
reicht diese neue Einteilung in das, was es gibt oder
nicht gibt, längst nicht heran: sie kann nur bestreiten,
ist ein reines Soll-nicht und Nein-Gesetz, das vom Babbà
ausgeht, oder ihm vielleicht auch bloß von außen eingetrichtert und dann auf mich abgelassen wird.

Aber was hilft mir alle Theorie, wenn ich mich damit
nicht gegen die Leugnung wehren, sie nicht zurück-
weisen kann, sondern sie selbst übernehmen muß! Und
ihre Wirkung hat alle meine Befürchtungen, durchdrungen und umgekrempelt zu werden, fürchterlich über-
troffen: die Abscheulichkeit und Versauung ist mir über
die Nase und den Kopf so tief in die Knochen gefahren,
daß ich zuerst glaubte, sie hätte mich restlos durchtränkt, und also, die Trauer in mir niederkämpfend, nach
langem Zögern mit schwankender Stimme fragte: *Istian
auch bä?*

Die Ma, längst wieder zu ihrer Alltagsgestalt zurückgekehrt, ließ darauf zwar ein schallendes *neinneinnein!*
hören, aber diese Pauschalberuhigung hat mich wenig
überzeugt. Ich spüre doch, wie die Leugnung in mir

haust, etwas Schattenhaft-Halbtotes mit unfester Grenze, das sich vor der Nachforschung zurückzieht: aus dem Hals mit Mühe abwärtsgeschluckt, verdrückt sie sich in den Bauch, um von dort aus die *didi*-Gegend unsicher zu machen und sich um *bobbs* und *luch* zu versammeln und ihr schwärmendes Unwesen zu treiben, in dem die vormals so wundersam ausgegliederte Dreiheit zu einem einzigen schummrigen Gewese verfilzt und zusammenbäckt und der herrliche goldene Flockentanz von einst verblassend zu Boden sinkt.

Ihn wenigstens wollte ich retten: aber von diesem ihrem eigentlichen Angriffsziel läßt sich die Leugnung nicht mehr verjagen: denn sie ist auf nichts weniger aus als auf die Natur; was sie verbieten will, ist die unbewußte Hervorbringung der schönen Form und deren selbstgenügsamer Genuß. Ich habe versucht, sie weiter nach unten zu drücken, ohne mich lange zu fragen: warum gerade dorthin? Warum nicht *hinaus* oder nach *nebenan*? Bis mir aufging, daß diese Richtung zu ihr gehört, daß mir mit ihr eine vorher unbekannte und auch nur schwer zu überblickende Weltgegend und Grundfeste eingepflanzt worden ist; sie hat gegen die Vertreibung gebockt, die Grenze zu ihr hat angefangen, sich zu verhärten, und so hat sie eben doch etwas zuvor nicht Bestehendes ins Dasein gerufen: einen elastischen, unstofflichen, aber trotzdem undurchdringlichen Boden nämlich, *unter dem nichts mehr kommt* oder *nur noch das Nichts kommt*. So sagt mir mein sicheres Gefühl wider besseres Wissen und gegen den Augenschein. Ich brauche es nur zu fragen, wo seiner Meinung nach meine unzweifelhaft noch vorhandenen, sogar fast unbeschädigt gebliebenen Beine sind? *Tiefer,* sagte es dann mit großer Entschiedenheit, aber nicht weiter *unten*. Denn mit diesem inneren Boden endet *das was es gibt*. Es liegt dahinter kein Raum, und auch die Zeit ist dort geleugnet. Nein, keine Angst, sagt es, er bricht nicht ein; aber er bedeutet auch die Verbannung.

✤ Und schon hat mich die Stimme von altersher auf die
neue Weggabel geschickt, schon verliere ich die andre
aus den Augen, schon bin ich dabei, den Gesetzesboden
in mir als Trittbrett zu benutzen, mich von ihm abzu-
stoßen und nach oben zu strampeln. Unter Unbehagen
und hohlen Schwindelgefühlen merke ich, wie mein Ich
sich loseist von seinem einstigen Selbst und inneren
Mittelpunkt und sich ruckartig höherrangelt, bis es, in
der Herzgegend ungefähr, wieder zur Ruhe kommt.
Ich brauche eine Weile, bis ich ihm nachgefolgt bin;
dann erfaßt mich zum ersten Mal nach dem Überfall
wieder Erleichterung. Hier atmet sichs freier. Die Frage
ist nur, ob es ihm, von so großer Höhe herab, noch
gelingt, in etwas Äußeres hinüberzuhüpfen, um von dort
aus wie früher seiner innezuwerden und sich zu versichern; denn ohne die tägliche Spiegelung im unsäglich
gewordenen Eigenen müßte es sonst nach aller Logik
erblinden und selber der Leugnung verfallen, bis nichts
mehr von ihm übrig ist.

Und tatsächlich, die Lösung findet sich. Wieder einmal
habe ich Anlaß, über die ungeahnten Gaben zu staunen,
die in mir schlummern: und wie pünktlich geweckt! Als
folgten sie darin einem längst vorgezeichneten Pfad . . .
Ich entdecke nämlich, daß ich von der besagten Herzgegend aus, über den Boden und die darunter befindliche
Leere *hinweg* etwas ausschicken kann, ein höchst merkwürdiges, unsichtbares und mit bloßer Gedankenkraft
lenkbares Geist- und Willensgebilde von der Form einer
wandelnden Glocke, das sich manchen Dingen über-
stülpen läßt und sie dadurch zum *Halbeigenen* macht.
Nach welcher Regel das glückt oder fehlschlägt, muß ich
erst noch erkunden. Von allem Babbà- oder *eibtis*-ähn-
lichen wird die Glocke weggedrückt oder abgeschüttelt;
sie sind, wie ich daraus schließen kann, *boten* aber nicht *bä.*
Andere dagegen sind mühelos zu vereinnahmen, so etwa
die *saufä* und der von mir künstlich aus dem Nichts
hervorgezauberte Sandkuchen im sozialen Kasten, mit
Abstand am leichtesten aber die *lötze,* bei denen ich ja

auch schon entsprechend vorgearbeitet habe, und die sich, als hätten sie auf den freigewordenen Platz nur gewartet, meiner Obhut geradezu aufdrängen.

Und darin haben sie von jetzt an auch gefälligst zu bleiben! Meine Benommenheit weicht, ein immer heftigerer Gefühlsstrom fließt zu ihnen hinaus und kehrt wieder: denn wenn sie auch nicht aus mir stammen, so habe ich sie inzwischen mittels der Glocke doch schon gänzlich durchsetzt und mir einverleibt: und so wachsen sie mir täglich enger ans Herz und werden mir über die Maßen *lieb*. Stundenlang kann ich mich mit ihnen vergnügen, mich weiden an ihrem Vorhandensein; denn hinter ihrer eckigen Würfelgestalt ist der dunkle Schimmer und Glanz des verschütteten Eigenen noch immer zu ahnen, als läge in ihrem Innern die Frische seiner zartgebildeten Formen aufbewahrt wie eine Kostbarkeit und verliehe den Farben des bunten Papiers, mit dem sie beklebt sind, eine unvergleichliche, tiefsatte Leuchtkraft: und doch sind sie ganz offenbar nicht aus dunklem Ursprung von selbst entstanden, sondern, ganz wie mein Sandgebäck, künstlich hervorgebracht — und noch dazu, um wieviel beständiger! Sie zeigen mir, was ich nicht mehr bin, und zugleich, was ich noch werden kann: über sie hat die Leugnung und das Gesetz keine Gewalt, weil sie ihnen zugleich folgen und doch nicht, und nach ihrem Vorbild werde auch ich sie überspringen!

So bin ich von der Schlammflut schließlich doch nicht ganz zugegossen und eingeebnet. Und eine dunkle Erinnerung bestärkt mich in meiner Zuversicht: schon einmal hatte sich doch eine tote Mauer zwischen mich und das einzig Erwünschte gestellt, und war dann durchsichtig geworden, sodaß die verlorengegangene Ma seither durch alle Dinge hindurchschien und ihnen eine Seele gab. Ist in mir jetzt ein zweiter Schirm im Entstehen, auf dem sie mir, vom Wunsch überglänzt, wie Wunderwerke entgegenschimmern werden, angefüllt mit einer staunenswerten Wesenhaftigkeit und Substanz?

Das Bild steht erst noch schwankend vor mir, muß sich noch bewähren durch beharrliche Wiederholung. Nur soviel weiß ich: die *lötze* gebe ich nicht mehr heraus. Beim ersten Versuch, sie mir zu entreißen, wird der in mir angestaute Schrei losbrechen, sirenenähnlich erschallt dann mein Geheul über die Dächer der Stadt. Keiner, keiner außer mir darf sie sehen oder gar anrühren: denn das wäre, schaurige Vorstellung, als faßte er mir mit bloßen Händen ans Herz. Womit sie schützen? Da reicht keine Truhe, da genügt auch die Glocke nicht, die sich im Schlaf womöglich verflüchtigt und auflöst: da hilft nur der eigene Leib. Mit einem befriedigten Seufzer lasse ich mich nieder. Ich setze mich und besitze. Wer die *lötze* haben will, so verkünden meine sprechenden Blicke der Welt, der komme und hole sie. Aber nur über meine Leiche.

❖ Und woher diesmal gelernt oder erahnt — wenn nicht wieder von der Stimme von altersher, die alles weiß, jeden lenkt, unverrückbar festlegt für immer, und von der jeder nur soviel hört, was heißt hört, wie er ertragen kann. Sie hat zu ihm gesagt: auf das niedrige Werk folgt das höhere. Und deswegen die wiederkehrende Frage: durch wen der Stimme eingegeben und mitgeteilt, von wem erfunden? Vom frühen Bewußtsein, und jetzt, von ihm, genau zu der für die Gabelung vorgeschriebenen Zeit, neuvernommen und wiedergeholt. Das macht das Rätsel nicht kleiner. Denn woher dieses Wissen, daß er, wie zuvor die beseligende Verschmelzung mit der Ma, nun auch noch den Jubel und Funkenflug dreingeben muß in der anderen Himmelsgegend, damit er nicht in sich selbst versunken dort stehenbleibt, sondern sich löst und weiterdrängt in eine Geschichte?

So hat er also besitzen gelernt. Aber hat es denn keinen besseren Weg gegeben, war er notwendig, dieser Niedergang, fragt er sich, hat es wirklich soweit kommen müssen mit ihm, der doch schon gelernt hatte, sich in

den anderen zu spiegeln, mit ihnen leicht und beweglich verbunden war in der Schar seinesgleichen, deren
schwirrender Widerhall ihn mit jedem Echo hat spüren
lassen, daß er war wie sie?

Vorbei, versunken, verschenkt. Stattdessen in seinem
Innern ein Gerümpel von Betten, Fotoalben, Schuh-
schachteln, sein Ich ein Dachboden mit blinden Scheiben,
mit Stapeln von eingestaubten, vollgeschmierten Papieren, Verdoppelungen eines schon lange unauffindbar
gewordenen Selbst. Und wenn er nicht aufpaßt, wird er
eines Tages verschwunden sein unter den an ihn fest-
gewachsenen Häusern und Möbeln, unter Bergen von
Unterwäsche, Matratzen und Trockenhauben, bis er sich
nur noch mühsam in winzigen Schritten voranschleppt
und höchstens noch dann und wann den Kopf aus dem
zusammengebackenen Köcher streckt, um zu rufen *wo
seid ihr denn alle?* Bis der kriechende Berg dann eines
Tages stehenbleibt, Schluß, Herzinfarkt, Hypertonie, ein
Bagger muß her und den Schutthaufen abräumen, bevor
der bleiche, dünnhäutige tote Insasse darunter wieder
zum Vorschein kommt.

Weg damit! hat er also gerufen, holt mich raus, ich
war einmal lebendig aus Fleisch und Blut, beweglich
flink mit wehenden Haaren, es hat eine Zeit gegeben, da
lachte ich noch, da hockte ich nicht da als brütender
Klotz unter Klötzen! Aber was in ihm haben und nicht
loslassen wollte, hat wütend zurückgebrüllt: *Ja dann schau
dich doch um,* schrie es, *in deinem Freistaat Christiana, ewig
Nudeln, ewig nicht abgespült, das Klo seit Wochen verstopft,
von Heizung schon längst keine Rede mehr, und einkaufen? Du
siehst doch, daß ich auf turkey bin verdammt, kannst du etwas
Geld schicken Pappi? die Nina ist krank — willst du das?*

Nein, hat er gedacht, das will ich nicht, aber ich ermüde
über dieser Geschichte, in der es immer nur heißt; es ist
gut so gewesen, es hat sein müssen so, es war notwendig,
es wäre anders gar nicht gegangen. Auch wenn die
Stimme recht hat, auch wenn es stimmt.

❖ Warum nur höre ich jedesmal wieder auf das dünne, kaum vernehmbare Gejammer? Dabei weiß ich doch, sogar noch im Traum, was mir bevorsteht. Aber die Stimme klingt zu sehr nach meiner eigenen, sie drückt mir das Herz ab, wenn sie klagt, *ich ersticke . . . ich sterbe . . .* — und schon habe ich abermals mit zittrigen Fingern den Kork aus der Flasche gezogen.

Und die Bilder laufen zurück: der Geist steigt auf, duftend und unsichtbar, breitet sich aus, verdichtet sich wolkenhoch zum dunklen Gebräu, quillt auf zu Muskeln und Fleisch, und er steht vor mir — zum wievielten Mal? aber mein Entsetzen wird davon nicht kleiner —, der Schwarze Mann, der Riese mit breiter Nase und niedriger Stirn und bleiernen Zähnen, und brüllt, *erbrochen das Schloß, leer die Höhle, wo sind meine Schätze, mein Gold?*

Und sofort weiß ich, ich bin schuld, ja ich war bei der Höhle, ich habe mich versteckt und gehorcht, ihm sein Simsalabim abgelauscht und es nachgesprochen, das Schloß fiel klirrend zu Boden — aber wann? Und wo habe ich den Raub dann eingemauert oder vergraben? Da erblickt er mich, beugt sich zu mir herunter mit Augen wie glühende Tassen und schreit, *du bist es gewesen!* und streckt Hammerhände an haarigen Armen nach mir aus, um mich zu packen, *gib sie mir wieder!*

Und jedesmal werfe ich mich im Traum auf die Knie und umschlinge die seinen, aber umsonst: ich spüre seinen eisernen Griff an den Schenkeln, und sage mir, das ist das Ende, hätte ich doch nie, nie auf diese Stimme gehört! und denke nichts mehr. Aber dann, im Augenblick der Zerfetzung, fällt mir auf einmal wieder ein, aus welchem Wehtun und Zorn der Riese entsprungen ist, und er zerreißt, ich kann nicht mehr unterscheiden ob mich, ob die Angst oder den Schmerz: da, im Traum, stehe ich geblendet in seiner Höhle, das Gold fliegt auf im Wirbel und Tanz und im Jubel und rieselt in funkelnden Flocken zu Boden.

Nach dem Erwachen bin ich jedesmal noch eine Zeitlang wie betäubt, wie erlöst.

❖ Seit wir uns erinnern konnten, hatten wir von Vermischung und Beseligung geschwärmt und doch, von unseren Gefühlen übermannt, kaum einmal einen Gedanken darauf gerichtet, wie die eigentlich vor sich ging. Vielleicht waren unsere frühesten Vorstellungen davon die deutlichsten gewesen, als wir noch von *heiligen Mündern* geraunt hatten — aber wahrscheinlich hatte sich auch da schon ein kindliches Bild vom süßen Zurücksinken in die Milch und das Mâ über das wirklich Vorhandene geschoben — das nun, seit dem *skeu*-Beschluß noch zusätzlich ins Verborgene gedrängt, zu einem halbdunklen *kun-kul*-Ort zusammengerückt war.

Jedenfalls hatten alle unsere Betrachtungen, wenn man sie so nennen kann, immer nur um unser Gegenüber gekreist: aber auf die eigene Seite hatten wir tatsächlich noch nie recht geachtet. Darüber wird sich nur wundern, wer sich noch nie selbst erforscht hat: oder wer denkt schon über Kehlkopf und Gurgel nach, während er sich den Bauch vollschlägt? Wer nimmt etwas wahr, was nichts bedeutet? Und zudem war unsere männliche Naturgabe seit der Mâ-Aufkündigung nie mehr ganz aus dem Zwielicht gerückt. So kam es, daß uns an ihr, außer ihrer freilich bewundernswerten Schwell- und *bheu*-Fähigkeit, nach der sie auch zutreffend *phallus* hieß, und ihrer Zuständigkeit für den wäßrigen Anteil des Stoffwerks, noch kaum etwas Besonderes an ihr aufgefallen war.

Nun aber, bei unserer ständigen Beschäftigung mit Erdstock und Grabholz, war es wohl unvermeidlich, daß sich unsere Aufmerksamkeit näher damit befaßte. Denn durch die große *skei*-Trennung fühlten wir uns vom ursprünglichen Sitz unserer *gᵘℏig*-Kraft wie abgeschnitten: aber die hatte sich, als wären die zwei Gegenden einander nähergekommen oder gar zusammengewachsen, in der letzten Zeit spürbar in großer Masse hierher geflüchtet und drängte darin, wie zuvor schon in unseren Händen, nicht mehr abwärts und hinterwärts, sondern nach oben und vorn — sosehr, daß uns bisweilen sogar der Ausgangsvergleich zweifelhaft wurde, durch den uns die Erfindung des *ghreb-stengh* überhaupt erst gelungen war. Da lag doch der zweite mit unserer bis ins Einzelne ähnlichen Männer- und Leibesstange tausendmal näher! Und ließ sich am Ende weiterführen bis zum krönenden Abschluß einer nicht mehr umzuwerfenden Überlegenheit ...

Eine große Ahnung flog uns an und wogte in unseren Köpfen; Fragen über Fragen bestürmten uns. Wenn der Erdstock ein *bheu* wecken kann mittels Durchdringung, warum nicht die $g^u ig$-Stange auch? Und der mächtige Schwall, der uns bei der Liebesvermischung mit sich fortriß — wollte der nicht auf mehr hinaus als auf Schwelgen und Hochgenuß? Der Hintergedanke verdichtete sich: denn wir entdeckten, daß die Ergießung, in der wir uns verströmten, nicht nur seelisch und innerlich in uns aufwallte sondern leibhaftig als ein gewisses Wässerchen oder Säftchen aus uns heraussprang. Ein so winziges Werk, das den Namen kaum verdiente, konnte uns demnach schier um die Besinnung bringen? Waren wir da wieder einmal auf ein Männernichts gestoßen, aus dem sich wer weiß welches ungeheuere Etwas herauswickeln ließ? Schließlich verlangte ja auch die Erd-Mâ, wenn sie Knollen und Sprossen treiben sollte, nach einer Befeuchtung ... Aber der Gedanke lief wohl doch zuweit davon ins bloß Mögliche: denn wir hatten einander, wenn das *sem*-Gefühl über uns zusammenschwappte, ja schon oft gegenseitig durchdrungen, das hatten wir uns von der großen Scheidung denn doch nicht nehmen lassen: aber getan hatte sich gar nichts, keiner war danach je angeschwollen oder dickgeworden von uns. Weil unser ganzes *bheu* in der Stange sitzt, sagten die einen; weil das $g^u ig$ ein *gdhem* braucht, um zu gedeihen, sagten die andern; und seit wann wären wir kein *gdhem*? riefen die Dritten.

Es war ein ziemlicher Wirrwarr. Aber das Bild hatte sich in uns festgesetzt, ließ nicht locker, und schließlich wußten wir, daß wir nicht mehr darum herumkamen, die

Mâ-Kraft, wie damals beim Singsang, scharfsinnig auf die Probe zu stellen. Aber mit unserer bewährten Kerbholz-Methode war das in diesem Fall nicht zu schaffen: denn hier fragte sich ja nicht *wie oft,* sondern *ob überhaupt.* Was also tun? Tagelang saßen wir grübelnd da, bis uns die Lösung einfiel. Sie hieß: mit allen anderen schon, aber mit der und der nicht.

Ganz leicht ist es uns nicht geworden, den heimlich geheckten Plan soviel Monate festzuhalten, und einige von uns kriegten ihn gerade noch mit knapper Not zu fassen, als er ihnen fast schon entschlüpft war. Aber wir hatten in der unermüdlichen Grabarbeit mit dem wirklichen Erdstock Ausdauer ja eingeübt; und außerdem zeigte sich ja schon nach ein paar Wochen der erste Erfolg: als die Frauen ihr übliches Gesums von Fluß und Blut und Mond-Mâ anstimmten, hatte sich ein schriller und dringlicher Ton daruntergemischt; da lief etwas nicht ganz, wie es sollte. Wir machten wie immer rücksichtsvolle und fromme Gesichter, was übrigens nicht nur geheuchelt war: denn wenn sie sich, wie in anderen Notlagen auch, in ihre stampfenden, jaulenden *Istar-* und *Ishtar-*Gesänge hineinsteigerten, überlief es uns schaurig, und die Kindlichsten unter uns warfen sich dann schleunigst zu Boden und lallten *liebes Mâ-du! großes Mâ-du!* wie in der Vorzeit. Wir Übrigen gaben uns unbeteiligt, und hackten, je wilder und flehentlicher es zu uns herüberschallte, umso eifriger auf den Erdboden ein. Wir sprachen wenig, zwinkerten uns höchstens hin und wieder verstohlen zu, denn insgeheim zweifelte keiner mehr an dem Ausgang: der Spätsommer kam, und von den Frauen waren alle angeschwollen und dickgeworden, nur die und die nicht.

Da war es heraus. Wir hatten dem hohen Gedankenbau den Schlußstein aufgesetzt und ihn so für alle Zeiten befestigt. Was war von den Frauen jetzt noch groß übriggeblieben? Gefäße, nichts weiter, Nährboden bestenfalls, Erdloch und Furche, und wie diese angewiesen auf unsere Beackerung. Wir aber hatten uns, auf nichts als unseren Scharfsinn gestützt, von bloßen Strichmännchen und Anhängseln über eine Vergleichs-stufe nach der andern hinaufgedacht bis ins Unvergleich-liche und bewiesen: mit dem Männlichen fing alles an; nur das Männliche galt. Wir waren das *gültig!* In uns, und nirgendwo sonst, saß der Geist, der die Welt fortbewegt und erweitert! Wir allein hatten uns eine Geschichte ausgedacht, sie in Gang gesetzt, *waren* Geschichte, und was sollte uns hindern, sie auf der schmalen Grenze zwischen Entdeckung und Erfindung weiterzuführen ins Unabsehbare?

So schwadronierten wir in unserem Überschwang. Aber besonders sicher haben wir uns nicht gefühlt auf unserem selbstfabrizierten Podest, und wahrscheinlich wären wir durch ein paar kräftige Dämpfer auch leicht wieder herunterzuholen gewesen. *Dann probierts doch alleine!* hätten die Frauen doch sagen können, *der Mensch besteht nicht nur aus Vergleichen!* Zumindest hatten wir uns auf ein ausführliches Gemaule und Gezeter gefaßt gemacht. Aber sie setzten uns kein Wort entgegen. Zu unseren ersten hämischen Anspielungen im Sommer hatten sie eisern geschwiegen. Und als wir ihnen dann, in feierlicher halbrunder Versammlung, den neuen Sach-verhalt klipp und klar auseinanderlegten und gehässig zuriefen: *da seht, wieviel dran ist an euch und eurem groß-mächtigen* bheu! — rissen sie stumm, als hätten sie die Wahrheit längst vor uns gekannt, ihre Kleinen an sich, drehten sich um und rannten trappelnd und dicht aneinandergedrängt aus dem Dorf. Am nächsten Tag, als sie, jede für sich, zurückgeschlichen kamen, hatten sie sich Tücher über die Köpfe geworfen. Sie werkelten schweigend im Haus, drückten sich in die Ecken; wenn wir sie ansahen, schlugen sie sich die Hände vors Gesicht.

Nichts hatten wir uns inständiger gewünscht als diesen Sieg. Aber bald sollte sich zeigen, wie teuer er uns zu stehen kam. Mit der Beseligung von früher war es vorbei. Denn etwas in uns wollte immerzu weiter siegen und unterwerfen, und sehnte sich zugleich nach der

überwältigenden Fülle und Wärme zurück, in der es
hätte aufgehen und sich verlieren können. Aber es fand
nur noch die Leere und Willfährigkeit, und wurde rasend
darüber, engte sich ein zu einer Lust, die nichts mehr sah
außer sich selbst und sich dadurch bis ins Besinnungslose
erhitzte, daß sie alles andere niedermachte und nach
unten zwang. Was wir jetzt mit den Frauen anstellten,
glich immer mehr einer Vergeltung, wurde zur rohen
und wütenden Gewalttat, durch die wir dauernd zer-
störten, wonach wir verlangten, und die uns süchtig
machte statt satt. Wir gerieten außer uns, keine Zumutung war uns zu abscheulich. *Ach dein Mâ will wohl
nicht?* fragten wir giftig, *dir treib ichs aus, mach dies und
mach das, leg dich so hin und so hin!* — und schließlich hörten
wir uns im Zustoßen schreien *du bist nichts, du bist nichts,
du bist nichts!* — bevor wir, geschwächt und erschöpft, aus
der Umarmung zurückfielen in einen gottlob traumlosen
Schlaf.

So waren wir, kaum zur Herrschaft gelangt, selbst
schon die Beherrschten. Und wir brauchten uns nicht
lang zu fragen, was uns da übermannte. Die *skei*-
Trennung rächte sich, das Verstoßene kehrte wieder: die
er-or-Kraft zur Hervorbringung und ihr goldener Fun-
kentanz wollten sich nicht wegleugnen und verbannen
lassen, hatte sich einen neuen, vorderen Ausweg gesucht
— sie war es, die uns die Besinnung nahm und als
stechender, bösartiger Feuerstrahl aus uns herausfuhr.
Und so blieb uns nichts anderes übrig, als uns mit einem
scharf zischenden s-Anhängsel, nach ihr zu benennen:
ers, oder das *Männliche.* Aber kaum war der rechte
Namen dafür gefunden, füllte er sich auch schon mit so
schlimmen Bedeutungen, daß uns grauste: *Erregung,
Zorn, Ansturm* klang da heraus, und dann *Verirrung,
Gewalttat, Verderben.* Der Weg zur Selbstzerstörung
schien vorgezeichnet. Aber zurück, das wußte jeder von
uns, konnten wir auch nicht mehr. Dringlicher denn je
mußten wir uns etwas einfallen lassen.

❖ Daß man sich an alles gewöhnt! Ich weiß nicht, ob ich diese Wahrheit, die mir mein bisheriges Leben eingebleut hat, mörderisch oder tröstlich finden soll. Aller Aufruhr hat sich gelegt. Über *luch* wie *bobbs* und ihren goldenen Jubel haben sich fremde Hüllen und Schichten gebreitet, sie sind zum fleischlosen weißen Fleck an mir selbst geworden, sodaß ich schon fast anfange zu knarren, wenn ich mich bücke. Von dem ganzen inneren Tumult ist nichts geblieben als ein abgeschnittenes, beruhigtes Gefühl, endlich eingefügt und in Ordnung zu sein, derselbe immer wiederkehrende Satz: *so ist das also*. Alles geht seinen Gang. Der Dauervorwurf der auf mich einprasselnden sprechenden Blicke hat aufgehört. Die Entreißung ist zur Routine geworden. Als wäre das Innere ein knetbarer Teig und die Welt eine Preßform.

Aber ganz fugenlos bin ich offenbar noch nicht in sie eingepaßt: etwas von der alten Lücke muß übriggeblieben sein — sonst könnte ich unmöglich solche Gedanken noch fassen. Ich bin doppelt geworden: das von mir Abgetrennte, das den *lötzen* zu ihrer Substanz und Leuchtkraft verhilft, hat sich in sich selbst zurückgezogen und kann von dort aus den vereinnahmten Teil von mir, diese widerstandslos hampelnde Marionette, aus dem Hinterhalt recht gut beobachten. Und nicht nur ich: auch die Ma hat sich seit längerer Zeit in zwei völlig verschiedene Personen aufgespalten. Ich habe mir angewöhnt, sie die *Ma-mit* und die *Ma-ohne* zu nennen. Die *Ma-ohne* gibt sich ganz wie die alte; sie zeigt sich mit ihrem vertrauten *komm du nur* fast durchgehend *lieb;* und selbst wenn sie mich manchmal mit einem unwirschen *ich schmeiß dich gleich an die Wand* anfährt, habe ich das längst als verzeihlichen Ausrutscher deuten gelernt. Es geht ihr, genauso wie mir, manchmal der Gaul durch. Sie ist eben auch nur ein Mensch.

Dann aber, und neuerdings immer häufiger, ihre übergangslose Verwandlung zur *Ma-mit*. Mir ist manchmal, als hätte ich es mit einem Wechselbalg zu tun, so starr und maskenhaft wird dann ihr Gesicht, so blechern

und hohl tönt ihre Stimme, wenn sie mir die neuen
unnatürlichen Gesetzesregeln des *boten und bä* eintrichtern will, das in täglich neuerdachten Variationen von
gibs und *gibsned, machdmä* und *machdmäned* offenbar der
ganzen bekannten Welt übergeworfen werden soll; die
häßlichste davon ist *daafmä*, mit der sie mich wie in ein
hohes helles Gewölbe aufsteigen läßt, um mich dann,
durch den hinterhältigen *ned*-Nachklatsch, umso gründ-
licher in die Tinte zu tunken.

Alle diese Wortzusammenwerfungen setzen sich, durch
Wiederholung, in mir fest und gewinnen dadurch mehr
und mehr die Unverrückbarkeit des früheren *das ist so, das
muß so*. Nur selten meldet sich noch der Einwand, daß es
sich dabei um eine bloße Meinungs- und Willkürordnung
handelt; dagegen ist die Gewißheit gewachsen, daß sie
vom Babbà ausgeht; unklar ist nur das Medium, über das
er sie durchsetzt. Auf keinen Fall mittels direkter
Befehle, da er sich nach wie vor kaum, und dann höchstens einsilbig, äußert; und auch sein Gesumm klingt
eher an sich selber gerichtet.

Wie aber dann? Ich luge und forsche, und werde nach
einiger Zeit auch mit einer Entdeckung belohnt: die
sprechenden Blicke werden ja unvermindert weiter ausgetauscht! Nur daß sie jetzt keine Aufforderung mehr
enthalten, sondern irgendetwas längst feststehendes
unentwegt neu hin- und herbestätigen, etwa in der Art
von: *du hörst doch? — ich höre; und jetzt? — jetzt auch noch,*
was sie unauffällig, aber durch die Wiederholung doch
recht wirklich werden läßt. Und infolgedessen sind die
beiden auch gar keine säuberlich voneinander getrennten
Personen und Einzeltürme, sondern zwischen ihnen
flimmert und wirkt dieser Austausch wie eine schwer
erkennbare Wesenheit, die erst dann deutlich hervor-
tritt, wenn ich nicht sie oder ihn, sondern den Zwischen-
raum zwischen den beiden fixiere: alsbald zeigen sie sich
von einer ständigen gemeinsamen Hülle, einem Kraftfeld
umschlossen, in dem beim genaueren Hinsehen sogar
einzelne Feldlinien auszumachen sind.

Dadurch hat nun der Babbà die Ma offenbar in seinen Geist mit eingesponnen. Denn es ist in diesen Linien ein lautloses, magnetisches Hin- und Zurückfließen von Kraft oder Willen zu spüren, das stark auf Angleichung und Ähnlichkeit hindrängt, und in das, sonst könnte ich davon doch gar nichts bemerken, auch ich mit einbezogen sein muß: und wirklich haben sich durch meine Dauerbeobachtung bereits die entsprechenden Fäden gebildet, die ich, wenn ich etwas danebenschiele, aus mir heraus und zur Ma hinlaufen sehe, wo sie sich dann mit dem übrigen Linienknäuel vereinigen. Durch sie wäre es freilich ein Leichtes, mir jederzeit nach Belieben Eigenes abzuzapfen und Fremdes zu unterschieben, es hätte dazu keine stinkende Überschüttung gebraucht: war die demnach auch nur ein Bild, eine Täuschung gewesen?

Alles recht unklar. Aber eine direkte Erkundung kommt nicht in Frage. Denn meine Blicke dringen wie gesagt bis zum Babbà nicht durch, und die Ma unterbindet auch ängstlich jede Annäherung an ihn, oder gar eine Begegnung — und sie brächten wohl auch eher Gefahren als Vorteile mit sich. Soviel weiß ich noch von meiner mißglückten Darbietung von *Äppchen* und *Olf,* bei der ich ihm zu nahekam: es vergißt sich nicht so schnell, das dunkle, von Blitzen erfüllte Gewölk, durch das er damals vergeblich, wenn auch guten Willens versucht hat, mich auszumachen. Und was bei der großen Schlammflut und Pestilenz mit mir geschehen wäre, hätte sich nicht die Ma dazwischengestellt und einen Teil davon auf sich genommen, wage ich mir gar nicht auszudenken.

Vielleicht liegt darin der Schlüssel? Angenommen, der Babbà will tatsächlich eine Verbindung zu mir herstellen, dann kann er ja die Geistwolke nicht einfach auf mich loslassen: denn die würde mich entweder umwehen oder, weil er meinen Standort nur ungenau erkennen kann, an mir vorbei ins Leere verpuffen. Also braucht er eine Vermittlung, etwas, was nach beiden Seiten wie eine dämpfende Röhre wirkt: nichts anderes als eben dieses Gespinst — von dem mir erst jetzt aufgeht, daß es

einen, wenn auch nur selten fallenden Namen hat, der mir
deswegen auch etwas Einmalig-Unwirkliches zu bezeichnen schien. Falsch! Die Wesenheit heißt *mielje* — und
mit der Benennung wird mir auch ihr Funktionieren
klar: es wird darin mein Willen zuerst zu der *Ma-ohne,*
und dann zusammen mit dem ihren zum Babbà hin
abgesaugt; dort angelangt, überprüft der ihn nach der
Ähnlichkeit mit dem seinen, versetzt ihn, wenn er eine
Angleichung für nötig hält, mit einer Beimischung von
gibs oder *gibsned,* und schickt ihn in dieser Form zur Ma
zurück, damit die ihn, nunmehr zur *Ma-mit* geworden,
gezielt an mich weiterleiten kann.

Jetzt begreife ich manches! Das rätselhafte Zerrbild
der Ma als Däumling zum Beispiel, der mir aus einem
Gestänge aus Kommas und Strichen sein *will aber kann
nicht* zurief, angestarrt von hundert in vollkommenem
Gleichtakt aufblinkenden Scheinwerfern... Aber auch
meine unnatürliche Ruhe erklärt sich zweifellos so: sie
stammt nicht aus mir, sondern ist mir eingetrichtert! Vor
allem aber löst sich damit eine Haupt- und Grundsatzfrage, die mich schon lange beschäftigt. Seit ich denken
kann, schlage ich mich mit dem Widerspruch herum, daß
ich mir in der einen Minute wie die Mitte der Welt
vorkomme, um die sich alles dreht, und in der nächsten
wie ein rollender Stein oder Strohsack, der sich von jedermann frei nach Belieben wegstoßen oder zurechtstauchen
lassen muß. Und jetzt zeigt sich auf einmal: beides
stimmt! Gegen die *mielje* komme ich zwar nicht an, und
bleibe ihr ausgeliefert — einerseits; aber andererseits
wäre sie ohne mich auch zu rein gar nichts gut, es
bräuchte sie überhaupt nicht zu geben!

Insofern jedenfalls eine ziemlich geschickte Erfindung.
Des Babbà, nehme ich an, der ja auch ihr größter
Nutznießer ist. Oder etwa nicht? Mein Gefühl sagt mir,
daß da noch etwas Außenwelthaftes und Allgemeineres
mitschwingt, besonders in diesem merkwürdigen *mä,* wie
es als *ned*-verwandter Nachklatsch in *machd-mä* und *daaf-mä*
auftritt, etwas vielstimmiges Schwärmendes, wie es — ja

richtig, wie es über dem *eibtis* zu spüren ist als Brückenkopf und stehende Leitung, von ganz derselben Beschaffenheit wie das Kraftfeld unter uns dreien, nur ums
Hundertfache mächtiger aufgeladen. Das hieße aber
doch, daß der Babbà, zusammen mit der von ihm
geschaffenen *mieljen*-Wesenheit, eingehüllt und gelenkt
wäre von einer höheren, die vielleicht wiederum ihrerseits, wie eine Zwiebel, Schale nach Schale . . .
Mir schwirrt der Kopf. Ich kann dem nur allmählich
und Schritt für Schritt nachgehen. Aber von der Rolle
der Ma in dem Ganzen bin ich doch schon jetzt beunruhigt: wie leicht könnte sie doch diese Gesetzesregeln
mißverstehen oder, um sich lieb Kind zu machen,
strenger auslegen, als sie gedacht sind. Was, wenn sie
ihre Zwischenstellung mißbraucht und die *mielje* zu etwas
aufbläht und aufplustert, was vom Babbà nie so gemeint
war? Ich würde, auf sie als Vermittlerin angewiesen wie
ich bin, davon ja noch nicht einmal etwas bemerken!
Fruchtlose, weil in ihrer Herkunft unabschaffbare Sorgen. Außer mein alter Plan ließe sich verwirklichen und
mir gelänge eines Tages doch noch die Übersteigung des
Ma-Turms, der Durchbruch nach oben, die Begegnung,
wenn es ihn überhaupt gibt, mit dem *Babbà-ohne*. Zuviel
in meinem Leben ist mittelbar und indirekt: das hat
mich die Entdeckung der *mieljen*-Wesenheit wieder
einmal gründlich gelehrt.

❖ Ja, am Ende haben wir auch aus diesem Holzweg
wieder herausgefunden — und standen danach vor noch
schlimmeren Unlösbarkeiten als vorher: das waren wir ja
nun fast schon gewohnt. Und auch daß uns die Antwort
eher von selbst zugefallen ist, als daß wir sie ausgeklügelt
oder geplant hätten, hat uns nur noch wenig überrascht.
Wir wußten nur soviel: mit dieser Unterwerfungs- und
Vernichtungsorgie, zu der die Liebesbeseligung von
früher ausgeartet war, konnte es unmöglich so weiter
gehen: wir machten uns ja nur selber kaputt!

Und dieser Gedanke hat sich dann recht unerwartet gegabelt: was hieß das denn inzwischen noch — *wir selber?* Das *selbe-* und Sippengefühl, aus dem wir uns bisher ineinander hatten sehen und erkennen können, hatte sich bis auf Reste eingezogen und verflüchtigt; und seit der großen Scheidung hatten wir ja auch nichts Eigenes mehr, dem abzulesen gewesen wäre, was wir waren — oder vielleicht doch? War da nicht etwas nachgewachsen und in die Leerstelle eingetreten? Oder was hatte dieser unterschwellige, aber doch unverkennbare *e-gho*-Geruch zu besagen, der von der Erde und folglich auch von den Frauen ausging, und überhaupt alles einhüllte, was wir, seis mit der *ghreb-* oder der *ghig*-Stange beackert, durchdrungen, und so zum Sprießen und Anschwellen gezwungen hatten? Da war doch unzweifelhaft eine Erweiterung des Ich in zweite und dritte Sachen im Gang, ein *me-ghi* oder *me* oder *meme,* wie wir das nannten, eine Ausweitung und Blähung der eigenen Person zu einer Art Luftleib, der alles Mögliche umschloß und vereinnahmte und offenbar wie etwas Inneres verstand: denn sobald etwas derart Eingeschlossenes aufmuckte, oder sich davon machen, oder eingehen und erlöschen wollte, fing es in uns so dringlich zu zupfen und zu zwacken an, als rumorten sie in unserem Kopf oder Bauch; und wenn unser Geist früher bei jeder Gelegenheit vom beschlossenen Ziel abgeschweift und davongeschwirrt war, so meldete er sich jetzt augenblicklich mit barschen Befehlen wie *wird das Loch im Strohdach nun bald geflickt oder nicht?* oder: *daß mir ja nicht schon wieder das Harken unterbleibt!*

Mit einem Wort: so wie uns früher die fremden, in uns eingeschlichenen Geister kujoniert hatten, so jetzt der eigene. Aber diesmal wußten wir, wer Herr im Hause war: denn von überall her kam uns eine kaum glaubliche Bereitschaft entgegen, ja ein Gedrängel nach dieser Vereinnahmung durch das Männliche, als wäre ein eigenes Leben und ein selbständiger Wille nur eine Bürde und Lästigkeit. Als erstes kamen die Hunde angekrochen und wollten uns schwanzwedelnd unbedingt einen Wunsch von den Augen ablesen. Wir sagten *Platz!* und schon saßen sie hechelnd da, wir sagten *Rapport!* und schon war das weggeschleuderte Holzscheit wieder zur Stelle. Aber auch andere Tiere zeigten sich willig in ihrer dumpfen Art, und gaben ihre Milch her, ihre Wolle, ihre Hörner, und alles, was wir nur von ihnen wollten: zum Schluß haben wir sie sogar dazu gebracht, daß sie uns den Grabstock an einem Riemen durch den Boden zogen, wir brauchten ihn nur noch in die Erde zu rammen und hinterherzuzockeln.

Uns kam das alles sehr merkwürdig vor: schmeichelhaft einerseits, aber unheimlich doch auch. Wohin wurden wir da eigentlich hinaufgeschoben, zu was erhöht? Bis dann eben auch die Frauen damit anfingen und sich aufführten, als seien sie ein Anhängsel und Teil von einem von uns, dem sie fortan nicht mehr von der Seite gingen und ihren *meme*-Mann nannten — was genaugenommen widersinnig war, denn sie hatten unsere ellenlange und vielstufige Entwicklung von der eigenen *gdhem*-Hervorbringung über das *skei* bis zur *g^uig*-Einzigartigkeit ja gar nicht mitgemacht, und konnten deswegen auch nicht als vereinnahmungsfähig gelten — aber wir verstanden schon, was sie meinten: sie wollten, da sie aus sich heraus nichts mehr waren, durch uns etwas werden, und suchten daher in unserer *me*-Kapsel ein *se^ue* und einen Namen.

Und etwas Besseres hätten sie sich auch gar nicht einfallen lassen können, so wie wir damals zu ihnen standen. Unsere Zerstoßungswut fiel mit einem Mal von uns ab: denn was zur eigenen Person gehört, darauf trampelt man nicht blindlings herum, es wird einem unweigerlich lieb — wenn auch nicht mehr mit dem verzehrenden inneren Ziehen wie früher, sondern eher mit Regungen der Rührung und Sorglichkeit. Vielleicht auch schon der Langeweile? Aber die Vorteile machten das mehr als wett; als Nichtse konnte uns jetzt wahrhaftig keiner mehr hinstellen: wir hatten uns ja nicht weniger als das *da* zu eigen gemacht, wenn auch nur so, daß wir es *hatten,* nicht *waren.* Und über unsere äußere Stellung konnten wir uns erst recht nicht beklagen; unser Wille galt allein und uneingeschränkt, alles lief wie am Schnürchen. Die Frauen ließen sich die lästigeren Arbeiten aufhalsen, ohne zu murren, und wenn wir riefen *wo bleibt der Mehlbrei?* stellten sie ihn eilig und stumm vor uns hin.

Darunter aber behielt unsere Macht etwas Hohles und Abhängiges: denn was wäre sie ohne diese Schützlinge und Untertanen gewesen? Und außerdem bekamen wir bald zu spüren, daß sie alles andere als nur befreit. Von Woche zu Woche schwand unsere muntere Überlegenheit dahin: wir waren ja nur noch für alles zuständig und verantwortlich, in Wahrheit von unten gelenkt und gegängelt, und bei alledem voneinander immer mehr abgetrennt! Ein Loch im Strohdach, das ging noch an; das konnte man aufschieben oder den Frauen aufhalsen. Aber wenn es vorwurfsvoll hieß, *die Ziege ist krank, es regnet schon seit drei Wochen nicht mehr* — dann packte uns der große Zorn und wir brüllten zurück *na und? was kann ich denn dafür?*

Dann zogen sie die Köpfe ein und verdrückten sich — aber zuvor stand in ihren Augen deutlich zu lesen: *und das will ein Mann sein?* Aber auch in uns begann die achtlos hinausgeschrieene Frage zu rumoren. Wer konnte denn in der Tat etwas dafür? Wir am allerwenigsten, aber wer dann? Und in dieser Suche nach einer Rechtfertigung oder Erklärung meldete sich nun wieder der kleingewachsene Schwarzhaarige zu Wort, der sich schon bei der Erfindung des Erdstocks hervorgetan hatte, wie damals mit einem schweifend-ungenauen, beunruhigenden Geraun und Gerede. Er spüre etwas und ahne etwas, er glaube etwas zu sehen und doch nicht, nein, kein Mâ, im Gegenteil, überhaupt nichts Warmes und Nahes, sondern etwas Oberes und Entferntes, einen Mann-Geist oder Geist-Mann, es lasse sich nur nicht erkennen, ob ein- oder vielgestaltig, der es hell werden läßt, der den Donner schickt, und übrigens auch den

Hagel, und in einer Feuersäule wohnt, und von dem überhaupt alles abhängt, weil er es gemacht hat, geschaffen hat durch eine Belebung des Erdstoffs, und infolgedessen auch uns mitsamt unserem *g^{u}ig*, und den wir also erforschen müßten in seinem Willen, und ihm ähnlich werden, aber auch gehorchen und dankbar sein, damit ihn nicht auf einmal die Wut packt und er uns zack! wegfegt wie ein lästiges, aufsässiges Ungeziefer . . .

Also wieder eine Erfindung. Aber wir wußten ja, wie wirklich Erfindungen werden können, hatten es am eigenen Beispiel erlebt, wie sie eine ganze festgefügte Welt umgekippt und auf den Kopf gestellt hatten, und waren entsprechend beeindruckt und auch verschüchtert. Irgendwie kam uns das alles so bekannt vor — und tatsächlich: das war doch genau das Bild, das sich die Kinder, seit sie die unseren geworden waren, von uns machten, und das sie uns ununterbrochen vorhielten und zumuteten; die sahen uns doch auch in kaum erreichbare Höhen hinaufragen, und hoben uns mit ihrem ewigen *pápa-me* und *bábbu-me* noch viel spürbarer als die Frauen soweit nach oben, daß wir schon fast den Boden unter den Füßen verloren. Dauernd lagen sie uns mit ihrem *ghabh! ghabh!* in den Ohren, was doch bekanntlich soviel hieß wie *nimm mich und fasse mich!* — aber sie hatten in das Wort auch etwas von *geben* hineingemogelt, und damit forderten und verlangten sie das schlechterdings Unvernünftige zu sich herunter, als wären wir die Allmächtigen und Einzigen auf der Welt. Dabei mußte ihnen doch der Verstand sagen, daß auch wir unsere Schranken und Launen hatten, daß wir uns zu Dutzenden versammeln mußten, um zu unseren Beschlüssen zu kommen — aber nein, sie liebten und glaubten und hofften unbeirrbar weiter zu uns hinauf, eine einzige Emporfleherei und Verhimmelung, nichts brachte sie davon ab, und wenn wir sie dafür anraunzten, lächelten sie nur bitter und besserwisserisch vor sich hin und hängten sich umso fester an unsern Hosenboden.

Und das war noch lang nicht der einzige Ärger. Früher hatte niemand Anlaß gehabt, die Bälger so genau nach- zuzählen, oder sich überhaupt Gedanken zu machen, ob wir mehr oder weniger würden, die Überzähligen waren eben eingegangen und erloschen. Aber seit jeder von uns für die Versorgung eines eigenen *me-sem* zuständig war, kam es uns so vor, als hörten die Frauen gar nicht mehr auf, dickzuwerden und ein schreiendes Bündel nach dem andern in die Welt zu setzen, bis man zuhaus über ein unzähliges Gekrabbel stolperte, das einem in einem fort alles wegnagte und kahlfraß; und wenn wir dann ins Gemeindehaus gingen, einen Eimer Knollen zu holen, stand da immer schon ein anderer und sagte *he langsam, ich brauch auch noch was!* — und das hörte sich dann gar nicht mehr freundschaftlich oder sippenartig an, sondern spitzig und scharf.

Von da an war es aus mit unserem friedlichen Mittags- schläfchen, und unser Männergeschnatter bei der *ghreb-* Arbeit wich mehr und mehr einem verbissenen Schwei- gen: jetzt mußte jeder ran, egal ob er Lust hatte oder nicht. Und manche, so zeigte sich, hatten keine, nämlich eben die Mann-Geist-Grübler, die schmauchend in den Ecken saßen und versonnen ihrem Rauch und Ruch nachsahen, der in Kringeln zur Decke stieg; und wenn wir sie dort aufstöberten, plapperten sie aufgeregt etwas von den Sternen und dem Sternenmann und sagten mit müder Stimme, *der Himmelvater wird sorgen,* und was dergleichen Ausflüchte und verblasene Sprüche mehr waren: bis uns zum Schluß nichts mehr anderes übrig blieb, als einen von ihnen zu packen und in die Mitte unserer Versammlung zu stoßen, und dort haben wir ihm dann sein *skeu* heruntergerissen und, wie er derartig blamiert vor uns stand, mit unseren Erdstöcken auf ihn gedeutet und ihn öffentlich verlacht. Das war freilich eine grausame Strafe, sie hat fast schon an *quält, tötet* erinnert, und der Faulpelz hat noch zehn Tage lang auf seiner Matte gelegen und sich stöhnend den Bauch gehal- ten: aber danach hat er gespurt!

Kein Zweifel, wir waren schon wieder einmal in ein Gesetz und neues *das ist so, das muß so* hineingeraten: bloß sollten wir jetzt dafür gradestehen! Und ausgerechnet unsere Blagen, die uns da hineingeritten hatten, wollten sich ihm am wenigsten beugen. Warum sollten die nicht auch den Rücken krumm machen und ihren Anteil weggraben müssen? Zu sonst waren sie ohnehin nichts nütze, und ihren Anteil an Wurzeln und Mehlbrei verfutterten sie schließlich auch. Aber denen konnte einer zwanzigmal erklären, wieviel sie zu hacken, wie sie den Grabstock zu halten hätten, er fiel ihnen immer wieder aus der Hand, oder sie saßen einfach da und guckten Löcher in die Luft. Und auch das *ap-agora* wollte ihnen nicht in ihre Kletzenköpfe, das war das Entnervendste, dauernd mußten wir ihre Hinterlassenschaften, die so kümmerlich waren wie sie selbst, vom runden Platz kehren, und schlimmer noch: nicht einmal das *skei* wollten sie kapieren, und liefen herum wie die Tiere und geistlosen Geschöpfe. Wir gönnten uns diese Erleichterung schließlich auch nicht!

Da hat uns dann manchmal schon, wie früher auch, der Zorn übermannt. Für so etwas uns abrackern, einander abstrafen — und die gingen leer aus? Und wenn sie es also gar zu bunt trieben, wenn alles gute Zureden nichts half, und sie nur noch eigensinnig am Boden strampelten und plärrten, da konnte uns schon mal ein *alles auf einmal* unterlaufen; dann haben wir uns einen von diesen verstockten und selbstsüchtigen Quälgeistern schnell mal geschnappt und ihm mit dem *ghreb-stengh* zack! eins über die Rübe gegeben, bis es aufgehört hat zu quengeln, und es, uns von dem *me*-Frauen-Gezeter losreißend, in die *skei*-Grube geschmissen: da hatte es Zeit, darüber nachzudenken, was sich gehört!

Hinterher hatten wir Kopfweh. Es tat uns auch leid, aber das hat uns nicht besänftigt, sondern höchstens noch wütender gemacht. Eine hilflose Wut: denn sie fand kein rechtes Ziel mehr. Auf der einen Seite verlachten wir die Erfindung vom Geist-Mann und diejenigen, die

alles auf ihn abschieben und abwälzen wollten; auf der
anderen führten wir uns haargenau so auf, wie sie es von
ihm behaupteten, wenn er angeblich zornig war. Und
wegen dieser Ähnlichkeit, das hat uns am allermeisten
beunruhigt, wurde er für uns immer wirklicher, wir
konnten uns dagegen nicht wehren, die Erfindung verfestigte sich schon fast zu den Umrissen einer Gestalt,
verfolgte uns mit inneren Stimmen und Wachträumen.
Diese verdammte Männlichkeit, die aus jedem Nichts
immer gleich ein Etwas machen mußte! Dieses dreimal
vermaledeite Kroppzeug von Nachkömmlingen, die uns
die aberwitzige Idee eingepflanzt hatten und ihr mit
jedem Blick, ganz gleich ob flehentlich oder angster-
füllt, neue Nahrung gaben, sodaß sie immer fetter in uns
heranwuchs, bis unser *selfe* fast schon damit überwuchert
war! Wir wurden ja mit jedem Tag kindischer statt
erwachsener, gingen im Fortschreiten zurück!

So haben wir damals, in unseren lichteren Momenten,
noch vor uns hingeschimpft: aber der Gedanke verblaßte
und schwamm uns davon; zurückblieb nur eine leere
Aufgeblasenheit und nebelhafte Verwirrung. Wir hatten
mit dieser *e-gho-* und *meme*-Erweiterung mehr geschluckt,
als uns guttat: soviel stand fest. Da staute sich schon
wieder einmal etwas und suchte nach einer Entladung.
Und die ließ dann, Gott seis geklagt, auch nicht lang
auf sich warten.

❖ Seit das Babbà-Gesetz in mich eingefahren ist und mir
die Natur ausgetrieben und mich von ihr getrennt hat,
zieht der Geist nicht mehr drohend als finstere Wetter-
wand vor mir auf, sondern er hat sich in viele kleine,
eher harmlose Luftwesen aufgeteilt, von denen jedes
einen eigenen Ort fest bewohnt und ihn mit seiner Farbe
und Stimmung durchtränkt. So lebe ich in einer bloß
vom Bewußtsein geschaffenen Welt voller vielsagender
Gegensätze, die sich zwar zu einem Ganzen zusammenfügt, der aber, ich weiß schon nicht mehr was, auf eine

leicht sirrende Weise zu fehlen scheint. Meine Streifzüge führen mich durch lauter verschieden riechende Schachteln. Am geläufigsten noch das *Ohnzimmä,* vertraut und alteingesessen seit dem Weltbeginn, und doch einzigartig, angefüllt wie es ist mit Lautlosigkeit und Gesumm, mit dem vom *eibtis* aufsteigenden, sonntäglich duftenden Räucherwerk, nur manchmal knarrt der dunkle, *botene* Schrank.

Fremder das *Laafzimmä,* wie kühl wie blau, unmöglich zu betreten ohne die Ma, aber auch sie fast plattgedrückt von dem hier wesenden Sonder- und Zweitgeist des Babbà, der auf den Stapeln von genau gefalteten Laken sitzt und *ich-ich* ruft, sobald man hereinkommt, und *wegda wegda* ruft, *das hier ist mein Weich und meine Wehe,* und *das geht dich nichts an:* der also neben seiner rätselhaften Verbindung zur Außenweltzwiebel in diesem *Weich und Wehe* ein zweites, noch tieferes Geheimnis hat, in das nur die Ma eingeweiht ist, weil er ihr davon stundenlang, nächtelang ins Ohr wispert und flüstert, ohne Pause, mit hastig hervorgestoßenen Sätzen, und dabei doch an kein Ende kommt mit seinem *Wehe und Weich,* immer, immer ins Ohr . . .

Von da aus in den *Gang,* in dem nicht ein Geist wohnt, sondern viele, in Winkeln und Ecken, der schalkhafte, knisterige des Wäschekorbs, aber auch der altväterlich steife in dem karierten, staubig riechenden Vorhang, in den man sich einwickeln kann, bis er sich aufdreht zur Riesenwurst und, engerwerdend, einen förmlich aus sich herauspreßt, und dann, wenn er sich vom Kopf des Eindringlings befreit hat, erleichtert und losgelassen zu wirbeln anfängt, weitausschwingend in einem gemessenen Tanz.

Das *Baad,* in dem es rauscht, mit seinem gefährlichen, feuerspeienden *wuffwuff;* die *Kich,* dem *Ohnzimmä* in jeder Hinsicht entgegengesetzt, und letzter Rest des Ma-Reichs, insofern Zuflucht, in der aber auch nur ein entsprechend dürftiger, dünn mit Blechdeckeln klappernder Geist zu hören ist; die *Erkschtatt* oben am Ende der

braunroten Stiege, auch im Sommer zugig und kalt, mit
Stößen von verschnürten *bieren* aus uralter Vorzeit; und
schließlich das *Gloo,* in dem die Geister kaum mehr Platz
finden, so wimmelt darin die Luft von ihnen in Schichten
und Kringeln, denn sie lieben den säuerlichen Geruch
nach Schuhkrem und Chlor und die Heimlichkeit des
Fensters aus Schlierenglas, das die Bäume draußen zu
grünen Wattebäuschen verwischt, hinter dem alles verschwimmt und in eines fließt, nur die Vogelschreie und
Fahrradklingeln bleiben deutlich und klar.

Und dabei ist diese Riesenwelt aus Schachteln ihrerseits nur eine Schachtel in der nächsthöheren, mit anderen, nicht weniger einzigartigen Räumen. Der *bielbatz*
trotz aller Bedeutsamkeit, die ihm die Zusammenkunft
unserer Schar verleiht, nur ein schäbiges Kämmerchen
gegenüber dem Riesensaal der *Öhrder Ihse,* an deren hinte-
rem Ende die Eisenbahn donnernd die gewaltige Brücke
erschüttert; das schummrige *Assemattenohr,* in dem halb-
vertrocknete Pißlachen stehen, das also insofern *Gloo* ist
und entsprechend belebt von besonders nah herandrän-
genden Schattenwesen, mitunter sogar verfestigt zu
einem vor sich hinbrabbelnden, schwankenden Mann;
oder die *Insel Schütt,* die so heißt, weil die Marktfrauen
dort Eimer mit Wasser übers Pflaster ausgießen, man
kann nicht verstehen wozu, und keine *rum*-Frage hat es
je aufgeklärt.

❖ Ich will von dem Nebenwesen nichts mehr sehen und
hören, ja ich kann sagen, daß es mir die Freude am sozialen Kasten für immer verleidet hat. Schon bei unseren
letzten zwei oder drei Zusammenkünften hat es sich ausgesprochen *nicht-lieb* aufgeführt; innerlich abwesend und
in der Vernetzung kaum mehr auszumachen, sah es mir
lustlos zu, während ich schaufelte und grub, was das
Zeug hielt; und schließlich hat es sogar ein armtiefes,
bewundernswert deutlich ausgeformtes *luch,* an das ich
stundenlang hingearbeitet hatte, mit einem ich weiß

nicht ob unachtsamen oder heimtückischen Spatenhieb zum Einsturz gebracht. Das wäre als zeitweise Lockerung einer sonst engen und verläßlichen Genossenschaft noch hinzunehmen gewesen; nicht aber sein Verhalten von heute, mit dem es mich ohne Not unverzeihlich verletzt hat.

Tritt der ungeduldig Erwartete also am Spätnachmittag endlich auf, und führt zu meinem Erstaunen an der Hand eine Art Kunstmensch von fast natürlicher Größe neben sich her. Angefeuert vom blitzenden Nadelgenist seiner Ma aus der Ferne und entsprechend aufgeblasen, stellt er sich vor mir auf, um mir seine *pupa,* wie er sie nennt, vorzuweisen: ein tatsächlich überaus fesselndes Geschöpf mit einem erstaunlich genau nachgebildeten *mu* und auch scheinbar sprechenden Blicken, die dann aber doch zu keinen genaueren Signalen fähig sind; andererseits geht von ihm eine fast übergroße Verlockung aus, es auf diese Weise der *lötze* zu vereinnahmen und mir zu eigen zu machen.

Ich gebe logischerweise dem Drang nach, den diese *pupa* in mir auslöst, und raufe und reiße also daran, aber eine ganze Zeitlang umsonst: denn das Nebenwesen setzt dem, seinerseits reißend und raufend, einen mir unverständlichen Widerstand entgegen und nimmt weder mein Protestgeschrei noch meine strafenden und vorwurfsvollen Blicke zur Kenntnis. Wo einem Recht nicht gegeben wird, muß man es sich erkämpfen: ich zerre also den Kunstmenschen mit aller Gewalt zu mir herüber, nehme ihn, indem ich mich zeichenhaft darauf niederlasse, feierlich in Besitz und blicke im Bewußtsein neuer Würde beifallsheischend in Richtung des Ma-Zauns.

Aber von Beifall keine Spur: stattdessen vom Nebenwesen Gebrüll, vom Ma-Zaun her abweisendes bis drohendes Geblinke von *Dieb, Plünderung, Raub.* Das mir von diesen Erzdiebinnen! Und doch überzieht sich die *pupa* davon mit einer schwarzen Einfärbung, die dann auch prompt meine Hände und Arme hinaufläuft. Auch der Appell an die Ma hilft mir wenig: sie hat sich wieder

einmal zur *Ma-mit* verwandelt und erwidert gesetzartig
mit einem starren, kalten Blick, *jeder muß selber wissen, was
er tut.*

Diesen Augenblick der Unentschiedenheit und Verwirrung macht sich das Nebenwesen hinterlistig zunutze;
es pirscht sich seitlich an mich heran, grapscht nach der
pupa, entwindet sie mir mit einem gewalttätigen Ruck
und drischt, um die Barbarei vollzumachen, auch noch
mit der *saufä* vier- oder fünfmal auf mich ein. So ist also,
was ich für die *lötze* schon immer gefürchtet habe, tatsächlich eingetreten: daß mir alle Knochen wehtun,
bemerke ich kaum über dem inneren Trennungsschmerz,
der wie wild in mir wütet und beißt. Geheul auf meiner
Seite, triumphierendes Gemecker auf Seite des Nebenwesens, Beendigung der Beziehung. *Ausgeburt! Teufels-
braten!* schleudern ihm meine Blicke haßerfüllt entgegen und suchen wenigstens dafür die Zustimmung des
Ma-Zauns.

Aber es ist offenbar unsinnig, von der Welt Schutz für
das Eigene zu erwarten: hier gilt das Recht des Stärkeren,
der Zwei-Kopf-Vorsprung entscheidet. Genist nach
Genist blitzt an mir vorbei und bestärkt den Räuber
auch nocht mit *gut gemacht* und *gibs ihm nur feste.* Bis dann
die Ma, mich erstaunt hier allmählich gar nichts mehr,
ihre Fühllosigkeit zur Schadenfreude steigernd, der abscheulichen Szene mit einem hämisch-neckischen *siehst
du wohl, das kommt davon* den krönenden Abschluß gibt.

❖ Der Vorfall beschäftigt mich noch lange. Allzulange
habe ich nicht mehr bedacht, wie es im Ganzen um mich
steht. Aber nun neuerlich hilflos auf mich zurückgeworfen, wird mir mit einem Mal klar: der Lebensab-
schnitt, der hinter mir liegt, ist ja nichts wie eine einzige
Einschränkung und Zurückdrängung gewesen!

Viel zu nachgiebig unterwerfe ich mich jeder an mich
gerichteten Zumutung. Meine innere Verhärtung und
das daraus fließende Besitzverhältnis zu den *lötzen:* das

war sicherlich nicht die schlechteste Lösung — aber die meine doch nicht! Und außerdem hat sie sich mit dem *pupa*-Raub und seiner moralischen Unterstützung durch die Ma-Versammlung noch als unzuverlässig und wacklig erwiesen. Und meine Bereitschaft, mich in die *mieljen*-Wesenheit, und damit indirekt in das Babbà-Gesetz einspinnen zu lassen: bequem vielleicht, aber auch wie eng und lästig!

So kann das auf keinen Fall weitergehen. Ich fühle mich leer und luftartig, es macht sich etwas geltend in mir, was auf eigene Durchsetzung drängt. Dem will ich auch gerne folgen, aber ich finde die geeignete Stoßrichtung nicht. Vielleicht den Besitzstand sichern durch Dauerausrufung? Das tut immerhin dem Ich gut. *Istian sei schussä!* rufe ich also, *Istian sei saufä!* gleich fünf oder sechsmal hintereinander, *Istian sei schuh!* Die Ma bestätigt mir das bereitwillig. Die Fragen fallen kraftlos zu Boden; die Leere bleibt.

Oder ist es der Hunger? Bekomme ich ganz einfach zu wenig zu essen, liegt da der Grund? Probieren kann nie schaden. *Istian bood!* schreie ich folgerichtig, noch bevor das Frühstuck gedeckt ist, *Istian dee! Istian mamälaad!* und lasse den ganzen Vormittag nicht mehr locker, hänge mich der Ma an die Schürze und quengele weiter, *Istian safd! Istian bongbong mecht, soklaad mechd!* Aber die Ma hat sich mit entnervender Geduld gewappnet. Dahinter steht keine Freigiebigkeit, sondern der Puffer im Gespinst, das dämpfende Rohr. Ich stopfe das Herausgerückte lustlos in mich hinein. Als nächstes nehme ich die *kich* in Beschlag, verlange nach allem, womit die Ma gerade hantiert. *Istian auch messä! Istian seiä ham! Istian dopf bieln!* und wenn mir die Überlassung zu lange dauert, reiße ich die Sachen aus Schublade und Kasten und hämmere wie wild darauf herum, sodaß das Getöse, wie beabsichtigt, gewiß bis ins *Ohnzimmä* zu hören ist.

Noch immer keine rechte Befriedigung. Ich will das Unbedingte, und finde immer nur Dinge. Ich will wollen, und zwar mit durchschlagendem Erfolg, die falschen

Verhältnisse umkrempeln, von Grund auf! Mein Willen ist das Hungrige und Leere in mir: dadurch, daß ich alles nur in mich hineinfresse und an mich reiße, ist mir nicht geholfen.

Bleibt also die Verweigerung. Ja, so kann es gehen. *Istian ned anzieh!* beginne ich also den folgenden Tag, *Istian ned eß, subbä ned smegg!* erkläre ich pampig, *Istian ned baaf, dellä putt mach!* und schwenke ihn gefährlich durch die Luft. Ich bin fast am Ziel. Ich merke, wie die Ma ins Wackeln kommt, die ewig nachgiebige Gummiwand ihrer Geduld endlich anfängt, sich zur Front zu verhärten. Dann wollen wir sehen!

Aber schon im nächsten Augenblick bin ich neuerlich gelegt und übertölpelt. Die Ma atmet tief durch, macht sich zur *Ma-mit* und spannt eine offenbar von der Babbà-Seite geborgte Beziehungsfalle vor mir auf: sie verschnürt einfach das, was ich will und nicht will, zu einem einzigen Paket und Knäuel zusammen und wirft es mir vor die Füße. *Wenn du die Suppe nicht ißt, gibts keinen Pudding,* sagt sie; *wenn du den Teller zerschlägst, koche ich morgen Spinat.*

Das sitzt! Keine Vorstellung widerwärtiger als diese. Was kann ich anderes tun, als mich geschlagen geben? Mit erzwungener Ruhe, aber innerlich kochend vor Wut über diese Erpressung, stelle ich den Teller zurück. Eine Doppelknebelung. Der neue Gummi. Keine Wand, sondern ein zähes Netz, in dem man mich hilflos zappeln lassen kann. Darauf also will das *mieljen*-Gespinst zuletzt hinaus! Ich wünsche den Tag nicht herbei, denke ich mir; aber sie treiben mich noch soweit: irgendwann hilft da nur noch die nackte Gewalt.

❖ Nur ungern, ja gegen seine Tränen ankämpfend, folgt er der Pflicht, von der wahnwitzigen und bösen Erfindung zu berichten, die später die *Erhöhung des Werks* geheißen hat — ein zutreffender, aber auch beschönigender Name für diesen tiefen Einschnitt in unserer

Geschichte: aber niemand will genauer als nötig an das furchtbare Ereignis erinnert werden, das diese Erfindung auslöste, die zweite schlimme Gabelung in unseren Gedanken, kaum daß wir die erste recht begriffen hatten, und an das unabsehbare Unglück, das ihr folgte und folgt bis auf den heutigen Tag.

Es war wieder einer von den Eckensitzern und Rauchbläsern, von dem das Ganze seinen Ausgang nahm, und wieder ein eher schmächtiger und schweigsamer Mensch, der sich auf die Kunst, sich vor seinem *ghreb*-Pensum unauffällig zu drücken, besonders gut verstand: und so hatten wir bis zuletzt nicht gemerkt, womit er heimlich zugange war, obwohl seine Frau schon seit längerem ein vielsagendes Getuschel und Gemurmel um sich verbreitet hatte. Aber wir hielten das für den üblichen geistlosen, männerängstlichen Weibertratsch und gaben nichts darauf.

Wir hatten unsere Versammlung einberufen und saßen im Kreis, und zum ersten Mal seit langen Wochen war es uns gelungen, ohne schmerzhaftes Zwangsgelächter über die Frage des abgeschiedenen Werks zu sprechen. Und dazu war es höchste Zeit: denn jeder Schritt in der Trennung hatte uns zwar ein Stück weiter vorangebracht, und daher bekräftigten wir auch diesmal die Notwendigkeit unserer Lossagung; aber es schien auch, daß uns das Werk, in ungewollter Wiederkehr, dafür immer mehr Verbote und Zwangsgesetze auferlegte und uns in eine Vereinzelung trieb, die schon einem *skei* untereinander nahekam. Wir ermutigten uns durch einen — allerdings ziemlich allgemein gehaltenen — Beschluß, seine Vergeistigung nicht blind weiterwuchern zu lassen, sondern sie mit klarer Vernunft einzuschränken aufs Unabdingbare, und waren einander schon fast wieder eng genug verbunden, um endlich das überständige und heikle *meme*-Thema gemeinsam anpacken zu können.

In diesem schönen Augenblick von *sem* und Sippe hörten wir vom Rand her ein lautes Scharren, und als wir uns umdrehten, kam dort eine sehr hohe Gestalt auf uns zu. Sie war aber nur ungenau zu erkennen, weil sie ein Schwirren und Flattern um sich verbreitete, das uns in die Augen stach und blinzeln machte; und das Nächste, was wir wieder deutlich wahrnehmen konnten, war der schon genannte schmächtige Mensch, wie er mit starrem Blick einen riesenhohen Stuhl hinter sich in unseren Kreis zog, ihn aufrichtete und sich dann dort oben, genau in unserer Mitte, niederließ.

Das war nun so unerhört, daß uns der Atem stockte; ja es gab noch nicht einmal einen Beschluß, der dies untersagte, ganz einfach weil noch keiner von uns, auch der *egho*-Versessenste nicht, jemals auf einen so abartigen Gedanken verfallen war. Ins Große Runde einzutreten, das war — wir wußten nicht was, es fehlten uns die Worte dafür: und selbstredend wäre der Vorwitzige augenblicklich in hohem Bogen wieder hinausgeflogen, hätte er nicht eben seine neue Erfindung mitgebracht, mit deren Zauber er uns bis zur völligen Bewegungsunfähigkeit fesselte.

Sie war schamlos ohne Zweifel, und löste doch kein Gelächter aus, sondern im Gegenteil ein kopfverwirrendes Staunen, eine Beklemmung und Atemnot. Denn mit ihr war unser vormaliger Beschluß des *ap-agora* und *nicht auf dem Platz* nicht etwa nur lachhaft ausgerutscht oder beleidigend verletzt, sondern in einer geradezu unfaßlichen Weise umgestülpt und schwindelerregend verdreht.

Auf seinem Kopf nämlich, an dem Ort mithin, wo es am allerwenigsten zu suchen hatte, ja mehr noch, über allen unseren Köpfen und somit dem Himmel zugekehrt, hatte der Schmächtige — man kann es nicht erraten, und wir wagten eine ganze Weile nicht, es richtig zu deuten —, auf seinem Kopf also und über unsere Köpfe hinweg hatte dieser von allen guten Geistern Verlassene ein turmhohes, künstliches Werk befestigt, öffentlich zur Schau gestellt und es dann, mit teuflischem Witz, um ihm seinen ungehörigen Platz zu sichern, so abgeschirmt und gefeit, daß es trotzdem unangreifbar blieb.

Dazu hatte er als erstes dieses Kopfwerk mit Federn geschmückt, die nach allen Seiten abstarrten und durcheinanderflatterten und somit ausdrückten *ich bin das Gelächter und der Schwarm,* sodaß uns die Versammlungsmacht zum eigenen hackenden und abstrafenden Lachen mit einem Schlag entrissen war. Als zweites hatte er sich in seine künstliche Nachbildung alle möglichen Blinkersteine vom Fluß eingeflochten, glühendrotes Mennige und pechschwarze Holzkohle, die bei jeder Bewegung anfingen zu glitzern und zu gleißen, unerträglich dem Auge, und somit besagten *ich bin das Werk in blendender Gestalt, des Vaters und der Sonne.* Und schließlich ragte ihm aus der Rechten noch ein fein geglätteter Stock, fast meterlang und also von vollkommen unrealistischen Ausmaßen, um zu behaupten *ich bin die über alle Erdverwandtschaft erhöhte Geiststange des* g^{u}ig.

Es war entsetzlich. Aus Angst vor jeder weiteren Zerrüttung des Weltgebäudes wagten wir keine Bewegung. Wir hielten uns die Hände vor die Gesichter und lugten dann doch wieder, aus Neugier, hindurch. Denn der saß nicht einfach da und blinkte. Sondern mit einer hohen Fistelstimme, wie sie noch keiner von uns je hatte erschallen lassen, näselnd und schrill, fing der Über- und Unmensch dort oben zu singen an, daß es uns durch Mark und Bein ging. *Ich bin ich, ich bin ich, ich bin ich,* sang er und fistelte weiter, wie groß er sei, wie hoch, wie geistig, wie beispiellos seine nach vorn und oben sich reckende Stange, wie enorm glänzend und kostbar sein Werk; einzigartig und einzig sei er, außer ihm gebe es nichts, er sei alles in allem nur oben, nur Himmel und Nicht-Mâ, und schließlich, in den höchsten Tönen, *nie mehr, nie mehr das Untere, nieder mit dem* gdhem, *ich scheiße darauf!*

Als dieses Wort nun gefallen war, dieser grausige Satz, und wir alle auf den Platz pißten vor Angst, in diesem furchtbarsten Augenblick unseres bisherigen Daseins, da stand auf und erhob sich, und er hätte ihn dafür küssen und herzen können vor der ganzen Versammlung, unser Stärkster und Schönster, schweißnaß, die Knie taumelten ihm, als müßte er einen schweren Stein hochstemmen und weit von sich schleudern — aber er erhob sich, kam auf die Beine, nahm einen Anlauf und warf sich mit der ganzen Wucht seiner herrlichen Schultern gegen das Klappergerüst. Es krachte um, und unter einem Geflatter von Federn und Bändern stürzte das Geistwesen zu Boden und war wieder der Schmächtige.

Große Pause. Geduckt lag er da und wartete mit schrägem Blick auf seine Standpauke. Und die bekam er auch. *Wir zerbrechen uns die Köpfe über Durchdringung und Wiederkehr, schuften, jeder seinen Anteil,* ghreb *für das* bheu, rief unser Retter, *und du holst dir solange einen runter am Rauchtisch und faselst hanebüchen und lästerlich über Erde und Werk, bis sich alle innere Festigkeit auflöst und kindisch aus uns herausläuft. Und dann käme der feine Herr daher mit seinem selbstgebastelten Thron, und durchdringt unseren Kreis bis zur Mitte, in der unser Wille zusammenfließt zum Beschluß, und will ihn aufsaugen in seinen Flitter, dieser Einzigartige mit seiner unvergleichlichen Stange. Du blöde Tunte!* rief unser Retter — und wie hat er uns da aus der Seele gesprochen! *— bei dir piepts wohl, mach sofort diesen Fummel ab oder ich schlage dich ungespitzt ins* gdhem, *daß du weißt, wohin du gehörst!*

Da endlich, und zum ersten Mal tat es uns wohl, kam Gelächter in uns auf. Aber der Schmächtige, er hatte eben doch etwas Geiststarkes in sich, und eine so wirksame (wenn auch gräßliche) Erfindung macht nicht ein jeder, rappelte sich hoch, das Kunstwerk scheps auf dem Kopf, und trat seinem Angreifer angstlos entgegen. *Du hirnloser square!* so hat er zurückgeschrien, *Klotz, Kloß und Ochse, geh fick doch deine fette Alte, was weißt du schon von Männerdurchdringung und Geist? In dir sitzt der Funke nicht, du Fleischwurst und Muskelmensch, du Lehm! Einen Dreck verstehst du vom Höheren, und ich wills dir beweisen:* ›Friß nicht das Nichts, sonst spuckt es dich aus.‹ *— Was hast du mir zu erwidern?* ›Lebe im Morgen, dann wird dir das Jetzt zum

*Gestern.‹ Wo bleibt dein Kommentar? ›Sei du selbst, sonst
werden es die andern.‹ — Da verschlägts dir die Sprache, was?
Soweit reichts wohl nicht ganz bei dir, das ist dir denn doch etwas
zu hoch, wie? ›Wirf die Perlen nicht vor die Säue‹, kann ich
da nur sagen, ›sonst wirst du selber zum Schwein!‹*

Und unser Stärkster und Schönster, was hätte er darauf
wohl antworten sollen? Uns fiel ja selbst nichts ein. Wir
sahen, wie es in ihm arbeitete, wie er sich mühte, etwas
Treffendes dagegen vorzubringen, aber es kam kein Wort
aus ihm heraus, außer *ööh* und *schmampf* wie bei einer
grasenden Kuh. Und weil dieses Treffende unbedingt
aus ihm herauswollte, so glaubt er wenigstens, und
nirgends einen Ausweg fand, fing es in dem auf eine
erschreckende Weise an, hörbar zu brodeln und zu
blubbern, sodaß er, mächtig wie er ohnehin von Gestalt
war, sich immer weiter aufblähte und, schwarzgeschwol-
len vor unausdrückbarem Treffenden, dem Platzen nahe-
schien.

Und da geschah es. Ist es schon soweit, muß er sich
schon daran machen, über den furchtbaren Ausgang zu
berichten unter Bauchweh und Übelkeit? Unser Retter
ist mit dem geglätteten Stock in den Schmächtigen
hineingefahren und hat ihn kaputtgemacht. Bevor wir
uns dazwischenwerfen konnten — aber wollten wir es
denn hindern? War es uns heimlich nicht recht? Denn
er denkt sehr oft nach über diesen letzten Moment, in
dem wir das Unheil noch hätten abwenden können,
danach war es zu spät: da hatte der Kraftmensch sein
Opfer gepackt und bäuchlings zu Boden geworfen —

Nein, er beschreibt es nicht. Was so wehtut, darf auch
der getreueste Bericht übergehen. Und wer erführe denn
etwas Neues? Wir alle haben doch diesen schneidenden
Schmerz mitgespürt und spüren ihn, wenn wir ihn
suchen, noch heute in uns — aber am tiefsten, töd-
lichsten unter den Überlebenden hat er unseren Retter getroffen. Er hat, als er zustieß, fast noch lauter
geschrien als der Schmächtige, und ist tatsächlich auch
ein Stück mit ihm gestorben. Denn als er aufstand, ist

sein Gesicht *zugegangen,* er findet kein anderes Wort dafür, es legte sich eine Schale, ein Panzer darüber, seine Augen wurden zu Glas, es lief etwas seinen Leib entlang, und sein Fleisch war versteinert. Und dann hat er sich gebückt, zum letzten Mal in seinem Leben gebückt, sich das flirrende, funkelnde künstliche Werk aufs Haupt gesetzt und gesagt, *ich bin euer König.*

❖ Eine Erfindung, nichts weiter! Allerdings. Aber nicht seine. Der späteren Welt zeigt sich jede frühere als eine Erfindung. Inwiefern und von wo aus gesehen sind folglich auch wir bloß erfunden? Da traut er keinem. Er traut nur seinen Bildern, verläßt sich allein auf seine Augen und Ohren. Anders kommt er niemals dahinter, was was ist, und wodurch hervorgebracht. Ihm genügt sie nicht, die angeblich wahre Geschichte, er will und kann die andere, vergessene nicht mitverleugnen, weil sich nur in die seine eigene fügt.

Und das muß er auch nicht. Er späht und er horcht. Überall sieht er Haare. Er sieht Vollbärte und Spitzbärte und Schnurrbärte und entdeckt, wenn er sie zur Seite schiebt, dahinter die verborgenen rosigen Münder. Er sieht Haare aus den offenen Krägen wachsen, aus den Manschetten und Nüstern, er sieht, und kann die Augen nicht wenden, eine riesige Glatze.

Vor allem sieht er überall Hüte. Er ist doch nicht blind. Er sieht den Jäger im Jägerhut, sieht den Koch, den Bäcker, den frischgebackenen Doktor, er sieht den Dichter im schiefen Barrett und den reichen Maler im Schlapphut, den Hut des Bettlers flehentlich ausgestreckt, sieht die Franzosenmütze und darauf den Pompon und den Bommel, den Hut auf der Stange mit der Häherfeder, dem Gamsbart, sieht das Bäffchen, die Melone, den chapeau claque und den Goggs.

Und dahinter hört er ein Gesumm und Geraune, eine hundertfach gebrochene und zurückgedämmte Erregung. Er ist doch nicht taub. Er hört *Hut ab* und *hüte dich,* er spürt, wie ihm Hüte durch Mark und Bein gehen, hört sie nach so langer Zeit immer noch reden von *nicht auf dem Platz,* nach wie vor unberührbar und doch sehr verletzlich. Und er fühlt dahinter am eigenen Leib ein allmähliches Schieben und Heben, eine unmerklich langsame Drift mit Ausfaltungen und Verwerfungen, alle zehn Jahre ein Millimeter, die sich verzweigt zu einem Baum von Bedeutungen. Er ist doch nicht von Sinnen. Und deswegen sieht er auf Schritt und Tritt, und kann ihn lesen, den angetippten Hut, den vom Kopf geschlagenen, den tief in die Stirn gezogenen Hut, das Abnehmen und Lüpfen und Lüften von Hüten, den Gruß am Käppi, *stramm, lässig, frech* hört er, er hört *flott, sportlich, korrekt,* und kann das alles verstehen.

Er sieht aber auch die Flechten und Zöpfe, er sieht sie fliegen, aber nicht lange, dann sind sie aufgeschnetzt, festgesteckt zum dürftigen Dutt, er sieht sie, ein paar Verzweigungen später, aufgedonnert zur Dauerwelle, zur Hochfrisur, zur Turmfrisur unter einem Haarnetz aus Perlchen, alles umsonst, denn sie gelten nicht, er sieht Schleifen, Spangen, Kämme, Klammern, eine Mantilla, eine Schmachtlocke und einen blonden Traum, aber keinen, der an ihn glaubt; er sieht die Kopftücher, die Häubchen, die Schleier, den Kapotthut und, um ihn nicht zu verschweigen, den Turban. Und er hört, wie die jetzt alle *modern* sind, *bieder, solide, diskret* sind, *gewagt, unmöglich, rasend schick, der letzte Schrei* und *das Letzte.*

Doch, doch er sieht und hört sie ganz deutlich, diese zweite und vergessene Geschichte, der er hat nachwachsen müssen, und der darum seine eigene gleicht. Erfunden, das schon: aber ganz gewiß nicht von ihm.

❖ Von dem Schreckensregiment, das wir nach seiner abscheulichen Selbsternennung von unserem König befürchteten, war anfangs wenig zu merken — im Gegenteil: er saß von früh bis spät im Männerhaus, besoff sich und schwadronierte unaufhörlich übers Geschehene. Es sei

einfach über ihn gekommen, sagte er, er wisse selbst
nicht wie, könne eigentlich gar nichts dafür, er hätte
doch nur getan, was wir insgeheim alle gewollt und nicht
gewagt hätten, denn *die* Art von Geist wäre bestimmt
unser Unglück gewesen, hätte uns vom festen Boden der
Wirklichkeit abgetrennt und übrigens von den Frauen,
uns auf die Männervermischung festgelegt, diese kindliche und doch eher unappetitliche Angewohnheit. Den
König hätte er so ernst nicht gemeint, wir sollten uns da
keine Gedanken machen, aber er sei nun mal der Stärkste
und schönste von uns, und die Einrichtung habe doch
auch etwas für sich: wie leicht das Große Runde zu überwältigen sei, hätten wir jetzt ja selber erlebt, in seine
leere Mitte gehöre ganz einfach jemand hinein, der den
gemeinsamen Willen auf sich versammle, um ihn dann
neu zu verteilen, sonst würde ein Sauhaufen daraus und
eine Schwatzbude, und im Kriegsfall! — nicht auszudenken, dabei könne es jeden Tag dazu kommen —

Uns waren diese Reden eher lästig, und wir wetzten
dabei unbehaglich die Hintern auf dem Boden. Denn
wir wollten das Schreckensbild, das er damit in uns
wachhielt, schleunigst loswerden, und gottlob verschwamm es auch in der Erinnerung und ließ nichts als
ein neues *das ist so, das muß so* in uns zurück. Er hatte die
Ordnung von unten und oben neu befestigt, gut. Aber
durch seine Untat hatte er sich doch auch ganz von uns
gesondert, sodaß es schwerfiel, ihn anzusehen oder gar
anzufassen: dann sollte er sich aber auch daran halten,
und sich nicht aufplustern und anbiedern zugleich! Und
was wir miteinander anstellten, ging ihn schon zweimal
nichts an. Wahrscheinlich merkte er gar nicht, daß er
mit seinen Anschwärzungsversuchen nur eine neue
Einigkeit zwischen uns stiftete, eine augenzwinkernde
Geheimbündelei im Unteren, von der er freilich ausgeschlossen blieb, und nach der er sich, wer weiß, vielleicht schon verzehrte?

Mit dem Kriegsfall hatte er allerdings recht. Es hatte
sich in unserem Wald, ziemlich weit entfernt und lange

Zeit unbemerkt, ein brutartiges Gelichter herausentwickelt, mickrige und vernunftlose Geschöpfe, Halbtierchen ohne jede *meme*-Fähigkeit, sie waren ja noch nicht einmal hinter die Viehzucht gekommen! Und die hatten sich in der letzten Zeit immer öfter in unsere Nähe geschlichen und an uns herangemacht, waren dann zwar vor unserem *lululu*-Geschrei jedesmal wieder verduftet, aber allmählich bekam dieses Getrapse doch etwas Lästiges, Freches, und uns packte schon manchmal die altvertraute Wut, wenn wir auf unseren sauber ausgetretenen Pfaden wieder über ihre plattfüßigen Trittspuren stolperten oder gar über ihre achtlos fallengelassenen, widerwärtigen Stinkhäufen, die an einem gesonderten Ort einzugraben ihnen anscheinend der Geist abging.

Für unseren Schwadronierer war das ein gefundenes Fressen. *Wir lassen uns das nicht weiter bieten!* schrie er, *hier muß durchgegriffen werden in unserem Revier, habt ihr denn gar kein Ehrgefühl und Schamgefühl, keine Liebe zur Heimat?* Wir wetzten die Hintern. Um ehrlich zu sein, wußten wir nicht recht wohin mit diesen Ausdrücken und verstanden davon nur soviel, daß wir etwas haben sollten, was wir nicht hatten. Aber er war nicht zu bremsen, schwadronierte weiter, und schon hatte er seinen schauerlichen Kopfputz hervorgezogen, schwenkte ihn hin und her und rief *Schluß der Debatte!* — dabei hatte es gar keine gegeben — *Auf und mir nach! Memme, wer keinen Mumm hat!*

Ein paar von uns sind ihm dann tatsächlich nachgetrottelt. *Dumme gibts immer!* dachten wir und machten es uns miteinander behaglich. Abends kam das Häuflein dann belämmert, und ohne etwas ausgerichtet zu haben, zurück: das Gelichter hatte sein Lager gerade wieder einmal verlegt und sich anderswohin verzogen.

❖ Versöhnung mit dem Nebenwesen, Wiederaufnahme der Beziehung auf freilich neuer und fester umrissener Grundlage. Zunächst: das Nebenwesen hat wie ich Anspruch auf einen eigenen Namen; es ist nach dem

Märchenuntier *Olf* oder *Olfi* benannt, was seinen räube-
rischen Charakter ja auch treffend kennzeichnet. Sodann,
und weitaus einschneidender: der Zwei-Kopf-Vorsprung
hat von mir trotz aller Gegenwehr als Rangunterschied
hingenommen werden müssen und zu einer völligen
Umordnung unseres Verhältnisses geführt: Olfi behandelt mich inzwischen unverhohlen babbà-artig. Dies
äußert sich hauptsächlich in der Verkündung von Will-
kürgesetzen, denen ich mich bei Strafe von kräftigen
saufä-Hieben beugen muß: so hat das neue *luch* ohne jede
sachliche Begründung hier gegraben zu werden und
nicht dort, ja es kommt vor, daß der Unverfrorene die
Ausschachtung ganz allein mir aufdrängt, um das fertig-
gestellte Werk dann empörenderweise als *Olfi sei luch*
auszurufen!

Davon ist mir das Nebenwesen aber nun nicht etwa
weniger *lieb* geworden, noch ich offenbar ihm: denn es
schützt mich, und das wird mir als ständig wahrgenom-
mene Aufgabe auch des echten Babbà gefühlsmäßig
immer deutlicher, vor Übergriffen und Gewalttätigkeiten
der Außenwelt, zu der ich den Kreis der entfernteren
Schargenossen inzwischen leider zählen muß: mit der
friedfertigen Vernetzung von früher ist es nämlich aus
und vorbei. Auf die *meechen-bupp*-Spaltung hin haben
sich, und zwar wohlgemerkt gegen alle glitzernden
Einsprüche des Ma-Zauns, Raubzüge und Enteignungen
unter uns derartig breitgemacht, daß selbst *lötze* und
schussä nicht mehr davor sicher sind. Hier wirft sich das
Nebenwesen für mich in die Bresche und zeigt jedem
anschleichenden Strauchdieb nach wahrer Wolfsart knur-
rend die Zähne. Ich lasse mir das höchst geschmeichelt
und gern gefallen, freilich ohne mir die Blöße zu geben,
dieses *lieb*-Gefühl etwa offen zu zeigen: das wird vom
Schützling aber anscheinend auch gar nicht erwartet.

Die ganze Bindung ist eindeutig dem Vorbild der
mielje nachgeahmt und beruht, wie diese, auf dem Unterschied zwischen *goos* und *lain,* nach dem sich das Macht-
gefälle, wieder wie dort, millimetergenau bemißt: auch

dieser Maßstab, wie jeder andere in der Babbà-Welt, vernunftlos und bloße Setzung. Geistige Überlegenheit wird bei der Bewertung wie etwas nicht Vorhandenes einfach übergangen. So ist neulich eine sehr originelle Erfindung von mir, eine auf einen mannshohen Stoffturm zum Schmuck aufgemauerte *kugä,* von Olfi aus reiner Rechthaberei sogleich wieder roh abgeköpft worden: oder war es der Neid?

Auch in mir hat sich eine entsprechende Regung bereits ausgebildet: nach anfänglichen Hemmungen scheue ich mich inzwischen nicht mehr, mit neu nachgewachsenen Winzlingen in der Schar olfihaft herablassend und befehlshaberisch umzuspringen, was sie nach einigen Abstrafungen auch nicht mehr weiter erstaunt. Es genügt eine drohend erhobene Hand, und sie machen *batz* und sind *baaf.* Sind die drei menschlichen Hauptgattungen, nämlich Babbà, Mama und *kindä,* etwa dabei, sich in solche erster und zweiter Klasse aufzuspalten? Auch die *mielje* keine Wesenheit, sondern ein Verhältnis? Und zugleich eine allgemein verbreitete Einrichtung? Denn allenthalben spüre ich neuerdings ihre Gespinste, auch wenn ich ihren Ursprung oft nicht ausmachen kann, ein zähes Willensgeschiebe, und wehe, es schiebt einer nicht mit: im Nu ist er davon umwickelt und überwuchert und verschwindet aus jeder Aufmerksamkeit. Wenn das zutrifft, muß ich lernen, auf jedes Vorkommnis in der eigenen *mielje* genau zu achten: denn es könnte sein, daß ich von ihr, gleichgültig ob sie nun Vorbild oder Nachbildung der Außenwelt ist, tiefer bestimmt bin, als ich wahrhaben will.

❖ Immer öfter ertappe ich mich bei der Vermeidung, anfangs spielerisch, inzwischen schon fast zum Zwang geworden, bei meinen Gängen auf die Fugen des gerieften Trottoirpflasters zu treten. Ich laufe im erweiterten Rösselsprung. Bedenklich und heikel der Fall, wenn Sohle und Absatz auf zwei verschiedenen Steinplatten landen; hüben und drüben zugleich, bin ich wegen der Aushöhlung im Schuh dann immerhin noch eine Brücke auf zwei festen Pfeilern: aber der Schreck, wenn mir in der Eile — denn ich darf nicht etwa langsamer laufen als sonst! — der Fuß ausrutscht und patsch ein Fehltritt mitten auf die Fuge unterläuft! Jemand hat ihn bemerkt; ein Unglück schwirrt daraus auf; es wird nicht gut enden.

Grenzen über Grenzen. Aber ich kann mich doch noch an andere Zeiten erinnern, in denen alles ineinander überging und verschwamm und sich sanft von einem ins andere verwandelte, seit wann gibt es sie also? Und unerklärlich bleibt auch, woraus sie bestehen. Denn sie sind niemals, auch auf dem Pflaster nicht, aus Stoff, und doch brauchen sie ihn. Die Grenze zwischen *Kindä*- und *Ohnzimmä* etwa: sie wird von den Türen und Wänden gebildet, könnte man denken — aber nein! Die sind doch nur die Markierung, und eine höchst plumpe dazu! Die ist ja viel feiner, viel genauer gezogen, sie läuft scharf wie ein Messerschnitt durchs Innere der Mauer und spannt sich wie eine hauchdünne Glasplatte in der halben Tiefe der Füllung quer über die Tür. Nur in meinem eigenen Leib dehnt sie sich ins Räumliche aus: überschreite ich die Schwelle, dann stehe ich einen Lidschlag lang im Unbestimmten, einem Sowohl-als-auch und Weder-noch, in einem weißen Fleck der Wahrnehmung: und gerade der, so sagt mir eine deutliche Ahnung, ist angefüllt von einer sehr schönen oder schrecklichen, jedenfalls tief verzauberten Gegenwelt, die ich früher noch sehen konnte, aber jetzt nicht mehr. Denn schon liegt sie, wieder zur Ebene eingeschnurrt, hinter mir, und neue Möbel und Fenster haben sich zu einem neuen Raum unverrückbar zusammengefügt.

Viele Grenzen, vielleicht alle, sind *boten,* so ganz ausdrücklich von der *Ma-mit,* das heißt vom Babbà, die um den dunklen, knarrenden Schrank. Aber bei den anderen, bei der auf dem Pflaster, wer *bietet* da? Wovon hervorgerufen, von wem erzeugt und überwacht? Vorsicht, Vorsicht: ich bin die Geister noch längst nicht alle los.

❖ Das Gelichter noch zu primitiv für eine *meme*-Vereinnahmung? Da hat uns die nächste Begegnung mit ihm aber gründlich eines Besseren belehrt. Es ist ins *meme* geradezu virtuos eingeübt, spielt darauf wie auf Flöten und Zimbeln, so schnell, daß man innerlich kaum folgen kann, und es hat uns ja auch tatäschlich einen geschlagenen Nachmittag und Abend glatt abgehängt, bis wir endlich hinter seine verzwickten Absichten gestiegen sind.

Aber der Reihe nach. Ertönt da also an einem trüben und schläfrigen Herbsttag vom Wald her lautes Getrommel. Wir schrecken hoch, sehen uns aufgestöbert von wer weiß welcher Urhorde, vertrieben und verjagt, unser Anführer schwadroniert was von Ernstfall und von Mumm und von Memme, rast los mit Kriegsstab und Kopfputz, wir hinterdrein — und da stehen mitten auf unserem Pfad, als wäre nichts, zehn oder zwölf von diesen umherschweifenden mickrigen Tiermännlein im Halbkreis, die Arme verschränkt und erwartungsvoll, lächelnd sogar, schwer zu sagen, ob verschämt oder aufsässig und frech, am ehesten eine Mischung aus beidem. Wir prallen zurück: denn vor ihnen! in der Mitte des Halbkreises, von zwei Trommlern flankiert und zum Greifen nah ausgebreitet: erstens, ein in allen Farben schillernder, seidenweicher Teppich aus Federn mit eingewebten Muscheln und Hölzern — unser Anführer hat ihn noch kaum recht erblickt und schon seinen Kopfputz hinter dem Rücken versteckt; zweitens, im Vordergrund und in genau ausgerichteter Reihe, eine ganze Batterie von Nadeln und Ahlen, so scharf, daß das bloße Anschauen wehtut; aber drittens und als Höhepunkt ein fast mannshoher Tonkrug von vollkommen ebenmäßiger Rundung, am Hals mit einem Zierband aus rennenden, rotgemalten Männern geschmückt, einer hinter dem andern, sodaß wir gezwungen sind, ihnen mit Blicken nachzurennen, um und um und um . . .

Wir stürzen hin und begaffen das Wunderwerk, unser Anführer bekommt Stielaugen, die Frauen drängeln sich

vor und befummeln den Teppich, halten ihn kokett vor
die Brüste und seufzen *meme, ach wenn doch meme!* —
greifen nach den Nadeln und haben sich auch schon
blutige Finger geho t. Wir selber sind ratlos. Wollen die
sich vor uns aufspielen, uns neidisch machen? Uns in
unserer Angriffslust besänftigen oder fesseln, sich ein-
schmeicheln bei uns? Alles sehr rätselhaft.

Der Halbkreis zieht sich ein paar Schritte zurück, kann
sein aus Taktgefühl oder auch aus Widerwillen vor unserer recht unverhohlen gezeigten Gier, bleibt stehen,
schweigt. Dann sagt einer von ihnen in ihrer noch kaum
entwickelten Ursprache *kuerp!* und nochmal *kuerp!* —
kein Mensch weiß natürlich, was das heißen soll, eigentlich zum Kugeln komisch das Ganze, ein Witzbold unter
uns fragt spaßeshalber zurück *kuerp? kuerp?* — und wir
fangen zu lachen an, und die auf der anderen Seite auch,
und alles lacht und lacht.

Es breitet sich eine fröhliche Laune aus, und infolgedessen kommt uns dieses Gelichter auch gar nicht mehr
so tierähnlich vor, bei all seiner Mickrigkeit, immerhin
können sie seine Mitbringsel ja sehen lassen, neben dem
Tonkrug schneiden unsere zusammengepappten, kloßi-
gen Näpfe ehrlich gesagt sogar ziemlich schlecht ab, und
also sagt einer von uns *Geh hol doch ein paar Colablätter
und einen Teller Gärhonig, damit die sehen, daß wir auch nicht
ganz von gestern sind, geh hol doch den Dicken mit seinem*
meme-*Schwein.*

Das Schwein wird geholt, ein enormes Tier, dem das
gute Fett fast aus den Borsten tropft, lammfromm wak-
kelt es hinter seinem Hüter her — und da sind die nun
am Hinstürzen und Befummeln und Bestaunen, geben
Urlaute von sich, seufzen *momo* und *maumau* — und
haben uns schon wieder lauthals zum Lachen gebracht
über die komische Verballhornung.

Dann neuerlich Schweigen und Unbehaglichkeit,
überhaupt hat bei dem ganzen Hergang die Stimmung
dauernd so merkwürdig rasch gewechselt, wir wissen
nicht, wie weiter, man kann ja nicht stundenlang nur

dastehen und lachen und nicken und sich Urlaute anhören, irgendwann erschöpft sich das, und dabei ist die Situation so unklar wie zu anfang, was um Himmelswillen soll denn der Auftritt?

Die Gelichter spürt die aufkommende Ungeduld und Ungehaltenheit offenbar auch, denn einer tritt vor, und fragt, aber diesmal recht energisch, *kuerp?* als wollte er endlich wissen, was los ist, und wendet dabei schnell seine Handwurzel, deutet also einmal mit der Handfläche auf das Schwein, und wir schauen alle das Schwein an, und einmal zum Krug hin, und unsere Augen wandern zum Krug, und auf diese verwirrende Weise wird aus dem Krug immer wieder ein Schwein und aus dem Schwein wird ein Krug.

Und eben dabei macht sich jetzt auch ihre ungeahnte *meme*-Geschicklichkeit geltend. Denn natürlich hatten wir ihre Herrlichkeiten noch kaum gesehen, als wir auch schon unsere Geistkapseln ausschickten, um sie uns zu eigen zu machen; und dabei geschah das Unerwartete, daß das Gelichter das zunächst zwar zuließ und nachgab, uns aber dann, wie soll man das jetzt nennen, wieder hinausscheuchte aus dem innerlich schon Erworbenen. Und das müssen wir ihm jetzt, wie schwer es auch fällt, abschauen und nachlernen, und zwar schleunigst! Denn schon greift es mit spürbarer Geiststärke nach dem Schwein und will den Dicken davon abdrängen, sodaß wir ihm mit unserem ganzen versammelten Willen beistehen müssen, um es wieder zurückzuwerfen. Und so gehen unsere *meme*-Kapseln dauernd auf und zu, haschen das eine und müssen es fahrenlassen, dann das andere, und schon ist es weg, bis wir der Erschöpfung nahe sind.

In diesem Augenblick zieht einer aus dem Gelichter mit seinem Stecken einen Strich zwischen die Wunderdinge und das Schwein, und dann, die Sache ist wirklich zum Staunen, machen sie kehrt, lassen alles liegen und stehen, und sind zwischen den Bäumen verschwunden. Wir sitzen belämmert da und grübeln und grübeln. Schließlich schickt unser Anführer die Frauen in ihre

Häuser, wir müßten kurz mal *sem.* Die murrend und mit scheelen Blicken auf die Nadeln ab.

Wir sind auch nicht grade strahlender Laune. Schleppende, einsilbige Vorschläge und Bemerkungen. *Oberfaul,* sagt unser Anführer. Alles nickt und schweigt. *Ins Große Runde tragen und dort vereinnahmen,* sagt ein Zweiter. *Viel zu stark eingekapselt,* sagt der Nächste. Nicken und Pause. *Aber stehenlassen?* fragt wieder einer, *dann ist hier die Hölle los.* Seufzen und Stille. *Wahrscheinlich sowieso alles vergiftet,* der Nächste. *Oberfaul,* sagt unser Anführer.

Kurz, es fällt keinem was ein, und so schauen wir erwartungsvoll zu unserem blonden Dicken hin, dem das Schwein ja schließlich gehört. Der sitzt nachdenklich da und dreht die Handwurzel hin und her und sagt fragend *kuerp?* und sagt, als wäre ihm plötzlich ein Licht aufgegangen, *ghabh!* wobei er, das hören wir deutlich heraus, in das *nimm mich und fasse mich* auch die Kindsbedeutung von *gib! gib!* mit hineinwirft; dann steht er auf, bindet das Schwein los, führt es über den Strich, bindet es dort wieder fest, packt den Krug und schleppt ihn herüber, setzt sich hin und fängt an zu heulen.

Ich kann es nicht, schluchzt er, *ich weiß, was gemeint ist, aber ich kann es nicht. Ich bin im Inneren in zwei Hälften geschnitten. Ich will das Schwein und sein gutes Fett. Ich will den Krug, sehr heftig begehre ich ihn als* meme. *Vorhin hat mich der Krug geschmerzt, jetzt schmerzt mich das Schwein. Ich will ein Krugschwein! Einen Borstenkrug! Ich werde rasend! Haltet mich fest, oder ich schlage das eine tot und den andern in tausend Stücke! Ich will alles und nichts! Umbringen könnte ich die, mittenentzwei reißen, so wie ich zerrissen bin!*

Auch wir werden von einer ohnmächtigen Wut gepackt. Und das haben die sicher vorausgesehen, deswegen sind sie verduftet! Schlau ist dieses Gelichter, durchtrieben, ausräuchern sollte man die Brut! Aber wir können nicht mehr vor Müdigkeit, alle unsere Kräfte sind aufgezehrt von dem inneren Streit. Unser Anführer versucht ein auffeuerndes *auf und mir nach! —* aber er lallt bloß noch und ist nach drei Schritten umgefallen.

Als wir am nächsten Morgen aufwachen und nachschauen, ist das Schwein weg, zusammen mit dem Teppich und den Nadeln, aber der Krug steht noch da in
seiner ganzen rundbäuchigen Herrlichkeit. Der Dicke
hat ihn weinend umarmt, vor sein Haus geschleppt und
dort festgebunden.

❖ Wenn das nur alles gewesen wäre! Aber es tat sich
zugleich etwas unter der Oberfläche und in unserer
Tiefe: als würden wir nicht mehr bloß durch die Kleinen
hinaufgeschoben und künstlich erhöht, sondern durch
irgendeine Kraft in uns selber. Und die ging deutlich,
wenn auch dunkel in ihrem Verlauf, von der Schandtat
an dem Schmächtigen aus: denn als unser Stärkster mit
dem geglätteten Stock ... aber nein, daran wollten wir
ja nicht mehr denken —, da waren uns *bheu-stengh* und
phallus wie schon einmal gleichsam abhanden gekommen, und als das Gefühl dann endlich wieder nachgewachsen und zurückgeflossen war, hatte er sich von
Grund auf verändert: er schien stofflos geworden zu
sein, hatte sich, statt mit der einzigartigen Gabe zur
gdhem-Beherrschung mit einer ganz anderen Überlegenheit und Bedeutung angefüllt, fast als wollte er sich
nicht mehr nur der Erde, sondern eines fremden Willens
bemächtigen und ihn niederwerfen ...
Und damit war schon wieder ein Stück unseres nahen
und unbekümmerten Umgangs von früher dahin: die
fröhliche Männervermischung mit ihrem überschwap-
penden *sem*-Gefühl begann sich zu verdunkeln, durchsetzte sich mit einer ganz fremdartigen *egho*-Begierlich-
keit auf der einen Seite, die sich keiner mehr gern zumu-
ten ließ, und also mit einer entsprechenden inneren
Abwehr auf der anderen: das war keine leibliche Suche
nach dem *sel^ue* des Nächsten mehr, kein Versuch zur
Begegnung im Innersten und keine Spiegelung, sondern
ein Vorstoß und Übergriff, der, da wir einander ja nicht
angehörten und also keine Kapselfürsorge dabei im Spiel

war, sich fast schon in die Raserei des *du bist nichts!* hinein-
steigern wollte. Und weil das unserem Hingezogensein
und der Zuneigung zu der schönen g^{u}ig-Kraft in uns so
völlig zuwiderlief, ließen wir es dann lieber bleiben, so
sehr wir dem unbeschwerten Spiel auch nachtrauerten
und hofften, es eines Tages wieder zurückerobern zu
können.

Und noch etwas: auch der Mann-Geist oder Geist-
Mann, dessen Bild unser Schwärmer und Rauchbläser
aus sich herausgedacht und uns eingepflanzt hatte, verwandelte sich: er wurde jetzt nun doch vielgestaltig, aber
keine dieser Verkörperungen wollten uns so recht gefallen: hundsköpfig, vogelköpfig, stierköpfig, und oft
auch noch mit einer Schlange in der Hand — was sollte
denn das nun wieder heißen? Die Ähnlichkeit mit unseren alten Tiervergleichen war nur äußerlich: denn
damals hatten wir damit, um nicht weiter als unscheinbare und gleichartige Strichmännchen dazustehen, doch
grade unsere höchst verschiedenen Gaben und Talente
ins rechte Licht gestellt — aber diesmal immer nur die
eine von einer nach oben und vorn gerichteten Allmacht, die doch wieder einmal bloße Behauptung blieb —
wie das meiste an unserem Geist, der uns täglich unheim-
licher wurde, denn wirklich, er wehte uns hin, wo er nur
wollte . . .

✤ Mein vorwitziger Wunsch nach einer direkten Begegnung mit dem Babbà, ohne die Vermittlung der *Ma-mit*
und der uns einhüllenden Wesenheit, erfüllt sich schneller, als ich dachte; und so schrecklich sie auch gewesen
ist, hat sie mir doch die Bahn gewiesen, die mir vorgezeichnet ist: bis zu einem einsamen und unausweichlichen
Kreuzweg . . . Danach kann ich nichts erkennen; aber
bis dahin weiß ich jetzt, woran ich bin.

Ich muß tun, was ich kann, um seine Rede wörtlich
im Gedächtnis zu behalten. Denn gewiß werde ich
versuchen, sie zu beschönigen, nichts werde ich auslas-

sen, um sie in mir zu übertönen, werde einen Witz nach dem nächsten reißen, mich durch die Luft wirbeln lassen von bunten Maschinen, mich versenken in die erdichteten Schicksale von theatralischen Helden, nur damit sie mir nicht weiter im Ohr klingt: aber am Ende wird mir nichts anderes helfen, als das Festhalten und die Erinnerung an ihren wörtlichen Inhalt.

Wo er sie hält, kann ich nicht sagen. Ich bin entführt in eine weite, ebene Landschaft, das Gras beugt sich in graugrünen Wellen unter dem Wind. Der Babbà steht vor mir, sehr hoch und aufrecht, in Staubmantel und Hut. Seine Worte erreichen mich nur unklar, als kämen sie von weit her. Es ist das erste Mal, daß er zu mir spricht.

Höre!, — so beginnt er wörtlich, mit *höre!* — und ich nehme alle Kräfte des Verstandes und des Gefühls zusammen, um ihm zu folgen — *Du hast dich über deine Welt getäuscht. Sie ist vergeben. Sie gehört mir, mit allem, was sie enthält: auch du nur mein Besitz. Du hast in ihr nur einen von mir geliehenen Platz, und für ihn bist du mir dienstbar. Er ist die Grenze, die du niemals überschreiten darfst.*

Du wirst es trotzdem versuchen. Und von diesem Augenblick werde ich dich bekämpfen mit allen meinen Kräften, die den deinen überlegen sind. Ich werde dich an deiner verletzlichsten Stelle treffen, und du kennst sie. Ich werde dein Werk, wie sehr du auch versuchen wirst, es ins Höhere zu retten, immer wieder zerstören. Es gilt nicht, so wenig wie du. Das wird nicht aus Bosheit geschehen. Ich folge keinem persönlichen Motiv, sondern dem Gesetz des Geistes, der den Stoff formen muß, um sich in ihm zu erkennen.

Du bist dieser Stoff. Dagegen wirst du dich wehren. Das wird lange vergeblich sein. Denn es gibt Mittel der Abtötung, von denen du noch nichts wissen kannst. Ich werde sie alle benutzen. Das muß ich tun, um dich instand zu setzen, sie zu erlernen. Du wirst sie nacherfinden, alle der Reihe nach, bis du mir ähnlich geworden bist. Eine kurze, glückliche Zeit wird folgen, die einzige, die uns bevorsteht. Dann wirst du mein Geistwerk vernichten, meine schwächste Stelle entdecken und hinterrücks zuschlagen: aber du wirst viele Streiche brauchen, um mich zu töten. Ich verspreche dir, bei keinem zu schreien Wir sind keine Feinde.

Er küßt mich; und so tief auch getroffen, bin ich von dem Kuß doch beschenkt, der erste und fast schon der letzte, zwischen einer noch nicht gefundenen Liebe und einem nicht mehr gefühlten Haß; und aus einer weiten, schwindelnden Ferne scheint er mir zu stammen, weitergegeben als Erbe von der einen zur nächsten Umarmung, eine eiserne Kette.

Wir trennen uns, und er bittet mich, ruhig mit ihm nachhause zu kommen, und über unser Bündnis vor seiner Erfüllung mit niemand, auch mit der Ma nicht, zu sprechen. Ich nicke. Die Erleichterung über das schützende Willensgespinst, hinter das er sich dort wieder zurückzieht! Und doch kommt mir das Wohnzimmer bei meinem Eintritt offener und leerer als sonst vor. Ich bin schon dabei, auf Mittel und Wege zu sinnen.

✤ Die Umstellung vom *sem* auf das *kuerp* ging nicht von heute auf morgen, und sie verlief auch längst nicht so glatt, wie das die spätere Erinnerung hinstellt. Immer wieder kam es zum Streit über das erste oder ursprüngliche *meme* an dem oder jenem, und über die Frage, was als *meme*-fähig gelten konnte und was nicht. Daß die Antwort hieß: *alles und jedes,* ahnten wir, aber das wollten wir noch lange nicht wahrhaben. Dabei merkten wir doch, wie schwer der Ausbreitung des *kuerp* zu widerstehen war, wir spürten seine Macht ja am eigenen Leib, wenn wir, ausgelassen und aufgekratzt, einmal die Woche die Sitzbänke um das Große Runde wegräumten und dort, in der sonst leergelassenen Mitte, Markt hielten.

Aus der anfänglichen, schmerzhaften Zerrissenheit war eine Art Spiel geworden, das uns freilich immer noch aufwühlte. Man brauchte uns ja nur zuzuschauen: das Reizen und Bieten, das Befühlen und Vergleichen, das stundenlange Zerren und Ziehen, und schließlich, je nachdem, der Jubel oder das enttäuschte Geflenn — da

quirlte und brodelte soviel an Gefühl durcheinander, daß
keiner mehr so recht durchfand. Und den Ausdruck
kuerp verlachten wir auch schon längst nicht mehr als
fremdartigen Urlaut, sondern benutzten ihn im Gegenteil als eine höchst brauchbare und übersichtliche Zusammenwerfung wie etwas Alltägliches. Er besagte tatsächlich, wie wir gleich vermutet hatten, *Handwurzel*,
dann *behende, schnell* wegen des raschen Auswechselns der
Geistkapseln, hieß sich *drehen, verschwinden,* aber auch *sich
ändern, wandeln, verwandeln* — und beides hatten wir ja
erlebt bei dem Krug und dem Schwein —, bedeutete
also auch *der Wechsel* und *Wirbel,* sowie, ganz kühl und
sachlich, *erwerben, Austausch* und *Handel treiben.*

Schließlich hieß das Wort aber gleichzeitig auch noch
denken und *gehören,* und mit dieser Gleichsetzung traf es
inzwischen leider auch ganz ins Schwarze. Die zwei
waren für uns tatsächlich kaum mehr zu unterscheiden.
Alle unsere Gedanken und Leidenschaften drehten sich
nur noch ums Haben und Habenwollen: das galt merk-
würdigerweise fast noch mehr für die Frauen, die, weil
selber Besitz, zu allem *meme* eine geradezu unzerreiß-
bare *sem*-Verbindung anknüpften. Aber auch wer wie
wir über eine bewegliche Geistkapsel verfügte, spürte
die Veränderung: anfangs noch luftartig und unstet,
wurde sie zuerst zähhäutig, dann hart und spröde wie
Glas. Nur ja nicht ans Nichteigene rühren, und um
himmelswillen nicht etwa gewaltsam! Darüber konnten
sonst langgewachsene Beziehungen auf einen Schlag zu
Bruch gehen. Von einer Begegnung mit einem fremd-
vertrauten *selbe* keine Spur mehr: wir zeigten einander
nur noch eine glatte und unantastbare *egho*-Oberfläche.
Ein neues *skei* war im Entstehen, gegen das wir nichts
vermochten.

Die Folgen blieben nicht aus. Jeder war jetzt wie verrückt am Herstellen und Flechten und Schnitzen und
Gerben und Schaben, denn nun zählte ja nicht mehr, was
er brauchte, sondern daß er möglichst viel losschlug, und
wer da mithalten wollte, kam vor Abend nicht aus der

Werkstatt. Überall nur verbissene, stur in sich gekehrte Gesichter; der kleine Rest von *sem*-Fröhlichkeit, der unseren Liebesverzicht und die Zwangszuteilung der *grebh*-Arbeit überstanden hatte, verflog — und mit dieser selbst stand es am schlimmsten: wer irgendwie konnte, denn sie brachte nichts ein, drückte sich davor oder schickte seine Frau und Kinder hin. Nur die Tausch-ungeschicktesten und Einfältigsten sah man noch mit dem Erdstock herumlaufen — aber lebten wir nicht eigentlich von denen? Waren wir nicht dabei, eine immer dickere Vermittlung zwischen uns und die Erde zu schieben, uns den *gdhem*-Boden selber unter den Füßen wegzuziehen?

Dafür ging es uns auf dem Markt umso besser; da war keine Zeit für solches Gegrübel. *Zwei Klöße Butter,* sagten wir dort einfach, *nimms oder laß es!* — und wenn der andere dann anfing, daran herumzuschmälen und abzu-betteln, umsonst natürlich, und zuletzt verdrießlich abziehen mußte, das gab uns Auftrieb, wie halbe Könige fühlten wir uns da — und deswegen war es inzwischen auch Brauch geworden, auf dem Markt mit einer schräg übers Ohr gezogenen Mütze aufzutreten, oder doch mindestens mit ein paar Holzpflöcken im Haar. Das wirkte solider.

Vor allem aber schien in unser Gemeinwesen eine neue Friedlichkeit einzuziehen. Für die aussichtslosen Strei-tereien über immer neue Zwänge und Pflichten, wie auf unseren Versammlungen, an die sich dann auf die Dauer doch keiner hielt, und bei denen gerade die geistlosen *grebh*-Kratzer das große Wort schwangen, war hier kein Platz. Der Markt war frei: hier hatte recht, wer was hatte; und unser Willen und Wunsch brauchte nicht mehr direkt aufeinanderzuprallen, um sich dann mühsam zum einstimmigen Beschluß durchzuwursteln. Die ding-liche Vermittlung hatte eben doch ihre Vorzüge!

Aber wir alle wußten, das war nur eine Atempause. Wo kein *sem,* da auch kein Friede. Nicht auf die Dauer. Und immer öfter kam die verdeckte Feindseligkeit auch zum

Ausbruch. Wenn sich da einer zum Beispiel nicht beherrschen konnte, und von einem Tisch einfach etwas
raubte und wegriß, oder listig verschwinden und mit-
gehen ließ, auf den stürzten wir uns wie die Geier — und
nicht mehr nur mit Gelächter wie in den alten Zeiten,
sondern den verdroschen wir, bis er schrie, und hörten
oft genug auch dann noch nicht auf.

Hinterher waren wir selbst verstört über unser herz-
loses Benehmen. Wir waren dabei, die Kontrolle über
das *kuerp* zu verlieren, innerlich wie außen. Wer sollte
das tausendfache Gewimmel zwischen den Ständen und
Tischen auch noch überschauen können? Unsere Hab-
seligkeiten waren wie Wasser geworden, hatten sich
verflüssigt, schwappten auf einmal alle zum Kopfputz-
verkäufer hin, und dafür war dann bei der Eierfrau
vollständig Ebbe.

Und davon nahm eine sehr merkwürdige Erscheinung
ihren Ausgang: diejenigen, die ihre Geistkapseln besonders geschickt handhaben, und allen voran unser Dicker,
wurden körperlich immer größer! Sodaß wir in der
Versammlung wie von selbst zu einer breiteren Lücke
auseinanderrutschten, die er mit wallenden Gewändern,
ausladenden Gesten und umständlich weitschweifigen
Reden auch vollständig ausfüllte, um dann prompt zu
behaupten, es kämen ihm drei Stimmen auf einmal zu!
Die Einfältigeren und Habenichtse dagegen schwanden
im gleichen Maß dahin, wurden immer dünner und
schmäler, und damit gewissermaßen aus der Beschluß-
gemeinschaft allmählich hinausgequetscht. Sie mußten
sich jedesmal mit Ellbogengewalt in unsere Sitzreihen
hineindrängeln und -boxen, und auch das half ihnen nur
wenig: denn gefühlsmäßig gehörten sie schon kaum
mehr der männlichen Gattung an, sondern fielen unter
die der Frauen, oder der Kinder und Tiere.

Wir durchschauten sehr wohl, daß es der größere oder
kleinere Besitzstand war, der diesen Eindruck hervor-
rief; aber erstaunlich war doch die Hartnäckigkeit dieser
optischen Täuschung. Man mußte sich jedesmal die

Augen reiben, bevor sie wieder verschwand. Und bei dem Dicken gelang das nicht einmal dann mehr. Der hatte nämlich inzwischen seinen Krug gegen sieben Ziegen eingetauscht, in Worten: sieben! Und neben seiner eigentlichen *meme*-Frau hatte er sich noch eine zweite zugelegt, die er mit anzüglichem Zwinkern die *seitliche* nannte. Er könne sich das schließlich leisten, sagte er selbstgefällig, mit sieben Ziegen.

Auch unser Anführer blähte sich wieder einmal mächtig auf in dieser Zeit; dabei hatte er in seiner Kapsel außer dem Schreckensbild, mit dem er freilich auch vor der Vereinnahmung geschützt war, nur lauter Luft vorzuweisen. Trotzdem trug er eine abwegige Theorie vor, daß ihm *eigentlich* alles gehöre und uns von ihm nur zeitweise überlassen worden sei — und das könnte er auch jedem, dem das nicht gefiele, sehr handgreiflich beweisen! — und stellte dann im *sem* allen Ernstes den Antrag, endlich die *meme*-Frage für Grund und Boden zu klären. *Meme*-Boden, allein die Vorstellung! Die Erd-Mâ, in der das Werk, ja die Toten selbst ihre Heimat hatten, als *kuerp* haltlos durch die Gegend zu schmeißen! Solche Reden gehörten doch wohl schleunigst vom Platz, und so lachten wir ihn laut aus der Versammlung. Nur einer lachte nicht mit, sondern schaute versonnen schräg vor sich hin, und das war, wie man sich leicht denken kann, der Dicke.

❖ Demoralisiert, erbittert und aufgewühlt von dem mir aufgezwungenen *Bündnis,* das doch in Wahrheit nur aus einer unpersönlichen Feindschaft und gemeinsamen Unterwerfung unter ein eisernes, aber durch nichts gerechtfertigtes Weltgesetz besteht, geht mein sehnlichster Wunsch jetzt nach einem babbà-losen Ort der Sicherheit, des Abstands und der Erholung. Ich beschließe, das riesenhafte Gebäude, in dem die heimische Wohnung nur wie eine unbedeutende, abgelegene Wabe im Bienenkorb liegt, danach zu erforschen.

Vorsichtig geduckt, auf meine Unscheinbarkeit ver-
trauend, luge ich um Ecken, wische durch eine zögernd
geöffnete Flügeltür: vor mir dehnt sich ein fensterloser
Gang mit unendlichen Türen, hinter denen es murmelt,
klappert und klingelt. Da geht eine auf! Meine Neugier
ist noch größer als der Schreck, der mich durchfährt —
und ich werde von der mit fliegenden Röcken hinweg-
eilenden Person auch glatt übersehen. Eine Ahnung
bestätigt sich: mein rascher Blick hat einen weitläufigen
Saal erhascht, in dem sich *eibtis* an *eibtis* reiht, bedeckt
mit vielen Lagen von *bieren,* mit *buch* über *buch,* und auch
der Geruch ist derselbe — kein Zweifel, ich stehe auf der
anderen Seite des Brückenkopfs, wohin der Babbà tagsüber verschwindet, um ein Geistwerk höherer Ordnung
zu errichten oder doch wenigstens am Dasein zu erhalten.

Herrscht demnach sein Gesetz überall? Das muß ich
jetzt wissen: Korridor nach Korridor wird durch-
schlichen, der *Aufgang Eins* erklommen, das bodenstän-
dige Erdgeschoß über den *Aufgang Vier* endlich wieder-
gewonnen, die tieferliegende Kantine tut sich auf mit
Gelächter und Geplapper, dahinter eine *kich* von schiffs-
bauchartiger Weite, dann wieder hinauf — und wo
finde ich mich? In der altbekannten, überglasten Schalterhalle, nirgends sonst, für alle gewöhnlichen Sterb-
lichen nur von außen über die Straße her erreichbar:
ich allein habe ihren geheimen, womöglich auch nachts
geöffneten Zugang entdeckt! Und wenn mich dann der
Hausmeister aufstöbert und seinen gräßlich knurrenden,
geifernden Wolfshund auf mich hetzt?

Das kann er nicht! Denn ich bin allgegenwärtig und
unsichtbar. Trotzdem ist mir auf meinen Schleichgängen
nicht wohl in der Haut. Sie sind vielleicht nicht geradeheraus *boten,* aber ich habe hier auch ganz offensichtlich
nichts verloren — und auf Schritt und Tritt läuft mir
quengelnd die *rum*-Frage nach: weshalb diese Hast und
Geschäftigkeit? Worauf will sie hinaus? Wenn ich mich
lauernd in die Türfüllung drücke, kann ich nach einiger
Zeit dieselbe Person mit denselben *bieren* röckewehend

wieder in denselben Saal zurückstürzen sehen; in der Halle stehen Wartende in langer Schlange, zappelnd vor Ungeduld: die einen kramen verstohlen Bündel mit Scheinen heraus, um sie abzuliefern, die andern holen sich dieselben Bündel wieder ab, und lassen sie rasch in den Taschen verschwinden. Wovor haben sie Angst? Warum geben sie sie nicht einfach einander? Wozu um himmelswillen *dient* eigentlich dieses Geistgewese?

Und dann plötzlich stehe ich in der Unterwelt. Ich drücke die Klinke einer mächtigen Eisentür nieder, sie schiebt mich zur Seite, schwingt auf, und ein warmer, trockener Wind bläst mir ins Gesicht. In einer schier unermeßlichen, kahl beleuchteten Halle kann ich vier übermannshohe Ungetüme hintereinander erkennen, umschlungen von Rohren, Ventilen und Uhren, laut knisternd vor Hitze in ihrem Innern. Und dann erstarre ich: denn der von oben bis unten geschwärzte Mann, der da am zweiten Ungeheuer hantiert, von schwerer Gestalt, mit wild unter der Mütze hervorquellenden Haaren und mächtigen Händen — das ist doch kein anderer als der Riese, der in meinem Alptraum nach mir gegriffen und mich gepackt hat! Er braucht nur noch die Augen zu heben —

Aber sie sind keine glühenden Tassen, und in seinem Blick steht nichts Drohendes. Kurz und ohne Überraschung ruht er auf mir, senkt sich, kehrt wieder, und auf einmal spüre ich darin etwas schon fast Vergessenes: genauso hatte mich doch in unseren besseren Tagen das Nebenwesen angeschaut, wenn es mir die ich-beruhigende *du-da*-Botschaft zuschickte! Und auch aus seinem Begrüßungssatz meine ich sie herauszuhören: *Wer wärst nachher du?* sagt er nämlich, und diese sanft-vorsichtige Wortwahl wie die Bewegung, mit der er sich sogleich wieder dem Messinggestänge zuwendet und es weiter blankputzt, zeigt mir, daß er nicht die durchdringende und bodenlose Frage der anderen Erwachsenen stellt, auf die es nur die Antwort gibt *nichts und niemand,* sondern wirklich wissen will, wer ich bin!

Und tatsächlich winkt er mich mit dem Kopf zu sich herein. Leichter gesagt als getan! Denn dazu muß ich an den gefährlichen Riesenkesseln vorbei, auf einem durchsichtigen Gitterrost, von dem ich mich, bei einem unvorsichtigen Blick nach unten, schon hinabtrudeln sehe in grausige Tiefen. Aber ich halte mich fest an seiner unerschütterlichen Gestalt, und die Mutprobe wird belohnt. Er wendet sich ab, winkt mich weiter, und führt mich auf einer gerippten Eisenleiter hinunter in eine durch eine Spindwand abgeschirmte Nische, für jeden Unkundigen unauffindbar, mit einem Tisch, einer glattgewetzten Bank, ein paar Bierkästen und einem viereckigen Hocker, von dem ich sogleich weiß: das wird der meine — aber eben nicht auf die anklammernde und ichgierige Weise der *lötze,* sondern freigegeben und eingeräumt, dankbar genutzt und willig zurückerstattet; mein unaufkündbarer, weil von keinem Babbà geliehener und ihm gehöriger, sondern offengelassener Platz, an dem sein Gesetz nicht mehr gilt. Mehr noch; er selbst hat hier nichts zu suchen mit seinem oberen Geist, samt Gesumm und Gespinst, ja ich bin sicher: auch wenn er wollte, dürfte er hier nicht herein!

Und deswegen doch, wegen dieser Befreiung und Wohltat, habe ich den grünweißen Schirm über der nackten Glühbirne noch so genau in Erinnerung, sehe vor mir den dreieckigen Aschenbecher und ein Krokodil, das sich darauf ringelt, höre immer noch, auf meinen fragenden Blick hin, ein gedehntes *Le-de-rer-bräu* (denn das ist die Aufschrift), blättere in dem kohlenverschmierten Heft mit den langen Zahlenreihen, klappe es zu und lasse mir auf dem achteckigen, linierten Etikett vorbuchstabieren: *Meier Hieronymus.*

Aber vorläufig sitze ich noch mit ineinander verdrehten Beinen auf der Hockerkante, verstummt und verlegen. Kaum daß ich sagen kann, wie ich heiße. Jeder Satz, den ich mir zurechtlege, will mir unpassend vorkommen, alle Wörter daneben, abgeschmackt jeder Einfall. Soviel ich auch suche und suche, ich muß alles wieder verwerfen. Bis ich mir dann, weil mir soviel daran liegt, ihn nicht mehr zu verlieren, halblaut seinen Namen vorsage und dabei auf der glatten Wortschlange ausrutsche: *Meimus.* Und gottlob, ich habe etwas getroffen, was ihm gefällt. *Meimus?* wiederholt er fragend — *also gut, Meimus.*

Und sogleich beginnt er, denn er hat offenbar auf den ersten Blick erkannt, wie ahnungslos und zurückgeblieben ich bin, mir geduldig seine andere und wirklich gebliebene Welt auseinanderzulegen. Jetzt verstehe ich, warum es mir vorhin meine Sprache verschlagen hat: weil die hier nichts mehr richtig benennen kann. Alles droben Gewohnte ist außer Kurs gesetzt. Meimus spricht anders, geht anders, riecht anders als die Erwachsenen dort. Ist er demnach als *lain* einzustufen? Die Frage klingt lächerlich: er überragt mich ja nicht um zwei, sondern um zwanzig Köpfe mindestens! Und bietet mir, in seinem Gehäuse, auch zehnmal mehr Schutz. Aber wo bleiben dann seine Willkürbefehle? Warum sind mir seine Sätze so einleuchtend und klar? Ich muß keinen von ihnen jemals abhören nach *daaf-mä* und *daaf-mä-ned,* um ihn zu begreifen. Er sagt nur, was auch für ihn gilt!

Meimus sitzt neben mir. Noch vor zehn Minuten wäre ich, von seiner riesigen Größe verängstigt, schleunigst mit meinem Hocker von ihm weggerückt. Aber das braucht es nicht. Hier weht mich nichts weg, kommt nichts von obenherunter; seine Sätze sind tatsächlich von nebenan, aus gleicher Höhe gesprochen. In seinem Heft sind, paß auf, hier in der Mitte, aufgezeichnet die Schichten, einfach unterstrichen die Überstunden, doppelt die Sonn- und Feiertage, dann, da oben im Kasten, die Umrechnung auf Pfennig und Mark. Geht ab die Steuer, geht ab die Versicherung, geht ab die Miete; bleibt soviel zum Leben. Und jetzt nachlegen auf eins und abschlacken auf drei.

Ich merke kaum, wie er aufsteht. Mir entgeht auch, wovon mich sonst keine Macht der Welt hätte fernhalten können: der Rollwagen, die Geleise, die Drehscheibe, die ungeheure, und doch sonderbar friedlich dalehnende *saufä,* die er jetzt an sich nimmt — dafür ist bei nächster Gelegenheit noch Zeit genug. Ich komme von dem Heft nicht mehr los. Wie verwandt es mir ist, verunstaltet von Eselsohren und schwarzen Daumenabdrükken, voll mit unbeholfenem Gekrakel! — und zugleich, wenn ich die *biere* von droben danebenhalte, von etwas schwer Benennbarem befreit und verschont: einer herrischen Kälte, einem weißen Schrecken, einem stummen Geschrei. Es redete ein anderer Geist aus dem armseligen Ding, so verläßlich wie treu — aber wie komme ich nur auf dieses Wort? Welche Treue? Und welcher Verrat demnach, der hinter der unumstößlich wohlgeordneten Gegenwelt des Babbà im Verborgenen lauert?

❖ Schnell jetzt, denn die Zeit fing nun an zu hasten und zu rennen, wir kamen ja kaum mehr zur Besinnung vor lauter *kuerp*-Aufregung und Marktgewimmel, die Wochen liefen uns nur so davon, wollten sich schier überschlagen: und deswegen ebenso rasch, damit ihm sein Gegenstand nicht entwischt, sein Bericht über eine weitere geistreiche Erfindung, die dann freilich das Ganze nur noch mehr in Schwung brachte und mit sich fortriß — aber gottlob, denn sonst müßte er fürchten, nicht mehr nachzukommen in der Geschichte, gottlob ist die Sache in ein paar Sätzen erzählt, sodaß er den Vorsprung nicht fürchtet.

Die Eckensteher und Rauchbläser haben eben doch ihre Vorzüge: wer weiß, bis in welche Fernen ihr inneres Auge schweift, während das äußere blöd zur Decke hinaufglotzt. Jedenfalls hat der, von dem hier zu berichten ist, seine Erfindung noch von viel weiter hergeholt als sein Vorgänger den Erdstock: denn ihr Vorbild hatte, bevor er es dann zu uns herunterzog, nur als etwas Ungreifbares am Himmel gestanden! Und zugleich schien er eine für uns unverständliche Andeutung davon in dem Tonkrug des Dicken zu sehen. Denn davor hatte er sich niedergelassen und angefangen, geradezu manisch von Kreis und von Kreisen zu reden; vom Großen Runden murmelte er, und vom *oberen und unteren Auge, eins wie das andere,* lauter krauses Zeug, schrieb Kringel auf die Erde und zeichnete sie in die Luft, starrte in die Sonne, bis er fast blind war und drehte sich dabei taumelnd um sich selbst.

Dazu lange Monologe. Da wäre, wenn man lange genug hinaufschaute, etwas in der Sonne zu sehen, behauptete er, kurz bevor alles schwarz würde, seien darin solche Strahlen zu erkennen (*was denn sonst!* sagten wir) — nein, nicht aus Licht, sondern Geiststrahlen wären das, wie ein Blick aus einem Himmelsauge, aber es frage sich wie gesagt, ob es nicht vielleicht nur ein unteres sei, dem noch weiter oben ein noch viel höheres entspreche, dieses jedenfalls der weltzugewandte Vermittler von Kraft, selber bewegt, der dem unbeweglichen *gdhem* und Erdboden erst seine Festigkeit gibt (*drück dich doch deutlicher aus!* sagten wir) — und dieses Auge verfolge ihn, beobachte ihn, wolle und fordere etwas von ihm, er wisse nur nicht was, er sei dazu nicht gut genug, tauge nichts, sei unwürdig, und trotzdem könne er seinen schwarzen Abglanz erkennen, *dort rollt es doch!* rief er, *das Sonnengeheimnis, der Vogel ohne Flügel, die große Freiheit, die aus oben und unten wieder das Eine macht!*

So ging das noch tagelang. Wir überließen ihn seiner Verwirrung und schleppten unsere Säcke und Körbe auf den Platz, denn morgen war Markttag. Da plötzlich, als hätte ihn etwas gestochen, springt der auf, boxt uns zur Seite, reißt Holz aus dem Stapel, sägt, hobelt, fügt drei Scheiben zusammen, rennt mit zweien davon zum Schmied und sagt, *mach Bänder drum rum!* und der Schmied, *ganz rum?* und er, *ja ganz rum verdammt, es eilt, es pressiert!* und trägt die fertigen Dinger heim und bohrt in die Mitte ein Loch, denn das Ganze sei ein Auge und bräuchte deshalb in der Mitte nochmal eins, steckt eine Stange in die zwei Löcher, denn ohne $g^{u}ig$ könne daraus nichts werden, stellt sich auf die Stange, kippt runter, hockt sich davor, sinnt, schreinert noch zwei Dinger, wieder zum Schmied, nochmal Bänder rum, schleppte den ganzen Krempel auf die Anhöhe hinterm Platz, macht ein breites Brett mit vier Seilschlingen an den zwei Stangen fest, stellt sich drauf, hebt die übrige Scheibe an zwei Armen in die Höhe, und wir schreien bloß noch *Körbe weg, Säcke weg!* — aber dazu reicht es nicht mehr, denn die vier zusammengebundenen Dinger fangen an zu kreisen und zu wirbeln, alle auf einmal, und er rast auf uns herunter mit der hocherhobenen Scheibe, wie der Wind, wie der Blitz, kein Auge kann ihm folgen, er schreit *lululu!* und *aus der Bahn!* schon ist er mitten unter uns, wir werfen uns gerade noch zur Seite, und er rums in die aufgehäuften Sachen, alles fliegt durch die Luft, und dann steht er hoch oben auf einem der Säcke und läßt die Scheibe über sich hüpfen und tanzen.

War das jetzt schnell genug erzählt für das schnelle Gefährt, ist die Geschichte noch nicht um die Ecke verschwunden? Wir sind ihr jedenfalls schleunigst nachgelaufen, sind zu dem Schmächtigen hingerannt, um ihm auf die Schultern zu klopfen, und dann ab in die Häuser zum Schreinern und Hobeln, denn jetzt eilte es uns auch mit der Nachbildung, der Schmied kam aus dem Bänderklopfen nicht mehr heraus. Vorbei war es mit dem Geschleppe und dem Gezerre auf Kufen und den krummen Rücken, die Säcke wurden ganz einfach aufs Brett gehievt und zwei Kühe davor und wieder heruntergekippt, und schon waren die bestellten vier Zentner geliefert!

Die Alten unkten wieder einmal. Ein weiteres Stück losgerissen vom Boden, murmelten sie, endgültig entwurzelt von Sitte und Brauch, bald wären wir bloß noch rollende Steine und Spielbälle des *kuerp,* darauf wollten diese in sich kreisenden Dinger hinaus, die ruhten nicht, bis alles Untere nach oben gekehrt, aus der Zeit selber ein Rad geworden wäre, und aus der Welt eine Scheibe, wir würden schon sehen! Und der Schmächtige hat überhaupt nur entgeistert auf unser Treiben heruntergeschaut, mit Fäusten gedroht und gerufen, *ich habe euch die Sonne vom Himmel geholt, und ihr karrt damit eure Mehlsäcke durch die Gegend! Wundert euch nicht, wenn sie euch überrollt und zerquetscht wie das Ungeziefer!* Aber wer so wenig Sinn für das Praktische zeigt, kann nicht erwarten, daß die Welt auf ihn hört.

❖ Die Liebe, sagt man, rechnet nicht, aber in der Bewunderung blüht sie eben doch schöner auf als im geduldigen Sichfügen. Und in meinen Augen ist Meimus nun einmal der vollkommene Mensch. Er vereint in sich die *bupp*-Vorzüge von Kernigkeit und praller Kraft, alle *meechen*-Eingekrümmtheit liegt ihm fern, und ob sein *didi noch da ist,* daran hätte nur der Dümmste gezweifelt. Insofern gleicht er dem Nebenwesen, zeigt aber keine Spur von dessen häßlicher Raffgier und Selbstsucht, im Gegenteil: nie versäumt er, mir mit dem Taschenmesser Stücke von seinem dicken Brotkanten abzuschneiden und mir sein Bier zuzuschieben, von dem ich, um nicht als Un-*bupp* dazustehen, auch tapfer etwas hinunterschlucke: das geht oft schon bis zu einer Ähnlichkeit mit der *Ma-ohne.* Vor allem aber: ist er denn nicht der bessere, weil irdisch gebliebene Babbà? Bei all seiner überlegenen Beherrschung der vier knisternden Ungetüme ist bei ihm von Geistwolke und Grenze nie etwas zu spüren, schon wenn ich durch die Eisentür eintrete, hat mich sein Blick treffsicher erhascht, und umstandslos darf ich ihm auf den großen Kopf patschen, da lacht er dann, grapscht nach meiner Hand und spielt den Riesen, der sie verschlingt.

Wenn das nicht Liebesglück ist und Erholung von der oberen Welt! Da kann sich der knochendürre und steife *eibtis*-Babbà doch heimgeigen lassen! Den auf den Kopf zu patschen — unvorstellbar! Seine komplizierten

Gedankengänge wären auf Tage hinaus heillos zerrüttet. Und keinen Meter brächte er die randvoll gehäufte Lore, noch dazu eigenhändig, auf den Rumpelgeleisen voran! Seine Tätigkeit in der Außenwelt wird mir mit jedem Tag undurchschaubarer: sie verlangt ihm zwar die äußerste Konzentration ab, wie seine allabendliche Erschöpfung beweist, und ist begleitet von einem pünktlichen, aber unerklärlichen Geldsegen von oben, denn von Schichten oder Überstunden, gar sonn- und feiertags, ist bei ihm noch nie die Rede gewesen. Aber mit welchem Ergebnis das Ganze? Wenn ich in seiner Abwesenheit aus dem Papierkorb die Aufzeichnungen fische, die er wegen eines mir unerkennbaren Makels verworfen hat, sind darauf immer nur Knäuel von verschlungenen Linien zu sehen, mit winzigen eingekreisten Zahlen dazwischen.

Und dafür das Gesetz, die Trennung vom Eigenen und seine unerbittliche Verbannung ins Nichts? Die erklärte Feindschaft zum leiblichen Sohn, nur um ihn in dieselbe Art von höherer Tätigkeit hinaufzuzwingen? Da will mir die von Meimus nicht nur viel unterhaltsamer vorkommen, sondern auch weitaus solider. Die hat nichts Nebelhaftes an sich: es ist die aus dem sozialen Kasten noch einmal, die das Stoffwerk nicht einfach herzlos verstößt, sondern nur ein gehöriges Stück weit abrückt und versachlicht, aber im Hintergrund eben doch beruhigend zugegen sein läßt als Schwärze, Halde und Dampf. Ich weiß doch noch, wie diese, und seis niedrige Arbeit Körper und Geist zugleich beflügeln kann, und im Fall Meimus dient sie nicht nur der Selbstbestätigung, sondern auch noch einem unzweifelhaft nützlichen Zweck. Alle *rum*-Fragen beantworten sich hier von selbst. Wieso? Eine Heizung braucht einen Heizer. Wozu? Damit das Haus warm ist. Wofür? Für das Kondenswasser. Und die Schlacke? Machen sie Kunstdünger draus.

In jeder Hinsicht die richtige Ordnung also — käme mir nur nicht ständig dieser finstere Stani dazwischen.

Stani der Helfer, Stani der Neider, Stani der Feind und
Rivale. Vom ersten Augenblick an hat er mich mit Eifersucht verfolgt; und jedesmal, wenn ich Meimus glücklich
auf die Bank gezogen habe, um auf ihm herumzukrab-
beln, deckt er ihn mit seiner Art von sprechenden
Blicken ein. *Was findest du nur an dem Knirps?* sagen sie
vorwurfsvoll, *ich bin dir wohl nicht mehr gut genug, seit dir
das feine Bübchen schöne Augen macht? Dabei siehst du doch,
daß er zu den andern gehört, uns nur aufhält und stört!*

Und dabei gefällt ihm die beneidenswerte Schiebe-
und Schaufelarbeit, die ihm so glücklich zugefallen ist,
noch nicht einmal! Bei meinen ersten Besuchen hat es
immer zuerst drei Mahnungen von Meimus gebraucht,
um ihn endlich zum Aufstehen zu bewegen, und auch
dann noch hat er mißmutig *Scheißkarren!* und *Scheißkohlen
zäfix!* vor sich hingebrummt. Erst in letzter Zeit, wie er
gemerkt hat, daß er mit seinen Blicken nichts ausrichtet,
ist er auf einmal eifrig geworden, um einen Keil zwischen
uns zu treiben. Und das gelingt ihm auch, dem Wider-
ling! Sobald er mit der Lore in den Koksraum rumpelt,
werden alle meine Verstrickungskünste vergebens. Meimus horcht dann auf, und bleibt zwar, aus altem Vorrecht offenbar, noch ein wenig sitzen, aber dafür greift er
beim Laden auch zu der schwereren Schaufel, läßt Stani
die Gabel. Dann kommen sie schräg gegen den Karren
gestemmt zurück, eine Kesselluke geht auf und wirft
gelbes, flackerndes Licht auf ihre nassen Gesichter.
Nicht alles nach vorn, gleichmäßig beschicken! mahnt Meimus
und bekommt dafür *Scheißkessel!* von Stani zu hören.

Ich stolpere hinterher, aber wie nah ich mich auch an
Meimus heranmache, ich habe dann nichts mehr zu melden. Wenn er mich überhaupt noch bemerkt, muß ich
sogar einen Anraunzer riskieren. Stani hat ihn in eine
Gemeinsamkeit mit sich hineingezogen, die durch nichts
zu durchbrechen ist. Wieder bin ich an die alte Vernetzung im sozialen Kasten erinnert: da hätte es auch
kein Außenstehender fertiggebracht, sich einzudrängeln.
Was tun? Verstoßen und verlassen schleiche ich mich in

die Nische zurück, schnipsle mit dem Taschenmesser
von Meimus gedankenverloren an dem Holztisch. Und
auf einmal der rettende Einfall: ich werde Lokomotiv-
führer, mit Meimus als Heizer, ganz einfach! Eine Unterwelt, die sich auch noch bewegt! Dann kann Stani zusehen, wo er bleibt, dann ist er endgültig abgehängt.

✤ Randvoll beladen mit Wasser und Koks, mächtig und
sprungbereit. Ein Hebel wird umgelegt, Dampf schießt
in die Kammer, drückt die öligen Kolben mit schier
unfaßlicher Kraft ächzend zurück. Fauchend, paffend
kommt der Koloß zentimeterweise in Gang, rattert und
scheppert über die Weichen, gewinnt an Geschwindigkeit. Adieu, adieu. Schnurgerade durchzieht er die
Ebene, pfeift, bimmelt, tönt, unaufhaltsam, verläßlich,
bei Wind und bei Wetter, über den hitzeflirrenden Bahn-
damm, schlüpft ins Tunnel, schießt wieder heraus, setzt
donnernd über die Brücke. Es eilt, es pressiert!
Die Passagiere im Innern, gewiegt und geschaukelt,
geborgen und umsorgt, lässig zurückgelehnt, nehmen
noch einen Schluck aus dem Täßchen. Die Schienen
klopfen ohne Ermüdung. Wie wichtig der Auftrag, wie
fern das Ziel. Achtung der Schaffner kommt, wo ist
denn nun, o Gott — verschwunden, verloren, ein für
alle Mal weg, aber ich schwöre bei allem was heilig ist,
bin kein Betrüger, Verbrecher: flehentlich aber umsonst,
Geld her, Hand ab, an den Pranger, in den Zwinger mit
ihm, ich ersticke, verschmachte! Ah da ist sie ja, bittesehr, danke vielmals.
Na jetzt aber das Fenster auf, Felder, ein Bauernhof
an den Hügel geschmiegt, einst schon der Urahn, mühselig, mit zittriger Hand, die verfeindeten Brüder, aber
vorbei, dreht sich weg und versinkt hinter dem Waldstück. Ich darf nicht bleiben. Ein Pünktchen, ein Gegenzug, lebenswichtige Güter, aber was denn nun? wie denn
das? das falsche Gleis um Himmelswillen, ein Fehler, ein
Unglück, ein unvorstellbarer Aufprall, explodiert, gebor-

sten und aufgeschlitzt, geknickt wie ein Streichholz, grausige Fetzen, flennend, fassungslos, tief im Schock, ein beschuhter Fuß mitten im Löwenzahn: Wahnsinn!

Zügig in die Kurve geneigt gleiten die zwei Wagenschlangen sanft aneinander vorbei, trennen sich gleichmütig. Die S-Bahn, Montagehallen im Grünen, Autohalden, das Gaswerk. Gedrosselt, abgebremst, sachte, nur ja vorsichtig jetzt, die Einfahrt ins dämmrige Gewölbe, der quietschende Stillstand. Eisverkrustet, regengepeitscht, pünktlich auf die Minute, die Waggons lassen Dampf ab, tröpfeln aus Rohren. Nein, wie das stinkt!

Fremd, aber nach ein paar Schritten wieder zur Vertrautheit zurechtgerückt, die offene, zugige Halle, was hat sie nicht schon mit ansehen müssen, wieviel Angst, wieviel Erschöpfung, Gebettel, Zusammenbruch. Alles schon dagewesen. Die hochaufgerichtete Dame im Pelz, *ich wiederhole: Frau Schrafnagel aus Frankfurt,* ein Bär von einem Mann, vollständig besoffen, und dann allerdings auch in den Ecken, hinter dem Bauzaun, der verruchte Austausch, der falsche Paß, die schnelle Nummer. Polizei! Aber sicher. Nur, Ihre Krokotasche, Kameraausrüstung haben Sie fürchte ich gesehen. Wir sind hier nicht in der Schweiz. Sie müssen da in Zukunft schon etwas vorsichtiger sein.

❖ Stimmt die Zuordnung noch, hat er das richtig datiert? Aber aus welcher Ablagerung soll sie sonst stammen, aus welchem Jura, Keuper, Malm des Bewußtseins, diese unausrottbare Bewunderung für das Schwere und Wichtige, dieses selige Begaffen von allem, was Kraft hat, was dick ist, seit wann fallen ihm die Augen aus dem Kopf vor dem Panzer, dem Schiffsrumpf? Was hat sich da zusammengebacken zu dieser Mischung von Pünktlichkeit und Gewalt, von Genuß und Kontrolle, von Mechanik und Explosion?

Und solang dann auch nichts wie die geballten Gefühle, die Lieder vom Hafen am Meer, von der Ferne, der Sehnsucht, von der flüchtigen Liebe, die umso heißer brennt, je weiter sie flieht, die immer schon die übernächste bedeutet. Nur nicht dies, nur nicht jetzt! Und daher dann auch nichts und niemand je aus der Nähe betrachtet: ein Prachtmädel, basta, eine Bombenstimmung, ein überwältigender Blumenflor! Es soll ja nicht bleiben, es soll sich wegdrehen und hinterm Waldstück versinken, sonst bliebe ja wehe die Wehmut aus, und hielten die Räder an, dann riefe es womöglich aus der plötzlichen Stille, *komm zu dir!*

Das möchte er ja. Nichts wäre ihm lieber. Und es kann sein, daß ihm das ein Stück weit auch glückt. Denn wir sind in Bewegung, sind nie mehr ganz, wo wir waren. Manches braucht Umwege. Eine kleine, unauffällige Ausbuchtung an der Karosserie: besagt sie schon etwas? Im Jahr darauf ein Stück weitergewachsen, am Ende verjüngt; sie reckt sich, beschlägt sich mit Chrom, die Spitze glüht auf als Stopplicht; der Kühlergrill krümmt sich zur Bohne, verzieht sich zum Fischmaul; an Seite und Heck sprießen Flossen, verbreitern sich, sind es schon Flügel? Es deuten sich Schuppen an, ein feuerspeiender Rachen — aber halt, das rutscht ja zurück ins Urbild, wird wortwörtlich, wird platt, wird reizlos, ist banal und passé: wir müssen den Sprung wagen in die einfache, schlichtere Form.

Anderes geht direkter: löst sich ab von Masse, Dampf und Gestänge, verschiebt und hebt sich zur Hochleistungsturbine, ins knisternd Elektrische, in die lautlose Software: so geht doch, zum Beispiel, Geschichte! Sodaß auch er vielleicht am Ende die Verbackung loswird, um sich wiederzufinden auch im Luftigen, Dünnen und Zarten. Dem Gras fehlt, genau gesehen, nur wenig. Aber zuvor muß er sich durch das in ihm Niedergetretene noch einmal hindurchgraben, Schicht um Schicht. Am Datum liegt nicht soviel. Alles was oben ist, daran kann er sich halten, war einst auch unten, je höher je tiefer.

✤ Zu den vielen Unbegreiflichkeiten in der Prophezeiung des Babbà hat für mich lange der Satz gehört, ich sei ihm für den mir geliehenen Platz *dienstbar*. Ich kann mir unter dem Ausdruck, außer einer verschwommenen Bedrohlichkeit, nichts Rechtes vorstellen. Aber bald werde ich aufgeklärt. Denn die Ma fängt jetzt an, im Namen der *mieljen*-Wesenheit, also als Babbà-Gesetz zu mir herunterkanalisiert, mit ganzen Schwällen von Aufträgen und Befehlen über mich herzufallen. Ihr altes *wie soll ich, wie kann ich* wird zur stehenden, inzwischen aber auf mich gemünzten Rede, und so geht es den lieben langen Tag: *hol doch schon einmal rasch die Zeitung herein, geh lauf zum Bäcker, frag bitte die Sowieso, ob sie uns nicht mit zwei Eiern aushelfen kann!*

Das ist lästig, im letzten Fall sogar peinlich, weil sich die Sowieso mit ihrer moralisierenden Schrulle eine anzügliche Bemerkung nie verkneifen kann. *Wieder mal schlecht vorgesorgt, wie? Ja, ja, haushalten will eben gelernt sein!* — mit irgendeiner derartigen Taktlosigkeit muß ich mich jedesmal anpöbeln lassen. Vor allem aber will mir nicht in den Kopf, mit welchem Anspruch mir das alles aufgehalst wird: die reinsten *Olfi*-Verhältnisse! Hat denn, wer Kinder in die Welt setzt, nicht auch die Pflicht, für sie zu sorgen?

Aber wenn ich mich taub stelle oder ein wichtigeres Vorhaben geltend mache wie *Istian ned geh, Lötze bieln muß,* werde ich sogleich mit der neueingeführten Doppelverschnürung außer Gefecht gesetzt, mit einem Schnappeisen von *dies, sonst das auch nicht* oder *wenn dies, dann jenes* — und schon ist Streit wieder einmal in mein Inneres verlegt, wo Wunsch und Gegenwunsch sogleich wie wild aufeinander einzudreschen beginnen. Mit einem Bettellohn werde ich dann abgespeist: ein Zehner für dreimaliges Kehrrichttragen ist schon das höchste der Gefühle: wenn ich den aber nun in einem Jopaeis anlege, reicht er für keinen Lutscher mehr; und wenn in einem Lutscher, kann ich die Wybert-Pastillen abschreiben. Was dagegen die Ma meinem sicheren Verdacht nach von dem astronomischen Haushaltsgeld für sich abzweigt für Kremtorte und grüne Brause, danach kräht kein Hahn.

Das Schlimmste aber sind und bleiben die Beeren. Dabei mag ich keine Beeren, gegen ihren bitteren und rauhen Geschmack hilft weder Zucker noch Milch. Der Babbà hingegen schlingt sie tellerweise in sich hinein, und wenn sie auf dem Markt fehlen, schleppt er uns, um seine Gier zu befriedigen, unter dem Vorwand der Erholung in der freien Natur auf riesige Expeditionen hinter die sieben Berge, wo er dann eine x-beliebige Stelle der Wildnis zu einem sogenannten *Platz* erklärt, und alsbald im Wald verschwindet: er gehe einstweilen auf Pilzsuche, von der wir bekanntlich nichts verstünden. Und wenn er dann mit drei kümmerlichen Ritterlingen zurückkehrt, wer kann nachprüfen, ob der betreffende Wald, wie er behauptet, tatsächlich kein *Pilzwald* ist, oder ob er sich nicht einfach nur auf die faule Haut gelegt hat?

Wir bestimmt nicht. Wir zwängen uns derweil kriechend und gebückt durch das nasse, klebrige Gestrüpp, und es bleibt uns auch gar nichts anderes übrig. Nie hätten wir ohne Führung aus dem öden Kahlschlag mehr nachhause gefunden, sondern uns nur, von *Ölfen* umlauert, weiß Gott wohin verlaufen. Wir sind praktisch eingesperrt. Ich weiß nicht, was mich verdrießlicher macht: wenn auf dem angeblichen *Platz* gar keine Beeren wachsen, gibt der Babbà, nach stundenlangem Geschlender, nicht etwa sich selbst die Schuld, sondern quittiert unsere magere Ausbeute mit einem höhnischen und vorwurfsvollen *schöne Pflücker!* — als wäre die vergebliche Plackerei nicht schon Strafe genug; hat er es aber einmal richtig getroffen: diese winzigen Dingerchen, von denen zwanzig kaum einen Löffel füllen, Stück für Stück abzuzupfen und einzeln in den Eimer laufen zu lassen, nur ja keines quetschen, und bloß keine grünen darunter — der Stumpfsinn! Die leere Hetze, die niemals ein Ende nehmen will!

Bald gibt mir dann ein gewisses emsiges Gemeinschaftsgefühl, das mich anfangs noch mit der Ma verbindet, auch keine rechte Stütze mehr. Denn hier wird ein sonst höchst vergnüglicher Antrieb, nämlich die Freude an *schussä* und *kugä,* also die Herausarbeitung aus der niedrigeren Werktätigkeit, doch eindeutig und elend mißbraucht! So kann er sich ganz gewiß nicht weiter nach oben entwickeln, im Gegenteil: zur Zupfmaschine erniedrigt, wird mein Kopf im gleichen Maß leerer, wie der Eimer sich füllt. Mit dieser Art von Knechtung bin ich wirklich zum bloßen Stoff degradiert, den der Babbà-Geist sich nach Lust und Laune zurechtknetet. Wie vergiftet fühle ich mich davon, und es kann mir dann in meiner Wut schon einmal ein *Seißeimer!* oder *Seißwald!* herausrutschen. Mir wird schlecht, wenn ich Beeren nur sehe!

❖ Es ist dann bei uns tatsächlich allerlei ins Rollen gekommen, mehr als uns lieb war, und keiner wußte wohin, nur soviel stand fest: ins Bessere bestimmt nicht! Der Anstoß war wie immer eine Erfindung; wieder einmal hatte einer aus dem nicht Vorhandenen ein Etwas gemacht — der Dicke diesmal, der in einer schwer nachverfolgbaren, aber dem Gefühl sofort einleuchtenden Ableitung aus dem rastlos sich drehenden Rad plötzlich mit einem unheimlichen und verblüffenden Vorschlag daherkam: ein Tausch gegen nichts! oder vielmehr, gegen die Zeit.

Ausgedacht hat er sich diesen kaum begreiflichen Handel im Jahr der großen Dürre, nach der Mißernte, als im Frühling weit und breit kein Saatgut mehr aufzutreiben war, und wir also bei ihm anklopften, weil wir dachten, er hätte gewiß noch genug davon in der Hinterhand. Zurecht, wie sich zeigte. Seine Tür ging so schnell auf, als hätte er schon auf uns gewartet. Ja, wir könnten gern jeder zwei Säcke haben, warum nicht. Rückzahlung wie üblich im Herbst. Aber dann nicht zwei, sondern drei.

Ja wieso das denn? Zwei Säcke waren immer noch zwei Säcke, jetzt oder später! Das war un-*sem* im höchsten Grad, *skei* der bösartigsten Sorte, das hieß die Notlage schamlos ausbeuten zum eigenen Vorteil! Der Dicke ließ die Vorwürfe ungerührt über sich ergehen. Und wenn er sich bei uns eine Ziege ausliehe, sich die Milch schmecken ließe, sie im Herbst zurückbrächte und sagte: Ziege ist Ziege, was wäre dann? Na also.

Da hatte er etwas. Aber der Vergleich hinkte doch: eine Ziege war schließlich *meme,* dagegen der Erdboden — nun, ein bißchen festgewachsen waren wir wohl alle inzwischen mit unserem Stück Gemeindeland, aber sein *bheu,* das gehörte bestimmt niemandem, das konnte er nicht einfach für sich einheimsen und in die Tasche stecken. War der Einwand nicht etwas wacklig? Aber er machte sich den Schwachpunkt nicht zunutze. Nein, um das *bheu* ginge der Handel nicht. Aber was leidet einer ohne die Milch von seiner Ziege? Entbehrung. Und was bekommt einer bei dem Gedanken: der behält meine Ziege, der gibt sie mir nicht mehr zurück? Angst. Und für diese Angst und Entbehrung verlange er den dritten Sack, nicht für das *bheu.* Das sei nicht mehr als recht und billig, soviel müßten wir einsehen, das sei gerecht.

Der Geist hat viele Waffen, aber das ist vielleicht seine ärgste: Sätze, auf die es keine Erwiderung gibt. Wie die des Schmächtigen seinerzeit auf seinem selbstgebastelten Thron! Und wie damals in unserem Stärksten brodelte jetzt auch in uns eine ohnmächtige Wut: *seine* Angst, *seine* Entbehrungen! Dabei kam der Fettwanst kaum mehr auf eigenen Füßen voran, platzte sein Lager schier aus den Nähten! Und was war mit der unsern? *Uns* hatte doch der Hunger und die Furcht um die Ernte zu ihm getrieben! Wieder mußten wir lernen, daß sich beim *kuerp* nicht nur die Sachen ineinander verwandeln, sondern sich dabei auch alle Gefühle und Grundsätze vertauschen, verdrehen, und ins Gegenteil verkehren, und allem voran die Gerechtigkeit — und man kann es noch nicht einmal beweisen. Also was halfs! *Auf dem Markt ist jeder gleich und frei!* wiederholte der Dicke wie zum Hohn unsern eigenen Spruch, *nehmts oder laßt es.* Was hätten wir anderes tun sollen? Wir nahmen.

Und dann kam das Tollste. Ob wir nicht lieber vier Säcke wollten statt zwei? Schließlich müßten wir bis zum Herbst auch noch essen. Damit du uns dann sechs dafür abgaunern kannst, riefen wir aufgebracht, das schafft doch keiner! Nein, nein: wir bräuchten ihm keinen einzigen Sack zurückzugeben, wenn wir nicht wollten. Sondern? Und da zog er die Schlinge zu. Macht euch doch einfach für eine Weile *meme,* sagte er; ich nehme mir ein kleines Stück Gemeindeland dazu, ihr beackert es für drei Wochen, und wir sind quitt.

Wie die Frauen? Die Tiere? Uns blieb die Spucke weg, ganz wörtlich: denn wieder fanden wir, soviel wir in unserem Kopf auch kramten, keinen stichhaltigen Einwand. Wir wußten, daß es ihn irgendwo gab, aber beim Zugreifen entschlüpfte er und zerrann uns unter den Fingern. Und wir spürten auch dunkel, woher das kam: der Dicke hatte uns an einer bestimmten Stelle in unserem Innern gepackt, wir konnten sie nur nicht bezeichnen — aber um ein sehr tiefes Bild in uns hatte der seine abgefeimte Schlinge gelegt, lächelte, und ließ nicht mehr los.

❖ Verständlicherweise entziehe ich mich der abscheulichen Zwangsarbeit, wo immer ich kann und verdufte immer öfter in die sichere Unterwelt, obwohl hinterher die Vorhaltungen der Mama gar kein Ende mehr nehmen wollen: nachgerade zum Parasiten und Schmarotzer entwickelte ich mich, keinen Finger rührte ich mehr, wolle wohl das feine Herrchen hier spielen, triebe mich weiß Gott wo herum, alles wie üblich eingedreckt und voll schwarzer Flecken, ganz klar, ich sei wieder einmal bei diesen Heizern untergekrochen, diesen rohen und wilden Gesellen, so ungebildet, so ungepflegt in ihrer verwahrlosten Rede, *Scheißeimer,* das hätte ich bestimmt nicht von ihr, sie sei gar nicht entzückt über diesen betrüblichen, bedenklichen Umgang, und der Babbà noch viel weniger.

Das übliche Geseires also, und mit fester Rückendeckung leicht zu verkraften. Aber auch in der Unterwelt ist meine Stellung ins Wackeln geraten: Stani, durch keine Unterwürfigkeit mehr zu besänftigen, hat angefangen, bei jeder Gelegenheit gegen mich zu giften und zu stänkern. Und was bekomme ich von ihm zu hören? Ein Schmarotzer sei ich und Parasit, der ihre Brotkanten verdrückte und ihr Bier wegsoff, aber keinen Finger dafür rührte, noch kein einziges Messingrohr hätte ich blankgeputzt, so oft ich mich hier auch herumtriebe. Und dann noch diese blödsinnige Verhimmelung von der Scheißarbeit hier unten, keine Ahnung hätte ich, kaum wäre abgeschlackt, müßte schon wieder nachgelegt werden, und dann nur ja gleichmäßig, um Gotteswillen nicht zuviel oder zuwenig, speiübel werde ihm, wenn er Kohle nur sähe! Den lieben langen Tag in ein finsteres Loch eingesperrt, und alles für einen Pappenstiel: einmal Urlaub gemacht, und es reicht für die Miete nicht, und bis die Beiträge und Steuern bezahlt sind, kannst du jeden Tag Brotsuppe fressen — ein Stumpfsinn sei das, ein Hetze und Ausnehmerei, jeden Abend der Kopf kaputt, an sowas könnten nur Halbdeppen etwas finden: und deswegen auch meine Vergaffung in Meimus, der sei ja auch schon so zum Kindskopf verblödet, daß er den eigenen Mißbrauch gar nicht mehr merke!

Und hintenrum sei ich außerdem noch, Selbstbestätigung? von wegen! — dann hätte ich ja vielleicht einmal mit hingelangt, aber nein, bloß keinen Flecken auf den guten Bleyle-Anzug, das feine Herr Söhnchen wollte ich spielen von dem feinen Herrn Beamten, der genauso vor Faulheit stinke wie ich und sein Gehalt einstreiche, niemand wisse für was, den kontrolliere ja keiner; aber wenn sie hier einmal nicht nachkämen mit der Schinderei und das Wasser hätte zwei Grad zu wenig, dann kämen sie angerannt, dann heiße es gleich *schöne Heizer!*

Ich bin von dieser Rede so platt, daß ich die Beleidigungen kaum höre. Haargenau meine Erfahrungen! Aber ich versuche gar nicht erst, ihn davon zu überzeugen, bin mit wichtigeren Fragen beschäftigt: auch die Unterwelt ist also schon vergeben und dienstbar, bis hier herunter reicht noch das Babbà-Gesetz — und daß gleich jemand angerannt kommt, zeigt mir, daß es durch eine *mieljen*-artige Wesenheit auch recht wirkungsvoll vermittelt wird: aber von welchem Großwillen und Über-Babbà geht sie aus? Mir schwirrt der Kopf. Und wenn es stimmt, was er sagt: dann bleibt also auch mir nur die Wahl zwischen einer Scheißarbeit und der anderen, zwischen Kohlen und Beeren?

Immerhin sind die zwei nicht dasselbe. Die Vorstellung von Meimus, wie er mit einem bunten Eimerchen durch den Wald klappert, ist nichts als lächerlich. Der lebt wenigstens nicht in der Steinzeit. Der Zweck, der Zweck! Danach muß ich mich richten. Aber dann kommt mir wieder Stanis Rede in den Sinn; und ohne es zu merken, habe ich mich schon entschieden.

❖ Wohin hatte der Dicke sich eigentlich hinauf- und hinausgedacht? Das hat er sich damals immer wieder gefragt. Ihm kam es so vor, aber er konnte den Finger nicht recht darauf legen, als hätte der sich aus der Verhärtung durch den Erdstock und der Verbackung der *or*-Kraft mit dem *g^uig* ein Stück weit gelöst, seinen Antrieb nach oben und vorn aus der Niederziehung befreit, die uns am Eigenen festband. Wir hingen an dem, was uns gehörte, kannten unsere Ziegen so gut auseinander wie unsere Ziegen, wußten, welche störrisch, welche gefräßig waren; unter Tausenden hätten wir eine Gans als die unsere herausgehört und mit verbundenen Augen den Weg zu unserem Stück Gemeindeland gefunden.

Wir dachten, das müßte jedem so gehen — aber nein: nicht dem Dicken. Der hing an überhaupt nichts. An der eigenhändigen Werk- und *ghreb*-Tätigkeit schon gar nicht: dazu fing er sich unsereins ins zeitweilige *meme* ein, und ließ durch ihn seinen *sem*-Anteil, und mehr als den, verrichten. Aber auch nicht am festen Besitz, den er vielmehr mit einer Leichtigkeit fahren ließ, daß wir alle nur staunten. Ganz selten, daß ihm noch ein innerer Kampf anzumerken war, ein leichtes Zucken der Hand, wenn ein glückstrahlender Käufer mit einem besonders prächtigen Federteppich davonzog, ein Zurücksetzen der Füße, als wollte er aufspringen und ihm nachlaufen — aber sogleich hatte er den eigenen Wunsch in sich niedergekämpft und blieb sitzen.

Wir aber waren den unseren ausgeliefert, und daran bekam er uns dann auch zu fassen. Es war immer wieder dasselbe. *Schau doch die Farben, den Glanz, riech wie es duftet!* lispelte er uns dann in die Ohren; *was, du bist pleite? Aber ich bitte dich — du machst mir einfach dein Kreuz auf der vorgezeichneten Linie hier auf dem Türpfosten* . . . Und dann zerschlissen die Teppiche zu unansehnlichen staubigen Fetzen, die Duftfläschchen gingen zur Neige und verklebten, und wir konnten wieder einmal auf dem Acker schwitzen für ihn. Er hatte ja fast schon das halbe Land unter seiner Regie, man konnte zusehen, wie sich seine Besitz-Kapsel darum verfestigte; aber vielleicht machte er auch die eines Tages unvermittelt wieder auf zur nächsten Verscherbelung?

Denn er sammelte nur für den Tausch, hielt das Zusammengeströmte auf, um es dann umso mächtiger loszulassen. Alles an ihm wollte und drängte hinaus durch unsichtbare Schläuche und Adern, die er in uns hineinverlegte, durch die er sich in die Zeit und Zukunft nach vorn pumpte, und neuerdings auch aus unserer festen Dorfumhüllung hinaus ins Leere und Fremde: den halben Gewinn hatte er einem von uns versprochen, wenn der mit einem hochbepackten Wagen blind drauflos fahren wollte, bis er ein neues Gelichter aufgetrieben hätte zum *kuerp* — und der Wahnwitzige hatte sich auf den Handel tatsächlich eingelassen. Wir glaubten ihn alle verloren; aber er kehrte wieder, überladen mit Fellen

und Salböl, mit Gewürzen und Stoffballen, und erzählte
von unbekannten Flüssen, von schwimmenden Brettern,
von künstlichen, nieversiegenden Bachläufen, die ganze
Kürbisfelder berieselten . . .

War das erträumt oder erlebt? Jedenfalls hatte es ihn
gepackt, schon die Woche darauf wollte er wieder losziehen, auf eigene Rechnung. Der Dicke war dabei, sich
zu vermehren; und auch wir wären gern in dieses wilde
und freie neue Leben gesprungen, aber der Antrieb war
nicht stark genug, um uns loszureißen, und wir wußten
nicht recht, wo ihn suchen. Und dann tauchten auf den
neueingefahrenen Bahnen und Wegen fremde Händler
auch bei uns auf, verwegene, stechend riechende Gestalten, händefuchtelnd, mit rollenden Augen und so andersartig, daß die Frauen in die Häuser flüchteten und es auch
uns heiß und kalt überlief.

Aber bei aller Buntheit und Abenteuerei ging von den
Dicken auch etwas Graues und Kaltes aus. Sie ließen
ihre abschätzigen Blicke an den aufgestellten Säcken
entlanglaufen und sagten: zwanzig. *Nach Augenmaß
abgefüllt?* fragten sie; *die Waage zeigt zwei Kilo zu wenig.
Außerdem ist es nicht ausgereift, zu klein im Korn.* Nicht
mehr genutzt oder gegessen, verloren die Dinge in ihrem
Dunstkreis ihre innere Haltbarkeit und Substanz. Sie
wurden flüssig. Mit Mühe hervorgebracht, zerrannen sie
den Erzeugern unter den Händen und sammelten sich,
wie von einem Gefälle ergriffen, bei den Dicken wie in
großen Staubecken, die dann schleunigst wieder geleert
werden mußten, als bliebe das Zusammengeflossene
frisch nur in der Bewegung, begänne sonst zu faulen und
würde zur Pestilenz: also hinaus damit, fort mit Schaden,
ab in den Austausch!

Wie das Äußere, so das Innere: auch die Dicken selbst,
die sich an nichts mehr erfreuen oder festhalten konnten,
entleerten sich — oder besser: die Abbilder ihrer Habe
verschwammen in ihnen zu einer gleichförmigen beweglichen Geistmasse, die sie dennoch hungrig ließ. Unfähig
zur Aneignung, wollte ihr *egho* immer mehr haben, ver-

strömte sich und war höchstens noch als fahriges Spiegelbild über der Dingflut zu erkennen, die unter ihnen dahinschoß. So mußten sie, um bei sich zu bleiben, immer weiter tauschen und handeln, und doch war ihnen das Eingehandelte nichts wert, schrumpfte ihnen zu unscheinbaren und gleichgültigen Linien und Kringeln zusammen.

So nämlich trat es dann aus ihrem Innern wieder hervor: als schauerlich eingeschnurrte Krakelei, ausgelaugt von Farbe, Geruch und Fleisch. Ein Viereck, das sollte eine Scheune sein, und ein auf die Spitze gestelltes Dreieck ein Ölkrug! Das hatte mit den seelenvollen Gemälden nichts mehr zu tun, mit denen wir in der Vorzeit den Dachs und den Wildesel dazu verlockt hatten, wirklich zu werden! Eher schon glich es dem Gekritzel von später, als wir, dem großen Mâ hilflos ausgesetzt, uns selbst mit flimmernden Ärmchen und Beinchen gesehen und abgeschildert hatten. Denn auch die Kringel der Dicken sagten zum bezeichneten bloß noch: du bist nicht auseinanderzuhalten vom Nächsten, und gleichviel wie dieses. Du bist eine Ziffer.

Und ganz entsprechend machten sich die Dicken auch nicht mehr die Mühe, jeden Krug oder Ochsen etwa einzeln zu malen; sondern neben dem Kringel erschienen nur noch Striche: vier längs, einer quer, vier längs, einer quer, und so immer weiter — bis sich die Bündel aneinanderreihten zu endlosen Schlangen, Kolonnen und Aufmärschen; ja es kam uns so vor, denn die Augen tränten uns von dem Gewimmel, als schleppte sich da ein Heerzug von ausgemergelten Figuren über eine unbewohnte, gleichmäßige Ebene, um schließlich im Nirgendwo zu verschwinden, und als dröhnte uns dazu eine sehr alte Stimme ins Ohr *das kommt und das geht.*

Wir dachten an den Raddenker und seine Drohung: *wundert euch nicht, wenn sie euch überrollt* . . . Wir bekamen Angst: alles vermischte und durchsetzte sich, unaufhaltsam, wurde zum Gleichen. Gleich in welcher Hinsicht? Daran haben wir damals immer wieder herumgerätselt.

Und uns dann plötzlich mit der Hand vor die Stirn geschlagen. Was hatten wir immer gewußt und doch nicht? Worin verströmt sich das Ich und bleibt stehen im Rinnsal, ein halbes *g^{ul}ig*, das zwar belebt, aber nicht zeugt, ein *bheu* ohne Boden? Aber die Dicken hatten über dieses Vorbild soweit hinauf- und hinausgedacht, daß auch wir es nicht festhalten konnten, und es uns alsbald wieder entglitt.

✣ Mein letzter Besuch bei Meimus. Noch einmal öffnet sich die babbàlose Welt. Ich muß sie ergreifen, oder sie geht mir verloren. Bei meinem Eintritt wischt Meimus einladend die Krümel vom Tisch; Stani steht in stummer Mißbilligung auf und rumpelt mit dem leeren Rollwagen in den Koksraum; Meimus folgt ihm wie immer in genau bemessenem Abstand.

Ich bleibe sitzen. Einmal ist der Wagen leicht mit-geschoben; eine Geste; bei meinen schwachen Kräften gewiß keine sehr spürbare Hilfe. Aber darum geht es nicht: zur Frage steht die richtige Gabelung. Stani hatte die Unterwelt eine Hetze und Ausnehmerei genannt, und Meimus einen verblödeten Kindskopf. Meimus hatte darauf ruhig erwidert: *ein Haus will geheizt sein.* Aber auf der anderen Seite der Weggabel steht der Babbà in Staubmantel und Hut und sagt: *töte mich und werde mir ähnlich;* die Schlangenlinien, die von kleinen Kreisen umschlossenen Zahlen.

Die beiden kommen aus dem Koksraum zurück-gepoltert. Sie schieben die Zeit vor sich her, mit jedem Schritt näher an das Jetzt oder Nie. Ich sehe Gras unterm Wind zu Wellen gebeugt und höre die nahe Stimme wie aus großer Entfernung: *du brichst das Bündnis. Der Rollwagen wird dir die Füße abfahren, du fällst durch das Gitter in den grausigen Abgrund, im Kessel verglühst du zu Asche.* Der Wagen ist jetzt auf gleicher Höhe mit mir, Meimus winkt mich mit dem Kopf zu sich her. Ich schreie gegen die Stimme an: *du lügst! noch bin nicht starrer, verknöcherter Geist, noch bin ich aus Fleisch und beweglich!* und sie antwortet: *versuch es.*

Ich kann nicht aufstehen. Die Hände werden mir feucht, meine Beine verknoten sich, meine Füße zappeln im Leeren. Der Rollwagen knirscht an mir vorbei, die Kesselluke geht auf und wirft ihr gelbes Licht auf die zwei schnippenden, geschwärzten Gestalten. In meinem Kopf steigt ein Nebel auf, meine Beine und Füße werden zu schlaffen Hülsen. Ich gerate in Panik, fühle meinen Rücken verholzen, rufe in meiner Angst: *zieh mich vom Hocker weg!* Meimus schaufelt weiter, und ich höre ihn zwischen zwei Schwüngen vor sich hinmurmeln, *ein Haus muß auch warm sein.* Ich rufe noch einmal: *hilf mir, siehst du nicht, wie ich auslaufe, wie kann ich aufstehen mit Beinen und Füßen aus Luft, wie soll ich leben, Meimus, als Kopf?* Da endlich hält er inne, wendet sich um und sagt lächelnd, *du brauchst einen Heizer.*

Und so, mit diesem Satz, dem letzten, den er an mich gerichtet hat, und diesem wissenden Lächeln, in dem Geduld, Trauer und Nachsicht sich mischen, erstarrt er zum Bild vor meinen Augen, so nah wie unerreichbar. Ich sitze immer noch auf dem Hocker, gaffe wie damals, steif wie ein Stock. Aber gottlob weiß ich das Bild noch und habe es zu meinem Trost immer behalten; und jeden Tag, an dem es mir gelingt, es aus seiner Erstarrung zu lösen, sodaß es wieder zu laufen anfängt und weiterspricht, schreibe ich als Fest rot in meinen Kalender.

✤ Man hätte meinen müssen, nichts wäre leichter gewesen, als unsere neuen Herren an den frechen Schlawittchen zu packen, zu verdreschen und auf Nimmerwiedersehen zu verjagen. Denn wir waren, wenigstens bis jetzt, immer noch die Kräftigeren und hundertmal mehr an der Zahl als dieses faule Geschmeiß. Aber das scheinbar Friedliche und Freie des *kuerp* verscheuchte jeden Gedanken an Aufruhr oder Gewalt — auch dann noch, als es am Ende uns selber ergriff und wir ausgestellt wurden am Markt, als wären wir Ochsen, Teppiche oder Krüge.

Wir hätten uns denken können, daß sie auch davor nicht zurückschrecken würden: *alles und jedes* hieß das unerbittliche, in den Tausch eingewickelte Gesetz: er kannte keine Grenze, so wenig wie sie, und kein *sem-*Gefühl in ihnen begehrte mehr dagegen auf, uns in Strichen zusammenzubündeln: vier längs, einer quer, vier längs, einer quer ... Sie hatten uns übertölpelt. Als der Dicke — nein, nicht der erste, der war schon lange tot, sondern der vierte, der zwanzigste, wer will das noch wissen! — zusammen mit ein paar Nebendicken uns schließlich das ganze *bheu-*fähige Land um das Dorf abgeluchst hatten, da haben wir einmal versucht, uns aufzulehnen und haben vor seiner Tür geschrien: *gib uns unseren unabtretbaren Erbteil zurück, du bist ihn schuldig!*

Aber wie immer beim Tausch verdrehte sich alles, das Recht, der Frieden, die Wörter, und so sagten die Dicken bloß, *Schuld gegen Schuld, zahlt die Pacht, und wir leihen euch Land.* Und dann nahmen sie uns in den Schwitzkasten: ein Drittel der Ernte, die Hälfte der Ernte, drei Viertel, vier Fünftel, bis uns die Luft ausging. Und wenn dann, soviel wir mit dem Korn auch ge-knappst hatten, im Frühling zum Säen nichts mehr da war, schnappten sie nach uns und sagten, *ich tausche dich* kuerp *gegen deine Schuld, du bist für immer* meme. Und von da an hieß es dann, *ghreb!* wenn du fressen willst, *ghreb!* wenn du wohnen willst, *ghreb!* wenn du schnaufen willst, *ghreb! ghreb!* und nochmals *ghreb!*

Und wir fügten uns. Denn die Augentäuschung, die mit dem Besitz einhergeht, hatte auch auf uns über-gegriffen: wir schrumpften und schrumpften, bis wir auf Kindsgröße und unser *egho* zu Nichts eingeschnurrt war — und daß ichlose Kinder *meme* werden können, läßt sich nicht leugnen; und umgekehrt hatten sich die Dicken durch die in ihnen angesammelte leere Geist-masse auch innerlich so aufgeplustert, daß wir sie nur noch als eine Art von *bábbu-me* auffassen konnten.

Außderdem hätten wir unseren Einspruch auch kaum mehr in klare Wörter fassen können: denn die alten Ausdrücke waren uns weitgehend aus der Hand gewunden, auf den Kopf gestellt und unzutreffend geworden. *Nem* zum Beispiel — das hatte doch früher ganz eindeutig *Verteilung* geheißen und *Weideland,* so wie wir es einander durch Beschluß zugesprochen hatten. Und was sollte es jetzt bedeuten? *Zählen, rechnen, Zins* — und zwar als *Brauch und Sitte* wohlgemerkt, als *Einrichtung* und *Gesetz* gar! Grade, daß wir unsere eigene Meinung noch mit in das Wort hineindrücken konnten, sodaß es schon auch *nehmen* und *Raub* hieß, *Fluch, Verwünschung* und *Feind* — aber immer nur nebenbei, als bloße Randbedeutung. Oder das gute alte *dhe,* womit niemand je etwas anderes als ein banales *setzen, stellen, legen* gemeint hatte — was war da inzwischen nicht alles hineingestopft worden an wilder Verästelung und bodenloser Behauptung! *Satzung, Ordnung, Grundlage* sollte das jetzt heißen, und zwar die ihre, wie sich versteht, dann weiter *Gedanken, Sorge, Last,* selbstredend ebenfalls die ihren, außerdem *famulus* oder *Schar der Diener* und zuletzt noch, zu unserer Verblüffung, *familia.*

Jetzt wurden wir hellhörig. So schwer es uns auch fiel, es zuzugeben: da hatten die Dicken ausnahmsweise den Nagel auf den Kopf getroffen. Denn um kein Haar besser als die mit uns, waren wir doch seit jeher mit unseren Kindern zuhaus umgesprungen. Denen mußte diese *familia* doch längst vor uns zum Schreckenswort geworden sein, als wir mit Kummermiene ihnen unsere *Sorgen* und *Lasten* vorgehalten hatten, während wir uns in Wahrheit auf dem Markt verlustierten, und von klein auf hatten wir ihnen eingebleut, daß dazu genauso *fatigo* und *fames* gehört, daß *Familie* sehr wohl *ich gehe auseinander, ermatte, verschmachte* bedeuten kann, oder auch *dunkel* oder *betäubt!*

Und noch etwas anderes erkannten wir wieder: daß wir an unsere dicken Gebieter gar nicht mehr recht drankamen. Die hatten nämlich sehr rasch zwischen sich und uns ein ganzes Geflecht von Zwischenpöstchen und Zuständigkeiten gesponnen, irgendeinen Pseudo-Anführer als *König* nach oben gehievt, der in Wirklichkeit gar nichts zu melden hatte, sondern nur dazu dawar, *das gibt es! das gibt es nicht!* zu rufen, und neben ihn einen Nachfolger des Schmächtigen, der nichts anderes wußte als der *Himmelsvater will es!* — und daraus hatte sich dann tatsächlich so etwas wie eine *Gründung* und *Ordnung* gebildet, an der nach einiger Zeit kaum mehr zu rütteln war, die höchstens manchmal gummiartig ein Stück nachgab, und auch das immer weniger. Denn wenn man sich über das unmenschliche *grebh*-Pensum oder die elende Wassersuppe beklagte, dann fuhr einen der Aufseher an: *wenn das bis Dienstag nicht in der Scheune ist, gehts mir an den Kragen!* Und der Koch gab einem zurück: *eine dickere Suppe aus vierzig Pfund Bohnen? Das machst du mir erst einmal vor!* — sodaß man zum Schluß gar nicht mehr recht sagen konnte, wer die Schinderei eigentlich betrieb und in Gang hielt, und wieviel den Dicken davon bekannt war.

Wir vermuteten: alles und gar nichts. Denn wieviel hatten wir uns denn klargemacht, wenn wir nach dem Frühstück zur *meme*-Frau beiläufig gesagt hatten: *daß ihr mir heute ja das Feld endlich fertigkriegt, daß mir die Nichtsnutze ja nicht wieder bloß Löcher in die Luft gucken!* Und wenn die Kleinen uns abends dann in den Ohren lagen mit ihrem Geplärr, hatten wir doch auch nichts anderes gewußt als *halt mir doch die Blagen vom Leib!* — und im Übrigen die Mehlsäcke fleißig zugehalten: die bräuchten wir zum Eintauschen auf dem Markt, sie müßten eben sehen, wie sie zurechtkämen: die Frau macht das Haus!

Das war also der tiefere Grund für unsere Fügsamkeit; wir kannten das alles, bekamen nur zurück, was wir so unbedacht ausgeteilt hatten, doppelt und dreifach: unser *sem* fing an, sich zu zergliedern in Ober- und Unter-*bábbus,* feine Söhne und mindere Söhne, Kinder erster Klasse und zweiter Klasse, und *mâ*-artige *Einrichtungen,* die das Ganze mehr als bereitwillig vermittelten und zusammenhielten. Jetzt waren wir es, denen die Sinne schwanden und stumpf wurden; unser Geist, der sich an nichts Eigenem mehr festhalten konnte, verflog, aus war es mit unserem mühsam aufgebauten *egho;* unser Kopf wurde leerer und leerer, während die Scheunen der Dicken sich füllten, und wie zum Hohn rief uns das abscheuliche Familien-Wort in seinen neuen Obertönen auch noch nach *verschlossen, still* und *dumme, schlappe Person.*

❖ Während der Meimus-Zeit habe ich die *bielbatz-*Gemeinschaft völlig vernachlässigt; jetzt, nach meiner Selbstverbannung aus der befehlslosen Unterwelt, muß ich versuchen, mir wieder einen festen Platz darin zu verschaffen, und das ist gar nicht so einfach: denn Olfi hat sich inzwischen zum unumstrittenen Häuptling der Schar aufgeschwungen, und zwar durch ein bestimmtes *heimnis,* in das ich aber nicht eingeweiht bin: ich weiß ja noch nicht einmal, ob er überhaupt noch etwas von mir wissen will. Und ich habe Glück: von meiner offenkundigen Bereitschaft zur Unterordnung verlockt, knüpft er zu mir sogleich wieder die frühere Schützlingsbeziehung an, sodaß ich mich auf einen ganz unerwarteten Adjutantenposten ernannt sehe.

Die Ma fördert das neuangebahnte Verhältnis, wo sie nur kann, und fragt mich immer wieder mit merkwürdiger Zudringlichkeit, ob Olfi mir jetzt auch wieder *lieb* sei? und auf meinen fragenden Blick hin platzt sie schließlich mit der Eröffnung heraus: ja, der sei doch der Sohn vom *teilungsleiter* persönlich! Von den Krügers im *Aufgang Eins-A,* hätte ich das denn nicht gewußt? Und nicht nur für uns, sondern sogar für den Babbà könnte sich die Verbindung als durchaus nützlich erweisen . . .

Umso gespannter lauscht sie meinem Bericht von einem neuen Spiel, das er erfunden hat, einer faszinierenden Wasserkunst, die die frühere Grab- und Patschtätigkeit ergänzt, wenn nicht sogar schon aus dem Feld geschlagen hat. Ihr Schauplatz liegt allerdings nicht im sozialen Kasten, sondern dahinter, vom Ma-Zaun aus nicht einsehbar, an einer Mauer, in die in Kniehöhe etwa ein Wasserhahn eingelassen ist, mit einem kaum begangenen, abschüssigen Stück Gehsteig davor, dessen Platten ein regelmäßiges Rautenmuster zeigen. Öffnet man nun den Hahn ein kleines Stück, oder besser noch, füllt den Sandeimer mit Wasser und gießt ihn vorsichtig aus, dann strömen sogleich kleine Wasserläufe über die Fläche, verteilen und verzweigen sich in den Rauten, vereinigen sich wieder, unmöglich vorauszusehen, an welchem Punkt, um schließlich in einer Kaskade im Gulli zu enden.

Das ist in sich schon spannend genug. Aber dazu kommt noch, daß durch das Auskratzen einzelner Fugen zwischen den Steinen, durchs Verstopfen möglicher Verästelungen in den Rinnen, und das Ausheben abgebrochener Plattenenden und Eindämmen mit Erdwällen der künstliche Strom sich bändigen und nach Belieben hierhin und dorthin lenken läßt, sodaß er einmal in engen Schluchten geradewegs zu Tal hüpft, dann wieder zu kleinen Stauseen sich ausweitet, an deren Ufer wir mit Zündholzschachteln Bootsstege und Lagerhäuser errichten: da können dann also die auf dem Wasserweg herbeitransportierten Güter, Rinde oder Papier, angelandet und gestapelt werden. Wer weiß welche Städte sich da bald ansiedeln, von winzigen Menschlein bevölkert! Und von uns hängt es dann ab, ob wir am Leben lassen, was darin kreucht und fleucht, oder nicht in einer plötzlichen Laune mit einem großen Schwall schwuppdich! alles ersäufen in Geschrei und Gejammer. Den Höhepunkt der ganzen Anlage aber bildet zweifellos ein Stück gebogenes Rohr, das, durch eine Reihe herausgenommener und dann wieder festgestampfter Platten hindurchgeführt, erst kurz vor dem Randstein mündet: denn darin versinkt nun unser Fluß tief in die Erde, und quillt dann wie aus dem Nichts, mit allen ihm zuvor anvertrauten Blättern und Holzstückchen, mit Macht und pünktlich wieder hervor!

Die Ma klatscht in ich weiß nicht wie echter Begeisterung über dieses Spiel in die Hände — und dabei erfährt sie davon nur die gereinigte, sozusagen offizielle Version, denn mein Bericht unterschlägt, auf Olifis Befehl hin, seine andere Hälfte, die mich tief in Bann schlägt: eben jenes *heimnis,* das er mir nach einigem Zögern feierlich und mit bedeutsamen Blicken enthüllt, und damit ein unheiliges, aber unverbrüchliches Bündnis zwischen uns stiftet. Durch gelegentliche Passanten, die schon die unschuldige Nachbildung mit mißbilligenden Zungenschnalzern bedacht und ängstlich umgangen hatten, ist er der Urform des Spiels auf die Spur gekomken und verwandelt umstandslos die Wasser- in eine *bisi-und-wiss*-Kunst zurück, auf der nämlich ihre fesselnde Kraft in Wahrheit beruht.

Daß sie auf einer ziemlich hohen Stufe von *boten* steht, kann uns nicht hindern: zu tief erfüllt uns das Glück einer Wieder- und Neuentdeckung, der zu widerstehen unmöglich ist. Denn dieser jüngere Nebenzweig des Stoffwerks, bis dahin vernachlässigt, zeigt jetzt doch eine unerwartete Stärke und Beharrlichkeit: ununterdrückbar meldet er sich, wann immer er will, und läßt sich daher auch durch keine Leugnung ins *gibsned* verbannen; und fast unversehrt ist in ihm das halbvergessene Hochgefühl von Funkenflug und Beseligung aufbewahrt, wenn er sich, wie nachgebildet im Stausee, nach einer Zeit der Eindämmung in einem Augenblick fast besinnungsloser Erlösung entlädt und befreit.

Hinzukommt seine unleugbare männliche und *bupp*-Einfärbung, in zweierlei Hinsicht: zum einen ist damit der *didi* in alte, verlorene Würden neu eingesetzt; das kommt uns, nach seiner langen entkörperten und zwiespältigen Stellung, sehr entgegen und tut unserem Ich gut. Zum andern aber glauben wir damit auch einen für andere unsichtbaren, aber mächtigen Strang in der Hand zu halten. Denn zwar ist dem *wisi-und-biss,* wie allem *botenen,* eine gewisse Schwärzung anzumerken, die sich öfters auch in dunkle und wabernde Bilder von Dampf, Gift, Lavastrom und Überschwemmung umsetzt. Aber es geht in diesen Bildern nicht auf, und läßt sich mit einiger Erfindungskraft gewiß ins Helle und Weite hinaufheben. Unsere heiteren Wasserspiele zeigen das doch mit ihrer weithin reichenden Anziehungskraft: schon strömt die halbe Schar aus dem sozialen Kasten herbei mit Kannen und Eimern. Wir sitzen erhöht und entscheiden, wer mitmachen darf und wer nicht. Hat unser Stolz also nicht seine Berechtigung?

❖ Und immer weiter trieben die Dicken die Trennung ins Höhere und in den leeren, gleichförmigen Geist, in dem alles zu einem zusammenschmolz: auf der letzten Stufe, wie auf der ersten schon, ein aus dem Nichts geschaffenes Etwas. Die Dicken traten im Großen Runden mit einem Vorschlag auf, der alles Bisherige, auch den Tausch auf Pump, in den Schatten stellte: jeder mit einem übrigen Vorrat sollte ihn, zu seinem Vorteil, bei ihnen abliefern. Und dafür bekam er — wir spitzten alle die Ohren, und zugleich duckten wir uns, denn wir wußten: jetzt kommt einer ihrer unablehnbaren Vorschläge —, dafür bekam er: dieses! Und dabei hielt der Hauptdicke allen Ernstes ein mickriges, kleines Tonscheibchen in die Höhe, mit einem billigen goldenen Flitter überzogen, und einem Abbild der Sonne darauf — und tatsächlich hatten sie auch den Nachfolger des Schmächtigen mitgebracht, der aber vorläufig vor sich hinschwieg.

Wollten die uns jetzt etwa die Sonne verkaufen? Wir hielten mittlerweise alles für möglich. Für dieses Elendszeug unser gutes Mehl, unsere Ziegen? Also zunächst: durch die Ablieferung sammelte sich alles an einer einzigen Stelle. Unzweifelhafter Vorzug: kein Laufen von Pontius zu Pilatus mehr, kein Hickhack, alles übersicht-

lich nach Qualität geordnet, jedem nach seinem Bedürf-
nis. Ferner: wer im Besitz von Scheibchen ist, hat nicht
nur Säcke oder Krüge, sondern im Prinzip alles: Erfüllung jedes nur denkbaren Wunsches, schimmerndes Versprechen an sich. Und letztlich: auch die Scheibchen
konnte man abliefern und *einlegen,* und dann wurden, wie
beim geliehenen Saatgut auch, drei aus zwei bis zum
Herbst, sie wüchsen kraft der darin eingefangenen *Angst*
und *Entbehrung* im gleichen Maß mit.

Diesmal sah es so aus, als hätten sie die Sache zu weit
getrieben. Keiner von uns zog: oder waren uns die bloß
zu weit voraus? Aber für ein Stück Dreck! Und das
noch nicht einmal behalten! Wer sagte uns denn, daß
die das dann auch wieder herausgaben, und nicht diese
Nichtse für sich einheimsten, und damit unsere mühsam
aus dem Boden herausgegrabenen Waren dazu? *Was
heißt hier Dreck?* fragten sie; auf den Geldstoff komme
es nicht an, er könnte genausogut ein Fetzen Papier sein,
der Goldflitter ein bloßes Zugeständnis an unser zurück-
gebliebenes *Dingdenken.* Das Wichtige war die *Deckung—*
insofern hatte die Sonnenform eben doch ihren guten
Sinn. Und damit schubsten sie den Schmächtigen nach
vorn, und der rief wie etwas auswendig Gelerntes: *der
Himmelvater selbst steht grade für euer Konto! Und wer an
seine Treue nicht glaubt, ihn für wortbrüchig hält, den wird er
strafen!*

Da hatten wir den Salat. Durch diese Vermischung
und Verdrehung fand keiner mehr durch. Aber wieder
einmal war sie logisch, wieder gab es darauf nichts Halt-
bares zu erwidern. Und prompt sind wir umgefallen,
oder doch soviele von uns, daß die Scheibchen ein *nem*
geworden sind, das heißt eine *Einrichtung* und ein *nu-
misma* oder *gängige Münze.* Aber die mußten bald lernen:
wer sich dem Tausch ergibt, steht schließlich allein auf
der Welt, und noch nicht mal auf dieser. In eine andere,
zukünftige Zeit versetzt, die den Gewinn bringt, löst
sich für ihn die Gegenwart auf, verschwinden die Dinge
und Menschen. Und von Gott ist er ohnehin verlassen:

denn auch der ist ins Uneinholbare entrückt, und sitzt, für alles andere taub geworden, tief gebückt und mit einem grünen Augenschirm über einer riesigen Bilanz von Schuld und Verdienst.

✤ Soweit ich weiß, bin ich der einzige Mensch, der jemals *nach oben* zu den Krügers gedurft hat. Ich werde dazu, gegen alles Sträuben, in den widerwärtigen, knallgrünen Froschanzug gezwängt, der mir überaus un*bupp*artig erscheint und mir schon an den Sonntagnachmittagsspaziergängen, für die er eigentlich vorgesehen ist, peinlich genug ist. *Das macht sich besser,* bekomme ich von der restlos zur *Ma-mit* Gewordenen zu hören, *alles andere könnte sich ungünstig auswirken auf den Babbá.*

Mein Entrée ist das unverbrüchliche Bündnis mit Olfi. Schon das Treppenhaus stellt, mit seinem goldenen Messinggeländer und einem samtblauen Läufer, eine Sensation dar. Olfis Ma, die mir vom *bielbatz* her bekannt ist, öffnet uns, und Olfi sagt zu ihr beiläufig, ohne sie zu begrüßen, *etwas Nußkranz und zwei Kakao auf das Zimmer, ja? Wir besuchen solange Mama.* Ja und wer war dann die? *Das ist Frieda,* antwortet Olfi ungerührt vor ihren Ohren, *die hat nichts zu melden.* Und so scheint es sich auch tatsächlich zu verhalten. Denn statt ihm über den Mund zu fahren, erwidert sie nur ergeben, *ich sags der Köchin,* und fügt wie eingeschüchtert hinzu, *du weißt, dein Papa sieht das nicht gern* — Ja, warum gehorcht sie denn dann? Und eine Köchin! Offenbar herrscht hier noch die Sklaverei; denn Olfi gibt ihr nur frech heraus, *kümmere dich um deinen eigenen Kram!* — worauf sie sich wortlos verzieht.

Ringsum Stille und Pracht. Alles ist drei Nummern zu groß. Die Diele ein kirchenhoher, palmengeschmückter Saal, wirklicher Stoff an den Wänden, ein tatsächlich von Hand gemaltes Bild von einem Reiter auf einem sich bäumenden Pferd, das allerdings etwas in meiner Achtung sinkt, als Olfi bemerkt, *irgendein König, von Papa günstig erworben.* Dann geht es an seiner Seite den Korridor entlang, der sich in der Ferne verliert, vorbei an Tischchen und Kommoden mit Zierschalen und wächsernem Obst, bis er an der ich weiß nicht mehr wievielten Tür leise anklopft und sie mit äußerster Vorsicht öffnet. Die Mama liegt, von einer Unzahl von Illustrierten, Kissen, Teetassen, Gebäcktellerchen, Pralinenschachteln und Arzneifläschchen umstellt, auf einem Diwan. Sie sieht aus wie ein Kinoplakat. *Das ist dein neuer Freund?* fragt sie matt, *unten von Amtsrats? Wie reizend.* Leiser, sie sei unpäßlich, sie sei leidend, sie hätte sich mit dem Operettenbesuch doch zuviel zugemutet: der Kopf! Hier vom Haaransatz bis tief in den Nacken ein einziges Pochen und Hämmern! Der Arzt überfällig, seit einer geschlagenen Stunde. *Und jetzt quält mich nicht länger, Kinder, laßt mich —*

Um Himmelswillen! Das ist keine *Ma-mit,* das ist ja überhaupt keine Ma! Mein fassungsloser Neid auf Olfi beginnt zu schwinden. Und wie er mir sein Zimmer zeigt, fängt er sogar an, mir leidzutun. Alle Üppigkeit ist hier verflogen: ein schmales, hohes Fenster, eine Bettstatt, anstelle von Tisch und Hocker eine scheußliche schmale Holzbank, aus der Olfi sein offenbar einziges *bielzeug* holt, eine kümmerliche Schachtel mit Dominosteinen, und darüber an der Wand, ich traue meinen Augen nicht, ein leibhaftiger Rohrstock.

Wenigstens steht auf dem Bett das Tablett mit dem Nußkranz und dem Kakao. Ich schlinge beides lustlos hinunter. Etwas ist mulmig hier; und mir wird auch bei dem Spiel nicht ganz wohl, das daraus besteht, die Dominosteine in langer Reihe hintereinander aufzustellen, sodaß man am Ende den ersten bloß anzutippen braucht, und alle fallen der Reihe nach um; aber es verspricht doch, vor allem wegen einer kunstvollen Verzweigung auf halber Höhe, ein wasserspielähnliches Vergnügen zu werden, und tatsächlich stellt sich jetzt auch ein deutlicher Bündnis-Gefühl zwischen uns ein.

Die Türe springt auf, die Dominosteine werden von einem Sturm alle auf einmal umgefegt: ein kleines zappeliges Männchen, der *teilungsleiter* persönlich, kommt, ein Blatt Papier durch die Luft schwenkend, zorngerötet ins Zimmer gestürzt. *Soso, hier wird gepraßt!* schreit er, *hier wird das mühsam Zusammengehaltene verjubelt! Und was muß ich zugleich erfahren? Du habest Tante Dotty nicht zum Sechzigsten gratuliert! Wo du genau weißt, wieviel von ihrem Wohlwollen für uns abhängt! Dir werde ichs zeigen!*

Und damit schnappt er sich den Rohrstock, legt Olfi über die Bank und drischt ohne Weiteres auf ihn ein. Mich übersieht er zum Glück. Olfi tut ihm nicht den Gefallen zu schreien; kaum, daß ihm unter den schrecklichen Hieben ein Aufstöhnen entfährt; er fängt auch nicht an zu weinen, als sein entmenschter Babbà mit den Worten *jetzt kriegen die in der Küche ihr Fett!* aus dem Zimmer schießt. Ich bin starr. Und diese Luxusmama, die das *mühsam Zusammengehaltene* doch offensichtlich zum Fenster hinauswirft? Mir kommen meine Klagen über das zuhaus herrschende Willkürgesetz auf einmal recht kindlich vor. Olfi gesteht mir, er werde unter irgendeinem Vorwand täglich derart geprügelt, *aber das macht nichts: ich weiß jetzt schon den Tag, an dem ich ihn umbringe.* — Zum ersten Mal bin ich froh, einer kleineren Welt anzugehören.

✣ Natürlich hatten sie ihre Gründe. Unsere Unterhaltskosten, sagten sie, gingen ein in den Preis fürs Produkt, und wenn der das Maß überschreite, sei es aus mit dem *kuerp,* denn könnten sie das Zeug verbrennen oder ins Meer kippen. Das Ganze von niemand gewollt, von niemand verschuldet. Sie verschlangen Perlsalat, während wir darbten, das sei richtig: *aber lassen wir die Perlen ungegessen, was dann? Die Nachfrage stockt, das Angebotene bleibt liegen, und ihr seid so überflüssig wie das Schwarze unter dem Nagel. Dankt also Gott für jede verschlungene Perle!*

Die Logik, heißt es, kennt keine Gefühle: aber sie deckt sie nur zu; wer in ihren Löchern stochert, bringt sie, bleich und eingewachsen, alle wieder ans Licht. Denn nach ihren Gesetzen hätten sie ihr Vieh so behandeln müssen wie uns: und dem entrissen sie zwar auch allen Wert, der in ihm steckte, die Milch, und nach der Schlachtung das Fell und das Fleisch; aber es wurde gefüttert, gestriegelt, die Ställe täglich gefegt, und wehe dem Hüter, dem eins unter den Händen krepierte!

Nur mit uns trieben sie es jeden Tag ärger. Unsere Suppe wurde zur stinkenden Kohlbrühe, die Arbeit zwölfstündig, vierzehnstündig, die Aufseher schlugen uns mit Stöcken, mit ledernen Peitschen, und schließlich war alle Rücksicht dahin: wir wurden nur noch gehetzt, gequält und ausgehungert, und wenn einer umfiel, wurde er wie ein verdorbener Fisch in die Grube geworfen, und die Torwächter am Pferch mit den Neuangelieferten riefen: *der Nächste!*

Das hatte mit Logik nichts mehr zu tun: es lag in dieser Trampelei etwas, was keinen Stillstand zu dulden schien, nach mehr und mehr Zukunft rief im Maß, in dem die Gegenwart sich entleerte, und nach einem Ziel gierte, das sich, je schneller verfolgt, nur umso weiter entfernte. Das trotzige *das ist mir gleich!* und *was scheren mich andere!* der Dicken hatte seine Wahrheit auch im Gegenteil. Es konnte ihnen nicht gleich sein, sie mußten sich scheren; denn wer anderen das Leben verdirbt, verdirbt sich das eigene. Das ihre war so haltlos und unnütz wie das unsere geworden. Sie konnten sich nicht mehr ertragen. Und so schlugen und töteten sie immer daneben: uns statt sich selber.

✤ Der Plan, das weiß ich, ist hinterhältig und grausam. Aber auch der Babbà hat mir angekündigt, alle Mittel zu der Abtötung gegen mich zu nutzen: und er hat seine Drohung wahrgemacht. Seine Stimme hat mich im entscheidenden Augenblick an Händen und Füßen gelähmt, sie entleert und mit Geistluft gefüllt, sodaß sie zu nichts mehr taugten in der stofflichen Unterwelt. Jetzt bin ich daraus vertrieben, und ohne ihren Rückhalt wähnt er mich schutzlos seinem Gesetz ausgeliefert. Irrtum, mein Herr! Am eigenen Leib soll er spüren, wie der Stoff sich rächt, wenn einer sich aufwirft, ihn nur noch nach dem eigenen Bild zu formen oder zu leugnen; und nicht eher will ich einhalten in seiner gerechten Bestrafung, bis er schreit, *laß ab von mir! Sei was du willst, nur hör auf!*

Er hat mich nämlich, wie immer schon, in meinen heimlich erworbenen Fähigkeiten tief unterschätzt. So unauffällig wie möglich mache ich mich an die Vorbereitungen für die Entscheidungsschlacht. Ich sammle aus der Truhe eine Unzahl von *lötzen* ein und transportiere sie auf ächzenden Fuhren hinüber in den *Gang*. Dort, im Schutz des Vorhangs, schichte ich sie geduldig zu Mauern und Zinnen, zu einer weit ausladenden Festung mit Wällen, Wehrgängen und Schießscharten. Kein toter Winkel im ganzen Vorwerk. Ich vergesse die Wassergräben und Zugbrücken nicht, den Brunnen und die unterirdischen Verliese: dort im ewig tropfenden Dunkel, mag er dann mit seinen Ketten rasseln, während ich mich in der duftenden Mondnacht auf der Terrasse ergehe.

Für meinen Schutz ist mithin ausreichend gesorgt. Aber noch fehlen mir die Waffen: und hier mache ich meine unerhörte, von niemand geahnte Erfindung. Und doch, wie naheliegend! Denn nach einer Richtung ist das Stoffwerk eben doch noch nicht blockiert und stillgelegt; da steht es jeder Verschiebung und Neuerwekkung noch offen — die Richtung, die er sich doch wünscht: es noch weiter nach unten zu stoßen! Das kann er haben, das paßt genau zu meiner Wut und Verbitterung: hier liegen meine ungenutzten Reserven an Vernichtungswillen und Kampfgeist.

Und so steige ich also die vielen Treppen hinab in mein inneres Laboratorium, lasse Bunsenbrenner zischeln, Retorten gurgeln, ich fälle aus, koche ein, setze chemische Reaktionen in Gang, mische die erhaltenen Substanzen nach uralten und doch genau überlieferten Rezepten, bis mir die böse Verwandlung gelingt.

Mir schaudert selbst, was aus dem Werk nun geworden ist. Mit Hilfe riesiger Pumpen kann ich es in hohem Bogen als Strahl von Feuer und ätzender Säure niederprasseln lassen auf jeden herannahenden Feind. Aus lautlos platzenden Wurfbomben entweicht es in giftigen Schwaden, unter denen alles Laub und Gras in weitem Umkreis verdorrt. Oben auf den Zinnen steht es bereit in Kesseln von siedendem Pech. Zu glatten Kugeln gedreht und gehärtet, lagert es in vierkantigen Pyramiden neben den Schleudermaschinen und wartet darauf, sich fauchend in die Erde zu bohren unter Fontänen aus Erde und Stein. So bin ich gerüstet.

Der Kampf ist vorbei, kaum daß er begonnen hat. Sobald der Babbà ahnungslos am Horizont erscheint, ziehe ich die Bolzen aus den gespannten und geladenen Schleudern, führe mit fester Hand das Feuerrohr. Und man kann mir glauben, daß ich mein Ziel nicht verfehle! Geblendet und verbrannt taumelt er, schon fast ohne Besinnung, auf meine Festung zu: zum Himmel ragend, holt er mit dem Fuß aus, um sie zu zerschmettern. Genau als er sich dabei am weitesten nach vorn gelehnt hat, feuere ich eine Breitseite auf sein Standbein ab. Peng ist es weg. Er stürzt, wälzt sich am Boden, patscht vor Wut und Schmerz mit den Handflächen hilflos in den Wassergraben. Und eben dort will ich ihn haben. *Kippt die Kessel!* schreie ich, und schon ergießt sich die glühende, zähschwarze Masse über seinen zuckenden Leib. Das Eingeständnis seiner Niederlage ist nur noch ein kaum mehr vernehmbares Geröchel.

❖ Der Morgen danach.   Ich bin selbst erstaunt, wie wenig mich mein Sieg erfreut oder erschreckt. Der Babbà ist absorviert. Das ist alles. Ich empfinde nichts, komme mir nur betrogen vor, grade so, als sei die Tötung nicht echt gewesen. Und dieses Gefühl von einem einschneidenden Ereignis, das nicht mehr bis zu mir durchdringt, beginnt sich auszubreiten. Ein alter Glanz um mich her erlischt, ein Versprechen hinter den Dingen, ihre Substanz verliert sich und ihr Wert: nichts mehr ist echt, nichts mehr nah, ich kann nichts mehr besitzen, bin fühllos geworden!

Alles, nur nicht diese Vereisung und Taubheit! Aber was soll ich dagegen tun, ich kenne ja ihren Grund: um das Werk in seiner schauerlichen neuen Gestalt in mir aufbewahren zu können, ohne daß es mich innerlich zersetzte und auffraß, habe ich mich ja selbst ausmauern müssen, mit Schamott, mit Asbest, mit allem, was an Undurchdringlichem nur aufzutreiben war. Und deswegen wird mich von jetzt an nur der schärfste und krasseste Reiz noch erreichen können, und sei es als Kitzel, um mir zu zeigen, daß ich überhaupt noch am Leben bin: auch mir hilft nur noch das Gift.

❖ Andere waren den Irrweg vor ihm gegangen. Er brauchte nicht lange zu suchen, bis er sie fand. Undurchschaubar und starr, in knarrendes Leder gehüllt, das Gesicht eine Maske, die Hände zwei Greifhaken, standen sie, behängt mit Schreckenszeichen und kettenbaumelnd, im Gebüsch. Von gebückten Schattengestalten begafft, lockten und drohten sie in einem langsamen Tanz breitbeinig schreitender Füße und weit vom Leib gehaltener, rudernder Arme.

Was sie versprachen, war eine gräßliche, aber unabwendbare Entblößung: die, den Todessüchtigen angekündigt, noch nicht gleich, aber bald, aber dann! aber jetzt! auch geschah; und der dann die Voraussage eines noch Unsäglicheren und Unausdenklicheren folgte, solange beschworen, beim abscheulichen Namen genannt, zurückgehalten, im Voraus genossen, bis es unmittelbar vor dem Erscheinen war, vor gierig entsetzten

Augen tatsächlich erschien, und in der Übergießung, Überschüttung, Ersäufung, Erwürgung des sich windenden Opfers ihr Ende fand.

Das Männliche, das angefaßt zu werden nicht mehr erträgt. Denn jede Berührung ist schon Anerkennung oder Vergleich: und die will es fortan verweigern. *Keiner ist mir ähnlich,* sagt es; *wer immer außer mir etwas will, ist mein Feind.* Und daher die Panzerung, die geplante Vernichtung. *Ich brauche ihn nicht erst zu sehen oder zu hören,* sagt es; *ich weiß vorher, daß er sich widersetzt.* Und seither statt eines goldenen Glanzes von vormals, einer eigenen heimlichen Liebe, nur noch das sich vergrößernde Loch, das Blitzlicht der leeren Extase. Das Foto ist von allem das echteste; die Greifhaken, die Totenköpfe, die Stiefel: das sind die Tatsachen, daran ist nicht zu rütteln. Wirklich nicht? In einer plötzlichen Eingebung griff er nach einer der Masken und riß sie herunter: was ihm entgegenstarrte, hatte nicht mehr Augen noch Kopf.

✤ Von einem der fahrenden Händler, die jetzt die Welt bis in die letzten Winkel auskundschafteten, haben wir dann erfahren, daß die Dicken an zwei Orten, die er bereist hatte, über der vergeblichen Verfolgung ihrer maßlosen Wünsche tatsächlich verrückt geworden sind und alles in ihrem Umkreis in ihren Wahnsinn mit hineingezogen haben. Da hatte sich dann allerdings erwiesen, wie furchtbar sich das Untere nach oben stülpen kann, je tiefer, je höher; er selber war ja dem Unheil nur mit knapper Not noch entronnen.

So weit ausholend und umständlich, wie der Bericht anhob, erzählte er dann auch weiter: aber weil er uns auf eine Katastrophe gespannt machte, die uns ausnahmsweise einmal nicht betraf, konnten wir ihm doch mit leidlicher Aufmerksamkeit folgen. Also: die hatten den Platz für ihre Ansiedelung weitaus glücklicher gewählt als wir, die, abgesehen von ein paar kärglichen

Quellen, auf den Winterregen angewiesen waren, und sich mutig am Fluß niedergelassen. Anfangs, zur Sicherheit, nur auf den Talhängen; aber im Maß, in dem sie innerlich das Stoffwerk auch in seiner ungestümen und schwer zu bändigenden Wassergestalt beherrschen lernten, war es ihnen gelungen, auch seine Entsprechung im Äußeren, den unaufhaltsamen, launenhaft-gefährlichen Strom eben, sich untertan zu machen, indem sie ihn zwischen Erdwälle einsperrten, ihm die Gabe seiner allgewaltigen Wassermassen geschickt abzapften und sie zuerst in große Hauptkanäle, und von da aus mittels kunstvoller Schleusen in hundertfach verzweigte, harmlose und nützliche Rinnsale lenkten.

Den einen war das leichtgemacht. Ihr Strom war von mâ-hafter Großartigkeit, trieb majestätisch und gemächlich dahin, hob und senkte sich wie ein gottähnlicher Atem; sie brauchten nur, durch mächtige Sammelbecken, dafür zu sorgen, daß das Wasser in der Trockenzeit nicht ausging. Aber der Fluß der anderen war wild und unberechenbar, und zudem hatte sich sein eingedämmtes Bett binnen kurzem durch den mitgeschwemmten Sand meterhoch über die Erde gehoben, sodaß er ständig drohte, seine Befestigungen zu durchbrechen und das Land zu überfluten. Kein Wunder, daß sich hier ein wildes, ungebärdiges und grausames Volk herausentwickelte, während das dortige eher zur beschaulichen Bequemlichkeit neigte.

Beiden aber hatte die Zurückdämmung zu Fülle und Überfluß von schier grenzenlosem Ausmaß verholfen: denn darin liegt, wie wir wußten, die erste und wohltuende Wirkung des erhöhten Wasserwerks, dem ja immer noch, wie dem wörtlichen, eine mächtige *bheu*- und *g^uig*-Kraft innewohnt. Und entsprechend waren die Leute von allen Seiten herbeigeströmt, hatten sich vermischt und vermehrt, und im Handumdrehen waren Städte entstanden, die in ihrer riesigen Größe, ihrem Glanz und ihrer pulsierenden Lebendigkeit uns Hinterwäldlern wohl unvorstellbar bleiben mußten: ganz nach

dem Vorbild ihrer Wasserkunst ergoß sich dort jeden
Tag eine wimmelnde Menschenflut durch breite Straßen,
und wie in ihren Sammelbecken war der Reichtum am
Staupunkt am höchsten angeschwollen, während er sich
an den Rändern ins Flache und Unansehnliche verlief.
Und längst hatten die Bewohner die Fessel und Verklammerung ans Eigene abgestreift, sie waren beweglich
in ihren Geschäften wie ihren Sitten, und so konnte auch
keiner, wenigstens auf Dauer nicht, einem anderen
gehören.

Damit war den Dicken die Grundlage entzogen, auf
der ihre Gewaltherrschaft gedeihen konnte. Die hatten
zwar in ihrer Anhäufungswut unabsehbare Besitztümer
angesammelt, aber waren nicht zur Bedrückung geworden: nur immer weiter vom Leben hatten sie sich entfernt, immer weiter nach oben verflüchtigt, bis sie hinter
hundertschichtigen Apparaten von Ministern, Beamten,
Steuereintreibern, Landvermessern und Verwaltern fürs
Volk so gut wie verschwunden waren: zu hieratischen
Überkönigen erhoben, wollten sie den Göttern ähnlich
werden, die sie in Wahrheit nur mit sich ins Ungreifbare
entrückten; aller Pflichten ledig, und von Genüssen
verzärtelt, die, je umständlicher verfeinert, sie nur umso
unbefriedigter ließen, brüteten sie vor verschwenderischen Wasserspielen in bodenlosem Trübsinn vor sich
hin.

Es mußte etwas geschehen! Das war der begreifliche
Schluß ihrer Grübeleien: denn daß eigentlich schon
zuviel geschah, an allen Ecken und Enden, daß die
Ereignisse, von niemand mehr überblickt oder gelenkt,
sich massenhaft überstürzten und zu einer grauen
Schlammflut verschwammen, als wälzte sich der Fluß
selber schon durch die Stadt — davon drang nichts
an ihr teppichverhangenes Ruhebett. Und so erging
ihr Befehl: errichtet das Werk aller Werke! Denn im
Werk (so die einen), war es nur unzerstörbar genug
und für alle Ewigkeit haltbar gemacht, blieb auch das
Leben wohnen; Zerstörung und Zerfall konnten dort-

hin nicht eindringen; und so wollten sie in seinem Innern, eingeschlossen wie jetzt schon in goldene Särge, ruhen und weiterdämmern, um niemals mehr unterzugehen.

Und so begann hier der Wahnsinn: aus war es mit dem Wohlstand, der Fülle, der heiteren Freiheit. Das System der Verwaltung, bisher nur ein dünnes und etwas lästiges Gewebe, zeigte sich jetzt in einem anderen Bild: aus den Leitungen und Rohren, die schon längst bis in jedes Haus, jeden Keller und Speicher reichten, saugten sie alles ab, was der Fluß und seine Verästelungen bis dahin an Vorrat und Gütern hingeschwemmt und hinterlassen hatte. Jeder, der sich nicht freikaufen konnte (und das waren bald nur noch die wenigsten), oder kein Krüppel war (und die begannen als Bettler die Straßen mehr und mehr zu bevölkern), wurde zum Zwangsdienst am Riesenbau gepreßt, ganz nach dem üblichen Muster: achtstündig, zehnstündig, zwölfstündig, die Wassersuppe, die lederne Peitsche.

Bald genügte auch das nicht mehr. Also Krieg. Aber nicht, wie wir ihn verstanden, keine bloße bubenhafte Rangelei mit dem Nebenvölkchen im Wald, mit Steinschleudern und Holzknüppeln und *lulu*-Gebrüll: sondern ganze Heerzüge wurden da organisiert, ausgerüstet mit Schlachtwagen und Roß, schwärmten nach allen Richtungen über die Grenzen des Reichs, die leibhaftige, in der endlosen Schinderei aufgesammelte Wut, und alles, was dort irgendwo jagte und hauste und vor sich hinackerte — jetzt verging uns die Schadenfreude, nicht wahr, nun kamen wir doch etwas ins Schwitzen? — wurde eingefangen, in langen Märschen durch die Wüste getrieben und unter tonnenschweren Steinblöcken in einer gleichmütig sich weiterdrehenden Tretmühle vorangeprügelt, bis es umfiel.

Und dann waren schließlich, am Ende einer Arbeit, die ein Menschenleben lang dauerte, und ganze Völkerschaften verschlang, vor den Toren der Stadt Steinhäufen in schwindelnder Höhe aufgetürmt, mit messerscharf zubehauenen und genau ausgerichteten Kanten; die meterdick vermauerten Kammern und Gänge in ihrem Innern wiesen, in geheimer Bedeutung auf die unvergänglichen Sterne: ohne Rest, so schien es, war der Stoff in zeitlosen Geist überführt.

Aber das Werk rächte sich; schon hatte sich neben ihm, zum bösen Zeichen, der alte Mâ-Drachen niedergelassen, als Sphinx und Erwürgerin. Denn wer ins Werk zurückkriecht, statt sich von ihm zu trennen, soviel hatten ja sogar wir schon begriffen, der nimmt dem Leben seine Lebendigkeit. Die Steinhäufen warfen einen schweren, kalten Schatten über die Stadt; alles verlangsamte sich und schlich wie im Halbschlaf vor sich hin: sie versteinerte selbst. Still, dumpf, unerlöst schleppte sie sich seither in bleiernem Gleichmaß durch Jahrzehnt nach Jahrzehnt. Es wurde ein Gesetz erlassen, das das Lachen in den Stadtgrenzen bei Kerkerstrafe verbot. Keiner hat es jemals durchbrochen.

Nein, hatten die andern behauptet: im Werk liegt die Macht! Nichts von Gemächlichkeit und friedlichem Austausch: Raubzug, Krieg und Gewalt war dort von anfang an die Parole gewesen. Die hatten sich erst gar nicht die Mühe genommen, ihr Bauwerk ein Stück abzurücken und es in eine kunstvoll berechnete Form zu bannen. Sondern stracks drauflos und mitten in der Stadt sollte sich ein Turm, in lästerlicher Angleichung an sein Vorbild, in Gestalt einer riesigen Schnecke in den Himmel bohren, um ihm zuzurufen: ich bin höher als du! Alles wollten sie unter sich sehen, den Fluß wie die Götter. Da hatten die es freilich leicht mit ihrer Strafe: sie brauchten den Erbauern nur die Augen zu öffen. Und als die innewurden, welches unfaßliche Ding sich da vor ihnen erhob, waren sie um den Verstand gebracht; denn sie konnten ihr großes gemeinsames Ziel nicht mehr verstehen, noch auch nur benennen, und so verschlug es ihnen die Sprache; sie standen starr; gerieten ins Stammeln und Stottern; dann stoben sie auseinander. Zu spät: denn die Schnecke zerbröckelte und zerfloß und holte sie ein, und alles ging unter im Greuel.

❖ Später am Abend wollte uns der Weitgereiste dann unbedingt noch von den Liebesgewohnheiten in den zwei Städten berichten. Er schien gar nicht zu merken, wie sehr er uns damit auf die Nerven fiel; denn wir waren von den Ausuferungen und Maßlosigkeiten seiner Erzählung am Nachmittag noch so ermüdet, daß wir kaum die Augen offenhalten konnten — und außerdem auch verängstigt: stand uns das etwa auch alles bevor?

Aber er ließ nicht locker. In der Schattenstadt war es gewesen, sagte er, als wollte zusammen mit allem anderen auch die Liebe verdämmern und versickern; wie das Leben selbst zog sie ab und zehrte sich auf, verschrumpelte zur lästigen Pflicht. In ihren Gemächern erschöpften sich die verzärtelten Dicken in stundenlangen, schlaffen Umarmungen mit ihrer heiligen, schwesterlichen Gemahlin; danach fielen die beiden halbtot auseinander, man mußte ihnen stärkende Brühen einflößen und sie mit lauwarmen und kalten Güssen erfrischen, bis sie sich wieder belebten; und ihre Kinder, wenn sie nicht schon halbfertig aus dem Schoß fielen, kamen mit faulen Zähnen, langen Hinterköpfen und verbogenen Ärmchen zur Welt.

Und unten noch schlimmer: da regte sich nun tatsächlich gar nichts mehr. Bei den Alteingesessenen ohnehin nicht: aber auch die frisch Eingefangenen, hatten sie einmal den langsam aufwachsenden Riesenbau erblickt, verloren alle Lust, sich zu vermehren. Und das lag nicht etwa an ihrer körperlichen Entkräftung; sie wurden ja, auf ausdrückliche höhere Weisung, tagelang von der Arbeit freigestellt, in bunt bemalten Liebeshütten zusammengeführt, schrille Flöten sollten sie aufwühlen, eilig aus der Stadt hergekarrte Bauchtänzerinnen sie befeuern — aber es half nichts: in kurz geschürzte

Sommerkleidchen gehüllt, hockten Männer und Frauen
an gegenüberliegenden Wänden und starrten aneinander
vorbei. Die Aufseher, die ihre Prämien davonschwim-
men sahen, waren verzweifelt.

In der Stadt mit der Schnecke vor ihrem Untergang
von alldem das gespenstische Gegenteil, was aber aufs
selbe hinauslief: auch hier waren die Frauen unfruchtbar.
Die gängigste Erklärung war ein Fluch, dessen Grund
angeblich keiner kannte; aber anstatt ihn zu enträtseln,
wollten sie ihn gewaltsam durchbrechen. Und so hatte
sich dort eine allgegenwärtige, vergeblich zappelnde
Liebesbesessenheit ausgebreitet wie eine Plage, ein durch
nichts zu kühlender Kitzel.

Und wie es da zuging! Wir hielten uns die Ohren
zu. Umsonst. *Abenteuerlich, sage ich euch!* rief der Fremde
nur umso lauter; wer durch die Stadttore eintrat, wollte
seinen Augen nicht trauen. Keine Mauernische, in der
es sich hinter dürftigen Vorhängen nicht geregt, kein
Hauseingang, aus dem es nicht gegurrt und mit Winke-
händchen gelockt hätte, überall anzügliches Gezwinker,
Gezupf an den Ärmeln, Tonfigürchen hinter der hohlen
Hand. Und der Liebesmarkt erst! Am hellichten Tag
standen da vor der Stadtmauer aufgereiht mit gelüpf-
ten Schürzen die Eselstreiber, schnalzten aufgereckte,
krumme Glieder gegen die Bäuche und riefen, *beste
Kraft, frisch vom Land! Erweckt gedörrtes Kamelfleisch wieder
zum Leben! Für zwei Piaster der eure!*

Aber soweit war es damit offenbar auch nicht her.
Denn in der gegenüberliegenden Zeile boten sich Frauen
dar, in Faltstühlen sich räkelnd, bei denen der Kopf
tiefer als der Leib zu liegen kam, oder gar auf einem
Tisch in Augenhöhe auf allen Vieren vornübergebeugt,
das Hinterteil hoch in der Luft, an allen Öffnungen rot
geschminkt, die Schamhaare zu abstehenden Zöpfchen
geflochten; und daneben ihre Anpreiser, die mit dem
Rohrstöckchen an ihren Reizen entlangfuhren und riefen,
*das lockt! das zittert und bebt! Drei Piaster jedem, der ihre
Glut löscht!*

Schluß jetzt, maulten wir, *morgen ist auch noch ein Tag.*
Aber es war, als hätten wir nichts gesagt. In eintöniger
Erregung sprang die Rede des Fremden von einem
grellen Bild zum nächsten, er faselte (oder fantasierte)
immer weiter von ekelhaften und absurden Ausschweifungen, von tonnendicken Kastraten, Stierbegattungen,
Tempelschändungen, Fliegengöttern, und alles, so fügte
er jeweils mit lehrhaft erhobenem Zeigefinger hinzu,
alldas fruchtlos, umsonst und daneben, ein Brand in der
Wüste, Salz in der Dürre. Warum hörte er dann nicht
einfach auf damit? Die Bilder flackerten immer schneller,
verschwammen zu einem undeutlich zuckenden Flim-
mern, und schließlich waren wir alle eingenickt.

❖ Wiederkehr ist auch nur ein Wort. Auch er hat sich,
als späterer Besucher, durch die Menge nach vorn
gedrängelt, bis nichts mehr zwischen ihm und dem von
der Zeit zerschundenen Riesenbau stand, und hat sich
gesagt: es macht mich staunen, es ängstigt mich, aber
verstehen? Das verstehe, wer will. Das, gottlob, liegt
hinter mir; das ist erledigt.

Denn er scheut sich zurückzukehren zu dem Früheren,
das er in sich hat. Aber nichts ist je erledigt, solang es
nicht wiederholt wird. Und die Erinnerung hat es ja
aufbewahrt. Sie weiß noch die erste Losreißung von den
Dingen und Menschen im Tausch: der Wille auf einmal
frei und allein, von niemand bedrängt und geschützt,
nur noch sich selbst und dem eigenen maßlosen Antrieb
überlassen, blind für die Folgen. Nirgends eine Grenze,
ein Rahmen: er spürt sich schon gar nicht mehr.
Ringsum zerfließt das Festgefügte, verliert die Konturen. Will es sich auflösen? Soll es doch; jetzt ist schon
alles egal. In der Leere findet sich wieder, der zu sich
kommen wollte, so unglücklich wie ungebunden,
wünscht sich nur noch die Sintflut.

So darf es nicht enden: ist das wirklich nicht zu
begreifen? Also her mit einer Schranke, gleich wie sie

aussieht, her mit einem Gesetz, je härter, je besser. Ihr sollt nicht atmen — wie wäre es damit? Im Prinzip richtig gedacht; etwas schwer durchzupauken vielleicht. Ihr sollt nicht lieben, nicht essen: schon praktikabler. Aber wenn die das jetzt nicht einsehen, sich wehren? Die Erfindung muß ziehen. Jeder muß sagen: das will ich auch. Und was will er am meisten? Was ihm am tiefsten verwehrt ist.

Ein Werk, das keinem gehört. Wenn wir es alle gemeinsam errichten, sind wir gerettet. Es wird vollständig nutzlos sein, seine Last so schwer, daß es dem Land fast den Rücken bricht. Das kann außer Betracht bleiben! Darum geht es hier nicht! Worauf es ankommt, ist eine Ausrichtung, eine Kanalisierung, eine Struktur. Das ist doch nur allzu verständlich. Unterwerfung unters Ziel die einzige Chance: wenn das jetzt nicht unter einen Hut kommt, sind wir verloren.

Und so, stellt er sich vor, verliert der einzelne Willen, eingespannt, ausgerichtet, seine erste, runde Gestalt. Er wird zur Spindel, zum Faden im Gespinst, zum magnetischen Eisenspan. Er gleicht sich dem Zwang des Äußeren an, das er selbst aus sich herausgestellt hat: ein in sich schwebendes, durch keine Kraft mehr durchbrechbares, von niemand mehr überblickbares, geschlossenes Gebilde, eine, wie sagt man doch? eine Wirklichkeit.

So gehen ihm die alten Welten verloren, des Zaubers und der leichten Verwandlung. Je älter die Grenzen, desto mehr schließen sie aus. Die Bilder von ehedem verblassen; es herrscht der Kopf. Es gilt die Regel, die Folge, die gemessene Zeit; es entsteht die Wissenschaft von den Sternen, Maschinen und Hebewerk, Seefahrt und Aquadukt, eine Zahnmedizin. Das Bewußtsein wird zur einzigen Wohnung; die Natur wird genutzt oder als feindlich verbannt. Immer wieder ruft einer, *ich habs!* — aber jedesmal liegt, was er gefunden hat, in derselben, längst vorgezeichneten, unausweichlichen Richtung.

Davon wissen die heimischen Götter nichts, weil sie selber mit eingefangen sind. Aber einer, der ein Stück abseits gehaust hat, ein weniger weit erhöhter, eigentlich noch ein bescheidener Wettergott, hat ihnen, bei aller Beschränktheit, dabei von außen her zusehen können und gesagt: *sie werden nicht ablassen von allem, was sie sich vorgenommen haben zu tun.*

❖ Formloses, glitzerndes Plasma, langsam fließend in gegenläufiger Strömung. Eine Spaltung im Kern, dann eine Drift, eine Einschnürung, eine dünne, aber zähe Verbindung zwischen Knolle und Sproß. Im gelungenen Austausch mit seiner Außenwelt atmet und saugt das Gebilde ein, haucht aus und entläßt. Es wächst. Ein dritter Keim bildet sich, unscheinbar im Innern der Hauptmasse, die nun anschwillt, sich ausfaltet zur vorbestimmten, gerippten, gebuchteten oder gezackten Gestalt. Stillstand und Sammlung. Dann, nach undurchschautem Gesetz, Belebung im dritten Keim. Nach Dehnung und Streckung ein Stau, ein Druck, und plötzlich schießt aus der gesprengten Hülle das Unerhörte, strafft sich knatternd und pulsiert, durch einen kaum wahrnehmbaren Spalt von seiner Umwelt geschieden, in niegesehenem, schwärzlichen Licht, denn sie entstammt einer anderen Seinsart: die Infloreszenz.

❖ Warum ausgerechnet bei uns die Dicken nicht durchgedreht und in den Vernichtungswahn eines leeren Gesetzes von Überwerk, Überkönig, und Überstaat verfallen sind? Das findet er gar nicht so leicht zu beantworten. Gründe wie immer die Menge: es fehlten uns die großen Flüsse und Ebenen, und das hat eine weiträumige Bewirtschaftung schon einmal von Natur aus behindert; wahrscheinlich als Folge davon, haben wir es auch nie zu einer Metropole, und so auch zu keiner überregionalen Verwaltung gebracht, sondern sind

immer eine überschaubare Kleinstadt geblieben; und
außerdem haben wir uns ziemlich früh auf Kolonisation
und Außenhandel verlegt, was die Widersprüche immer
entlastet, und zwar mit Erfolg: denn wir lebten nicht
mit einem eingezwängten Strom, sondern mit dem Meer
vor der Tür, der Unendlichkeit!

Aber Erklärungen sind das alles nicht. Viele See-
völker, die *Anderen* an der drüberen Küste zum Beispiel,
hatten ganz ähnlich Chancen. Aber nur bei uns haben
die Dicken zu einem bestimmten Zeitpunkt ihre Rollen
sattbekommen und hingeschmissen. Begreiflich, wenn
man sich in ihre Lage versetzt: das Land von Pfandsäulen
übersät und halb entvölkert, was noch darauf herum-
krebste, ausgemergelte Elendsfiguren, Frauen am Weg-
rand, die sich trostlos von morgens bis abends hin- und
herwiegten — und die Dicken also in einem menschen-
leeren Darüber, auf höher und höher wachsenden
Häufen von nutzlosen Gütern, von einer Langeweile
ergriffen, die für ihre Umgebung so tödlich war wie für
sie selbst: die auftrumpfende Angeberei dem Nächst-
dicken gegenüber ein Zeitvertreib, der sich schließlich
doch auch erschöpfte.

Dem Späterkommenden fällt es leicht, so zu denken.
Aber wie haben sie es fertiggebracht, es selbst zu bemerken? Nicht, daß sie auf einmal zu selbstlosen Wohltätern
geworden wären: aber wir wurden auch nicht mehr
einfach vernichtet und für nichtig erklärt, der Arbeits-
zwang wurde auf ein gerade noch erträgliches Maß
zurückgesetzt, und wir hatten wenigstens zwischen
Feierabend und Schlafenszeit ein paar Stunden, um
wieder zu Sinnen zu kommen.

Viel war das nicht. Und doch, der Normalfall sieht
anders aus: da wird doch weitergehäuft, egal was
passiert; da wird abgeschottet, vom höheren Nutzen
gefaselt und unerbittlich weiterverfolgt, was als uneinholbares Ziel sich längst erwiesen hat; im Normalfall
schlägt die erzwungene Trennung vom Werk ohne Rücksicht zurück. Was war das also bei uns: ein Wunder?

Ein Rätsel? Jedenfalls nichts, was er mit drei Worten begründen kann. Also wieder einmal eintauchen, nachgraben: es gibt kein anderes Mittel.

❖ Meine Ahnung hat mich nicht getrogen: plötzlich hinter mir, in gelassenem, eher freundlichen Ton, die Stimme, auf die ich insgeheim schon längst gefaßt bin: von Rückendeckung hielte ich demnach nicht viel? Und wie ich, von Scham übergossen, vor Erleichterung sprachlos, herumfahre, sitzt da, gleichmütig und unversehrt, der Babbà und schaut angelegentlich zu einer meiner Schießscharten hinaus, um mir seinen Blick zu ersparen.

Ein Angriff, sagt er, immerhin. Besser allemal als die Zuflucht in das kindlich-stumpfsinnige Reich der ungeistigen Arbeit: mein erster Schritt in das Bündnis. Aber doch nicht so! Vorsintflutlich, strategielos; nichts wie wildgewordene, losgelassene Gefühle. Ich müßte da schon genauer hinsehen lernen, gegen wen oder was ich zu Felde zog. Der Feind, den ich zum Beispiel im Wassergraben niedergemacht hätte, in einer reichlich blutrünstigen Racheorgie übrigens, sei ein bloßes Luftgeschöpf gewesen, ein nach außen geworfenes Bild aus meinem eigenen Innern. Ich kannte ihn ja offenbar gar nicht! Daher sein Vorschlag: ob ich nicht einmal versuchsweise in ihn eintreten wolle, um etwas über seine wahre Beschaffenheit zu erfahren? Als Vorgabe sozusagen, denn mit Spiegelfechtereien sei weder mir noch seinen Absichten gedient.

Seinen Absichten! Ich werde hellhörig. Aber in seiner Stimme liegt nichts Bedrohliches; es ist alles friedfertig, ja fürsorglich gesagt. Und soviel stimmt: wenn ich mich weniger ungeschickt gegen ihn wehren will, muß ich tatsächlich mehr über ihn wissen. Er hat mir ein Angebot gemacht, das ich nicht ablehen kann. Und so gehe ich ihm in die Falle. Sie schnappt lautlos und vollständig hinter mir zu: nicht nur, daß ich den Rückweg nicht mehr finde, sondern zugleich mit dem Eintritt in die neuartige Ordnungswelt des Babbà kommt mir die Vorstellung von einem Rückweg selber abhanden, und so auch jeder Anlaß, ihn noch zu suchen. Denn genau wie seinerzeit für Meimus scheint es für ihn keine offenen Fragen und Zweifel zu geben; aber nicht, weil sie wie dort schlagend beantwortet wären: sondern es ist aus ihnen einfach alles Fragliche und Zweifelhafte wuppdich von vornherein weggeputzt!

Was mich da plötzlich eingefangen hat, kann ich ein Gefängnis eigentlich gar nicht nennen: es ist ein merkwürdig in sich selbst kreisendes Verhältnis und Wort: *selbstverständlich*. Wie nochmal? Wem wird hier was wodurch verständlich? Nun ja, scheint das Wort zu erwidern, du hörst es ja: der Verstehende und das Verstandene sind eins; nur wenn sie zwei wären, könnte der eine sagen, ich habe dich nicht verstanden, und das andere, ich bin nicht zu verstehen. Aber wenn die beiden nicht mehr zu trennen sind, wie in diesem Fall, dann kann das nicht mehr passieren, logischerweise. Es gibt kein Wodurch. Sie verstehen sich von selbst, weil sie dieselben sind. Ist dir soviel jetzt klar?

Ich sehe mich um in dieser staunenswert lichten und wohlgefügten Innenwelt, ein altvertrauter Geruch steigt mir in die Nase, und auf einmal weiß ich, wo ich bin: in einem *eibtis!* Und mir wird auch klar: es gibt gar keine andere — oder doch keine, die daneben noch zählt. Selbstverständlich die Pflicht, selbstverständlich die Pünktlichkeit. Selbstverständlich wird aufgestanden, aufgeräumt, aufgegessen. Das ist doch keine Frage! Damit fängt es vielmehr erst an. Und was da nicht alles anfängt!

Selbstverständlich der Verstand. Denn der ist gerade dasjenige, was im Selbstverständlichen mit dem Verstandenen zusammenfällt. Und was, durch nichts mehr erschüttert und getrübt, von keiner wirren Regung mehr überschwemmt, durch kein Schreckbild mehr verzaubert oder verhext, sich nun aufschwingen kann in einen hohen luftigen Geistraum als ewig wechselndes, blaugekräuseltes Rauchgewölk, um von oben auf das

Ganze herunterzublicken: denn erst von da aus zeigt es sich ja als ein Ganzes!

Die Familie zum Beispiel, ein Gruppenbild: die beherrschende Gestalt des Babbà, vom linken Rand her halb über die Schützlinge gebeugt, kühl den Betrachter musternd durchs goldgeränderte Augenglas; ungefähr halb so groß und ein wenig abgerückt die Mama, den Blick nicht etwa vermittlungsheischend auf ihn gerichtet, aber woher denn! sondern vor sich hinlächelnd in stiller Hausfrauenzufriedenheit; und dazwischen, es reicht dem Babbà bis knapp unters Knie, das artige Bübchen mit geradegezogenem Scheitel, Kohlefleck: keiner. Aber die eine oder andere Stinkbombe vielleicht, ein qualmender Feuerschlauch in der Hand hinter dem Rücken? Selbstverständlich nicht!

Überhaupt das Nichtselbstverständliche: gibt es das noch? Ja, natürlich. Tief unter mir, als verworrenes Lebensgewimmel, ich kann die einzelnen Figuren kaum auseinanderhalten, jede vor sich hinwerkelnd, an ihren Zorn gekettet, im Niedrigen gründelnd, preßlufthämmernd die eine, koksschippend die nächste, und alle rufen durcheinander, *her damit! weg damit! Scheißarbeit! Schluß! Tor! Rübe ab! Ans Telefon!*

Und mitten in dem Gewühle ich selbst: ein vernunftloses Geschöpf, das durch einen Wirrwarr von *biel*-zeug und in den Teppich getretenen Honigbroten kriecht, sich der Ma in die Röcke krallt und unentwegt *rum? rum?* zu ihr hinaufblökt. Dabei will es gar nichts wissen; was es sucht, ist ein eigenes Recht, einen eigenen Platz, die es, es braucht ja nur die Augen zu heben, doch schon längst hat!

So geht es selbstverständlich auch nicht. Wenn jeder nur in sich und dem Eigenen befangen bleibt, dann muß ja alles durcheinandergeraten. Gleichgültig, ob golden oder vergiftet, das geht gegen den Verstand, kann sich also auch nicht selbst verstehen, und darf daher selbstverständlich nicht sein. So also löst sich das Rätsel des scheinbaren Willkürgesetzes von *gibs* und *gibs ned* — es hat recht! Denn selbstverständlich geht das Allgemeine vor! Und selbstverständlich ist das Allgemeine der Geist! Habe ich das nun richtig verstanden? fragt mein Blick den ruhig dasitzenden Babbà, der ihn auf einmal auch mühelos auffängt und erwidert. *Fast,* sagt er, *fast, noch nicht ganz.*

❖ Nicht alle Nachfolger des Schmächtigen sind zu bloßen, als Tempelherrn verkleideten Kontoverwaltern der Dicken geworden; ein paar hatten ernsthaft über das ungelöste Sonnenrätsel weiter nachgedacht, und meldeten sich neuerdings wieder laut zu Wort — oder hatten sie das schon die ganze Zeit versucht, und wir waren nur zu ausgepumpt gewesen, um auf sie zu hören? Jetzt, an unseren neuen freien Abenden, liefen wir jedenfalls ganz gern auf ihre Versammlungen, zur Unterhaltung, aber auch, weil wir fühlten, daß mit der Verschiebung in der unteren Welt zugleich die obere verrutscht und durcheinandergeraten war.

Ärgerlich, aber fast zu erwarten: kaum hatten sie ein paar Zuhörer gefunden, hatten sie sich prompt schon zerstritten und in zwei feindliche Lager gespalten. Einig waren sie nur in einem: das Sonnenbild mußte klarer herausgedacht werden; denn nur wegen seiner Verschwommenheit und zahllos durcheinanderwirbelnden Bedeutungen hatte es sich so jämmerlich verweltlichen und mißbrauchen lassen. Aber dann ging der Streit schon los. Die einen wetterten gegen die alten, tierköpfigen Götterfiguren: was das denn bittesehr eigentlich solle, diese Widder-, Sperber- und Fischphallus-Pappis, diese Katzen- und Kuhmütter, nichts wie Kindsphantastereien, ewig weiter mitgeschleppt und von niemand mehr geglaubt, da gehöre einmal gründlich ausgemistet.

Das Einzige, was sie gelten ließen, war das Sonnenwesen selbst und sein *dius,* also das Helle und Strahlende daran, davon könne sich jeder mit eigenen Augen überzeugen; und daß es sich dabei um einen *patr* handle, stehe wegen seiner allgewaltig zeugenden *bheu*-Kraft doch wohl auch außerhalb jeden vernünftigen Zweifels. Aber der sei eben gerade nicht als Abklatsch von uns Familien-*bábbus* oder der Dicken zu denken, der die Söhne kurz und klein hielt, sie sich abrackern ließ oder an den nächstbesten Fremden verschacherte, und sich dabei wohlig räkelte in seinem Lotterpfuhl — *Ja, und warum greift er dann nicht ein?* riefen wir, *warum fährt er nicht mit einem Donnerwetter dazwischen und gibt den Dicken eins über die Rübe mit einer Geißel, einer saftigen Plage?* — Ja, das sei eben das Geheimnisvolle, er halte eben nichts von Oberaufsicht, mischte sich nicht ein in jeden Dreck, sondern vertraute den Söhnen, gebe ihnen freie Hand und lasse sie aus der Ferne gewähren, damit sie lernten, und seis auch aus Fehlern; denn er sei ein selbst-selbst und kein *egho,* diesen Funken habe er uns eingepflanzt, und warte sehnsüchtig darauf, daß der sich in uns kräftigte und aufglühte, sodaß wir ihn, und er sich in uns, endlich erkennen könnte —

Mystisches Gefasel! schrien die andern dagegen; das Wichtige an der Sonne sei und bleibe das Rad, das habe der Schmächtige schon gewußt, da müßten wir Weiterdenken. Und das Rad sei das Bild für ein künftiges, neu zu errichtendes *sem,* und nichts sonst! Seit wann braucht ein *sem* einen Vater? Was diese *bábbu*-Schwärmer da wollten, das sei doch nur der zackigere Bankdirektor statt des lahmen! *Nein, nein, das* sem *sitzt schon in uns selber,* riefen sie, *nur dadurch kommt man zu einem se¹le, habt ihr das schon vergessen? Da brauchts keinen Funken. Seht euch das Rad doch an, was es euch zeigen will: schaut die Nabe, ein Nichts, ein bloßer gedachter Punkt, und doch die Mitte, um die alles sich dreht. Schaut die Speichen: sind da die einen klobig und faul, die andern fleißig und krumm? Sie sind gleich, eine jede schiebt, zieht und hebt, ohne Unterschied, ob unten, ob oben, ob an der Seite, und macht reihum jede Arbeit: so kommt das Rad voran, so geht der Fortschritt und, nebenbei die Gerechtigkeit!* — *Und wen wollt ihr vor euren Karren spannen, wie kommt euer Rad dann in gang?* fragten wir. — Ja, das sei eben die Schwierigkeit, sagten

sie kleinlaut; da müßten wir wohl noch gehörig zurück-
stecken mit unserem *egho,* zuerst zu uns selbst finden, der
wahren Erwachsenheit . . .

Also ohne sem *kein* se^ye, *und ohne* se^ye *kein* sem? spotte-
ten wir dagegen, *ist das eure Botschaft?* Wir waren zwar
sehr unterhalten, aber auch nicht klüger wie zuvor.

❖ Eine Falle und zugeklappte Tür? Höchstens nach
rückwärts. Aber vor mir liegt ein so weiter Raum, kaum
zu sagen, wo er aufhört. Ich kann nur staunen, was mir
auf einmal alles gelingt. Und ich brauche nichts davon
zu lernen oder zu üben; sondern mit einem Mal habe ich
diese neue Allfähigkeit geschluckt — oder sie mich? Ich
bin wie ausgewechselt; und doch komme ich mir ganz
wie ich selbst vor. Denn das Selbstverständliche löscht
die Fähigkeit zum Vergleich. Es sagt: etwas anderes gibt
es doch gar nicht! So bleibt es unerkennbar in seinem
Ursprung, seinen Folgen und Grenzen: eine Hohlform
des Erkennens, ein sich immer weiter öffnendes Schnek-
kenhaus des Bewußtseins.

Nur manchmal noch ein Anflug von Zweifel; ein Rest
von Unsicherheit, ob der Boden unter den Füßen nicht
doch etwas Wesenloses ist, ein dünner Film, der zwar
dem Gewicht von Häusern, von Brücken und Bergen
mühelos standhält, aber vor dem fragenden Blick, ob
es ihn wirklich gibt, ob er nicht nur eine Dauertäuschung,
eine kündbare Übereinkunft ist, zurückweicht, durch-
scheinend wird, schimmernde, unfeste Tiefen enthüllt,
aus denen es lockt, mahnt und droht, denn wir sind
schwebende Wesen, umgeben von dem, was sie zu
sehen gelernt haben; von sonst nichts —

Oder die Frage von *baaf* und *ned baaf:* das Gesetz am
Ende doch äußerlich auferlegt, unnötige Abtötung von
Möglichkeiten, Auflehnung der bessere Weg, die Welt
zu erobern?

Aber dann ist alles wie weggewischt: neben dem Wahren und Guten ein Drittes, Gebrechlich-Starkes, das sie

beide umschließt, und sagt: das Unmögliche existiert
nicht. Ich kann es zwar noch nicht fassen, aber im
Babbà steht es mir leibhaftig vor Augen: der Willen, der
die Wut übers Geraubte, die Sehnsucht nach dem Verlorenen hinter sich gelassen, und sich so selber ergriffen
hat. Und der weiß jetzt auch in mir: du kannst; es ist
undenkbar, ausgeschlossen, daß du es nicht fertigbringst.
Keine Aufmunterung von oben herab: ich traue es dir
zu, probier es, du wirst es schaffen, es klappt schon;
sondern die ungerührte Erklärung: ich kann mir nichts
anderes vorstellen.

Und wie es klappt! Halb acht Uhr pünktlich, aufstehen, waschen, die Zähne geputzt. Alles ganz einfach. Und da steht auch schon die Milch mit dem blauen
Storchen auf dem Flaschenverschluß zum Hereinholen
vor der Tür, wie denn anders, hängen die Brötchen im
Leinensack an der Klinke, alles herangefahren und
selbstverständlich täglich geliefert, vielen Dank, also
bis nächste Woche dann, guten Morgen. Im Schrank
die langen Strümpfe, die Kniestrümpfe, die Socken.
Sonst noch Fragen? Ja, vielleicht die: wieviel macht
fünf und eins? Und da kann dann der Daumen sich
noch so klein machen und sich einkrümmen und verstecken wollen hinter der hohlen Hand: er muß heraus, sich aufbiegen lassen nach rückwärts und aller
Welt zeigen, daß sein Besitzer ihn sehr wohl den sechsten
zu nennen weiß.

❖ Ganz sicher hätte der fruchtlose Streit der Raddenker
sich immer nur weiter zerspalten und zerfasert, und wäre
zuletzt als Hirngespinst davongeweht worden, hätte
nicht einer in der Stadt ein Bild erfunden, das ihn wieder
zusammenfaßte, sodaß er sich anschauen und festhalten
ließ.

Wir erfuhren davon, noch bevor es fertig war: sogar
bis zu uns heraus aufs Land, und durch unsere Erschöpfung hindurch, war auf einmal die Nachricht gedrungen:

der sogenannte *Starktrachter,* ein kreuzbraver und flei-
ßiger, aber keineswegs besonders geachteter Handwer-
ker, der bis dahin vom Verkauf von Opfernäpfen und
Motivfigürchen gelebt hatte, reine Dutzendware, hatte
mit verschlossenem Gesicht seinen ganzen Krimskrams
vor die Türe gekehrt, die Gesellen aus der Werkstatt
gejagt, und eine Wagenladung feinen Ton bei sich
abladen lassen. Daran fand niemand etwas Besonderes;
auch nicht an der lebensgroßen Figur, die er in klobigem
Umriß daraus zu kneten begann; sondern erst, als er
sich, von unten aufsteigend, an die Feinarbeit machte,
die Zehen, die Füße und Knöchel, die Knie mit Schabern
und Messerchen modellierte, war einer stutzig geworden
und hatte gerufen: *kommt doch mal her!* Denn da war
offenbar etwas vorher noch nie Gesehenes oder Ausge-
dachtes im Entstehen: ein schreitender Mann — nur, daß
an dem nicht wie sonst die Einzelheiten nur zart und
flüchtig angedeutet waren, sondern fertig und ausgeprägt stand der auf wirklichen Beinen, und die trugen
mit ihren Muskeln und Sehnen einen wirklich atmenden
Bauch mit einem breitgewölbten Brustkorb darüber,
jede Rippe zu zählen!

Das mußten wir sehen! Und weil wir laut genug
schrien, haben uns die Aufseher, wenn wir den Verlust
später wieder wettmachen wollten, dann wirklich auch
ziehen lassen. Was wir sahen, hätte auch eine längere
Reise gelohnt. Keiner von uns hat je vergessen, wie
dieser unansehnliche, plumpe Mensch, tief in seine
Arbeit versunken, ohne auf die sich drängelnden Zuschauer zu achten, die Suppe, die ihm jemand gebracht
hatte, ungegessen auf der Fensterbank, so sicher und
schnell und unfehlbar, als führte ihm etwas die Hand,
dieses strahlende Wesen aus der hellbraunen Erdmasse
herausschabte und befreite, und dabei mit jedem Strich
oder Schnitt eine neue Entdeckung machte, für uns
jedenfalls: denn es war, als hätten wir einander noch nie
näher angeschaut; das Geschlecht kein verschämt nach
unten baumelndes, dreieckiges Zipfelchen, aber auch

kein lachhaft sich aufbäumender Erdstock: sondern zierlich und muschelähnlich wand es sich von innen heraus, wie ein wundersam verwandeltes Ohr; die Hände nicht Bretter mit fünf Zinken, sondern gegliedert wie ein lebendiger Zeltbau schlossen sie sich zur lockeren, kräftigen Faust. Schließlich erschien der bärtige Kopf, die hohe Stirn mit kantiger Schläfe und einer pochenden, geschlängelten Ader, die Augen taten sich auf, und so schritt er seines Wegs, hochaufgerichtet und mit ebenmäßigen Locken. Wir riefen: *das ist er!* — und jedem zuckte die Hand, ihn anzufassen, und wagte es dann doch nicht, aus Angst, er würde sich umdrehen mit einem unerträglich gelassenen Blick und ihn fragen, *was hältst du mich auf?*

So standen wir und bestaunten ihn aus der Entfernung, gebannt von seinem Ernst, von dem in sich ruhenden Widerspiel seiner Glieder, das auf nichts außerhalb seiner Gestalt noch verwies, seiner neuartigen Schönheit. Denn als schön hatten bisher bei uns immer nur die Jungen und Glatten und Rosigen gegolten, die unerweckt und verträumt der Zukunft entgegenlächelten, und das waren sie wohl auch: aber wir wußten, wie schnell dieser Frühling vorbeiging, wenn die Zukunft sie einholte, in der Arbeit, dem Besitz, der Erlahmung. Ja, sein Anblick lehrte uns, was wir bis jetzt gewesen waren: unfertig oder erledigt, zuerst Kinder, dann kindgebliebene Greise. Aber der hier sagte: ich bin nicht vorläufig oder zuende, nicht außer mir, ich brauche nichts zu machen oder zu haben, um dazusein, weder zu herrschen, noch mich zu beugen; ich verliere mich an nichts, an mir geht die Welt nicht vorbei. Ich bin in mir, jetzt, in der Gegenwart: ich bin *selbe,* ein erwachsener Mensch.

❖ Der *Schüttler,* auf diesen sonderbaren und erst später verständlich gewordenen Namen hörte damals der Hauptdicke, hat dann zusammen mit ein paar anderen Reichen den Guß und die Aufstellung bezahlt. Warum?

Das gehört auch zu diesen schwer lösbaren Fragen. Hat die Figur ihn gemahnt zu seinem einsam ausgeheckten Vorhaben, oder es in ihm geweckt? Denn als Dicker hatte er wie gesagt keinen zwingenden logischen Grund dafür.

Ohne unsere Nachhilfe wäre wahrscheinlich trotzdem noch lange alles beim Alten geblieben. Denn auf uns war von dem Hohen Mann tatsächlich etwas übergesprungen, was sich nicht mehr verscheuchen ließ, und immer lauter in uns murmelte: die ganze Behauptung ist falsch! Es stimmt gar nicht, daß ich ein Ding bin; in mir steckt etwas Uneinnehmbares, das, Gesetz hin und her, niemand zu seinem *meme* machen kann. Und außerdem flüsterte es uns zu, als wäre das eine Neuigkeit: wir sind viele! Denn anscheinend hatte uns die Not soweit auf uns zurückgeworfen, daß wir bis dahin in den andern nur noch Feinde sehen konnten. Aber jetzt ging einem jeden von uns auf: die sind ja alle wie ich; ich muß nur in mir nachschauen, um zu wissen, wie es in ihrem Inneren aussieht.

Wir waren fast ein wenig an die Urzeit erinnert: nur daß wir damals ja noch gar keine andere Wahl gehabt hatten: wir wären in unserer Vernetzung von ehedem unfähig gewesen, einfach unbeteiligt zuzusehen, wenn einer neben uns vor Hunger oder Erschöpfung umfiel. Und jetzt meldete sich, nur eben aus freien Stücken, dieselbe Regung wieder. Hatten die Raddenker vielleicht doch etwas Richtiges eingefangen mit ihrem scheinbar leeren Wechselspiel zwischen *sem* und *selbe?*

Die neue Selbsteinsicht verbreitete sich wie ein Lauffeuer: es brauchte ja nur einen Blick, um sie weiterzugeben. So ist auf den Feldern und in den Baracken ein immer vernehmlicheres Gesumm entstanden: *was tun?* Denn soviel war klar: selbst wenn wir uns dazu überwinden wollten, uns wie Sachen und Tiere behandeln zu lassen, wir brachten es nicht mehr fertig, es ging nicht mehr! Bis sich schließlich ein paar von uns aufrafften und sagten: *alles oder nichts! Was ist aus unserem Stärksten und Schönsten geworden?*

Wir fanden ihn in einer Bruchbude, zerlumpt, hohl-
äugig, sein Kopfputz von Läusen zerfressen, aber immer
noch stammelte er, wie der zehnte oder dreißigste vor
ihm, etwas von Mumm und von Memme und führte die
alten verblasenen Reden, daß ihm *eigentlich alles* gehörte.
Es dauerte eine Weile, bis er die Eingetretenen überhaupt wahrnahm, und dreimal mußten sie wiederholen,
ehe er es begriff: *führ uns zum Schüttler!* Aber dann wurde
er, wie ein neugefüllter Weinschlauch, auf einmal wieder
groß und prall, sprang auf, und rief mit der hellen Stimme
von früher, *mir nach!*

Als wir vor dem Haus des Schüttlers ankamen, waren
wir schon über dreitausend. Wir mußten nicht nach
ihm rufen: feierlich gekleidet erwartete er uns vor der
Tür. Der Anführer ging mit einer Abordnung auf ihn
zu; er ließ ihnen den Vortritt; sie verschwanden im
Haus. Die Verhandlungen dauerten zwei Tage, auch
nachts blieben die Fenster erleuchtet. Auf dem Platz
wuchs die Menge, in Gruppen um kleine Feuer geschart.
Gemurmel, manchmal ein Sprechchor. Dann war es soweit. Die Torflügel wurden aufgeworfen, Seite an Seite
mit dem Schüttler trat unser Anführer vor uns hin und
verkündete das Ergebnis: sofortige Annullierung aller
Hypotheken, Landreform, Höchstsätze für die Feldpacht,
Unzulässigkeit der Verpfändung der eigenen Person,
Verbot des Kinderverkaufs. Stimmrecht für jeden Bürger. In den Stadtrat zu wählen zwar nur die Eigentümer
von Grund und Vermögen, aber ins Amt einzusetzen
von der Volksversammlung. Appellationsgericht.

❖ Es ist in diesen Tagen ein bestimmter neuer Drang in
mir erwacht, den ich eine ganze Zeitlang nicht wahrhaben will. Denn mit einem gewissen Recht halte ich
mich nun für gänzlich ausgebildet und fertig. Und doch
muß ich mir sagen: für die mühelose Selbstverständlichkeit, mit der ich inzwischen bewältige, was mir auferlegt
ist, hätten meine bisherigen Kräfte nie ausgereicht. Da

muß also etwas in Gang gekommen sein, und ist auch im gang, ich spüre das doch! Wieder hat sich ein Teil meines Willens aus seiner Verwurzelung gelöst und geht auf Suche in mir.

Aber was will er denn anderswo? Denn die schönen Fähigkeiten, die er mir auf seinen ersten Wanderungen, zuerst in die *luch-*, und dann in die Herzgegend, beschert hat, sind mir doch so *lieb* wie zuvor: zu bauen und zu besitzen, mich wiederzuerkennen und zu spiegeln im höheren Werk. Oder doch nicht? Wo sind die *lötze* eigentlich abgeblieben? Es dauert eine ganze Weile, bis ich sie wiederfinde, so tief haben sie sich in die Truhe verkrochen unter die Schachtel mit den Kleidchen, den Strümpfchen, den Schühchen für meine neueste Errungenschaft, eine eigene *pupa* — und dabei steckt diese Schachtel ja selbst noch unter dem Deckchen, dem Kißchen, dem Federbettchen, in dem die *pupa* daliegt und schlummert.

Ah, da sind sie ja: etwas verblaßt, aber vollzählig. Fast gedankenlos setze ich sie zusammen: *Äppchen, Ihm Aislein, Ensel und Edel, Neewittchen* — alle vier Seiten durch. Aber sonderbar: mit meiner Leidenschaft ist es vorbei, ich bin nicht mehr wie früher eins mit ihnen und an sie gefesselt mit dehnbaren Bändern, spüre eine Leichtigkeit und Behendigkeit ihnen gegenüber; und fast mehr als an ihnen freue ich mich daran, wie beweglich ich mich an sie hingeben und dann wieder von ihnen lösen kann: geradezu spielend! Und damit meine ich nicht die Spiele von früher, die ja nur aus täppischen Grapsch- und Türmungsversuchen bestanden, sondern ein Spiel mit mir selbst: ich kann mich, ganz nach Belieben, zum Besitzer machen oder auch nicht!

Vielleicht sollte ich besorgt sein über diese bedenkliche Lockerung und Zerrüttung. Wenn nichts mehr eisern das Meinige ist, was hält mich dann noch fest in der Welt, wo bin ich dann in ihr? Aber von Schreck keine Spur: ich bin eigentlich nur ungehalten darüber, wie wenig von den *lötzen* zurückkommt: das *Äppchen* spielt nicht etwa mit, sondern steht nur starr und steif in der Gegend mit ihren Butterblumen und lächelt blöde den *Olf* an, dem auf die durchsichtigste Weise die Zunge vor Gier aus dem Hals hängt. Da bietet die *pupa* unvergleichlich viel mehr: die kann einschlafen und aufwachen, sie läßt sich an- und ausziehen und füttern, sie kann *gloo*-gehen und *buzd* werden, und ist alles in allem fast schon ein Mensch — eindeutig *lain* zwar, aber umso leichter schlüpfe ich ihr gegenüber auch in die Rolle von *goos*.

Will der neue Drang in mir demnach über die Sachen hinweg wieder zu den Menschen zurück? Es sieht alles so aus. Das hat sich angebahnt bei seiner letzten, eher unauffälligen Verschiebung, als mir ein Teil von ihm auf einmal wieder in den *didi* gehüpft ist — wenn auch nur ein kleiner, vielleicht weil ihn die dunkle Erinnerung an den Schwarm und die Zerhackung noch immer geängstigt hat: aber immerhin hat er mir dadurch zu den geheimen und vergnüglichen *bisi-und-wiss*-Künsten verholfen, und damit zu dem innigen Bündnis mit Olfi, auch wenn sie selbst inzwischen wieder etwas eingeschlafen sind.

Aber da will er jetzt weiter, das ist es, was ich spüre! Gegen die frühere Angst, die er jetzt, größergeworden, anscheinend überwunden hat, macht er sich nun im *didi* ganz und gar heimisch und füllt ihn aus, weniger mit Feuer und Funkenflug, das ist wahr, aber dafür mit einer Bereitschaft zu Schwall und Beseligung wie in der Vorzeit — und doch wieder nicht ganz: denn die schwappen jetzt nicht mehr über meinem Inneren zusammen bis zur Besinnungslosigkeit, sondern heben mich hinauf in wer weiß welches Liebe und Schöne. Wieder einmal habe ich Anlaß, darüber zu staunen, wie einfallsreich und wunderlich ich gebaut bin. Denn da will etwas über sich hinaus, ich merke es deutlich, da bereitet sich etwas vor, ein Sprung, soweit ins Unentdeckte, daß ich ihn vielleicht nie werde ganz einholen können. Alles in mir ist reine, hoffnungsvolle Erwartung.

❖ Was also genau war in diesen zwei Tagen im Haus des Schüttlers passiert und geredet worden? Das wollten wir jetzt, nach dem ungläubigen Staunen, dem Jubel und den Umarmungen von unserer Abordnung erst einmal wissen. Wenn schon Demokratie, dann mußte auch heraus, wie sie entstanden war. Stimmte es denn nicht schon bedenklich, daß ihre Grundsätze nicht öffentlich, sondern so geheimbündnerisch und klüngelhaft ausgehandelt worden waren?

Gut denn, wir sollten alles erfahren. Schon der Anfang hatte eine große Überraschung gebracht. Der Schüttler, das hatten wir ja noch mitbekommen, hatte sich gegen die Verhandlungen keinen Augenblick lang gewehrt; ja er hatte im Gegenteil die Unsern auf der Treppe mit den Worten begrüßt: *Ihr kommt also doch noch! Ich hatte schon nicht mehr daran geglaubt.* Dann hatte er im Tagungsraum seine große Grundsatzrede gehalten: über die Vernichtungsmaschine von Eigentum und Verschuldung, selbstgesetzlich geworden und außer Kontrolle geraten, die er, aus allgemeinem Interesse wie aus eigenem, mitanzutreiben nicht mehr gewillt war. Eine Ordnung der Ungerechtigkeit, die sich im Großen des Gemeinwesens wie im Kleinen der Familie durch Ansteckung weiterschleppte von Geschlecht zu Geschlecht: denn hier wie dort wurden die Söhne von den Vätern zur Zwangsarbeit und Unselbständigkeit hinuntergetreten; dann ins Erbe eingesetzt, sollten sie auf einmal können, was man ihnen verboten hatte zu lernen; nie ernsthaft gefragt, hatten sie die Fähigkeit verloren, ernsthafte, das heißt allgemeingültige Antworten zu finden. Ausgenommen und kleingehalten, mußten sie ihrerseits die nachkommenden Söhne kleinhalten und ausnehmen, und so weiter ohne denkbares Ende.

Das Übel war nur an der Wurzel zu packen, und wir, als erste in der Geschichte, waren dazu instandgesetzt. Denn wir kannten die Wurzel doch! Seit dem Beschluß zur Trennung vom Werk war alles Bisherige unter seinem alleinigen Gesetz gestanden: der Herstellung, Aufhäufung und blinden Durchsetzung des Eigenen gegen alles andere. Jetzt aber war, in der Mitte der Stadt als Standbild für alle sichtbar errichtet, der Mensch in seiner dritten Möglichkeit erschienen: der, nicht darauf angewiesen, zu haben oder zu machen, aus der eigenen, gefestigten Mitte lebt, um durch sein Vorbild den Zurückgebliebenen hinaufzuhelfen in die höhere Lebensart. Daher Selbstbeschränkung des Eigentums, Umverteilung als Vorbedingung für den Eintritt aller Willigen und Fähigen in ein mündiges Gemeinwesen!

Überraschtes Schweigen: der Schüttler hatte seinen Namen über alle Erwartung hinaus wahrgemacht, und die Forderungen, die die alte Ordnung aus den Angeln heben sollten, ja geradezu schon unterlaufen und überholt! Als erster dann unser Anführer: ihm klang das alles, so wünschenswert im Prinzip, mit Verlaub doch allzu edelmütig und selbstlos. Wir sollten uns erinnern: auch der Tausch hatte mit einer Gleichstellung aller, mit der Niederkämpfung der Begierde und Ichsucht begonnen — und zugleich mit der Ahnung: daran ist etwas oberfaul. Und die stieg auch jetzt wieder in ihm auf. Damals hatte sie sich bewahrheitet, in Ausmaßen, die keiner vorhergesehen hatte. War das nicht auch jetzt zu befürchten? Wer garantierte, daß der neue Staat nicht, wie vormals die Tauschordnung, nur ein Umweg zur Befestigung von Herrschaft war, die wie seinerzeit undurchbrechbar werden konnte durch die scheinbar freiwillige Zustimmung aller?

Soviel Scharfsinn hatte ihm gar niemand zugetraut. Aber jetzt waren die Raddenker, von denen sich zwei (wir hatten sie ja gesehen) wie erwartet in die Abordnung mit hineingedrängelt hatten, nicht mehr zu halten. *Keine Unterstellungen!* hatte der eine scharf dazwischengerufen. Der Schüttler war nur beim selben Ergebnis angelangt, wie jeder politisch denkende Mensch: daß der Einzelne niemals aus sich selbst, sondern nur durch die anderen zum guten Leben finden kann — und zwar durch gleichgestellte andere. Und wie Gleichberechtigung ging, das war mit zwei Worten gesagt. Nämlich nicht durch Umverteilung der Güter, die war nach drei Tagen bekanntlich wieder dahin, sondern durch die Umverteilung eben auch der Last. Das Rad war das Vorbild: als ständige Umwälzung des Oberen und Unteren, ein jeder abwechselnd in jeglicher Arbeit!

Und da hatte der Schüttler offenbar seine Grenze: er ließ zum ersten Mal den Satz hören, mit dem er uns später bis zum Überdruß traktieren sollte: *nichts zuviel!* Aber damit war er jetzt an den Falschen geraten. *Was heißt nichts zuviel?* rief der; *eine andere Möglichkeit gibt es nicht!* Wir sähen doch selbst, was geschieht, wenn man den Geist von der Hand trennt: wie die Hälften einer zerschnittenen Kugel liefen wir herum, und merkten kaum mehr, was uns fehlte. Und die Hälften dann immer noch einmal in kleinere Stücke aufgeteilt wie ein Kuchen: der Schuster, der nicht mehr backen kann, der Heerführer, der nichts von Verwaltung versteht, der Getreidehändler ohne einen blassen Dunst, wie man Weizen anbaut. Jeder lebenslang festgelegt auf eine einzige armselige Fähigkeit und Rolle, alle anderen Anlagen und Gaben verkümmert, verloren — *Menschen?* hatte der mit erhobenen Händen ausgerufen, *Apfelschnitze auf zwei Beinen sind wir geworden!*

Dann hatte er sich zum Glück wieder ein wenig beruhigt. Noch sei die Spaltung nicht heillos: der Starktrachter hatte uns vorgemacht, was in jedem noch steckte und zu erwecken war, und sein Standbild zeigte es uns — oder wer wollte es festnageln auf einen Korbflechter, einen Weinbauern? Nein, die Statue sagte etwas ganz anderes: Eros, nicht weniger, verlangte sie und gab sie dem Betrachter zum Vorbild. Denn was war aus unserem geworden? Ein Unterdrückungsporno, ein Gewöhnungspuff! Wo die Liebe zum Allgemeinen erlosch, da verfaulte sie eben auch im Besonderen und Kleinen. Und wenn unser Staat also die Frauen und Unfreien ausschloß, dann konnte er schon gleich jetzt einpacken!

Nichts zuviel! hatte da der Schüttler zum zweiten Mal gemahnt, und der zweite Raddenker schien ihm recht zu geben. *Leere Utopie!* hatte er dem ersten entgegnet, *und falsche Deutung!* Soweit waren wir nicht; das mußte schiefgehen; das Standbild meinte was anderes: den Tagvater-Staat wollte es uns nahelegen, den mächtigen aber unmerklichen Herrscher, der den kleinkindlichen Untertanen das Beste zutraut, aber ihnen zugleich die notwendigen Grenzen setzt. Nur so konnten sie, von ihm befeuert und vor Schaden bewahrt, erwachsen werden wie er. Und den rechten Mann dafür könnte er uns auch zeigen (unser Anführer hatte aufgehorcht), er redete ja schon mit ihm (unser Anführer hatte wütend die Fäuste geballt) —

Aber *nichts zuviel!* hatte der Schüttler, diesmal lächelnd, auch zu ihm gesagt. Zum einen: jeder Staat, der sich zu weit entfernte vom Vorbild der Familie, mußte scheitern; nur dort wurde das Allgemeine erlernt. Zum andern: er konnte ein solcher Stadtvater nicht sein, sowenig wie ein anderer. In dem Punkt also wollte er wagen, übers Vorbild hinauszugehen: daß der Stadtoberste wechselte durch jährliche Neuwahl. Aber sonst mußte es gelten: wie dort eine Rangordnung der älteren und jüngeren Söhne: im Rat die herangewachsenen, die zu entscheiden hatten in letzter Instanz; die kleineren in der Versammlung mit Vorschlagsrecht. Ob das nicht kippte, und am Ende eben doch wieder nach dem vermißten *bábbu* schrie, mußte sich zeigen. Auch hier *nichts zu viel!* — vor allem in der Gleichstellung nicht. In jeder Familie gab es außer den Söhnen die *selle*-losen Kleinen. Wozu die Unfreien großziehen, wozu die Töchter? Die hatten sich doch später auch nur um die *oikonomia* zu kümmern. Oder wollten wir uns in unserem Staat gleich von anfang an in ein verderbliches Ehegezänk, in die endlose Arbeit verstricken? Na also. Die mußten am gehörigen Ort also schon bleiben, die einen im Haus, die anderen bei der niedrigen Arbeit. Unter guter Behandlung, wie sich verstand.

Der Streit über den letzten Punkt hatte den ganzen zweiten Tag lang gedauert. Der Schüttler hatte sich schließlich erhitzt und gerufen: *ihr vergeßt, daß er schön ist!* und da war nur noch der Raddenker standhaft geblieben und hatte grob zurückgeschrien: *Beschiß!* Alle anderen hatten klein beigegeben, zu ihrer Beschämung: denn daß die Gerechtigkeit anders geht, wußten sie wohl.

❖ Der innere Aufbruch, das Gewoge von undeutlichen Ahnungen, Plänen, zukünftigen Bildern, die die neue *didi*-Belebung in mir wachgerufen hat: ich wäre davon gewiß aus jedem Geleise geworfen ohne Zielpunkt und Leitbild — aber gerade die habe ich ja jetzt täglich vor Augen. Im Babbà ist, was in mir erst verschwommen Gestalt annehmen will, ja schon längst zu sich gekommen. Wer hätte es dem vorwitzigen, lustigen, wackeligen *wiss*-Männlein je zugetraut, was mir da von ihm jetzt entgegenstahlt: daß es einstehen kann für ein drittes, wenn auch einstweilen noch geheimnisvolles Willensprinzip, ins Licht und aufs Schöne gerichtet!

Es scheint mir fast unglaublich, wie vollständig die sich haben verdecken lassen von den dunklen Bildern des Werks, die mich früher beherrschten. Jetzt muß ich lachen bei der Erinnerung an den Feuerschlauch, den kindisch-rachsüchtigen Versuch seiner Verwandlung zu Säure und Pech: mein Gott, liegt das weit hinter mir! Kein Wunder, daß mir der Babbà dabei so gelassen und mitleidig zugesehen hat.

Jetzt zum ersten Mal, aus neugestifteter Ähnlichkeit, kann ich ihn angstlos betrachten. Sein Geist gleißt nicht mehr als miasmische Lavaglut, droht mich nicht mehr zu blenden und mir den Verstand zu überfluten mit Wahnwitz: er ist dem meinen verwandt. Ich will werden wie er. Ja, ich bin dabei, ihn zu verhimmeln. Denn schier übermenschlich will er mir vorkommen in seiner hohen weißen Gestalt, dem mächtigen Gliederbau, in dem eine Flamme sitzt und ihn, als wäre er zugleich Wachs und

sinnlich durchwärmtes Fleisch, von innen erleuchtet.
So sieht er also aus, der wahre Babbà-*ohne!* Und daher
fürchte ich mich auch vor keiner Durchdringung mehr,
wieso auch? Der Gedanke verlockt mich im Gegenteil,
denn es kommt mir ja von ihm nichts roh Überwältigen-
des, sondern nur etwas sanft Andrängendes entgegen,
was mir wie der beste und einfachste Weg zur Geist-
vermittlung und Einswerdung erscheinen will.

Aber bei der Phantasie und dem bloßen Wunsch muß
es leider auch bleiben: ob schmachtend angedeutet oder
halblaut geäußert, stoße ich damit bei ihm auf taube
Ohren. Ist sein ganzer *didi*-Geist demnach der Ma zugewandt? Das sicher auch nicht. Den kleineren Teil
zumindest — woher hätte ich sonst das Wunschbild? —
hat er eben doch für mich übrig und auf mich gerichtet:
aber umweghaft und gleichsam außen herum, sodaß ich
ihn nicht fassen kann; als wollte er mir zu verstehen
geben, daß der direkte Austausch am Wichtigsten gerade
vorbeigeht.

So bin ich ratlos. Aber bald, eines unauslöschlichen
Sonntags, werde ich näher belehrt: er lädt mich ein, ihm
bei der Errichtung eines Geistgebildes zur Seite zu
stehen, das er in monatelanger Mühe in einer ganzen
Mappe von wohldurchdachten Plänen entworfen hat:
und ich Blinder hatte darin nichts als wirre Kringel mit
umkreisten Zahlen gesehen! Feierlich werden nun also
die Holzkästen mit den durchlöcherten, fast stofflosen
Metallstäben aus dem ehrwürdigen Schrank gehievt —
und auch ich darf mich in den vormals so streng *botenen*
beugen, um sie ihm hinaufzureichen! —, das große
Montagebrett wird aufs Buffet niedergelegt, und so
entsteht unter Gesumm und in höchster Konzentration —
ich weiß noch lange nicht was.

Der Babbà scheint nur aus Kopf und Händen zu
bestehen, eine Art Weberschiffchen saust zwischen ihnen
beständig hin und her, aber dann auch in meine Richtung, in knappen Anweisungen wie: *zweimal E-7, eine
Mutter* — und schon sind wir eingesponnen in eine

Gemeinschaft, die sich aber nicht wie eine *mieljen-* und Gesetzeskanalisierung anfühlt, sondern eher schon wie ein höherer *bielbatz,* wenn nicht sogar wie ein Bündnis. Immer deutlicher steht mir auch das Gebilde, das ihm vorschwebt, vor Augen; und ich kann dann schon im Voraus erraten, welches Bauteil gleich vonnöten sein wird. Ich bin durch diese Einweihung in einen fremden Bezirk an die Unterwelt zurückerinnert: und doch, wie verschieden! Denn dies hier ist ganz sicher keine grobe *Scheißarbeit* zu nennen, sondern gehört dem höheren Reich der Hervorbringung aus dem Nichts an, also der Erfindung, der Künstlichkeit und der Kunst; und kein Befehl kettet mich an meine Tätigkeit, sondern ich könnte mich, wie zuvor aus dem Spiel mit den *lötzen,* jeden Augenblick daraus lösen, ganz nach Belieben: aber nur umso emsiger und eifriger bin ich in sie versenkt. Das scheint also zur *didi*-Befeuerung fest mit dazuzugehören.

Drei Sonntage lang dauert diese glückliche Schulung. Viel zu schnell — denn wie sehr hätte ich sie mir länger gewünscht! — sind wir beim krönenden Abschluß angelangt: *jetzt den Elektromotor!* Auch dies beiläufig dahingesagt: aber es bedeutet nicht weniger, als daß ich im nächsten Augenblick das Glitzerding aus Kupfer und Gold in Händen halten werde, dieses unfaßlich komplexe Werkstück mit dem Ozongeruch und der kleinen Messingzunge, die, sobald der gefährliche elektrische Strom Wicklung und Anker durchzuckt, anfängt, sich wie rasend zu drehen, und zur durchsichtig schimmernden Scheibe wird, zum Propeller!

Das ist der endgültige Vertrauensbeweis. Vorsichtig hebe ich das kostbar-empfindliche Ding aus seinem mit Stoff ausgeschlagenen Ruhebett. Wenn mir das nun entgleitet! — aber nein, ruhig wird es mir aus der Hand genommen und sicher verschraubt, mit Antriebsschnecke, Zahnrad und Kette verbunden. Und da steht es, in riesiger, das ganze Buffet durchmessender Länge, ein phantastisches Gitterwerk, die reine Struktur! Jetzt

noch, in feierlichen, tuschegezeichneten Lettern, das
Schild mit der Aufschrift: *Brücke über den Firth of Forth
(Mittelstück)*. Ein Knopfdruck, und langsam, in völligem
Gleichmaß, von dem verzwickten Räderwerk unaufhalt-
sam getrieben, heben sich die zwei Brückenarme wie
Torflügel in die Zukunft. Selbst die größten Schiffe
können nun ungehindert passieren.

Auch die Mama steht starr vor Bewunderung vor dem
vollendeten Bau. *Großartig!* sagt sie. Die Heuchlerin!
Denn bei aller Konzentration habe ich ihre scheelen
Blicke deutlich bemerkt, mit denen sie unsere Gemeinschaft und Zusammenarbeit verfolgte, und sie sehr wohl
vor sich hinbrummeln hören, *und wo soll jetzt die Obstschale hin? Alles mal wieder verstellt, ans Abstauben wochenlang nicht zu denken!* Sie ist eifersüchtig; das Männerwerk
sagt ihr nichts; es liegt außerhalb ihres Horizonts. Es
stimmt, denke ich, ihr fehlt der *didi*-Geist noch mehr als
mir. In dieser wie in jeder anderen Hinsicht hat der
Babbà den besseren Überblick.

❖ Die ersten Sitzungen unserer Volksversammlung
waren eine sehr feierliche Angelegenheit. Alle hatten
ihr bestes Gewand hervorgekramt, und bei dem Ruf, *die
ekklesia ist eröffnet!* ging ein spürbares Erschauern über
die Bankreihen. Jeder Bürger eine Stimme! Entschei-
dungen durch einfache Mehrheit! Jetzt schien nichts
mehr unmöglich. Schluß mit der angeblichen Vertretung durch den Stadtrat, der keinen von uns jemals
vertreten hatte: der entschied zwar über ja oder nein,
aber die Gesetzesvorlagen kamen von uns; es herrschte
das Volk!

Jetzt mußte sich also zeigen, ob wir unsere Kindlichkeit wirklich schon abgestreift und zu dem herangewachsen waren, was der Schüttler uns zugetraut, und wir
selber geglaubt hatten, ineinander zu sehen: zum *selbe*,
der neuen, von Egoismus und Begierde unabhängigen,
nur auf sich selbst, das heißt aufs Allgemeine gegrün-

deten Vernunft. Nur dann konnte aus unserem Staat etwas werden — dann aber wieviel! Denn wenn es uns gelang, die innere Freiheit und *isonomia* auch ins Äußere hinauszusetzen, dann war unser Zusammenhalt neu gestiftet, die Einigkeit und Rücksicht auch im alltäglichen Umgang, die uns die Dicken kaputtgemacht hatten durch ihr ungerechtes Gesetz.

Wir waren zuversichtlich und hochgestimmt, obwohl die Diskussion ziemlich schleppend begann. Es fiel uns nicht ganz leicht, uns vor jedem Satz zu sagen: er muß vernünftig sein, tauglich fürs Allgemeine — und das noch dazu vor viertausend Leuten (soviele sind wir in der ersten Zeit ziemlich regelmäßig gewesen), von denen die Entfernteren dauernd *wie?* dazwischenriefen, *was war das? lau-ter!* Und außerdem wollten unsere Gefühle nicht recht Schritt halten mit dem hohen Begriff, den wir voneinander haben sollten; wenn wir einander ansahen, dachten wir meistens weniger an das lautere Vernunftgefäß, das da vor uns stand, als vielmehr: *warum muß der Mensch soviel Knoblauch fressen, bevor er auf die Versammlung geht?* oder: *was sollen das für affige Sandalen sein, mit denen der sich da großtut?*

Wir wußten genau: in unserem alten *sem* hätten wir dem dann einfach in die Seite geboxt und gesagt, *geh dich waschen, du stinkst!* — aber das wollte uns jetzt, wie etwas Verbotenes, nicht mehr über die Lippen, und noch der mickrigste Flickschneider hätte darauf empört zurückgeblafft, *ein Volksvertreter stinkt nicht, das merk dir gefälligst!* So hatte sich in die Feierlichkeit auf einmal auch etwas Steifes und Gespreiztes eingeschlichen, eine Aufgeblasenheit wie die der Dicken, als wollte uns das Allgemeine mehr trennen als einigen.

Aber zur Sache: wie ging also das gerechte Gesetz? Die Vorschläge trieben einander voran, einer vernünftiger und logischer als der nächste. Die *isonomia* verlangte den rücksichtslosen Ausgleich. Das hieß mehr Besteuerung für die Dicken, mehr noch: Herabsetzung der Höchstgrenze für Landbesitz, mehr noch: hieß Enteignung und gleichmäßige Parzellierung des Landes, nein, immer noch mehr: hieß überhaupt die Umkehrung des falschen Verhältnisses von Arbeit und Lohn, das die Müßiggänger überschüttete und die Fleißigen kurzhielt.

Der Reinfall ließ nicht lange auf sich warten. Schon die ersten Abstimmungen haben uns die Augen über unsere Staatsfähigkeit geöffnet: von ein paar ehrenvollen Ausnahmen abgesehen, konnte man bei jedem genau vorhersagen, wann er ausstieg — sobald er selber betroffen war. Dann auf einmal hörte für ihn das Vernünftige auf, einsichtig zu sein — und zwar, das war ja das Schlimme, ganz aufrichtigerweise; er konnte es schlichtweg nicht mehr begreifen; und auch wir selbst kamen dauernd ins Schwanken. *Aber das Grundstück habe ich doch von meiner Mutter geerbt!* heulte dann einer auf, *soll die jetzt umsonst geschuftet haben ihr Leben lang?* — und schon waren wir in zwei Lager gespalten, wovon das eine lauthals *die arme Mutter!* beklagte und das andere ebenso nachdrücklich *Verstaatlichung!* verlangte — und das war dann durch keine Logik mehr auf einen Nenner zu kriegen: wenn der erben durfte, dann die Dicken doch auch; nur ging es bei denen dann eben um eine ganze Provinz. Nein, das war etwas anderes, da steckte der Handel dahinter, nicht ehrlich erworben. *Was, Handel nicht ehrlich!* schrie dann alles, was handelte. Also Umverteilung oder nicht? *Ja! Nein! Doch! Allen dasselbe! Was war das? Immer die Kleinen! Lau-ter!*

Das gerechte Gesetz führte demnach in die Ungerechtigkeit, die Gleichheit war nur zu haben durch die Ungleichheit? Es kam kein einziger Beschluß durch, der etwas Grundlegendes verändert hätte; dafür fanden sich immer nur Minderheiten. War etwa das Bestehende unser wahrer Gesetzgeber? Das Etwas, das die Dicken aus dem Nichts gemacht hatten, stärker als wir?

Das Dilemma schien ausweglos. Dabei kannten wir insgeheim die Lösung recht wohl: gerade die Heftigkeit, mit der wir uns gegen sie sträubten, bewies es. Denn wenn der Raddenker aufstand und seine längst zur festen

Formel gewordene Ansicht in die Debatte warf, *jeder wechselnd jegliche Arbeit!* — dann bekam er nur noch geistlose Witze zu hören. *Soll der Latrinenfeger jetzt auch noch fischen gehen? Den Fang tu dir selbst auf den Teller!* — auf dem Niveau etwa.

Das Allgemeine wehrte sich gegen das Untere, daran lag es! Das hatte mit den Unfreien und Frauen angefangen, die wir nicht zu uns herauflassen wollten; aber auch, was sich in uns selbst meldete an Besitzgier und Selbstsucht, sollte als Niedriges nicht mehr erscheinen, sondern mit Vernunft sich maskieren. Daher also unser aufgeplustertes Gehabe in der Versammlung, die neue Scheidung: wir wollten das Allgemeine gar nicht, sondern taten nur so! Und wenn wir uns darüber für die eigene Person noch täuschen konnten, bei den Hauptrednern wurde die Abtrennung unübersehbar. Sobald sie sich erhoben, schienen sie alles Eigene auf der Sitzbank zurückzulassen: und was dann da von oben zu uns heruntersprach, ohne Seele, ohne Gesicht, war nur noch die immer gleich *öffentliche Figur,* der bloße, astreine Gemeinsinn, der an sich selbst nicht mehr glaubte. Ans Rednerpult geklammert, auf Zehen wippend, händefuchtelnd, stirnerunzelnd, füßestampfend, säuselnd, japsend, gellend ließen sie gewaltige Tiraden auf uns nieder, flammende Aufrufe, niederschmetternde Kritik, und immer mehr füllten sich ihre Reden mit hochtrabenden Floskeln wie *in letzter Instanz, im wohlverstandenen Interesse, die bare Vernunft verlangt, die Volksmeinung gebietet* — und dabei hörte jeder, der nicht stocktaub war, schon aus ihren ersten Worten heraus: der ist für die Dicken, der ist dagegen.

Kurz, sie schwadronierten ununterbrochen vom Gemeinwohl und meinten damit ebenso pausenlos etwas Parteiliches, sodaß alle Wörter, die sie benutzten, immer das eine und zugleich sein Gegenteil bedeuteten, und sich zu widerwärtigen Klapperhülsen entleerten, die keiner mehr in den Mund nehmen wollte, so fade schmeckten sie — außer diesen Herren Rhetorikern, die mit allen Kräften versuchten, wieder einen Sinn in sie hineinzusäuseln oder zu fuchteln oder zu stampfen, je nach Bedarf: uns fing dieses *Öffentliche* an, allmählich ziemlich weit aus dem Hals zu hängen.

❖ Ich bin im Entzug. Seit der Vollendung unseres gemeinsamen Brückenbaus hat mir der Babbà das Bündnis zwar nicht gekündigt, aber er hält es quälend in der Schwebe, als warte er auf einen Schritt von meiner Seite. Und das braucht er mir wahrhaftig nicht zweimal zu sagen: ich laufe ihm das Haus ein, lasse ihm keinen Frieden mehr, überschütte ihn mit Gefälligkeiten. Er steht noch kaum in der Tür, da bin ich schon mit den Pantoffeln zur Stelle, steige auf den Hocker, ihm die samtgrüne, mit rostroten Kordeln besetzte Hausjacke zu holen, die ihn so kleidet, schiebe ihn zum Sessel, um ihm dort auf den Schoß zu klettern und mit Schmätzen zu bestürmen — beides, zugegeben, nicht ganz absichtslos: denn sein Stoppelbart und der schon etwas verblichene Geruch seines Rasierwassers haben es mir angetan, und unentwegt suche ich nach dieser heftigen, fast schon schmerzhaften Liebkosung, die er mir damit halb abwehrend gewährt; und außerdem kann ich mich dabei nebenher vergewissern, ob sein *didi* noch da ist.

Nicht, daß dieser Punkt mir zweifelhaft, oder auch nur die Hauptsache wäre; und auch in den Zärtlichkeiten, zu denen ich ihn verlocken will, suche ich etwas anderes als den Kitzel, so wohlig der mich auch erschauern läßt. Ich weiß mir nur kein besseres Mittel, um ihn ganz zu ergreifen, mir ihn angehörig zu machen und zu erforschen bis zu seiner wahren und unverdeckten Mitte, die kein Dazwischen mehr kennt, kein Gesetz und keine Überlegenheit; denn dort, soweit er mich auch schon in sich eingelassen hat, erspüre ich hinter allem festen Willen ich weiß nicht welche Verlassenheit und welche Trauer; doch bin ich sicher, und darauf will mein *didi*-Drang zuletzt hinaus, ich könnte sie erwärmen und erfrischen, hätte ich mir nur erst den Zugang bis dorthin erkämpft.

Und so bäume und stemme ich mich, auf seinen Knien stehend, gleichsam in ihn hinein, ziehe sein Gesicht zu meinem, um seinen Blick zu fesseln, der mir aber immer wieder sonderbar zur Seite ausweicht, bis ich auf einmal merke: er versucht tatsächlich, sich mir zu öffnen, aber es gelingt ihm nicht, bei aller Anstrengung hindert ihn etwas an dem von ihm selbst gesuchten Liebestausch. Stattdessen glaube ich, in einem Augenblick der Versunkenheit, etwas zu verstehen wie, *ich kann es nicht ... ich soll nicht ...* — und wie bei seiner ersten, so ganz andersartigen Rede spanne ich alle meine Sinne an, um ja nichts zu versäumen, und höre ihn mit derselben, sonderbar entfernten Stimme wie damals kaum vernehmlich sagen: *einmal haben wir den Sprung gewagt ... ah! ein Wunder! ... aber es ging daneben ... frag mich nicht ... etwas war nicht gut daran ... ich muß es dir versagen ... so wirst du weiterkommen ... du mußt, hörst du? du mußt mich überholen ... aber dann ... am Ende ...*

Er fällt mir immer tiefer in sich zusammen bei dieser dunklen Rede, die so geheimnisvoll nach einem Auftrag und Vermächtnis klingt. Ich weiß mit tiefer Sicherheit: ich werde ihm niemehr so nahe sein. Dann bekomme ich Angst, schüttle ihn und rufe ihn beim Namen. Er ist sofort bei sich, wenn auch sehr erschöpft. *Laß mich jetzt,* sagt er. *Räum deine Truhe ein. Geh der Ma helfen. Es wird schon werden.*

❖ So hat unser Gemeinwesen, statt uns zu uns selbst zu führen, unser Inneres mehr und mehr gespalten und verdunkelt. Wir wußten kaum mehr, was wir träumen und uns wünschen sollten. Bis dann eines Tags auf hohem Karren die erste Schauspielergruppe mit Pfeifen und Flöten auf dem Marktplatz einzog, und sich die ganze Stadt wie ein Mann vor ihrer roh gezimmerten Bühne

niederließ. Denn da zeigte sich dann schnell: die wußten
sehr wohl, und besser als wir, wie es um uns stand.

Allzuviel hatten wir uns nicht erwartet: irgendetwas,
was der Belehrung und Erbauung diente, einen vorbild-
lichen und selbstlosen Helden, der nach durchlittener
Prüfung zum Schluß dastand mit seinem verdienten
Lohn, von Glück und Reichtum überhäuft. Stattdessen
was? Die irrwitzigsten, selbstbesessensten Figuren im
Kampf gegen ihr überlebensgroßes Schicksal: an eitern-
den Speerwunden siechten die dahin, verfielen in Wahnsinn, stachen sich die Augen aus, ließen sich lebendig in
die Gruft einmauern, zerrissen sich vor Schmerz und
Verzweiflung die Kleider, die bloße Brust, und dazu
orgelte dann der Chor seine Donnersprüche: *doch nichts
ist | Gewaltiger als der Mensch . . .*

Wir waren begeistert. Nur, wieso eigentlich? Sonst
zeigten wir uns immer nur erleichtert darüber, daß wir
diese altbekannten, schaurigen Ammenmärchen aus der
Urzeit endlich hinter uns gebracht hatten: Mutter- und
Vaterfiguren, zu Furien und Halbgöttern erhoben, zu
Drachen, Erinnyen, Riesen, und zwischen ihnen die Helden, monströse, an keiner Grenze haltmachende Kinds-
geschöpfe, blind dem eigenen Drang nach Rache, Mord
und Inzest ausgeliefert, mit allen dazugehörigen Blen-
dungen, Kastrierungen, Abschlachtungen, die daraus
folgten.

Als erstes die Schreckidee: war das als Vorausdeutung
zu verstehen, was uns daran so packte, stand da etwa
noch ein Kapitel aus, mußte da noch einmal etwas ausgefochten werden zwischen den Söhnen und Vätern und
Müttern, hatte der Schrecken noch immer kein Ende?
Aber dann beruhigten wir uns. Es war etwas anderes,
was uns so fesselte und mitnahm: wir konnten das Alte
noch einmal nacherleben, und zwar nicht nur vom
Hörensagen, sondern als geschähe es jetzt und mit uns.
Und doch wieder nicht! denn der andere Teil von uns
saß ja ganz unbeschadet auf seinem Parkettplatz und ließ
die Gräßlichkeiten genüßlich an sich vorüberziehen.

Nein, das Wirksame daran war die Maske, die Rolle, die Identifikation: wer da hineinsprang, erfuhr, daß er alles, je ichloser, umso stärker erlebt. Gerade weil er mit einem Rest seiner selbst bei sich blieb, konnte er dem Helden ohne Rückhalt sein eigenes Gesicht geben und endlich, wie er es sich immer gewünscht hatte, mit erhobener Faust dem Himmel drohen, sein Gejammer über das Erdrund erschallen lassen. Was damals liegengeblieben war einzusammeln und zu wiederholen: das machte doch das Vergnügen und die Erleichterung aus: die Reinigung der scheinbar auf ewig verschlossenen, und nun doch noch einmal geöffneten finsteren Grube in unserm Innern! Aber war das auch schon die ganze Antwort? In der Komödie, da ging es doch ganz anders her, und unser Spaß war nicht kleiner: wenn da diese krummen oder feisten Figuren besoffen auf der Bühne herumtorkelten, mit einem Riesenoimel, der ihnen lächerlich unten heraushing, und einander übers Ohr hauten, sich Erbschaften abluchsten, die Sklaven die Herren belogen und sich von den feinen Damen ins Bett ziehen ließen, der ganze Verein dort oben sich mit einem Wort kranklachte über alles, was hoch und heilig war, und auch nur im Entfernten mit Ordnung oder Gesetz oder Gemeinsinn zu tun hatte — da scherte sich um die Urzeit doch kein Mensch mehr, im Gegenteil, das konnte uns gar nicht heutig genug sein, und wenn dann schließlich der Schüttler, oder sein Nachfolger höchstselbst auftrat und mit einem gesalbten *Nichts zuviel!* den Chiton fallen lassen mußte, gab es kein Halten mehr —

Er selber hat in seiner Loge mitgelacht. Die Raddenker aber machten finstere Gesichter und murrten laut über diese *Zersetzung,* worauf sie einer von der Galerie herunter als verbohrte Holzköpfe beschimpfte und rief: *wo sollen wirs denn sonst loswerden, dieses ewige Erwachsensein, diese miesepetrige Vernunft? Wenn schon Reinigung, dann davon auch einmal!* Aber er bekam nur schroff zurück, *seit wann wird man durch Lügen gereinigt?*

Wieder einmal hatte sich die Unterhaltung in der Zweiseitigkeit festgebissen. Irgendetwas stimmte schon an dieser Reinigung. Aber was uns an dieser Kunst eigentlich in Bann hielt, lag tiefer.

❖ Jetzt wußten wir überhaupt nicht mehr, ob es mit uns aufwärts ging oder bergab. Auf der einen Seite der Hohe Mann und unser Theater; aber sie schienen nur vor uns zu stehen, unerreichbar: jedesmal, wenn wir sie einholen wollten, blieben wir in dem weißen Nebel stecken, der aus dem uneingestandenen Dunkelloch in uns selbst und in unserem Gemeinwesen aufstieg, und jede klare Rede endete im Geschwafel.

Und da ist er strahlend erschienen, unser Glücksfall, man kann ihn nicht anders nennen, der *Rundumberühmte,* oder wie er mit Herkunftsnamen fast noch treffender hieß, der *Jochochse,* denn er allein hat unseren Karren aus der Klemme gezogen — und zwar scheinbar mühelos; nur dadurch, daß er unbeirrt festgehalten hat an der einfachen Wahrheit über uns und unser Gesetz.

Schon bei seinem ersten Auftritt war die Versammlung wie elektrisiert. Kein junger Mann mehr, aber von kräftiger und ebenmäßiger Gestalt, schien er bei aller ruhigen Sicherheit von innerer Spannung zu beben, mit einem offenen und zukünftigen Blick in den blauen Augen: jeder glaubte sich sogleich von ihm gesehen, oder soll er sagen: durchschaut? Aber nicht hämisch, sondern so, wie er war, nein besser noch: wie er hoffte zu sein. Keiner seiner Sätze war länger als zehn Worte; aber jeder klar wie auf eine Glocke gehämmert, und in ihrem Hintereinander klangen sie uns als dröhnendes Geläute in den Ohren: denn sein Vorschlag war unerhört. *Schluß!* fiel er den Säuslern in die gedrechselte Rede, und so schnell hat sich keiner von denen mehr zu mucksen gewagt, *wir sind Wölfe und keine Lämmer, und ihr wißt es! Unser Staat wie unsere Familien sind auf Unrecht gebaut. Dafür haben wir uns entschieden; und daran, ich sage es euch voraus, werden wir zuletzt eingehen wie an der Pest.*

Aber das macht nichts! Solange uns vorher das richtige Leben gelingt. Bis jetzt stecken wir bis zum Hals in dem falschen, öffentlich wie privat. Wir nehmen uns selbst zu ernst, und nicht ernst genug.

Von allen Seiten unentwegt das Geschrei: ›und ich? und ich?‹ Habt ihr im Theater geschlafen? Da schreit keiner ›und ich?‹ Da wird die zugeteilte Rolle gespielt, und jeder kann sie: auf Anhieb! Augenblicklich und ganz. Ein Als-Ob, ein Schein, eine Erfindung: aber ergriffen!

Ergreift das Als-Ob, und ihr könnt es! Eure Familien sind kaputtgezerrt zwischen Liebe und Haß: ›und was ist mit mir?‹ ruft von früh bis spät der Mann, die Frau, der Sohn. Wer sich daran verliert, ist ein Idiot. Darunter der Abgrund der nach unten geschobenen Arbeit: vergeßt ihn! Spielt den Vater, als wärt ihr nie etwas anderes gewesen, lehrt die Frau Frau spielen und den Sohn Sohn, und alles paßt ineinander und ordnet sich: künstlich und ungerecht, aber schön.

Genau daran aber krankt auch der Staat. ›Und ich?‹ fragt der Händler, und verfälscht die Gewichte. ›Und ich?‹ fragt der Schuster, und haut seinen Nagel krumm. ›Und ich?‹ fragt der Staatsmann, und wagt keine Steuererhebung. Es ist gleich, ob die Rolle gut ist. Keine ist gut. Gut wird sie erst, sagt das Theater, als gut gespielte, im Haus wie in der Versammlung! Vorher wird aus eurer eigenen kleinen Geschichte, und aus unserer gemeinsamen keine große: und erst recht nicht werden sich die zwei heben und befeuern im lebendigen Wechsel. Denn nur Rollen, nicht Menschen, fügen sich zusammen zum schönen Ganzen. Das hat das Schauspiel gemeint: das Leben soll Kunst sein! Daran werden wir am Ende zugrundegehen, aber das macht nichts! Die Zeit kann uns töten, aber nicht besiegen: wir werden schweben!

Die *kalokagathia,* der ungeheure Gedanke. Das Gute ist das Schöne; die Ungerechtigkeit nur das Häßliche, das dem Schönen nichts anhaben kann. Wir saßen da wie betäubt. Keiner sprach, denn alle Wörter waren auf einmal von einer neuen, hellen Bedeutung umspielt, die wir nicht übersetzen konnten. Wir fühlten uns, als wäre uns tatsächlich der Boden unter den Füßen weggezogen worden, und zugleich erhoben. Sollten wir es wagen, diese zarte und schimmernde Brücke über die Zeit zu betreten, würde sie tragen?

Der Raddenker vom Dienst riß uns aus unseren Gedanken. *Du Monster! Du leibhaftiger Skandal!* schrie er, außer sich vor Empörung, *Kein Unrecht wird davon kleiner, daß man es zugibt. Und du willst es auch noch verewigen! Ich verlange, daß ihr mich zum Richter beruft. Und mein erster Antrag wird heißen: deine Verbannung! — Einspruch!* sagte der Rundumberühmte. — *Die Begründung?* verlangte sein Gegner. Die Pause bis zur vernichtenden Antwort war wohlberechnet: *daß dein Sohn stottert.*

Der Raddenker schnappte nach Luft, fiel stumm auf seine Bank zurück, starrte ihn an. Und so wie seine Antwort war alles, was dieser Mensch nun anfing oder unterließ: immer schien er sich, einer inneren Stimme folgend, auf einer Ebene zu bewegen, die wir am Rande unseres Denkens gerade noch erahnen, aber nie überblicken konnten. Äußerlich hat er kaum etwas verändert; aber wenn, bezog er von daher den Grund. Die Abschaffung des Areopags: *nicht die Vornehmsten sollen entscheiden, sondern die Unabhängigsten: ihr erkennt sie daran, daß in ihrer Küche gelacht wird.* Der Verzicht auf die Landvorherrschaft: *unser Land ist das Meer, weil es keine Balken hat; die sind entweder in uns selbst, oder sie taugen nichts.* Die Ummauerung von Stadt und Hafen: *der Kristall braucht eine Druse.* Der Krieg: *nur wenn es sein muß. Aber daß ihr mir vor der Schlacht eure Locken kämmt! Das wird den Feind tiefer erschrecken als eine eiserne Fratze: denn das Schöne ist unbezwinglich* . . .

Ja, er war es: der Tagvater, der Hohe Mann, unser Stärkster und Schönster nicht nur in seiner äußeren, sondern auch seiner seelischen Gestalt. Und immer wieder glaubten wir, wir hätten seinen Leitgedanken kapiert: durchsichtige Verhältnisse zu schaffen, aufzuräumen mit dem Krimskrams, der Kleinlichkeit, den Notwendigkeiten selbstverständlich zu folgen. Aber dann kam der plötzliche Widerspruch. Er zeigte sich öffentlich mit seiner Geliebten. Sollte er denn nicht unser Vorbild sein? Auf solche Vorhaltungen sagte er bloß: *ich bin kein Säusler.* Und wieso nahm er soviele Ämter an: die Heerführung, die Finanzen, das Bauwesen? Dabei schien ihn keines recht auszufüllen und zufriedenzustellen, vor allem die Staatsleitung selbst nicht. *Wie lang wollt ihr mich noch mißbrauchen?* sagte er ungehalten, *ich bin kein verdammter Babbà! — und die Versammlung ist keine Mama: denn so versteht ihr sie doch, wenn ihr mir abends euren Vertreter schickt, damit er mir sagen soll,* waren sie nicht wieder einmal lieb, die Kleinen, haben sie es nicht brav gemacht? *Werdet endlich erwachsen!*

Wir konnten ihm nicht widersprechen. Die richtige Ordnung war im Entstehen, das fühlten wir, aber wir waren nicht stark oder klug genug, sie aus eigenen Kräften zu füllen, ja auch nur, sie ganz zu begreifen. Wir bekamen Angst: wenn der eines Tages tot umfiel, waren wir geliefert. Die Frist mußten wir nutzen: was der uns vorlebte, wir wollten es um jeden Preis können.

❖ Daß mich der Babbà nicht erhört, liegt mir schwer auf der Seele, und müßte mich eigentlich niederdrücken und mir die Welt verleiden: stattdessen geschieht das kaum begreifliche Gegenteil: ein Sprung auf eine neue Stufe und in einen weiteren Sehkreis; als hätte ich eine Kapsel gesprengt, liegt mein bisheriges Leben hinter und neben mir. Klotz, der ich gewesen bin, rachsüchtig und selbstbesessen vor sich hinbrütend, voller dumpfer Phantasien von Allmacht und Zerstörung, ganze Nachmittage hindurch, und dann auf einmal die Schlafenszeit . . .

Mir ist, als lebte ich in der Luft und im Feuer. Mit jedem Atemzug strömt reine, flüssige Energie in mich ein, trocknet, was Lehm in meinem Inneren war, zu Zunder und läßt ihn verglühen. Wie früher kann ich durch alles hindurchsehen, alles erlauschen: aber nicht, weil es in mich hineinfließt, sondern weil ich zu ihm hinausgehen kann; alles gehört mir: aber nicht, weil ich es an mich reißen, mich mit ihm verkleben und verbacken muß, sondern es stehen lasse als etwas Eigenes mit seinem eigenen Recht. Die Welt ist alles, was von ihr gewollt wird: endlich habe ich das verstanden, das richtige Wollenkönnen ist der Schlüssel, und ich habe ihn in der Hand; ich bin für sie vorgesehen, wie sie für mich; ich kann sie.

Und also hinaus und hinein, lauter Beweglichkeit und Unternehmungslust, ein tanzendes, hüpfendes Wesen, als könnte ich alles, als wäre ich jeder: eine Flamme, die erleuchtet, was sie umgibt. Wie etwas riecht, wie es glänzt, wie es verlockt zu seiner Verwendung: das alles geht mir neu auf. Mit nichts bin ich eins, schlüpfe nur hinein, um zu sehen, wie es sich dort lebt: in den Vogel, den Fisch, in die Straßenbahn, gleite wasseratmend dahin, quietsche ratternd in die Kurve — aber sie halten mich nicht, schon bin ich woanders, und am liebsten bei meinesgleichen: beim Milchmann, der Bäckersfrau, dem Postboten. Ich lache sie an, ich laufe ihnen entgegen, von allen will ich wissen, wer sie sind, was sie bewegt, und alle antworten mir. Ich brauche die fremde Tante im Laden nur anzusehen, um zu sagen, *wie gut du riechst!* — und schon habe ich das Rechte getroffen: denn sie hatte nicht mehr gehofft, das noch einmal zu hören. Ich schließe auf und erlöse, gehe durch Mauern, ohne sie auch nur zu bemerken, eine lachende, in die Hände klatschende Seele.

Und doch fehlt mir etwas. Die Welt steht mir offen, aber sie ist ohne Zusammenhalt. Ich muß sie aus eigener Kraft jeden Augenblick neu errichten, anders verstummt sie. Will der Babbà durch seine Versagung mich das lehren? Daß jeder seinen Weg allein gehen muß? Läßt sie sich nicht durch irgendetwas fraglos Nützliches zusammenbinden zu einer Gemeinsamkeit, die über die freundliche Zufallsbegegnung hinausreicht, die ewige, öde Trennung von Oben und Unten behebt? Die Brücke geht mir nicht aus dem Sinn. Und zum ersten Mal seit langer Zeit denke ich wieder an Meimus.

❖ Und dann, wieder ganz unerwartet, und wieder auf einen Vorschlag des Rundumberühmten hin, sind wir seinem Geheimnis auf einmal ganz nahegekommen: mit unserem Bau (so nannten wir ihn der Kürze und Einfachheit halber) haben wir verstanden, nicht abstrakt, sondern *sinnlich* verstanden, worauf er hinauswollte und sich bezog; und nebenbei auch noch gelernt, was uns am Schauspiel trotz allem gestört hatte: diese unaufhörlichen Geschichten und Figuren und Schicksale nämlich, die uns sein Wesen solange verdeckten. Keine Inhalte, die bloße Struktur! Insofern ist der Bau gewiß unsere beste Erfindung gewesen: denn er zeigt jedem, der Augen hat, daß es die Anordnung und richtige Fügung ist, nichts anderes, was das Schöne zum Schönen macht. Und wem die einmal gelungen ist, der darf sich, am Rande, die Geschichten auch wieder erlauben, als Beiwerk, als Schmuck und Erholung; denn dann sind sie aufgehoben, bringen durch ihr lautes Geschrei keinen mehr in Verwirrung.

Er erzählt gern davon, wie er zustandekam, ja es kommt ihm dies sogar wie die einzig mögliche Weise vor, von ihm zu erzählen; denn in seiner Fertigkeit und selbstverständlichen Strenge kann er den Betrachter leicht zum Verstummen bringen — als gäbe es über ihn nichts weiter zu sagen; der aber will von ihm reden; denn staunend, in all seinen Sicherheiten erschüttert, aus allem Bisherigen herausgerissen, hat nur den einen Gedanken bei seinem Anblick: *ich sehe ihn, aber ich begreife ihn nicht; er steht vor mir, und bleibt verborgen. Dabei hängt meine Zukunft daran: ich muß ihn enträtseln.* Er, der ihn so wenig ergründet hat wie ein anderer, sagt sich das auch; und dann erleichtert es ihn, wenn schon nicht über seine Botschaft, so doch über seine Entstehung reden zu können.

In zwei Punkten waren wir uns von anfang an einig. Erstens: kein Kolossalbau; nicht einer von diesen Mammuthäufen und -türmen, der uns dann auf den Kopf fiel und uns erdrückte — das wäre uns abgeschmackt vorgekommen, wenn nicht sogar ekelhaft, mindestens

kindisch. Über solche Verwechslungen des Großen mit
dem Schönen waren wir gottlob hinaus. Stattdessen ein
überschaubares Gebilde, aus sich selbst einleuchtende
Verhältnisse. Aber eben doch auch wieder nicht die
nackte Geometrie. Nur nichts Kaltes, sagten wir uns,
bloß keine reine Kopfkonstruktion, die uns mit toten
Kanten in die Seele schneidet und als uneinholbares
Übermenschliches nichts als unsere Mängel zeigt!

Also weder die bloße Ballung von Masse und Kraft,
noch die ideale Körperlosigkeit, überhaupt nichts
zwischen den zwei Polen des wörtlich verstandenen oder
abgetrennten und entstofflichten Werks, sondern etwas
Darüber — und wenn er sich fragt, wo wir danach
gesucht, wo wir es schließlich gefunden haben, dann
meint er: in nichts, was wir hatten, was es schon gab,
sondern in dem, was uns noch fehlte. Der Geist in der
dritten Stufe suchte sich ein Gehäuse, dessen Gestalt wir
kaum erahnten, der aber doch mit einer deutlich ver-
nehmbaren Stimme zu uns sprach, und uns jetzt sagen
ließ: wenn wir anders nicht begreifen können, wie der
schöne Staat geht, dann bauen wir ihn eben! So lernen wir, wie er aussieht!

Und tatsächlich hat die Arbeit an unserem Bau uns
auch einen Vorgeschmack auf eine neue Art von
Gemeinschaft gegeben: eine Versammlung nicht nur der
Worte, sondern der Tat, auf der uns unser Kleinmut,
unsere Angst vor einer vaterlosen Zukunft auf einmal
verlassen hat — solang er bis zu seiner Fertigstellung
brauchte, die ganzen zehn Jahre über, hat er uns mit
einer Mischung von Anspannung und (wie nennt er das
jetzt?) und einem alle Vernunft hinter sich lassenden
Übermut erfüllt. So wohlüberlegt wir nämlich auch vor-
gegangen sind (und das wird uns keiner streitig machen
wollen), unser wahrer Antrieb ist eben doch diese
Stimme gewesen, die uns immer wieder dazwischenfuhr
mit einem *ach was!* oder *na los doch!* — er findet nur
schwer die richtigen Worte dafür. Eine Katze, wenn sie
sich, mitten im Sprung auf ein scheinbar viel zu weit

entferntes Dach, auf halbem Weg noch einmal zusammenkrümmt und, aus sich herausschnellend, es mit diesem wilden, aus reiner Willenskraft zustandegebrachten Satz gerade noch erreicht: so ungefähr. *Noch eins! Jetzt erst recht!* hat diese Stimme gerufen und sich in ihren Anweisungen auf eine nicht mehr erklärbare Weise kein einziges Mal geirrt.

Die Idee war ein Bau, der sich selber gehört; der die Zeit nicht in einer vor sich hindämmernden, zähen und bleiernen Ausdauer hinter sich bringt, sondern sich ereignet und sich als bloße Gegenwart darüber erhebt. Und deswegen auch nicht Kalkstein, auf keinen Fall Granit: zu stur, zu dunkel, zu grob. Andererseits: der Kostenvoranschlag für Marmor belief sich auf 500 Talente (700 sind es dann geworden, 4 Millionen in Silber!) — an und für sich ein Irrsinn. Aber wieder war die Stimme zur Stelle mit ihrem *ach was!* — und wieder behielt sie recht. Denn den Geist nachzubauen, so wie wir ihn inzwischen verstanden, das ging eben nicht ohne den Schimmer von innen her, ohne Schliff. Kein Stück, das war die Idee bei unserem Bau, das nicht vollständig und genau zu seiner Form gefunden hat, weil es sonst nicht zu sich selbst kommt und zu undeutlich auf die andern verweist: und dazu taugt außer Marmor kein Stein.

Er redet so undeutlich, wie unsere Vorstellungen anfangs noch waren. Ein ganz und gar fertiges Bild hätte ja auch, was daraus werden sollte, nur verstellt und verdeckt. Erst aus dem Geschaffenen läßt es sich, und auch da nur mit Mühe, herauslesen. Unser Unterbau zum Beispiel, in drei Absätzen. Das hat die Stimme verlangt. Aber was wollte sie sagen? Daß der Geist seine Herkunft aus dem Unteren wissen und zeigen soll? Weil er es, wenn er sich davon lossagt, verrät und tyrannisch wird? Und daß das Untere, bevor er sich daraus erheben kann, nicht eins bleiben darf, sondern sich dreifach gliedern muß in das, was es gibt, was sein soll, was sein kann?

So haben wir später gerätselt. Zunächst hielten wir uns
an die einfache Vorschrift: jeder Teil sagt, was er macht.
Also der Unterbau beispielsweise, *ich liege, ich trage.* Aber,
und das war das Neue daran: von selbst; mühelos; seiner
Natur nach. Also nicht nur eine gerade Platte, die sich
eben hinlegt, weil ihr nichts anderes übrigbleibt, und
sobald es ihr zuviel wird, nachgibt und einsackt. Deswegen der Einfall mit der Kurvatur — ja! unser ganzer
Unterbau wölbt sich nach oben, übermütig, dem Gewicht entgegen, und wenn die Vernunft sagt, *das genügt,
das wird zu schwer!* ahmt er die Stimme nach und ruft wie
sie, *ach was!* und *na los doch!*

Der Plan war nicht unumstritten. Denn die Abweichung von der Geraden sollte man nicht sehen (außer
man schaute die Kanten entlang), ein buckliger Boden
wäre ja zum Lachen gewesen: also nur ahnen durfte man
sie, und auch das kaum, die Biegung mußte haargenau
unter der Aufmerksamkeitsgrenze liegen. *Snobistisch,*
sagten die einen, *typischer Architektenschmäh, entweder man
sieht sie oder man sieht sie nicht; technisch zu aufwendig,*
sagten die andern, *wieviele von den teuren Blöcken wollt ihr
verhauen und wegschmeißen? 0.124 Meter auf eine Wölbungs-
höhe von fast 70, das macht einen Radius von knapp 5 Kilo-
metern, genau von Moment: 4.914, ist euch eigentlich klar, was
das heißt?*

Das stimmte gar nicht. Es macht 4.875. Und wegge-
schmissen haben wir auch nichts. Wir haben eben jeden
Block einzeln ausgerechnet, und die Steinmetzen haben
sich die Handzettel angeschaut, die Augen zum Himmel
geworfen, die Achseln gezuckt und drauflosgehämmert.
Und wenn es dann hie und da einmal nicht ganz gestimmt
hat mit dem Anschluß, dann haben die das eben hinge-
deichselt. Denn natürlich ist bei einem so komplizierten
Ding auch ein Stück Murks drin. Das weiß jeder,
der schon einmal etwas Kompliziertes zusammengebaut
hat. Und er behauptet sogar, zum Schönen gehört der
Murks mit dazu; er bedeutet ja auch etwas; er sagt:
diehaben zwar viel gekonnt, aber alles auch wieder

nicht. Niemand kann alles. Nur Nichtmenschen murksen nie.

Aber wie dann die Säulen an der Reihe waren, hat sich der Streit schnell gelegt. Ursprünglich sollten es sechs werden an den Fronten, aber die Stimme hat acht verlangt; das ergibt sechzehn für die Längsseiten, aber die Stimme sagte, *jetzt erst recht!* und forderte noch eine, bestand unvernünftig und ohne Begründung auf siebzehn. Und so sind es, wie jeder nachprüfen kann, unzählig viele geworden. Denn wenn man einem Betrachter die Augen zuhält und ihn nach der Zahl fragt, antwortet er: *ich weiß nicht. Soviele wie ein Volk.*

Es stimmt, wir haben dabei ein wenig nachgeholfen: damit der Eindruck beim zweiten Hinsehen nicht wieder verflog, mußten auch die Kannelüren unzählig sein. Aber ein Siebzehneck läßt sich nicht konstruieren — und eine Unzähligkeit anderer Art versprach auch die bessere Wirkung. So wurden es zwanzig. Eine Verjüngung — um wieviel? Eine Krümmung — wie stark, damit es aussah, als wäre das Tragwerk elastisch, stünde federnd in Erwartung eines Gewichts? Die Basisplatte am Boden — wie dick, überstehend oder mit Kantenabschluß? Bis dann die Stimme entschied: *überhaupt keine! Bloß raus und hoch!*

Und dann der Clou: jede einzelne dieser Säulen haben wir, gegen den leicht abschüssigen Unterbau, nach innen geneigt. Auch das unter der Merklichkeit: um sieben Zentimeter, vier Zehntel Grad, die Ecksäulen entsprechend mehr. Und durch diese Gegenneigung — er muß jetzt schon wieder etwas nicht ganz Verständliches sagen — fingen unsere Säulen an, unauflöslich zueinander und zusammenzugehören, und zugleich standen sie auf eine einzigartige Weise gerade da: sie waren senkrechter als senkrecht!

Ja gut, er *ist* identifiziert. Er wehrt sich auch nicht dagegen. Denn wie die jetzt aus dem Boden fuhren, ohne Ankündigung, schier, ein Bild der Unbedingtheit, wie es noch nirgends zu sehen gewesen: denn kein Baum, kein

Turm, nichts war je derartig in die Höhe geschossen und schneller, als man folgen konnte, auch schon dort angelangt. Jedesmal, wenn man sie anblickte, stürmten sie vor einem neu aus dem Boden, und immer wieder mußte man sich vergewissern, ob unten von ihnen überhaupt noch etwas da war.

Und es war da: in unverrückbarer Mächtigkeit, einsneunzig stark, nach einer Last rufend, die wir Mühe hatten, ihnen aufzubürden. Das ist keine Redensart: mit den Querbalken, vier Meter auf einen, je drei nebeneinander, und den Hauptteilen des Giebels stießen wir an unsere technischen Grenzen. Die Flaschenzüge quietschten und ratterten mit den Ketten, das Hebelwerk knarrte, das Gerüst fing wie wild an zu wackeln, die Vorarbeiter schrien *Platz da!* und *lang-samm!* — und dann ist eben doch zweimal so ein Block aus der Halterung gerutscht und heruntergedonnert. Bei dem einen haben zwei von den Bildhauerjüngelchen dran glauben müssen, die ihre Nase nicht weit genug heraufstrecken konnten, um ihre *Körperstudien* an uns zu üben; und der andere hat drei Meter Kante am Unterbau glatt weggeschlagen — wenigstens keine tragenden Teile.

Aber wie das dann alles auf die Säulen gehievt und eingepaßt war, die Giebelfiguren und der Fries ihren Platz gefunden hatten (die Geschichten am Rand, wie gesagt, zur Erholung, zum Schmuck und Beiwerk) — da kehrte eine sehr feierliche Ruhe ein, als hätten wir einen Ort geschaffen, an dem der Kampf um die Zukunft schon ausgefochten war. Nichts mehr hat geächzt oder geknarrt. Der Bau ruhte und stand, spielte und schwieg, lastete und schwebte zugleich, tönte laut und unhörbar als Riesengong über der Stadt. Wir wußten: der ist unwiderruflich, auch wenn er zusammenkracht (aber er kracht nicht); der geht nie mehr aus dem Bewußtsein.

Zur Einweihung kam alles, was Beine hatte, auf den Berg, die Lahmen ließen sich tragen. Nur einer blieb unten, der gröbste und wildeste Raddenker von allen, ja, der mit dem Faß. *Sieh einer an!* höhnte er über den leeren

Platz, *die tragen gern! Na sowas! Das Ganze und die Teile!*
Soso! Der Geist, die Form! Donnerwetter! Aber wer soll da
eigentlich gemeint sein mit den Säulen, die das alles so mühelos
tun und ihrer Natur nach? Und wer mit den Nackedeis, die
sich oben im Giebel so erhaben gebärden? Lastet und schwebt
zugleich — daß ich nicht lache! Kotzübel kann einem werden!
Nur, unser Bau steht bis heute. Und wo ist sein Faß?

❖ Wie tief und lange ist nun mein Leben schon mit dem
von Olfi verwoben — und immer in einem Wechsel von
Beschenkung und Raub: vom ersten *du-da* zur *pupa*-Ent-
reißung, von seiner Willkürherrschaft zur Erfindung der
Wasserkunst. Mit meiner frühesten Benennung als
Nebenwesen habe ich gleich ins Schwarze getroffen: ich
bin mit ihm so unauflöslich verstrickt wie mit einem
Halbbruder — im Guten, oder wie diesmal, im Bösen.
Der Olf soll er mir künftighin wieder heißen, aber nicht
mehr nach dem Raubtier, sondern als Wesen mit einer
ganz eigenen, geschickten und beweglichen, aber auch
ausgekochten und durchtriebenen Zwitternatur, die er in
seinem schaurigen elterlichen Palast ausgebrütet hat.
Es ist wahr, ich habe ihn, zum zweiten Mal nach Meimus, sträflich vernachlässigt. Aber anders als damals
läßt er es mich, unter der Tarnung der Freundschaft,
schrecklich büßen. Auf der Flucht vor der väterlichen
Gewalttätigkeit, die allmählich anscheinend jedes Maß
überschreitet, hat er sich zu immer häufigeren, inzwischen fast täglichen Besuchen bei uns herabgelassen, und
wird, seiner feineren Herkunft wegen, auch entsprechend
hofiert. Und wie mißbraucht der Listige diese Gunst?
Er macht sich mit allen Mitteln der dienernden Höflichkeit, des strahlendsten Lächelns und der andächtigsten
Aufmerksamkeit an den Babbà heran!
Und der ist tatsächlich auch im Nu um den Finger
gewickelt. Da runzelt sich keine Stirn, wenn der Bann-
kreis um den Schreibtisch mir nichts dir nichts überschritten wird, sondern da heißt es gleich, kaum steht der

Wechselbalg in der Tür, *na wie geht es denn so? zuhause alles in Ordnung?* — und dann wird den Untaten des *teilungsleiters* mitfühlend gelauscht; da genügt ein fragender Blick, und alle Geheimnisse der verschlungenen Linien und eingekreisten Zahlen werden bereitwillig enthüllt; die Anschmiegung an die Hausjacke und der getätschelte Lockenkopf bleiben nicht aus — und ich kann mich solang begraben lassen, nein es kommt noch schlimmer: ich werde sogar ausdrücklich zurückgesetzt und verstoßen!

Die Szene ist wahrhaft beispiellos: der Babbà und der aufdringliche Olf im trauten Verein nebeneinander am Schreibtisch — und vor ihnen leibhaftig das heiligste aller Heiligtümer aus dem *botenen* Schrank: die *Leica!* Die bekanntlich noch nie von anderen als Babbà-Händen berührt worden ist! Und die ihm nicht, wie ich früher dachte, als Suchgerät dient, um mich in meiner Winzigkeit wahrnehmen zu können, sondern dazu, die *mielje* mittels gestochen scharfer, quadratischer Abbildungen, sogenannter *ottos,* schreibtischgerecht und buchfähig zu machén und sie damit seinem Willen in idealer Form anzugleichen. Insofern hat die breite Erläuterung von Linse, Verschluß, Blende und Belichtungszeit, und gar die Öffnung der Rückseite, die die inneren Teile bloßiegt, etwas geradezu peinlich Intimes, das sich zur Schamlosigkeit steigert, als der Olf, übrigens mit völliger Unbefangenheit, gar noch hineinfaßt! Dagegen ist der Elektromotor der reine Pappenstiel. Was ist verständlicher, als daß ich, um ältere Vorrechte geltend zu machen, nach dem abgeschraubten Objektiv greifen will, und was verletzender als die oftgehörte, barsche Zurückweisung *Pfoten weg!,* die mir daraufhin zuteil wird!

Der Zorn über diese Ungerechtigkeit macht mich plötzlich eiskalt. Der Grund? Das Ganze muß einen Grund haben! Und da geht mir auf, was zwischen mir und dem Babbà steht, was den beiden die Annäherung so leicht macht: *sie haben keine gemeinsame Geschichte!* Die müssen sich, um einander zu begegnen, nicht durch einen

Wust aus der Vorzeit hindurchkämpfen, vom urtümlichen *ba!* und *pah!* über das glücklich zusammengesetzte *Äppchen,* bis zur Einlassung in die Selbstverständlichkeit und das dunkle Vermächtnis; und umgekehrt kann der Olf hier seinen apoplektischen Finsterling von oben vergessen, um sich ausgehungert, mit einem Sprung, diesem schöneren und helleren Babbà an den Hals zu werfen! Wird die Liebe demnach von der Geschichte getötet? Die unsere, wie die meine zum Nebenwesen?

Schließlich kommt es zum Äußersten: ein *otto* vom Olf! Das ist die Besiegelung, bedeutet nicht weniger als die Adoption. Fehlt nur noch, daß ihm etwa auch noch im *mieljen*-Album ein eigener Platz zugestanden wird, woran ich schon kaum mehr zweifle. Jetzt bin ich wirklich den Tränen nah. Verrat, Treulosigkeit, Verlust, wohin ich blicke. Aber ich habe meine Lebenslehre gelernt. *Dein Herz genügt nicht, sie zu erweichen . . . Reiß dich los, bleib bei dir . . .* Und schon sitze ich vor meiner Tafel, mime pfeifend den Unbeteiligten, ganz und gar in seine wichtige Schreibübung Vertieften: *lirum larum Löffelstiel, wer laut schreit der kriegt nicht viel —*

Denn auch ich bin listig geworden. Und ich habe gleich zweifach Erfolg damit. Nach drei Minuten ist die *Leica* weggeräumt und das unheilige Getuschel, wenigstens für diesmal, beendet. Und neben mir kniet auf einmal wer? — die Mama, die lauthals mein schöngeschwungenes großes L lobt, und seit langer Zeit tauschen wir wieder den ersten sprechenden Blick miteinander: *was will denn* der *hier?*

❖ Und dann kam der langgefürchtete, eigentlich schon lange erwartete Schlag: der Rundumberühmte starb, Symbol für das Ganze bis zuletzt, an der Pest. Wir hatten sein Ende mitbetrieben, ihn mit unsinnigen Schadensersatzklagen überzogen, ihm gar die Verbannung angedroht — aber nicht aus den Gründen des Raddenkers, sondern weil uns seine Zumutungen über den Kopf wuchsen. Das Gesetz, unter dem alle gleich werden sollten, schien in das Gegenteil des Gemeinten umzuschlagen und uns nur alle gleich verbockt und gleich selbstsüchtig zu machen. Das Falsche in unserem Staat hatte ihn umgebracht: die Krankheit war, genau wie er gesagt hatte, nur ein Bild dafür. Und immer weiter breitete sich das Übel aus: die rhetorischen Schönredner beherrschten die Versammlung jetzt unumstritten; und wir, von der Angst überkommen, die Wörter *bedeuteten nichts mehr* und wir seien infolgedessen *unfähig zu denken* geworden, fingen an, bei ihnen in die Schule zu gehen, und sie für den Unterricht in ihrer Fertigkeit, Beweise oder Anklagen oder Gesetzesvorlagen auf bloße vollmundige Worte, das heißt auf nichts als die dahinterliegenden Gefühle zu gründen, mit teurem Geld zu bezahlen: denn alles war uns lieber, als daß diese Leere auch noch aufkam.

Da ließ sich, unauffällig zuerst, aber bald stadtbekannt, auf dem Markt ihr Feind nieder, mitten zwischen den Wechslern und Händlern, ein häßlicher, knochiger Alter in abgerissenen Kleidern. Der schnappte sich diese Allesbeweiser, und zwar jedesmal mit demselben, für sie unwiderstehlichen Köder: er rühmte und hätschelte sie, und flehte sie an, ihm doch von ihrem herrlichen Wissensschatz auch eine Krume zukommen zu lassen: denn er wisse gar nichts. Jeder konnte hören: er hatte sich das grassierende Übel zueigen und damit zur Waffe gemacht, führte grundsätzlich, offen oder verdeckt, aber immer gewußt, das Gegenteil des Gemeinten ins Feld, und stellte so das Nichtgemeinte seiner Gegner wieder auf die Füße. Aber es war schwer, wenn nicht unmöglich, auf diese Kunst der *Gegenvorstellung* (seine Bezeichnung) den Finger zu legen; denn so oft wir ihn auch baten, sie uns zu erklären, immer war sie in seiner Antwort schon mitverpackt.

Das machte den Spaß nicht kleiner: jedesmal sammelte sich sogleich eine dicke Traube um das Schauspiel, wenn ihn die Säusler zuerst aufgebläht und pompös über die

Unabdingbarkeit des Eigentums, die *Bürgerfreiheit,* und die *Marktwirtschaft* belehrten, und er mit eiserner Geduld und unerbittlicher Blauäugigkeit in sie drang, *was sie damit eigentlich meinten?* — und wie sie sich unter seinen quälend einfachen, und in den winzigsten logischen Schritten gestaffelten Fragen wanden und krümmten, und ihm ausquietschen oder den Spieß herumdrehen wollten, entnervt losbrüllten: *ich bin schließlich kein Schulbub!* — während er immer nur knapp dazwischenrief, *Doppelsinn! Widerspruch! Tautologie!* — bis sie am Ende, eingekreist und gefesselt, zum Gnadenstoß bereitlagen: *so müßten wir also einräumen, mein Trefflicher, daß das Uneigennützige zugleich das Gute und das Wünschenswerte sei?* und ihnen nichts mehr anderes übrigblieb als zähneknirschend zurückzumurren: *es wird sich wohl so verhalten, wie du sagst, bester Sokrates,* um dann blamiert und unter dem Gejohle der Umstehenden davonzustürzen. *Durch die Wörter hindurchlesen* nannte er das.

Dabei weigerte er sich mit der ihm eigenen störrischen Art, sich über ein mögliches Rezept gegen unser falsches Leben ausfragen zu lassen: sein Dämon rate immer nur ab, niemals zu. Nur bei einer denkwürdigen Gelegenheit erklärte er diesen *Zwischengott* der Gerechtigkeit von einem anderen, noch mächtigeren in sich besiegt, und er begann von einer Frau, die ihre Heimatstadt durch ein Opfer zehn Jahre lang vor dem Ausbruch der Pest habe bewahren können. Welches *Opfer?* Sein Lächeln zeigte uns, daß er auch diesmal nicht daran dachte, unverstellt zu sprechen. Ja, das sei dunkel geblieben, wie sovieles in ihren Reden. Jedenfalls habe auch sie das Schöne über alles andere gestellt und darauf beharrt, daß es niemals als Ding oder Besitz, sondern immer nur als *tätiges Verhältnis* zu erlangen sei. Und das könne man am besten (sein hintersinniges Lächeln verstärkte sich) am Beispiel eines schönen Körpers, ja aller schönen Jünglinge erlernen . . .

Daraufhin haben die sich, wie man sich denken kann, gleich reihenweise in ihn verknallt, und einer hat ihn sogar besoffen gemacht und ist dann zu ihm ins Bett geschlüpft. Aber der Alte ließ ihn abblitzen: *in meine Knollennase wirst du dich ja wohl kaum verschaut haben: bedenke also, du Schöner, ob was du liebst nicht vielmehr woanders zu finden ist* . . .

Schon wieder: nicht nur die uneinholbare Gerechtigkeit, sondern darüber dieses Unfaßliche, das Schöne! Und gerade die, die wir am meisten bewunderten, rannten ihm nach dafür! Wir fühlten uns in jeder Weise zurückgesetzt, ausgeschlossen aus eigener Unfähigkeit von einem großen, heiteren Fest, und bekamen das auch noch unter die Nase gerieben: *ihr seid verdrießlich, wie die Schlummernden, wenn man sie aufweckt!*

Wir mußten ihn loswerden, wie den anderen vor ihm. Und so haben wir ihn, ohne den Schatten eines Beweises in einer reinen Farce von Prozeß und einer Orgie der Wortverdrehung, zum Tod verurteilt: Jugendverderber, Prophet staatsfremder Götter. *Im Namen des Gesetzes,* versteht sich. Als *Wahrspruch.* Als er ihn hörte, drehte er sich zu seinen weinenden Anhängern um und sagte nur trocken: *jetzt wißt ihr, was Ironie ist.*

❖ Für unseren Bau haben sie uns über den grünen Klee gelobt; aber über unsere Männerliebe haben sie sich noch ganze Zeitalter lang die Mäuler zerrissen: als hätten wir die etwa erfunden! Und als wäre der Zusammenhang zwischen beiden nicht jedem Kind klar! Von den Hohlköpfen, die die angebliche Menschennatur mit Löffeln gefressen haben, und den Zwangsverdrängern, die immer das am tiefsten heruntermachen müssen, was sie sich am innigsten wünschen, und dann *Entartung!* keifen, oder *die armen Bübchen!* bejammern, redet er dabei noch gar nicht — das hält er ohnehin für zwecklos. Aber auch bei uns hatten ja durchaus ernsthafte Leute Vorbehalte dagegen, unser armer alter Ironiker war nur einer von vielen. Wir würden dabei etwas kurzschließen, was nur als Sehnsucht Gutes bewirken kann, und es so verschütten, sagten die einen; und die andern: wir hingen eben immer noch in dem alten Kampf gegen die Mütter drin, und könnten den Frauen nicht wirklich begegnen, selbst wenn wir wollten. Wir wären männerfixiert.

Daran war wohl auch etwas Richtiges. Aber eine sechs- oder siebenhundertjährige Anstrengung, die alte Mâ-Übermacht zurückzudrängen und zum Schluß zu besiegen, geht an niemand spurlos vorbei. In unserer Bilderwelt gehörte nun einmal zu den Frauen der Ursprung, die Rückkehr, und so süß das Wiedereintauchen und Zurücksinken dorthin sich auch anfühlte, wir wollten mit unserem neuen Drang doch gerade in die andere Richtung, nach vorwärts und oben.

Und uns dahin zu führen, haben wir den Frauen damals noch nicht zugetraut — oder doch nur sehr von fern: immerhin hatten wir unsern Bau schon einer Göttin geweiht, wenn auch einer jungfräulichen und körperlosen — einer Kopfgeburt eben; aber eigentlich war es ein Männlichkeitstempel, das sah ein Blinder. Er schien uns vor Augen zu führen, daß nur das Männliche zu der selbständigen inneren Mitte und damit zu der wechselseitigen Anerkennung fähig ist, aus der die schöne Ordnung entstehen kann. Wir glaubten, davon nicht zuviel, sondern zuwenig zu haben. Denn immer noch waren wir von der Führung durch einen Glücksfall und Tagvater abhängig — und warum? Weil die eigenen Väter uns nicht genug von ihrer Geiststärke mitgegeben und stattdessen kurz- und kleingehalten hatten.

Da mußten wir ansetzen. Und deswegen doch — aber wie fühllos müssen die Nachkommenden gewesen sein, um nicht zu merken, ein wie waghalsiges Projekt das war, welcher Sprung über uns selbst hinaus! — wagten wir es, *die Söhne zu lieben*. Nicht gerade die eigenen, das stimmt; auch unser Mut hatte Grenzen. Sagen wir also: die Sohnhaftigkeit zu lieben, die leibhaftige Zukunft, mit ihrem offenen, in die Ferne gerichteten Blick, der auch etwas Beängstigendes hatte, ja etwas Erschreckendes in seiner unbedingten Zuversicht.

Unsere Liebe ist ernsthaft gewesen, eher streng als ausschweifend, und sie hat auch etwas gekostet — das Eingeständnis unserer eigenen Schwäche nämlich, das uns schwerfiel und doch erleichtert hat. *Wir kommen allein nicht weiter,* haben wir gemurmelt, *was wir auch versuchen, immer fließt der schlechte Teil unseres Willens ins Allgemeine und verdirbt es; nur in euch werden wir unserer Selbstsucht herr.* Und es schien zu gelingen. Zuvor hatten die, genau wie wir zu unserer Zeit, mit krummem Rücken ihr ABC und Einmaleins gebüffelt, stumpfsinnig und gelangweilt, ohne zu wissen wie und wozu. Aber als wir ihnen einflüsterten, *du bist schön und du kannst es,* und sie merkten: das war nicht nur onkelhaft so dahergesagt, sondern unsere wirkliche Meinung, da sind sie aufgewacht. Nur noch der Rahmen, das Ganze galt ihnen etwas, sie bestürmten ihre Lehrer mit Fragen nach der Tugend, der Wahrheit, dem richtigen Staat, sie *wollten* die Sozialisation! Und das Einzelne, konnten sie es nur einmal einordnen und verbinden, flog ihnen wie von selbst zu, sodaß wir staunend erkannten: die waren vorher nicht überanstrengt gewesen, sondern zuwenig gefordert, nicht zu dumm, sondern zu klug dafür!

Und wenn einer schon so banausisch fragen muß: nicht wir haben sie, sondern sie haben uns verführt. *Endlich, endlich!* — mit solchen Worten sind sie uns in die Arme gesunken, *wielang habt ihr uns warten lassen! Wir, voller Ahnungen, aber kraftlos; ihr, die ihr das Schöne ins Werk setzen könnt, aber dann wird es zu Stein. Gebt, gebt, was ihr in euch habt, und wie ihr das anstellt, ihr Rührend-Fürchterlichen, das ist uns egal: wir sind nicht zimperlich. Wenn wir erst eins sind, seht ihr das nicht? — dann komme was will, dann hält uns nicht mehr auf!*

Hat er nicht recht, wenn er sagt: nur Holzklötze wären davon nicht beschämt gewesen?

❖ Der Schulanfang steht vor der Tür. Undeutliche, gespannte Erwartungen, Näherrücken des halb gefürch-

teten, halb herbeigewünschten Eintritts in die unterste
Stufe der Außenwelt. Nun wird sich zeigen, welche
Stellung und Bewährung dem Babbà abverlangt sind,
was seine Geisttätigkeit dort wohl bewirkt. Darauf
weisen schon die Utensilien hin, die nun feierlich
angeschafft werden: Griffelkasten, Schulranzen, Hefte,
das Lesebuch — alle mehr der kalten und starren
eibtis-Sphäre zugehörig, als dem lebendigen Zusammenhalt des gemeinsamen Brückenbaus. Bedeutende Blicke
von allen Seiten: *freust du dich schon?* Das klingt wie eine
Drohung.

Und so ist es auch gemeint: das habe ich schon nach
drei Wochen heraus. *Guten Morgen Herr Lehrer!* Auch
er ein Babbà, wie zu erwarten. Aber wie erschreckend
zurückgeblieben! So habe ich den eigenen allenfalls in
der Vorzeit erlebt: personenlos und vor Mißbilligung
triefend, das reine Gesetz ohne Nähe. Dem und auf den
Schoß steigen? Der hatte ja gar keinen! Der trägt ja
noch, wie ein Urmensch, seinen *didi* als Stock vor sich
her! Er muß auf der Stufe des *teilungsleiters* steckengeblieben sein, der die Söhne als bloße Gefäße betrachtet,
in die er seinen Willen hineinprügeln kann: und tatsächlich verfolgt ihn der Olf, der gottlob neben mir
sitzt, auch mit demselben verstockten und mordlüsternen
Blick: *den bring ich um!* So scheint es vielen zu gehen:
denn kaum alleingelassen, sinken wir zur johlenden,
kratzenden, zwickenden Horde herunter, die dann, aufs
erste Machtwort hin, zu einem Feld genau ausgerichteter
Halmafiguren erstarrt.

Die Ranzen auf! Das Schönschreibheft. Das Öffnen
des Tintenfasses, das Eintauchen der Feder, das Kratzen
auf dem Papier, und dann o wie mühselig und doch wie
säuberlich, wie gestochen scharf und in kerzengerader
Reihe ein h nach dem andern, jedes mit seiner doppelten
Schleife, die ganze Zeile entlang keines verkehrt gedreht,
keines hinausgewachsen über den oberen oder unteren
Rand. Darunter dann das kleine u mit dem Häubchen,
eines an das nächste gehängt zu einem Güterzug fast

ohne Ende. Nur kein Eselsohr jetzt, um Himmelswillen kein Klecks! Sonst wird das mit dem feinen Messerchen geschabt, der schwärzliche Staub weggeblasen, die rauhe Stelle mit dem Fingernagel wieder glattgestrichen. So, nun kann es weitergehen. Aber wie weit im Hintertreffen!

Ich bin ganz dabei. Und dann doch wieder nicht: denn nur ein Teil von mir läßt sich soweit zurückversetzen und macht blind, was befohlen ist; aber der andere sitzt daneben und denkt: was soll daran neu sein? Alles erkenne ich wieder: sogar die ma-artige Wesenheit, die uns hier umspinnt, und uns den Willen von diesem Überbabbà eintrichtern soll. Und an diese Einsicht, das weiß ich sofort, muß ich mich halten, wenn ich mich nicht, wie der Olf, bannen lassen will in Feindschaft und Wut. Sie ist das einzige, mit dem ich hier etwas begreifen kann; ohne sie müßte ich tatsächlich zum Nichts und zum Niemand werden, das heißt zu einem, dem alles Begreifen von vornherein geraubt ist. Ich lerne hier eben doch etwas, denke ich mir: ich lerne den Schüler spielen, egal ob den guten oder den schlechten. Nur wer mit dem Gespielten zusammenfällt, ist verloren.

Jetzt aber hergehört und aufgepaßt. *Wozu ist der Mensch auf Erden? Unser Führer kommt. Wir rufen: Heil Hitler! Und am Wortende wie am Silbenende nehmen wir stets das geringelte s. Beispiel: das Häs-chen. Denn wenn wir das lange s nehmen, was lesen wir dann, Korhammer?* Der Arme! Ich weiß, was ihm bevorsteht. Hat zu ihm der Babbà niemals gesagt: *selbstverständlich kannst du werden wie ich?* Ist er, ohne eigenes Selbst, allem ausgeliefert, was in ihn eindringen will?

Um ihn herum ein Gefuchtel von Fingern: *ich! ich!* Wir lesen dann Hä-schen, ganz klar. Zum Kugeln! Nur für Korhammer nicht. Korhammer glotzt. Korhammer hat nicht verstanden. Korhammer ist dumm, muß in die letzte Bank. Korhammer schmiert, Korhammer schwatzt, Korhammer bekommt einen Verweis. Setzen, Korhammer. Wir singen: *Rosenstock, Holderblüh.*

❖ Unser Glück war kurz. Dann ist unser zartes Projekt, wie jedermann weiß, explodiert. Daß es riskant war, hatten wir geahnt; aber mit einer solchen Menge von Zündstoff hatten wir doch nicht gerechnet. Hatten wir unsere alte Vaterpflicht, die Söhne zu lenken, zu bremsen, zu warnen, vorschnell von uns geworfen? Oder hatten wir ihnen, die Grenze überspringend, mit unserer Liebe etwas eingepflanzt, was zu groß war für sie, womit sie sich nicht mehr zurechtfinden konnten? Sie fingen an, uns über den Kopf zu wachsen, jeden Tag mehr: nicht frech oder aufsässig, überhaupt war ihre Unbändigkeit nicht gegen uns gerichtet, dazu waren sie zu selbständig, und sie hätten wohl auch nur offene Türen eingerannt — ihr Einwand gegen uns hieß höchstens, wir dächten zu kleinkariert, trauten uns nicht genug zu: sie jedenfalls wollten hinaus, nicht länger hier in der Stadt und ihrer zähen Vernetzung gefangen sein, dem langwierigen Geschiebe ins Höhere und Weitere, statt dem entschlossenen Sprung.

So haben sie uns ruiniert und zugleich, ohne daß sie es wollten und wir es bemerkten, befreit. Den ersten Schritt dahin — er erschien uns vernichtend genug, aber gegenüber dem zweiten war er dann doch nur ein Klacks, ein kleines lokales Ereignis — hat, man muß wohl sagen: logischerweise der Ex-Liebling des Rundumberühmten getan. Auch er unser Stärkster und Schönster, aber ohne des anderen Geheimnis, sondern ganz der wiedererstandene *Retter* mit all seinen Aufrufen zu Ehr- und Schamgefühl, zu Mumm, wer nicht Memme; und wir, die wir nicht nur wie damals heimlich, sondern erklärtermaßen in ihn verliebt waren, fanden alles, was er sagte, unwiderstehlich.

Dabei war sein Vorhaben so halsbrecherisch wie überflüssig. Wieder einmal mußte Bündnistreue erzwungen, eine *Bruderstadt* zur Raison gebracht werden. Diesmal Sizilien, aber nicht, das bat er sich aus, mit unserer üblichen sanften Tour, mit Verhandlungen, Drohungen, Scharmützeln: sondern, bis auf die zur Landesverteidi-

gung unerläßliche Truppe, das ganze Heer, alle drei
Flotten, ein großangelegter Handstreich, in vierzehn
Tagen wäre alles vorbei —

Die Versammlung war wie hypnotisiert, sagte zu
allem ja und amen, und ließ ihn ziehen. Dann, kaum war
er in See, in plötzlicher Panik der Beschluß zu seiner
Absetzung, die schlechtest mögliche Entscheidung von
allen. Der also ab durch Flucht, und der Rest steht in
jedem Geschichtsbuch. In vierzehn Tagen war tatsächlich alles vorbei: unsere Flotten kaputt, das Heer ins
Land gelockt und massakriert, die Gefangenen unter
so scheußlichen Einzelheiten in einem Steinbruch zutod-
gearbeitet, daß, aus Entsetzen über ihre längst verstummten Schreie, dort bis heute keiner sein Haus gebaut hat.

Wir konnten uns zu nichts aufraffen; der Bund ist
damals nur deswegen nicht zusammengekracht, weil die
andern, vielleicht aus ähnlichen Gründen gelähmt, nicht
mit vereinten Kräften über uns hergefallen sind: wir
wären eine leichte Beute gewesen. Und doch hat sich,
nach der ersten Betäubung, eine unerwartete Stimmung
in der Stadt ausgebreitet, als hätte sich ein vergifteter
Stachel, der bis dahin mit unserer neuen Kraft und
Selbständigkeit verwachsen gewesen war, aus uns heraus-
gelöst: wer hatte denn eigentlich noch Lust zu diesem
ständigen Heldentum und Hurrageschrei, dieser dauern-
den Niedermachung im Innern und Äußern? Was war
denn so besonders Männliches daran? Hatten wir da
nicht nur immer nach dem leichteren Ausweg gegriffen,
wenn wir mit uns selbst nicht zurechtgekommen waren?

Wir brauchten nicht lange zu grübeln. Ein anderer
von diesen Berserkern hat die Frage schnell genug für
uns gelöst, einer aus dem Norden, wo seit jeher alles ein
Stück maßloser und greller zugegangen war als bei uns:
nicht nur Versammlungsliebling, sondern leiblicher Sohn
aus dem Königshaus, mit allen nur denkbaren Mitteln
gefördert, getrieben und gehoben, von den landesbesten
Lehrern unterrichtet und angehimmelt. Und wieder

derselbe Vorgang: nur daß aus dem dann kein bloßer Abenteurer und krähender Gockel geworden ist, sondern ein Besessener, ein Monomane. Mit Kleinigkeiten wie Sizilien hätte der sich nicht aufgehalten, und auch wir selbst wurden linker Hand abgefertigt. Ohne Vorwarnung ein hingeknalltes Diktat: entweder sofortige Auflösung des Bundes, und zwar ein für alle Mal, oder in drei Tagen steht bei euch kein Stein mehr auf dem andern. Wir hatten nicht die geringste Chance. Ein Federstrich, und wir standen wieder allein da: die Stadt und ein bißchen Hinterland, genau so, wie wir angefangen hatten.

Diesmal gab es keine Zweifel mehr über unser Gefühl: uns erfaßte die reine, ungetrübte Erleichterung. Aushebungen, Feldzüge, Siege, Versklavungen — daß wir den ganzen Krempel endlich vom Hals hatten! Der Albdruck war weg: vielleicht konnten wir es uns jetzt sogar leisten, diese blödsinnige Aufteilung in die *Freien* und *Unfreien,* die der Stadt den Hals zuschnürte und sie krankgemacht hatte, zu lockern? Sollte dieser Übersohn doch ruhig die ganze Welt erobern, denn darunter tat er es offenbar nicht — uns sollte es recht sein, solange er uns unseren Frieden ließ!

Aber die Nachrichten von seiner ungeheuren Unternehmung, die anfangs wie Bomben neben uns einschlugen, dann immer leiser und spärlicher, zu Anekdoten und Legenden verdünnt, zu uns gelangten, haben uns dann doch schaudern gemacht. Mit dreißigtausend Mann und fünftausend Reitern sind die losgedonnert: Türkei, Syrien, Ägypten, Babylon, alles in ganzen drei Jahren! Es stimmte schon, was sie von sich behauptet hatten: die waren durch nichts aufzuhalten. Und so also weiter und weiter, ins Unbekannte und Unerforschte, durch immer neue Gebirge, Ebenen, Flüsse, allein wie diese Gegenden schon hießen: Gangemela, Susa, Ekbatana, Sogdiane, Gedrosien! Uns wunderte bloß, daß die nicht schon längst über den Rand der Weltscheibe gepurzelt waren. Aber nichts da: die Könige, Reiche,

Feldzüge nahmen kein Ende, alles wurde besiegt, abge-
setzt, eingepackt: Satrap drauf, neue Hauptstadt gegründet, und weiter gings.

Der Gedanke dahinter kann nur gewesen sein: die
Welt ist unser, denn nur wir können sie! Und daher muß
sie so werden wie wir. Ihr Vertrauen auf ihre überlegene
Männlichkeit und Durchdringungskraft war grenzenlos,
überschritt jedes Maß: Goldschätze, Schädelberge, Blut-
meere, Schutthaufen, alles millionenhaft, schwindelerregend. Aber die Vereinnahmungen hatten auch
etwas Hohles in sich; die Besetzung streifte nur die
Oberfläche, ging keine Handbreit tief. Die Bauern sahen
beim Vorbeizug ihrer neuen Herrscher kaum auf, fragten
nicht nach ihren Namen, sowenig sie den ihrer Vorgänger gekannt hatten. Sie wußten, was allein gleich-
bleiben würde: ihre Abgaben. Der Heerzug ließ eine
unermeßliche Fläche hinter sich, bleiern, urzeitlich,
unwandelbar und unerweckbar: schon hinter dem Troß
fing seine Spur an, sich zu verlieren.

Sie hatten sich mit einem Wort kräftig verschluckt, und
die Wahrheit vergessen, daß das Innere sich das Äußere
aneignen muß, oder von ihm überwältigt wird. Was sie
mitgebracht hatten an Willen, an Geist, an Erwachsenheit wurde wie ein zu kurzer Regen aufgesogen, versik-
kerte und trocknete aus. Dann floß das Fremde in sie ein.
Sie ließen sich goldstarrende Gewänder anlegen, die
Füße küssen und von Palmwedeln befächeln, heirateten
fette einheimische Prinzessinnen, verstanden die Sprache
ihrer Untertanen nicht und verlernten die eigene. Das
Reich brach auseinander. Usurpatoren, bestochene
Generäle, Vergiftungen, Diadochen. Ein fahles Wetter-
leuchten nach dem abgezogenen Sturm, ein Paar
Menschenalter lang. Dann war alles wie vorher.

✧ Die Tatsachen sehen anders aus. Soviel weiß er auch.
Die Statthalter Einheimische, Alexandria die glänzendste
Stadt ihrer Zeit. Die Regierungszeit Ptolemäus' IV,

dreibändig, siebenbändig: Staatsfinanzen, religiöse Erlasse, Gewerbeordnungen, Mißernten, Archive. Wie es wirklich gewesen; unzweifelhafte Belege. Aber er soll nicht schreiben, was geschehen ist, sondern was, beim Nachleben der größern Geschichte in der kleinen, davon noch übrig ist: der *Vaterliebende* vielleicht, der *Schwelger*. Denn die Seele hat nicht soviel Zeit wie die Welt, und muß sich sputen: in vier Monaten die dreißig Dynastien Ägyptens; sechs Wochen lang, wenn überhaupt, Alexander; Karthago ein schlechter Traum, es war zu sonderbar: ein turmhoher Ofen mit einem Gesicht, vermummte Gestalten warfen ihm zappelnde Kinder in das glühende Maul, eine davon hatte ihn schon bei den Füßen gepackt — da schrie er auf und erwachte.

Die große Stimme ohne Filter, ohne Bewußtsein, die befiehlt: zuerst dies, dann das; mach es nach; jetzt dahin und dorthin. Und die Erinnerung, die durch alle hindurchfließt, stellt mit dem Geschehenen an, was sie immer tut: verfälscht, vereinfacht, verzerrt; Anklänge, Lücken, Karikaturen; Abziehbilder. Nur so kann Geschichte noch reden; alles andere in ihr ist raschelndes Stroh.

Der Raster, durch den er hinausblickt aufs Äußere, und der ihm sagt oder einredet: so ist es geworden. Er zieht ihn weg — und mit einem lautlosen Knall gerät die Außenwelt in Bewegung, ihre Umrisse sacken ein und zerfließen, die Häuser und Plätze krachen ein zu Wirrwarr und Geröll, die Tagesgeräusche lösen sich auf in ein Gejaule, Gewimmer, Gezwitscher, und er weiß: jetzt ist er verrückt. Denn alles hat seinen Grund verloren, er versteht nicht mehr, wie es zusammengehört; das unmerkliche Schneckenhaus der Bewußtseinsgeschichte, in das er eingewachsen war, ist zerbrochen; nichts paßt zu nichts mehr.

Der Raster muß also bleiben. Aber wie sich durchschlagen durch den Verhau dieser Bilder, wie das Gesetz herausfinden, nach dem sie verzerren, vereinfachen, lügen? Wieso folgt gerade dies auf das Vorangegangene, wieso nicht in der anderen Richtung, warum ist was geschehen? Was ist die Absicht hinter der Verdeutlichung, das Wahre an der Erfindung, worauf will es hinaus? Denn auch das Erfundene, soviel weiß er nun schon, kommt nicht von ungefähr.

❖ Solange wir denken können, haben wir sie immer nur die *Andern* ganannt, in dem leicht süffisanten Ton, in dem man von einer weit entfernten, angeheirateten Sippschaft spricht. Sie waren ja auch so etwas wie Halbverwandte. Um ihre ganze Vorgeschichte herzubeten, dazu hat sie die unsere zu wenig berührt. Aber unsere Herablassung kam daher, und unser Verwandtschaftsgefühl, daß auch sie den großen Neuanfang versucht hatten: Schuldennachlaß, Polis-Verfassung, Höchstgrenze für den privaten Landbesitz — damit schlugen sie sich sogar immer noch vergeblich herum —, und wir mußten wohl auch zugeben, daß wir darin nicht besonders weit gediehen waren; aber immerhin hatten wir es fertiggebracht, die Grenze zur Klasse der Unfreien, also der *Nichtmenschen,* aufzulockern und verschwimmen zu lassen; so früh wie die haben wir nicht aufgesteckt, und auch nicht mit einer so eisernen Konsequenz die Neuordnung in ihr Gegenteil verkehrt.

Sie sind im alten Übel der *familia* steckengeblieben, oder dorthin zurückgefallen, das war der Grund, und wo die an ihre Grenze kam, haben sie sie, statt nachzugeben, nur umso gewaltsamer durchgesetzt. Man brauchte ihre Tugendliste ja nur durchzulesen, um zu merken, was da im Busch war: der Hausvater hat die *potestas,* hat die *auctoritas,* wahrt die *disciplina,* die *severitas,* verlangt die *reverentia,* das *obsequium* — kurzum, ein Einzelner brüllte da herum im Privathaushalt wie im Staat, und die anderen spurten: der Barras war das Vorbild!

Das hat sie bis in die Wolle ganz anders, und für uns fremdartig, eingefärbt: ihre Justiz, ihre Politik, ihre

Grammatik — und wer bei ihnen so etwas wie unseren Bau finden will, sucht vergebens: nichts federt oder schwingt oder tönt in ihren rechteckigen Kästen, wie genau auch das Maß. Aber der Erfolg hat ihnen rechtgegeben. Immer, wenn im Innern etwas anfing schiefzulaufen, waren sie mit ihrem Allheilmittel zur Hand, das alle Widersprüche ausglich und zudeckte: die Expansion. Darin waren sie Meister — die sind nicht als Berserkersöhne idealistisch losgestürmt, um sich dann zu überfressen, sondern entschlossen, zäh und methodisch gingen die vor, zweihundert Jahre haben sie sich allein für ihre Halbinsel Zeit gelassen, und erst als sie die restlos durchgewalkt und ausgenommen hatten, weiter hinausgegriffen, bis dann schließlich auch wir an der Reihe gewesen sind: für ihre Verhältnisse nur ein kleinerer Happen — aber vielleicht haben sie damit mehr geschluckt, als sie merkten; und wer weiß, ob wir es ohne sie geschafft hätten, in die Stimmenkette einzugehen und in den großen Strom der Erinnerung.

Ein Zug der Zeit? Oder das Gesetz der Geschichte: daß darin immer nur die *Retter* die Gewinner sind, die Gewalttäter, die Aussauger, die Klammerer? Für uns schien ihre Lektion so zu lauten. Aber darf man nicht trotzdem glauben, daß sie, im Großen gesehen, dem erwachseneren Bewußtsein nachfolgt, oder von ihm vorangeschoben wird? — solange man nur nicht vergißt, wieviel an Rückfall, an Barbarei und Finsternis dieses schnell dahingesagte Wort *im Großen* zusammenwirft . . .

Nach aller Logik hätte bei den *Andern,* trotz ihrer Eroberungen, im Innern schon längst alles zusammenkrachen müssen. Wir hatten doch diese Sklavenhalterei auch durchgespielt, und wußten, daß sie nicht funktioniert. Die Konkurrenz unerbittlich; wer seinen Arbeitskräften genug zum Leben läßt, geht bankrott, wer nicht, genauso. Immer dickere Umsätze, immer schmalere Gewinne. Die Kartellabsprachen zwecklos: im gleichen Maß, in dem man die Preise heraufsetzt, steigen die

Kosten. Und außerdem ließen sich die Unfreien jetzt auch nicht mehr wie ganz und gar willenlose Unterkinder nach Belieben kaputtarbeiten und verscharren. Auch sie waren ein Stück größer geworden, wenn auch nur um Weniges: immerhin, sie erhoben sich. Hat ihr Aufstand die Geschichte vorangebracht? *Im Großen?* Man muß es hoffen: auch wenn ihn die *Andern* noch lange, und fast schadlos, überlebten.

❖ Ich kann mir nicht helfen: bei allem Zorn, aller Eifersucht auf den Olf muß ich ihn trotzdem bewundern. Manchmal glaube ich sogar eine Ähnlichkeit zwischen ihm und dem Babbà zu entdecken, etwas Helles, Klares und Kaltes, die aber alsbald wieder verfliegt; denn in dem Schützlingsverhältnis, das er mir trotz meiner Feindseligkeit nicht gekündigt hat, liegt mehr Brüderliches als Väterliches; und auch sonst ist er der erklärte Feind aller rückständigen Vaterschaft.

Es dauert kaum drei Wochen, und schon hat er, wie zuvor schon im sozialen Kasten, die unumstrittene Führung der Klasse an sich gerissen, und nebenbei seinen alten Schmähnamen in einen Ehrentitel umgewandelt: der Olf, wie er nun allgemein respektvoll genannt wird, nimmt furchtlos den Kampf gegen den *Herrn Lehrer* auf, zu unser aller Begeisterung — denn der hat in letzter Zeit angefangen, es gar zu arg mit uns zu treiben: *der Schüler sitzt aufrecht, der Schüler hat nie die Hände unter dem Pult, der Schüler antwortet laut und deutlich, wenn er gefragt wird!* Also Fesselung und Gewaltherrschaft.

Und der Stoff erst! Das kleine Einmaleins, jedesmal gleich die haarigsten Fragen. Niemand hat etwas gegen 3 mal 3: aber 7 mal 8! Oder gar 8 mal 9! — da fischt man dann in dem trüben Zahlenmeer, das einen nach der Zwanzig umschwappt, um erst bei der schönen runden Zehnerzahl wieder zu enden, und wird, wenn man die falsche angelt, auch noch verhöhnt! Oder die Qual aller Qualen, die mit Recht so genannte *Beugung: der Tisch,*

däs Tischäs, dem Tisch bäziiungswaisä dem Tischä ... Aber
so sagt doch kein Mensch! und jeder, der dazu gezwungen wird, fühlt sich auch tief durch diesen eingetrichter-
ten Unfug hinuntergebeugt. Irgendetwas Ödes hat sich
in den anfangs so fesselnden Unterricht eingeschlichen
und bedeckt die Wandtafel mit ermüdendem Stumpfsinn,
ein von allem Leben abgetrennter, nur noch tyrannisch
den eigenen Regeln folgender Geist.

Der Olf organisiert die Gegenwehr. Er schnippt die
erste Papierkugel nach vorn; das darauffolgende empörte
Gebrüll läuft an seiner unvergleichlichen Unschulds-
miene glatt ab. Dann verfeinert er sein Waffenarsenal:
mit einem verdeckten Spiegelchen läßt er einen spötti-
schen Lichtvogel über die Decke und die aufgespannte
Landkarte tanzen, ja für einen atemberaubenden Augenblick auf dem Rücken des ahnungslosen *Herrn Lehrers*
selbst, der herumfährt und umsonst das unerklärliche
Klassengekicher zu ergründen sucht. Als Drittes noch
eine Geheimwaffe: der Knackfrosch mit seiner Metall-
zunge im Bauch, der die unendlichen, sich aus dem Leh-
rermund herauswindenden Wortschlangen wie mit einer
Peitsche entzweihaut, unmöglich zu orten.

Denn natürlich bleibt der Olf in seinem Abwehrkampf
nicht allein: bald blitzt und knattert es von allen Seiten
auf den hilflos vor Wut Schnaubenden herunter; denn
jeder, der nicht als Feigling dastehen will, muß sich an
dem Gefecht gegen die Unterdrückung beteiligen, auch
bei Androhung der *Tatze,* die uns alle erschauern macht,
auch wenn sie bis jetzt noch nicht wahrgeworden ist.
Und so werde auch ich mit verstrickt. Mit zittrigen
Fingern lasse ich das Kartonröllchen vom Gummi
schnellen, fest davon überzeugt, daß mich mein bleiches
Gesicht auf den ersten Blick als Übeltäter verrät, und als
mein Geschoß gegen das Pult prallt, erfaßt mich eine
hohle und sausende Angst. Mir ist, als hätte ich das
alles schon einmal erlebt; und eigentlich widerstrebt es
mir, mich in die kindliche und von vornherein aussichtslose Front mit eingereiht zu sehen. Ist mein innerer

Rückzug in die Schülerrolle nicht doch die bessere Taktik? Aber um meine Stellung als Olf-Adjutant nicht zu gefährden, muß ich wohl wenigstens ein Mindestmaß an Wehrhaftigkeit zeigen.

Schließlich der Höhepunkt. *Wie beugen wir der Tisch? Wolfgang!* Sogar die Sprache selbst wird hier noch gemartert. Aber schon an der Gemächlichkeit, mit der sich der Olf erhebt, ist abzulesen, daß jetzt ein offener Gegenschlag bevorsteht. *Der Tisch, däs Tischäs, dem Tisch,* kommt so genöhlt und genuschelt wie nur möglich die Antwort, der erwartungsgemäß nachgebellt wird, *bäziiungswaisä??* Daraufhin: Schweigen. Einfach gar nichts! Nur ein entschlossen zusammengepreßter Mund, gegen den kein *antworte!* und *wirds bald!* etwas ausrichten, und noch nicht einmal ein säuselnd-lauerndes *oder lieber die Tatze?* In der entsetzten Stille streckt der Olf stumm seine Hand aus. Ein Pfeifen in der Luft, das durch Mark und Bein geht, die Vollstreckung, unter der wir alle zusammenzucken — außer dem Olf, der nun mit klarer fester Stimme hören läßt: *bei meinem Vater tuts weher!* Jeder weiß, wer der wahrhaft Geschlagene ist; eine Welle der stummen Bewunderung schlägt über dem Helden zusammen. Wildes Augenrollen, dem ein gelassener blauer Blick standhält, kühl, brüske Abwendung des Besiegten: Tableau.

Überhaupt, welch ein Tag! Zuhause erwartet mich ein Zusammenstoß an einer noch viel heikleren Front: mit dem Babbà selbst. Aus heiterem Himmel, und offenbar mit dem lang angestauten Mut der Verzweiflung durchbricht die Mama die gewohnte, zeitungsknisternde Stille am Mittagstisch. Zwei Fragen an den Babbà duldeten nun nicht länger Aufschub: erstens, wielange solle das Brückenungetüm noch der Obstschale den angestammten Platz wegnehmen und das Abwischen der darunter angesammelten Staubschicht verhindern? Und zweitens, wie rechtfertige er die ungerechte Umschmeichelung und Bevorzugung dieses hereingeschneiten Olf vor dem eigenen Sohn?

Nicht nur die Fragen, sondern auch der darin ange-
schlagene Ton sind unerhört. Es spricht ganz deutlich
eine Mama-*ohne,* aber nicht mehr wie sonst geduckt und
von unten herauf. Die Fäden des *mieljen*-Gespinstes sind
plötzlich zum Zerreißen gespannt. Und die schneidende
Antwort des Babbà legt es anscheinend darauf an, auch
noch einen schmerzlichen Riß hineinzusäbeln: *das Unge-
tüm, wie du es zu nennen beliebst, und das jedenfalls mit seiner
inneren Größe deinen Horizont weit übersteigt, bleibt, solange
ich will. Und von einer Umschmeichelung kann keine Rede
sein. Wolfgang ist ein heller Junge, der seinen Mann steht, kein
schmachtender Gefühlskloß. An ihm könnte sich mancher ein
Beispiel nehmen: er hat die Brechungslinien in der Lichtführung
auf Anhieb verstanden. Das ist alles.*
Das Gesicht verschwindet wieder hinter der Zeitung.
Gefühlskloß! Wir schweigen beide, denn wir sind beide
gemeint; weniger vernichtet, als von einer gemeinsamen
Trauer erfüllt. Vorsichtig, weil mir jetzt von einer
Verständigung unendlich viel abzuhängen scheint, hebe
ich den Blick zur Mama und lasse ihn fragen: *er erträgt
nur die Liebe zu seinem Geist, habe ich recht? Das Herz ist
ihm zuviel und zuwenig.* Und gottlob, sie hört mich, und
ich kann in ihren Augen so deutlich wie in der Vorzeit
die Antwort lesen: *seine Ma war herzlos und kalt. Das ist
die Ähnlichkeit zwischen ihm und dem Olf, die du suchst.*

❖ Von einem Thraker, der als einer der wenigen ent-
kommen und bei uns untergetaucht war, haben wir später
die grausigen Einzelheiten erfahren. Ein Fremder, der
sich als sein Landsmann aus der Hauptstadt zu erkennen
gab, hatte eines nachts vor der Barackentür gestanden.
Ein Entlaufener. Mit ihm zu reden, ihm gar Zuflucht zu
bieten, war lebensgefährlich. Aber der Fremde, ein
hünenhafter Mensch mit einer langen Narbe am Ober-
arm, kannte keine Rücksicht. Er forderte Einlaß, und
noch bevor er saß, befahl er, die andern zu wecken. Das
war leichter gesagt als getan. Sie waren von ihren Prit-

schen kaum hochzukriegen, und auch als sie sich murrend um die Ölfunzel geschart hatten, sanken ihnen die
schweren Köpfe immer wieder auf den Tisch.

Hört zu, was geschieht, sagte der Fremde. Er erzählte
von den sogenannten *Spielen* in der Hauptstadt. Davon
hatten sie alle gehört. Inzwischen aber genügten dem
getretenen Volk die Kämpfe der Verurteilten gegen die
wilden Tiere nicht mehr. Jetzt wurden die Kräftigsten
vom Markt weggekauft und in Fechterschulen trainiert;
dann hetzte man sie in Zweikämpfen aufeinander, solang,
bis einer erschlagen war. Zum Spaß. Auf den Rängen
Würstchenverkäufer, Pfeifen, Gejohle. Wie im Kino.
Jedesmal noch mehr Blut, mehr Gebrüll, mehr vor
Schmerz sich windende Leiber: je qualvoller, desto mehr
Beifall. Dann rausgezerrt an den Beinen, Sand auf die
Lache, und die nächste Metzelei.

Wenn wir uns jetzt nicht wehren, tun wir es nie mehr! rief
der Fremde; *denn das Ganze wächst ein: oder wer schindet
euch, hungert euch aus, wirft euch in den Bunker, bis ihr glaubt,
ihr werdet verrückt? Doch immer die Eigenen! Auch von euch
kann sich jeder ausrechen, wann er dran ist! Und wer hat darüber entschieden, daß wir bloß Tiere sind? Haben wir etwa
nicht Augen, Hände, Eingeweide, Länge, Breite, Sinne, Empfindungen, Leidenschaften? Bluten wir nicht, wenn man uns
sticht? Lachen wir nicht, wenn man uns kitzelt? Aber rächen
sollen wir uns nicht, wenn uns Unrecht geschieht?*

Etwas viel Rhetorik vielleicht. Aber sie hatte die
Versammelten wachgerüttelt. Und sie gaben ihm recht:
es war dasselbe; auch sie wurden gegeneinandergehetzt.
Der Grundherr hielt sich aus allem heraus; den sah man
höchstens einmal von fern auf einer Spazierfahrt durch
seine Felder, und wehe, wenn sich einer dann nicht
schleunigst das Tuch vom Kopf riß und seinen Kotau
machte! Aber: er war allein. Kein ganzer Zirkus voll.
Hier, nicht in der Stadt, war die Chance.

So sieht sie doch in Wahrheit aus, eure familia! höhnte der
Fremde. *Und wißt ihr was? Sie sollen ihre* familia *haben.
Nur zur Abwechslung einmal anders herum. Auch Söhne*

gehören zueinander: als Brüder. Und sie sind mehr. Was, wenn sie sich zusammentun gegen den Patron, ja, so nennt er sich doch, den Großen Vater? *Denn seine Zeit ist um.*

Keuchen in der Runde, Angst in den Augen. Der Aufruhr. Und dann? Der Fremde sprach von einer allgemeinen Erhebung, von Waffenlagern in den sizilianischen Bergen, einer eigenen, befestigten Stadt, einem Heerzug, der sich durchschlagen konnte bis zurück in die Heimat.

Aber merkwürdig, die Versammelten hörten ihm nur mit halbem Ohr zu. Ihre Gedanken waren nicht bei dem, was danach kam. Wovon sie sich nicht losreißen konnten, was sie entsetzte, war, was in ihrem Inneren aufstieg: Bilder, wie sie sie noch nie gesehen hatten. Der Grundherr, in Wirklichkeit ein schmächtiges, zappeliges Männchen, kehrte darin wieder, als ein Riese im Halbdunkel. Sie selbst ein lautlos hinter ihm dahinschießendes Rudel. Einer, der ihn von hinten ansprang, ihm die Schlinge um den Hals warf; ein anderer, der sich ihm in die Wade verbiß; ein Dritter, der ihn mit dem Seil zu Fall brachte; ein Vierter, der ihm die Kleider vom Leib fetzte —

Und dann das Messer, wie von selber das Messer. Sie fühlten in sich, und hatten Angst davor, wo es das Messer hinzog, unvermeidlich, und was es, denn nichts anderes half mehr, abhackte, und hörten den Verstümmelten aufbrüllen, und mußten zusehen, denn dies war das Bild, wie sie ihm das Abgehackte in den brüllenden Mund stopften, unvermeidlich, unvermeidlich, sodaß er verstummte, weil in der blendend hellen Sekunde, bevor sie ihn abstachen, das Unvermeidliche so groß geworden war, daß kein Schrei mehr dagegen ankam.

Jeder weiß den Ausgang: er kann sich ihn denken. Die Kampfmaschine, die sich schwerfällig, aber umso präziser in Gang setzt. Die oberste Regel dagegen heißt: keine Konfrontation; Guerillataktik, Überfälle auf den Nachschub aus dem Hinterhalt. Zu einem Generalaufstand hatte es nicht gereicht: aber doch zu einem fünf Meilen langen Zug, singend auf nächtlichen Märschen:

Thrakien, stolze, bleiche Mutter, deine Söhne sind dir nah! Und dann auf einmal an der Spitze ein Schwanken, eine Stockung, der unbegreifliche Befehl, der doch jedem sofort einleuchtete: *zurück nach Sizilien, nur dort sind wir sicher!*

Das bedeutet: sie kamen nicht los davon. Sie wollten dort sein, wo, zum einzigen Mal in ihrem Leben, das Notwendige geschehen war. Die Einkesselung, unvermeidlich, die Gefangennahme, die Massenhinrichtung. Aber etwas war ihnen durch keine Marter auszutreiben; ihre Arme und Beine ließen sie sich brechen, aber dies nicht mehr, und noch von den Kreuzen schrien sie herunter: *Hat es geschmeckt, padrone? Bist du jetzt satt?*

❖ Sie ist nach wie vor ein stolzer Anblick, unsere Brücke, und beherrscht weitausladend das Wohnzimmerbuffet in ganzer Länge — aber besonders viel habe ich in der letzten Zeit nicht mehr mit ihr anfangen können. Ihre zwei Brückenarme auf, ihre zwei Brückenarme zu: sie gehorcht, sie funktioniert, den Rest muß die Phantasie beisteuern: der kleine Punkt am Horizont, die näherkommende Rauchfahne, das weiße Luxusschiff, auch tagsüber am Wimpelseil von hundert Lampen glitzernd erleuchtet, wie es, die freie Durchfahrt mit Selbstverständlichkeit erwartend, ohne Zögern aufs Hindernis zustrebt, hindurchrauscht und, Geschwapp von Kielwasser an den Pfeilern hinterlassend, seine Bahn fortsetzt zum Äquator, in die Südsee. Und ich? Mir bleibt die Pflicht, der Vergnügungsfahrt jede Stockung zu ersparen und dann den ungeduldig hupenden Lastwagen möglichst rasch wieder die Straße zu öffnen.

Ich kann den Olf nicht den Anstifter nennen, aber auch nicht ganz schuldlos sprechen: allzu maßlos bewundert er, wie alles, was von Babbà stammt, auch die Brücke als einzigartiges Überwerk. Und dadurch gewinnt sie auch in meinen Augen fast wieder den alten Wert zurück: denn indem ich ihm, lässig die Knöpfe bedienend, den

gemeinsam errichteten Bau vorführe, kann ich unwiderleglich das ältere Vorrecht und die tiefere Bindung des
wahren Sohnes geltend machen, steige sichtlich in seiner
Achtung und empfinde auch die eigene Überlegenheit:
für die Mängel des kunstvollen Gebildes, seine abweisende Kälte, die *Trockenliebe,* die von ihm ausgeht, bleibt
er nämlich blind.

Und gewiß hat mich dieses Ungenügen auch auf die
Idee mit dem Lexikon gebracht: alles, was ein allumfas-
sender, aber dürrer Geist an Wissen zusammengetragen
hat, von *Atlantik bis Blattkäfer,* von *Neumond bis Prag,*
von *Quarz bis Rhadamanthys* schleppe ich herbei und lade
es der Brücke auf: nun soll sie zeigen, wieviel sie kann!
Der Olf sieht mir zu, gespannt, aber ohne Befürchtung;
sein Vertrauen ist unerschütterlich — und *könnte sich
nicht daran mancher ein Beispiel nehmen?*

Als hätte ich es nicht im Voraus gewußt: die Arme
ächzen, heben sich einen Fingerbreit, stocken. Ich
schiebe den Hebel am Trafo auf zehn, auf fünfzehn, auf
die ganz und gar verbotenen zwanzig, lasse mich nicht
abbringen durch einen bösen Geruch von heißem Wachs
und Metall, der aus dem Antriebsgehäuse aufsteigt. Was
ist jetzt mit diesem so kostbaren Motor, der schimmernden Scheibe des Propellers? Die können wohl nicht mehr,
sind an der Grenze mit ihrer Kraft, brauchen etwas
Nachhilfe durch einen kräftigen Stromstoß?

Das Ende kommt plötzlich. Die goldene Messingkette
zerreißt, die zwei Brückenarme krachen herunter, die
Tragebalken verbiegen sich unter der übermächtigen
Bücherlast, knicken ein und werden aus ihrer Halterung
gerenkt, der Motor qualmt, zu Klumpatsch verschmort,
reglos vor sich hin. In meinem Gefühl sind Triumph
und Schrecken unentwirrbar gemischt. Der Olf steht
wie vom Donner gerührt: das hatte er nun von seiner
Vorbildlichkeit! Und auch die Ma, vom Lärm und
Gestank alarmiert, sieht abwechselnd mich und den Trümmerhaufen fassungslos an. Vielleicht auch heimlich
erfreut? Jedenfalls findet sie mich unzerknirscht. *Die*

Brücke ist zu schwach gewesen, sage ich vorwurfsvoll, *das muß er einsehen.* Die Mama schweigt und wirft mir einen erstaunten Blick zu: den ersten von vielen ähnlichen, die ich erst später deuten lerne: *der ist kein Kind mehr!* Wir erwarten den Babbà neben dem Zerstörungswerk; auch der Olf steht seinen Mann und drückt sich nicht. Als er endlich, von der Ma ängstlich umschwänzelt, das Wohnzimmer betritt, schaue ich ihm trotzig in die Augen. Er zeigt sich wie immer der Lage gewachsen. Kein Zornausbruch, keine Strafpredigt, sondern nur ein kurzes, hartes *aha.* Auch die gestammelten Erklärungsversuche des Olf bleiben ungehört. Das. Abendessen verläuft in völligem Schweigen. Am nächsten Morgen ist das Buffet leergeräumt, als hätte es die Brücke niemals gegeben. Die Liebe zum Babbà, dieser nur einmal im Leben kurz geöffnete und dann auf immer verschlossene Himmel, ist gescheitert. Nach vorn, nach vorn! Nur jetzt nicht zurückfallen! Und so stürze ich mich in die Zukunft: nach einem Ziel zu fragen, habe ich nicht die Zeit.

❖ Die *Andern* als die neuen Herren über unsere Stadt — das waren betrübliche Aussichten. Aber zu unserem Erstaunen haben sie dann in unsere inneren Angelegenheiten kaum einmal eingegriffen, so wie man harmlose Kinder nicht unnötig verstört; ja, sie sind uns sogar mit einer Art von Respekt begegnet, wegen unserer *cultura* — ihr Wort natürlich, wir wären auf eine solche Benennung im Leben nicht verfallen! — und davon konnten sie gar nicht genug bekommen, von der *cultura:* was an Kunsthandwerk nur aufzutreiben war, haben sie aufgekauft oder abkupfern lassen und zwischen den Würfelbauten in ihrer Hauptstadt aufgestellt.

Uns konnte das nur recht sein; die Bildhauerei war so ziemlich der einzige Erwerbszweig, mit dem es nicht bergab ging. Unser Handel war auf die Belieferung eines mickrigen Binnenmarkts eingeschrumpft. Grade daß wir uns mit Ach und Krach über Wasser halten konnten; aber wir mußten einsehen: jetzt waren wir bloß noch Provinz. Schlimm, einerseits — und zudem ein merkwürdiges Gefühl, wenn im Lauf von ein paar Jahrzehnten die Geschichte über einen hinwegsteigt und sich woanders niederläßt. Aber es wäre auf der anderen Seite auch die Chance zu einer vernünftigeren Ordnung auf unserer befriedeten, aber überlebensfähigen Insel gewesen. Die Stadt hat sie nicht genutzt. Keiner mochte sich in den neuen und engeren Rahmen fügen, auf die eigene Wichtigkeit verzichten, jeder wollte ein Amt: und er bekam es. Die Versammlung sagte immer nur ja: eine Bewilligungsmaschine. In der Stadtverwaltung mitzumischen, war seit jeher eine Vorliebe von uns gewesen: nur leider gab es jetzt kaum mehr etwas zu verwalten. Eine zwanzigköpfige Behörde für die *Beziehungen zu den Exkolonien* — und dabei hatten wir, selbst zur Kolonie geworden, dort gar nichts mehr zu melden; ein Aushebungsamt — bei einer bloßen pro-forma-Armee, die aus ein paar zerlumpten Söldnern bestand; auf jeden Steuereintreiber siebeneinhalb Besteuerte — und so weiter.

Wie es in diesen Behörden aussah, läßt sich leicht denken. Die Beschäftigungen, und nicht nur die offensichtlich nutzlosen, begannen sich zu entleeren. In den Dienststuben summte die Fliege; alle vier Stunden ein Antragsteller, und der hatte dann die Hälfte der Unterlagen zuhause vergessen. Aber auch die Lehrer rannten verzweifelt vor ihrer gelangweilten Klasse auf und ab, die immer nur fragte: *Poliskunde, wozu denn? Die neueste Philosophie bis Empedokles? Eine bessere Stelle als bei der Marktaufsicht kriegen wir damit auch nicht!*

Es verbreitete sich, wie soll er es nennen: ein verwässertes Unglück, eine verdünnte Verzweiflung. Nichts Dramatisches, nur eben: die Luft war raus aus dem Ganzen. Keine Tätigkeit weit und breit, die noch wirklich einzusehen gewesen wäre. Als letzter Ausweg die Verbissenheit: wenns gestern ging, gehts heute auch noch. Durchhalten! Irgendwann mußte ja etwas passieren.

Und obwohl niemand im Ernst damit gerechnet hatte: es ist dann tatsächlich etwas passiert. Zumindest für die wenigen, die das Glück hatten, dabeizusein. Sehr schnell, sehr unauffällig. Es hat lange gedauert, bis sich die Sache auch nur in der Stadt herumgesprochen hatte — was auch ganz in unserem Sinn war. Bloß kein vorschnelles Gerede! haben wir uns eingeschärft; zuerst abwarten, ob es überhaupt funktioniert. Ein Fehler vielleicht: denn dadurch ist unsere Idee erst in die Überlieferung eingegangen, als sie schon zur Hälfte wieder kaputtgemacht war, von einem — was sonst? —, der sie noch nicht für ideal genug hielt.

Er muß die Frage noch einmal aufwärmen: wenn einer bei uns etwas vorangebracht hat — warum sind das immer die gewesen, die es gar nicht nötig hatten, die eher Nachteile davon hatten? Und deswegen will er sich diesmal genug Zeit lassen für seine Erzählung. Auch der Unsere gehörte nämlich, nicht seinem eher untergewichtigen Äußeren, aber der Kategorie nach, zu den Dicken, den ziemlich Dicken sogar. Nicht umsonst hieß er der *Vielhäusige* (und einen wie glänzenden Doppelsinn hat er ∮ später dem Namen gegeben!) — sein Haushalt gehörte zu den größten der Stadt, mit eigener Spinnerei, Gerberei, Landwirtschaft versteht sich, Exporttöpferei, mehr als fünfhundert Leute im Ganzen.

Er hatte schon im letzten Jahr Aufsehen gemacht durch die Lossprechung aller Unfreien — *geht das nicht ein wenig weit?* hatte die halbe Stadt gefragt, und seine Begründung war wie immer sehr grob, und übrigens alles andere als selbstlos gewesen: wenn die Geschäfte so miserabel gingen wie jetzt, säßen die doch nur herum, unnütze Esser, noch dazu mit dem allerreinsten Gewissen. Überhaupt sei es vorsintflutlich, sich *Unterkinder* zu halten, wie er sie nannte, kein Haushalt, groß oder klein, konnte es sich leisten, zwei Drittel seiner Angehörigen ein für allemal am Nachdenken zu hindern. Aber dann hatte er, nach dem öffentlichen Vorbild, unter ihnen eine *Versammlung* eingerichtet, und daraufhin hatten ihm alle seine Freunde nur noch viel Glück gewünscht. Sie hatten recht behalten: die Töpferei gab für ihren schlechten Absatz dem Kontor die Schuld, das Kontor der Töpferei: sie sei übersetzt, die Kosten zu hoch — aber natürlich war in der Versammlung so etwas wie eine Ausstellung oder Lohnkürzung nicht durchzuboxen; das alles unter den üblichen Beschimpfungen, Vorwürfen, Parteiungen, und zum Schluß blieb die Entscheidung wie immer am Chef hängen.

Bis ihm dann eines Nachmittags der Kragen platzte: das lasse er nicht länger mit sich machen, ein Pennervolk seien wir, kleinkarierte In-den-Tag-Hineinwurstler, wie Läuse und Blutegel hängten wir uns an ihn, machs doch du Pappi, entscheide für uns Pappi, du weißt es am besten Pappi! — *Ja verdammt nochmal!* schrie er, *kommen denn aus euch nichts als Wörter heraus? Der ideale Staat, die bessere Polis, die Gerechtigkeit, stundenlang, tagelang, ganze Bücher voll, eins leerer als das nächste, darauf mag hören, wer will! Ich jedenfalls nicht! Ich höre nur noch auf das, was einer tut! Ich bin weg, ist das klar? Ich bin ab heute nicht mehr vorhanden! Schmeißt den Laden selber, sonst geht er eben bankrott! Mir soll es recht sein!*

Und damit war er türknallend aus der Versammlung gestürmt, anscheinend wild entschlossen — aber zu was? Denn laut und zornig hatte er zwar gesprochen, aber viel gesagt hatte er nicht. Durchgedreht, dachten wir, jeden packt einmal der Rappel; erst mal in Ruhe lassen, er fängt sich schon wieder. Aber am dritten Tag wurden wir doch nervös und fingen an, uns nach ihm umzuhören. Niemand wußte etwas. Erst am Abend darauf hatten wir Glück. *Ach, den Chef sucht ihr?* fragte der Milchfahrer mit höchst gekünstelter Beiläufigkeit, *na der ist doch jetzt draußen bei uns!*

Er ließ sich ausführlich beknien für seine Geschichte. Die Kehle war ihm auf der Fahrt nun doch etwas trocken geworden, ein Stuhl wäre auch nicht übel nach dem langen Gerumpel; und dann schmatzte er erst noch minutenlang dem Wein nach. Tja. Also der war ungefähr eine Stunde nach seinem Abgang auf einmal zur Stalltür hereingerannt gekommen, mit finsterem Gesicht, als wollte er ein Donnerwetter loslassen; sie waren aufgesprungen, hatten die Mützen gezogen, aber der hatte nur gebrummt, einen Melker auf seinen Schemel gesetzt und gesagt, *laß sehen, wie du das machst.* Daraufhin glaubte der natürlich, einer hätte ihn angeschwärzt, und fing an zu melken wie für einen Weltrekord. Und dann — ja was glaubten wir wohl —? Wir gossen ihm nach. Dann hätte sich der daneben mit auf den Schemel gequetscht und gesagt, *jetzt bin ich dran.*

Ach du lieber Gott, sagten wir. *Dachten wir uns auch,* antwortete der Milchfahrer; *sagten aber nichts, sondern schnitten Grimassen hinter seinem Rücken. Der macht stumm weiter, fragt dann nach zehn Minuten, ob da noch was drin ist.* Sicher, *sagten wir,* eine halbe Oka mindestens; aber laß den weitermachen, die Kuh wird sonst zappelig, sie kennt dich nicht.

Das wird sich ändern, hatte der mürrisch zurückgebrummt. Und so ging das den ganzen Tag lang. Kein Wort irgendeiner Erklärung. Nur wie die Kübel gereinigt werden, ob er die Heugabel so richtig hält, welche Schlafstelle frei ist. Die Unbehaglichkeit! Und dauernd schaute der einem auf die Finger! Dann am Abend hat es einer nicht mehr ausgehalten und zögernd gefragt, *Entschuldige, aber —? — Entschuldige was? — Naja, er meint — Was er meint, weiß er selber!* So etwas Übellauniges mußte man gesehen haben. Tiefes Luftholen. *Warum kommst du hierher? — Warum nicht? — Aber der Betrieb? — Sollen ihren Dreck selber machen.*

Es war nichts aus ihm herauszukriegen. Am Tag darauf wieder das Gleiche. Ein bißchen lockerer vielleicht. Man kann sich nicht ununterbrochen vorsagen, sei vorsichtig, halts Maul, zeig deine Schokoladenseite. Und wie dann eine Kuh beim Melken gebockt hat, hat einer von uns gesagt, *bißchen mehr Gefühl, bei deinem kannst dus doch auch!* Und als der dann, eigentlich ganz normal, darauf antwortete, *schon, aber bei einem fremden gehts mir noch nicht so von der Hand* — und der Erste zurückgab, *kannst ja bei mir üben!* — wie eben die Rede so geht —, da war diese Sperre erst mal weg. Irgendwann macht der schon noch sein Maul auf, dachten wir, es eilt ja nicht.

Aber am Abend ist es dann auf einmal doch wieder ungemütlich geworden. Da fuhr er einen von den Jüngeren auf einmal an: *sag mal, willst du in zwanzig Jahren auch noch Kuhscheiße zusammenkehren?* Das hat sich der nicht gefallen lassen, haben wir auch ganz richtig gefunden: *du ich weiß nicht, was du hier willst, aber zum Runterputzen such dir einen andern.* Aber da ging der gar nicht drauf ein: er hätte ihn was gefragt. *Natürlich kehr ich in zwanzig Jahren auch noch Kuhscheiße zusammen, was sonst?* — *Ziegelei zum Beispiel.* — *Selbe Schweinearbeit wie hier.* — *Ausprobieren.* — *Vom Ziegelbrennen versteh ich nichts.* — *Wie ich vom Melken.*

Ja und weiter? Und dann? Nichts dann — das war es doch gerade: worauf der hinauswollte, was der im Sinn hatte, alles nur ein einziger Nebel! Nichts wie Unruhe, Durcheinander! Man konnte nur spekulieren, und weil wir inzwischen ziemlich wütend auf ihn waren, fielen die Vermutungen nicht gerade schmeichelhaft aus (obwohl wir es eigentlich damals schon besser wußten): eine Grille; irgendein widerwärtiger Hang zum life-seeing; Langeweile; Anwanzung; oder vielleicht doch nur Kontrolle?

Aber bald hatten wir andere Sorgen, als uns in den Sonderling einzufühlen: in der Firma wurde es kritisch. Der provisorische Verwalter wollte auch auf einmal *mehr Demokratie,* und hatte einen siebenköpfigen Betriebsrat für die Leitung wählen lassen, mit dem vorhersehbaren Ergebnis: Vorschläge und Gegenvorschläge, Fraktionen und Flügelkämpfe; Vergünstigungen und nichts in der Kasse. Wie wir sie allmählich satt haben, diese Verwandlungen zur *öffentlichen Figur!* War es das, wogegen der Vielhäusige kämpfte?

Schon die erste Monatsbilanz war katastrophal. Es half nichts mehr, wir mußten zu Kreuz kriechen, fuhren also zu viert hinaus zur Molkerei. Ziemlich verlottert, fanden wir, das Dach löchrig, die Stalltüren schief in den Angeln: und der Vielhäusige, als wäre nichts, pfeifend zwischen den Milchkübeln. *Betriebsrat?* fragte er, *was habt ihr erwartet?* Sätze mit mehr als fünf Wörtern waren aus dem nicht herauszukriegen. *Aber wer dann?* Wir waren von seiner Redeweise offenbar auch schon angesteckt. *Was weiß ich? Leiten kann jeder. Fragt den Stenos.*

Der Dünne? Aber der schlug sich dann besser, als wir es ihm zugetraut hätten: ruppig (das war anscheinnd die neue Umgangsform), aber wenigstens entschieden. Und wenn uns seine Anpfiffe nicht gefielen — so zum Milchfahrer beispielsweise: *Warum braucht die Milch drei Stunden, bis sie hier ist? Sitz gefälligst nicht soviel in der Kneipe herum. Und dem Vielhäusigen kannst du ausrichten, sie könnten ruhig schon um sechs fertig sein, nach acht kauft uns hier niemand mehr was ab!* — dann hatte er immer nur eine Antwort: *wenn ihr einen anderen wißt, nehmt den. Mir brummt sowieso schon der Schädel.*

Aber das haben wir in dem Durcheinander nicht gewagt, und Stenos hat uns im Ganzen auch recht umsichtig durchgesteuert. Denn der Melker war ja bloß der Anfang gewesen: als der tatsächlich in die Ziegelei übergewechselt und einer von dort in die Molkerei eingetreten war, hatte das noch weiter keine Auswirkungen gehabt. Übrigens hatten sie beide auch nichts wie geschimpft. *Dasselbe in Grün,* (so der Melker), *höchstens noch schlimmer. Den ganzen Tag nur Staub und Hitze, lauter fremde Gesichter. Niemals genug Stroh, und bei uns verfault es haufenweise im Regen.* Aber zurückwechseln wollte er auch nicht. Er hätte dort so etwas wie einen Rückhalt. *Wenn ich bei denen Mist baue, denk ich mir: dafür verstehst du vom Vieh nichts; dich möchte ich sehen, wenn du beim Kalben helfen sollst!*

Daß er mehr als zufrieden war, wollte er nur nicht zugeben; aber man sah es ihm an. Und der Ziegelbrenner genauso: auch der zog über die neue Stelle her, über den Milchgestank, den Saustall in der Käserei, aber er ließ sich auch nicht mehr alles gefallen. *Ich tu da keinen Schritt mehr rein,* hatte er denen erklärt, *bevor hier nicht wenigstens der Mäusedreck aus der Molke geseiht wird.* Und da haben die anderen zurückgefragt, ob der Käse in Zukunft nach Fichtennadeln duften soll. Aber wie er dann eine Fuhre Ziegel angekarrt und das Dach repariert hat, haben sie auch ein Sieb besorgt.

Das ist vielen von uns in den Köpfen herumgegangen, vielleicht weniger diese Erzählungen, als eine bestimmte neue Art, sich zu geben, oder der Neid darauf, daß sich die das zugetraut hatten; jedenfalls war plötzlich die große Fragerei im Gang, wie es hier zuginge, ob sie dort einen brauchen könnten — nicht aus einer festen Absicht oder Idee heraus, die haben wir ja erst im Hinterdrein draus gebastelt, sondern aus Neugier, oder aus Überdruß, oder ganz einfach, weil das jetzt anscheinend die Mode war.

Und alle hatten ihre Geschichten, die eigentlich immer dieselbe war: einer steht als *Neuer* um sieben Uhr früh dumm in der Gegend, in einer fremden Werkstatt, oder im Kontor, *Morgen — Morgen,* nichts wie Verlegenheit, stumme Verständigungsblicke der andern untereinander, die ganzen scheußlichen ersten drei Tage lang, denen für den *Neuen* nichts einfallen will, außer Werkzeugputzen, aus der Ablage was heraufholen: die wollen nicht aufmachen, oder können nicht, und dann geht ein stiller Kampf los, weniger gegen die, als gegen eine Wand, nur, woraus besteht die eigentlich? Aus Gewohnheit, aus einer festgebackenen Angst, ihr Handwerk könnte sich doch als weniger schwierig und geheimnisvoll erweisen, als es dem Außenstehenden vorkommt, und dann wäre ihr Ansehen futsch, oder ihre Berufsehre, oder es gäbe zuviele von ihnen. Logisch ist das alles nicht, es wächst nur immer dicker um einen herum wie eine Kruste. Und wegen der haben eben auch diese Versammlungen nie was getaugt, weil alle so tun, als gäbe es die Mauer nicht, und dabei nur oben den Kopf ein Stück herausgestreckt. Wir müssen von außen wie ein Knast ohne Dach ausgesehen haben, in dem jeder zu den Nachbarzellen hinüberschreit, *wir sind gleich! wir sind frei!*

Aber nach einer Woche oder zwei hatte man sich dann einigermaßen in der Gruppe zurechtgefunden, und es wäre wohl auch eine neue Hackordnung entstanden — aber wir waren ja inzwischen zum reinsten Karussell geworden, und damit hörte auch das Geschiebe und Gedränge im Gruppeninnern weitgehend auf, und es hätte in uns auch keinen rechten Ansatzpunkt mehr gefunden; denn wir rutschten allmählich in eine Haltung hinein, die weniger hieß: ich bin Kutscher oder Spengler, sondern vielmehr, ich bin einer, der im Augenblick Mehl in die Stadt fährt, oder Rohre verlegt; was ich mache, gehört soviel oder sowenig zu mir wie meine Kleider. Und deswegen konnte man, wenn einer das Meckern oder Rumtoben anfing, sich denken (oder auch sagen), *schrei doch gleich meine Unterhosen an!* Aber noch viel wirkungsvoller war ein gewisser ermüdeter bis mitleidiger Blick, den Trick hatten wir bald heraus, der zu verstehen gab, *was glaubst du, wie du dich anhörst, wenn du morgen an meiner Stelle bist?* Dann brummelte der höchstens noch.

Aber sobald das klappte, und alle zwei Seiten, sagen wir ein Kontorvorsteher und sein Schreiber, hielten beide daran fest, daß sie nur *Kleider anhatten* — das war jetzt der stehende Ausdruck —, dann passierte da etwas wie ein Sprung; und von da an wußten wir: da hängt ein ganz großer Fisch an der Angel, wir haben es am Haken, dieses schimmernde, schlüpfrige Wesen, die Gerechtigkeit, wir müssen nur noch dafür sorgen, daß die Leine nicht reißt.

Und deswegen gingen wir dabei auch aus den Rollen nicht heraus, nein, so kurzsichtig waren wir nicht, weil sie nämlich vom Job nicht zu trennen ist, und in der Flickschusterei bekam man wie vorher zu hören, *was willst du noch mit dem Fetzen, kauf dir endlich was Neues!* und gab wie früher zurück, *bist du ein Schneider oder ein Herren-*

ausstatter? und dann sagte der, *also gut, diesmal noch, aber dann ist endgültig Schluß, macht fünf Lefta.* Und der Vorsteher blieb ganz der Vorsteher und hüstelte beim Diktieren, und wenn er hinwarf, *sieh doch zu, daß das heute noch rausgeht, ja?* hätte niemand einen falschen Ton herausgehört, sowenig wie aus dem *mal sehen, nach der Mittagspause vielleicht* des Schreibers.

Mit dem Unterschied, daß die eine Rolle der anderen zwar noch unterstellt war, nicht aber der Spieler dem Spieler, denn für beide war hinter den Kleidern jemand sichtbar geworden, den sie vorher nicht hatten wahrnehmen können, weil in einem bewußtlosen Oben und Unten keiner je den anderen — nein, er sagt es genauer: weil kein Babbà je den Sohn und kein Sohn je den Babbà sehen kann, so wie sie sind. Und damit hatten wir auf einen Schlag das ganze Elend vom Hals, mit nichts! Durch kein Geschrei, keinen Aufruhr, durch einen bloßen kleinen Knacks im alten Ego, eine andere Weise, uns selbst zu sehen!

Wir konnten auf einmal kaum mehr begreifen, wie wir so lange in diesem Käfig herumgetappt waren, ohne den Ausweg zu finden; aber wir wußten auch, daß uns nicht der Scharfsinn darauf gebracht hatte, sondern eine neue Erwachsenheit, die uns befähigte, über das Eigene endlich ein Stück hinauszuschauen, und daß nur darin das leichte und bunte Gewebe sich knüpfen ließ, daß jetzt angefangen hatte, uns wieder miteinander zu verbinden.

Allmählich ging uns auf, wie sehr wir, und seit wielange schon, in Höhlen gelebt hatten, jeder in seiner eigenen; wie wir gleichsam immer nur mit einer Funzel herumgelaufen waren, deren Licht nur drei Schritt weit reichte, und auch nur die ihr zugewandte Seite beleuchtete, danach verlor sich alles in einem nebligen Schummer. Was bewegte sich dort undeutlich hinter den blinden Fenstern, wer war dort womit zugang? Keine Ahnung. Woher kam das Gemüse, der Fisch. Vom Land. Und weiter? Naja, aus einem Garten, einem Teich eben.

Alle Antworten bildlos und leer. Jetzt hellte sich der Umkreis auf, bis in die Winkel. Nicht nur, daß jeder, weil er selbst schon einmal drei Wochen oder drei Monate mit dabeigewesen war, wußte, was da hinter dem Werkstattfenster so laut rumpelte, wonach es dort auf dem Hof so beißend roch; auch alles, was zu ihm gelangte an Möbeln, an Diensten, an Eßwaren, an Geschirr, hatte auf einmal wieder eine klare Geschichte und Abkunft. Eine Wolldecke, das waren: der Schafpferch, die Hunde, das Gezappel unter der Schere, die fettigen Hände, kratzende, sich verhakende Kämme, die staubige Spinnerei mit dem Jucken im Hemdkragen, das Geklapper von Webstühlen und die dampfenden Kessel in der Färberei; ein Teller, und jeder hatte das schwarze Loch im Hügel vor Augen, den Schacht mit dem schweren Gebälk, die zähe Masse auf der Schaufel, er sah sich blinzelnd ans Tageslicht treten, spürte die Fußsohlen heiß werden, wenn er die Drehscheibe abbremste. Und all diese Vergangenheiten liefen zusammen und verknüpften sich zu einer endlich einmal genau gesehenen Gegenwart: kein Hammerschlag, kein vorbeiknirschender Karren, der nicht augenblicklich hundert Verrichtungen und Vertrautheiten in ihm wachgerufen hätte, und sie alle waren in dem schnellen, kaum merklichen Augenzwinkern enthalten, das er mit dem Fuhrmann austauschte: bei uns hat sich keiner mehr fragen müssen, was wirklich war und was nicht!

Das Gewebe dichter machen! Endlich — ja, so spät erst! — machten wir uns klar, daß wir die Sache ruhig auch ein bißchen systematischer angehen konnten und mußten. Und das war am dringlichsten da, wo das Oben und Unten am weitesten auseinanderklafften, die höchsten und dicksten Wände sich zwischen uns geschoben hatten. Also bei wem? Die Frage war noch kaum gestellt, da wußten wir, warum die Verallgemeinerung solange auf sich hatte warten lassen: bei den Frauen natürlich. Und sofort dachten wir: das schaffen wir nicht; an der Grenze werden wir auflaufen; unser Gemeinwesen bleibt Stückwerk.

Versucht haben wir es trotzdem, auch wenn es Über-
windung gekostet hat; aber ein paar Mutige haben sich,
verlegen und ratlos, in der Spinnerei, in der Waschküche,
oder sogar mit Eimer und Besen für den Hausputz bei
ihnen gemeldet. Die Ablehnung schien anfangs nicht
stärker zu sein als überall sonst auch: *das kannst du nicht,
dazu bist du zu ungeschickt, was willst du hier?* Aber wenn
sich der davon nicht vertreiben ließ, und anfing zu
schrubben oder einen klumpigen Faden zusammenzu-
nudeln — denn das Ungeschick war nicht das Hindernis, darum ging es gar nicht —, dann wurden sie deutlicher: zusammengesteckte Köpfe, Geprusche hinter der
vorgehaltenen Hand, und alle Bitten und Mahnungen an
den Gemeinsinn halfen nichts: das Gekicher hörte zwar
auf, aber dafür kam dann auch der Hinauswurf: *du störst
hier, wir wollen unter uns bleiben, hau endlich ab! — Und
warum?*

Aber wer so fragte, der wurde derartig gedeckt, daß
er freiwillig ging. Warum? Weil er ein Mann war. Und
weil Männer nie etwas sind, sondern ewig glauben, erst
etwas werden zu müssen. Aus dem Nichts Etwas
machen, unstillbar, von Anfang an. Und jetzt nur der
neueste Dreh: die Gerechtigkeit! Jeder jegliche Arbeit!
Alles Unsinn; denn es war die falsche: die Arbeit für
niemand; um ihrer selbst willen, und daher unendlich:
immer mehr davon, bis sie wieder beim Teufel ist, die
liebe Gerechtigkeit. Jede Frau weiß: die arbeitet für
mich, ich arbeite für die; oder damit das Kind nicht verlottert herumläuft, der Mann nicht von Kräften kommt.
Die wahre Arbeit ist ichlos; ist Versorgung des Nächsten
und nicht des Markts; ist, wenn das Wort überhaupt
etwas heißen soll, Liebe, nicht Leistung. Aber das würden
wir in tausend Jahren noch nicht kapieren. Stattdessen
die *Loslösung von der Rolle* — zum Piepen: die Männer-
rolle wuchs uns doch mit jedem Tag nur noch tiefer ein.
Statt eines Ichs jetzt die vielen gespielten, die nicht ruhen
können, bis sie die ganze Welt vereinnahmt, angeeignet
und durchwalkt haben. Erwachsen werden — wir?

Erwachsen heißt, bei sich angekommen und gegenwärtig sein. Wir aber wollten immer nur eins: die Geschichte, immer und ewig weiter so die Geschichte. *Dann macht sie doch!* schrien sie den Zurückweichenden nach, *aber ohne uns! Wie bisher auch. Und jetzt raus hier!* Wir konnten es uns nicht leisten, auf sie zu hören. Und es hätte uns ja auch nichts genutzt. Wohl hatten sie recht: die Männer und die Geschichte *waren* eins, und daher konnten sie darin nicht vorkommen, es sei denn am Anfang und Ausgang. Aber sollten wir uns deshalb hinstellen und sagen: Schluß damit; wir erklären sie für beendet? Dann lief sie uns weiter davon. Sie einzuholen war das einzig denkbare, das einzig vorhandene Ziel. Und jetzt waren wir doch gerade auf dem besten Weg dazu!

So hat uns der Streit eher bestärkt als ermutigt. Die Männerrollen mochten den Frauen gegenüber undurchbrechbar sein, aber nicht untereinander! Und da stürzten wir uns jetzt mit einer Art von trotzigem Eifer hinein. Den wirksamsten Wechsel immer zuerst! Und das war nicht der nach nebenan, von der einen Handarbeit in die nächste, sondern von der höchsten zur niedrigsten. Bedenklichkeiten, Warnungen, Krach: wir würden uneffektiv, steckten ohnehin schon zuviel Geld in die ständigen Umschulungen: und jetzt auch noch die Hochqualifizierten auf den Bau schicken, oder die Maurer vier Jahre lang freistellen, bis sie Baumeister waren? Und aus welchem Grund sollten die Spezialisten ihre schönen Wissenschaften aufgeben, um von den schönen Gehältern zu schweigen — aus Menschenliebe? Durch Zwang?

Alles nur Unkerei. Es fanden sich sogar unerwartet viele, die zur Abwechslung den Kopfkram oder die papierne Organisiererei einmal loswerden wollten; und so linkisch sie sich in der Handarbeit oft auch anstellten, so erfindungsreich zeigten sie sich darin, sie zu vermindern. *Backsteine auf dem Rücken das Gerüst hinaufschleppen?* fragten sie entsetzt, *das machen nur Esel!* Und sie verlegten einen dicken Wasserschlauch nach oben, ließen einen

Zuber vollaufen, der durch sein Gewicht die Steine im Gegenzug heraufholte — und wenn die dann unten das Wasser auskippten, kam das leere Brett für die nächste Ladung wieder nach unten gesaust.

Sachen von der Art. Aber auch für das Ausbildungs-programm sahen sie weniger schwarz. *Weißt du, wieviel ich von meinen zehn Semestern hier tatsächlich praktisch anwen-den kann?* fragten sie, *rat mal*. Das war bei den Baumei-stern ein Fünftel; bei den Ärzten ein Drittel; bei den Lehrern ein Zehntel — immer noch lange genug, aber wenigstens absehbar. Und so kam das Rad wirklich in Schwung. Denn den neugebackenen Lehrern und Ärzten fehlte, und zwar von Anfang an, das von-oben-Herunter und die Aufgeblasenheit, die die alten in ihrem Beruf so sehr gehindert hatte, weil sie den Hauptteil ihrer Kraft dazu hatten vergeuden müssen, zu ihren Patienten oder Schülern *überhaupt durchzukommen*. Und man kann ruhig glauben, daß die in ihrer Klasse keine *Motivierungs-probleme* hatten, wenn sie ihr etwas von spezifischen Gewichten, oder der Statik, oder auch von ihren künf-tigen Berufen erzählten: weil die nämlich wußten, wovon sie redeten.

Wer nicht wie er diese Zeit miterlebt hat, wird den Unterschied zu vorher wahrscheinlich für akademisch halten: denn die Arbeit blieb ja dieselbe, war ermüdend, stur, und für jeden zuviel. Aber für uns stand sie von da an gleichsam unter einem neuen Titel: sie verlor mehr und mehr ihr Eigengewicht, hatte weniger ihren Zweck in der Herstellung von etwas Bestimmtem, sondern viel-mehr von eben der Verständigung *hinter den Kleidern,* wurde zur gemeinsamen Errichtung einer neuen Ver-kehrsform. Und die wurde uns jetzt immer unentbehr-licher, ja vielleicht zum stärksten Arbeitsantrieb von allen in ihrer neuartigen Dichte und Nähe, mit der sich darin Botschaften des Gefühls oder der Gedanken austauschen ließen. Welche Erleichterung, daß wir wieder zueinander sagen konnten, *geh dich waschen, du stinkst!* Endlich hatten wir das Erzübel des *Öffentlichen* bezwungen.

Hätte man uns damals nach dem Unterschied zwischen drinnen und draußen gefragt, dann, wäre uns gar nicht zuerst die Gerechtigkeit oder das gute Leben eingefallen, sondern wir hätten rundweg behauptet: bei uns geht es *zivilisierter* zu. Und damit hätten wir noch nicht einmal die ebenso elegante wie verkorkste Gastgeberin gemeint, wenn sie mit unerträglicher Leutseligkeit flötete, *Nun, Sie leben doch auch in einer Kommune* — mit all den dazugehörigen Phantasien von Durcheinandervögelei und ungewaschenen Hälsen; sondern die Sitten in der Stadt kamen uns ganz allgemein immer hinterwäldlerischer vor, ja wirklich, wie bei den Barbaren, mit ihren unsinnigen, eisernen Regeln, die nie danach fragen, was einer will: wo man entweder abgemurkst, oder bis zum Hals mit Hammelfleisch vollgestopft wird, die Ehefrau entweder nicht anschauen darf, oder sie als Gastgeschenk ins Bett geschoben kriegt — und mit ganz demselben Aufatmen, mit der man nach der Rückkehr aus solchen exotischen Gegenden seufzt, *gottseidank keine Lendenschurze mehr, endlich wieder ein heißes Bad, und jemand der, wenn man* Don Giovanni *sagt, nicht nur blöde zurückglotzt* — so seufzten auch wir, wenn sich das Hoftor hinter uns geschlossen hatte und der Pförtner mit der Nachricht kam, *der Menon hat schon dreimal nach dir gefragt, er hat ein Problem mit dem Blasebalg, ob du dich gleich mal mit ihm besprechen kannst?*

Denn wir hatten die Herrschaft der Regeln wie es schien abgeschüttelt. Die Überflüssigkeiten, Stauungen, Verdoppelungen, Schnörkel, alles was sonst, ohne daß es jemand gewahr wird, quer- und danebenliegt, sich verselbständigt, gegenseitig blockiert, aneinander vorbeiläuft, sich verknotet, leer dreht, was nur dahockt, wegfrißt und sich langweilt — das meldete sich in unserem Gewebe augenblicklich als Störung und Mißton, als wäre eine Saite zerdehnt oder gesprungen; wer in eine solche vorgepreßte Rolle hineingeriet, fühlte dann eine Unbehaglichkeit, etwas, was mit dem Rest nicht zusammenklang, und sich nicht fragen lassen wollte, wozu es gut war. In der Lagerverwaltung, ging das nicht auch

ohne diese wichtigtuerische Knappserei, diese affige
Gnädigkeit — die gute Schaufel, wenn einer katzbuk-
kelte, wenn nicht, die stumpfe? Dann eben das Werk-
zeug durchgehen, ausmisten, nachbestellen, und fertig!
Oder diese ewigen Schwerteraufträge in der Schmie-
de: war es da nicht überfällig, daß endlich einer geschimpft hat, *ihr braucht die blöden Dinger doch nur, damit
ihr eine bella figura machen könnt auf dem Corso. Und dafür
soll ich mich zwei Nachmittage lang hinstellen? Ihr spinnt,
hängt euch ein Brotmesser um!*

Was nicht einzusehen war, dafür gab sich keiner mehr
her. Was blieb, schliff sich ab, ordnete sich zu, formte
sich aus, paßte sich ein. Wie gut, daß wir nicht mit einem
fertigen Plan in die Sache eingestiegen sind: wir wären
ja doch nicht darauf gekommen, daß daraus ein Spiel
werden konnte, so sehr auf die Mitspieler und aufs Ganze
konzentriert wie bei einer Faustballpartie: soll ich den
zweiten Aufschlag riskieren, oder mich für ein Zusatz-
spiel bereithalten? Dieselbe reflexartige, eigentlich *über-
vernünftige* Sicherheit, mit der man dann dort nach vorn
rast, um den Ball mit einem Sprung drüben in die Lücke
zu setzen, ließ uns jetzt handeln; und so wenig man sich
dabei fragt, wozu soll meine Beschäftigung dienen, wie
und durch welche höhere Notwendigkeit ist dieser abge-
gebene oder geschnittene Ball gerechtfertigt? weil die
offensichtliche Antwort heißt: durch keine! durch das
Spiel selber! — so wenig war uns zweifelhaft, ob es
richtig, oder wofür gut war, was wir taten und ließen.

Ein Tanz, tatsächlich eine Art Kunst: wir waren dabei,
zu dem zu werden, was wir in unserem Bau vorausgeahnt
hatten, nur ohne dessen Versteinerung in ein Oben und
Unten. Aber ebenso klar, selbstverständlich und fraglos
wie dort jeder Teil sich aus dem Ganzen bestimmte und
umgekehrt, standen wir jetzt zueinander. Wir spürten
eine Befreiung und Öffnung, als hätte sich eine Kapsel, in
der wir eingeschlossen gewesen waren, auf einmal nach
außen gestülpt. Es wurde Ernst. Wir konnten nicht
länger alles durchgehen lassen, so gern wir das auch

getan hatten. *Eier zum Haarewaschen?* hatten wir früher gemault, *soll er doch, meine Sache wärs nicht.* Aber jetzt kamen wir um die Grundsatzfrage nicht mehr herum, und erst jetzt fühlten wir uns ihr gewachsen: den Konsum einschränken oder die Arbeit? Die Löhne ausgleichen, abschaffen, oder die langweiligen und sturen Tätigkeiten damit prämieren? Uns in der alten Schmirgelgrube weiter Staublungen holen, oder sie abstoßen?

Der Verkauf war schon beschlossene Sache, als uns der Dünne (die Leitung war gerade wieder einmal bei ihm gelandet) dazwischenfuhr. *Verscherbeln?* fragte er, *fällt euch bei dem Beschluß nicht eine Kleinigkeit auf?* Als wir ihn endlich verstanden, schauten wir uns zuerst betroffen an; dann fing einer an, laut zu lachen: so weit hatten wir unsere alten Grenzen schon hinter uns gelassen! Denn wir wußten natürlich, wo der Vielhäusige zu finden war: er heckte irgendetwas mit den Maurern und Steinmetzen aus — aber ihn um Erlaubnis zu fragen, weil ihm die Grube und alles andere ja schließlich *gehörte* — soweit hatte er uns also gebracht! — darauf hatten wir schlichtweg vergessen. Wir liefen zu ihm hinaus. Wir sahen sein mürrisches und abweisendes Gesicht schon vor uns: aber jetzt mußte er sich von uns feiern lassen, da half ihm nichts mehr.

❖ Es kam nicht dazu. Stattdessen, wir konnten es nicht anders nennen, wiederum ein Geschenk: aber kein achtlos hingeschmissenes, sondern eins, das uns tief angerührt und beschäftigt hat. Der Steinmetzmeister stand wie ein Wächter vor der Tür. *Er schläft,* sagte er mit einem merkwürdig versonnenen oder verschmitzten Ausdruck auf dem Gesicht. Und aufwecken würde er ihn auch nicht. Wir bräuchten ihn gar nicht zu fragen warum, sagen würde er doch nichts.

Als er merkte, daß er damit nicht durchkam, holte er tief Luft. Ja, es wäre doch wohl besser, wir wüßten davon. Und wer ihn dafür verspotten wolle, könne das ruhig tun, ihm sei das Geschehene wichtiger. Also kurz und gut, er wäre zu dem Vielhäusigen unter die Bettdecke gekrochen. Was? Naja, mit Herzklopfen, als es schon dunkel war; vorsichtig; darauf gefaßt, mit einem Fußtritt wieder hinauszufliegen: der Jüngste war er ja auch nicht mehr . . .

Und dann? Ja und dann wäre gerade nicht passiert, was er befürchtet hätte, nämlich daß der seine Umarmung über sich ergehen lassen, oder sich schlafend gestellt hätte: sondern mit den Worten, *du als Einziger hast es also gespürt,* hätte er sich ihm zugewandt, sein finsterer und verschlossener Blick habe aufgeleuchtet, wie staunend hätte er ihm über Brauen und Nase gestrichen, als könnte er sein Gegenüber gar nicht tief genug erforschen . . . Und da hätte er gar nichts mehr verstanden. *Aber wieso denn ich?* hätte er gefragt, *du könntest doch beim ersten Wort an jedem Finger einen von diesen hübschen Lehrlingen oder Gesellen haben! Aber an mir, mit meinen alten groben Händen, mit meiner Glatze, was kannst du an mir schon groß finden?*

Wir sagten es ihm nicht ins Gesicht: aber das fragten wir uns allerdings auch. Ja, und dann eben dieser Satz, ohne den er von der Sache kein Sterbenswort hätte verlauten lassen: *weil du schön bist und weißt es nicht; weil ihr alle schön seid und es nicht merkt. Nur ich kann es sehen: denn solange es mich gibt, habe ich sein wollen wir ihr.*

Wir waren in Jubelstimmung gekommen; heimgegangen sind wir nachdenklich, jeder für sich.

❖ Kein tieferes Vergnügen, als mich selbst zu verwandeln. Beim Mittagessen die Wohlerzogenheit in Person. Eine Art innerer Entschluß, mich aufgeräumt nach außen zu wenden, und schon ist die lastende Stille von Tisch gescheucht. *Wie gefallen euch die neuen WHW-Abzeichen? Da waren die letzten aus Glas doch etwas ganz anderes. Wißt ihr noch, die Libelle, der Krebs? Nein, im Augenblick keine Suppe mehr, vielen Dank . . .*

Sogar der Babbà spitzt dann hinter der Zeitung die Ohren. Später die Schulaufgaben. Auch hier muß ich mich zuerst einmal sammeln: wie verhält sich der vorbildliche Schüler, wie sieht er aus? Ein ernstes Gesicht, eine gefurchte, jede Einmischung von sich weisende Stirn, und schon geht alles von selbst. Hem hem. Wenn diese Schlangenlinie die Donau darstellt, was sind dann die Kringel? Das Zauberwort heißt *Ulrepaliwi*. Dürfte auch nur den wenigsten bekannt sein. Ul wie Ulm, Re wie Regensburg, Pa wie Passau, Li, Moment, irgendwas mit Suppe, irgendwas mit Kuchen, richtig! wie Linz; Wien versteht sich von selbst, und das wärs dann auch schon.

Weg jetzt mit dem Zeug, in die Ecke, was anderes. Ich bin eine Me 109. Im Tiefflug schräg durchs Zimmer, kurz vor der Wand hochziehen, mit der rechten Tragfläche in die Kehre und dann mit vorgestrecktem Kopf heruntergestoßen aufs Ziel. Feuer aus allen Rohren! Das hatte gesessen. Und schon bin ich durch den Gang davongebraust, unerreichbar für die feindliche Abwehr. Eine Platzrunde, dreimaliges Wackeln mit den Flügeln zum Zeichen für den siegreichen Einsatz. Jetzt den Motor gedrosselt, Nase nach unten, federleicht aufgesetzt: wieder einmal glücklich gelandet.

Kindereien. Aber bin ich kindisch? Bin ich ein beflissener Schüler, ein geistreicher Unterhalter? Ich tue so. Ich gehe in die dafür vorgesehene Haltung, wie in eine Art Hohlform. Je genauer, desto besser gelingt, was ich vorhabe.

Mein neues Betätigungsfeld ist inzwischen der Haushalt. Und wie jedesmal: ich brauche mich nur dafür zuständig zu machen, und schon gehen mir die Augen auf für eine Welt von ungeahntem, sich ständig erneuerndem Reichtum. Was sich da, langsam und lautlos, an allen Ecken und Enden, ansammelt an notwendiger Verrichtung, ich bin ja wie blind gewesen! Die Luft schon wieder abgestanden und dick; unter dem Sofa, auf Simsen, im oberen Türrand Flusen und Staub, der Finger

vom Darüberfahren pechschwarz! Und da, mitten auf
dem Teppich, der unvermeidliche, achtlos fallengelassene
Strohhalm aus der Virginia. Ja dann los doch und lüften!
Mit dem Besen hoch oben wild durch die Luft gefuch-
telt, der grau herunterhängende Spinnenfaden immer
wieder verfehlt, endlich erwischt!

Und jetzt der Einkauf. Noch immer gießen die Marktfrauen auf der Insel Schütt ihre Eimer aus. Warum?
Dumme Frage: um ihren Platz frisch und glänzend zu
halten natürlich. Und vor dem schwarznassen Hintergrund das leuchtende Orange der Rüben, mit sattgrünem
Laub, die goldenen Zwiebelstränge, der Kräuselfiligran
des Wirsings, die irisierend ins Lila hinüberschimmern-
den Spargel. *Unbezahlbar!* ruft die Mama und zieht mich
weiter.

Denn hier herrscht die Gemeinsamkeit: das ist der
Unterschied. Vor dem Schulheft, in der Pilotenkanzel
sitze ich allein, und immer muß ich darauf achten, daß sie
nicht unwirklich werden, und das Als-Ob nicht auffliegt: denn dann ist der Spaß schon verdorben. Aber der
Haushalt — das kommt schon fast dem Brückenbau
gleich, nein, übertrifft ihn. Wie dort bewegen wir uns
im unzweifelhaft Wichtigen; aber nun geht es nicht mehr
um die Errichtung eines reinen, von aller Natur getrennten Geistwerks, um eine weltlose Kunstübung: sondern
hier schwappt es und spritzt, kratzt, scharrt und klappert,
riecht, brennt und dampft, schäumt auf und zerfließt,
stürmt auf die Sinne ein, daß ich mich schier darin verliere. Wo bin ich denn? Bin ich nicht schon Wasser,
Feuer und Topf?

Das Gemüse geputzt! Und aus dem Orange schält
sich das noch leuchtendere, die Sellerie muß ihr ver-
schlungenes Wurzelwerk und die weiße Watte im Inneren lassen, bis das Bild im beißenden Geruch der Zwiebel
verschwimmt. *Rohkost,* schwärmt die Mama und knackt
sich die Rübenspitze ab, *fast schade, es zu zerkochen — aber
leider! bei Tisch geht das nicht an.* Das Bratenstück (denn
es ist Sonntag) wird gesalzen, gepfeffert und ange-

schmort, die Knochen mit dem gräßlich ausgerenkten Gelenk, den schaurig blutigen Flachsen dazu gelegt, und ab damit in die Röhre. Und alles bis ein Uhr pünktlich. Nicht zu schaffen? — das wäre gelacht! Die Klöße: einer schält, einer reibt; du setzt schon mal das Brühwasser auf. Autsch! das ging daneben — eigentlich ist Blut gar nicht so schlimm: man darf nur nicht bloß Zuschauer sein! Klacks das Mus in den Leinensack, und dann pressen und wringen und quetschen wir das, bis die Brühe nur so herausrinnt, der Teig, strohtrocken, sich als Klumpen herausschälen läßt. Jetzt noch die leise knarrende Stärkeschicht aus dem Schüsselboden geschabt, schau auf die Uhr, siehst du, noch massig Zeit.

Auch hier, wenn auch ohne *Eibtis,* der große Netzplan, in den sich alles einordnet und ausrichtet aufs Ziel. Und wie flink ihr jede Verrichtung von der Hand geht! Zippzippzipp — und die Zwiebel zerfällt wie von selbst in winzige, glasige Würfelchen. *Dein Opa hat noch die Dienstmädchen danach ausgesucht, wie schnell sie das können! — Die Dienstmädchen, so wie beim Olf? — Ja, aber die Zeiten sind vorbei! Selbst ist der Mann!* sagt sie selbstbewußt, und mit recht: denn sie ist Koch, Wäscherin, Konditor, Schneiderin, Gärtner in einem, beherrscht die Kunst des Gurkeneinlegens, des Einkochens, ja die noch viel heiklere des Wecktopfs, des Bügelns, sie zaubert den Eierschnee und das Zopfmuster — wo wären wir ohne sie? In der Steinzeit. Und nie macht sie daraus ein feierliches Brimborium: *Gar nichts dabei! Du darfst nur die Prise Salz nicht vergessen!* lacht sie, *das hast du auch bald heraus.*

Das stimmt. Es fliegt mir zu. Das Eigelb in die Soße, wenn sie noch kocht? Undenkbar. Und warum nicht auch einmal allein zum Krämer? Ich muß nur aufpassen, daß ich nicht allzulang trödle: noch immer steht im *Kassemattentor* der schwankende, vor sich hinbrabbelnde Mann, aber ich gehe pfeifend vorbei. Die pflatschende, gurgelnde Mühle in der *Vorderen Fischergaß:* wenn ich mir da für zehn Pfennig *Oblatenbruch* holte? Das wäre nicht fair. Und also hinein zum *Ziegler* — ja, das übelriechende Kellerloch von einst, aus dem Rirarutsch-Zeitalter, und wie vormals schiebt sich darin eine vor Ungeduld scharrende Frauenansammlung langsam nach vorn, aber ich nichts wie dazwischen und darunter vorbei, lasse alle Bekundungen von *lieb-lieb* oder *wie der wieder drängelt!* an mir abprallen, und mich mit meiner artigsten Bubenstimme vernehmen: *ich habe vorhin noch die Hefe vergessen, den Zimt* . . . Und es klappt! Keiner merkt den Beschiß!

Die Mama ist hübscher geworden in diesen Tagen: die Nase weniger schief, in den Augenwinkeln lustige kleine Fältchen, eine Haarsträhne, die sie sich aus der Stirn bläst; außerdem eine moderne Bubikopf-Frisur, der Hut mit der hochgeschlagenen Krampe: sie macht sich gut, die Frau Amtsrat, das muß ihr der Neid lassen. Und nur ich weiß, was sie verschönt hat: es ist das Spiel und der Tanz, die Sprengung der alten Kruste, das Füreinander, das Erblicktwerden nach solanger Zeit. Allein geht der Kampf mit den Federbetten langsam aber sicher verloren. Aber zu zweit: da mögen die sich noch so aufblähen und verbeulen zu wilden Häufen: ich hier und du da — und glattgezogen sind sie frisch und morgendlich, wie nie berührt. Und ein paar Stiefmütterchen auf den Balkon, warum schließlich nicht?

Wieder kennt sie die guten Pflanzen von den schlechten auseinander, *die kümmerlichsten sind oft die besten, man muß auf die Sprosse achten, nicht auf die Blätter; ein bißchen Hornspan drauf, du wirst sehen!* Und wieder bekommt sie recht: schon zwölf Blüten, und noch immer treiben sie nach. Da schau: mitten zwischen den fünf samtenen Segeln, von tiefblau bis schwarz, von dottergelb bis rostrot, geheimnisvoll hinter Wimpern verborgen, der kaum sichtbare Stempel: ja niemand verraten!

Was ist mit uns? Welche gegenseitige Erweckung? Denn auch ich sprühe nur so von unerklärlichen Einfällen. *Was sollen wir nur machen!* damit war sie im März zu mir ins Zimmer gestürzt, *stell dir vor, Glatteis! An Einkauf ist gar nicht zu denken!* Und schon hatte ich die Antwort gehabt: *Ganz einfach! Glaspapier an die Sohlen!* Und ab wars gegangen durch die verzauberte, berauhreifte Stadt, die sich einmal lustig machen wollte über ihre Bewohner, ringsum nur hampelnde Figuren mit angstverzerrten Gesichtern, plumpsdich! da saß wieder einer! — nur wir, als wäre nichts, lachend und plaudernd mit lässig geschwungener Henkeltasche dem Markt zu, die Nasen hocherhoben im Wind: nie zu vergessen . . .

Und noch immer, ich weiß nicht woher, im rechten Moment die erlösende Eingebung. *Nichts wie raus hier!* rufe ich mitten im ödesten Abwasch, packe den Dielenläufer, rolle ihn zusammen und schaue sie erwartungsvoll an. Sie begreift augenblicklich. Die Treppe hinunter, über die Stange damit, und dann darauf eingedroschen, daß das Echo im Hof kaum nachkommt. Die Wiederentdeckung der Freiheit, ob jetzt oder dann, ob dies oder jenes: wir *sind* es nicht, wir *machen* es nur!

Die lange Rolle vorn und hinten unter die Arme geklemmt, rasen wir die Treppe hinauf, schmeißen es hin, das lästige Ding, werfen uns ins Sofa, daß die Sprungfedern krachen, und als im gleichen Moment der Babbà zur Tür hereintritt, rufen wir im Chor: *keine Beeren am Sonntag! Wir sind erschöpft! Wir wollen auf dem Kanalschiff nach Kronach!*

Er schaut uns erstaunt an und fragt, *was ist denn mit euch los?* — aber weder abweisend noch verbittert. Kann es sein, daß er die Zerstörung der Brücke verschmerzt hat? Es klingt eher wehmütig, als fragte er sich: warum kann ich nicht auch dahin, wo ihr jetzt seid?

❖ Der Rundumberühmte — aber wielang das nun schon zurücklag! — hatte die erste von ihnen gekannt und für sich gewonnen. Sie war ihm zugefallen, wie ihm alles zufiel; und er hatte sich so klar entschieden, wie er immer entschied: bei der Trennung von seiner Ehefrau ging er behutsam und großzügig vor, aber er nannte sie unwiderruflich. Er könne nicht anders, hatte er der Verbitterten erklärt; es sei nicht ihre Schuld; aber er fühle sich, als wäre er zum ersten Mal aus einem stickigen Dachboden heraus ins Freie gelangt. Sein Leben lang habe er darum gekämpft, nicht blind von unten herauf idealisiert, sondern gesehen zu werden; das sei ihm, in vier oder fünf Glücksfällen, mit Männern gelungen; aber unter den Frauen sei die *Willkommene* (sie war stolz genug, sich so zu nennen) die einzige gewesen, in deren Blick nicht die Unterwerfung, sondern die Ebenbürtigkeit stand.

Die ganze Stadt hatte ihn dafür verlästert und beneidet. Sie zeigte sich von dem Gezeter unberührt, wenn es überhaupt bis zu ihr drang; denn in ihrer Gegenwart verstummte es wie von selbst; es ging von ihr etwas aus, was, wie der Hohe Mann auf dem Platz, auf eine erst noch ausstehende Zeit vorausdeutete; und auch der strengste Sittenapostel und Schönredner, der sie im Namen der *öffentlichen Moral* gerade noch als *Beule am Volkskörper* und *Hure* gebrandmarkt hatte, dachte bei ihrem Anblick auf einmal: *was rede ich denn da? Bin ich nicht wie einer, der die ionische Säule beschimpft: du bist nackt?*

Sie war die Vorläuferin, vielleicht auch das Vorbild, vieler ihresgleichen, die nun allenthalben erschienen, in Syrakus, in Korinth, wie auch bei uns in der Stadt. *Gefährtinnen* nannten sie sich, und der Gast begriff schnell, was sie meinten, wenn sie ihn durch weite, luftige Räume auf seinen Platz geleiteten, mit großer Höflichkeit und selbstverständlichem Abstand, aber doch anmutig und zugewandt. Sie verweigerten rundweg die Maske der Spröden, der Kokotte, des Blaustrumpfs; das absichtsvolle Geplänkel, die ausgeleierte Balz, die Anmacherei um drei Ecken, das alles wiesen sie noch nicht einmal verächtlich, sondern mit abwartender Duldsamkeit von sich.

Sie setzten einen Rahmen, dem sich keiner entziehen konnte: was sie ihrem Gegenüber antrugen, war nicht weniger als ein Vorschlag für das bessere Leben. Waren sie uns wegen dieser Verwandtschaft so zugetan? Denn sie waren über unseren Besuch immer erfreut. Unser ländliches Schuhwerk, unsere bäuerlich geröteten und schrundigen Hände übersahen sie. *Ein Vielhäusler beehrt uns! Und ich hatte schon einen schnarrenden General, einen wieseligen Ölhändler befürchtet!* — so begrüßten sie uns, und kamen mit komischen Seufzern sogleich aufs Thema: *aber was werden wir uns dafür wieder anhören müssen an langatmigen Reden übers Dreschen und Schreinern, über die Löhne, das Eigentum! Mir raucht jetzt schon der Kopf!*

Und was war daran so falsch? Nichts natürlich. Und zugleich alles: Männerreden aus einer Männerwelt. Die Vernunft, das Allgemeine! Warum gaben wir es nicht endlich zu: wir kamen zu ihnen doch nur, um uns davon zu erholen! — Und die Gerechtigkeit? Ein Ideal von Buben: *der hat mehr vom Kuchen gekriegt!* Wenn wir im Tempelfries alle Figuren gleich hoch machten — wurde er davon etwa schon schöner?

Das hieß nicht ernsthaft geredet. Nein, das gaben sie zu. Aber die Ungerechtigkeit gegenüber den Frauen war die älteste. Wir hatten die Welt doch einfach zur unsern gemacht! Jetzt mußten sie sich eben einen Platz darin suchen, der noch frei war. Nicht in der Arbeit. Und vor allem nicht im Allgemeinen. *Schau doch, Lieber,* mahnten sie, *hier, jetzt, die schräge Sonne im gebauschten Vorhang, ist das nicht auch wirklich? In diesen Kissen, den Schalen, dem Sandelholz, dem schlanken Glas für das Räucherwerk, erkennst du da nicht auch eine Welt? Das Allgemeine ist nur so reich wie seine Verknüpfung mit dem Erlebten. Versuch, ob dir etwas davon aufgeht, wenn du dich eine Weile umsiehst und schweigst.*

So lockten sie wie die Sirenen, und aufmerksam lauschend folgten wir der Verführung. Wollten wir allen Ernstes behaupten, wir lebten zivilisierter? Allein, wie wir mit unseren Frauen umgingen: barbarisch. Alles verlangten wir, ohne irgendetwas zu geben. Die unverbrüchliche Treue, der unveräußerliche Besitz. Wüßten wir überhaupt, woher unsere unstillbare Rede über das Wahre und Gute herstammte, was wir mit ihr eigentlich meinten? Die Mama: die stand hinter dem Wahren, hinter dem Guten. Aber sie war auch der Käfig, die Unfreiheit, und zum Schluß die Zerstörungswut. *Aber wo die Liebe erwachsen wird,* sagten sie lächelnd, leichthin, als bemerkten sie nicht die Ungeheuerlichkeit ihrer Worte, *da ist sie nicht gut, nicht wahr, nicht treu; sie ist immer nur Augenblick. Habt ihr euren Rundumberühmten, euren Ironiker und seine Abschlachtung schon vergessen? Die Liebe ist, was sonst, das* schöne *Verhältnis unter den Menschen!*

Und mit ihnen war sie tatsächlich die reine Nähe und Gegenwart, ein behutsames und doch unverstelltes Forschen nach des andern Beschaffenheit. In einem schwärzlichen Geflatter, im Augenwinkel gerade noch zu erkennen, stoben die alten Zerrbilder und Angstgeister von den Körpern auf und ließen sie frei und duftend zurück. Als wären Mann und Frau einander zum ersten Mal begegnet, so aufmerksam und verwundert, unter Geglucks und Gelächter, begannen wir uns zu vergleichen: was sich hier wölbte und da, aus sich auftat und einrundete und verbarg in einer heimlichen Tiefe; wie das eine im anderen wiederkehrte in der unverkennbarsten und doch nicht zu ergründenden Ähnlichkeit, ein Baum der sich verzweigenden Formen und auseinander sich ausfaltenden Bilder: schimmerte da durch unsern Leib nicht die Gestalt eines Gesichts? Hier die Stirn, und doch wieder nicht; Lippen, aber kein Kinn; und dort: waren da zwei Nüstern auf Wanderung gegangen und hatten sich dabei nach außen gestülpt? Allein die Idee! Um vom Nabel gar nicht zu reden, dem nichtsnutzigen, rührenden Schabernack, und doch von unverrückbarer Notwendigkeit: denn ihn fortzudenken — nein, ausgeschlossen; geradezu schmerzhaft fing der dann an zu fehlen. Und warum? War, was da wehtat, eine Mahnung der Kunst? Lag das Rätsel des Schönen etwa im Nabel versteckt?

Einer solchen Belehrung über das Besondere widersteht keiner. Und mit wieviel Empfindlichkeit sie einherging, mit welchen Ergießungen und Überschüt-

tungen von sinnlicher Wohltat!   Sodaß die leiseste
Berührung, je sanfter, je mehr, zum glühenden, süß
sengenden Lichtbogen wurde, zum lautlos in allen Farben flackernden Nordlicht, gespiegelt im See auf einem
Ufergang zu zweit zwischen Weiden und Schilfrohr —
aber nicht ohne Ziel!   Denn auch dieses Wechsel-
geschenk der Sinne, so lehrten es die Gefährtinnen, war
nur Mittel und Umweg zu dem großen, einzigartigen
Moment, in dem beide erkannten: *so also bist du, du und
sonst niemand! denn auch darin liegt Arbeit,* flüsterten sie wie
begeistert, *vielleicht die einzige, zu der wir geschaffen sind:
Spiegel und Auge zu sein, in dem, was schön an dir ist, erst
entsteht!* Und wirklich geschah es uns dann, daß wir mit
plötzlich geöffneten Augen wahrnahmen, wie lebendig
die war, die da in unseren Armen lag, wie schön und
kunstvoll gegliedert in ihren Regungen, und wir uns
nichts mehr anderes wünschen konnten als die vertraute Freundlichkeit dieses Erkanntwerdens und Erkennens, um uns zeitlos darin zu finden und zu verlieren.

Und warum gelang uns das nur hier, und nicht
untereinander in unserem spielerischen Gewebe, wo wir
doch auch geglaubt hatten, uns *hinter den Kleidern* zu
sehen? *Weil ihr nur das Ähnliche ineinander liebt und nicht
das Eigene,* sagten sie, *den Willen, die Kraft, die Gemeinsamkeit. Paßt nur auf, daß euch das nicht eines Tages davonfliegt,
zusammen mit eurer Gerechtigkeit, wie ein Ballon, denn dann
steht ihr dumm da!* So blieben sie übermütig und ausgelassen, obwohl oder weil sie auf eine Zukunft nicht
bauten.   Uns aber kam nach solchen Besuchen unser
Zuhause jedesmal ein Stück grauer vor, und erst wenn
einer rief, *ein Gewitter kommt! Der Tabak muß vom Feld!*
erwachten wir wieder aus unserer Bedrückung.

❖ Frei und beweglich, von einer Rolle und Verrichtung
in die nächste hüpfend, rückt mir der Babbà immer mehr
in die Ferne.   Wie hoch hat er sich über die häusliche
Welt hinausgehoben, die wohl von ihm geschaffen ist,

zu deren buntem und vielfältigem Treiben er sich aber
nie mehr herabläßt. Hat er denn jemals eine frisch
geschälte Zwiebel auch nur gesehen? Kein Wunder, daß
er sich nicht mehr freimachen kann von Aufgabe, Pflicht
und Vernunft; regelsüchtig und eingefangen, bleibt er
im alten Leben stecken, das nichts weiß von der spielerischen, augenzwinkernden Verständigung hinter den
Masken.

Wie langweilig! Was soll mich da noch in seine Nähe
ziehen, oder gar auf seine Knie? Meinethalben kann er
vor dem Olf die *Leica* bis auf die letzte Springfeder
zerlegen, und ihm mit seinem *Hochgeschwindigkeitsver-
schluß* und *automatischen Filmtransport* den Kopf voll-
quasseln, bis er platzt. Mich schiebt und drängt mein
heller *didi*-Drang zu einem lebendigen Menschen hin,
nicht zu einem metallenen Gehäuse. Der *Herr Lehrer*
vielleicht? Aber der ist ja nur noch versteinerter und
zurückgebliebener als der Babbà!

Plötzlich geht es mir auf. Ich schlage mir vor die Stirn
und muß lachen über meine Begriffsstutzigkeit. Ich habe
sie doch längst, meine Hauptperson, und bin ihr so
nahegekommen, daß ich den Wald vor Bäumen nicht
mehr sehe. Wer anders als die Mama! Ich brauche mir
nur vorzustellen, sie wäre weg: ringsum nur noch Kälte
und Leere, eine stumme Welt des Gesetzes, in die ich
mich mit babbà-ähnlicher Verbissenheit hineinwerfen
muß, um überhaupt noch zu wissen, daß es mich gibt, für
immer allein. Nur mit ihr, warum merke ich das erst
jetzt, bin ich vollständig — nach außen hin rund und
gefestigt: aber auf meiner Innenseite mit einer sehr
weichen, sehr verletzlichen Fläche, die nach ihresgleichen
verlangt, zum Schutz, zur Gesundung. Eine in der Mitte
durchgeschnittene Kugel bin ich gewesen auf der Suche
nach ihrer anderen Hälfte: und habe sie, zu meinem
unverdienten Glück und ohne davon zu wissen, schon
längst gefunden.

Daß die Mama nicht anders fühlt, wundert mich
keinen Moment; alles andere wäre mir eher unnatürlich

erschienen. Wahrscheinlich trägt sie sich schon längst mit demselben Gedanken und hat wer weiß wielange darauf gewartet, bis ich nun endlich herangewachsen bin zu einer wenn auch nur notdürftig annehmbaren Größe. Immer öfter wandert ihr Blick vergleichend von mir zum Babbà und wieder zu mir zurück, und immer deutlicher fällt der Vergleich zu meinen Gunsten aus: auch für sie, das merke ich wohl, beginnt der Babbà zu verblassen, nach oben entschwebend.

Aber sie spricht es nicht aus. Und so fasse ich mir schließlich ein Herz; von meinem Sitz auf dem Küchentisch aus, mit den Beinen baumelnd, frage ich sie wie beiläufig: *wollen wir heiraten?* Sie errötet vor Freude, aber auch vor Verlegenheit. *Also ich weiß nicht so recht —* beginnt sie, aber sie weiß durchaus, denn sie fährt fort, *du baumelst so mit den Beinen: wie ernst ist es dir also? Ich will nicht noch einmal sitzengelassen werden wie ein Möbelstück. Und außerdem, so glaubt wenigstens die Welt, habe ich schon einen Mann —*

Es ist nicht schwer, sie herumzukriegen. Wir brauchten ihn ja nicht gleich zu ermorden, konnten ihn beibehalten, als eine Art von Pedell vielleicht. Aber darüber hinaus? Sie hatte mich doch nun wahrhaftig oft genug mit ihm verglichen: war ich nicht ganz wie er, nur weitergewachsen und nicht steckengeblieben? Der mit seinem ewigen Amt, seiner Panik, sie oder ich könnte ihm in die Nähe kommen! *Er hätte eben auch seine Ma heiraten sollen,* sage ich mit Entschiedenheit, *es wäre für alle Beteiligten das Beste gewesen. Vielleicht ist sie seinetwegen erkaltet! Aber das hat er versäumt, das hat er sich nicht getraut, und deswegen läuft er als durchgesäbelte Hälfte so muffig durchs Leben. Du willst doch nicht, daß ich auch so werde wie er?*

Dem weiß sie nichts mehr entgegenzusetzen. *Um Gotteswillen!* ruft sie und schließt mich in ihre Arme — und damit hat sie es leicht, denn ich sitze ja auf gleicher Höhe mit ihr. *Aber nur unter einer Bedingung,* sagt sie dann, *es muß heimlich geschehen, äußerlich bleibt alles beim Alten, wenigstens bis du groß bist. Wir wollen vernünftig sein. Bis dahin muß er uns ja schließlich auch finanzieren.*

Aber selbstredend! Was hatte sie denn gedacht! Die Einlösung verbietet sich von selbst; dazu bin ich noch zu klein, wie alles an mir, das muß ihr doch klar sein. Kann sie im Ernst glauben, mir steht der Sinn nach nichts anderem als dem banalen, vermeintlichen Wirklichen, diesem gegenseitigen Mißbrauch zweier japsender, keuchender Leiber? Ich der rohe Hammer, sie duldender Amboß? Dann können wir es doch gleich bleiben lassen! *Aber was sonst?* fragt sie atemlos. *Mann und Frau spielen, du Dumme!* rufe ich, *wann wirst du lernen, daß nichts anderes hilft! Uns zu Einem machen und zugleich bleiben, was wir sind! Du wirst sehen, wie schön das wird, und nur ich kanns dir zeigen!*

So, zur Kugel gerundet, versinken wir in der langersehnten Umarmung, und der sanfte und süße Drang in mir wird zu einer andächtigen und gerührten Erhebung. Mit der Behutsamkeit, wie sie nur den Liebenden gelingt, streichle ich die wunderbar weichen Brüste meiner Mama, und sie seufzt, so wohl tut es ihr, so tief ist sie davon erlöst.

❖ Das Einzige, was der Willen nicht fertigbringt, ist der Stillstand; alles, was nicht weiterkommt, an innere oder äußere Schranken stößt, fängt im gleichen Augenblick auch schon an, abzusterben oder sich selbst zu zerstören. So auch bei uns. Das Gleichgewicht zwischen Aufwand und Ertrag hatte sich, nach heißumstrittenen Versuchen, es ins eine oder andere zu verschieben, auf eine ausreichende, aber kärgliche Versorgung eingependelt: die Arbeit blieb trotzdem acht- oder neunstündig, im Winter zwei Stunden weniger. Wir glaubten, nicht genug zu uns selbst zu kommen; aber hatten wir einmal die Gelegenheit, uns mit etwas Eigenem zu beschäftigen, was die Gemeinschaft nichts anging, so nahmen wir sie nicht wahr; es paßte nicht in das geteilte Leben, das uns zur zweiten Natur geworden war, fühlte sich flach und abgekappt an — und doch begann es uns mehr und mehr zu fehlen.

Wir waren an unserer Grenze angelangt, und gerade die Empfindlichsten merkten es zuerst. Ein Schwager des Vielhäusigen, der sich nach einem üppigen Stadtleben geradezu versessen allen Regeln der gleichen Verteilung unterworfen hatte, bekam mitten in der Rübenernte, und die war ja auch jedesmal eine widerwärtige Schinderei, einen Wutanfall. *Und was macht ihr, wenn ich nicht mehr mag?* schrie er, *wenn ich im Bett frühstücken, mich mit Fasanenpastete vollstopfen will bis zum Hals, wenn mir alles gestohlen bleiben kann außer meiner Remontanrosenzucht? Was macht ihr, wenn ich euch nicht leiden kann, wenn ich eure Witze stumpfsinnig finde und mir euer Verbrüderungsmief auf die Nerven fällt? Wenn mir die Unordnung lieber ist, jeder Tag ein Irrgarten, ein Rätsel, ein Gestrüpp statt ein Eisenbahnfahrplan? Noch einmal eine Rede übers geglückte Gemeinwesen, und mir wird schlecht! Ich lasse mich nicht länger festnageln und einplanieren auf den untermittleren Durchschnitt! Meine Spitze geht weg! Alkäos hat auch keine Mistkarren geschoben! Rutscht mir den Buckel runter mit eurer Gesellschaftlichkeit!*

Und damit warf er die Hacke hin und war weg. Aber wohin wollte er gehen? Wir hätten auch gern einmal so geschrien — nur wußten wir, daß wir für draußen nicht mehr taugten. Alle, die ausstiegen — und er war ja nicht der Erste —, vermißten dort, wovon sie hier zuviel bekamen, und wenn sie nicht zu uns zurückkrochen, fingen sie zu trinken an oder wanderten aus, irgendwohin in die Barbarei.

Wir liefen, wie in jeder Bedrängnis, zum Vielhäusigen; und der hatte, wie immer, auch schon etwas ausgeheckt. *Gut, daß ihr kommt, ihr könnt gleich mit anpacken,* sagte er in seinem gewohnten schroffen Ton. Jetzt abends um sechs? Bei dem Menschen konnte einem wahrhaftig alles vergehen. Er zeigte sich, daß er sich nicht nur aus dem bekannten, rührenden Grund zu den Steinmetzen verzogen hatte. Der Weg war erst roh gebahnt. Er führte zu

einem ebenen, baumbestandenen Hangabsatz und endete
vor kreisrunden Grundmauern, zwanzig Meter im Durch-
messer vielleicht. Ein Theater? Nein, eine Kuppel. Und
wozu bittesehr? Er wollte etwas ausprobieren. Er war
nicht sicher, ob es gelang. Wir hatten zu einer richtigen
Ordnung durchgefunden, und waren unter einer allzu-
großen Arbeitslast steckengeblieben. Spürten wir nicht,
daß da ein letzter Versuch noch ausstand, ein Durchbruch, ein Brückenschlag —?

Gerade das Geheimnisvolle an seinem Plan hat uns
verlockt; vom Vernünftigen hatten wir alle genug. Die
Steine lagen schon vorbehauen da; in vierzig Tagen
hatten wir den Rundbau soweit. Nichts Prächtiges, aber
wohlgefügt: zwölf runde Sitzbänke, darüber die Wöl-
bung, ein Zugang von Osten her, in der Mitte ein leerer,
sauber mit Steinplatten ausgelegter Kreis. Der Vielhäusige setzte sich, was gar nicht seine Art war, bei den
Arbeiten oft abseits, in sich versunken. Nach der
Fertigstellung forderte er noch eine Frist von zwei
Wochen. Keine Begründung.

Unvermeidlich ging uns der Kuppelbau und sein
unergründlicher Sinn die ganze Zeit im Kopf herum, und
bis zur ersten Versammlung — ein besseres Wort als
ekklesia war uns dafür nicht eingefallen, und wir fühlten
uns tatsächlich, wenn auch nur unklar, *gerufen* — hatte
sich in uns eine fast unangenehme Spannung und auch
Ängstlichkeit angesammelt, als wären wir dabei, in etwas
Unwiderrufliches hineinzutappen und doch nicht mehr
fähig zur Umkehr. Und dann noch das merkwürdige
Brimborium, das uns der Vielhäusige aufzwang: jeder
hatte eine Öllampe mitbringen müssen; je zwei, die
glaubten, einander besonders gut *sehen* zu können,
mußten sich auf derselben Bank im Kreis gegenüber-
setzen; und dann sollten wir alles, was wir *hinter den
Kleidern* von uns selbst und voneinander kannten, in die
leere Mitte (aber wie ging das?) *hineindenken*.

Der Rest ist schwer zu beschreiben, und was geschah,
hat sich bei späteren Versuchen zur Wiederholung in

dieser Eindringlichkeit auch nie mehr eingestellt. Um den gedachten Punkt in der Mitte entstand plötzlich etwas, soviel war klar, eine Art Kraftfeld, als hätte sich unser Willen dort unbegreiflich vereinigt und, denn wir konnten die Gegenwart ebenso in uns wie vor uns spüren, zu einem Wesen verselbständigt, das zugleich auch wir waren. Einen Moment lang glaubten wir, dasjenige, was uns zueinander getrieben und einander aus der Nähe hatte erkennen lassen, wäre — wie nennt er das jetzt: aufgewacht? zu sich gekommen? Aber irgendetwas stimmte nicht; wie unter einem zu hohen Druck riß die Verbindung: ein huschendes Flackern, ein Elmsfeuer, dann war alles vorbei. Was immer da erschienen war, hatte sich, kaum entflammt, auch schon entzogen: anderswohin? nach oben? oder in Nichts aufgelöst?

Wir saßen wie im Schock. Dann standen wir auf, stumm und benommen, jeder für sich, und drängten dem Ausgang zu. Auch der Vielhäusige schien wie gelähmt und setzte sich, kaum ansprechbar, draußen auf eine Mauer, und starrte vor sich hin. Alles, was er auf unsere Fragen und hilflosen Tröstungsversuche sagte, war, *die Last ist noch zu schwer. Anderen, nicht uns, gelingt erst der Sprung.*

❖ Und so ist uns, wie es Liebenden oft geschieht, die Welt gleichgültig geworden; sie besteht nur noch aus der Mama und mir. Wir glauben uns aller anderen Verpflichtungen ledig, und sitzen praktisch den ganzen Tag in der Eisdiele. Die ist zwar von ekelhaften BDM-Gören und ihren kurzgeschorenen HJ-Bubis bevölkert, die sich dort in den Stühlen fläzen, in den Ecken gelangweilt abknutschen und mit anzüglichen Blicken zu uns herüber zutuscheln, *na die haben es aber dick miteinander!* (uns schüttelt es allein bei dem Ausdruck) — aber wohin sonst, in welche babbà-lose Freistatt, hätten wir uns sonst flüchten können? Außerdem sind wir mit dem Gesocks kaum zu verwechseln. Immer korrekt, ich im Bleyle-Anzug, die Mama im Schneiderkostüm mit eleganter Schul-

tertasche, eingehüllt in den Duft ihres teuren Lavendel-
wassers aus dem Hause Farina, erscheinen wir pünktlich
gegen halb zehn im *Rialto*. Und wenn sich dann vor
mir mein *Semifreddo* türmt, von dem ich die Mama hin und
wieder ein Löffelchen kosten lasse, während sie sich mit
einer Probe ihres *Fürst Pückler* revanchiert, dann ist
unser Beisammensein wahrhaft doppelt versüßt.

Wir plaudern sorglos. Was Mittagessen, was Hausputz! Das steht doch alles nur unter dem lästigen Titel
der Pflicht, auferlegt vom Babbà, der sich selbst davor
drückt. Und das ist uns fremd geworden; das geht uns
nichts an. Denn ein aufgezwungenes Spiel ist kein Spiel
mehr; Arbeit nur dann sinnvoll, wenn unter Gleich-
gesinnten füreinander getan. Eine Ordnung nach der
Herzensvernunft der Liebenden und Erweckten! So sah
die Utopie aus und nicht anders. Eine babbà-lose Welt!
Das war das Wichtige; alles andere folgte von selbst.

So kann ich mich in Begeisterung reden. Die Mama
lächelt feinsinnig und schweigt dazu. Aber eines Tages
werde ich sie schon noch überzeugen. Und wie die Zeit
darüber verfliegt! Schon fast wieder halb zwölf, höchste
Eisenbahn, bitte zahlen jetzt, aber ein bißchen plötzlich!
Ein etwas heikler Punkt, nebenbei gesagt: denn ich kann
zwar, wie es sich schickt, den Ober rufen, aber Geld —
woher denn? und für diese Riesenrechnung noch dazu?
So schaue ich geradeaus, als wäre ich noch tief in meine
Visionen versunken; und wie immer bewältigt die Mama
die ungute Situation mit vollendetem Takt. Wie nebenbei regelt sie die Summe, während sie mit mir die Einzelheiten des nun dringlich gewordenen Einkaufs bespricht.

Zuhause bei der eintönigen Kochwerkelei kommt uns
dann unser Elend wieder ganz zum Bewußtsein; nichts
Heiteres will sich zwischen uns einstellen: wie gern
hätten wir uns einmal an etwas anderem versucht! Und
so vertreiben wir uns die Langeweile mit Plänen für
unsere bevorstehende Reise. Ja, wir haben uns nun doch
entschieden: unsere Doppelkabine nach Zypern, vom
Haushaltsgeld in unmerklichen Raten abgeknappst, ist

für September gebucht. Ein lauer, geselliger Strand, eine
Schilfhütte, ein einfaches Mahl aus Fisch und Obst,
lange nächtliche Spaziergänge nur zwischen Mond und
Meer ... Und mittendrin dann der brenzlige Geruch.
Schnell einen anderen Topf, der Wirsing fast schon
hinüber! Aber er würde ja doch wieder nichts bemerken.
Und tatsächlich scheint der Babbà blind und taub
geworden zu sein. Abwesend, als bewohnte er nur noch
höhere Sphären, den mißratenen Gemüsebrei in sich
einlöffelnd, löst der ungewohnte Geschmack bei ihm
allenfalls ein mehrmaliges nervöses Zucken mit der
Zeitung aus, hinter der nur sein geradegezogener Scheitel
hervorschaut: wie ist er doch unbewußt!
Diese Blindheit und mein Hochgefühl der Selbst-
sicherheit machen mich vorwitzig. Ich nehme mit
geheuchelter Beiläufigkeit die alte Gewohnheit wieder
auf, am Sonntagmorgen in die warmduftende Kuhle des
Elternbetts zu schlüpfen. Unter den Umständen ein
gewagtes, wohl auch etwas zwielichtiges Manöver —
aber wie unwiderstehlich sind hier Erinnerung und
Zukunft gemischt! Und die Mama hat zumindest keinen
offenen Einspruch dagegen erhoben.
Aber da kommt das Warnzeichen: wie wir in zärtlicher
Umschlingung daliegen und einander über den ent-
gangenen Eisdielenbesuch trösten, *mach dir nichts draus*
flüstern und *morgen ist er ja wieder in seinem Büro* — fährt
uns der Babbà, der uns den Rücken zukehrt, und den
wir im Schlaf wähnen, plötzlich mit der Frage dazwischen: *habt ihr auch die Wohnzimmeruhr aufgezogen?* Wir
müssen uns den Mund zuhalten, um nicht lauthals
herauszulachen. Aber dann sehen wir uns erschrocken
an: die Anspielung auf unsere bald abgelaufene Zeit ist
mehr als deutlich gewesen.

❖ Die ersten Anhänger (oder was wir dafür hielten),
durch die wir Zuwachs bekamen, waren Einwanderer,
wir wußten nicht woher: ein exotisches Häuflein mit

weichgeschnittenen, dunkelhäutigen Gesichtern. Die ersten Wochen verstanden wir nichts von ihren Reden, und noch weniger von dem mißtönenden Singsang, zu dem sie sich abends versammelten, denn sie konnten keine Sprache außer ihrer eigenen; und so merkten wir auch erst viel zu spät, wie wenig wir mit ihnen gemeinsam hatten, und wie fremd sie unserer Sache im Grunde gegenüberstanden, die sie ja am Ende auch ausgehöhlt und schließlich zugrundgerichtet haben.

Aber wir waren geschmeichelt; wir konnten sie dringend gebrauchen; und sie fügten sich vom ersten Tag an erstaunlich leicht, ja eifrig bei uns ein. Daß wir sie von gleich zu gleich behandelten, nichts vom Besitz hielten, die Arbeiten untereinander austauschten, schien sie nicht zu erstaunen, gefiel ihnen aber offenbar über die Maßen; sie nickten heftig, zeigten lachend die Zähne und legten sich, auch bei den schweren Arbeiten, wie die Wilden ins Zeug; wenn wir überhaupt etwas an ihnen auszusetzen hatten, dann höchstens das allzu Duldsame, ja Duckmäuserische in ihrem Gehabe; bei jedem ruppigen oder mürrischen Ton fuhren sie zusammen und gaben sich, merkwürdige Geste, selbst einen Klaps auf die Wange. Nur in zwei Punkten blieben sie eigensinnig: sie hatten eine unvernünftige Abscheu vor Schweinefleisch und hielten sich aus Angst oder Feindlichkeit von den Frauen fern. Die Abneigung war gegenseitig. *Wen habt ihr denn da aufgelesen?* bekamen wir in der Spinnerei zu hören, *die sind ja noch schlimmer als ihr! Ihr wollt wenigstens noch etwas werden; aber die wollen sich nur auslöschen und bestrafen. Pfui Teufel!*

Und tatsächlich wollte es uns nicht gelingen, sie in unser Spiel mit einzubeziehen; außer einer gleichsam bodenlosen Selbstlosigkeit war bei ihnen *hinter den Kleidern* nichts zu spüren; und damit brachten sie bei allem Eifer einen Mißton und eine Unrast in unsere Gemeinschaft — so als wäre die nur zu etwas anderem, nicht um ihrer selbst willen gut. Und kaum hatten sie in unserer Sprache radebrechen gelernt, fingen sie auch an, uns mit einer entsprechenden Lehre zu belämmern. Sie waren in ihrer abgelegenen Heimat offenbar gerade bei dem Glauben an einen *dius*-Vater angelangt, und den hatte einer, der sich *Gott hilft* nannte, oder auch schlichtweg *der Sohn,* geradezu beängstigend weit ins Höhere hinaufgedacht: nichts anderes Göttliches sollte es außer dem geben, nicht auf einem Berg sollte der wohnen oder an seiner Festtafel sitzen, sondern in einem anscheinend völlig leeren und unlokalisierbaren Himmel zuhause sein, und alles Vorhandene, die Menschen eingeschlossen, war angeblich seine höchstpersönliche *Schöpfung.* Und ganz zu diesen kindlich-krausen Vorstellungen paßte auch seine Geschichte: ursprünglich jähzornig und gesetzeswütig, hatte der bisher immer nur gestraft, gerächt, gezürnt und gezüchtigt, sich aber neuerdings in einen Liebesvater verwandelt: und der Beweis dafür war eben dieser *Sohn,* den er als Vorboten abgesandt hatte für ein kommendes Reich voller Frieden, Liebe und Gerechtigkeit. Insofern seien wir zwar auf keinem falschen, aber doch unerlösten und ungesegneten Weg —

Hätten wir sie doch gleich davongejagt! Denn an den glühenden Augen, mit denen sie uns diese Heilslehre vortrugen, hätten wir erkennen müssen, daß dagegen kein Zureden mehr half. Wir versuchten es trotzdem: auch wir seien von solchen Bildern schon heimgesucht und verführt gewesen, und es hätte lang genug gedauert, sie niederzukämpfen und wieder zu uns herunterzuziehen, bis wir dann durch unseren Vielhäusigen endlich gelernt hätten, daß uns gar niemand hilft, wenn nicht wir selbst: und der war ein Mann und kein Sohn. Aber sie sollten nicht glauben, uns wäre deshalb der Geist oder das Göttliche ganz und gar fremd, im Gegenteil: wir hätten es in einer Art von Erleuchtung fast schon einmal zu fassen bekommen, aber nicht als Obig-Jenseitiges, sondern als etwas, das aus uns selbst kam, oder sich doch in uns vorbereitete . . .

Fast! Sich vorbereitete! Da konnten sie aber mit ganz anderen Sachen aufwarten: bei ihnen wäre der wahre

und Vatergeist so laut herangebraust gekommen, daß
alles nur so zusammengeströmt war, Parther, Meder,
Elamiten, Kappadozier, Pamphylier, Phryger, wie sie
alle hießen; und da hätten sie in ihrem Aramäisch einfach drauflosgepredigt, was der in sie eingoß, vom Sohn,
vom Vater, vom Reich. Aber weil alle, ohne es zu wissen,
diese Wahrheit schon kannten, oder weil sie so genau das
war, was sie immer schon hatten hören wollen, deswegen
verstanden sie die Botschaft wortwörtlich, wie in der
eigenen Sprache! Da konnten wir uns doch heimgeigen lassen mit unserem elmsfeurigen, fahrigen Ge-
flacker! Drei Tage später hätten sie schon ihre erste
Kommune gründen können, Anhänger gebe es überall,
und wenn wir weiterhin verstockt bleiben sollten, müßten sie es eben anderswo mit einer Neugründung versuchen; denn das sei ihr Auftrag.

Es stimmte: anders als wir, hatten sie in der Stadt sofort Zulauf. Und sie taten ihr Möglichstes, um uns bei
der Gelegenheit mieszumachen: was Demokratie! Ohne
Hilfe von oben hatte das niemals Bestand. *Nur vom
Allerhöchsten aus gesehen, riefen sie, nur vor seinem ewigen
Auge, ist das nicht logisch? werden die Unterschiede von hoch
und niedrig jemals zu nichts! Nur weil er alle seine Kinder
gleich liebt, können wir gleich sein. Alle Arbeit ist Gotteswerk
und Bewährung, darum so schwer. Geht laßt euch taufen!*

Und auch hier schien die Botschaft heimlich erwartet:
nirgends ein Aufbegehren, kaum ein Zweifel oder auch
nur die Frage nach einem Beweis. Aber was uns am meisten erschreckte: auch uns hatte sie schon, wider alle
Absicht und besseres Wissen, in ihren Bann gezogen. Es
war, als suchte sich ein neuerwachter Wunsch in uns sein
äußeres Bild; und ebenso wie der Liebeshungrige, ob er
will oder nicht, hinter seinen geschlossenen Augen Wolken aufsteigen sieht, die immer deutlicher den Umriß
weißer, ineinander verschlungener Glieder annehmen,
halb geöffneter, seufzend sich darbietender Lippen, so
wenig gelang es uns, aus unseren Tagträumen das Gesicht eines alten weisen Mannes mit gütigem Blick zu

verscheuchen. Die ersten begannen schon in aller Unschuld zu fragen, ob wir denn daran nicht auch glauben
sollten, schaden könnte das doch bestimmt nicht . . .

Da endlich griff der Vielhäusige ein. Er lud die Predi-
ger in den Kuppelbau ein und stellte ihnen schroff gezielte Fragen nach dem *Sohn*. Warum hatten sie den
nicht mitgebracht? Ja, das ging nicht: der war ihnen
schon vor ein paar Jahren *vorausgegangen*. Wie? Etwas
kleinlaut gaben sie es zu: der hatte sich von dem Statthalter der *Andern* auf die Leimrute locken und abmurksen
lassen, auf die gewohnte sadistische Weise. Und da hatte
sein allmächtiger Himmelsvater untätig zugeschaut? Ja;
um genau zu sein, hatte er ihn zu diesem Zweck sogar
auf die Welt geschickt. Aber wie das denn? Und da kam
es auf: er sollte einen Urfrevel sühnen, von den ersten
Menschen begangen. Ihr Verbrechen? Daß sie sein
wollten wie der Vater: und da half eben nur das Opfer
des leibhaftigen Sohns; dafür gab es vorher keine Ver-
gebung.

Uns grauste; den Vielhäusigen packte der heilige
Zorn. *Ach so!* höhnte er, *deswegen ist die Gottesliebe zu den
Menschenkindern so unirdisch, so über die Maßen hoch, so
unaussprechlich! Weil sonst aufkäme, daß sie in Wahrheit
Mordlust heißt! Weil er Blut saufen wollte, der Herr Himmelsvater! Und weil der Sohn auch noch stolz darauf war, das
Lämmlein zu spielen. Ätsch, mich hat er auserkoren und an
den durchkreuzten Phallus genagelt! Mich, und nicht euch, hat er
kastriert: wenn das keine Liebe ist! Und auf sowas,* schrie er,
*wollt ihr euer Neues Jerusalem bauen, oder wie ihr das Kaff
nennt? Euer lieber Gott ist ein verwachsener Krüppel, euer
eigenes häßliches Ebenbild — und jetzt verschwindet!*

Sie verdrückten sich, die Köpfe unausstehlich ergeben
zu Boden gesenkt. *Aber er ist doch wieder auferstanden!*
jammerten sie noch im Hinausgehen; aber sie merkten,
daß bei uns für sie nichts mehr zu holen war. So glaubten
wir wenigstens, und klatschten dem Vielhäusigen laut
Beifall, als er mahnte, *bleibt fest! Wer diesen Bonbon nicht
ausspuckt, lutscht sich zutod!* Aber vor dem Einschlafen

stiegen unvertreibbar die Nebel wieder in uns auf, und dahinter lächelte, wir wußten nicht, ob liebevoll oder höhnisch, ein bärtiger Alter auf uns herunter.

❖ Und so ist es zerbrochen, unser heiteres Spiel mit den vielen offenen Häusern: die Vatersucht hat es entleert. Es gab nicht einmal eine förmliche Auflösung. Wir konnten unserer Gemeinschaft nur keine rechte Begeisterung mehr abgewinnen; sie hatte ihren Glanz und ihr Feuer verloren, erschien uns wie ein eher armseliges Ziel: wenn leben hieß, ein paar Jahre in der Erde herumzukratzen, und dann Schluß — was hing dann noch groß daran, ob allein oder zu vielen? Das reichte uns nicht: wir wollten, was wir in uns als unzerstörbare Mitte erkannt hatten, nicht mehr nur durch unseresgleichen gesehen wissen: sondern in ein ewig dauerndes, golddurchflutetes Empyreum und Wolkenkuckucksheim wollten wir es versetzen, mit weniger gab sich unser Wunsch nicht mehr zufrieden.

Die meisten von uns haben sich in dieser wackligen, aber doch zehrenden Zuversicht zu der neuen Christengemeinde geschlagen; andere haben sich zur Seefahrt anheuern lassen, denn an einem festen Platz hielt es sie nicht mehr, und das Leben in der Stadt kam ihnen vor wie ein schalltoter Raum. Und eines Tages hatte sich auch der Vielhäusige davongemacht. Er war damals fünfundfünfzig. Einer, der sich notdürftig als fliegender Händler auf einem Muli durchschlug, hat ihn später noch einmal zufällig getroffen. Ein Kunde hatte ihm von dem Fremdling erzählt, und er hatte ihn aus der Beschreibung wiedererkannt.

Aber es war gar nicht so leicht, ihn zu Gesicht zu bekommen. Der Steinmetz, inzwischen ein weißhaariger, vom Wetter gegerbter alter Mann, stand immer noch versonnen vor der Tür und sagte, *er will allein sein.* Allein? der Vielhäusige, dem das Zusammenleben und die Mitteilung mit den anderen so unentbehrlich gewesen waren wie die Luft? *Er hat ja mich,* sagte der Steinmetz, verschmitzt wie damals. *Und er hat noch was anderes; aber davon spricht er nur zu sich selbst.*

Hinter einem Gebüsch hat er den Vielhäusigen dann abgepaßt. Er kam gegen Abend mit langsamen Schritten aus dem Haus, aufrecht, ganz in sich gefestigt, sehr ruhig. Vor einem Weißdorn blieb er stehen und fuhr mit dem Finger einen seiner Zweige entlang, und murmelte, *warum werden wir immer nur beschenkt?* Dann hatte er etwas entdeckt; er bückte sich und sagte, *nach welchem Plan, woraus ausgewickelt, wie hierhergelangt vor mein Auge, das ihn nacherschafft in seiner Herrlichkeit? Akanthus. Ein Wurf, eine Erfindung; nichts, bis in die Zeichnung der Adern, die Kerze, was an ihm nicht stimmt. Und wir glaubten, ein Schmuck bestenfalls für unsere Säulen, ein Zierat . . . Wir haben am Schönen vorbeigesehen, dem einzigen Spiegel unserer selbst, das war der Fehler . . .*

Da hat es ihn nicht mehr gehalten. *Vielhäusiger!* hat er gerufen, *erklärs mir; denn ich weiß nicht länger, wie leben!* Über das Gesicht lief der Schimmer des Wiedererkennens, aber die Antwort blieb dunkel: *dann schau dir den Weißdorn an,* sagte er und ging weiter, als hätte er den Besucher schon wieder vergessen.

✤ Der Abteilungsleiter ist futsch. In einem Feuerwerk von grellen Auftritten und namenlosen Skandalen ist seine Haus- und Amtsherrschaft buchstäblich in der Luft zerplatzt. Aber nur ich kenne das dunkle, blutige Geheimnis: der Olf hat seinen Mordplan in die Tat umgesetzt.

Die unauffälligen Anfänge müssen in mühsamer Detektivarbeit erlauscht und zu etwas Verständlichem zusammengesetzt werden: ich werde schon lang nicht mehr nach oben in den Palast eingeladen; Direktbeobachtung fällt also flach. Aber irgendetwas stimmt nicht. Die Köchin wird gekündigt. Der Grund? Aus ihr selbst war nichts herauszubringen: sie streckt nur empört die Nase in die Luft und rauscht ab. Auch Frieda schweigt sich aus: ich hätte ihr den Olf, ihren einzigen Bundesgenossen, entfremdet, sie wolle mit mir nichts mehr zu schaffen haben. Auf dem blausamtenen Läufer im Treppenhaus ein ständiges Auf und Ab: Männer, die nicht so aussehen, als liefen sie jeden Tag mit Krawatte und Anzug herum, lassen knappe, abfällige Bemerkungen fallen wie *kannste abschreiben* oder *Matthei am letzten.*

Der Olf, inzwischen fast ständig bei uns zu Gast und sonderbar stillvergnügt, ist zunächst wenig ergiebig. Die Köchin hatte einen verschwundenen Nußkranz nicht ausreichend erklären können; der Papa hatte Pech mit einer Geldanlage gehabt; vorübergehende Schwierigkeiten. Immerhin etwas. Und wie stellte sich die Mama dazu? Überhaupt nicht; der Alte hatte ihr die tägliche Orchideenlieferung ausreden wollen, aber sie hatte nur spitz geantwortet: *wenn du mir jetzt nicht einmal mehr eine angemessene Lebenshaltung bieten kannst* — und von da an hatten sich ihre Operettenbesuche, so sehr sie auch an ihren Kräften zehrten, vervielfacht. Sie läßt sich jetzt oft schon nachmittags ins Theater fahren. Die Proben seien so unglaublich amüsant, äußerst spannend.

Die Eltern, denen ich dieses Juwel von Selbstwiderspruch nicht vorenthalte, wechseln verständnisinnige Blicke. Dann, nach einigen ereignislosen Tagen, dramatische Zuspitzung: der Olf hat an der Boudoirtür gelauscht. Daraufhin geht er an Papas Sekretär und schreibt mit Druckbuchstaben auf einen Zettel: *er heißt Willi.*

Comic relief: Der Alte schießt zu seiner Frau ins Zimmer und fragt knapp: *Ist es der Tenor?* — *Nein.* — *Ist es der Bariton?* — *Nein.* Und auch der Baß ist es nicht; sondern ein Beleuchter hat ihr aus den Kulissen auf ihrem Ecksitz in der zweiten Reihe schöne Augen gemacht. Und warum auch nicht? Von ihm, der ihr Mann sein wollte, war ja doch nichts mehr zu holen! Er, wie immer unterwürfig, hinaus.

Mehr kann man eigentlich nicht erwarten. Trotzdem, wenn auch ohne große Zuversicht, allgemeines Gelauere. Den Liebhaber zu sich abzuschleppen — das wagt sie

wohl doch nicht. Falsch! Kichernd und mit schmachtenden Blicken klappert sie auf hohen Absätzen mit dem
viel zu jungen, kräftigen Kerl nach oben. Dort eine
Sektorgie, zwei Flaschen vom besten — ein vom Olf
eingefügtes Mosaiksteinchen, das die Folge verständlich
macht: Versäumnis der Heimkehr des Gatten, der zur
gewohnten Stunde pompös hinaufstolziert. Dann vor
den atemlosen Lauschern der langersehnte Eklat: die
Wohnungstür öffnet sich, der Abteilungsleiter kommt
herausgestürmt, hinter ihm die Besoffene im Negligée
mit wirrem Haar, die ihm nachschreit: *dann hau doch ab,
altes Arschloch!*

Wir sind offensichtlich im fünften Akt. Ein Beitrag
vom Babbà, der sich von der Erregung dazu hinreißen
läßt, aus dem geheimnisvollen *Amt* auszuplaudern, hilft
uns weiter: auch dort wachsendes Gemunkel von einer
Absetzung: die Würde des Hauses, Unordentlichkeiten
in der Geschäftsführung, Brüskierungen; es hatten sich
Fronten gebildet; der Babbà hat Mühe, nicht in den
Strudel mit hineinzugeraten.

Der nächste Schlag: Frieda, im dritten Monat nicht
mehr entlohnt, brennt durch; es fehlen zwei Ohrringe
und eine Brosche (Mitteilung vom Olf). Die Polizei
kommt: lustvolles Erschauern vom Vorüberzug der
Todesengel in Staubmantel und Hut. Gleich darauf
Abreise der Gattin mit einem Ziel, das nur insofern
unbekannt bleibt, als niemand die Adresse des Beleuchters
weiß. Es steht noch die Katastrophe aus, die unter
Wahrung einer dramaturgisch geschickten Pause drei
Tage auf sich warten läßt: der Abteilungsleiter wird
vergiftet an seinem Sekretär aufgefunden, den Zettel
vom Olf zerknüllt in der Faust. Vorhang. Und böses
Nachspiel: die leicht hingeworfene Bemerkung des
Babbà, *Wolfgang wird nun wohl für einige Zeit bei uns bleiben
müssen* . . .

❖ Auch bei den *Andern* — sie waren uns eben doch verwandt! — hatte sich offenbar die Verlockung durch einen

Übervater gemeldet: nur hatten sie ihn, aus Vorsicht oder Phantasielosigkeit, nicht gleich in einen jenseitigen Himmel gehievt; außerdem, da ihre Familien und ihr Staat ja doch nichts anderes als kaschierte Kasernen waren, schien es ihnen wohl auch stimmiger, einen *Befehlshaber* an die offene Stelle zu setzen. Aber auch der ließ sich nicht am Boden festhalten, wollte höher und höher hinaus, bis bei seinem dritten oder vierten Nachfolger dann das Erwartete eintrat: er ließ sich zum *Divinus* ausrufen und einen Kult für sich einrichten mit allem Drum und Dran von Priestern, Lobgesängen und Opferungen. Daß es ihm damit ernst war, zeigte sich bald: denn alles, was in seinem Reich von einem Himmelsvater und Erlösersohn zu raunen wagte — und die neue, egalitäre Lehre hatte sich, kein Wunder, dort ausgebreitet wie ein Flächenbrand — bekämpfte er mit einer Erbitterung und Grausamkeit, die alle Anzeichen des Verfolgungswahns trugen.

Aber er war nicht verrückt. Er konnte nur die Figur, die ihm vorgezeichnet war, nicht ausfüllen — und das lag nicht nur daran, daß er sich, obwohl er sich den Beinamen *der Mannstarke* zugelegt hatte, als schwach und verführbar erwies: sondern daß sie unausfüllbar war. Er hatte nämlich gar nichts zu tun, als das reine Darüber zu verkörpern; so hing er in der Luft, spürte nirgendwo einen Widerstand, und alles, was ihm an Gefühlen entgegenkam, schien ihm daher durch und durch wesenlos. Die Kreuzigungen, die Entsetzensschreie in der Arena, wenn der Löwenzwinger geöffnet wurde, fingen an, ihn zu langweilen: das war alles viel zu entfernt. Er mußte versuchen, wie weit er gehen konnte, das unerhörte Verbrechen wagen: dann band ihn doch wenigstens das Schuldigsein an die Welt. Also weg mit der Mutter, mit der unerträglich blasierten Gattin! Nur, das half nichts: sie hatten ihm nie etwas bedeutet. Er verfiel darauf, sich unberechenbar zu geben; er war unnahbar, schroff, gnadenlos, aber im nächsten Moment, ohne Übergang, lächelte er dann leutselig, verteilte wahllos Ländereien und Ämter, fragte blauäugig, was ihn denn schon groß unterscheide von Krethi und Plethi — gar nichts doch! Ein Mensch ganz wie jeder. Aber was er da auslöste an Jubel und Angst, fühlten immer nur die andern. Er selbst kam nicht vor.

Was er also brauchte, war eine Situation: wenn keine wirkliche, dann eine erfundene. Das Theater, natürlich, die Oper — daß er darauf nicht schon längst gekommen war! Allein der Gedanke, sich, von einem Kaiserthron wohlgemerkt, in diese Talmi-Zwielichtigkeit herabzulassen, sich öffentlich der Plebs zur Schau zu stellen, machte ihm Herzklopfen. Und dann die Erregung, der Kitzel, wenn das Rampenlicht hochging, der Saal reglos in gebannter, ungläubiger Erwartung!

Das Rollenspiel, aber entleert; das richtig geordnete Leben, aber als Parodie: seis drum! Er wußte, daß er auf der Bühne fürchterlich war; aber das erhöhte eher noch den Genuß. Gerade das Kaputte war doch das Schöne; die vergebliche Anstrengung zur Kunst, das gezielte Scheitern, gab der Sache erst den richtigen Pfiff. Und wenn er dann den großen Schlußmonolog sprach und sich selbst zu Tränen rührte, weniger wegen des traurigen Inhalts, als gerade dadurch, daß er hängen blieb, durcheinanderkam, wildes Zeug zusammenfaselte; wenn ihm das eingestrichene C (höher kam er ohnehin nicht) haarscharf danebengeriet; welche Durchkreuzung greller, widersprüchlicher Empfindungen von Scham, Trotz und Hochgefühl!

Aber waren nicht auch sie künstlich und aufgesetzt? Wiederum von nichts Wirklichem ausgelöst und getragen? Und das Wirkliche, so glaubte er zu spüren, lag immer unten. Wie weit mußte er also hinab? Wenn er sich unerkannt in die Schlange der Tagelöhner einreihte vor einer Schilfmatte, dahinter eine mächtige, vor Erschöpfung schwankende Frau, die schon längst die Augen nur noch öffnete, um den Schwamm aus der trüben Brühe zu fischen, mit dem sie sich die Schenkel wusch, dann gab sie das Zeichen, nach dem nächsten

Freier zu bimmeln — reichte das? Der Abtritt hinter den Stallungen, das unvergessene Zwiegespräch der beiden Legionäre: *Gee dreegbeä, dees koosd do ned macha — Und warum ned, bal dem dees gfoid?* War das immer noch nicht tief genug? Dann Fistfucking vielleicht. Er war erstaunt, daß das überhaupt ging; es tat weh und er schrie. Aber Gefühle? Seine Peiniger knurrten bösartig, zeigten, wie es von ihnen verlangt war, grausam lachend die Zähne. Aber in Wahrheit verkniffen sie sich nur ein Gähnen, wollten nichts als zu ihren Würfeln zurück.

Auf eine schwindelerregende Weise rückte alles immer weiter von ihm ab, bedeutete, so wie er selbst, jeweils das andere, verwies und verwies und verwies: auf was nur? Von unten nach oben, von oben nach unten: deutete auf nichts, zeigte im Kreis herum. Und genau so wollte er auch die Stadt brennen sehen: in einem Feuerring, der sich selber fraß. Sein letzter Ausruf, bevor er sich von einem Freigelassenen töten ließ, soll gewesen sein: *Die Bilder haben mich umgebracht.* Ob er wenigstens den Stich noch gespürt hat? Ein Ende, aber nur ein vorläufiges. Eine Epoche. Zu deutsch: eine Pause.

❖ Ich gehe mit der Mama gerade in Gedanken am Strand entlang, wir haben hinter einem Stück Schwemmholz orangefarbene, bizarr ausgezirkte Muscheln gefunden und vergleichen sie, zeigen einander staunend die Jahresringe, das irisierende Farbenspiel im perlmuttschimmernden Inneren — da, mit gewaltsamer, gepreßter Beherrschung, die womöglich noch fürchterlicher ist als offen hervorbrechende Wut, legt der Babbà die Gabel nieder, faltet die Zeitung kantengenau zusammen und sagt, *genug*.

Wir fahren auseinander und starren ihn an wie eine Erscheinung, bis uns die Wirklichkeit wieder eingeholt hat. Wir ahnen wohl, wagen es aber nicht auszudenken, was jetzt bevorsteht; und so fragt ihn die Mama mit schwankender Stimme und einem falsch munteren Ton, der selbst mir durch Mark und Bein geht, *wie meinst du das, lieber Mann? Wovon in aller Welt redest du?* Darauf er, mit flammenden Augen: *Ich rede, wie du dir denken kannst, vom Ende unserer Beziehung. Ich rede von Ehebruch. Von Blutschande rede ich — schweig! Denn auch ich habe lange geschwiegen. Nun ist die Reihe an mir.*

Er holt weit aus. Wehmut und Zorn mischen sich in seinen Worten, wie er vom fröhlichen Anfang spricht, dem erlösenden Glücksmoment im Erlanger Café, als sie erkannten, wie sehr sie zusammengehörten: er, der sie aus dem Schmuddelchaos des Elternhauses befreien, ihr Ordnung und Übersicht bieten konnte kraft seiner höheren Bildung, aber verstört und versperrt durch eine unerbittliche Mutter; sie, die mit sich und ihrer Sinnlichkeit einig und eins war, Wärme und Leben ausstrahlte, wo sie ging und stand, und begierig, ihren Horizont zu erweitern, der ihr so kläglich beschnitten war von einem freßsüchtigen Vater und sich vordrängelnden Brüdern. So wollten sie ihre gegensätzlichen Gaben achten und teilen: alles, das stand für sie fest, nur keine Wiederholung der verbissenen Verklammerung, der Brüllerei und des stummen Gekeifs, unter denen sie beide so sehr gelitten hatten!

Und tatsächlich, sie gelang uns, fährt er fort, *die offene und freie Liebe, die wir uns wünschten. Weißt du noch unsere Wanderungen in den Alpen (noch sehe ich dein gepunktetes Kopftuch vor mir flattern), das Ballspiel unter Föhren am Nacktbadestrand, wo wir, fröhlich einander zugetan, nur noch staunten über unsere weißen, beweglichen Glieder?*

Zwei ganze Jahre haben wir so gelacht. Bis er kam. Der große Einschnitt: die gläserne Wand, mit der zuerst du, dann ihr beide zusammen, mich abtrenntet und als Fremdling verwarft. Auf einmal warst es du, die es besser wußte. Ich durfte ihn nicht versorgen, kaum anfassen. Wenn ich seine Milch wärmte, war sie zu heiß. Wenn ich ihn wiegte, war es zu heftig. Wenn ich ihn hochhob, schriest du, ich ließe ihn fallen. Alle meine ruhigen Mahnungen zur Besinnung prallten an dir ab. Planlos, triebhaft, ohne Sinn und Verstand rastest du mit wirrem Blick, schweißüberströmt vom Bettchen zur Küche, von der Küche ins Bad: Schnuller kochen, Windeln waschen, baden, kremen, pudern, wickeln, stillen, rein in die Falle, raus aus der Falle, und dann alles wieder von vorn.

Du sankst in das Chaos zurück, aus dem du gekommen warst. Alles in mir mußte sich dagegen empören. Ich ertrug es trotzdem. Es blieb uns beiden ja immer noch die friedliche und vertrauliche Nacht. Und wieder die Wand. Gib Ruhe, sonst wacht es auf! *hast du gezischt und mich angefaucht,* siehst du nicht, daß ich erschöpft bin! *Aber es war nicht Erschöpfung. Es war meine klare Vernunft, mein wohlgeordneter Geist, die dir zuerst lästig wurden, dann widerlich.*

Ich faßte mich in Geduld. Ich mahnte dich immer leiser, immer vorsichtiger an die Liebe, denn bei jeder direkten Erwähnung sprangst du mir ins Gesicht — nein! Ich bin noch lange nicht fertig. Du hast mich solange nicht in die Arme genommen, bis mein Rücken in Pusteln ausbrach. Das ließ dich kalt. Und schließlich der Satz, den du geschworen hattest, niemals zu sagen: Schau lieber zu, daß du uns anständig versorgst! Warum wirst du eigentlich niemals befördert?

Ja glaubst du, dieses entsetzliche Amt *und mein überflüssiger und nutzloser Posten darin hätten mich auch nur einen Tag länger gehalten — wenn nicht wegen euch? Aber ich war gefangen; und Tagträume von meiner verlorenen Freiheit blieben in dem öden Betrieb mein einziger Trost. Mit dem Motorrad durch die Dordogne, auf dem Sozius hinter dem braven, verläßlichen Vetter! Auf meine geliebten Berge, zwischen Himmel und Erde, angstlos, denn so unzerreißbar wie das Seil die Bande zwischen mir und den Kameraden!*

Von dir abgetan, versuchte ich es, was blieb mir übrig, mit ihm. Und wie war ich gerührt über seine winzigen Händchen, mit denen er sich an meinen Finger klammerte und daran hochziehen ließ! Aber kaum hatte er gelernt, mich von dir zu unterscheiden, schrie er, wenn er mich sah. Sobald er gezielt strampeln konnte, stieß er mich weg.

An diesem Punkt hätte ich beinahe aufgegeben. Aber noch hielt ich durch: noch saß ich geduldig am Schreibtisch und

*summte, abwartend, um ihn auf mich aufmerksam zu machen.
Und wirklich, ich vergesse den Tag so wenig wie sein kindliches
Stammeln, kam er an mit seinen* lötzen, *zeigte mir das von ihm
zusammengelegte* Äppchen *samt* Ösem Olf — *mir, und nicht
dir, wollte er es anvertrauen, sein erstes Vernunftwerk: endlich
mein Sohn. Und so nahm ich ihn auf den Schoß und lobte und
küßte ihn.*

Ja, sagt der Babbà und wendet mir seinen unerträglich
anklagenden Blick zu, *das hast du vergessen. Du konntest
mich, verzärtelt und aufgehetzt, schon nicht mehr wahrnehmen.*
Er sagt *pah* zu mir, *ba,* und *babbà:* er spuckt mich aus —
*das war deine mehr als einseitige Version, und du bliebst
unausstehlich: du verwüstetest meinen Schreibtisch, zerknülltest
die wohlgeordneten, wichtigen Papiere, spieltest, dumpf vor dich
hinphantasierend, mit deinem eigenen Unrat. Als ich dich sanft
verwies, hast du vernunftlos getobt.*

*Ich mußte dich retten. So konntest du nicht überleben. Und
dir Grenzen zu setzen, dazu war sie nicht fähig. So hast du
mich erbarmungslos in die Rolle gedrängt, die mir von allen am
tiefsten zuwider ist. Ich, der diese zur Kaserne und zum
Massenaufzug verkommene Gesellschaft sosehr haßt und ver-
abscheut, daß ich Menschen kaum mehr ertrage und zum Eigen-
brötler darüber geworden bin: ausgerechnet ich sollte dir ihre
Zwangsgesetze und Unsinnsregeln jetzt einbleuen. Das hast du
von mir verlangt, und mich solang gequält und gepiesackt, bis du
mich soweit hattest. Bis du wie sie eingeübt warst ins klassische
Muster und ihr beide rufen konntet:* Tyrann!

*Mein letzter Anlauf: du kennst ihn. Ich versuchte es mit dem
Besten, was in mir war: das männliche Werk in seiner höchsten,
mir erreichbaren Gestalt, mein Vermächtnis; die große, durchsichtige Brücke zwischen uns, festgefügt, wie es schien, für alle
Zeit, und gemeinsam erbaut. Aber ich konnte dich damit nicht
in die Höhe verlocken; alles, was der kunstvolle Brückenschlag
in dir weckte, war eine begehrliche Affenliebe zu mir; immer
ungestümer gingst du mir mit unmännlichen Küssen um den Bart
und grapschtest in hoffentlich noch kindlicher Schamlosigkeit an
mir herum, um dann triumphierend zu krähen,* Babba sein
Didi!

Schweren Herzens entschloß ich mich, mich dir sacht zu entziehen. Ich konnte nicht zulassen, daß, was dich später instandsetzen wird, in eine männerbeherrschte Gesellschaft hineinzuwachsen, in einem Strohfeuer verbrennt. Ich duldete, daß Wolfgang mir näherkam, den ich schätze, der aber nicht mein Sohn ist, um dir zu zeigen, wie ich mir unsere Beziehung wünschte. Du hieltest das für einen Verrat, der dich aller Rücksichten entband. Leichtfertig hast du die Brücke zerstört, mich ohne Bedauern abgeschoben in eine leere, dich nicht weiter betreffende Vorbildlichkeit, und dich besinnungslos der Nächstbesten, die solche Bedenken nicht kannte, an den Hals geworfen.

Und so das Ende. Die niedrigen Kräfte in dir hatten gesiegt. Ihr sankt immer tiefer aus aller Gesittung. Zuerst das Eheversprechen auf dem Küchentisch. Dann die Ausschweifungen in der Eisdiele. Du hattest es leicht, den Kavalier zu spielen: was du verpraßt hast, war von mir sauer verdient. Schließlich der erste Anschlag auf mich: oder meint ihr, ich hätte das Gift im Wirsing nicht geschmeckt? Glaubt ihr, sie wäre mir verborgen geblieben, eure immer heftigere Erhitzung, der blinde, urzeitliche Taumel zuletzt, in dem sich hinter meinem Rücken im eigenen Bett der unausdenkliche Greuel fast schon vollzog?

Lästerer! schreit er, denn nun ist auch seine Besinnung dahin, *und nicht nur Lästerer, sondern Diebe dazu!* Und damit zieht er einen länglichen Umschlag hervor, zerreißt ihn zu immer kleineren Stücken und wirft sie in die Luft. In großen braunen Flocken rieselt unser Schiffsbillet auf den Wohnzimmertisch.

❖ Meine Gefühle bei dieser Rede wirbeln wie wild durcheinander. Aus Angst vor den immer heftiger flackernden Augen des Babbà ducke ich mich tiefer und tiefer zusammen; aber von den furchtbaren Namen, mit denen er uns geißelt, bleibe ich doch im Innern unberührt: sie klingen mir hohl, als könnten sie nur für andere gelten, und träfen für die innige Nähe zwischen mir und der Mama ganz ins Leere. Vor allem aber traue ich kaum meinen Ohren: so verschieden also hatten wir dasselbe

erlebt! Meine Erinnerungen an den Babbà, diese ganze
Hälfte meines Lebens, fliegen schwärmend auf, um sich
neu und zu einer versöhnlicheren Geschichte zu ordnen
— aber die Gegenrede der Mama, die endlich wieder ihre
Sprache gefunden hat, lenkt sie sogleich wieder ins alte
Muster zurück. Und vielleicht wäre ihr die Rechtfertigung auch gelungen, hätte sie nur nicht den heillosen
letzten Satz noch herausgeschrien, dem ich bis heute
nachgrüble, und der uns beide ins Verderben gestürzt
hat.

Sie spricht längst nicht mit seiner Beherrschung;
sondern mit allen Registern des leidenschaftlichen Aus-
bruchs und der hochfliegenden Suada, und davon hat sie
viele, zieht sie nun über ihn her. *Du und dein Höheres!* ruft
sie erbittert, *es war mir vom ersten Tag an verdächtig: so wie
die Befriedigung in deinem Gesicht, wenn ich mich zu den
Worten durchrang;* du weißt es besser. *Als könntest du nur
dasjenige in mir schätzen, was zu dir aufsieht. Wärst du doch in
deiner Seilschaft geblieben! Schon als du mich zum ersten Mal
deine blöden Alpen hinaufschlepptest, zwangst du mich, ihre
noch blöderen Gipfel auswendig zu lernen: Falkenstein, Aggen-
stein, Kleine Schlicke, Große Schlicke, Kälbling, Säuling,
Ochsenkopf. Und wenn ich einen verwechselte, zur Strafe das
Ganze von rückwärts!*

*Den fröhlichen Anfang gestehe ich dir zu. Aber kaum war
der Haushalt gegründet, hatte es auch schon sein Ende damit.
Was ich konnte, war selbstverständlich. Das Ochsenfleisch
mußte zum Wirsing, egal wie dürftig das Monatsgeld. Nie
hast du einen Topf angerührt, eine einzige Schüssel: die gehörten
anscheinend auch zu meinem* Einigsein mit mir selbst.
*Dagegen war jeder von dir eingeschlagene Nagel eine gar nicht
genug zu bestaunende Wundertat, dein* Amt, *dem du seine
Nutzlosigkeit endlich bescheinigst, ein unnahbarer Tempel der
Pflicht, in dem nicht weniger als das Schicksal der Welt sich
entschied.*

*Gar nichts wußtest du besser. Kreuzworträtsel konntest du
lösen: aber wie man mit lebendigen Menschen umgeht und spricht,
wußtest du nicht. Was ich auch vorbrachte an unterhaltsamem,*

munterem Geplauder, straftest du mit verächtlichen Blicken. Stattdessen quältest du unsere Bekannten mit halbstündigen Zitaten aus der Reichsbrandversicherungsordnung *und der* Lebenserwartungsstatistik, *bis sie röchelnd in Schlaf fielen, soviel sie sich auch aufputschten mit meinem frischgerösteten Costarica. So blieben sie aus. Unsere Wohnung wurde zur Einsiedelei. Wir verstummten. Am Sonntagmorgen war Zeitungsrascheln mein Frühstücksgespräch, danach stolperte ich dir durch die Fränkische Schweiz hinterdrein, bis mir Hören und Sehen verging.*

Wundert es dich da, wenn ich mich an den Kleinen hielt? End-lich war wieder Leben im Haus! Und vor allem, er brauchte mich, denn ohne meine Zuwendung wäre er als Kümmerling als-bald wieder verendet. Was nämlich war dein Beitrag zu seiner Frühsozialisation? *Dreimal am Tag* duzi-duzi. *Und gute Ratschläge, wie ich mir die Zeit besser einteilen könnte. Das einzige Mal, als du ihn hochhobst, hast du ihn tatsächlich fallengelassen. Das hast wiederum du vergessen. In den zwei Stunden, bis Doktor Pfeufer endlich zu Stelle war, und die du mit Mahnungen an mich anfülltest, doch Verstand anzunehmen, hätte ich darüber den meinen fast verloren.*

Drei ganze Beispiele kannst du nennen, in denen du dich je um ihn geschert hast — und dreimal war er von dir überfordert. Mußtest du dir wirklich jedesmal so unübersehbar die Nase zuhalten, wenn er träumend auf seinem Topf saß? Als stänkest du nicht! Und nähmst dir nicht auch deine Zeit, bis du die Romanfortsetzung in Ruhe zuende hast. Und doch hieltest du mir abendelange Vorträge über den analen Komplex *und seinen* Zusammenhang mit dem Kapitalismus, *die* Neigung zur physischen Labilität in dieser Phase. *Du hattest recht: zwanzigmal hat er seinen Schreibtischauftritt mit den* lötzen *bei mir in der Küche geübt, bevor er sich damit zu dir wagte; fünfzigmal wollte er von mir hören, wie schön, wie brav, wie überaus herrlich und unerreicht das von ihm zusammengelegte Märchenbild war.*

Wie in vielem, begann er dir auch darin zu gleichen: du warst sein Idol. In der ganzen Zeit eures Brückenbaus und noch lange danach hat er mich kaum mehr wahrgenommen. Was war jetzt

*nötiger für ihn, als sich dir ganz anheimzugeben? Aber dem
warst du nicht gewachsen. In panischer Angst vor einer Versuchung, die tief in dir liegt, hast du ihm das hereingeschneite
Abteilungsleitersöhnchen vorgezogen, und wiesest ihn fühllos
zurück.*

*Wie nämlich zuvor auch schon mich. Ja! Du beklagst dich
über mein Erkalten, jammerst über eine gläserne Wand. Dabei
mußte ich glauben, daß du dich von mir abgekehrt hattest. Deine
Mahnungen waren nicht nur vorsichtig: sie waren unhörbar. Du
scheinst es für eine Vollzeitbeschäftigung zu halten, daß man
errät, was du meinst.* Möchtest du noch eine Tasse? — *so
geht dieses Spiel bis zum heutigen Tag, bei dem du auf meine
Frage dann antwortest* hm, *und schelmisch lächelnd abwartest,
bis ich geduldig nachhake:* hm ja *oder* hm nein? *Beim Kaffee,
mein Herr, mag das angehen. Aber in der Liebe denn doch
nicht!*

*Wer wirklich liebt, benimmt sich anders. Wie er nämlich, als
er mich wiederentdeckt hat — zu meinem Glück! Er streckte
die Arme aus und bekam glänzende Augen, wenn er mich sah, er
zog mich an sich und sah über meine schiefe Nase hinweg, denn
mich wollte er haben und keine andere. Er hat mich gelehrt, in
dem von dir verachteten Haushalt die unverdorbene Form der
Arbeit wiederzuentdecken, in der Kopf und Natur, Hand und
Geist noch verbunden sind, und die das Miteinander noch nicht
vergessen hat: für mich hat er sich mit dem Besen bis zur Decke
gestreckt und sich am Reibeisen blutig geschürft. Er hat mir
gezeigt, daß das Zusammenleben kein vermiefter Käfig sein muß,
sondern ein heiteres Spiel sein kann, und hätte es, wärest du
nicht neidisch dazwischengetreten, mit seiner erlösenden Behutsamkeit auch für mich wahrgemacht auf der paradiesischen
Insel!*

Du gibst ihm schreckliche Namen. Blutschande! *schreist
du, und* unausdenklicher Greuel! *Ach was! Nachdem du
unsere erste Liebe zerstört hast, im Namen des abgetrennten
Geistes und des Höheren, willst du nur moralisierend auch diese
zweite und schönere vernichten. Gut denn, auch ich habe zulange
geschwiegen. Sie ist nun außer sich. Wenn dies Schande und
Lästerung heißt, wie nennst du dann das andere, das er erriet,*

erinnere dich nur, als er von deinem stundenlangen, nächtelangen Gewisper sprach, deinem Wehe und Weich, immer, immer ins Ohr? *Seit wann sind deine Mahnungen so leis geworden? Wann war es mit unserer Liebe vorbei? Jetzt gebe ich dir dein Höheres zurück, nun muß es gesagt sein: als du aus übermütigem, unausgelebtem Trieb dich nicht scheutest, mir meine zweite Unschuld zu rauben, und mich von hinten nahmst — ja! er soll es nur hören! Denn das war seine geistige Zeugung.*

Sie sinkt wie erschöpft zurück. Der Babbà ist totenblaß geworden. Er sagt, *ein Abscheu ist mir die Frau, ein Ekel der Sohn, die Liebe ein Überdruß.* Er nimmt Hut und Mantel, geht zur Tür und klappt sie leise, aber entschieden hinter sich zu. Wie immer. Wir haben ihn drei Jahre lang nicht mehr gesehen.

II

Die Wiederholung

❖ Wie ich die Augen wieder hebe, steht, zu meinem Erstaunen, noch alles an seinem Platz: die drei halb leergelöffelten Suppenteller, die zusammengelegte Zeitung, die zerrissenen Schiffsbillets; sie sind das Letzte, was mir jetzt wichtig ist; und doch haben sie angefangen, sonderbar auf sich aufmerksam zu machen, ziehen, jedes für sich, den Blick auf sich durch stechend scharfe Konturen, als stünden sie plötzlich entblößt. Die Teller schieben mir ihren bogigen Rand mit dem dreifachen Zierstrich unter die Nase; das Würfelmuster der Tischdecke wird so plastisch, als wollte es gleich aus dem Leinen herauspurzeln. Und zugleich ist auf dem leeren Stuhl des Babbà ein saugendes Loch entstanden, durch das etwas bisher immer Vorhandenes, ein sonst nicht bemerkbarer Elementarstoff nun anscheinend rasch ausläuft und die Dinge so in dieser ungewohnten und erschreckenden Nacktheit zurückläßt.

Auch die Mama wird von dem Vorgang ereilt. Ihr Gesicht sieht zugleich verschwollen und zerknittert aus; ihre Zähne, immer schon leicht vorstehend, haben sich noch ein Stück weit aus dem Mund herausgeschoben; ihre Nase steht schiefer nach links denn jemals. Sie hat die Veränderung im Zimmer gleichfalls bemerkt: auch ihre Augen wandern verwundert von Teller zu Stuhl, treffen dann auf die meinen, verengen sich, und wenden sich sogleich, als hätten sie etwas Anstößiges berührt, wieder ab. Trotzdem hat darin unverkennbar ein Vorwurf gelegen. Das ist nun freilich die Höhe, das fehlte gerade noch: schuld hat doch sie! Sie ist schließlich die

Ältere, mit ihrem Mann vertraut seit grauer Vorzeit, ihr hätte klarsein müssen, was er hinnimmt, was nicht.

Aber mir schon auch: ich hatte so wenig hören und sehen wollen wie sie. Jetzt geht mir auf, wohin unser blinder Drang uns hat locken und schieben wollen: nicht an ferne südliche Gestade, sondern hinunter zum grausigen *alles nur das nicht,* wo alles Licht aufhört, ins vormenschliche Einst mit seinen schnatternden Gespenstern ohne Vernunft. Der Babbà hat rechtgehabt mit seinen furchtbaren Namen, allerdings hat er es besser gewußt, von jeher und für immer, sogar in seinem Fortgang noch! Denn ohne den wären wir noch lange nicht zu uns gekommen.

Jetzt, da er seine Liebe von uns abgezogen hat, hinter dem weggerissenen Schleier, zeigen sich unsere vormaligen Wunschbilder auch in ihrer ganzen billigen Schäbigkeit. Die Eisdiele — mit diesen rostfleckigen, lächerlich verschnörkelten Blechstühlchen, mit diesem grell an die Wand geklecksten unvermeidlichen *Canale Grande* hatten uns die öligen Gauner also ihr pappiges Zuckerzeug angedreht und dafür auch noch eine Mark zuviel auf die Rechnung geschwindelt? Und die Paradiesinsel, was erst hatte ich mir davon alles zusammenphantasiert! Ein geselliger Strand? Nach zwei Stunden hätten die uns mit ihrem Grammophongequäke verscheucht gehabt und uns dann noch nachgerufen, *he haste nichn Nickel für Tabak?* Und welche Belohnung, wenn wir endlich mit Salzwasser und Sand den fetten, rußverschmierten Fischtopf saubergeschrubbt hätten? Eine lauwarme Brühe aus Zichorienkaffee und Milchpulver am überfüllten Kiosk.

Mir wird schwindlig vor Angst. Denn droht uns hier in unserer Verlassenheit nicht ein ganz ähnliches Elend? Mit unserer alten traumsicheren Beweglichkeit ist es jedenfalls vorbei. Das heitere Wechselspiel der Verrichtungen, der innere Abstand zu ihnen, der freie Zusammenhalt zwischen uns beiden, das alles, so müssen wir jetzt erkennen, war nur dem schützenden Zaun von selbstverständlicher Aufgehobenheit zu verdanken gewesen, den wir zugleich verachtet und ausgenutzt hatten. Nun liegt er am Boden; ungehindert dringt eine feindliche Welt von außen herein, hält das Buffet, den immer noch verbotenen Schrank, am deutlichsten den verwaisten Schreibtisch von innen her schon besetzt, daher die fremdartige Prallheit! Sie will uns vertreiben. Uns gehört ja von allem gar nichts!

Mit demselben Gedanken springen wir auf und fliehen in die Küche, um uns zu verbarrikadieren. Umsonst. Auch hier hat sich alle herzerwärmende Heimatlichkeit restlos verflüchtigt. Kalt und nutzlos starren uns die Pfannen und Schüsseln entgegen, blödsinnig summt das Spülwasser vor sich hin. Der alte Eifer, das alles zu fegen, zu putzen, blitzblank — das war einmal, und fast sehnen wir uns zurück nach dem alten, strengen Gesetz, dessen Last von uns gewichen ist, aber uns dafür in gleichgültiger Schwerelosigkeit zurückgelassen hat.

Wohin also? Ins Schlafzimmer wagen wir uns gar nicht erst hinein, lugen nur vorsichtig durch den Türspalt. Wie immer dämmert es blau und geheimnisvoll vor sich hin. Und dann vernehmen wir plötzlich die lautlose Stimme. Sie ruft, *ich bin weg!* sie wispert, *jetzt seht zu, wo ihr bleibt!* sie höhnt, *hoho! seine geistige Zeugung!* sie lockt, *vielleicht kehre ich wieder?* sie donnert, *geht in euch, tut Buße!* Erschrocken schauen wir uns an und wollen uns wegschleichen; aber schon ist uns die Stimme nachgeschlüpft und geht uns nicht mehr aus den Ohren.

❖ Von den äußeren Formen haben wir die meisten in unsere neue Gemeinde mitübernommen; wie vorher wechselten wir uns ab in den verschiedenen Arbeiten, achteten auf die gerechte Verteilung der Löhne und Lasten, aßen zusammen am selben Tisch. Aber das Herzstück des Ganzen, der selbstbewußte und freie Umgang miteinander, war dahin. Wir nannten uns inzwischen, was wir zuvor nie nötig gehabt hatten,

Brüder und Schwestern, aber das war eher eine Beteuerung als eine Beschreibung, und mit der dazugehörigen Liebe war es ehrlich gesagt nicht besonders weit her; sie gehörte sich eher, als daß sie stattfand; wir fanden aneinander nicht mehr genüge, wollten, und wußten nicht recht warum, aufschauen und einem Höheren dienen — und daher auch der feste Zusatz und Kehrreim: *im Herrn.*

Hieß das aber nicht auch, daß wir kleiner und kindlicher geworden waren, zurückgefallen oder hinuntergestoßen in einen früheren, schon einmal überwundenen Zustand? Auf jeden Fall hielt die Lehre von der Sohnschaft jetzt unser ganzes Denken gefangen, als hinge unser Glück und unsere Bestimmung daran. In unserer jetzigen *ekklesia* stritten wir uns nicht mehr darum, was verkauft, verbessert, vereinfacht werden konnte, ob der Hafer besser auf diesem oder dem andern Feld gedieh, sondern um den rechten Glauben und die reinere Lehre: ob der Sohn von anderer Natur als der Vater, von halbähnlicher Natur, von sehr ähnlicher, fast gleicher, genau gleicher, oder gar derselben Natur war — das erschien uns jetzt, weil es nämlich dabei um unsere eigene Beschaffenheit ging, wie eine weltbewegende Frage, über die wir in endlose, erbitterte und am Ende doch ergebnislose Debatten gerieten.

Und so kam auch unser erster und wichtigster Grundsatz zu Fall. In weltlichen Belangen wollten wir uns weiterhin von gleich zu gleich behandeln; aber was die Lehre anging, da konnte nicht jeder Dahergelaufene einfach mitschwafeln, dazu war sie zu hoch und zu heilig, dazu brauchte es — und man muß zugeben: von Protest war da wenig zu hören — denn doch eine feste Anleitung, *Hirten* mußten her, damit sich die *Schafe* nicht verloren, *Ältere* wurden der Gemeinde vor die Nase gesetzt und hatten sich ihrerseits — wörtlich! — einem *Aufseher* zu beugen, und auch das reichte uns noch nicht: an die Spitze aller inzwischen gegründeten Gemeinden sollte einer der Uranhänger des Sohns gestellt, und wie genannt werden? *Pápa* natürlich.

Jeder konnte erkennen, was da Schlimmes zurückkehren wollte, aber wir fanden es richtig so: es war die
familia schon wieder in der nächsthöheren Verkleidung:
die Ma, zur Institution entkörpert, aber immerhin noch
ehrerbietig als *Mutter Kirche* angeredet, mit einem dazugehörigen, wenn auch fleischlosen *Schoß;* der hohe
Vater, unerreichbarer und allgewaltiger denn je, dem
jetzt nicht nur der irdische, sondern auch der himmlische
Acker gehörte; die Kinder, die ihn täglich zu bestellen
hatten, wollten sie eines nicht etwa jetzigen, sondern
künftigen Lebens teilhaftig werden, wobei nicht einmal
feststand, ob sie nicht zuvor erst einmal hopsgehen
mußten. Das woraus bestand? Ihn *von Angesicht* anschauen
zu dürfen. Das man sich wie *verdiente?* Indem man sich
täglich besserte und ihm gehorchte, auch wo man seine
Beschlüsse nicht ganz verstand, in jeder Hinsicht also,
und vor allem in einer: vor einem *peccatum* mußte man
sich hüten, einem *Fehler am Fuß* — und der Wink war ja
wohl deutlich genug.

Wir sollten auf die Liebeslust verzichten, so wie er
schon seit jeher darauf verzichtet hatte. Denn er hatte
den Sohn ja nicht fleischlich gezeugt, womit denn auch?
Unterhalb der Brust war an ihm auch beim genauesten
Hinsehen nichts mehr zu entdecken außer einem aufquellenden weißen Gewölk; und so war denn auch
wenigstens die Jungfernschaft der Sohnesmama unschul-
dig geblieben: jede andere Vorstellung wäre uns wie die
reine Ketzerei erschienen.

❖ Einen ganzen Sommer lang wollen wir den Weggang
des Babbà nicht recht wahrhaben. Den verwaisten
Schreibtisch, den leeren Sessel lernen wir zu übersehen;
die stumme Übereinkunft heißt, daß er, wie nach einer
Dienstreise, morgen oder übermorgen wieder zurückkehrt. In der Erinnerung verbringen wir eine stille, und
auch wenn das wenig wahrscheinlich klingt, zufriedene
Zeit. Ruhig wärmt sich die Sandsteinmauer an der Sonne,

keine Warnmeldung scheucht die Telefonistinnen aus dem *Flugwachkommando* auf, die davor in langer Reihe ihre Stühle aufgestellt haben und stricken. Sogar das amtseigene Duschbad im Souterrain hat seine Fenster aufgeworfen und läßt gutgelaunt Luft weiße Vorhänge wehen.

Vielleicht geht die Beruhigung vom Olf aus, den wir, dem Vaterbefehl gehorchend, fest bei uns aufgenommen haben. Ihn scheint die Abwesenheit des Babbà mit einer stillvergnügten Sicherheit zu erfüllen, die ihn fast schon dessen Rolle einnehmen läßt. Die häuslichen Regeln haben sich gelockert. Wenn wir nach der Schule zu spät zum Essen kommen, trifft uns allenfalls ein vorwurfsvoller Blick der Mama, der leicht zu ignorieren ist. Sie weiß ja auch nicht, was der Schulweg an Abhaltungen und Verlockungen alles für uns bereit hält: an der Stadtmauer sind die Katzen zu jagen, vor der Eisfabrik muß gelauert werden, ob nicht ein Fuhrwerk ein Stück seiner Stangenfracht verliert, der Austausch von Zigarettenbilder- und Briefmarkendoppeln duldet nicht länger Aufschub, und jeden drängte es, den andern mit den kürzlich verschlungenen Abenteuergeschichten zu übertrumpfen: mit Weltumrundungen im U-Boot, dem für seine Befreiung im Fesselballon ewig dankbaren Freitag auf der Robinsoninsel, lautlosen Losschneidungen vom Marterpfahl im letzten Moment, Hunnenschlachten und sonstigen männlichen Bewährungen.

Dann, es ist schon Spätsommer, scheint es auf einmal, als hätte sich die Wirklichkeit von unseren Phantastereien anstecken lassen. Frühmorgens um sechs ein Tumult, Motorenlärm und Getrappel, und dann tatsächlich Soldaten im Hof, eine Einquartierung für den Reichsparteitag! Wir sind durch keine Anraunzung zu verjagen. Geduckt schleichen wir uns durch die weiten Hallen in *Keller Eins* und *Keller Zwo,* die für die Kasernierung auf Klappbetten und Strohsäcken beschlagnahmt worden sind; mit offenen Mündern bestaunen wir die Gulaschkanone mit rauchendem Schlot, deren Kessel von einem schwitzenden Hilfskoch im Eiltempo gefüllt wird; eine Konservenbüchse nach der andern säbelt er, um keine Zeit zu verlieren, roh mit dem Feldmesser auf, kippt sie hinein, und da, unauslöschliche Gräßlichkeit, rutscht ihm die Klinge ab, fährt tief in den Handballen. Kein Schrei, keine Aufregung, nur schnell vom Nebenmann aus einem bereitstehenden Karton herausgerissener Mull, der sich rot färbt; der Hilfskoch, bleichgeworden und gierig von uns begafft, setzt sich auf eine Kiste, läßt sich eine Zigarette anstecken und verbinden; dann steht er auf, greift zur nächsten Büchse und sticht auf sie ein.

Der Krieg steht vor der Tür. Das sagen alle. Wie gräßlich! Wie schön! Endlich eine Abwechslung. Denn außer dem Stich in die Hand, den schon längst wieder abgezogenen Soldaten, hat sich das ganze Jahr nichts ereignet. Alles geht seinen Trott, die Aufgaben, die Streunereien; bis zum Hals stecke ich in einem zähen, gleichmäßig dahinziehenden Fluß. Was auswendig zu lernen ist, lerne ich auswendig, ein mittelguter Schüler in einem Jahrgang, der im nächsten Jahr zum nächsthöheren aufsteigen wird. Daß ich mit Namen aufgerufen werde, beweist mir, daß es mich gibt. Wie ich zu mir geworden bin, habe ich vergessen; ich bin ohne Vergangenheit. Hatte ich nicht früher einmal die Zukunft wie ein geschecktes Pferd vor mir herlaufen sehen? Jetzt weckt das Wort in mir nur noch ein blankes, bildloses Weiß. Alles ist wie es ist, und will noch lange so bleiben. Nur der Olf lebt außerhalb dieses Wachtraums; er glänzt im Unterricht; man munkelt, daß er die nächste Klasse glatt überspringen darf.

❖ Aber es kann auch sein, daß ihn seine Erinnerung trügt, weil sie zuwenig bemerkt hat von dem wiederkehrenden Schauspiel in der weiten Höhle, die sich von der Öffnung des Brustkorbs bis zu den Oberschenkeln erstreckte, und in sie nur flüchtige Blicke hineinzuwerfen wagte und dann schnell wieder wegsah; und daß sie deshalb nur so verwaschene Bilder aufbewahrt hat von einer flennenden, trostlosen Schulbubengestalt, sich krümmend vor einem bocksköpfigen Meister, und nicht mehr zusammenbringt, was der schwang, einen Stock, eine Geißel?

Und wieso war der Stock auf einmal schwarz von Fliegen umschwärmt, und was ist an dem Stock heruntergeflossen in eine Pfütze, das der Schwarm aufsaugte und auffraß, und warum lag da eine von den Fliegen auf einmal mit ausgerissenen Beinen darin und war in der Pfütze ersoffen, und auf wen schlug und stampfte der Stock von oben herunter, und warum hatte er der Fliege die Beine ausgerissen und sie ersäuft, und wie kam es, daß er die Fliege war, und warum floß das alles in ihn hinein, aus ihm heraus, und wer hatte ihm den Bockskopf aufgesetzt, und warum holte er immer wieder mit dem Stock aus und schlug und stampfte damit auf sich selbst ein von oben herunter?

Das alles weiß die Erinnerung nicht mehr, und will es nicht wissen. Sie wendet sich ab und kehrt sich dem friedlichen, stillen Sommer zu, wärmt sich an den Sandsteinmauern und sitzt strickend mit den Telefonistinnen in der Sonne. Denn da lag noch immer sein eigenes, vom Schrecken noch nicht vereinnahmtes Reich: es reichte immerhin bis zum Brustkorb und begann neu unterhalb der Knie bei den Strümpfen. Genug zum Atmen und Laufen; besser als nichts. Und was war droben, über dem Kopf? Auch das weiß sie nicht mehr, sie hat nicht hinaufgeschaut, ob da etwas war. Sie weiß nur noch den Sommer.

❖ Eine Stadt zerfällt nicht plötzlich. Keiner hätte später den Tag nennen können, an dem sie, die sich so stolz über alle dumpfe und zurückgebliebene Ländlichkeit erhoben, sich so unnahbar gegen sie abgegrenzt hatte, an ihrem Gipfelpunkt angelangt war und ihr Niedergang anfing. Es stimmt: der große Brand hatte breite Schneisen gerissen, den ganzen Nordosten bis auf ein paar Mietskasernen zerstört, und mit dem Wiederaufbau wollte es nicht recht vorangehen; sogar die Bresche in der Stadtmauer hatte man nur provisorisch geflickt. Ein paar Straßen waren unpassierbar geworden. Man gewöhnte sich an die Umwege. Aber sonst ging alles sehr gleichmäßig, sehr ereignislos seinen Gang. Alles andere stand ja noch da, die Triumphbögen, die Ladenstraßen, die Dampfbäder — wenn vielleicht auch nicht mehr mit derselben fraglosen Durchwachsenheit wie vorher, als wären sie, wenn man nicht hinsah, durchsichtig geworden; erst wenn man sie fixierte, gerannen sie wieder zur alten Festigkeit. Auch die fahrenden Händler klapperten und schrien so laut wie immer durch die Gassen, und klangen trotzdem gedämpfter, wie hinter Watte und Glas.

Aber erst, wenn Reisende nach langer Abwesenheit wieder zurückkehrten, bemerkten wir an ihren erstaunten Fragen, wieviel sich geändert hatte. Wieso liefen diese Sohnes-Anhänger auf einmal ganz ungeniert mit ihren Kreuzen und Oblaten durch die Straßen? Was war mit den großen Paraden auf dem Marsfeld, mit dem Imperator selbst, in Helmbusch und goldener Prunkrüstung an der Spitze? Ach ja, die Christen — die waren nun ja schon lange geduldet, hatten sich sogar in der Armenfürsorge und auch in der Verwaltung sehr hervorgetan, denn sie wußten zwischen Staats- und Gottesdienst wohl zu unterscheiden. Und der Kaiser hatte seinen Hof doch schon vor Jahren aus der Stadt herausverlegt. Wohin? An die Grenze. Zu der Armee, die ihn auf die Schilder gehoben hatte. Ein sich hinziehender Feldzug gegen die Barbaren.

Hatte die Stadt darunter nicht sehr gelitten? Nein, nicht besonders. Ein Teil der staatlichen Behörden war nach Norden abberufen worden; die Großeinkäufer mit ihrer Lobby waren gefolgt; der Hafen schlug nicht mehr soviel um wie früher. Aber sonst konnte man doch eher frohsein, daß man den Hof mit all diesen Schranzen und

Parasiten, mit seinen ewigen Skandalen, Launenhaftig-
keiten, Übergriffen und Prassereien vom Hals hatte.

Eine gewisse Eintönigkeit machte sich breit, das
schon. An den Stadtpalästen wurden die Fensterläden
zugeklappt und verriegelt; alles, was auf sich hielt, hatte
sich, vorerst einmal für den Sommer, auf seine Land-
güter in der Toskana verzogen. Keine Sänftenträger
mehr, keine Rikschas, die Modistinnen hungerten untätig
in den Dachstuben. Die Zuckerbäckerei an der Via
Juliana, in der sich früher die halbe Stadt verabredet
hatte, war wegen Krankheit vorübergehend geschlossen.
Sie blieb es. Die Teppichhändler hatten, mitsamt ihrem
Geschrei und ihren bunten Ballen die Gehsteige geräumt,
die geschminkten Transvestiten vom Corso sich wieder
in die Vorstadt verkrümelt. Stattdessen Katzen unter
den leeren Caféhaustischen, Penner auf den Eingangs-
stufen verwaister Andenkenläden.

Eine erste Angstwelle: es fing an, mit der Versorgung
zu hapern. Die Stadt schien abgeschnitten. Keine verläßlichen Nachrichten, dafür umso wildere Gerüchte.
Das Reich sei geteilt worden; es drohe ein Bürgerkrieg;
ein Reiterheer sei aus dem Norden eingefallen; die Armee
habe es einkesseln und aufhalten können; es sei durch-
gebrochen und nähere sich täglich. Kein Salz mehr,
Gemüse weder für Geld noch gute Worte. Einlaufende
fremde Schiffe wurden im Hafen gestürmt und geplün-
dert; daß sie nicht wiederkommen würden, wußte jeder.
Wer Verwandte oder ein kleines Sommerhaus auf dem
Lande hatte, bereitete sich auf die Abreise vor oder war
schon dort: da war man sicherer. Je weniger funktionierte, desto mehr verließen die Stadt; je mehr die Stadt
verließen, desto weniger funktionierte. Die Müllabfuhr
blieb aus. Ratten. Der Senat hilflos und unfähig, sich
einen Vorsitz zu wählen; die Steuereinnahmen der nächsten fünf Jahre schon verbraucht oder verpfändet. Infla-
tionsraten von hundert, zweihundert Prozent. Nach Einbruch der Dunkelheit ging niemand mehr unbewaffnet
auf die Straße.

Alle Kräfte wurden jetzt vom bloßen Weiterleben aufgezehrt: man besserte aus, kratzte zusammen, tauschte, stahl, stritt, hungerte, wurde krank. Hatte es hier wirklich einmal eine Akademie gegeben? Das Treppenhaus der wenigen zurückgebliebenen Ärzte war bis zum Hof hinunter mit Wartenden verstopft. Die Schwester ließ sich das mitgebrachte Huhn oder den Käselaib zeigen, bevor sie die Sperrkette von der Eingangstür hob.

Das war der Zustand vor der Belagerung. Als das Reiterheer die Mauern umzingelt hatte, wurde das Ende absehbar. An ein Durchhalten oder einen Ausfall war gar nicht zu denken. Die Unterhändler wurden ungehört niedergemacht. Danach ein dreitägiger, schwerer Beschuß. Das Schlimmste daran waren nicht die heranjaulenden Kugeln, die plötzlich kippenden Häuser, die Brände, sondern die gekappten Wasserleitungen und die unter Trümmern begrabene Kanalisation. Die Eroberer brachen johlend in eine vom Durst ausgezehrte und vom Fieber geschüttelte Stadt ein, die ihre Plünderung wie eine Halbtote über sich ergehen ließ. Die Häuser waren leergeräumt, die Frauen zu dürr und verdreckt selbst für den Geschmack von Barbaren.

So zogen sie ab, ließen die Stadt als zerschlissene und entvölkerte Hülse zurück. Der Zerfall ging in ihr um wie ein Übel, erfaßte hier einen Dachstuhl, dort eine hohläugige Fassade, ein Kai. Neben den Ruinen nisteten sich Notunterkünfte ein, aus Wellblech und Brettern zusammengenagelt; spitzgiebelige Kartausen klebten sich an die Festungsmauern, die ihnen zuvor als Steinbruch gedient hatten. Die Stadt bekam ihre Rechnung für ihren einstigen Übermut: das Land nahm Rache. Langsam, von keiner Umwallung mehr aufgehalten, hielt es Einzug. Zisternen wurden in den Plätzen gebohrt, ins Forum fraßen sich Krautgärten ein; Hahnenschrei und Hühnergegacker waren zu hören, bald auch Ziegengemecker und quiekende Schweine. Über die Schutthügel wuchs Unkraut, später Gras und Gehölz. Dann wußte niemand mehr, was darunterlag.

❖ Innerer Rücksturz: was in mir im Lauf der Jahre festgefügt aufgewachsen ist zu einem vielgliedrigen Haus zu den Grundfesten des unverrückbar Vorhandenen, dem weitläufigen Geschoß mit den vielen Sälen und Kammern dessen, was es geben darf und was nicht, den Türmen und Giebeln des Möglichen und Zukünftigen, bricht jetzt ein. Seine Zinnen und Wetterfahnen beginnen zu wanken, die Erker fallen ab, der runde Luginsland wackelt und fällt, seine wuchtigen Quader durchschlagen die Zwischenböden, krachen durch Gesimse, Pfeiler und Bögen, nehmen die Türen und Treppenaufgänge mit und sammeln sich zu hohen Halden auf den Kellergewölben, von denen nicht sicher ist, ob sie der Last auf die Dauer gewachsen sind. Sonst bleibt nichts stehen. Die Kraft in mir, die sich hinaufgearbeitet hat in eine bewohnbare Welt, dann in die luftige Freiheit des Spiels, verliert ihren inneren Halt, knickt ein, läßt meinen vergnügten *bopps* von ehedem als fühllosen Klumpen, meinen übermütigen *didi* als Piepmatz zurück. Sie muß in ihre alten Höhlen hinunter und findet auch sie halb verschüttet; selbst da noch sind die Regeln vom Tohuwabohu, der Verstand von den Gespenstern, das obere Werk vom unteren kaum mehr geschieden, und so droht sie, in der Bewußtlosigkeit unterzugehen.

Von alldem bemerke ich nichts. Die Verheerung ist lautlos und schmerzlos. Denn mit jedem Stück Umsicht, Vielfalt und höherer Fertigkeit, das von mir abfällt und in einer Staubwolke zerplatzt, verliere ich auch einen Teil meines Vermögens, den Verlust wahrnehmen zu können: was zerschlagen ist, habe ich im selben Moment auch schon vergessen. Ab und zu ein benommenes Gefühl, der mich panisch überfallende Gedanke, *mit mir ist es aus* — bis auch der mir entgleitet und so verstummt.

Die Beziehungen zwischen mir und der Mama sind vollständig erkaltet. Sie hat angefangen zu verlottern. Lustlos hatscht sie im stechend himmelblauen Unterrock und mit fettigen Haaren durch die Wohnung, klappert lästig mit Schaufel und Besen, wo immer ich gehe und stehe. Alles in mir schaudert vor ihrer Berührung zurück. Gottlob scheint auch ihr alle Lust vergangen zu sein, sich mir zu nähern. Stattdessen mault sie unentwegt etwas von Wirsingputzen und Abwasch in meine Richtung. Der Olf hat schon längst gelernt, sich solchen Zumutungen von vornherein zu entziehen und sich im rechten Moment unsichtbar zu machen. Könnte ich es ihm doch nachtun! Aber ich bin ja an meine schweißtreibenden Schulaufgaben gefesselt, die mir von Tag zu Tag schwerer fallen. Meine Angst vor dem großen Einmaleins war berechtigt: aus dem Zahlenmeer von früher ist ein uferloser Ozean geworden; weniger denn je kann ich begreifen, wozu die Übung außerhalb ihrer selbst dienlich sein könnte; und die Beispiele helfen mir auch nicht weiter: *Wenn zwei Maurer für eine Wand von fünf mal drei Meter sechs Stunden benötigen, wieviele Maurer muß der Bauherr einstellen, wenn er eine Wand von zwanzig mal drei Metern in vier Stunden errichtet haben will? Berechne die Anzahl!* Aber die passen doch gar nicht hin! Die streiten doch, saufen sich mit Bier voll! Hoffentlich nehmen sie einen Backstein und schlagen dem Fettwanst den Schädel ein!

Ich komme und komme an kein Ende. *Wenn ein Schüler für eine Dreisatzaufgabe vier Stunden benötigt . . .* Mir schwimmt der Kopf. Aber alles noch besser als dieses gräßliche Gewühle in Kohlstrünken und Kartoffelschalen; was habe ich nur je daran finden können? Soll sie ihren stumpfsinnigen Küchenkram doch alleine machen, sie hat ja sonst nichts zu tun! Und wie sie dann, als ich der Lösung durch unendliches Herumprobieren endlich nahebin, auch noch mit unterwürfiger und trostloser Stimme klagt: *jetzt, wo Not am Mann ist, läßt auch du mich im Stich!* — platzt mir der Kragen und ich fahre sie unbeherrscht an, *Weib, was habe ich mit dir zu tun?* Das sitzt! Ich reibe mir noch stundenlang die Hände vor Genugtuung.

Ich fange an, wie ein Wilder zu fressen. In zwanzigminütigen Abständen tönt mein Ruf aus dem Hof zum

Balkon hinauf: *Mama, ein Brot!* Wie lange und gezielt
sie mich dann warten läßt! Und was schließlich, karg
genug mit Margarine und Rübensirup beschmiert, her-
untergesegelt kommt, hilft auch nur übers Schlimmste
hinweg. Im Hinunterschlingen bemerke ich nicht, daß
ich sie, wie im frühesten Gelall, *Mámma* gerufen habe
statt *Mamà*. Schon mittags knurrt mir wieder der Magen,
als hätte ich drei Tage lang nichts gegessen. Ich häufe
mir ganze Wirsingberge auf meinen Teller. Sie geht
meist leer aus: es reicht ja kaum für mich! Und wenn
ich nach der zweiten Portion schreie, murmelt sie ihr
ewiges altes *wie soll ich, wie kann ich?* Alles deutet zurück
in die Vorzeit.

❖ Vom Krieg nehmen wir im ersten Jahr so gut wie
keine Notiz. Er findet eigentlich nur in der Zeitung
statt, die wir nicht lesen, oder im Radio, das unter
Fanfarenstößen siegreiche Feldzüge und gewonnene
Schlachten in niegehörten Weltgegenden vermeldet. Wir
haben andere Sorgen. Denn in einem Punkt sind wir
doch schwer betroffen. Das *Amt* hat uns gekündigt:
nach der Versetzung des Babbà müsse über die Dienst-
wohnung anderweitig verfügt werden. Versetzung? Ja,
in geheimem Auftrag nach Frankreich; genauere Auskünfte seien nicht statthaft. Und da würde die verwaiste
Familie mit einem Federstrich hilflos auf die Straße
gesetzt? Im Prinzip nein; aber sie sei ohne ihren Vor-
stand zu einer ordentlichen Wohnungsführung offenbar
unfähig.
   Die Beschuldigung ist nicht ganz grundlos. Kaum,
daß man noch zur Tür hereinkommt. Im Gang türmen
sich hohe Zeitungsstapel, zwischen denen man nur noch
auf schmalen Laufpfaden in die Küche oder ins Bad
gelangen kann. Die Mama behauptet, das hätte ihr die
Babbàstimme befohlen; *wehe, wenn mir auch nur eine verloren geht!* habe sie gedroht. Die Ausgüsse haben sich
heillos verstopft. Sie werden im weitem Umkreis von

Eimern voll Schmutzwasser belagert, die mich die Mama vergeblich beschwört, endlich in den Hof zu tragen. Schon wieder ich! Ich denke gar nicht daran.

Die Rohre, obwohl mit Leukoplast vielfach umwikkelt, tropfen unablässig vor sich hin, sodaß sich das Linoleum aufwirft und der Verputz in breiten Platten von den Wänden fällt; die Bilder hängen schief; die Vorhänge, deren kompliziertes System aus Rollen und Zügen allein für den Babbà zu durchschauen war, haben sich heillos verknäuelt. So kann jeder ungehindert sehen, wie es bei uns inzwischen zugeht. Der Gasbadeofen ist durchgerostet, im Klo habe ich bei einem meiner seltenen Reparaturversuche am Spülkasten die Schüssel aus ihrer Verankerung gerissen. Die verwirrte Alte unter uns läßt uns das ihre benutzen und jammert über das viele schöne Wasser, das wir verschwenden.

Eine Tante, die in einem anderen Viertel wohnt, nimmt uns bei sich auf. *Aber nicht euren zugelaufenen Ziehsohn,* sagt die Tante. Der Olf, der sich wenig daraus zu machen scheint, wird fortgeschickt; ich kann bei der Trennung kaum etwas empfinden. *Und auch euch nur vorläufig,* sagt die Tante; *ich bin kein Armenhaus. Wie konnte es nur soweit kommen,* sagt die Tante, *daß dein treuer und gutmütiger Gatte dich so plötzlich verließ. In geheimem Auftrag —* *da stimmt doch was nicht!* sagt sie. *Wahrscheinlich hast du im Bett versagt. Ich weiß in solchen Dingen bescheid. Aber dann hättest du eben,* sagt die Tante, *unverheiratet bleiben sollen wie ich.* So geht es unaufhörlich. Sie ist wie ein vom Babbà ferngesteuerter Quälgeist.

Auch sonst mehren sich die Zeichen, daß unsere Tage in der Stadt gezählt sind. Fleisch und Eier werden knapp; von frischgeröstetem Costarica schon längst keine Rede mehr; man muß frohsein, wenn einem der Kaufmann gnädig ein Paket GEG zum Einkauf dazulegt. Dann die ersten zwei Fliegeralarme, auch sie nicht weiter ernstgenommen, wenn auch angezogen in der Küche der quengelnden Tante verbracht. Bis dann beim dritten nach einem häßlichen Pfeifton zwei Detonationen das Haus bis in die Grundfesten erschüttern. Das muß irgendwo in unserer alten Gegend gewesen sein! Hat es beim *Ziegler* eingeschlagen, oder gar ins *Amt?* Fassungslos stehen wir am nächsten Tag in einer zugleich bedrückten und schaulustigen Menge vor den rauchenden Trümmern, die vom *Wollen-Weber* am Markt übriggeblieben sind. Die Balken glosen noch. Ist jemand umgekommen? Die ganze Familie. Nein, das Jüngste hat man geborgen, es liegt im Krankenhaus. *Hier ist man seines Lebens nicht mehr sicher,* murmelt die Mama. Also aufs Land. Das sagt sich so leicht. Aber wohin eigentlich? Das wissen wir nicht; und auf den Landkarten des Babbà, die wir aus der Kiste holen, sieht alles gleich aus.

❖ Wie schnell das gegangen war! Wie ein lebendiges Feuer hatten wir uns einst im ganzen Reich ausgebreitet; jetzt standen wir darin wie Inseln der Vergangenheit in einer immer höher ansteigenden Flut. Hatten wir das vorausgeahnt und deswegen so oft unsere Klöster auf die Bergspitzen gebaut? Nicht nur, um Gott näher zu sein, sondern auch, um nicht ertränkt und fortgeschwemmt zu werden von der Geschichte? Und in Vielem waren wir von der ja tatsächlich verschont geblieben. Immer noch hatten sich die Grundzüge der alten brüderlichen und eigentumslosen Gemeindeordnung bei uns erhalten. Zwar, um einen *Abbas*-Vater waren auch wir nicht herumgekommen; und von den schwereren Arbeiten hatten wir uns losgesprochen und sie, wie alle andern, auf *Unterbrüder* abgewälzt: aber wir brauchten alle unsre Kräfte, um die Glut der frommen Lehre, die fest ummauert und vor jeder Störung geschützt in unserer Bibliothek vor sich hinknisterte, nicht verlöschen zu lassen. Sie blieb ja, in ihrer riesenhaft angeschwollenen Masse, nur lebendig, wenn der Geist sich in stetiger Anstrengung immer neu durch sie hindurchbiß und sich von ihr entflammen ließ. Und eben damit hatte jede neue Novizengeneration anscheinend größere Schwierigkeiten. Das lag nicht nur daran, daß sich die Lehre mit den sieben Kirchenvätern in ebensoviele Hauptäste verzweigt hatte; sondern daß, niemand wußte warum, auch die einfachsten Tatsachen nicht mehr in ihre Köpfe wollten: welche Stufen der göttlichen Emanation? Wieviele Engelschöre? Da fingen sie schon an zu stottern. Also Abschriften, bis ihnen die Ohren tropften: vielleicht blieb so etwas hängen.

Die Tatkräftigeren unter uns hielten diesen Zustand nicht länger aus: einfach dasitzen und abwarten, bis Gottes Wort endgültig verglüht und unter Staub erstickt war? Vielleicht brauchte es nur frischen, von der Geschichte noch nicht ausgelaugten Boden. So sind wir, einer nach dem andern, mit nichts als einem Packesel und einem Bettelsack, losgezogen, als wandelnde Zungen . . .

Der Zug über die Alpen wurde zu einer Wanderung durch die Zeit. Wir landeten mitten in der Barbarei. Es gab hier allen Ernstes noch Stämme! Und beteten, wir rieben uns die Augen, Baumgeister an! Da half kein Predigen mehr: weg mit dem alten Mist, abholzen den finsteren Wildwuchs! Da hieß es *Zeuge* sein, auch wenn die mit *lululu*-Geschrei auf ihn losstürzten und in Stücke zerhackten!

Das war fromm, aber nicht weitsichtig; anderswo trafen wir es besser. Da hatten die sich, um einen Flekken gerodetes Land, wenigstens schon hinter Wälle und Burgen verschanzt, die Viehzucht gelernt. Mit der dazugehörigen Vielgötterei natürlich. Auch hier wollten wir zuerst dreinschlagen in heiligem Zorn. Doch dann sahen wir uns näher um, und was zeigte sich? Die hatten noch nicht gelernt, zu besitzen! Uns überfiel ein kopfverwirrendes *déjà-vu*. Die ganze Sache mit der — wie hatten wir das einmal genannt? — mit der *meme*-Kapsel hatten die erst noch vor sich! Nichts von Geldwirtschaft, für die waren die Sonnenscheibchen noch Sonnenscheibchen geblieben und schmückten zusammen mit einem urtümlichen Gekrakel ihre *heiligen Steine;* stattdessen ein

merkwürdiges *Vieh-* und *Feudal*wesen, das wir lange
nicht durchschauten, bis es uns endlich gelang, bis zu
einem dieser Stammes- oder Dorfhäuptlinge vorzudringen. Wie nannte er sich? *König;* und trug — ein Schauer
überlief uns, ein Bild wollte sich melden und verflog —
das erhöhte Werk noch immer als blinkenden Kopfputz
offen zur Schau. Und was sagte er? *Daß ihm »eigentlich«*
alles gehörte! Daß der ganze Boden ringsum und jedes
Haus, das darauf stand, nur von ihm *geliehen* und *Lehen*
war!

Wieder einmal hatten wir Anlaß, über die Geschichte
zu staunen: ein Wandelbaum. Was bei uns gottlob nur
ein Kümmerzweig geblieben und bald wieder verdorrt
und abgefallen war: hier hatte er sich zum Hauptstamm
entwickelt, der die Krone trug! Nach welcher Regel,
welchem höheren Spiel von Thema und Variation? Das
blieb dunkel, und *Gottes Fügung* war dafür eine richtige,
aber doch etwas schnelle Erklärung. Fest stand für uns
nur: das war der Hebel, hier mußten wir ansetzen: *ihr*
täuscht euch, so begann unsere Predigt, *es gibt einen Aller-*
höchsten, der alles geschaffen hat, und dem *gehört es! Seine*
Vasallen seid ihr . . . Und aus der Stille, die sich dabei
verbreitete, merkten wir: wir hatten es getroffen; damit
kamen wir an.

❖ Wir bleiben mit unserem Entschluß nicht allein. Aus
vielen Häusern treten sie jetzt und sperren es hinter sich
zu, abgehärmte Frauen mit schlotternden Trainingsho-
sen, abgewetztem Wintermantel und einem dunklen
Kopftuch zum Zeichen ihrer Verwitwung. Sie packen
die vorher herausgeschleppten Möbel und Schachteln
auf einen Handkarren, setzen ihre verschlafenen oder
plärrenden Kinder obendrauf und ziehen los: eine lose
aneinandergereihte Karawane, die, soweit man blicken
kann, die Landstraße entlangkriecht.

Es nieselt. Trotzdem sind wir zuversichtlich. Gottlob
haben wir in unsere zwei Rucksäcke und Taschen nur das

Notwendigste eingepackt und alles in der Wohnung zurückgelassen, was der Babbà-Stimme als Versteck und Gehäuse dienen könnte. So kommen wir schneller als die andern voran und haben, wie wir glauben, die Spitze der Kolonne schon fast erreicht. Aber wohin sie sich auch wendet, nirgendwo ist mehr Platz. Bei ihrem Anzug knallen in den Dörfern die Fensterläden und Türen zu, die Männer, mit Sensen und Prügeln in der Hand, stehen stumm und finster Spalier an der Hauptstraße, die Frauen bewerfen uns mit Mist und schreien uns nach dem Durchmarsch aus den letzten Häusern nach, *fort mit Schaden, vaterloses Gesindel!*

Wir bekommen es mit der Angst zu tun. Es wird dunkel, und wir haben noch immer keine Bleibe gefunden. Wir dürfen unter einem Vordach schlafen, das uns vor dem Regen schützt, aber nicht ins Haus. Durchfroren wachen wir auf, waschen uns am Pumpbrunnen und machen uns mutlos wieder auf den Weg, vorbei an abweisend geschüttelten Köpfen und feindlich glotzenden Bubengesichtern.

Endlich, als wir schon längst nicht mehr daran glauben, und nur noch weiterlaufen, um nicht mitten zwischen totenstillen und nassen Wiesen stehenbleiben zu müssen, kommen wir unter. Ein Großbauer, mit zwei faulen Mägden zerstritten, hat sie gestern endlich im Zorn aus dem Haus gejagt. So steht ihre Kammer leer. Er wirkt klein und zäh, und trotz seiner listigen Augen erweist er sich als die Milde und Hilfsbereitschaft in Person. Ohne Zögern weist er uns ein, stellt uns saubere Pritschen ins Zimmerchen, schlägt uns sogar vor, ein kleines Stück Land von ihm zu pachten, auf dem wir das Nötigste an Rüben und Kohl selbst anbauen können. Der Zins sei geringfügig. Dafür sollten wir ihm dann ein wenig zur Hand gehen im Hof.

Ein wenig zur Hand gehen! Von frühmorgens bis in die Nacht werden wir von Arbeit zu Arbeit gedrängelt. Die Bäuerin: was mit der Wäsche sei, wir wären nicht zur Kur hier, sauber nennten wir das? Nochmal durchgeschrubbt, dreimal gefleiht und dann auf die Bleiche, aber Marsch. Und das Holz noch immer nicht abgeladen, gesägt, gehackt und geschlichtet? — vorher käme ihr von uns kein Topf auf den Herd, damit wirs wüßten, aber schon nicht ein einziger!

Er ist womöglich noch schlimmer. *Schdaddvolk debbäds!* knurrt er, sobald er uns sieht, *Bagaasch heäglaufänä!* Ob er vielleicht unsere Arbeit tun sollte, melken, damit wir seine schöne Milch in uns hineinschütteten, Kartoffeln häufeln für unsere Hungermäuler, die Bäume ausschneiden, damit wir ihm dann das Obst herunterstehlen könnten, *Raibäbandä ausgschaamdä, wenni do an däwisch, dän däschloochi!* Er läßt sich von uns, soweit unsere Kräfte dazu reichen, den ganzen Hof bewirtschaften; wir sind sein neues, nur unbezahltes Gesinde. Nichts geht ihm schnell genug, und immer ist er mit der Erpressung zur Hand, wir seien bei ihm nur *aff Gnood und Bammhädzichkaid, vägessds dees ned!* Zu unserem eigenen Gemüsegarten kommen wir nie, höchstens am Sonntag, oder wenn es schon dunkel ist.

❖ Und von da an immer tiefer und hilfloser in die Bewußtlosigkeit, in das große Vergessen. Eine Wanderung mit dem einzigen Antrieb: hier können wir nicht bleiben. Die Erinnerung hat kaum etwas davon aufbewahrt; die Rekonstruktion bleibt bläßlich. Irgendwelche Istwäonen, Ingwäonen, die ausgeschwärmt und irgendwelchen anderen Markomannen und Cheruskern auf die Füße getreten sind, und die wiederum den Burgundern, den Langobarden. Oder so ähnlich. Ein Geschlinge von braunen und grünen Pfeilen im Lesebuch; kein einziges Bild. Und sich dann niedergelassen haben, vorläufig oder endgültig, aus keinem anderen Grund, als daß es sich anderswo auch nicht besser lebte, unter allen möglichen Odoakaren, Alboinen, Alarichen, Theoderichen, unter sechs Kaisern auf einmal — oder war das schon vorher? Wahrscheinlich.

Als wäre das alles auf einem anderen Stern passiert.
Als wäre er da nur zur Hälfte mit dabeigewesen. Oder
warum widerstrebt es ihm auf einmal, *wir* zu denen
zu sagen? Er ist darin doch sonst auch nicht grade
kleinlich. Aber die kommen ihm vor wie fünfzig Licht-
jahre entfernte Ameisen — und er muß ihnen jetzt
durchs Fernrohr untätig dabei zuschauen, wie sie in
langen Zügen auf ihr Loch zumarschieren, hineinfal-
len, quälend langsam anfangen zu krabbeln und sich
nach oben zu hangeln, bis sie, nach dreißig Genera-
tionen, knappgerechnet, wieder soweit sind wie vorher.

Kein Warnruf reicht zu ihnen zurück; er wäre nutzlos.
Es geschieht, was geschehen muß. Vom Absturz be-
täubt, folgen sie ihrem ältesten Reflex: sie klammern.
Alles möglichst kleinhalten, alles möglichst kurz halten.
Nur nichts voreilig aus der Hand geben! Und wenn,
dann um etwas einzuheimsen mit der anderen: zwei
Röcke gegen einen Sack Korn. Das ist solide. Handel
nur, wo es sein muß. Kredit, Zinsen, Austausch? Um
Gotteswillen! Da weiß man nie, an wen man gerät, an
welche Roßtäuscher und Windbläser.

Überhaupt sollen die andern selbst zusehen, wo sie
bleiben. Am Besten, man hat alles um sich. Was fünf
Kilometer flußabwärts geschieht? Keine Ahnung.
Wahrscheinlich schlagen sie dort alles tot, was ein fremdes Gesicht hat. Außerdem soll ein Basilisk dort hausen;
wer klug ist, mauert sich ein. Der Landvogt ist weit;
dein Recht mußt du dir schon selber holen. Für einen
von uns zwei von denen: dann überlegen sichs die
Dreckskerle das nächste Mal besser. Für die Frauen
gibts sowieso nur eins: auf den Acker, dann einsperren.
Bumsen sonst mit dem Nachbarn. Sündige Gefäße,
jedes Wort eine Lüge, saugen die Manneskraft aus. Die
Kinder sind zum Gehorchen und Arbeiten da. Also gut,
in Gottesnamen auch zum Beten. Aber in die Schule —
zu was denn? In den Händen sollen sies haben, nicht im
Kopf.

Und so weiter. Die Mutterwelt immer weiter nach unten gedrückt, die Vaterwelt mehr und mehr hinaufgetrieben ins abgetrennt Geistige, beide im Streit gegeneinander und gegen die nachdrängenden größeren und kleineren Söhne, bis die eine unwiedererweckbar versinkt, die andere in der Luftleere entschwindet. Es gibt nur noch Kinder. Sie wissen nicht mehr aus noch ein; denn mit der Liebe ist es vorbei. Die Natur, von keiner Vernunft mehr gebändigt, schwappt zurück, nicht als Mâ, sondern als feindliche, erdrückende Last. Grade daß es noch zum Fressen reicht, haarscharf an der Überlebensgrenze entlang, oft nicht einmal das: dann wird wie vormals eingegangen und erloschen. Der Rest eingequetscht in sein Dörflein, sein Burggärtlein, sein Klösterchen, und auf der Kehrseite, wen wunderts, in die entsprechenden Kerkerlein, Zwingerlein und Verlieschen.

Das mühsam Erlernte: das Ausgreifen, der Umweg, das Allgemeine; sich nicht im Eigenen, sondern in den andern zu suchen — das alles ist jetzt kaputt. Ganze Provinzen, in denen keiner mehr einen verständlichen Satz schreiben kann. *Omnis concessio ad tempus conditionaliter est reprobabilis.* Übersetzung? *Dit is alles unrecht went al lenunge de de herre deme manne dut scal eme weren to sime live, he ne late it op, oder it werde eme mit lenrechte verdelt.* Mehr ist nicht drin, auch in den hellsten Köpfen nicht. Die Sterne Guckfensterlein im Himmelszelt! Die Felder, wenn überhaupt, mit Schnüren vermessen!

Er sollte gelassener sein. Und damit hätte er es auch nicht weiter schwer, wären die nur geblieben, wohin sie gehören: in ihrem finsteren Vergangenheitskasten — und hätten sich nicht, vampyrisch die Jahrhunderte überspringend, in ihm eingenistet und breitgemacht mit all ihrer Verlorenheit. Wenn die also nur damals und seinerzeit, von allen guten Geistern verlassen, angefangen hätten, zu versacken und nach einer Erlösung zu jammern, bittesehr! Ihm doch gleich! Aber nicht nur, daß er das alles noch einmal hat nachleben müssen: sondern auch noch verarmt, vereinfacht, zusammengeholzt aufs Cliché, auf diese Klein-Moritz-Version von Historie, die er wiederum, will er sie überhaupt verstehen, in sie hineinlesen muß. Nun hat er seine kleine Geschichte in der größeren, wahrhaftig, und zwar mehr als ihm lieb ist!

Das jedem eingepreßte Rattenlabyrinth: so getreu abgestempelt, daß man nach fünfzig Jahren die Abweichung noch mit der Lupe suchen muß. Die Stimme von altersher, die nicht verstummt ist, sondern nur unhörbar geworden, und daher jeden Einspruch ausschließt. Nicht nur zu ihm hat sie gesagt, *drängle jetzt den Babbà aus seiner Stelle; erfinde dir dafür, aus Rache, einen schwarzen und unteren; und, aus Schuld, einen oberen und weißen!* — sondern, als der noch Sohn war, auch zu ihm schon, wie zuvor zu dem seinen, und so immer weiter bis zur ersten Erfindung dieses Hinausdrängelns; ungerührt betreibt und befiehlt sie den inneren Einsturz, der darauf folgt, in jeder Familie neu, bis zum heutigen Tag. Oder ist sie inzwischen leiser geworden, ebnet sich das Loch langsam ein? Bei ihm nicht: eisern wird sie ihm vorschreiben, *jetzt wach wieder auf; umsegle die Welt; jetzt liebe das Vaterland; jetzt juble: Sieg Heil!* Alles zu seiner Zeit. Das Bewußtsein wird nicht an einem Tag erwachsen.

Und doch, und doch, die Notwendigkeit. Denn wie will es größer werden, wenn es sich nicht die Mutter- und Vaterwelt erobert, um sie schließlich zu sprengen? Dann steht es allein da. Ist er nicht schon wieder dabei, nach dem Guten und dem Gerechten zu rufen, statt nach dem richtig Gefügten? Alles, was die Seele weiß, stammt aus der Vergangenheit; und alles, was sie daraus lernt, wird irgendwann wirklich. Also doch, also doch, bei allem Zorn, eine am Ende einsehbare Geschichte?

❖ Jagdbomberangriff auf den Bahnhof. Bevor die Sirene losheulen kann, ist alles vorbei. Drei Anflüge, jedesmal vier Detonationen. Stille. Eine Stimme im Hof: *sie haben einen Proviantzug erwischt! Es gibt Butter!* Alles rennt los mit Eimern und Schüsseln, Kohleschaufeln und Spaten. Zwischen den aufgebogenen Gleisen und abgerissenen Puffern ein wildes Gerangel. Unter den Trümmern des Bahnsteigdachs halb herausragend ein regloser Wachposten, die Arme ausgestreckt, das Gesicht auf dem Pflaster: ein Bild aus der Wochenschau. Ich remple eine Frau zur Seite, steche sandige Fettklumpen aus dem Loch und fülle sie in den Kübel, den mir die Mama hinhält. Zum ersten Mal seit Monaten strahlt sie, ruft, *nur feste rein damit, das kochen wir aus!* Wir ergattern an die sechs, sieben Kilo. Auf dem Heimweg kommen wir an einer Alten vorbei, die rittlings auf einem kälbergroßen, halbvergrabenen Käserad hockt und in einem fort schreit, *das ist meins! das ist meins!* Wir lassen sie sitzen.

Endlich die Freiheit! Das wilde, grausame Leben. Alle Gesetze lösen sich auf. Die Schule, sieben Kilometer entfernt in der Kreisstadt, sieht mich kaum mehr. Ich mache mich morgens auf den Weg, verliere die Lust, schlage mich ins Schilf oder klettere auf einen Heuhaufen und schaue träumend zu den Flugzeuggeschwadern hinauf, die wie ein regelmäßiges, hellblaues Kreuzstichmuster über den dunkleren Himmel ziehen und ihn mit weißen Wollfäden linieren. Ihr mächtiges, gleichmäßiges Brummen beruhigt mich. Wenn ich an den Dreisatz denke, muß ich lachen. Die Ausreden sind leicht gefunden: ich hätte auf dem Hof mithelfen müssen; hätte Angst vor Tieffliegern gehabt. Meistens werde ich gar nicht gefragt.

Aber meine wahre und einzige Angst ist eine Halbwüchsigenschlasse aus der Heimkehrersiedlung, die die Gegend unsicher macht, und der man besser nicht in die Hände fällt. Ich habe gewußt, daß die mir eines Tages auflauern würden. Feindlich und feierlich werde ich gestellt: *sooch wäisd haasd!* Das ist leicht zu verstehen: wer antwortet, hat seine Ehre verloren. Auf mein Schweigen hin fallen sie über mich her. Ich habe keine Chance. Ich schlage ein paarmal zurück, dann haut mir einer eine Latte über den Kopf, und so haben sie mich am Boden. Sie knien sich auf mich, der Anführer, *sooch?* *sooch?* verdreht mir solange den Arm, bis ich heulend meinen Namen preisgeben muß. Dann fordern sie noch eine zweite Demütigung: *bisd kadoolisch?* Das gilt im Dorf als Schande; aber ich habe nicht mehr die Kraft, es zu leugnen.

Der vermeintliche Makel erweist sich als Freibrief. Sie lassen von mir ab, stecken die Köpfe zusammen: *naa, deä gäid do ind obäschull.* — *Obä schwendzn doudä aa.* Nach einigem Palaver kommen sie zurück: ob ich auch nicht gelogen hätte? Nein. Weil sonst — Ja. Dann wollten sie es mit mir probieren. Bei was? Das würde ich sehen. Ich bin geehrt und erschrocken. Mit denen sich blicken lassen? Aber sie sorgen schon dafür, daß uns keiner sieht. Eins kann ich gleich lernen: in Deckung bleiben. Durch Gräben, hinter Hecken, an Zäunen entlang geht es zur aufgelassenen Ziegelei. Auseinandergeschlagenes Gebüsch, eine Eisentür; dahinter, im Halbdunkel, Gewölbe und Treppen, Geruch von Erde und Stroh, in den Öfen leise pfeifender Wind.

Das Versteck, das Lager, die Festung, niemandem um keinen Preis je zu verraten, beim tiefsten und heiligsten aller Eide. Für eine lange Woche werde ich nur zu einer Art Hausdienst eingeteilt, muß Wache schieben und das Feuer unterhalten; atemlos und auf Zehenspitzen erkunde ich jeden Tag einen neuen Teil des weitläufigen Baus, bis er mir mit allen Nebenkammern und Kellern vertraut ist — ein in die Urtümlichkeit zurückversetztes *Amt.* In welcher Zeit lebe ich eigentlich? Nach und nach werde ich zu den Raubzügen zugelassen, in der Stufenleiter ihrer Gefährlichkeit: bei Kartoffelmieten braucht man nur auf den toten Winkel zu achten, auf Tabakfeldern muß man mit einer Dauerüberwachung rechnen, Hühnerställe kommen wegen dem Gegacker nur bei Einödbauern in Betracht, und auch da nur, wenn alle Einwohner auf dem Feld sind.

Wir werfen die Beute in das Feuer und fressen sie halbroh wie die Wilden in uns hinein. Mit der Zeit schwärzen sich auch mir die Hosen, reißt das Hemd ein, schauen mir die Zehen aus den Schuhen. Ganze Reiche von Verboten brechen in sich ein. Ohne Zögern hacke ich dem erbeuteten Huhn den Hals ab und werfe es dann in die Luft, damit es kopflos durch die Brennhalle flattert und patschdich zu Boden plumpst. Blitzschnell drehe ich mich um, wenn mir einer von hinten zwischen die Beine greift, um den übermütigen Anschlag köpflings wie ein Bock heimzuzahlen; mein Strahl reicht schon bald, wie der ihre, bis in die Dachrinne am hinteren Schuppen hinauf.

Der *gsaarä,* der *oddo,* der *waldä,* der *addolf, äs zacherl,* und der *luggi,* unser wilder und bewunderter Anführer: *dän kummds fai ban wiggsn scho! — heäzaing! heäzaing!* Aber er läßt sich für diesmal nicht erweichen. Mein Name kann unmöglich bleiben; dazu ist er zu ausgefallen, und außerdem durch den Verrat kompromittiert. Der Luggi trifft die Entscheidung. *Äsou koo ä schwadz fous ned haasn. Wassd woos? Dschonnie!* Erst damit, das merke ich sofort, bin ich *wirklich* ein Schwarzfuß. Eine Glückwallung hebt mich hoch. Mir geht auf, wie abgetrennt und unverbunden ich, ganze Jahre hindurch, vor mich hingelebt habe. Die Nähe, in die ich nun eingelassen bin, und die mir von sechs Seiten, jedesmal anders, schalkhaft oder entschieden, offen oder verhalten, entgegenweht, ist überwältigend. Und von irgendwoher kenne ich sie auch ... Die Erinnerung kommt heraufgetrudelt wie eine Luftblase im Wasser. Der *bielbatz!* Aber ganz eindeutig. Das *du-da*-Gefühl, das dem *Ich guttut;* der räuberische Olfi, ein wenig nach unten in die Meimus-Richtung versetzt, aber in ganz derselben Doppelrolle von Befehlshaber und Beschützer; auch seine Wasserkunst ist ja wiedergekehrt, wenngleich aus dem *didi* jetzt ein grobschlächtigerer *zibfl* geworden ist, und aus dem *bisi-und-wiss* die nicht mehr so ganz kindliche *schiffä* oder gar der unflätige *saach;* und entsprechend hat sich auch die *saufä* von damals in einen klobigeren Prügel verwandelt. Sogar die blinde *meechen*-Ablehnung ist neu

erstanden, und zieht abschätzig über die *fodz* oder, ganz
allgemein, über *dä waiwä* her.

Und doch hat sich auch etwas Grundlegendes geändert. Was damals noch tastend und wie zur Probe erkundet wurde, hat sich in der Wiederholung zum Unanfechtbaren und Unzweifelhaften verfestigt, und laut,
lärmend und angriffslustig zu eisernen Schwarzfuß-
grundsätzen verhärtet. Und das muß wohl auch so sein,
wenn wir uns nicht gleich aufgeben wollen: denn jetzt
sind wir nicht mehr von einem duldsamen, überlegenen
Ma-Zaun umgeben, sondern von einer Gegenordnung,
die sich durch nichts, noch nicht einmal durch bessere
Überlebensregeln, rechtfertigen kann. Jetzt müssen wir
uns wehren; und unter dem Druck ist aus dem einstmaligen Spiel etwas geworden, was wir so nie genannt
hätten.

Die Mama zum Beispiel, die von mir allen Ernstes
erwartet, ich solle mich so unterwürfig und nutzlos wie
sie von früh bis spät für den Hofbauern abrackern. Der
grinse ihr nun schon seit Wochen so zweideutig und
drohend zu; gewiß wolle er auch uns, wie vorher seine
Mägde, vom Hof jagen, und was wäre dann? Aber mir
sei das ja gleichgültig, wie alles andere auch; ich verkäme,
verlotterte, ich schwänzte die Schule, verkehrte mit
üblen Subjekten, zum Streuner sei ich geworden, und
schlimmer noch, zum Strauchdieb und Strolch, sie gebe
es auf mit mir.

Ich weiß nicht, ob ich sie geradeheraus auslachen oder
bemitleiden soll. Ihre Schmähungen kommen mir so
daneben und unzutreffend vor, als hätte sie mich ein
Känguruh oder ein Gürteltier geschimpft. Aus irgendeiner weltenfernen, versunkenen Gegend scheinen sie
herüberzutönen — und dann weiß ich, aus welcher:
genauso hohl und geschwollen hat damals das *Lästerer!
und Diebe dazu!* des Babbà geklungen: und dessen Welt,
samt Schreibtisch und Papieren, samt Brücke und *ein-
Uhr-pünktlich* ist mir inzwischen ins wahrhaft Unvorstell-
bare ferngerückt.

Was er jetzt wohl macht und treibt? Und merkwürdig: kaum hat sich die erste leise Erinnerung an ihn gemeldet, erreicht uns auch eine, wenn auch dunkle Nachricht von ihm. Der Postbote hat von einem Verwundeten im Lazarett in der Kreisstadt gehört, *deä waas woos von eiän babbi*. Ich soll ihn nach der Schule besuchen. Also in Gottesnamen! Der Verletzte hat unter ihm in Frankreich gedient. Oberst sei er, schneidig hätte er ausgesehen in seiner Offiziersuniform, und schneidige Reden habe er der technischen Truppe bei den Appellen gehalten: *Soldaten!* so hätte er da immer gerufen, *seid mutig und stark im Namen der heiligen Sache! — Und nochäd sins ins buff,* fährt der Verwundete unvermittelt fort; *zerschd hailichä sachä und nochäd niggs wäi zo di nuddn.* Sonst ist aus ihm nichts herauszukriegen.

Den zweiten Teil der Nachricht, der mich mit Verwirrung und einer Art Sohnesstolz erfüllt, unterschlage ich der Mama; aber der erste bringt uns einander wieder ein wenig näher. Denn der Bauer hat es tatsächlich auf uns abgesehen. Er beschimpft die Mama wegen ihrer Nachlässigkeit und meiner Drückebergerei, die sie, wenn auch wenig glaubhaft, mit der Schule zu entschuldigen versucht: dort hätte ich mit Dreisatz schwer genug zu kämpfen. Wenn er mich auf dem Treppenabsatz erwischt, knufft er mich und sagt, *diä gibbin scho no, dain draisadz, wersd seeng!* Aber ich bin zweifach beruhigt: mit einem Obersten als Babbà, mit der Ziegelei als Festung, was kann mir da schon passieren?

❖ Ich muß jetzt die Birnen stehlen, es hilft mir nichts, obwohl mir gar nicht der Sinn danach steht, und mich vom Bauern dabei ertappen lassen, obwohl ich ihm sicher leicht hätte entwischen können. Wenn er mich mit dem halbgefüllten Sack vor ihm in einen Winkel der Scheune zurückweichen sieht, muß er kein zorniges, sondern ein zufriedenes Gesicht machen, als wäre ihm ein alter Wunsch in Erfüllung gegangen.

Er muß *so* sagen und *edz hobbidi.* Er muß mir etwas
ungenau Fürchterliches ankündigen: *wossi edz mid diiä
moch, dou dengsdmä no lang droo.* Dees *koosdmä glaam,* und
muß wiederholen, *dees vägissd du miiä nimmä. Dou koosdi
välassn draff.*

Er muß mit seinen Androhungen solange fortfahren,
bis meine Angst jeden anderen Gedanken fortgeschwemmt hat. Dann muß er befehlen, *rundä middi huusn,
heä midn oasch,* und muß nachbellen, *wärdsball!* Ich muß
mich ausziehen und bücken, und er muß mir mit der
Hand über den Hintern streichen und sagen, *schee gladd,
schee waass. Obä nimmä lang, wersd seeng.* Er muß sich den
Gürtel aus der Hose ziehen, durch die Hand gleiten lassen
und murmeln, *sou meengmäs, sou hommäs geän.*

Er muß mit dem ganzen Leib ausholen und mir den
ersten Hieb geben: ein weißes Maul, ein nach mir schnap-
pendes Nichts. Erst danach dringt mir der Schmerz ins
Bewußtsein. Wie ich aufheule, muß er sagen, *gell dees
doud goud affm oasch, gell heäschlä dees schmeggd!* Er muß
mich nach jedem Hieb fragen, *mechädsd no an, sooch hosd no
an vädiind?* — und ich muß antworten, sonst schlägt er
mich tot, *ja no an, wallsmä goud doud, wallis vädiind hob.*

Die Marter muß kein Ende nehmen. Er muß anfangen
zu keuchen, seine Hose muß sich nach vorne ausbeulen,
und er muß sagen, *siggsdäs dou schdäidämä, siggsdäs dees
gfelldnäm aa,* und dabei immer härter zuschlagen und immer
lauter schreien, *du hundsgnochng du verräggdä! du dreeghamml
du oogschbiimnä! saubaidl väwiggsdä! schaisshaufm väbrundzdä!*

Seine Stimme und mein Gebrüll müssen über den
ganzen Hof zu hören sein, und die Mama muß mit auf-
gelösten Haaren im Schlafmantel hereingestürzt kommen. Er muß von mir ablassen und zu ihr sagen, *dou
hosdnän, dain bangäd, dain diib!* Sie muß mich bald ohn-
mächtig unter den Arm nehmen und mit mir davon-
rennen wollen. Er muß mich ihr wegreißen und mit
einem Tritt zur Scheune hinausstoßen.

Er muß zu ihr sagen, *du kummsdmä grood rechd. Edz
koos glai waidägee.* Er muß die Tür zuschlagen und ver-

rammeln und ich muß hören, wie die Mama anfängt zu schreien und zu strampeln, und dann nur noch undeutlich winselt hinter einer auf ihren Mund gepreßten Hand. Dann muß ich hören, wie er sagt, *edz bisd droo, edz joochädän nai*, wie er jammert, *allmechd mi zerraisds, jeggäs miiä bladzn di aiä, und nai dämiid und hindrä dämiid, jeggäs ii ko nimmä, jeggäs lassn kummä*, und wie er schreit, *aa edz kummdämä, aa edz issä dou, aa und numol und numol und numol*. Dann muß etwas am Boden scharren, die Tür muß aufgehen, die Mama muß auf allen Vieren herauskriechen, und er muß hinter ihr im schwarzen Scheunentor stehen und ihr nachrufen, *edz koosd gee, du huuä du väfiggdä!*

Das alles muß geschehen, damit wir uns sagen können: schlimmer kann es nicht kommen, das Schwerste liegt hinter uns. Es muß uns angetan werden, weil wir uns sonst nicht im Gemeindehaus mit den anderen Flüchtlingsfamilien getroffen hätten, um einander zu trösten. Weil wir sonst nicht angefangen hätten, miteinander zu flüstern und einander zuzuraunen, *unser Bauer, das ist nur der schlechte, der böse Babbà. Aber es gibt nicht nur ihn,* sagen wir einander ins Ohr. *Auch der gute, liebe Babbà lebt ja noch, reden wir uns ein, wenngleich keiner weiß, wo er wohnt. Wir müssen nur fest daran glauben, fest darauf hoffen,* so bestärkt einer den andern, *wir müssen nur anfangen, ihn mit ganzem Herzen zu lieben. Das wird er spüren, auch in der Ferne, und sich wieder auf uns besinnen. Dann,* sagen wir immer lauter, *kommt sein Reich. Wir müssen nur unserem Bauern verzeihen,* rufen wir feierlich, *dann vergibt uns auch Er unsere Schuld und erlöst uns vom Übel: denn sein,* singen wir, *ist die Kraft und die Macht und die Herrlichkeit!*

So werde ich fromm.

❖ Wem sich der Himmel auftun soll, der muß sich auch eine Hölle erfinden: soviel haben wir gewußt. Aber zu welchem fürchterlichen Schreckensort sich die Unterwelt jetzt verwandelte, darauf waren wir doch nicht gefaßt.

Längst schon war sie kein sanftes, wisperndes Schattenreich mehr; stattdessen tönte von dort nur noch Heulen und Zähneknirschen herauf, denn die Seelen konnten nicht mehr wie früher ihr Erdenleben vergessen, sondern verzehrten sich kindlich nach dem auf immer verlorenen Vater, der ihnen von Stunde zu Stunde mehr wie ihr Ein und Alles erschien, sodaß sich ihre Zeit fahl und öde dahinschleppte und ihnen wie eine Ewigkeit vorkam.

Das war schlimm genug. Aber dann verdunkelten sich die Schatten und vertrieben die Dämmerung. Schwärze und Finsternis breiteten sich aus; Rauch wehte herbei und stach in die Nase, es roch süßlich nach Pech und ätzend nach Schwefel, etwas kokelte und schwelte in den Ritzen im Fels, Glut brach hervor, Flammen schlugen hoch und züngelten am Boden entlang, immer mehr davon, bis der ganze Raum davon erfüllt war und lichterloh brannte, ein wallendes, wogendes Feuermeer.

Die Wiederkehr! Jetzt konnte es keinen Zweifel mehr geben. Das mutwillig vergiftete Werk aus der Frühzeit war neuerstanden, aber nicht mehr, um wie damals den Vater zu peinigen und zu vernichten, sondern uns selbst — und nicht wie vormals bloß in der Einbildung, sondern wirklich! Wir mußten es von uns abwenden; und damit es uns nicht verschlang, richteten wir es, in seinem Namen und aus Angst, auf andere: immer, wenn sich einer nicht tief genug bückte, wenn einer aufrecht oder gar fröhlich seines Wegs daherkam, rotteten wir uns hinter seinem Rücken zusammen und hetzten einander auf, bis unser Haß soweit geschürt war, daß wir riefen, *der gehört geteert und gefedert, gebrandmarkt, in siedendem Öl lebendig gesotten, auf den Scheiterhaufen mit ihm, auf den glühenden Rost, leiert ihm die Därme aus seinem Hundearsch, füllt ihn mit Wasser, trichtert ihm Pisse und Kot ein, bis er zerplatzt!*

Das alles geschah. Aber unaufhaltsam wucherten die Bilder weiter, und wechselten ihre Herkunft und ihre Bedeutung, und fraßen sich mit der neuen Bedeutung in uns hinein. Überall aus den Ecken krochen jetzt Würmer hervor, wanden sich Nattern und Vipern, und ringelten sich ineinander zu einer Brut und einem Gezücht. Und in diesen Nestern schlüpften als nächstes kleine Männlein aus, sprangen ins Freie, schwärmten näher in Scharen und schossen dabei in die Höhe, ja immer nur Männer, denen im Näherkommen Haare und Muskeln wuchsen, aufgeworfene Münder und glühende Augen, und alle waren sie nackt bis auf ihr Bocksfell. Wir wagten auf ihr Geschlecht nicht hinzuschauen und sahen also nur, wie ihnen lange, glatte Schwänze aus dem Hintern fuhren, mit einer Quaste am Ende, sich ihnen krumme Hörner aus der Stirn schoben, in die Höhe gereckt, und auf einmal hatten sie auch noch Spieße in der Hand, Gabeln und Ruten und Zangen, und damit gingen sie auf uns los, um uns zu Boden zu werfen, zu peinigen und zu durchbohren.

Auch das erkannten wir wieder als Bild unserer selbst, als die mit dem Werk verklebte und verbackene Liebe untereinander, vom ersten König verdorben, zum lästerlichen Turmbau mißbraucht, und dann, beim großen Rücksturz, ins Unausdenkliche hinabgefallen und zu Haß und Bosheit verdunkelt. Und wer da jetzt nicht ganz astrein erschien, wer sich da Neigungen oder den Anflug von Neigungen anmerken ließ, daß er dahin zurückwollte, oder sich davon noch nicht endgültig und restlos getrennt hatte — der erfüllte uns mit einer noch blinderen und rasenderen Wut als der ersten. Und da war doch keiner ganz sauber!

Jetzt durften wir nicht mehr lang fackeln. Wir bauten düstere, nur von einem Feuer erhellte Gewölbe, und gingen ans Werk, immer erregter und kälter, es erscholl Gewimmer, Gejammer, dann Gebrüll und Geheul, denn jetzt wurde da unten nur noch gepeitscht und gestäupt und gehackt, geschlitzt, gequetscht und gewürgt, verrenkt, gestreckt, gestaucht, gerädert und geviertteilt, die Welt hatte bis dahin etwas so Entsetzliches noch nicht mit ansehen müssen, ja immer nur Männer, bis zuletzt einer von uns mit überschnappender Stimme schrie, *pfählt ihn!* — und weil die Angst und der Haß alles in uns mit sich fortgerissen hatte, was uns doch hätte hindern können, haben wir ihn gepfählt. Wir waren in einem furchtbaren Zustand.

❖ An einem anderen Ort sind wir und unser bisheriges Leben, vor Schrecken zu unbeweglichen Bildern erstarrt, noch zu besichtigen. Wenn du Lust hast, sagt er, will ich sie dir deuten: es ist nichts verlorengegangen oder vergessen. Komm also mit zu dem kunstvollen mütterlichen Bau, in dem alles versammelt ist, was den Babbà zu seiner Rückkehr verlocken kann. Schau nur, wie sinnreich: droben an der Decke kannst du die luftigen Gitterstäbe seines Vermächtnisses an dich erkennen, der großen Brücke; den Schreibtisch und den Schrank, aus dem nach seinem Weggang noch seine Stimme scholl, haben wir dort nach vorn gestellt, in die Rundung, die nach Osten zeigt, und also seinen Kopf symbolisiert. Von dort aus steigt wie damals im Wohnzimmer das sonntäglich duftende Räucherwerk auf, der Geist in seiner ersten Gestalt. Dem antwortet, hinten am anderen Ende, brummend und summend die mächtige Orgel; und hier auch erhebt sich, die ganze Stadt überragend, sein herrlicher Phallus, dazu — denn es ist an alles gedacht! — die zwei Glocken, die die Saat des Glaubens ausgießen über das Land, damit sie aufgehen kann in den Herzen und Seelen.

Jetzt komm näher, aber tritt leise auf, sonst störst du ihn; du weißt ja, wie empfindlich er ist. Dort oben im Giebelfeld thront er selbst: in seiner Kommandozentrale zu Frankreich, von höchster Warte aus, blickt er, noch immer unversöhnt, mit strengem, dreieckigem Auge nieder auf die verluderte Welt. Wenn du genau hinsiehst: weiß du noch deinen rührend kindlichen Ausruf: *Babbà sein didi?* — auch der ist uns erhalten geblieben, allerdings zur Taube ins Unberührbare erhöht. Ihm zu Füßen, in genau ausgerichteten Kolonnen und Reihen, die Gesichter unverwandt auf ihn gerichtet, und weiß

uniformiert zum Zeichen unbescholtener Männlichkeit,
sein Technisches Korps: mit lautem, siegesfrohem Gesang hat es sich in den Dienst der heiligen Sache gestellt
und gehorcht blind seinen wohlbedachten Befehlen.

Wo schielst du denn jetzt hin, was kann dich an diesem
Bild schon groß interessieren? Noch nie habe ich verstanden, was sie hier zu suchen hat, die schamlose, nackte
Person vor ihrem prunküberladenen Lotterhaus. Man
kann sich ja denken, woher sie das Geld hat! Sich öffentlich beim Baden zu zeigen, und, damit dem Blick nur
auch ja nichts entgeht, sich kokett zu winden und zu
drehen, gleich vor zwei lüsternen Alten auf einmal!
Widerlich. Natürlich ist keiner von beiden der Babbà,
du spinnst wohl.

Komm endlich weiter. Hier kannst du uns sehen auf
der Flucht aus der Stadt nach unserer Kündigung. Wer
der Mann ist? Der Babbà verabschiedet sich nicht immer
zur gleichen Zeit; auf dem Bild hat er uns schon früher
verlassen, deswegen hat da der Onkel noch mitgemußt,
die Mama hätte es damals allein noch nicht geschafft.
Aber das abweisende Kopfschütteln in den Dörfern, die
glotzenden Bubengesichter in den Türen, du erkennst
sie doch wieder? und den Bauernhof, wo wir schließlich
gelandet sind, mit dem Ochs und dem Esel?

Und folglich hier nebenan deine Züchtigung. Das
Bild ist so klein, weil der Schrecken so groß war; aber es
gibt den Bauern doch recht getreu wieder, findest du
nicht? — krummgewachsen und mit klobigen Händen.
Wie böse er lacht, während er auf dich eindrischt, wie
dick ihm schon die Hose angeschwollen ist in grausamer
Lust! Und da hinten, ja hier! — da steht er nochmal im
Scheunentor, nachdem er der Mama so roh Gewalt ange-
tan hat, und schnallt sich gerade wieder den Gürtel zu.
Ach, der Anblick schneidet mir noch immer ins Herz!

Jetzt, zur Abwechslung, etwas Scherzhaftes. Auf diesem Bild wirst du im Dreisatz unterwiesen. Schau
die sauber geflieste Schule und die dozierende Lehrer-
schar, die über deine Begriffsstutzigkeit die Augen zum

Himmel wirft; und da kommt auch schon die Mama zur Tür hereingerannt und ruft: *wann trägst du mir endlich die Eimer hinunter?* Du erinnerst dich, wie unbeherrscht du sie damals angefahren hast.

Aber ganz in der Mitte, und sag selbst: wie liebevoll! seid ihr zwei abgebildet in eurer glücklichsten Zeit. Sogar das blühende Zypern ist angedeutet im Hintergrund. Vorn die Mama auf dem Sessel, wie immer im blauen Morgenrock: versunken in deine verliebten Blicke hält sie dich auf dem Schoß, und da! das bemerke ich ja selbst zum ersten Mal, streckst du ihr mit der Rechten tatsächlich noch den Eisbecher entgegen, aus dem sie so gern genascht hat! Sie hat dich noch nicht angezogen: denn alle Welt soll sehen, daß du ein Mann bist, und ihre triumphierende Geste will sagen: *er ist der Meine!*

Daher ihr wissendes Lächeln. Aber achte auch auf das Verhärmte und angestrengt Züchtige darin. Denn der Babbà hat sich ihr ja schon seit Jahren versagt. Nicht mehr lange, und sie wird ihm aus Zorn darüber vorhalten, er hätte ihr auch ihre zweite Unschuld geraubt, und zur Antwort bekommen: *ein Abscheu ist mir das Weib, und die Liebe ein Überdruß!* So zertritt sie den Kopf der schönen goldenen Schlange mit den Füßen.

Und jetzt sind wir beim Schlußbild. Du wirst staunen, sage ich dir! Siehst du das Seil, ausgespannt zwischen dem Babbà und ihr, und darauf das winzige, aber schon ganz fertig mit Ärmchen und Beinchen ausgebildete Menschlein? Das bist du! Rittlings kommst du von oben heruntergerutscht auf dem Geistesstrahl, der von der Taube ausgeht, und wo saust du bei ihr hinein? Wörtlich hast du es erraten und überliefert: *immer, immer ins Ohr!* Denn es ist nichts verlorengegangen oder vergessen. Jetzt kannst du endlich verstehen, was er geheißen hat, der wahre und unwiderrufliche Satz: *das war seine geistige Zeugung!*

Soweit zurück reichen die Bilder im Haus des Vaters. Sie sind alt, aber auch nicht älter als Gott.

❖ Das schwarze Zeitloch, über das wir beide nicht zu reden, an das wir kaum hinzudenken wagen, beginnt sich allmählich zu schließen. Die Mama hat sich nach ein paar Tagen der starren Verzweiflung dem Dorfpfarrer anvertraut. Sie kommt von der langen Unterredung nicht nur gefaßter zurück, sondern trägt jetzt ihr Unglück wie eine unsichtbare Auszeichnung vor sich her. Nicht immer weiter über die Schande und das schreiende Unrecht, das uns der Bauer angetan hat, nachzugrübeln, hat er ihr geraten: das sei leeres und fruchtloses Menschengerede. In Gottes Augen treffe sie keine Schuld. Wohl aber könnten wir versuchen, das Geschehene, nun, nicht als Strafe, aber als Prüfung zu begreifen, eine Mahnung an seine Allmacht im Guten wie im Schlimmen, die wir allzu leichtfertig mißachtet hätten. Was er schicke, sei wohlgeschickt; nur auf ihn sei Verlaß.

Diese Rede, die mir die Mama sogleich hinterbringt, überzeugt mich sofort. Sie gibt mir die große, alles erhellende Erklärung für das, was uns seit dem Weggang des Babbà widerfahren ist; die ersten Sätze seit damals, die sich über das drückende und verworrene Alltagsunglück ein Stück weit erheben. Zu hoch hinausgewollt habe ich! In meinem Wahn, es besser zu wissen als der Babbà, ihn nichts als vertrieben. Und welchen Schutz habe ich in meiner Lotterbande gefunden, die glaubt, alle Regeln straflos übertreten zu können? Gar keinen.

Der höhere Vater wird mir immer mehr zu einer Gewißheit: nicht als Bild, sondern als Anwesenheit. Und damit geht alles auf. Die Liebe in der Süßigkeit und Verschmelzung zu suchen — ein Irrtum; und unmännlich dazu. In ihrer wahren Gestalt zeigt sie sich härter, aber auch genauer bezogen: als auf mich und keinen anderen gemünzte Prüfung, im gerechten Lohn für die Bewährung, in der Strafe, wo sie denn sein muß. Wieso habe ich mir je etwas anderes gewünscht, mich dagegen gewehrt? Bin ich denn darin nicht deutlicher gesehen, fürsorglicher bedacht, ernsthafter anerkannt als in einem blinden Herzenstaumel, der Sehnsucht nach Nähe, egal zu wem?

Die Mama müssen ähnliche Gedanken bewegen. Sie braucht mir gar nicht erst den Kopf zu waschen: ihre gefestigten, abwartenden Blicke genügen. Folgsam trottle ich neben ihr sonntags zur Kirche, helfe ihr den Gemüsegarten besorgen, und entschließe mich, wenn auch unter Angst, mich von den Schwarzfußkumpanen endgültig loszusagen. Die hatten mich lange genug in ihre dumpfe Indianervorwelt und ihre *zibfl*-Schweinigeleien mit hinuntergezogen! Die Trennung gelingt leichter als befürchtet. Auf meine ersten Worte hin greifen sie stumm zu den Prügeln. Aber ich richte mich nur hoch auf und sage pathetisch: *Gott will es!* — und wirklich, anstatt es dem Verräter gehörig zu besorgen, geben sie mich, mit einem vorwurfsvollen Kommentar vom Zacherl an den Luggi, verloren: *i hobdäs glai gsachd, dassä affd obäschull gäid!* Dann behandeln sie mich wie nicht mehr vorhanden.

Das hätten wir! Und pünktlich trabe ich von da an auch wieder meine sieben Kilometer in die Kreisstadt zur Schule. Aber so gut die Absichten, so schlecht der Erfolg. Zulange habe ich mich der Wörtlichkeit des Dorflebens überlassen; jetzt komme ich nicht mehr davon los. Mir ist nichts mehr begreiflich. Wir kommen zur Algebra. Ich verstehe Bahnhof. Mir bleibt dunkel nicht nur, worauf sich das Buchstabengewimmel, die Doppelwellen und schaftlosen Pfeile beziehen, sondern auch was sie innerhalb ihrer selbst bedeuten könnten. *Aber wieso ist a größer als b?* rufe ich, über meinem Aufgabenheft brütend, verzweifelt. Die Mama weiß es auch nicht. *Vielleicht verstehst du es, wenn du es glaubst?* sagt sie zweifelnd. *Das Unverständliche kann man nicht glauben!* entgegne ich aufgebracht. Sie schweigt; aber ihr Blick sagt, *warum nicht?*

Mein Lieblingsfach wird die Botanik. Da brauche ich nichts zu glauben: ein Froschbiß ist ein Froschbiß, zu den Froschbißgewächsen gehörig. Außerdem kenne ich den Platz am Altwasser, wo er wächst. Und jedesmal zieht es mich auf dem Heimweg zu dem anmutig verzweigten Gebilde, das den Raum, den es umschließt, mit den eigenen, halb nach innen geneigten Blättern zu streicheln scheint und, obwohl unbewegt, vor innerer Energie gleichsam vibriert. Es tröstet mich, wenn ich auch nicht sagen kann, wodurch, und vor allem: es verlangt und erwartet nichts, es sei denn, von mir angeschaut zu werden; aber auch darauf ist es, in sich ruhend, nicht angewiesen. Auch eine Art von Liebe, kein Zweifel, die sich der Gemeinsamkeit freut, aber das Alleinsein nicht fürchtet, und die mich, weil ich sie in der Menschen- und Bewußtseinswelt nirgends finde, zu sich hinlockt wie ein uneingelöstes Versprechen . . .

Andere Dinge sind vordringlicher. Gott, ja warum nicht: der *liebe* Gott hat mir bei der gefährlichen Aufkündigung beigestanden: soviel steht fest. Und er wird es auch ein zweites Mal tun. Strafe, wo sie denn sein muß. Und der Bauer hat sie mehr als verdient, das muß er einsehen. Daher mein tägliches, mit aller Kraft zu ihm hinaufgeschicktes Stoßgebet: *also los, jetzt zeige mir auch die gute Seite deiner Allmächtigkeit!*

Und er tut es. Sogar ziemlich eindrucksvoll. Der Bauer spannt ein Pferd ein; es schlägt in seiner Angst vor den zu erwartenden Hieben aus, und trifft ihn wo? — an der Leiste. Nach einem dreiwöchigen Krankenhausaufenthalt liegt er nun droben in der Kammer und siecht vor sich hin. So habe ich den schlechten und unteren Babbà, wenn auch mit höherer Hilfe, doch endlich, endlich erschlagen! Und augenblicklich geht etwas von seiner bösartigen Kraft auf uns über und wird zur guten. Die Bäuerin, die von seiner Untat etwas weiß, oder doch ahnt, bleibt uns mißgünstig, aber wagt uns doch nicht mehr so hart anzutreiben wie vorher; und wenn die Mama festen Blicks zu ihr sagt, *das kann warten; zuerst wird der Gemüsegarten bestellt; auch wir haben unseren Platz auf der Weide des Herrn!* — tut sie zwar so, als verstünde sie falsch, und mault, *nochäd kooä jad käi hiidn,* aber schließlich gibt sie klein bei.

❖ Und so ist es dem Bauern jedesmal, wenn sein Maß voll war, an den Kragen gegangen. Nur die Einzelheiten haben gewechselt; das Bild bleibt die Gewalt. Manchmal haben sich Haufen und Horden zusammengerottet, sind losgezogen unter wüsten Gesängen: aber auf die Dauer haben sie wenig erreicht. Denn nur die Söhne, und nicht die Unter- und Nebenkinder, vermögen etwas gegen den Vater. Und die hat er, wie seit jeher, solang gepiesackt, bis ihre Geduld am Ende war. Er dachte ja gar nicht daran, zu übergeben. Mithelfen sollten sie, unverheiratet bleiben, das Maul halten, und er hat sie währenddessen fleißig verdroschen und die Mägde geschwängert, das alte Lied. Dann die finstere und notwendige Tat, nachts, im Bett, im Stall, in der Stube, hinterrücks jedenfalls, ein kurzes Gerangel, Keuchen, ein umgefallener Stuhl.

Wieder einmal die große Stille, weil seine Stimme zum ersten Mal seit Menschengedenken aufgehört hatte zu toben. Fluchtartiger Auszug der Söhne aus dem Hof, den der Jüngste, am Mord Unbeteiligte, bis zu ihrer Rückkehr allein weitergeführt hat. Aber als sie dann wiederkamen, wußten sie nur wirres Zeug zu erzählen, faselten von goldenen Brücken, von Tarnkappen, Wunderschwertern, Flammenwällen und Jungfrauen in goldener Rüstung. Sie hätten das Heilige Land von den beschnittenen Hunden befreit, die Lanze von der Kreuzigung Jesu gefunden, noch befleckt von seinem kostbaren Blut . . . Es klang, als hätten sie weniger eine Reise durch ferne Gegenden, als durch ihr eigenes aufgewühltes Inneres getan; als wären sie ausgezogen, nicht um gegen die Heiden, sondern gegen ein Gestrüpp von verworrenen und verrätselten Bildern zu kämpfen, das ihnen den Weg in die Klarheit versperrte, und wären darin auf halbem Weg hängengeblieben.

Sehr feine Herren waren inzwischen aus ihnen geworden, mit Roß, Federbusch, neben sich einen Knappen, einen Falken auf dem lederbesetzten Ärmel. Uns Daheimgebliebenen stand der Mund offen. Woher nahmen die das? Recht von oben herab gab man uns bescheid:

sie seien zum Lohn für ihre Rittertreue geadelt worden,
zudem habe ihnen der Heerführer den Gau als Lehen
übermacht; es sei also ein Ober- und Untermeier zu
bestellen, ein Seneschall, ein Stallmeister, ein Mund-
schenk, ein Kämmerer; ein Drittel der Ernte sei zu ent-
richten, dazu Wegdienste, Spanndienste, sie hätten
schließlich auch den Zehnten abzuführen, von nichts
käme nichts.

Eine neue Ordnung also.   Jetzt verstanden wir gar
nichts mehr.   Und was war aus der alten geworden?
Aus der ursprünglichen, brüderlichen *ekklesia*-Versamm-
lung?   Galten vor Gott jetzt nicht mehr alle gleich?
Liebe deinen Nächsten wie dich selbst — alles schon vergessen, zum alten Eisen geworfen?

Das nicht.   Aber ein Mißverständnis.   In der Kirche
waren wir auch Brüder und Schwestern geblieben; und
doch hatte es da Hirten für die Herde gebraucht.   So
auch im Weltlichen, das es ja eigentlich nicht gebe:
denn das Leben sei Gottesdienst.   Selbstverständlich
keine unchristliche Gewaltherrschaft; sondern Treu-
pflicht, Sorge, Bindungen, Bande, *religio,* wir verstünden
schon.

Nein, noch nicht ganz: *wieso ausgerechnet sie?* Uns hatten
sich keine Jungbrunnen, Drachenkämpfe, Parsifallegen-
den vor die Erinnerung geschoben: wir im Dorf wußten
noch sehr wohl, und konnten es zur Not auch begreifen,
daß sie damals den widerwärtigen, ewig herumbrüllenden
Alten hinterrücks — also gut, Schwamm drüber — aber
daraus nun gleich ein aus nichts bestehendes, wolken-
haftes *Besser-als-ihr* zu machen, diesen über die Maßen
erhabenen, unantastbaren, gleichsam heiligen *Adel* . . .

Oho!   Schwamm über *was* bittesehr?   Wir sprächen
doch wohl nicht vom ehrwürdigen Urahn, der nach
einem Leben der Selbstaufopferung und Pflicht so kurz
nach ihrer Abreise das Zeitliche gesegnet hatte, dem
Stammvater und Gründer ihres Geschlechts aus reinstem
und unvermischtestem Blut, das auch in ihren Adern
floß, und dem sich seit Adam und Eva kein Tropfen des

Unfreien und Niedrigen beigemengt hätte! Das berechtigte sie doch gerade zu ihrer höheren Stellung: denn im Unfreien wohnte immer auch ein unfreier, ans Wörtliche gefesselter Geist. Keiner ihrer Vorfahren, so wenig wie sie selbst, hätten sich jemals vor einem anderen Menschen gebeugt oder gebückt. Das hatten sie ihrem ererbten aufrichtigen und selbständigen Wesen zu verdanken, aber auch der Gnade und Vorsehung. Insofern gottgewollt; und daher auch die freiwillige Verpflichtung zu Sorge und Bindung, in seinem Namen: denn ein Anrecht hätten wir, mit unseren Lästerzungen, auf den Liebesdienst nicht. Aber wenn von uns Strolchen noch einmal einer etwas anzudeuten wagte von *hinterrücks* oder *Schwamm drüber* — dann, bei ihrer Ehre —!

Wir schwiegen. Es blieb uns ja auch wenig anderes übrig. Und außerdem, das sahen wir sofort, wäre alle Gegenrede nutzlos gewesen: da drang nichts mehr durch. Freilich, unseren Teil dachten wir uns: daß das *heiligste* und *kostbarste* Blut immer das zur eigenen Erhöhung vergossene ist, soviel hatten wir aus der Jesusfabel — gelernt ist zuviel gesagt, aber immerhin ahnungsweise mitgekriegt. Aber das Unheimliche daran, und sicher auch der Grund, daß wir uns so bereitwillig fügten, und die Wahrheit hinter der neuen Ordnung schließlich auch wieder vergaßen, war der Neid auf ihren Vatermord — ja, *Neid!* Denn wir spürten sehr wohl: damit hatten sie sich tatsächlich ein Stück über uns erhoben und ins Freie gekämpft; das stand für uns erst noch aus.

❖ Große Sensation: ein Brief des Babbà aus der Stadt, vom Postboten mit so bedeutsamen, feierlichen Gesten ausgehändigt, als hätte er ihn selber geschrieben. Auch die Mama nimmt ihn wie eine Kostbarkeit entgegen. Dann, am leergeräumten Tisch, die Lektüre. Was erwartet uns: die endgültige Lossagung und Abrechnung, eine vorsichtige Wiederannäherung, gar die Rückkehr? Der

Inhalt ist dann eher sachlich. Er sei aus Frankreich zurück, habe die alte Wohnung, die er in einem *befremdlichen Zustand habe vorfinden müssen,* neu bezogen und notdürftig wieder bewohnbar gemacht; die Rollenzüge der Vorhänge seien nicht mehr zu retten gewesen, aber er habe neue beschafft. Wolfgang, der sich, ganz auf sich allein gestellt, glänzend und völlig ungeschädigt durch die schweren Jahre geschlagen habe, wohne bei ihm. Für uns sei der Aufenthalt in der Stadt wegen der unablässigen Fliegerangriffe noch zu riskant, nach Kriegsende, das jetzt ja wohl abzusehen sei, wolle er uns, wenn alles gut gehe, wieder zurückholen. Mit Grüßen.

Ob das die Verzeihung bedeutet, bleibt ungewiß; es ist jedenfalls die Rettung. *Siehst du, man muß nur daran glauben!* ruft die Mama triumphierend; sie scheint in der Wiedererrichtung der zusammengebrochenen Familienordnung keinerlei Problem zu sehen. Ich bin da, insbesondere weil mir offenbar der Olf wieder vor die Nase gesetzt werden soll, nicht so sicher. Schon jetzt spüre ich, wie mich die Ansprüche des alten Vatergesetzes neu bedrängen.

Als Versager kann ich dem Babbà jedenfalls nicht unter die Augen treten. Ich muß mich in der Algebra zur Klarheit durchkämpfen. Aber je mehr ich dagegen anrenne, desto fester verschließt sie sich mir: eine Mauer aus Ungereimtheiten. Bis ich, weil kein anderer Ausweg bleibt, den zögernden Ratschlag der Mama befolge, und staunend feststelle: es klappt! Und zwar augenblicklich, auf einen Schlag! Kaum habe ich mir gesagt: *nimm doch einfach einmal an, a sei* wirklich *größer als b!* — und sofort geht mir auf: ach so, der *Inhalt* von a soll das Größere sein, oder das Kleinere, oder *ist gleich b* sein! Die Einsicht ist erleuchtungsartig; ich bin wie auf der anderen Seite der Mauer; das einzige, was ich jetzt nicht mehr verstehe ist, was ich daran vorher *nicht* habe verstehen können; und der Lehrer sagt mit höchst ungewohnter Freundlichkeit zu mir, *sieh an, du hast ja den Sprung getan!*

Es ist in Wahrheit ein Sprung zurück gewesen, in eine solang nicht mehr geübte Fähigkeit, daß sie mir mit der Zeit abhanden gekommen sein muß. Jetzt aber fließt die Erinnerung wieder ein an einen sehr weit hinter mir liegenden Anfang, als beim Hören neuer Wörter noch undeutliche Wesenheiten und Wolken in mir aufgestiegen sind, die sich dann, durch stetige Wiederholung verfestigt haben zu — wie sagte ich doch gleich damals wieder? zu *bielzeug, kugä* und *saufä*, bis zum Schluß der Gegenstand mit dem Wort zugleich da war, von selbst!

Das gilt es jetzt offenbar, auf höherer Ebene, neu zu lernen. Die Kunstwörter, die mir auf der Schule entgegentreten, wie etwa *der Kettenbruch, die Unendliche Reihe, die Hypotenuse,* sind ja um kein Haar künstlicher als die alten, und fassen etwas ebenso Wirkliches: ich muß den Inhalt nur, wie damals, für wirklich halten — und schon ist die Sache geritzt.

In Abstufungen freilich. Mit der neugeweckten Fähigkeit von damals höre ich aus anderen Ausdrücken ein gewisses Schwanken heraus, als glaubten sie selber nicht ganz an sich: Dazu zählen Wörter wie *das Herrenvolk, der Blutboden* und *der Volkskörper,* wo die dazugehörigen Bilder keine rechten Umrisse annehmen wollen — gleichviel! Auch hier hilft der Glaube. Und bei einer anderen Wortklasse ist sogar nicht mehr verlangt, als daß man das in ihnen Zusammengefaßte einfach auswendig lernt: *die Emser Depesche, die Schlacht von Hohenlinden, der Versailler Vertrag.* Die Armeen von wem, in welcher Aufstellung? Die Schandklauseln welche? *Setzen, gut!* Gar keine Schwierigkeit.

Ganz ungefährlich ist diese Wortwelt freilich auch nicht. Zum Beispiel habe ich beim *Kleinsten Gemeinsamen Vielfachen* gefehlt. Plötzlich: *Extempore!* Ich bin dispensiert, will mich aber an dem Ausdruck trotzdem versuchen. Also gut: wenn ich die Grundzahlen alle miteinander multipliziere bekomme ich doch sicher ihr Vielfaches — nicht das *allerkleinste* vielleicht, aber immerhin. Die Zahlenkolonnen marschieren auf, werden länger und länger, schließlich unabsehbar: und dann schnappt dieses unfaßliche *Kleinste Gemeinsame Vielfache* auf einmal nach mir, überwältigt mich, drückt mich zusammen und preßt einen schmerzlich-ziehenden Erguß aus mir heraus. Mir wird schwindlig, ich kippe aus der Bank. Ich kann den Vorfall nicht enträtseln, und gottlob wiederholt er sich nicht, aber er läßt mich doch mit der Warnung zurück, daß man sich in der Wortwelt auch verlieren und auflösen kann.

✣ Wir sind damals nicht nur Glaubensfanatiker und Menschenschinder gewesen: das kann höchstens meinen, wer unsere Geschichten nicht kennt und nicht weiß, wie atemlos wir ihnen zugehört haben, wie gebannt und gefesselt wir waren von den vielen erstaunlichen Zufällen und gelungenen Ausdrücken darin, wir konnten gar nicht genug davon bekommen. Ja, auch auf Pilgerreisen haben wir uns damit unterhalten, um nicht ganz der Frömmelei zu verfallen. Deswegen hält er es für richtig, eine dieser Geschichten hierherzusetzen, auf die Gefahr hin, sie schlecht nachzuerzählen, sehr schlecht sogar, denn wenn ihm eines fehlt, dann ist es eben die Kunst der feinabgestuften Nuance und originellen Prägung, durch die sie sich auszeichnen.

In aller Kürze also, und nur um das Bild von uns zu vervollständigen: zwei Vettern und hohe Ritter, inniglich vereint, treu verschworen, waren in einem Kerker eingesperrt, lebenslang, immerdar, hoffnungslos (wir seufzten). Einer von ihnen sah eines Tages zum Fenster hinaus und erblickte Emilia, liliengleich, maiengrün, goldbestickt (wir riefen bewundernd *oh!*). Da schrie er *ah!* als hätte ihm jemand ein Messer ins Herz gestoßen (wir zuckten zusammen), und auch sein Vetter sah hinaus und schrie gleichfalls, und womöglich noch durchdringender *ah!* (wir zuckten abermals). Und obgleich inniglich vereint, treu verschworen, fingen sie an miteinander zu streiten, giftig, zornig, bis aufs Blut, wer von ihnen

Emilia nun tiefer liebte. Da wurde der eine begnadigt und verbannt.

Wir atmeten auf. Aber der Begnadigte weinte nur bei der Aussicht auf seine Freilassung und klagte, *weh der Tag, im Kerker war die Seligkeit!* — bis seine Ketten naß waren von seinen Tränen, salzig, Ströme, bitterlich. Dann schlich er unerkannt in die Stadt und wurde zufällig Haushofmeister bei Emilia und Ratgeber des Königs. Der andere Vetter schmachtete noch sieben Jahre lang weiter, dann entwischte auch er (wir weinten und jubelten abwechselnd).

Er versteckte sich auf der Flucht in einem Hain, und weil der Mai gerade so herrlich blühte, und die Vögel gerade so herrlich sangen, ging sein Vetter auf die Jagd und kam zufällig in denselben Hain (wir waren überrascht). Dort fingen die beiden wieder an zu streiten, wer von ihnen Emilia nun tiefer liebte, und kämpften miteinander, wild, erbittert, außer sich (wir waren gespannt). Zufällig kam nun auch der König in denselben Hain, und zu unserer noch größeren Überraschung kam auch Emilia durch Zufall ebenfalls in denselben Hain. Der Kampf wurde auf ein Turnier vertagt, und das wurde dann auch ausgetragen, jauchzend, blitzend, kampfesfroh. Einer wurde Sieger, sodaß ihn Emilia bereits anlächelte, errötend, huldvoll, gnadenlieb, aber da plötzlich (wir schrien auf) fuhr ein Ungeheuer aus dem Boden, gräßlich, schnaubend, dreigeschwänzt, und schlug dem Sieger mit der Tatze auf den Kopf, sodaß der siechte, welkte, kränkelte.

Wir waren erschrocken und entsetzt. Auf dem Sterbebett schickte der Sieger nach Emilia, sagte sterbend, *Dank, Emilia!* und starb (wir schluckten vor Rührung). Sie heiratete den andern, und die beiden haben sich fortan zärtlich umarmt, innig geküßt, edel gedient, glücklich geliebt (wir klatschten).

Soweit die Geschichte. Sie hatte in Wahrheit, aber das sagte er schon, noch viel mehr gelungene Ausdrücke, und war auch sonst viel kunstvoller, vor allem, weil sie von vielen Sachen behauptete, sie ließen sich unmöglich beschreiben, und sie dann doch beschrieb, ziemlich ausführlich sogar, sodaß die einen sagten, *überspring das jetzt, das ist langweilig,* aber die Kenner wandten dagegen ein, *nein, lies weiter, die langweiligen Stellen machen das Spannende erst richtig spannend.* Der Vervollständigung halber hat er es trotzdem für gut gehalten, sie hierherzusetzen, wie schlecht auch nacherzählt.

❖ So hatte die Lehre ihre Verpflanzung in den barbarischen Norden nicht nur überstanden, sondern war in der frischen Erde des Leih- und Lehnswesens auf eine von niemand vorausgeahnte Weise gewachsen und gediehen, und zwar gerade weil sich beide Seiten, der Geist und die Macht, zu einer undurchbrechbaren Ordnung von Klassen und Schichten durchgerungen hatten, die wie eine geschwungene Doppeltreppe von Stufe zu Stufe hinaufführten bis zum Allerhöchsten, und auf der jeder seinen festen und unanfechtbaren Platz fand. Das war ihr auch im Inneren gut bekommen, und zu welchem Reichtum hatte sie sich inzwischen entfaltet! Neben dem Vater und dem Sohn war die Jungfrau nun gottlob auf der schmerzlichen Leerstelle der Himmelkönigin fest etabliert. Sie war die große Schleuse, durch die sich von oben, für alle fühlbar, ein riesiger Gnadenstrom ergoß und sich, in seinen fünf Unterarten, in den anbetungswürdigen Heiligen kanalisierte, um sich dann in deren Reliquien, wie oft auch geteilt und untergeteilt zu den winzigsten Knöchelchen und Splitterchen, mit ungeminderter Segenskraft zu versammeln und abzustrahlen auf die Gemeinde.

An alldem war nicht mehr zu rütteln. Wie selten einmal hatte sich das Innere in ein ihm entsprechendes Äußeres hinausgesetzt und kam als unzweifelhaft Wirkliches zu ihm zurück. Und wo es tatsächlich einmal wackelte, wie in der Frage der Transsubstantiation, war die Dünnstelle schnell wieder befestigt: Brot und nur *gleichsam* der Leib? Brot und *zugleich* der Leib? Da

mußte ein Lehrsatz drauf: *Nur* Leib und *kein* Brot, aber
schon kein Krümelchen, alles restlos verwandelt, und
zwar bis in die *Substanz* hinein, war das klar? Und damit
wars dann klar.

Auf einmal, unter dem allgemeinen Georgel kaum vernehmlich, ein dünnes Stimmchen: *sagt mal, glaubt ihr das
eigentlich alles? Ist das denn noch vernünftig? Wenn ihr mir
gesagt hättet, der Geist ist das* Verhältnis *zwischen Vater und
Sohn — meinetwegen: aber dieses* Eins-ist-drei *und* Drei-sind-
Eins *und* Jedes-der-drei-ist-alle-Drei: *wißt ihr da noch, was
ihr sagt? Die* Unbefleckte Empfängnis, *der* Geruch der
Heiligkeit — *muß das denn alles sein? Gehts nicht auch ein
Stückchen darunter?*

Wir brauchten eine Weile, um den Winkel zu orten,
aus dem das kam — und natürlich: wieder einmal einer
von diesen Quenglern, diesen ewig Gestrigen, mit ihrer
vor-Gott-sind-alle-gleich-Predigt, ihrem *Menschenliebe*-Ge-
schwiemel — der erwartete zerlumpte und käsfüßige
Bettelmönch.

Das war unsere Gelegenheit. Dieses ständige Gezirp
und Gemaule in den Rändern und Ritzen — da mußte
jetzt einmal reiner Tisch gemacht werden. Und also
haben wir ihn uns herzitiert und tief Luft geholt. *Ja
weißt du denn überhaupt, was das* Wirkliche *ist?* begannen
wir ihn mit größtmöglicher Ruhe zu fragen, *du denkst
natürlich in deinem schlichten Gemüt, was du siehst, was du
schmeckst, was du fressen kannst. Jetzt hör mal zu: das Wirkliche ist aber nicht das Einzelne. Das Wirkliche ist das* Allgemeine. *Denn erstens hat das schon Platon gesagt, und der
weiß es ja wohl ein bißchen besser als du, oder? Und zweitens
bittesehr* GOTT. *Und von dem wirst du ja nicht gerade
sagen wollen, er sei* unwirklich, *wie? Oder er sei ein* Einzelnes, *was? Na also. Er kann nämlich gar nicht anders als
seiend* gedacht *werden, wenn du das kapierst, seine Wirklichkeit fließt aus seinem* Begriff, *oder ist das zu hoch für
dich?*

Wir konnten ihm ansehen, daß er jetzt gleich fragen
würde: *aber muß ich ihn denn denken?* aber da blieb ihm

der Mund sauber; denn jetzt waren wir in Fahrt, warfen einander die Bälle nur so zu. *Weil nämlich aus* jedem *Begriff von einer Sache auch schon ihre Existenz folgt!* rief einer; *weil etwas* umso *realer ist, je allgemeiner!* ein anderer; *weil das Allgemeine keine Abstraktion, sondern von außen gegeben ist, und das Einzelne aus sich erzeugt!* ein dritter; *weil es* das Weiße *und* den Verstand *selbst dann gäbe, wenn* nichts *Weißes oder Verständiges existierte, und* alles *so schwarz und hirnlos wäre wie du!* der Nächste; *weil am Anfang das* Wort *war! weil logische Beziehungen metaphysische Beziehungen sind! Weil die Welt nach dem Vorbild von Sätzen gebaut ist! Subjekt! Prädikat! Substanz! Akzidens!* Jetzt waren wir nicht mehr zu bremsen. *Weil, wer nicht das Dogma denkt,* falsch *denkt!* schrien wir durcheinander *weil, wer nicht Unbefleckte Empfängnis denkt,* das Unmögliche *denkt. Weil wer anders denkt, seinem* Willen *und nicht der* Vernunft *folgt! Weil, wer anders denkt, ein* TIER *ist!*

Vor Erregung ging uns die Luft aus. Und geschickt, wie dieses Volksgesindel nun einmal ist, hat er die Pause ausgenützt. *Lebtwohl, ihr Wörter!* sagte er, *aber findet ihr nicht, daß ihr für Begriffe ganz schöne Bäuche habt?* Wir sahen an uns hinunter und riefen, *Wache!* Aber da war er schon hinausgeschlüpft.

✤ Geschichten? Aber sicher kursieren in unserer Klasse Geschichten, *Der Graf von Monte Cristo* zum Beispiel, zwei ganze Bände, bevor der seine Mercedes kriegt, und immer wieder durch allerlei Kellergewölbe und nichts wie rein ins nächste Duell. Nur, wenn er sie dann endlich hat, passiert eigentlich gar nichts Rechtes zwischen den beiden, nur sowas Allgemeines wie *sanken sich in die Arme* und so. Aber was da neuerdings der Korhammer mitbringt — tja, also da wird schon etwas deutlicher geredet, und wir haben nur Angst, daß uns einmal ein Lehrer dazwischen platzt, bevors zuende vorgelesen ist: denn am Ende, das wissen wir inzwischen, da kommt immer erst der eigentliche Clou.

Aber schon wie das immer losgeht, die Geschichte mit dem dummen braven Schreiner zum Beispiel, und seiner jungen Frau, grade achtzehn, *schlank wie ein Sommerbirnenbaum und weicher als des Schafbocks Wolle,* da stoßen wir uns schon gleichmal in die Rippen und feixen, von wegen *Sommerbirne* und so, also da ist bestimmt was fällig, wenn das ohne Stellen abgeht, dann fressen wir einen Handbesen und die Schaufel zur Nachspeise.

Und tatsächlich kommt da auch schon ein verliebter schlauer Student angetanzt, und kaum hat er sie gesehen, *packt er sie fest am Hüftgelenk,* man sieht das ja förmlich vor sich, wie der mir nichts dir nichts nach der grapscht und sich die ranholt und sagt, *ach lieb mich allsogleich, sonst geh ich ein!* — und wir darauf in den höchsten Tönen, *sonst geh ich ein!* und warten schon auf eine Stelle — aber nein, er bindet dem Schreiner erst noch einen Riesenbären auf vom Weltuntergang, und daß er sich ein Faß machen soll, damit er nicht ersäuft. Und dann schleicht sich gleich auch noch ein zweiter verliebter Kater an, ein blondgelockter Schreiberling, und wir danken, *na der kriegt auch noch sein Fett,* und wollen unbedingt wissen, wies weitergeht.

Also der Schreiner verzieht sich wie geplant in sein Faß, wegen dem Weltuntergang, und das saubere Pärchen, kaum sitzt er drin — *na was wohl?* sagt einer, *die spielen jetzt Häschen in der Grube* ... — aber bevor wir loslachen können, kommt auch schon die Stelle: *sie gehn zu Bett, wo sonst der Schreiner liegt,* also ausgerechnet ins gemachte Nest kriechen die rein, da muß es ja besonders schön sein, wo die sonst auch — *und da war Lustbarkeit und Melodei,* und da kriegen wir schon mal einen Lachkrampf, *Melodei,* also das ist doch wohl, da *Melodei* dazu zu sagen!

Aber wie sich der Schreiberling dann unter ihr Fenster stellt, und von ihr auch einen Kuß haben will, und sie *meinetwegen wohl* sagt, und er sich schon so aufgeregt den Mund abwischt, da wissen wir gleich, jetzt gehts rund, da war die Stelle von vorhin ein feuchter Kehrricht dagegen, und wies dann erst noch spannend wird, *die Nacht war schwarz wie Kohle und wie Pech,* da denken wir, *auweia, wenn sich der mal nicht das Maul verbrennt,* und da ist es auch schon soweit: *und aus dem Fenster streckte sie den Arsch* — den was? den wiegleichnochmal? rufen wir, und einer kräht, *den Arsch, den Arsch hat sie aus dem Fenster gestreckt, du hörst es doch, bitte es steht ja da!* Und es steht auch! Streckt die doch glatt — Wahnsinn mit Hustensaft!

Aber er jetzt, was ist jetzt mit dem Schreiberling? *Da widerfuhr es ihm* — ja was denn, was widerfuhr? Aber da konnte der nicht mehr, und bekam erst einmal einen Lachanfall, — *daß er mit seinem Mund* — und noch eine Pause und noch ein Lachanfall, und dann: *daß er mit seinem Mund küßt' ihren nackten Arsch,* und da pruscht natürlich alles los und hält sich bloß noch die Bäuche, Himmelherrgott war das komisch, sie oben und er unten, und dabei war die Stelle noch gar nicht fertig und fuhr erst noch fort, *so recht genüßlich* — also da ist es geschehen um uns. So recht genüßlich! wimmern wir, *ich werd verrückt,* genüßlich! — *hör auf, ich krieg keine Luft mehr!*

Aber keinen Pardon, weitergehts im Text: *da merkte er, daß was nicht stimmte,* und bei dem *stimmte* kommt er wieder ins Wackeln, und wie er sich gefangen hat: *er wußte wohl, das Weib hat keinen Bart* — und da muß er schon wieder eine Pause machen, weil alles nur noch japst und *Menschenskind!* ruft, *halt mich fest, ein Bart denkt der!* das ist ja schon fast zuviel, aber das Allerbeste kommt erst noch, also darauf ist keiner gefaßt: *und spürte da ein Ding, ganz rauh und lang behaart, und sagte, ›pfui und ach, was tat ich da?‹*

Und an der Stelle will es uns fast zerreißen. Wir biegen und kugeln uns nur noch, wälzen uns vor Lachen unter den Bänken und schreien *behaart!* und schreien *ganz rauh!* und *pfui und ach!* — *das ist ja zum Kinderkriegen, ›was tat ich da?‹, zum Affenmelken, zum Dreimalsichrückwärtseinkringeln!* Und dann setzt der Schluß erst noch dem

Ganzen die Krone aufs Gebein: ›*Tihi!*‹ *sprach sie und knallt' das Fenster zu.*

Es ist nicht zu leugnen: wir sind nach diesen Geschichten jedesmal vollständig geschafft.

❖ Der Krieg, der das Dorf ohnehin nur von fern über Gefallenenlisten und Durchhaltereden im Radio berührt hat, geht ebenso undramatisch zuende: ein paar durchhetzende Truppen auf dem Rückzug, dann die Panzer der Amerikaner oben auf der Landstraße. Der Ort ist zu unbedeutend für eine Stationierung: Träge knirschen die schweren Fahrzeuge an dem stumm versammelten Dorfvolk und den weißen Fahnen vorbei. Schwarze! Dann sind sie fort. Ratlose Stille hinter einer undeutlich vorüberhuschenden Wende der Zeit.

Auch die Rückkehr des Babbà, zehn Tage danach, ist dann ein eher unscheinbares Ereignis. Wir sitzen bei unserem gewohnten stummen Abendessen aus Pellkartoffeln und Quark, als er in einer umgenähten Uniform bei uns eintritt. Er grüßt beiläufig wie immer. Mit einem Schlag kehrt die verlorengegangene Erinnerung an ihn zurück. Alle Phantasiebilder von ihm, die ihn hatten drohen, locken, höhnen, fluchen lassen, in die wir ihn hinaufgehimmelt hatten zur körperlosen, überirdischen Wesenheit, sinken in sich zusammen. Er steht da, ruhig, sichtlich gealtert, ohne Anspruch, Vorwurf, oder auch nur Neugier. Selbstverständlich hat er sich, sobald es die Umstände erlaubten, zu uns auf den Weg gemacht.

Sein Blick überfliegt die Kammer und verwandelt sie zurück zu dem, was wir schon längst nicht mehr bemerken: ein armseliges, braungetünchtes, von einer hochliegenden Fensterluke kaum beleuchtetes Loch. In mächtigen, lautlosen Schüben rückt sich alles wieder zurecht. Der Bauer, der mit gewohnter Aufdringlichkeit am Stock humpelnd in der Tür erscheint, wird kalt gedeckelt: *Lassen Sie uns allein.* Vier Worte, und der

immer noch bedrohliche Unhold ist zu einem verwachsenen, unscheinbaren Krüppel zusammengeschrumpft.
Grummelnd verzieht er sich.

Wir grüßen kaum hörbar zurück, wissen danach nichts
zu sagen. Was auch? *Wie gehts dir?* Oder: *wir haben es
eingesehen?* Dazu hat die Stille zulange gedauert. Unser
Jubel, unsere Umarmung, die große Wallung von Liebe
und Dankbarkeit — alles nur ausgedacht. Unser einziges
Gefühl ist Scheu und eine atemberaubende, in ihrem
Ausmaß noch nicht überschaubare Beruhigung. Das
Ende der Ausgesetztheit. Der Babbà läßt sich am Tisch
nieder und sagt, *wir können zurück in die Stadt.*

Auf der Fahrt im offenen Lastwagen mit unserem
kümmerlichen Hausrat komme ich vollends durcheinander. Das Dorf, zusammen mit dem Bauernhof,
der Ziegelei, dem Gemeindehaus, verschwindet: ich
bemerke, daß ich mich von ihm schon längst verabschiedet habe; am ehesten noch ein kleines Bedauern
wegen der Klasse, meiner einzigen Zugehörigkeit: aber
auch sie offenbar nicht tief genug, als daß ich ihr wirklich
nachtrauerte. Von der Stadt habe ich bis auf ein paar
schemenhafte Erinnerungsbilder keine Vorstellung.

Der Babbà und die Mama sitzen im Führerhaus. Auf
der Ladefläche, mir gegenüber, gegen die Rückwand
gelehnt, zwei Helfer, die für den Umzug mitgekommen
waren. Immer deutlicher glaube ich die beiden zu
kennen, besonders den Älteren, der mir ab und zu einen
vorsichtig, aber auch ernsthaft fragenden Blick zuwirft.
Aber keine Erinnerung will sich einstellen, bis mir auf
einmal der Fahrtwind etwas zuträgt, was sich anhört
wie *abschlacken auf drei.*

Meimus und Stani, wer sonst! Auch sie ein Stück
älter geworden, aber immer noch anders als ich. Und
wie schon einmal, die Blamage, diesmal beim Aufladen.
Zum Tragen hat es gereicht, dazu bin ich jetzt kräftig
genug; aber alles ist an der Decke angestoßen, hat sich in
der Treppe verkantet — und wie sich das zu steil
angelehnte Küchenregal von der Wand gelöst hat und

umkippen wollte, bin ich zur Seite gesprungen. Sie nicht: sondern ohne zu überlegen, mit ein und derselben Bewegung, haben sie sich dagegengeworfen und es so gerade noch aufgehalten. Meimus wie immer geduldig: *macht nichts, beim nächsten Mal weißt dus.* Bei Stani bin ich endgültig unten durch.

Woher aber diese Eingewachsenheit in der Welt, die unfehlbare Sicherheit, was in ihr zu tun und zu lassen ist? Mit ruhigen Blicken messen sie die vorüberziehende, abendliche Landschaft, die sich mir in jeder Kurve als unentdecktes Neuland eröffnet und als Versäumtes wieder verschließt. Für sie gibt es hier nichts zu tun: sie schlafen ein. Älter geworden, zeigt mir der Rückblick aufs Vergangene den Unterschied zwischen uns: den Drang in die höhere Babbà-Welt, den vergeblichen Versuch, sie mir zu erobern, den Rücksturz, die langwierige, erst halb gelungene Wiederhinaufkraxelei — das alles, ich brauche sie nur zu betrachten, wie sie sich ruhig und ungestört vom Straßengeholper durchschütteln lassen, das alles hat es für sie nie gegeben: so wenig, wenn auch in einer unbestimmten anderen Einfärbung, wie für den Bauern oder die Schwarzfußkumpanen.

Sie sind ganz einfach — aber was jetzt: in der Frühzeit geblieben? Ohne Bruch größer geworden? Also erwachsener? Ich weiß es nicht, kann es nur umgekehrt sagen: irgendetwas heillos Zwiegespaltenes und Abgetrenntes, was in mir sitzt, ist an ihnen vorbeigegangen; immer noch, wie seit jeher, wissen sie auf alles die Antwort. Wozu? Damit die Möbel im Haus sind. Warum? Weil die Leute doch wohnen müssen, Mensch!

Ich bin nun tief in Gedanken. Was hat ihr Wiederauftauchen zu bedeuten? Stehe ich zum zweiten Mal in der Tür zur Unterwelt, in ihrem heißen und trockenen Wind, am Scheideweg, an dem der Verstand nicht mehr weiterhilft: ob bleiben, ob fliehen? Steht mir ein neuer dunkler Pakt mit dem Babbà bevor?

Über meiner Grübelei verpasse ich die Ankunft in der Stadt. Es ist dunkel geworden. Mich friert. Dann die

Wohnung. Der alte Geruch scheucht einen Schwarm undeutlicher Erinnerungen auf, der mich schwindeln macht. Ich helfe den beiden beim Hinauftragen, um länger in ihrer Nähe zu sein, und wie sie, an die Mütze tippend, das Trinkgeld einschieben und gehen, fühle ich mich, zum ersten Mal seit langer Zeit, schmerzlich verlassen.

❖ Unser Streit über das Verhältnis zwischen den Wörtern und den Sachen wurde niemals geschlichtet: er hat sich nur immer weiter verzweigt und aufgefasert, bis wir kaum selber mehr wußten, was wir sagten. Dabei wurden wir das Gefühl nicht los, unentwegt um den heißen Brei herumzureden: denn wer vom Allgemeinen und Besonderen spricht, muß doch auch das Gemeinwesen und den Einzelnen dazudenken — aber die waren aus unserer Debatte auf eine merkwürdige Weise *von vornherein* ausgeschlossen, als wäre es ungehörig, sie im selben Atemzug mit dem lieben Gott auch nur zu erwähnen. Und trotzdem, oder deswegen, wurde von den *Wort-ist-gleich-Ding*-Verfechtern auch der kleinste Abstrich von ihrer Lehre mit einer Sturheit abgeschmettert, die jede Einigung unmöglich machte.

Unser Klassenprimus wollte ihnen eine goldene Brücke bauen, und ihnen das Besondere unter einem allgemeinen Begriff verkaufen. Das hörte sich dann so an: *ein Etwas soll also nur durch seine Teilhabe an der* quidditas *oder* Washeit *des Begriffs zu einem bestimmten Etwas werden, wie? Gut, dann erhebe ich hiermit die* haeccëitas *oder* Diesheit *zu demjenigen Begriff, der aus einem Ding ein* Dies-und-sonst-gar-nichts *macht. Was sagt ihr jetzt? — Ganz einfach!* rief es von der Gegenseite herüber, *dem setze ich die* persëitas *entgegen, die* Ansichheit des Guten, *und damit des Allgemeinen, womit die Sumpfblase* haeccëitas *wohl geplatzt wäre!*

Nichts zu machen. War wohl auch etwas zu fein gesponnen gewesen. Also zweiter Vorstoß. *Vorschlag zur Güte: das Allgemeine wohnt dem Einzelnen zwar dem* Inhalt *nach als Allgemeines inne, aber der* Form *nach als* Besonderes: individualiter! *Hört-hört!* auf unserer Seite: da hatte er doch was! Denn saß nicht in jedem von uns tatsächlich so ein kleines Gotteskringelchen irgendwo ganz in der Mitte? Aber nichts da: *Die Form ist allgemeiner als der Inhalt. Ein Allgemeines, das der* Form *nach ein Besonderes ist, verliert demnach eben sein Allgemeines. Abgelehnt!* Wir mußten schwerere Geschütze auffahren. *Die Selbstbeobachtung zeigt, daß der Menschenverstand das Allgemeine aus den Sachen abzieht, es kommt also für ihn nach den Sachen: anders natürlich für Gott, bei dem es, nachdem er sie geschaffen hat,* den Sachen vorausgeht. — Auch nicht schlecht, fanden wir, aber wie zu erwarten hieß es daraufhin, *unerhört! Gott* nach den Sachen? Abgezogen? *Für den Verstand eines Ketzers vielleicht!*

Und so ging es weiter mit der Regelmäßigkeit eines Hammerwerks: Gott ist das Allgemeine, infolgedessen. Gott ist das Wirkliche, infolgedessen. Gott ist das Gute, infolgedessen. Gott ist die Vernunft, infolgedessen. Wir konnten es schon nicht mehr hören: eine einzige Klappermühle. Bis dann, zu unserer Erleichterung, einem von uns der Kragen geplatzt ist. *Infolgedessen sich die Augen und Ohren zuhalten! Infolgedessen sich in den Finger schneiden und rufen,* war der *Begriff aber mal scharf gewetzt! Infolgedessen nur noch denken! Infolgedessen* aufhören *zu denken! Jetzt will ich euch mal was sagen: ich* bin *aber nicht die reine, leere Vernunft! Ich* will *zuerst was, und* dann *denke ich! Zum Beispiel will ich meine Sinne und meinen Verstand gebrauchen dürfen verdammt! Mein nächstes Buch heißt* Sic et non Sic: *da könnt ihr dann nachlesen, was was ist, und was was* nicht *ist! Und mein übernächstes wird ein Pflanzenbuch! Und das wird nicht von der Pflanze* im Allgemeinen *handeln, sondern von jeder einzeln: wo sie wächst, wie sie blüht, wie ihre Blätter aussehen: da sitzt Gott nämlich auch drin! Hockt doch meinetwegen in eurem Stickloch und leiert euer tautologisches* Gott-ist-Gott-ist-Gott-ist-Gott *herunter, bis ihr verschimmelt seid! Mich habt ihr gesehen!*

Tumult, Ohnmachtsanfälle, Bannflüche. *Der Mensch kein Vernunftwesen? Anathema! Ausmerzen! Das Schaf hat die Räude!* Die Sache wurde ungemütlich. Wir haben ihn in unsere Mitte genommen und im Pulk gerade noch mit heiler Haut hinausbekommen. Die Wachen haben auf uns eingedroschen, um ihn herauszuprügeln, aber wir haben die Zähne zusammengebissen und durchgehalten. Denn nichts schien uns wichtiger, als daß der jetzt seine zwei Bücher schrieb.

❖ Die Stadt ist über Quadratkilometer kaputt. Das verzwickte Gassengewinkel, das vormals vom *Hübnerstor* bis zum tief versteckten *Ziegler* und der *Oblatenfabrik* mit der dazugehörigen, schwappenden Mühle gereicht hatte, ist eingeebnet: seine Größe scheint auf ein Zehntel geschrumpft. Ein Verlust, aber auch eine Befreiung. Und hier hatte doch der *Wollen-Weber* gestanden! Oder dort? Die Erinnerung hat nichts als ein undeutliches, spitzgiebliges Durcheinander aufbewahrt.

Auch das *Amt* hat es im Ostteil getroffen: aber die Einbruchstelle ist mit einem Gewirr von Balken, Holztreppen und Stegen, das die heilgebliebenen Flügel miteinander verbindet, fast schon wieder zugewachsen; in der bretterverschlagenen Schalterhalle stehen wieder die gewohnten, geduldigen Schlangen. Die Wohnung selbst ist bis auf die herausgerissenen Fensterstöcke unversehrt: ja, sie hat sich in einen nebenanliegenden früheren Büroraum — aber wie war der zu erreichen gewesen? — hineinerweitert. Ein *Bubenzimmer!* — in das ich mich zwar mit dem festetablierten Olf teilen muß, das uns aber immerhin nicht mehr in das wie früher babbà-besetzte Wohnzimmer hineinzwingt. Die Grenzziehung ist schwierig: aber wenigstens ein eigener Tisch, ein häßlichhimmelblauer Schiebetürschrank, der sich über die Zeitabgründe hinweg aus dem früheren Kinderzimmer hierher gerettet hat. Wir stehen in einem unbestimmt gespannten, wortkargen und abwartenden Verhältnis zueinander, das sich wohl auch erst draußen, das heißt in der Schule, klären kann: die aber ist vorläufig noch auf unbestimmte Zeit geschlossen.

Der Babbà hat ruhig und fraglos wieder die Oberherrschaft über die Familie an sich genommen. Er gibt sich nicht unfreundlich, aber entfernt, und völlig unparteiisch, scheint von niemandem mehr zu erwarten als die ungestörte Routine, die die Mama, in einer Art von gedämpfter Trostlosigkeit, auch bewältigt, so gut es gehen will; denn für das Gehalt des Babbà kann man sich nichts Rechtes mehr kaufen. Mittags ein quälendes Einerlei aus Steckrüben, Fettersatz, Grünkern, wäßriges und pappiges Zeug, das ein leeres Gefühl hinterläßt, auch wenn man davon nichts mehr hinunterbringt: aber nach wie vor *ein Uhr pünktlich.*

Die Alltäglichkeit zieht an mir fast unbemerkt vorbei. Ich bin ins Wackeln gekommen und muß versuchen, und zwar ganz aus eigenen Kräften, meine Lage wieder zu befestigen. Das feste Vertrauen auf eine höhere Anwesenheit und einen Beistand von oben weicht und entfernt sich, wie von der leiblichen Nähe des Babbà weggedrückt und verdrängt. Ich bin mit dem Unterschied glauben und *wirklich* glauben beschäftigt, wie er sich bei der Algebra oder dem *Versailler Vertrag* nie gemeldet hat, der mich jetzt aber zu quälen anfängt, weil an Gott ja bekanntlich unerschütterlich, felsenfest und *zutiefst* zu glauben ist. Man muß diesen Glauben, ganz anders als beim Dreisatz, *spüren* können. Und gerade da bin ich nicht sicher: manchmal, ein wenig, ziemlich viel — in keinem Fall aber ausreichend. Was machen? Man spürt ja nicht schon dadurch etwas, daß man es spüren *will* — und übrigens ist mehr als zweifelhaft, ob eine solche Anstrengung überhaupt statthaft ist. Denn glauben *wollen* — heißt das denn nicht im Klartext, daß einer *nicht* glaubt? Andererseits: nur *glauben,* zu glauben . . .

Irgendetwas entgleitet mir, aber ich kann nicht loslassen. Ich versuche mich an die halbvergessene Rede des Dorfpfarrers über die *Gnade* zu klammern. Aber ich kann mir darunter nichts mehr vorstellen: wenn ich mich lange genug darauf konzentriere, stellen sich Bilder ein, aber nur bedrohliche. Ich sehe mich in einer überheizten Kammer sitzen, über mir ein Basaltblock an einer Schnur, den ich unentwegt anstarre. Alles wartet und knistert so ... Nur nicht bewegen! Glaube ich noch? Denn wenn ich damit aufhöre, auch nur einen Augenblick lang, dann wird der Strick reißen. Mich erfaßt eine Angst, die ich mit Schrecken wiedererkenne: es ist dieselbe wie die vor dem *Kleinsten Gemeinsamen Vielfachen,* die mich vom Bauch abwärts zusammenquetscht und mir etwas auspressen will. Gleich wird mir schwindlig, und das Furchtbare ist geschehen: der Stein plumpst auf mich herunter, und ich bin verloren.

❖ Nicht lange, und mir geraten nun auch noch die zwei Hauptrollen durcheinander: auf der einen Seite also wiegesagt die Liebe und Güte in Person, wobei die Liebe ja nicht heißen darf, was sie sonst heißt, und die Güte darin besteht, daß man sie, wenn man sich genug für sie abgequält hat, von Angesicht zu Angesicht anschauen darf ohne Unterlaß und bis ans Ende der Zeit.

Davor und dazwischen aber hört die Liebe und Güte in Person dann öfters auf mit der Güte und Liebe und schwingt ihre sogenannten Gottesgeißeln über die sogenannten Gottlosen, als da sind Pestilenz und Erdbeben und Dürre und Heuschreckenschwärme und Überschwemmung. Und der Grund dafür ist der unerforschliche Ratschluß. Und der Zweck der Übung ist die Prüfung im Glauben, der im Wesentlichen aus einem Denkverbot besteht, über den Ratschluß nachzudenken.

Und die andere Seite? Die ist unten, wo wiegesagt das Verderben haust und der sogenannte Verleumder lockt und der Gottseibeiuns lauert. Nur, daß man an den glauben müßte, gar noch *zutiefst,* oder daß der jemandem zur Prüfung Geißeln schickte — das wird ihm eigentlich

weniger nachgesagt. Die Höllenarbeit, heißt es ziemlich
allgemein, macht ihm keinen Spaß, er soll sich lieber auf
Erden vergnügen, wo er offenbar ein ziemlich abwechs-
lungsreiches Liebesleben führt, wenn auch etwas ver-
spielt vielleicht, reichlich bindungslos.

Außerdem schmiert er die Leute aus und prellt sie um
ihre Seelen. Allerdings sind die regelmäßig zuerst bei
ihm angelaufen gekommen mit ihren immergleichen
Wünschen von Reichtum, Jugend und Glück. Er hat
dann den Preis vertraglich festgelegt und sich an die
Verträge, soweit bekannt, auch immer peinlich genau
gehalten, auch wenn er draufgezahlt hat; in der Hinsicht
verhält er sich anscheinend korrekt.

Ein kluger Kopf übrigens, das wird von niemand
bestritten, der fürs Leben gern disputiert, verteufelt
logisch, von geradezu diabolischem Scharfsinn. Und
damit wird er sich wohl auch sein sogenanntes Blendwerk ausgedacht haben, das dem Vernehmen nach hauptsächlich aus Astrolabien und Landkarten, und außerdem
aus der Chemie, der Arabistik und der Kräuterheilkunde
besteht. *Luziferisch,* mit einem Wort. Woher es wohl
seinen schauerlichen Klang haben mag? Es bedeutet
doch nur, *der das Licht bringt?*

Nun, das kommt von seinem schauerlichen Urfrevel,
heißt die allgemeine Erklärung dafür, weil er sich doch
als Erzengel gegen Gott selbst empört hat! Aber davon
weiß ich ja gar nichts, wo steht denn das? Nein, also
genaugenommen steht das nirgends, das ist nur aus der
Überlieferung bekannt. Eine Legende also? Aber ich
habe doch von einer ganz anderen Legende gehört, und
danach ist Luzifer der ältere Gottessohn gewesen und
Jesus der Jüngere, den er damals in der Wüste aufgestöbert und zu ihm gesagt hat: *los, komm auf meine
Seite, sei kein Lulatsch, zu zweit schaffen wir es, wir holen uns
die gestohlene Erde zurück!*

Aber iwo, heißt es daraufhin, das sagt nur eine abscheuliche Ketzerphantasie, längst widerlegt, abgetan
und ausgetilgt! Naja gut. Aber daß mir die zwei Rollen

damit schon restlos klargeworden wären, kann ich auch
nicht gerade behaupten.

❖ Und so kam es dann, daß in Städten allmählich, in
Schreibstuben, Gymnasien allmählich einer nach dem
andern, und mit jedem Jahr mehr von uns anfingen
hinauszudrängeln aus dem für sie vorgesehenen Platz
und nach oben zu krabbeln und dabei, denn es gab keinen
anderen Halt, den Zurückgebliebenen auf die Knie und
Schenkel zu steigen, die Schultern, die Köpfe, sodaß sie
unsere Vielzahl und unser Gewicht, als wären sie noch
nicht weit genug unten, immer noch tiefer hinabtrat.
Davon merkten wir wenig. Unser Blick war nach oben
gerichtet, und zugleich wollten wir, um unsere aufwärts-
strebenden Kräfte zu stärken, die Kanäle in unserem
Inneren, die ja nicht vernichtet, sondern nur zuge-
schüttet und verstopft waren, neu beleben.

Die Trennung vom Unteren fiel uns diesmal lange
nicht so schwer wie in der Vorzeit. Hatten wir es uns
denn seit dem großen Einbruch wirklich jemals wieder
zu eigen gemacht, hatten wir es neu zu besitzen gelernt?
Jetzt jedenfalls wollten wir es los sein. Was war das denn
auch für eine Wirtschaft, dieses zähe, verklebte System
von Leihen und Lehen, bei dem einem etwas gehörte,
aber eigentlich doch nicht: eigentlich gehörte es einem
anderen, der dann dafür ein Drittel der Ernte eintrieb,
Spanndienste verlangte, Frondienste, Holzdienste, Salz-
pfennige, Wegepfennige, Brückengeld, Martinsgänse,
Barbaraeier — ein verschnörkeltes, krauses Gewucher,
in dem sich niemand mehr auskannte, niemand mehr für
Lenkung und Leitung zuständig war, sodaß auch die
großen Dominien nur immer weiter herunterkamen und
verlotterten.

Wir wollten das alles abstreifen, abschütteln, klare
Verhältnisse haben. Bloß keine *Sassen* mehr, die sich an
einen hängten mit Handküssen und Mantelsaumküssen,
und keine an den Sassen hängenden *Aftersassen!* Um

Gotteswillen nicht mehr der gekränkt dreinblickende Tölpel in der Halle, der die Mütze in der Hand drehte, von einem Bein aufs andere trat und vor Verlegenheit kaum die Worte hervorbrachte, *alsdann dees waar si nochad, eiä gnoodn,* mit denen er dann seine stolpernde Dorfbraut einem zuschubste für das rituelle Getue als ob — denn nicht einmal mit spitzen Fingern hätten wir die doch angefaßt. Sondern Flurbereinigung, Entwässerung. Einhegung der Allmende, wo es ging, wo nicht, nicht. Jahrespacht soundsoviel, fertig. Soundsoviel Tagelohn, aus.

In den Städten waren wir ohnehin schon weiter. Da weideten längst keine Schafherden mehr auf den überwachsenen Ruinen; bis auf die Gärten und Ställe war das Land wieder verjagt und vertrieben, um den Markt standen drei- und vierstöckige Häuser: endlich wieder ein Platz in der Mitte! Und das Geld dafür? Nun, bei den Kreuzzügen war so Verschiedenes hängengeblieben, die alten Handelsstraßen wurden verbreitert und von Mauten und Wegelagerern freigekämpft; das Einzige, wo es noch haperte, war der Kredit. Um *Gotteslohn* sollte der nämlich gegeben werden: da konnten sie lange warten! Wir haben dann eben, wenn einem von uns das Risiko für einen Coup zu groß wurde, unter uns zu einer Ausgleichskasse zusammengelegt: so gings ja auch.

Überhaupt hat sich damals ein Gefühl für unsere Ähnlichkeit, ja Brüderlichkeit neu gemeldet: ein Stadtparlament, die Demokratie wenigstens der halbwegs Mündigen und Gebildeten, warum nicht? Und mit heißen Ohren haben wir den Traktat über *Die geglückte Gesellschaft* verschlungen, der damals überall kursiert hat. Alle haben wir bei der Lektüre gedacht: ja, so geht es auf, er hat die Lösung, bei der gerechten Verteilung *reichen* sechs Stunden am Tag auch! — und bei der Disputation haben wir ihn dann aufgebracht gefragt, *wieso glaubst du selber nicht dran? Das* goldene Büchlein . . . *Der Fluß* Wasserlos — *was soll denn der ironische Unterton andauernd?* — und da hat er geantwortet, *ich weiß nicht, warum keiner*

meine Einleitung liest: ›die Schafe fressen die Menschen . . .‹
›eine Verschwörung der Reichen, im Namen des Staates für
ihren eigenen Vorteil zu sorgen . . .‹ erkennt ihr davon vielleicht
etwas wieder? Aber wenn ihrs im Klartext haben wollt: die
superbia *steht dagegen, zu deutsch eure Großmannssucht . . .*

Und natürlich hatte er recht. Bald hatten im Stadtrat
und in den Zünften nur noch drei, vier Familien etwas
zu melden, oft auch nur eine. Dasselbe im Großen; und
obwohl wir uns in pathetischen Reden über die *unzumut-*
baren Bevormundungen ausführlich beschwerten, hatten wir
im Grunde nicht viel dagegen: zulange hatten wir einen
Landesvater, der den lokalen Bandenhäuptlingen und
Grundherrn notfalls auch mal eine aufs Dach gab, ent-
behrt.

Aber auch da herrschte der große Wirrwarr: nach
so vielen Absetzungen, Gegenernennungen, Ermor-
dungen, Bankrotten war die Frage der Thronfolge
schlechterdings nicht mehr zu klären. Bis eben endlich
einer anfing, sich durchzuboxen, den Bürgerkrieg ris-
kierte, der manchmal ausbrach, manchmal nicht, die
übrigen Anwärter beseitigte und schließlich ganz oben
war.

Die zweifelhafte Herkunft war bald vergessen. Zu ihm
schaute alles auf. Er verkörperte, und zwar in keinem
jenseitigen Himmel, sondern hier, was wir nach der
langen Zeit den Rückfalls und der Verlassenheit jetzt
am dringendsten brauchten: eine Einigung, ein Allgemeines. Denn ohne Allgemeines kein Geist, und ohne
Geist keine Erwachsenheit: das stand für uns so fest wie
die Sonne am Firmament.

❖ Wenn es doch weiterginge! Hier im Elend war er
jetzt lange genug. Und so will er sich an dem Strang, der
ihn bisher geleitet hat, an den Bildern nach vorn ziehen,
sich entlanghangeln durch die Korridore der inneren und
tieferen Geschichte, um wenigstens ungefähr auszumachen, was nun bevorsteht. Er kommt nur mit Mühe

voran. Der Zeitwind strömt ihm entgegen, mächtig, glatt, zähflüssig wie Honig, läßt watende Füße den Grund verlieren, zerrt an Haaren, treibt Wasser in die Augen. Die Konturen zerfließen. Der weißhaarige Alte wird glatzköpfig, verliert seinen Bart, sein Gesicht verschwimmt und rundet sich zum alternden Mond: so grinst er zahnlos und etwas beleidigt aus der fahlgewordenen Scheibe, fast muß man ihn suchen. Es hat sich anscheinend ausgegeißelt: für den macht sich keiner mehr krumm!

Und da endlich, wie lang das gedauert hat! Die Bilder hellen sich auf. Undeutlich in den Zügen, dann schärfer, erscheint eine neue Gestalt: thronend, aber mit menschlicher Stimme, unter hohen Gewölben, aber nicht über Wolken, erstrahlt er in Glanz und Gloria — ein Fürst! Nur, woher denn auf einmal? Von oben heruntergetrudelt? Den Eindruck macht er eigentlich nicht; oder doch nur zur Hälfte. Dem Nichts entsprungen? Das widerspricht dem Gesetz der Geschichte: denn in der hat alles seine verfolgbare Herkunft: jedes Bild hängt am Strang eines Vorbilds. Und tatsächlich: den *kennt* er doch? Die gebogene Nase, die hohe Stirn, den abschätzenden, wissenden Blick, den bitteren Zug um den Mund, als hätte er zulang auf etwas gewartet —

Da plötzlich fällt es ihm ein. Unerwartet, aber kein Zweifel: er ist es. Es fehlt ihm nur die gewohnte Schwärze — nein, beim genaueren Hinsehen flattert auch sie noch um den hohen Stuhl, läßt sich, zu Gold verwandelt, auf ihm nieder. Nicht der Fromme sitzt da, der leidend Gebückte, der Süchtige, sondern der ältere Sohn, der in der Wüste gerufen hat, *wir holen uns die gestohlene Erde zurück!* — der Kluge ist es, ja der mit dem Licht. Er hat es also doch noch geschafft. Jetzt können wir aufatmen.

Und was ist mit seinem vormaligen Reich? Sind sie auch alle schon fort, die Gehörnten, Geschwänzten, mit den Ruten und Spießen, dem Feuerzauber im dunklen Gehäuse? Nein schau, da liegen sie noch: man braucht nur an den Schnüren zu ziehen, und sie zappeln und drohen wie damals; hier diese Drähte sind für die Glühbirnen in den Augen, dort hängt der Lautsprecher für das Höllengelächter, hier am Schaltbrett der Schieberkontakt für die schwefligen Blitze. Das Ganze, wie sich versteht, vollautomatisch. Und gleich nebenan der Rotor für die lustigen blanken Popos, die Ritterburg mit der geköpften Emilia als Turmfräulein. Alles wie gehabt. Doch doch, es war wirklich, was heißt hier Hirngespinst? Jede frühere Welt ist für die spätere nur eine Erfindung. Inwiefern also auch wir? Wir können nur hoffen, daß sie nicht wiederkehrt.

❖ Was schon lange als undeutlicher, wolkenhafter Gedanken in uns herumgegeistert hatte, wurde jetzt zur Gewißheit: unserem Aufbruch war bei den Alten ein anderer vorausgegangen, der weit über das hinausführte, was wir innerlich erreicht, ja auch nur für uns ins Auge gefaßt hatten. Darüber mußten wir jetzt alles wissen, was es zu wissen gab; da haben wir nicht mehr lockergelassen. Mit Schwaden von Empfehlungsbriefen sind wir also ausgeschwärmt, haben die Pförtner bestürmt, beschworen, bestochen, bis wir vorgedrungen waren zu den behäbigen Äbten, die uns alles zugestanden, wenn wir sie nur zu ihrem Nickerchen zurückkehren ließen: und wenn wir dann den Bibliothekar, der wie eine aufgescheuchte Henne gackerte, auf alle Fragen nur glotzte, sich kratzte und stammelte, endlich zur Tür hinausgeschoben hatten, fing ein großes Wühlen und Stöbern an.

Es war eine ekelhafte Arbeit. Diese Schwarten, pappig vom Handschweiß längst vermoderter Mönche, verklebt von Spinnweben, aus denen die Silberfischchen herauswimmelten, diese zusammengestoppelten Konvolute voller abstrusem frommem Krimskrams, geifernden Widerlegungen von Widerlegungen von scholastischem Schwachsinn, an den Rändern beschmiert mit läppischen

Bemerkungen wie *diabolus infusit!* oder einfach *oho!* oder *hihi!* oder *asine lector!* — und überhaupt das aussichtslos Verhockte, Niegeweckte, Säuerlich-Dumpfe in diesen frostigen Sälen! Wir machten als erstes immer die Fenster auf.

Erstaunlich, was da hinten und oben in den Regalen trotzdem oft noch zum Vorschein kam: die Philosophen hauptsächlich, aber dann auf einmal auch ein Catull, ein Lukrez, ein Plautus ... Eigentlich kaum zu erklären: denn die Kopisten hatten offensichtlich gar nicht verstanden, was sie da Zeile für Zeile abgemalt hatten. Wie eifrige Schulbuben, dachten wir, denen man anschafft, *drei Abschriften, aber schön sauber, wehe du kleckst!* — und schon sitzen sie da mit eingeknicktem Zeigefinger, lassen die Zungenspitze in den offenen Mündern kreisen und kritzeln drauflos, eingehüllt in ihre kindlichen Phantasien: Vergil, der böse Zauberer! Der Weltenspiegel, der Kupfermann!

Selbstredend waren alle Texte verhunzt. Denn jeder Schreibfehler, jede Einfügung und versetzte Zeile war so getreu in die Kopie übernommen worden wie alles andere: es hatten sich ganze Ableitungs- und Ahnenreihen von Verderbtheiten gebildet, sie ließen sich von vierzehn Delta-Handschriften zurückverfolgen auf fünf Gamma-Versionen, aber dann verlor sich oft genug die Spur in merkwürdigen Querverbindungen, geheimnisvollen Sprüngen — eine Evolution von versteinerten Heulern, ein blind sich verzweigender Stammbaum des Irrtums.

Wir wußten schon, warum wir in unseren gestochen scharfen und wunderbar duftenden Drucken das alles, mit spitzen Fingern sozusagen, aus den Vorlagen herausklaubten und hinten in die Anhänge und Apparate verbannten: es hätte uns die Lektüre verdorben, und uns womöglich angesteckt mit dem daraus aufquellenden dumpfen Geist, der sich, verklammert, unfrei, bewußtlos weitergewälzt und vorwärtsgeschoben und ineinander verkeilt hatte ein ganzes Zeitalter lang: *Gott wird schon sorgen!* Und das Ergebnis? Kuddelmuddel, Wirrwarr, Sackgassen.

Nicht alle hatten die Geduld, das Land, das einem längst aufgegebenen Trödelladen glich, mit aufzuräumen und in eine halbwegs überschaubare Ordnung zu bringen. Sie wollten fort, weg von hier, an die Luft, übers Meer. Der Drang war so stark, daß er in ihren Köpfen lockende Gaukelbilder weckte von sagenhaften Küsten und Inseln, von Orplid, von Thule, vom Eldorado: denen fuhren sie nach. Aber ihre Reisen waren in drei von vier Malen ein Reinfall. Was sie fanden, waren verlandete Buchten, traurige, verlassene Strände, dahinter eine Barrikade von wüstem Gestrüpp. Es dauerte oft Tage, bis die halbtierischen, schnatternden Eingeborenen dahinter hervorgekrochen kamen. Die Geschäfte gingen flott, da konnte man ja notfalls nachhelfen — aber märchenhaft? Das ganz bestimmt nicht. Und doch stieg, sobald sie zurückwaren, und ebenso unwiderstehlich, vor ihren Augen die nächste Fata Morgana auf.

Aber ob zuhause oder unterwegs, eins stand fest: wir wollten es zu etwas bringen. Nicht etwa, um zu einer hohen Stellung oder zu Reichtum zu kommen — den warfen wir im Gegenteil alsbald mit vollen Händen wieder zum Fenster hinaus; aber wenn einer vorbeirauschte, sechsspännig, und die Leute am Straßenrand stehenblieben und die Federbüsche bestaunten, die bestickten Livreen, das silberbeschlagene Zaumzeug, und einander zumurmelten, *zur Audienz fährt er bei Hof —* dann dachten wir: der hat es geschafft. Denn unser Ehrgeiz verlangte nur einen einzigen Lohn, nur deshalb strampelten wir so entschlossen nach oben: um endlich aus allerhöchstem Munde zu hören, *ich wußte ja gar nicht, was in dir alles steckt* . . .

❖ Die Stadt schiebt Kohldampf, würgt mühsam ergattertes, verschieden gefärbtes Sägemehl in sich hinein, das die Phantasie in Märchengrotten aus Lebkuchen und fetten Würsten zwingt, die sie zugleich zum Greifen nah und unerreichbar vor Augen hat: die *Amerikaner!* Das bloße Wort klingt wie ein Sesam-öffne-dich. Aller Scharfsinn ist darauf gerichtet, an ihre strengbewachten, grellbunten und mit lauter Radiomusik erfüllten Inseln heranzukommen, in beschlagnahmten Villen oder Kasernen, die vor verschwenderischem Luxus buchstäblich überfließen: selbst im Kehrricht findet sich Weißbrot, Frühstücksspeck und, unvergeßlich, eine halbe Ananas...

Aber bis auf solche achtlos fallengelassenen Brosamen bleibt das Schlaraffenland streng verschlossen. Umsonst stecke ich die Nase durch den Maschendraht; und kaum einmal einen Kaugummi bringt mir mein stundenlanges Herumlungern vor der *Pi-Ex* ein, wo ich, unter scharfer Konkurrenz, meine Trägerdienste anbiete für die hochbepackten braunen Tüten, die dann vom Ausgang bis zu einem der riesigen, sonderbar fletschenden Autos zu schleppen sind.

Und dann, durch nichts angekündigt, das Unglaubliche: von einem Jeep angeführt, fahren fünf khaki-farbene Lastwagen in den Hof ein, Soldaten in ungewohnten Uniformen springen heraus, klappen die Ladewände herunter und schleppen Betten, Spinde, Berge von Decken und Vorräten ins *Amt* hinein: Einquartierung! Ein Bild von früher schiebt sich unter das gegenwärtige und verfliegt. Franzosen? Nein, *get your finger out, mate:* Engländer. Luftwaffe. Und wohin? Ins alte *Flugwachkommando* natürlich.

Off Limits an allen Türen. Aber ich bin in meinem eigenen Revier: irgendein Schleichweg, durch den *Keller Zwo,* die stillgelegte Druckerei, muß sich finden. Ich flitze um Ecken, drücke mich in Türrahmen, verschwinde unter einer Plane. Meine Gier macht mich schlau. Ich könnte versuchen, mich zu den Vorräten durchzuschlagen, ein nächtlicher Raubzug zu den Lastwagen bietet sich an: aber jetzt keine Kurzsichtigkeit! Einmal erwischt und ich kann in den Mond schauen.

Also ein Plan: vor der Familie, auch vor dem Olf, strikt verschwiegen, tagelang hin- und hergewälzt, verworfen, dann, in einem plötzlichen, atemlosen Entschluß am Schopf ergriffen. Ich stürze an der Wache vorbei ins Büro des Kompaniechefs und hasple meinen langgeübten Satz herunter: *can I please work in the kitchen* —?

Überraschung, Ratlosigkeit. Der Koch wird geholt, schaut zweifelnd zwischen dem Offizier und mir hin und her: *well, Sir* — Und ich Rindvieh habe den *Sir* vergessen! Aber die Bezahlung? Die Kompanie hatte in dem Sinn kein Geld ... Mein Vorschlag, wie aus der Pistole geschossen: *no money, Sir.* Sondern? Was vom Essen übrigbleibt und noch gut ist, *Sir.*

Abgemacht. Kartoffelschälen, Töpfe, Holz kleinmachen und so weiter. Natürlich. Ich höre kaum hin, muß erst zur Besinnung kommen: *es hat tatsächlich geklappt!* Keine Ecken mehr, kein Versteckspiel. Am liebsten wäre ich pfeifend hinter dem Koch daherstolziert: aber langsam, alles der Reihe nach ... Mein Name? Ich schrecke zusammen: wieder einmal geht mein Name nicht. Und schon fällt mir die Antwort ein, aus einer anderen Zeit, einer anderen Aufnahme ins Unverhoffte: *Johnny, Sir.*

Auch sonst gibt es Anklänge. Wie damals bin ich zurückversetzt in eine verständliche Welt der einfachen Verrichtungen, der fraglosen Nützlichkeit, und wie jedesmal fühle ich mich davon bestätigt und aufgerichtet. Wozu? Damit die um zwölf Uhr ihren Stampf fassen können! Warum? Weils hier was zum Sattwerden gibt, Mensch! Nach einer wilden mittäglichen Freßorgie, die mir der Koch ohne Einspruch durchgehen läßt, bin ich vollends beruhigt: für mich selbst habe ich ausgesorgt. Und zu meinem Erstaunen bemerke ich, daß der Grund für meinen Entschluß nur nebenbei darin gelegen hat, mir den Bauch vollzuschlagen. Herzklopfend überquere ich abends den Hof mit zwei blitzenden Kanistern, halbgefüllt mit schier unfaßlichen Kostbarkeiten: Gulasch! Pfirsichhälften in Büchsenmilch!

Ich klingle, und die Mama öffnet mir. Der stolze
Heimkehrer zeigt stumm seine Beute. *Ja aber Kind —!*
Mein Triumph bei ihr ist vollkommen. *Wie im Frieden!*
ruft sie begeistert. *Und du bist also ganz allein . . . hast
auf Englisch gefragt —?* Mit einem Schlag ist die alte
Vertrautheit zurückgekehrt, und mit derselben, fast
schon vergessenen, fröhlichen und verschwörerischen
Gemeinsamkeit wie früher machen wir uns in der Küche
zu schaffen. Als Beilage? Die Kartoffeln sind halbver-
fault, Reis haben wir seit dem letzten Winter nicht mehr
gesehen — also Hirse! *Und von den Pfirsichen kein Sterbenswort! Das wird unser Überraschungscoup!*

Es bahnt sich etwas an. Ob es uns gelingt, die glückliche befreite Zeit von damals wiederzuerwecken? Nicht
wörtlich zwar, nicht mit der blinden kindlichen Direkt-
heit, die wir so schwer bezahlen haben müssen; aber als
Nähe, als mühelose Verständigung über die Rollen hinweg? Und tatsächlich — nach Jahren wieder der erste
sprechende und mühelos entzifferte Blick: *Paß auf, jetzt
kommt der Dämpfer. Mach dir nichts draus —*

Und er kommt, wenn auch nicht ganz in der erwarteten
Form. *Stellt euch vor!* — der Teller bleibt unberührt, der
Bericht der Mama wird wortlos entgegengenommen.
Dann, nach einer Pause: *Küchenhilfe? Bei der Besatzung?*
Wie genau ich doch gelernt habe, die Zwischentöne des
Babbà auseinanderzuhalten! Er ist — *gekränkt!* Und
sogleich verstehe ich den Grund: der Sohn, der die
Nachfolge verweigert, das unantastbare Vaterreich,
wenn auch nur von der Seite her, in Frage stellt . . . Aber
immerhin doch: der Sohn. Das muß mir reichen; und
die mit Spannung erwartete Genugtuung bleibt nicht
aus: der Babbà ißt . . .

Nach ein paar Tagen stellen sich nach Feierabend
beiläufig die ersten Frauen aus dem Treppenhaus ein;
die früheren Nickbekanntschaften interessieren sich
plötzlich brennend für meine Erlebnisse, werfen diskrete
Blicke auf die Mitbringsel. Die Mama übernimmt die
Verteilung, die mit Nützlichkeiten für die Instandsetzung

der Wohnung erwidert wird: Glühbirnen, ein Stück Linoleum, Nägel ... mir ist der unklare Handel peinlich; und die Mischung aus Schulterklopfen und Bettelei, die mir daraus entgegenkommt, entnervt mich. Gefälligkeiten gut und schön: ein geordneter Austausch ist besser. Ich expandiere ins Wäschegeschäft. Eine komplette Garnitur, Hose, Hemd, Jacke, Leibwäsche, zwei Handtücher, alles tadellos gebügelt, für zwei Riegel Cadbury oder eine Packung Camel. Das Angebot schlägt derart ein, daß ich nicht mehr nachkomme. In meiner neuen Weltläufigkeit mache ich einen Vorstoß in ein vorher unbetretbares Gebiet: ich klingle bei den *Hausmeisters*. Der Sohn, etwa mein Alter, von dem ich nur weiß, daß er Harry gerufen wird, öffnet mir mißtrauisch. Ob seine Mutter vielleicht —? Der Vorschlag wird sofort, und mit erstaunter Dankbarkeit, angenommen. Für die Vermittlung behalte ich den einen Schokoladeriegel oder jede zweite Zigarettenpackung. Meine Reichtümer, von der Mama vor dem gierigen Olf streng behütet, häufen sich. Harry rückt zu einer Mischung von Adjutant und Leibwächter für mich auf. Er knüpft mir die Verbindung zur Prominenz auf dem Schwarzmarkt, wo ein solcher Begleitschutz zwar nicht notwendig ist, aber Ansehen einbringt. Fünf Stangen Aktive, zwölf Pfunddosen Kaffee — für Aufträge in dieser Größenordnung bin ich inzwischen allemal gut. Und was darf es im Gegengeschäft sein? Anzugstoff, neue Schlafzimmervorhänge, ein Fahrrad, fabrikneu? Oder vielleicht auch — eine *Leica?*

Der plötzlich über die Jahre hinweg geschlagene Bogen: die endgültige Bestätigung. Ich bin, für alle praktischen Zwecke, zum Ernährer der Familie aufgestiegen; ein gemachter Mann, kein Zweifel. Nur nicht, wie es scheint, in den Augen des Babbà — oder doch? Sein Schweigen ist fast undurchbrechbar geworden; als ich ihm, zur Herausforderung, eine echtlederne Schreibunterlage besorge, ringt er sich kaum zu einem in den Bart gemurmelten *schön-schön* durch.

Und noch einer betrachtet meinen Aufstieg mit gemischten Gefühlen: ich selbst. In der sonderbarsten Weise scheint mein ganzer angesammelter Besitz durch mich hindurch, an mir vorbeizulaufen; ich kann in meinem Inneren nichts finden, woran ich ihn festbinden könnte; es ist, als *gehörte* er mir nicht, als wäre ich sein bloßer *Verwalter*. Hat sich, wie schon einmal, die Fähigkeit zu etwas *Eigenem* von mir abgelöst? Oder woher sonst dieses hohle, und, je höher sich meine Schätze stapeln, immer bodenlosere Gefühl? Ich bin für meine Selbstachtung ganz auf die Stützung von außen angewiesen, und die finde ich nicht nur im allgemeinen Beifall: der Olf ist, wahrscheinlich zum ersten Mal in seinem Leben, neidisch auf mich. Soweit habe ich es immerhin gebracht.

❖ Nein, der wiedererstandene *Glücksfall* ist er dann doch nicht gewesen, obwohl anfangs alles danach ausgesehen hat: der Erste, der seit Menschengedenken wieder so etwas wie eine feste innere Mitte ausgestrahlt hat, und, mit seiner verschwenderischen, ja wirklich königlich reichen Begabung an Leib und Geist, ganz aus sich selbst zu leben schien. Er war als Jäger so glänzend wie als Flötist, und keiner, der sich an der Universität einen Namen gemacht hatte, mußte lange warten, um an seinen Hof gerufen zu werden. Denn bei aller Selbständigkeit beriet er sich gern mit den Klugen und Gebildeten im Land, und die durften ihm ruhig auch einmal übers Maul fahren; am liebsten und heftigsten hat er sich mit einem gestritten, der mit seiner moralischen Strenge, seiner fast demütigen Menschenliebe und seinem ironischen Witz beinahe in allem sein Gegenteil war: ja, eben der, der damals diese *Utopia* sich ausgedacht hat. Den hat er später, als wollte er das Land zugleich von sich und seinem *alter ego* regiert haben, sogar zu seinem Kanzler gemacht. Denn er selber hielt nicht viel auf die Moral, lachte sich über die mönchischen Sündenregister kaputt,

und wer gegen seinen Machtanspruch im Ernst aufmuk-
ken wollte, der konnte recht schnell einen Kopf kürzer
aufwachen.

Das alles nahm er nicht bierernst, sondern als Spiel.
Flenn mir nichts vor, sagte er zu den jammernden Witwen,
die die eingezogenen Güter zurückbetteln wollten, *dein
Alter hätte an meiner Stelle genau dasselbe gemacht!* Und die
große Politik hat er überhaupt nur wie ein einziges
Mobile gesehen: *ein Gegengewicht ja, eine Einlassung nein,*
hat er seinem Generalstab eingeschärft, *eine Flotte muß
her, und zwar mit Kanonen drauf, aber wehe, ihr macht sie mir
in einer von euren Seeschlachten zuschanden! Zuschauer bleiben,
meine Herren! Die sollen sich gegenseitig fertigmachen, nicht uns!*

Kein Wunder, daß wir ihn wie ein höheres Wesen
bestaunten: denn er schien von dem alten Erzübel
befreit, ein anderer sein zu wollen als er selbst. Aber
diese Krankheit ist schlau: nur ein kleiner Sprung im
Gefüge, und schon hat sie sich eingenistet, breitet sich
aus wie ein Krebs. Die Anfänge waren unauffällig: etwas
Überbraves, was zu seinem restlichen Wesen nicht paßte.
Die Interessenehe mit dieser Katharina, nun gut. Aber
einen ausgewachsenen Traktat, um den *Pápa* gegen einen
dahergelaufenen Geiferer in Schutz zu nehmen, sich als
seinen *defensor* feiern zu lassen? Das schmeckte uns gar
nicht: wir fanden den eher lästig mit seinen ewigen An-
sprüchen und Bannflüchen und Bullen; warum kuschte
eigentlich alles vor dem?

Und noch einmal übertraf unser guter Hal alle unsere
Erwartungen: der wollte seine Scheidung nicht unter-
schreiben? Dann weg mit ihm! Ich bin der *Pápa* hier!
Und Schluß mit diesen Ablässen und Annaten und Reliquien und Bilderküssereien, und überhaupt mit diesem
duckmäuserischen Mönchsgesindel!

Landauf, landab Bravorufe: *der Erretter aus der Barbarei!* — und zugleich ein allgemeines Gegrapsche nach
den enteigneten Kirchgütern: wer da nicht zugriff, war
selber schuld. Und dann kam die böse Verwandlung.
Nach der Verfolgung der Papisten ein Ausrottungsfeld-

zug gegen die übrigen *Pápa*-Abtrünnigen: Ketzer, Irr-
gläubige, Lästerer! Dabei hatte er doch selbst —? Aber
wir verstanden schon: um den lieben Gott gings dem
bestimmt nicht! Er wollte der alleinige Übervater sein.
Und von da kannte er kein Halten mehr: ach was Parlament! Ach was *body politick! Jede königliche Verordnung
hat ab sofort ewige Gesetzeskraft!* Und wie er seinen Kanzler aufs Schafott geschickt hat, wußten wir, woran wir
waren: er konnte es nicht. Alles, was er sich selber vor-
warf, mußte er in den andern bestrafen. *Pápa*-treu?
Kopf ab. *Pápa*-untreu? Kopf ab.

Und mit den Frauen genauso. Sieben Stück hintereinander. Die offizielle Begründung: kein Erbe. Da war
wohl auch was dran: ein *Pápa* ohne Sohn? Die kastrierte
Hure in Rom vielleicht — aber doch nicht er! Nur, daß
die Sache damit nicht aufging: zwei davon ließ er wegen
Ehebruchs hinrichten.   Neuvermählung am nächsten
Tag. Wenns nicht so schaurig gewesen wäre, hätten wir
uns totgelacht: er selber ließ doch noch nicht einmal die
letzte Küchenmagd ungeschoren!

Drei Sachen, die er unbedingt hat sein wollen: Ober-
haupt, Stammvater, Ehemann. Und in allen hat er, von
der Rolle überwältigt, versagt. Als er starb, saßen wir in
einem Trümmerhaufen: Staatschulden, eine verdorbene
Münze, Religionsstreit und einen schwächlichen Erben.
Von wegen *Glücksfall!*

❖ Durch meine Küchenarbeit und Tauschgeschäfte bin
ich zu Harry in ein so nahes Verhältnis gerückt, wie es
von der höheren Vaterwelt aus nie denkbar gewesen
wäre; und so gefügig er sich darin auch als Gefolgsmann
zeigt, bleibt er doch, aus seiner überlegenen Kenntnis des
einfachen Lebens, der heimliche Anführer. Er kommt
mir erwachsener vor als ich; nicht nur in seiner katzen-
haften körperlichen Gewandtheit, sondern auch in der
Sicherheit, mit der er den jeweils notwendigen nächsten
Lebensschritt erkennt und hinter sich bringt.   Ihm

scheint keine schwierige Abfolge von Stufen dunkel vor-
geschrieben, bei der die nächsthöhere jeweils eine neue
Überlegenheit bedeutet, aber auch einen Verlust, sondern
unbeirrt und unbekümmert geht er geradewegs von
einem zum andern: erst dies, und dann das.

Aber die Nähe hat auch ihre Nachteile: seit neuestem
kann er nicht mehr damit aufhören, von den *Weibern* zu
schwärmen. Wo wir auch zusammen unterwegs sind,
immer liegt er mir damit in den Ohren. Ich soll mir die
anschauen und die, nein nicht das windschiefe Gestell,
sondern die andere im Dirndl, an der wäre *so richtig* was
dran. Denn das ist für ihn die Hauptsache: daß es da *so
richtig* was zum Zupacken gibt, einmal so einen *richtigen*
Busen so *richtig* — er ist durch nichts zu stoppen. Die
wären mir doch bestimmt auch lieber als die Bohnen-
stangen, die Zaunlatten? So *richtig* feste Schenkel einmal so *richtig* um einen herumgelegt —

Daß er es beim Reden nicht belassen wird, kann ich
mir denken; und wie es dann soweit ist, komme ich ihm
nicht mehr aus. Er wüßte jetzt eine, meldet er mir aufgeregt, zu der könnten wir hin, die wollte sich ausziehen
für eine Dose Kaffee. *Zuviel,* sage ich; eigentlich habe ich
keine Lust. Ja, das schon, aber dafür könnten wir dann
auch einmal eine so *richtig* anschauen, er käme ins
Schwitzen, wenn er bloß daran dächte, sie wäre heute
nachmittag zuhaus, da ginge es, ihr Mann käme erst
abends um sechs.

So werde ich abgeschleppt. Wir kommen in ein
ordentliches, gebohnertes Treppenhaus, eine mollige
Frau mit Schürze macht auf und mustert uns mißbilli-
gend: *ach du bists, habt ihr den Kaffee dabei, na gut kommt
rein, obwohl, ihr seid doch noch Schulbuben, also sowas, und was
ist, wenn der Albert früher heimkommt? Und nur anschauen,
das sag ich euch gleich, außer anschauen ist bei mir nichts —*

Wenn ich doch wegkönnte! Ich bin wie auf einen
fremden Stern versetzt. Mir scheint jede Verbindung
gekappt, das Einkaufen bei der Milchfrau kommt mir
dagegen wie die innigste Vertraulichkeit vor, und bei

dem Gedanken, dieses verkniffene, abweisende Gesicht oder die rotgespülten Hände gar anfassen zu müssen — Aber meine unstillbare Neugier wird so eisern vorausgesetzt, daß ich wenigstens ihren Anschein wahren muß.

Harry drängelt sie in die blankgewienerte Küche. Wir müssen uns vor die Fensterstores stellen, sie selbst bleibt bei der Tür, da wäre sie schneller im Bad, für den Fall, daß der Albert doch früher ... Harrys Begeisterung kennt keine Grenzen. *Den Busen,* bettelt er, *aber bloß einen, damit nicht gleich alles vorbei ist* ... Sie ist geschmeichelt und streift mit einem schelmischen Blick, der sie verjüngt, die eine Hälfte des Büstenhalters ab. Der dunkle Fleck ihrer Brustwarze überfällt mich, wächst und wird so groß wie mein Blickfeld; etwas saust oder dröhnt in meinem Kopf; dann kehrt die Beobachtung umso kälter zurück.

Ich höre Harry neben mir schnaufen. *Mei,* staunt er überwältigt, *mei! — aber den Schlüpfer schon auch!* Und so zieht sie folgsam den Gummi herunter und zeigt uns einen Augenblick lang mit niedergeschlagenen Augen den rotbräunlichen Pelz, unter dem nichts weiter zu sehen ist. Alles flehentliche Gestammel von Harry bleibt umsonst. Unerbittlich schnappt der Gummi zurück: Lausbuben, noch nicht trocken hinter den Ohren, Schluß damit, der Albert könnte jeden Moment, und jetzt her mit dem Kaffee und verschwindet.

Aufgeregt plappert Harry auf dem Rückweg weiter, wie gern er was alles mit der einmal so *richtig.* Mir geht endlich auf, was er mit seiner Beschwörungsformel meint: ihn verfolgt, genauso wie mich, die Angst vor etwas *Falschem,* vor der Unmöglichkeit, in diesem entstellten und erfrorenen Verhältnis jemals einem *Richtigen* auch nur in die Nähe zu kommen ...

Er bemerkt nicht, daß ich schweige, und in Gedanken woanders bin: in einer, wie mir vorkommt, tröstlicheren und verlockenderen, wenn auch nicht ganz ungefährlichen Gegend. Sie liegt in der alten Badeanstalt im *Amt,* die im Krieg ihre blitzblanke, weißwehende Wohlbehütetheit verloren hat und zu einer brettervernagelten Waschküche heruntergekommen ist. Eine Unterwelt, aber weniger tief als die erste von Meimus, die Tageshelle hat durch ein Oberlicht schon zu ihr hineingefunden — fast als wollte sie allmählich nach oben steigen ins wirkliche Leben. Neu hinzugekommen ist jetzt der Dampf, plätscherndes und schwappendes Wasser; aber unverändert steht der feuerknisternde Kessel noch da. Und die Gehörnten bleiben nicht aus: aber freundlicher geworden, haben sie ihre Spieße und Ruten abgelegt und fragen mich fast schon bescheiden, ob meine Wäsche eine Zeitlang warten könnte? Sie wollten baden.

Ich lasse Bürste und Seife liegen und gehe pfeifend hinaus. Aber kaum ist die Tür von innen verriegelt, rolle ich, hastig und leise, den Hackstock davor und strecke mich auf Zehenspitzen hinauf zu der Luke im abgesägten oberen Türeck. Allen, der Reihe nach, raube ich so ihr Geheimnis: wieviele Haare der Koch am Leib hat, sogar auf dem Rücken! Wie glatt, feist und geschmeidig der Friseur sich vor dem sorgfältig befestigten Spiegel windet, wie weiß und verletzlich zeigt sich der Lagerverwalter im herabfallenden Licht, der blonde Schlosser wie rosig und stark!

Auch hier der Moment der Entblößung. Aber sie raubt mir nicht nur kalt die Sinne. Zwar, es fällt, wenn sie sich anbahnt, etwas tief mit mir in die Zeit hinunter, will aufquellen aus der geöffneten Flasche, um nach mir zu greifen, als glühende Schlange vielleicht oder greller Blitz mich anspringen aus schwarzem Gewölk — aber, gottlob, dann löse ich mich vom Grund, steige höher, öffne mich als japanische Muschel zum knallbunten Leuchtgewächs — und vor mir bebt, in überscharfem Umriß, unergründlich aus dem Leib sich erhebend, und doch nicht ganz zu ihm gehörig, will ich sagen: ein *Engel?* ein *Stolz?* eine *Ehre?* — aber ich merke: die Namen gehen nicht *fehl,* aber sie *treffen* auch nicht . . .

Der Bann ist undurchbrechbar. Ich kann die Augen nicht wenden, brauche es gar nicht zu versuchen: denn in dem Anblick ist alles versammelt, was ich jemals von der *anderen* und wahren, nicht durchs Obere verdorbenen Geschichte erfahren habe oder geahnt: der fleischgewordene Geist, das nichtverlorene Selbst, das nun, als holte der unerreichbar vorauseilende Willen sich endlich ein, in unbedingter und unbändiger Begierde, aus sich herausschnellend, zu sich kommt: danach Rast und Ruhe.

Nicht für mich. Alle Versuche, es den Vorbildern nachzutun, bleiben vergeblich, matter Abklatsch. Unauffindbar der gediegene, gewachsene Grund, der einen solchen Absprung erlaubte; ich sacke ein in hohleren Stoff. Daher die Rastlosigkeit, aber daher auch der sichere Blick: *dort ist es!* Und doch weiß ich nicht, würde es mir je in irgendeiner beseligenden Gnadenwaltung zuteil, ob ich den Mut fände, mich ihr anheimzugeben: müßte ich mich nicht aufgeben und auflösen, mit allem was ich geworden bin? Aber selbst dann noch: der bessere, weil nicht von anfang an *aussichtslose* Weg; wenn auch bis jetzt noch verschlossen, so doch nicht unauffindbar.

Ich glaube es Harry schuldig zu sein, ihn auch in meine Heimlichkeiten einzuweihen. Eine Bestätigung hätte mir, bei aller Sicherheit, wohlgetan. Aber er zeigt sich wenig beeindruckt. *Der fette Gibson steht drin,* meldet er flüsternd vom Ausguck, *jetzt holt er sich einen runter. Das kann ich auch!* Dann ist er wieder bei seinem Thema. *Eine ganze Dose Kaffee,* beschwert er sich, *und dann noch nicht mal so richtig von nah. Schön blöd sind wir gewesen!*

❖ Wie schon einmal wurde jetzt das Theater zu unserer großen Leidenschaft, und wie schon einmal handelte es von uns selbst. In der Tragödie verfiel der Held jetzt nicht mehr dem dunklen Götterspruch, den Erinnyen und dem vorgezeichneten Muttermord; das war uns zu vorzeitlich und finster. Sondern Herrscher und Könige sollten darin auftreten, und zwar mit Vorliebe solche,

wie wir sie fürchteten: Größenwahnsinnige, Ehrgeiz-
linge, Tyrannen, Zauderer, Nihilisten — irgendeinen
inneren Bruch oder Fehler mußten sie haben, und dann
wollten wir vorgeführt bekommen, wie sich der aus-
breitete, überall eindrang und einwirkte, sodaß alles
durcheinandergeriet, Kometen erschienen, der Mond
sich verfinsterte, Blut taute, Kamine vom Sturm umge-
weht wurden, Raben krächzten, Flüsse schwollen: so
konnten wir mit Schrecken immer wieder neu durch-
leben, aber ohne es am eigenen Leib zu spüren zu bekommen, wie alles und jedes von unserem Fürsten abhing,
und wie unfehlbar unser neuer, von oben unbeschirmter
Staat, das gebrechliche, nur von der berechnenden Vernunft zusammengehaltene Allgemeine, untergehen mußte, wenn es der falsche war: bis der dann, zusammen mit
seinen unfähigen Nachfolgern, sein schmähliches Ende
gefunden hatte, ein edler und besonnener Erbe aufstand,
und alles wieder seine gute, liebe, schöne Ordnung hatte.
Dann gingen wir, ordentlich durchgeschüttelt und tief
gesättigt, nachhause.

Unser zweites großes Thema war, wie sich versteht,
die Liebe. Aber damit, wieviele von uns sich auch darin
versuchten, sind wir weniger glücklich gefahren. Die
Männer mochten noch angehen, obwohl auch sie hauptsächlich Lobreden über sich selbst hielten, über ihre Herkunft, ihre Verdienste, ihre angeblich unstillbare Leidenschaft, fünfzig Zeilen vor dem ersten Kuß mindestens,
darunter ging es selten ab. Aber die Frauen mißrieten
uns mit eiserner Regelmäßigkeit. Der Held brauchte nur
lang genug auf sie einzuschwadronieren, und schon lagen
sie, in ewiger Treue, in seinen Armen: keusch, gehorsam,
liebevoll, und zum Sterben langweilig. Für den Rest
standen sie dann stumm auf der Bühne herum oder gingen unauffällig in der Handlung verloren. Und nicht
anders in unseren Gedichten: Korallenlippen, goldene
Flechten, Schneebusen, Marmorstirn — mehr fiel uns,
soviel wir uns auch das Hirn zermarterten, nicht ein.
Irgendetwas blockierte uns da.

Und wieder einmal zeigten die inneren Bilder ihre Überlegenheit übers Äußere. Unsere berühmte jung-fräuliche Königin, die Tochter des an sich selbst zugrund-gegangenen Hal: was haben wir die angehimmelt, um-schwärmt, bejubelt! Alles konnte die mit uns anstellen: und wenn sie noch so kräftig über die Stränge schlug, ihre Cousine, als von ihr nichts mehr zu holen war, erbarmungslos einen Kopf kürzer machte, uns nach Strich und Faden ausnahm in ihrer schon krankhaften Geldgier, den spanischen Botschafter unkontrolliert an-brüllte vor versammeltem Kronrat — was nicht nur peinlich war, sondern auch ziemlich riskant —, wir ließen es ihr durchgehen und jubelten weiter: unsere Holde, unser Augenstern!

Und dabei, das sagt doch niemandem etwas Neues, dabei war sie potthäßlich: ein Gesicht wie ein Pfann-kuchen, ein Gestell wie aus Brettern, verdorbene Zähne und falsches Haar: ein vergreister Transvestit war der Eindruck — was ihre Jungfräulichkeit fast schon wieder glaubhaft machte. Man brauchte nur hinzuschauen. Aber merkwürdig: eben das wollten wir nicht. Augen zu — und schon erstrahlte sie, als nie einzuholendes Ideal, neu in überirdischer Herrlichkeit. Kein Zweifel: wir wollten, zwar auch das gute, aber vor allem das *schöne* Gemeinwesen, und sie sollte es für uns verkörpern. Aber unser Wunsch war uns anscheinend wichtiger als die Wirklichkeit; und vielleicht sind unsere Vorstellun-gen vom Schönen die allerentwickeltsten auch nicht gerade gewesen.

❖ Woburn von der Sanitätsstation. Corporal Woburn. Kein höherer Dienstgrad? Das ist verwunderlich. Denn alle, bis auf ein paar Neider, die sich angestrengt um Gleichgültigkeit bemühen, sehen auf und starren ihm nach, wenn er in der Kantine seinen Auftritt inszeniert, in jeder Weise unübersehbar, unüberhörbar: eine hoch-gewachsene, knochige Gestalt, darüber ein großer, scharfgeschnittener Kopf mit hoher, kantiger Stirn, Nase und Kinn weit vorspringend, kalte, schnelle Augen unter der schweren Lidfalte. Er selbst hat keinen Blick für seine Umgebung. Immer in Begleitung, der er sich ganz und gar widmet, als sei ihre Unterhaltung unaufschiebbar und von äußerster Wichtigkeit, sitzt er aufmerksam und verbindlich nach vorn geneigt, unterstreicht seine Sätze mit entschiedener Geste, fährt zurück, lacht schallend mit hochgeworfenem Kopf, läßt die ringsum gierig ausgelöffelte Suppe kalt werden und greift stattdessen nervös zur Zigarette, saugt mit eingehöhlten Wangen heftig den Rauch ein und gibt ihn, nachdem er sich einen nichtvorhandenen Krümel sorgsam von der Zunge getupft hat, im nächsten Einfall wieder sprudelnd von sich.

Nur selten, daß sein Gegenüber zu Wort kommt; aber jede Zwischenbemerkung wird begeistert aufgegriffen, unter heftigster Zustimmung befürwortet, aufs Schroffste verneint. *I couldn't disagree more. You can't possibly mean that. Oh, without a shadow of doubt!* Denn nur ein Urteil ist möglich: das seine. *Dreadful. Hilarious. Tremendously moving.* Als stünde er unter dauerndem Überdruck und hätte Mühe, was ihn bewegte, auch rechtzeitig zu äußern. Gestern abend die Stadtsilhouette zum Beispiel, *ghastly of course, utterly depressing,* aber vor dem rotüberhauchten Himmel doch auch *exquisitely bizarre.* Jedenfalls für den nicht ganz von Blindheit Geschlagenen; nur Variationen sind zulässig. Besonders die Kirchen, nicht wahr? Ah, die Kirchen, *St. Catherine's, you must let me take you;* das reinste Turner-Aquarell; *perfection.* Und die sonderbar verknäuelten Stromleitungen nicht? Auf gar keinen Fall. *Positively distasteful. You can't be serious.*

Ein Tausendsassa. Ich treffe ihn zum ersten Mal allein am Klavier in der Kantine. *Do you like Tchaikovsky? Very loud, you see. But listen to this: isn't it rather wonderful?* Schrecklich aus der Übung. Ein Pianist demnach? Nein, nein. Paar Semester Medizin, deswegen ja auch Sanitäter. Aufgesteckt. Zwei Jahre Personalchef. Auch aufgesteckt. *So unremittingly rational.* Nach der Entlassung wahrscheinlich die Schauspielakademie: *Kunstler as you say, ha-ha.* Ob ich ihn nicht einmal auf der Station besuchen wollte? Dann könnten wir reden.

In welchen fremdartigen, bunten Geistbereichen turnt der da herum? Ich bringe den Mund gar nicht mehr zu. Und ein Besuch ohne begründeten Anlaß kommt mir wie ein unmögliches Wagnis vor. Was hätte ich ihm sagen oder erzählen sollen? Daß ich *Kettenbruch*-Rechnen konnte? Von der *Emser Depesche* wußte? Alles an mir scheint mir leer, roh und zurückgeblieben.

Nicht ganz ohne Absicht also rutscht mir eine Büchse aus und schneidet mir quer über die Finger. Aufgeregter über die bevorstehende Begegnung als über die Verletzung renne ich in die Station hinüber. Woburn versorgt die Hand ruhig und kompetent; ich habe Mühe, seinem Redefluß zu folgen. Ein Ziertischchen, *Regency,* von einer Tante in Bristol. Durch Flandern und halb Deutschland mitgeschleppt, niemand hat je protestiert, *isn't that odd now?* War ich gegen Tetanus geimpft? Vorsichtshalber doch lieber eine Spritze: *mustn't take any risks, you know.* Und drei Tage keine Arbeit. Aber das sagte er dem Koch lieber selbst. *Better clear that up right away.*

Ich bin gespannt. Denn der Koch sprüht Gift und Galle, wenn er den Namen bloß hört. *Woburn. Stupid bugger of a snob that.* Lochhandschuhe beim Autofahren, der Schal im offenen Hemdkragen. Unmöglich der Kerl. *Bloody fucking homo if I ever saw one.* Aber jetzt ist von den Ausfälligkeiten nichts mehr übrig. *Oh I say, Gibson. Boy's not to work for three days.* Die Genehmigung vom *Commanding Officer?* Unnötig. *Medical instructions; pure common sense.* Und außerdem eine Kanne Tee bitte, mit zwei Tassen. *CO coming round for a chat.*

Der Koch wieselt nur noch. Aber den Tee läßt er dann doch mich hinübertragen. Der Offizier sitzt schon da. Auch er wird mühelos in die Tasche gesteckt. *A drop of rum, Sir?* Von einem Vetter aus Jamaica. Das schwarze

Schaf, ha-ha. Sagte einfach, England sei ihm zu neblig. *Wasn't that odd now? And by the way, Sir.* Der Offizier macht ein saures Gesicht. Er wird es schon wieder einmal nicht fertigbringen, nein zu sagen. *Couldn't the boy work for me in the surgery? Tremendous lot of work these days. Not even time to read. Do you like Pushkin? Ravishing stuff. It would be such a help, Sir.* Ich traue meinen Ohren nicht. Der Offizier muß es sich erst noch überlegen. Am nächsten Tag bin ich Hilfssanitäter.

❖ Wir waren mit einem Wort immer noch hauptsächlich miteinander beschäftigt. Das heißt, mit unserer Männlichkeit, die endlich wieder angefangen hatte, sich zu melden, aber von der wir nicht wußten, worauf es hinauswollte mit ihr. Nur einem glaubten wir, daß er sich halbwegs darin auskannte, weil er sich nach ihren zwei Seiten am weitesten hinausgewagt hat. Zum einen in unsere Verliebtheit ineinander, obwohl er sie reichlich hoch hinaufstilisiert hat: *Welches dein Stoff, woraus bist du gemacht, | Daß tausend fremde Schatten sich dir neigen?* — In der Art etwa. Aber immerhin.

Aber er hat auch den Frauen wieder eine eigene Stimme gegeben. Von Männern gespielt, das war ohnehin klar. Trotzdem schienen diese Gestalten etwas Zukünftiges in sich zu tragen, ein Versprechen, daß wir diesmal unseren Weg nicht allein finden müßten; und sie wiederholten auch nicht in einem fort: *das könnt ihr nicht, noch lange nicht, ich bin von euch soweit entfernt wie ein Stern von der Erde.* Die Portia zum Beispiel, wenn sie dem Bassanio das Lied vorsingen läßt, um ihm zu sagen: *reiß dich jetzt zusammen, hör auf, mich mit deinem ins Leere gerichteten Ständer zu verhimmeln. Das richtige Kästchen zu erraten, ist das Einfachste auf der ganzen Welt: du mußt dich nur fragen, in welchem ich als* Person *drinbin . . .*

Die Spannung bei seiner Rede vor der Wahl, in der er tastend der Wahrheit näherkommt! Die Erleichterung, als er sie plötzlich, wie in einer Erleuchtung, ergreift!

Das ging durch und durch. Aber uneingestanden waren wir trotzdem ganz froh darüber, daß die da droben auf der Bühne blieb, daß sie später beim Prozeß wieder in Männerkleidern auftrat ... Und dann? Dann machte der in seinem nächsten Stück diese Furcht doch tatsächlich zum Thema! Ein Held voller Vaterverliebtheit, und deswegen mit dieser Irrsinnsangst, seine Ophelia könnte ihm zu nahkommen, gar versuchen, in sein Geheimnis einzudringen. *Scher dich ins Kloster!* schreit er sie an, *rühr nicht an dieses Ding, zwing mich nicht zu dem, was ich nicht kann!*

Und welches Ding wohl? Er soll den schlechten, sinnlichen Vater umbringen, der angeblich zuvor den reinen und geistigen getötet hat. Jeder von uns wußte, was das im Klartext hieß: er soll den dunklen Teil in sich selber auslöschen. Und von da an fing das Stück an, zu vibrieren, es wurde elektrisch. Jedesmal, wenn wir dachten, *ich an seiner Stelle* — da machte er genau dies. Er kann nicht aufstehen. Unentwegt spricht er davon, wie schwer ein solcher Entschluß fallen muß, wann es günstig oder ungünstig wäre, aufzustehen, seine Gedanken überschlagen sich, es wird immer fraglicher, ob er nur verrückt spielt oder nicht schon ist: und mitten in der Krise dann seine große Rede. Unser tiefster Wunsch, uns das nicht selbst antun zu müssen: *O schmölze doch dies allzufeste Fleisch, | Daß es zerging, verdunstete zu Tau ...* Wir hielten den Atem an und dachten — und zugleich mit diesem Gedanken, das timing war wiederum makellos, sprach er ihn auch schon aus: *denn das wäre gleichbedeutend mit Selbstmord.* Wir fühlten uns in unserer aufgezwungenen Rolle zugleich verstanden und ertappt. Ja, wer es fertigbrächte, sie nur zu spielen! Und da kam der Clou. Welche Hauptleidenschaft nämlich hat dieser Held? Das Theater! Und welche Frage stellt er sich, *selber eine Bühnenfigur,* ohne eine Antwort darauf zu finden? *Warum die gespielten Gefühle stärker und gleichsam echter sind als die im wirklichen Leben.*

✦ Ein beiläufig hingeworfener Vorschlag: ein Soldatentheater, wie wäre das? *The Telecom Theatre, nein?* Und eine Aufführung zu den Feiertagen. *Rope* vielleicht. *Do you like Patrick Hamilton?* Die Frauenrollen leicht zu streichen. *Murder as a fine Art.* Nicht unspannend.

Der Plan ist noch kaum gefaßt und genehmigt, und schon hat sich Woburn zur unbestrittenen Hauptfigur der Kompanie aufgeschwungen: er übernimmt jetzt offen das Kommando. Von Dienst kann kaum noch die Rede sein. Keiner, der nicht in die Vorbereitungen mit einbezogen wird. Die Bühne muß aufgestellt werden, der Vorhang genäht, die Truhe für die Leiche gezimmert, die Kostüme geschneidert, die Scheinwerfer besorgt und installiert. Woburn ist an allen Orten zugleich. *Oh I say, Hilary. Oh I say, Roy.* Wer bekommt welche Rolle? Gerüchte, Eifersüchteleien, erhitzte Gesicher. Der Mörder, *let me think now: very handsome, very charming, with just that brutal touch* — Kinnbacken werden allseits nach vorn gereckt — *Whittaker* natürlich. *Just the man, without a shadow of doubt.* Der Rest ist eingeschnappt. Ob man nicht doch die Rolle der Miss Debenham, in Verkleidung —? *Ludicrous. You must be out of your mind.* Und ich? Regieassistenz. Aber kann ich das auch? Den allesentscheidenden Dreisekundenspot vor dem Blackout? *Of course not. Most ungifted person I ever saw. Not a chance in the world.*

Die freundschaftliche Beschimpfung ist wie ein Orden. Anderen geht er um den Bart, kanzelt sie ab, übersieht sie. Für jeden hat er einen eigenen Haken, und gegen Ende der Probezeit haben wir ihn alle geschluckt: hängen an seinen Augen, strahlen über das kleinste Lob, ducken uns vor seinen Wutanfällen, die aus heiterem Himmel losbrechen. *Das Glas* zertöppern! *Wie oft muß ich das* noch *sagen? To smithereens! Wham! You see? And now clear that away.*

Seine Umgebung noch mächtiger zu beherrschen, sich ihr noch tiefer aufzuprägen, scheint unmöglich. Aber dann gibt ihm die Premiere noch die Mittel des Theaters zur Hand, und er nutzt sie alle. Außer ihm bewegen sich nur blasse Schemen über die Bühne: er wird zum unerreichbaren Fabelwesen; niemand, der nicht so sein will wie er. Der manierierte Dichter mit Herz: weit aufgerissene Augen, die Mundwinkel weltmüde abwärts gebogen. *Five and twenty minutes to eleven. Now. It's a wonderful hour.* Und keiner im Saal kann mehr verstehen, warum er seine Sätze nicht seit jeher so mühsam hervorgehaucht, bei seinen schneidenden Antworten nicht den Kopf seinem Gegenüber immer schon so herrisch hingestreckt hat. So sein, so spielen zu können! Jede Pointe haargenau gesetzt, kein Lacher, kein Erschauern bleibt auf der Strecke. Totenstille bei seinem Schlußmonolog. *This is a very queer, dark and incomprehensible universe. I shall never trust in logic again . . .*

Am nächsten Tag ist der allgemeine Bann gebrochen. Höchstens, daß Woburn in der Kantine von noch mehr scheuen Blicken gestreift wird, der Koch noch unflätiger über ihn herzieht. Aber um mich ist es geschehen. Wie zuvor auf der Bühne beginnen alle außer ihm zu verblassen. Was hatte ich doch gleich wieder an Harry, an Meimus, am Olf jemals gefunden? Sie konnten mir doch bestenfalls beibringen, die Welt von unten her zu sehen. — Nur bei Woburn weht der bewegliche, geschliffene Geist, funkelt der Witz, das Gelächter, das sich überstürzende heftige Leben!

Aber mit meiner Bewunderung wächst auch die Angst. Mit dem Theater ist es vorbei; und auf der Station, das stellt sich schnell heraus, gibt es kaum für die Vormittage genug zu tun. Wozu soll ich ihm also für den Rest des Tages nützlich sein? Wann kommt es auf, daß ich Holzkopf nichts weiß und nichts kann? Anscheinend nie. Jeden Tag werden meine Zweifel neu weggeblasen von einem Wirbel längst überfälliger, absolut unaufschiebbarer Dringlichkeiten. Es mußte endlich die Kaiserburg besichtigt werden: die Kapelle dreistöckig, *wasn't that odd now?* Schade, daß die Sonne nicht schien, die Lichtwirkung mußte unvergleichlich sein. Und was,

schon der vierzehnte, und die Kerzenhalter für die
Tante aus Bristol noch immer nicht besorgt? Silber,
wenn möglich: etwas Einfaches. Also rasch mit dem
Zettel ins Chefbüro: wir bräuchten den Jeep, möglichst
den ganzen Nachmittag. Nein, nicht auf dem Schwarzmarkt, *I don't want to get involved in that kind of thing,* gegen
englische Pfund ist beim Goldschmied bestimmt was zu
kriegen. Und dann aber nichts wie zum Reichspartei-
tagsgelände hinaus: zwei Fliegen mit einem Schlag.
Monstrous, isn't it? Somehow unreal. Do you know Chirico?
Nein? Im Bücherschrank muß irgendwo ein Bildband
über Futurismus herumfliegen. Und mein Englisch
wurde auch jeden Tag schlechter statt besser. Da mußte
endlich etwas geschehen. An den Nachmittagen etwas
zusammen lesen vielleicht. O'Henry oder sowas. Und
später dann Hamlet. *Just the thing at your age. A play about
the theatre really. Would you like that?*

Und ob ich wollte! Auf einmal weiß ich, wo ich bin,
kann ich unser Verhältnis bezeichnen. Zum zweiten
Mal, aber wieviel luftiger, ausgreifender und ohne absehbares
Ende, der gemeinsame Brückenbau: dasselbe
selbstverständliche Einbezogensein, die unverbrüchliche Zuversicht: *du kannst es!* Und wieder die traum-
sichere Erfühlung und Nachfolge: der Kanal, über den
ein Vatergeist in mich einfließt bis tief in seine fremdartige Herkunft; Wörter, die sich mir öffnen in Unter-
tönen und frühem Geraune; eine Stimme von altersher
in einer anderen Verzweigung, die mich eintauchen läßt
in eine andere und wie mir scheint frischere, weniger
verhangene Geschichte; und wenn die sich an die Oberfläche hält, statt sich bodenlos zu verstricken, in einem
vergilbten Buchenzweig frisches Laub sieht, *the second bud!
Isn't it wonderful?* — was tuts? Dafür hat sie sich auch eine
Beweglichkeit erhalten, der ich nur nachstaunen kann . . .

Nur, wie lange noch? Was bringt den Lufttänzer und
Feuerkopf dazu, sich mit mir abzugeben? Was findet er
eigentlich an mir? Das muß er mir nun endlich einmal
erklären. *But haven't you noticed? Didn't you realize? And*

stop Corporal-Woburning me. Call me Christopher. Weil ich
so ein guter Zuhörer war. Wegen meiner nachdenklichen
und etwas schwermütigen Art. Nein, alles nicht wahr. *Better clear that up right away.* Weil er sich in mich verliebt hat.
Als hätte ich das nicht gewußt! Und jetzt jault alles in
mir dagegen auf. Freilich bin ich froh, natürlich bin ich
geehrt, und nie werde ich freiwillig ablassen von einer
Verbundenheit, an der, warum es nicht sagen? meine
Seele hängt. Christopher: ja, der mich an das andere
Ufer trägt. Jeden Tag hätte ich mich in Stücke reißen
lassen für ihn. Das weiß er. Aber den Geist umarmen,
wie geht das? Es kommt mir so durchdringend *falsch*
vor, so fremd und abgetrennt, wenn auch nach einer
anderen Richtung, wie die unselige Hausfrauenentblö-
ßung von neulich. Und wenn es dafür noch einen Beweis braucht: seit Wochen verkneife ich mir schon meine
heimlichen Vergnügungen am Waschküchenausguck:
die Vorstellung, ich könnte *ihn* dahinter entdecken, ist mir
entsetzlich; ein Herzfaden müßte mir reißen; ich zerflösse
vor Scham.
Er seufzt. Ja, das weiß er auch. Wenn ichs nicht
konnte, dann eben nicht. *Mustn't take any risks, you know.*
Meine Erleichterung, meine Dankbarkeit sind unbe-
schreiblich. Mich jemals von ihm zu trennen, scheint
mir ein Ding der Unmöglichkeit: erst jetzt bin ich wahrhaft an ihn gefesselt.

❖ Und trotzdem lasse ich auf der anderen Seite nicht los.
Wie mein eigener Doppelgänger, und ohne daß Christopher davon etwas ahnt, führe ich meinen Tausch-
handel weiter, recht ordentlich und erfolgreich sogar:
nur, daß er inzwischen auf den Abend verlegt wird, den
ich angeblich zuhause verbringe. Mir liegt dabei weniger
an der Bereicherung, als an einem Gegengewicht. Denn
mein ohnehin schwacher Begriff von mir selbst droht mir
jetzt ganz verloren zu gehen. Was er an mir schätzt, halte
ich für eine verliebte Täuschung: eine irgendwie in mir

eingewachsene Tiefe, in die ich mich schwermütig, aber auch bedächtig zurückziehen kann, die mich aber in Wahrheit nur wie etwas Hohles in sich hineinsaugt. Und was er, wahrscheinlich ohne davon zu wissen, aus mir machen will: sein Ebenbild nämlich — dem brauche ich gar nicht erst versuchen zu folgen; das kann ich nur in mich aufnehmen als das Andere meiner selbst.

Und so steige ich auf die Schaukel: untertags Christopher; abends, an der Seite von Harry, in die Gegenwelt, die mich erleichtert, erstaunt, und mit Neid erfüllt. Woher haben die nur immer dieses Glück, diesen Leichtsinn, diese schwarzen Locken und lässig hingeräkelten Leiber? Die verschwenden keinen Gedanken darauf, was andere von ihnen halten; die klimpern mit ihren Armreifen und Kettchen, spucken Sonnenblumenkerne um sich, und wo sie sich auch niederlassen, immer ist gleich was los, alle lachen und reden durcheinander, Geschichten über Geschichten, die Sache mit den vertauschten Namen in der Schutzhaft damals, wie sie den Willi aus Versehen haben laufen lassen, und dann konnten sie den Fred natürlich auch nicht dabehalten ...

Nie haben sie aufgesteckt, sich immer irgendwie durchgeschlagen, sogar in der schlimmen Zeit, damals vor dem Krieg noch, als die Helma noch als Nummerngirl tingeln gegangen ist, ein Pleitebumsladen in der Vorstadt, dreißig Zuschauer am Abend wenns hochkam, oft hatte es nicht einmal für den Schnaps gereicht. Bis sie dann angefangen hatte, Schlager zu singen, *Die Nacht ist nicht nur zum Schlafen da,* da hat sie sich drangehängt, ein Riesenerfolg, und von da an gings in die Vollen, Sekt, Pelze, der Willi hat den Chauffeur gespielt — und dann nach Kriegsende alles futsch natürlich, wenn der dicke schwarze Joe nicht gewesen wäre, der hat sie in den ersten Monaten über Wasser gehalten, bloß, der konnte nie genug kriegen, und dann hat er immer so laut geschrien beim Kommen, die Leute im Haus haben sich beschwert, und die Helma hat nur noch die Zähne zusammengebissen, der Willi hat sie getröstet, *Helmchen,* hat er gesagt, *schau mach dir nichts draus, es kommen andere Zeiten* — naja und jetzt mit dem Hutladen, das geht doch schon wieder ganz flott, oder nicht?

Ich kann mich nicht satthören. Aber auch zu ihnen gehöre ich nicht. Was ist nur los mit mir, frage ich mich, warum kann ich das nicht auch, mich irgendwo hineinschmeißen und mich durchsetzen, woher diese dauernde Angst, daß es schief geht, ein böses Ende nimmt? Wo ist mein Ruf von damals geblieben: *ich bin der Istian?* Und dann, zornig, entgegne ich mir: aber das stimmt doch alles gar nicht, kein Wort ist davon wahr, mein Geschäft läuft und läuft, ich brauche nur auch meine Geschichten zu erzählen, wie ich damals an dem Wachtposten vorbei ins Büro gerast bin, wie der Harry in der Wohnküche den dicken Busen angeschmachtet hat, und schon biegen sich die vor Lachen. Und wenn ich nachmittags Christopher frage, *the shard-borne beetle with his drowsy hums — was für ein Käfer?* — dann ist der schon beim Wörterbuch, *du hast recht, weiß ich ja selber nicht, also Moment:* shard: Mist, Unflat, später mißverstanden als Flügeldecke, *und rat mal warum? Wegen unserer Stelle hier! Isn't that odd now?* Und bei der nächsten Jeep-Ausfahrt feixen wir dann: *doesn't she look shard-borne in that coat!* und kichern uns eins.

Was kann ich mir mehr wünschen als dieses Doppelspiel zwischen zwei Welten, die mir alles zutragen, was ich selber nicht habe? Nur daß an meiner Bedrückung eben doch etwas stimmt. Wenn die sich etwas erzählen, für etwas begeistern, fragen sie sich nicht: wozu tust du das? Wenn sie lachen, sitzen sie nicht neben sich und sehen sich zu dabei. Bei mir ist immer ein Als-ob dabei, denke ich mir; aber das richtige Als-ob vergißt sich und weiß nichts mehr davon, daß es eins ist.

❖ Hinter den Kulissen, jenseits des öffentlichen Jubels, hat sich unsere Wonnekönigin dann freilich etwas anders ausgenommen. Sie war eine Pokerin, und alles andere als der Höchsteinsatz hat sie gelangweilt. Zu unserem Glück: denn jeden anderen hätten die Riesengewichte, mit denen sie hantierte, erdrückt. Das hat sie ganz sicher nur fertiggebracht, weil sie kein Mann war; sie mußte nichts *darstellen* wie ihr Vater, bis sie hinter der Darstellung verschwunden ist; und über Frauenrollen hat sie sich nur lustig gemacht; bei dem Wort *Jungfrau* hat sie frech in die Runde gezwinkert; ein Kind? nicht mit ihr! Und vor Liebe sterben, das überließ sie der Maria, dieser alten Gefühlsnudel: den Liebhaber auf den eigenen Mann hetzen! Nicht die Untat empörte sie, sondern die Beschränktheit.

So blieb sie frei. Frankreich, Spanien, alles nur Spielmarken. Vielleicht doch eine spanische Hochzeit? Wer weiß, später einmal: aber eigentlich wäre sie nichts lieber als eine Nonne, still in ihre Gebete versunken . . . *Quelle blague!* zischte der französische Gesandte angewidert. Aber sie wußte schon, was sie tat. *Wir sind ein Schiff,* erklärte sie, *unser Reich ist das Meer* . . . Hatten wir so etwas Ähnliches nicht schon einmal gehört? Und furchtlos hat sie es mitten zwischen die Klippen gesteuert. Immer fand sie die Lücke. Aufstände in den Niederlanden? Da muß sofort Geld drauf! Genauso wie bei den Protestanten in Schottland: und schon kam die Cousine brav in die Falle gewackelt. *Die nützt mir nur etwas, solange sie lebt,* entschied sie zuerst; kein Attentatsplan entging ihr, und niemand konnte sicher sein, ob sie ihn nicht selbst angezettelt hatte. Aber als die Karte dann ausgereizt war, sagte sie kalt, *jetzt reichts.*

Nach außen hin lief alles glänzend; aber im Innern ging es zäher und zäher. Und woran lag das? An uns. Was wir ihren Geiz nannten, war unser eigener. *Holts euch draußen, nicht drinnen!* hatte sie uns angefeuert. Aber unsere Handelsgewinne, und die waren kein Pappenstiel, reichten uns nicht: wir wollten auch aus unseren Landgütern herausholen, was die nur hergaben. Und herausrücken nichts: auch nicht für die einsichtigsten Ausgaben, die Flotte oder den Straßenbau. Was, sie wollte schon wieder einen Kredit von der City, doppelt so hoch wie der vom letzten Jahr, der natürlich immer noch ausstand? So ging das nicht mehr weiter, sagten wir. Was war nun eigentlich Staatshaushalt, was Privatschatulle? Welche Investitionen wurden von der Unternehmerin getätigt, welche von der Regentin? Und wenn es an die Rückzahlung ging, war jedesmal Ebbe. Dann überließ man uns großzügig die Eintreibung irgendeiner obskuren Fenstersteuer, die mehr kostete, als sie eintrug, oder verlieh gnädig einen Titel, von dem, es mußte einmal gesagt sein, sich auch keiner was kaufen konnte.

Sie redete uns zu wie den lahmen Gäulen. Ein Staatshaushalt könne nun einmal nicht von der Luft leben. Sie butterte schließlich auch die Einkünfte aus ihren eigenen Schiffen zu. Warum wir nicht? Aber man konnte natürlich auch die Importzölle heraufsetzen, wenn uns das lieber war als der popelige Vorschuß.

Wir baten sie, vernünftig zu bleiben. Bei derartigen Beträgen werde ein Mitspracherecht bei der Verwendung unerläßlich, ein Mindestmaß an Kontrolle. Es sei schließlich unser Geld, nicht das ihre. Man hätte sie hören sollen. *Kontrolle! Über eure gesalbte Königin!* schrie sie, *von euch will doch jeder was andres!* Dann wurde sie giftig. *Euer Geld — und woher habt ihr es, euer Geld?* höhnte sie, *unter meinem Schutz aus den spanischen Fregatten geklaut! Ausgesogen aus meinen lieben Vettern und Basen, denen ihr solang eure Schuldscheine aufschwatzt, bis ihr euch in ihre schönen Sitze einnisten könnt! Abgepreßt meinen armen Untertanen durch schamlose Pachten und Handelsspannen. Und ruht nicht eher, bis ihr euren gesetzlichen Höchstlohn durchgepaukt habt, die Auspeitschung und Brandmarkung der Bettler und Vaganten, die heimatlos durch mein Land humpeln. Habe ich sie von der Allmende vertrieben? Aber wenn ich dann ein Armengeld für sie verlange, jammert ihr über euer gutes Bares. So sieht eure Kontrolle aus, eure Staatsvernunft! Räuberpack, Diebsgesindel, mir aus den Augen!*

Wir scharrten mit den Füßen vor Verlegenheit. Sie hatte recht. Die Landvertreibung hatte sich wie ein

schleichendes Übel tatsächlich zu einem Skandal ausgewachsen. Aber wenn wir selber vor der Frage standen,
überwältigte auch uns die Habgier. Sogar unser Natio-
naldichter war schwachgeworden, und hatte gegen ein
gewisses Sümmchen der Einhegung zugestimmt. Irgendetwas in uns wollte — nein, nicht im alten Sinne etwas
besitzen, sich an das Eigene klammern, aber doch einen
Bereich, in den uns nicht dauernd einer dreinredete, den
wir selber bestimmen konnten. Und so ließen wir uns
diesmal nicht einfach wie die Fliegen verscheuchen,
sondern blieben stur. Wozu es dann eigentlich ein Parlament gab, wollten wir wissen; das hätten wir mit Kontrolle gemeint. *Seit wann werden Wölfe, wenn sie Gesetze
erlassen, zu Lämmern?* rief sie. *Was ihr wollt, ist der verall-
gemeinerte Eigennutz. Ihr werdet schon sehen, wo ihr landet
mit eurer Demokratie!*

Aber als das Parlament dann eine Deckung durch Steuer-
gelder verlangte, gab sie klein bei. *Das Schiff läuft aus dem
Ruder,* murmelte sie, als ihr der Kanzler das Abstimmungs-
ergebnis brachte, *es wird Zeit, daß ich abtrete.* Aber der
nickte nur beiläufig: das sagte sie nun auch schon seit fünfzehn Jahren.

❖ Rückkehr zur Normalität: lang und streng im Geheimen vorbereitet, in wer weiß welchen abgeschirmten
Zirkeln und Gremien, von deren Vorhandensein, Zu-
sammensetzung und Beschlüssen kaum ein Gemunkel zu
den Betroffenen durchdringt: die *Währung.* Alles reibt
sich die Augen. Das neue Geld ist morgens ab neun in
den Schaltern abzuholen, pro Nase soundsoviel. Ein
sekundenkurzer Hauch von Gleichheit, am nächsten
Tag schon verflogen: die Sparkonten bis auf ein Zehntel
enteignet, die Sachwerte unangetastet. Eine Flut von
zurückgehaltenen Vorräten, Grundstücken, Beteiligun-
gen überschwemmt den engen Markt. Eben noch ein
Labyrinth von Hintertüten, Schleichwegen, Beziehungen: ratsch ein Vorhang, und ein intaktes Über- und
Nebeneinander von Ämtern, Parteien, Ausschüssen und

Interessenverbänden steht da und macht sich ans Werk der *Neuordnung.*

Ich kann mich kaum umdrehen, so schnell bin ich gelegt. Meine Geschäftsbasis hat sich über Nacht in Nichts aufgelöst. Mein Warenlager kann ich gegen Dumpingpreise verhökern oder ins Klo schütten. Es hat also doch gestimmt, daß mir in Wahrheit nichts gehört! Denn um in die höheren Sphären des Eigentums vorzudringen, dazu hat weder mein popeliger Kleinhandel noch mein Weitblick gereicht.

Wer und was bin ich jetzt? Neuordnung auch in der Familie, die mir in meinem Doppel- oder Dreifachleben gleichsam abhanden gekommen ist: die Zweifachwirtschaft, mit meiner Quasi-Vaterrolle des mit der Außenwelt ausgelasteten Versorgers, findet schlagartig ein Ende, und verschwindet, zusammen mit der immerhin noch aufrechterhaltenen Gefühlsnähe zur Mama, erinnerungslos in der Versenkung. Der Babbà, höherer Dienst, Festgehalt vom Doppelten des Durchschnittseinkommens, ist wieder in seine alten Rechte und Würden eingesetzt. Er bestimmt die Verteilung und regiert damit kalt und bestimmt; er verfügt die jetzt anstehenden Prestigekäufe: neue Wohnzimmersessel im modernen Bazillenmuster, Mosaiktisch; gemäßigte Freßwelle; kein Fernseher. Selbst die Mama wird dabei kaum konsultiert.

Beim Nachhausekommen finde ich eines Abends auf der Rückseite einer liegengelassenen Notiz von Christopher an mich den vom Babbà darübergeschriebenen, lakonischen Befehl: *abblasen!* Es dauert eine Weile, bis ich begreife. Dann gerate ich über den herzlosen und anmaßenden Übergriff so außer mich, daß ich unser Dauerschweigen durchbreche und ihn zur Rede stelle. Doch; allerdings halte er unsere Beziehung, besonders die des Älteren zu mir, für ungesund. Außerdem könne er es sich unter den neuen Zeitumständen nicht mehr leisten, seinen Sohn als Hilfsputzer bei der Besatzungsmacht arbeiten zu lassen; mit meinen Schiebereien sei es gottlob ohnehin vorbei. Er biete mir ein wöchentliches Taschengeld und verlange dafür die Rückkehr auf meinen Platz in der Familie.

Es kommt nicht einmal zum Konflikt. Er scheint mir aussichtslos: *ungesund!* Noch nicht einmal der Anflug des Gedankens, daß Christopher mir weitergeholfen hat, wo ich von ihm im Stich gelassen worden war! Und zu den neuen Bereichen, die mir dort aufgegangen sind, fehlt ihm, weil es nicht die seinen sind, aller Zugang. Doch wird mir jetzt auch die Gelegenheit aus der Hand geschlagen, um die Fortführung zu kämpfen: Christopher hat seine langgefürchtete Entlassung erhalten und muß in zwei Wochen nach England zurück.

Ich verbringe die Zeit in mich gekehrt, um mich gegen einen Trennungsschmerz zu wappnen, den ich schließlich doch unterschätze. Nach den ersten paar Stunden der Benommenheit meine ich die offenen Stellen dieser seelischen Herausreißung körperlich zu spüren. Mit angezogenen Knien, die Fäuste mit zusammengelegten Ellbogen gegen den Kopf gedrückt, versuche ich die Wundflächen aufeinanderzupressen und so zu betäuben. Ich darf nicht daran denken, was mich morgen anstelle eines Wirbels von Zuneigung, Gelächter, schneller Verständigung, Albernheiten, Irritierungen und plötzlichen Einsichten an öde sich hinschleppender Zeit erwartet. Ich springe auf und schreibe den ersten meiner endlosen, täglichen Briefe: *Lieber Christopher, acht Stunden sind seit Deiner Abreise vergangen* —

Die Antwort läßt auf sich warten. Sie kommt von sehr weit her. Ja, er habe sich nun doch an der Theaterakademie im Fach Opernregie eingeschrieben und bekam verbilligte Karten für den Covent Garden. Gestern im Tristan, *brilliant singers and most beautifully lit, although the directing was not what it might have been* . . . Ich verschlinge die Nachrichten, versuche zu antworten, und weiß, ohne es wahrhaben zu wollen: es ist aus. Nein, keine Treulosigkeit; nur hier wie dort eine andere Gegenwart.

Meine Anstellung bei der Kompanie hat sich durch Christophers Fortgang von selbst erledigt. Feierliche

Wiedereröffnung der Schule. Merkwürdig, wie wenig sich dort geändert hat. Zwar ist das scholastische Uraltgerümpel hinausgeflogen. *Woos isst Kai-rró? — Der diamantänä Knauf am Nüülfächer! — Woos isst Monsunindiênn? — Der goldänä Saum am Bättälmantäl Asiens!* Damit werden wir nicht mehr behelligt. Aber sind die neuen Glaubenssätze darum schon besser? *Rerum potiri,* sich der Herrschaft bemächtigen. *Der Aufbau der Kastanienblüte. Die Tücke des Objekts, ein Erlebnisaufsatz.* Ich fühle mich wie in ein anderes Zeitalter zurückversetzt. Statt der lebendigen und leidenschaftlichen Aneignung des Gegenwärtigen ein versteinerter Babbà-Schulgeist, der hinter dem des wirklichen Babbà auch noch um Epochen zurückhinkt: eine auf nichts beziehbare Wortwelt wie seit jeher. Aber auch auf der Harry-Seite ist ein eiserner Vorhang heruntergerasselt. Die Hausmeisters sind wieder die Hausmeisters. Harry, in seine abgebrochene Lehre neu hineingezwungen, schaut fast ohne ein Signal des Wiedererkennens an mir vorbei, und wenn mich einer seiner seltenen Blicke streift, meine ich daraus den Satz von früher zu hören: *deä gäid affd obäschull* . . .

Wie schon einmal schwimmen mir alte Eroberungen und Fähigkeiten undeutlich davon. Den Kopf tief über die Schulbank gebeugt, fülle ich ganze Seiten meines Konzepthefts in genau untereinander ausgerichteten Kolonnen mit dem Wort *Hilfe!* Wenn ich zur Bloßstellung meiner vermeintlichen Unaufmerksamkeit aufgerufen werde, kann ich exakt das gerade Vorgetragene wiedergeben. Nur dem Englischlehrer, der *but* wie *bött* ausspricht, fahre ich bei seinen schlimmsten Entgleisungen manchmal dazwischen. Dann gebe ich auch diesen Widerstand auf. Ich weiß alles besser, ohne dieses Bessere namhaft machen zu können. Fest steht nur, daß ich durchhalten muß. *Selbstverständlich wird mir das Abitur gemacht,* sagt der Babbà auf meine zögernd vorgebrachten Einwände gegen die Schule, *was denn sonst.*

❖ Von überall her stürzten jetzt Entdeckungen und Neuigkeiten auf uns ein: die Wirklichkeit entriß der Phantasie die Herrschaft über ihre vormaligen Reiche so schnell, daß wir kaum folgen konnten. Mit jeder Handelsniederlassung wurden die Einfüßler und Phallussegler in entlegenere Gegenden vertrieben, schließlich aus ihrer letzten Zuflucht, den Antipoden, verjagt und ins Reich der Einbildung verbannt. Eldorado war keine Sage, sondern ein einträgliches, wenn auch blutiges Geschäft.

Wir wohnten also auf einer Kugel, die, von unseren Ängsten, Träumen und Strampeleien unbeirrt, die Sonne umkreiste. Der Gedanke war verwirrend und schwer zu fassen — aber vor allem beunruhigend dunkel in seiner Herkunft: denn unser Gemeinwesen war in den letzten Menschenaltern immer deutlicher demselben Bild gefolgt: die Sonne war der Monarch, um den sich, bei Gefahr des Untergangs und Zurückstürzens in die Dunkelheit, alles drehen mußte; die Redensart, daß wir uns in seinem Licht sonnten, war fast schon ein Gemeinplatz. Und zur selben Zeit, nicht früher oder danach, ließ sich auch das Weltall nach seinem Muster deuten? Wenn wir nun eines Tages anfingen, in eine andere Richtung zu denken? Wurde dann die Welt neuerlich zu dem, was von ihr gewollt war? Hatte sie etwa gar keine feste Beschaffenheit, sondern bestand nur aus hintereinanderliegenden Schichten von Möglichem, die nach und nach sich zu immer neuen Tatsächlichkeiten verfestigten?

So unheimlich die Vorstellung auch war: sie schien sich durch ein noch schlagenderes Beispiel zu bestätigen. Immer dichter hatte sich unser Land seit der Neuordnung mit einem Netzwerk von Verkehrsadern überzogen; sein Reichtum, vormals in Häufen gehortet oder verpraßt, hatte wieder angefangen, sich zu verflüssigen und in Bewegung zu setzen, war vorgedrungen bis in alle stillen Ecken und hinterwäldlerischen Winkel, um sie im Austausch vom Überflüssigen zu entleeren und nach Bedarf zu versorgen. Und was hatte da dieser

Holländer nun auf einmal in der Körperwelt ausfindig gemacht? Den Blutkreislauf. Uns stand allen einen Augenblick der Verstand still. Was war denn nun was? Und zugleich wurde uns unser vorheriger Geisteszustand zum Rätsel. Was hatten sich denn die Ärzte zweitausend Jahre lang vorgestellt? Offenbar gar nichts. Dabei gab es doch gar keine andere logische Möglichkeit!

Aber die Frage hatte sich zuvor nicht gemeldet: das Bild dafür war noch nicht an die Zeitoberfläche gestiegen. Dann der Erwerb einer neuen Fähigkeit — und schon wieder stand die Welt wie der Igel am anderen Ende und sagte: natürlich bin ich auch das, seit jeher gewesen, ihr habt es nur nicht gemerkt! Was lag da also sonst noch vor unsern Füßen, und wir sahen es nicht?

Umgekehrt fügte sich das Bild so nahtlos in die älteren, daß sich der Gedanke an ein tieferes und verborgenes Gesetz kaum mehr abweisen ließ. Das Herz, sagte der Holländer, war demnach die Pumpe des Ganzen. Und genauso hatten wir es doch in unserem Inneren aufgefaßt: als Sitz der ins Höhere hinaufentwickelten Beziehung zum Werk, die sich nicht darauf niederhockte, sondern es, in fester oder verflüssigter Geldform, abwechselnd in Besitz nahm und dann schenkend wieder hergeben konnte: Organ eben des Vermögens, das Handel und Austausch endlich wieder in Gang gesetzt hatte und am Laufen hielt!

Das unergründliche Wechselspiel zwischen Innen und Außen, der Spiegel, der nicht verriet, ob das Wirkliche vor oder hinter ihm lag. Hier bei uns, so glaubten wir wenigstens, ging es einem gesteigerten allgemeinen Reichtum, und so schließlich auch dem besser geordneten Gemeinwesen entgegen; aber die Neue Welt trieb in eine andere, und düsterere Entwicklung. Die hatten dort, in einem übersteigerten Drang zur Errichtung eigener, kleiner Reiche, allen Ernstes wieder angefangen, sich Sklaven zu halten! Mit der erwarteten Begründung: die hätten gar keine Seelen, seien halbtierische, gottlose

Kreaturen. Aber das war doch schon einmal, wenn wir uns auch nicht mehr recht erinnern konnten, wieso und warum, schiefgegangen und zusammengekracht? Und deswegen stiegen zwar die Bedenkenloseren von uns mit ein in das unappetitliche Geschäft, aber sie ließen sich doch von uns sagen: macht das woanders. Also gut, in den Freihäfen auch noch — aber ins Land kommt uns das nicht.

Schließlich hatten wir mit unseren eigenen Ungleichzeitigkeiten schon genug zu tun. Soviel war jetzt genauer auszuloten und unter einen Hut zu bringen: aber unsere Schulen, als lebten sie hinter dem Mond, nahmen davon schlechterdings keine Notiz. Dort ging es immer noch um den nächsten Gottesbeweis, der so wenig einer war wie der vorige. An unseren Federhaltern nagend, plagten wir uns ab mit einer *Widerlegung der Irrlehre von der leiblichen Aufnahme Mariens in den Himmel, dargelegt aus Schrift und Überlieferung.* In der Schrift: nichts; die Überlieferung: ein hundertstimmiges Gequake aus einem Froschteich. Die Literaturwissenschaft: ein Alptraum. Editionstechnik, bis uns die Augen tropften. Ganze Latten von rhetorischen Figuren mußten wir herbeten können, auf griechisch, lateinisch, zuletzt in ihren dämlichen Übersetzungen: der *Rückwärtsdreher,* das *Wiegemesser, das Zwangsgespann.* Wie die ABC-Schützen. Wieviele allegorische Lesearten unterschieden wir? Und zur Beweisführung immer nur die Autoritäten. Ob das Zitat paßte oder nicht: was nicht belegt war, konnte man wegschmeißen.

Nicht, daß es an hellen Köpfen gemangelt hätte: aber die mieden unsere Schulen, oder, wenn sie sich hineinlotsen ließen, waren sie nach fünf Jahren so verbiestert wie ihre Kollegen. Es mußte irgendwie an der ganzen Einrichtung liegen. Und die war bei näherem Hinsehen tatsächlich zu einer Art von körperloser Mama geworden. Wie nannten wir sie — *alma mater?* Wo stillten wir unseren Wissensdurst — an den *Brüsten der Weisheit?* Und mit welchen Tönen wurden wir ins Semester geschickt? *Lern du nur schön, möchtest du lieber einen Apfel-kuchen oder einen Nußkranz ins nächste Paket? Und bitte wechsle auch regelmäßig das Hemd und die Socken!* — so ging das doch in einem fort, und wir ließen es, so mißmutig wie träge, über uns ergehen. Wir liefen ja tatsächlich schon in Frauenkleidern durch unsere Seminare!

Mit einem Wort, dem Herrn Vater war anscheinend die Aufsicht zu lästig geworden, und so hatte er eines Tages zu ihr gesagt: *diese Federfuchserei! Der ununter-brochene Krach aus dem Schulhof! Sei doch so gut und nimm mir das ab, ja? Ich habe wahrhaftig genug andres am Hals. Aber sieh zu, daß sie nicht übermütig werden, hörst du? Und bleue ihnen fleißig ein, daß es mich gibt!*

Und das hatte sich diese *Ma-mit* nicht zweimal sagen lassen. Sie wurde unerbittlich reaktionär. *Halt!* rief sie, *drängelt mir nicht dauernd um diese neumodischen, verbotenen Dinge, die nur die Auflösung alter, bewährter Verhältnisse bewirken können! Ihr seid noch längst nicht soweit! Der Glaube sei euch abhanden gekommen? Euch werd ichs zeigen! Die Wissenschaften sind noch immer die Mägde der Theologie!* Und wenn wir dann eine neue Ableitung des Gottes-gnadentums zusammengeschustert hatten, klatschte sie in die Hände. *Ihr werdet sehen, wie er uns lobt, wenn er das liest,* sagte sie. Aber er hatte anscheinend etwas Besseres zu tun.

Wenn wir halbwegs auf dem Laufenden bleiben woll-ten, mußten wir uns draußen umhören. Ein Adliger hatte etwas über die Dichter geschrieben, was uns beschäftigte: auch sie seien sozusagen Weltenschöpfer, wenn auch nur auf dem Papier — aber dafür überträfen ihre *sprechenden Bilder* das Kreatürliche auch an Schönheit und Wahrheit. Wir wiegten die Köpfe: damit war zwar der Väterallmacht eins ausgewischt — aber wo blieb die Wirklichkeit? In der Hinsicht leuchtete uns sein Kollege bei den Juristen mehr ein: seine Gedichte platzten vor Weltstoff schier aus den Nähten: die Jupitermonde, die Erdpole, die Roßbreiten, ja sogar einen Zirkel und einen Floh hatte er darin untergebracht. Und bei alle-dem handelten sie von der Liebe — als bräuchte er den ganzen Kosmos, um unser Verhältnis zu den Frauen und ihre unendliche Andersartigkeit ganz zu fassen. Aber auch den lieben Gott, die Sphärenmusik, die Engel und Hexen ließ er auftreten — nur, eben immer bloß auf der anderen Seite der Metapher! Das, fanden wir, war modern, das stand auf der Höhe der Zeit. Später ist er dann allerdings doch wieder zum Frömmler geworden: aber alles kann man von niemand verlangen.

❖ Meine stummen Notrufe werden gehört: wieder einmal ist es der Olf, der mir weiterhilft. Ewig muß ich ihn anscheinend mit Mißgunst verfolgen oder mit Vernachlässigung strafen. Ihn kümmert das nicht. Er ist der Eroberer, der Öffner von Wegen. Der Babbà? Den hat er schon in der Vorzeit erschlagen. Und so kann er auch mit dem zweiten und Halbvater mühelos gleichziehen und ihn hinter sich lassen. Er hat einen Rechenschieber. Er ist Klassenerster wie aus alter Gewohnheit. *Du brauchst dir nur die Bücher vom nächsten Jahr auszuleihen,* sagt er, *dann siehst du, worauf der ganze Blödsinn hinausläuft. Hat dein Alter auch schon so gemacht. Das weißt du nicht? Bevor er dann Schwachstromtechnik studiert hat. Das weißt du auch nicht? Und sich in die Abteilung VIIB reingedrückt hat. Weil es dort nichts zu tun gab. Alle halbe Jahre den Standort für einen neuen Verteiler auf der Landkarte ankreuzen: dann ein Anruf, und den Rest haben die Firmenvertreter besorgt.* Hochnäsig wie ein Rennpferd. Denn er hat sich weit nach vorn geworfen und noch lange nicht eingeholt. Er ist immer allein. Er lernt französisch. Seit Neuestem trägt er ein Barett. Ist er jetzt völlig übergeschnappt? Feindliche Blicke von allen Seiten, Hohngelächter auf dem Schulhof. Das ist ihm nicht nur gleich, sondern recht. Er gehört nicht hierher. *Diese miese Klitsche! Dieses Kaff von einer Stadt!* Mitten auf der Königstraße schreit er laut, *natüür! natüür!* und kräht den Nonnen nach *kikeriki!* Wo man geht und steht, muß man sich mit ihm genieren.

Er poussiert mit der Helga. *Was fällt dir ein!* ruft die Mama. Er schaut sie an wie damals die Frieda. *Ich bin fünfzehn,* antwortet er. Er liest Dostojewski. *Ist das auch was für dich?* fragt die Mama. Er schweigt. Er hilft nie beim Abspülen. *Dazu bist du dir wohl zu schade,* sagt die Mama. Er schweigt. *Eigentlich müßte man jetzt Nazisachen an die Amis verscherbeln,* sinniert er. *Was sagst du da!* schreit die Mama. *Wieso denn nicht? Bloß weil der Alte auch in der Partei gewesen ist? — Um Gotteswillen Kind schweig,* sagt die Mama.

Es ist nicht das Verbotene, was ihn lockt; was er sucht, ist nicht der umgedrehte Feind, sondern das Übersehene, die offen daliegende, aber von Übereinkunft oder Scheuklappen verdeckte Möglichkeit. Es ist, als könnte er sie riechen. *Komm, wir lassen einen Straßenbunker hochgehen! — Aber womit denn?* frage ich, als wäre das der einzige Einwand. Er schnüffelt in der Luft, läuft los, und schon hat er die verborgene Tür aufgestoßen: Holzkohle kein Problem, Kaliumnitrat ist ein Düngemittel, Schwefel gibts in der Apotheke. Dann noch eine Limonadenflasche, und fertig ist die Laube.

Ich trottle ihm nach. Ich will unbedingt sehen, wie das geht: sich ein eigenes Reich zu schaffen. Mir kommt die Welt wie ein Schlauch vor, wie ein allmählich sich erweiterndes Schneckenhaus; für ihn ist sie nach allen Seiten verzweigt, ohne Ende. Aber sind diese Gabelungen nicht zu gewagt, strecken sie sich nicht zu weit hinauf in die leere Luft? *Du mit deinem Latein, mit deiner Botanik,* sagt er, *und von deinem Christopher hast du auch nichts gelernt.* Natürlich explodiert dann die Flasche mit dem selbstgemischten Schwarzpulver zu früh, fast vor seiner Nase. Er blutet. *Paar Glassplitter, weiter, nichts. Man muß vorher den Flaschenrand sauber abwischen.*

Sein Gesicht sieht nackt aus mit den abgesengten Wimpern und Haaren. Er kennt Wörter, die noch nie jemand gehört hat. *Nonsens,* sagt er, *Betisen. Völlig inhibiert der Mann. Bärbeißerisch. Betucht. Zwielichtig. Kompatibel. Louche. Montgolfiere. Brouillon. Adlat.* Und mit jedem dieser Wörter zieht er eine niegesehene Muschel an Land. Für seine anderen Expeditionen bin ich zu ängstlich. Eine geplatzte Flasche genügt. Aber hier spitze ich die Ohren. *Brauch ich alles für später,* sagt er, *auch den Knall und die Splitter im Gesicht. Ich werde Dichter.*

❖ War der Schub, der uns aus der Düsternis in die Kunst, die Gelehrsamkeit, den Handel und in die Neuerweckkung der Liebe hinausgetrieben hatte, schon wieder erlahmt? Irgendetwas stockte, hielt uns auf, zog oder drückte uns gar schon wieder nach unten. Unsere Jubelkönigin war tot. Sie hatte rechtbehalten: die Flut von Bettlern, Armen und Streunern schwoll immer mehr an. Durch Wucher und Inflation ruiniert, vom Land vertrieben, pferchten sie sich zu vier Familien in zweizimmrige Häuser, kampierten in den überfüllten Knästen im Hof, rotteten sich in den Straßen zu Hungerzügen zusammen.

Wir redeten uns wie seit jeher auf den Markt hinaus. Sicher zeugte es von wenig Gemeinsinn, die halbe Getreideernte auf dem Festland zu verscherbeln; aber wo der eine nicht zugriff, sahnte der andere ab. Es mußte eben jeder lernen, auf eigenen Beinen zu stehen. Und wohin sollte es führen, wenn man den Müßiggang auch noch durch Mildtätigkeit förderte? Aber wir glaubten diesen Reden selber nur halb. Im Grunde fühlten wir uns einfach nicht zuständig. Wir standen mitten im Aufbruch, wollten eben halbwegs ins Klare kommen über unseren Weg, den Platz ausmachen, den wir der Welt abkämpfen konnten — und schon sollten wir, selbst noch unfertig, diesen quengelnden, jammernden Kinderschwarm am Bein haben? Das war Sache der Großen und Mächtigen im Land.

Und die hatten auch einen Einfall. Wir protestierten zwar lauthals, zeterten über die Beschneidung verbriefter Freiheiten und Recht, aber eigentlich fanden wir ihn vernünftig. Aus den ganzen Staat sollte ein einziger großer

Haushalt werden, zentral verwaltet; es durfte nie mehr hinausgehen, als hereinfloß. Warum sollten die holländischen Tuchfarben besser sein als die unseren? So würde der Reichtum im Lande bleiben und sich mehren, bis zuletzt jeder wieder sein Auskommen hatte.

Pustekuchen. Statt über den Markt regelte sich die Verteilung von jetzt an politisch; nicht bloß Waren, sondern die Tauschsysteme selber wurden verschachert. Der wahre Handel verlegte sich auf Patente, Privilegien, Monopole, Prärogative — selbsttätige Abschöpfungsapparate, deren Zugriff keiner entging. Für ihren Erwerb brauchte man nicht nur sehr viel Geld, sondern auch Protektion; und nur die mit den kräftigsten Ellbogen haben da noch mithalten können, die Cavendish, die Gresham, die Pallavicini. Von jetzt an wurde für die Armen sogar das Salz unerschwinglich; wir konnten die Aufschläge zahlen und hatten das Nachsehen.

Die Vergabe unterstand natürlich den Herren Haushaltsvorständen selbst. Unaufhaltsam wuchsen sie nach oben; und wie schnell das ging! Unsere alte Lizzy hatte von ihrer zweifelhaften Legitimation noch gewußt; aber schon ihr Nachfolger hatte seine Herkunft aus der Tiefe vergessen, und der Nächste kannte niemanden mehr außer sich selbst. Über ein immer dichteres Einzugsnetz, das sich zu breiten Strömen vereinigte, floß ihnen das Geld des halben Landes zu. Da sie ihre Person mit dem Staatswesen verwechselten, hielten sie es für ihr eigenes und verschlangen es auf eine Weise, daß uns die Luft ausblieb. Ihre Häuser nahmen unerhörte Ausmaße an; eine Flucht von sechs oder acht Vorzimmern bis zum Audienzsaal galt als die Regel; die Seitenflügel luden so breit aus, daß sie nur noch in der Vogelperspektive zu überblicken waren; die Gemahlinnen behängten sich mit Steinen, die ganze Grafschaften aufwogen. Und schließlich stieg ihnen der Gedanke, mit dem sie anfangs nur die Frage nach ihren Vätern hatten abwimmeln wollen, so sehr zu Kopf, daß sie ihn fast schon für wirklich hielten: waren sie nicht doch schon der liebe Gott?

Um es mit einem urtümlichen Bild zu beschreiben: sie hatten angefangen, das ganze Land als ihre Hervorbringung und ihr Werk zu betrachten. Und prompt begannen sich ihre weltlichen und frommen Bauten, die einander ohnehin immer mehr glichen, mit den sonderbarsten Kringeln, Schnörkeln und Schnecken zu überziehen; die Säulen wanden und schraubten sich mühsam in die Höhe, als wären sie im Innern aus Brei; überall nistete sich Geklecker ein, überall wurde das vormalige luftige Spitzbogenwerk mit Tonnen von gipsernen Girlanden und Wolken ausgekleistert. Grade, daß sich das Ganze noch hinaufrettete in die Vergoldung. Auf dem einzig freigebliebenen Platz an der Decke durften wir dann die hochmögenden Stifter, von Putten umflattert, nochmal von unten bestaunen. Sie selbst hielten sich zwar bedeckt; aber der geringste allegorische Vorwand genügte, dann fielen die Hüllen, und ohne sich weiter zu zieren, bot sich der Leibesteil, dem das alles entquollen war, offen dem Blick.

Man muß zugeben, daß wir davon wenig bemerkten. Im Gegenteil: in hellen Scharen rückten wir bei der Einweihung an und riefen, *welche Pracht!* und *wie herrlich!* Denn je weiter der Landesvater in die Höhe schoß, desto mehr schrumpften wir, und damit auch unser Horizont. Und zugleich bezogen wir unser ganzes Selbstgefühl von da an aus dieser Zugehörigkeit. Hochtrabend schwafelten wir von unserer *stolzen Nation,* rümpften über alles Fremdländische die Nase. Dieses weibische, blumige südländische Gesäusel! Die schwänzelnde Courschneiderei der Franzosen, die dicken Deutschen mit ihren knarrenden Unklauten! Was da fehlte, war Stil.

So einerseits. Aber ganz behaglich fühlten wir uns auch nicht unter soviel eigenem Gepränge. Sollten die Verzierungen und Arabesken an den Wänden nicht auch etwas verdecken? Die Figuren im Schloßpark — welche Unzulänglichkeit mußten sie niederschreien mit ihren übersteigerten, pathetischen Gesten? Hatten sie nicht, wie ihre Vorbilder, alle zu große Kleider an, und ver-

suchten, wie in einem Schmierenstück, sich für etwas auszugeben, was ihnen keiner mehr ganz abnahm? In uns
wuchs eine Abneigung gegen alles, was mit der Schau-
spielerei und der Bühne zu tun hatte, und wir atmeten
auf, als wir die gesetzliche Schließung von dem albernen
Firlefanz durchgepaukt hatten. Weg mit dem hohlen
Plunder, in dem es keine ersichtliche Rolle mehr für uns
gab! Und schon traten Bußprediger auf, als hätten wir
sie gerufen, und verkündeten laut, was wir dachten. *Die
ganze Welt ist nichts als Theater,* donnerten sie von der
gedrechselten Kanzel herunter, *alles ist eitel. Seht hinter
den gebauschten Gewändern, hinter dem Pomp das Gebein.*

❖ Das unglaubwürdige Gerücht von vor den großen
Ferien hat sich bewahrheitet: zu Schulbeginn sitzen in
der vierten Bank der Fensterreihe zwei Mädchen und
richten, als wäre nichts, ihre Stifte und Hefte zum Unterricht her. Wie sie von den *Englischen Fräulein,* wohin sie
gehören, in unsere Klasse eingedrungen sind, weiß niemand. Alles gerät in ein stummes Durcheinander. Erst
jetzt merken wir, wie unfraglich und fugenlos wir uns
bislang aufeinander bezogen haben, ganz gleich ob in
der Annäherung oder der Übertrumpfung: nun stoßen
wir allenthalben, auch bei uns selbst, auf eine neue und
lieblose Unachtsamkeit; eine übermächtige Instanz hat
sich in unserer Mitte breitgemacht, vor der alle alten
Selbstverständlichkeiten sich verflüchtigen.

Und was für eine! Denn nur diejenigen von uns, die
zuhause mit einer Schwester wohnen, haben ihresgleichen je aus der Nähe gesehen. Uns übrigen kommen sie
vor wie Wesen von einem anderen Stern, an denen uns
überrascht, daß sie tatsächlich reden, schreiben, Pausen-
brote essen können wie wir — wenn auch alles mit sonderbaren kleinen Unterschieden, als hätten sie es woanders gelernt; als verbänden sie jede Tätigkeit oder
Äußerung mit einem zweiten, nur angedeuteten Zweck,
einer geheimen Bedeutung, die uns entgeht.

Nach vierzehn Tagen hat sich die Klasse in zwei zer-
strittene Lager aufgespalten, die aber im Inneren keineswegs einig sind. Jahrelang gewachsene, scheinbar un-
aufkündbare Vertrautheiten zerbrechen; die einfachsten
Übereinkünfte, was als *riesig, satt* oder *unmöglich* zu gelten
hat, sind dahin. Das kleinere Lager der Bewunderer
steckt den Feindinnen Zettel zu, hilft ihnen in den Mantel, stellt ihnen auf dem Heimweg nach; das größere der
heimlichen oder offenen Gegner findet kaum Worte
dafür, wie *affig* und *doof* sich die *blöden Ziegen* hier aufspielen, und was die denn *überhaupt hier* zu suchen hätten.
Daß damit ihre Macht allgemein anerkannt ist, will sich
niemand recht klarmachen; aber beide Seiten bekommen
es bald zu spüren. Die Anbeter werden kühl abgefertigt:
sie sollten die billigen Touren endlich abstellen, die seien
nun wirklich von vorgestern; wenn schon eine Gefällig-
keit, dann die Rechenaufgaben für Dienstag statt der
idiotischen Anmacherei.

Sogar dafür geben sich manche her — ohne sich jemals
mehr als Gnädigkeiten dafür einzuhandeln. Aber den
Befehdern ergeht es noch schlimmer: sie werden — aber
keiner kommt ganz dahinter, von welcher unanfechtbaren Warte aus — durch unentwegte, fast immer
stumme, nur durch schräge Blicke und herabgezogene
Mundwinkel signalisierte Vergleiche niedergemacht. *Sie*
riechen gut, *wir* haben Schweißfüße; *sie* lächeln, *wir*
grinsen oder keckern; *sie* haben gebügelte Blusen an,
wir ein verkrumpeltes Flanellhemd; *sie* zeichnen sich die
Brauen nach, *wir* waschen uns nicht mal die Hälse.

Zurückgeblieben, ungehobelt, ahnungslos, uninteres-
sant: so lautet im Ganzen die Botschaft. Nur, was ist
denn an ihnen so großartig? fragen wir einander entrüstet. Inspektorentochter die eine, aus einem kleinen
Krämerladen die andere. Und weder im Unterricht noch
beim Turnen besondere Leuchten — da sogar vielmehr
ein ausgesprochenes Ärgernis: wenn wir schon lange am
Reck oder der Kletterstange schwitzen, trödeln sie in
dem eigens für sie abgeteilten Umkleideraum vor sich

hin und fangen dann an, zur Grammophonmusik lach-
hafte Keulen zu schwingen. Aber dabei kann man doch
grade die Busen so toll sehen, schwärmen ihre Bewunderer, die Beine, sie werden ehrlich gesagt jedesmal ganz
heiß dabei.

Wir spielen die kühl Überlegenen. Wenn das alles ist!
Als Mann hat man schließlich auch was aufzuweisen.
Aber wir wissen selbst, daß diese Rechnung nicht aufgeht. Wir machen untereinander aus unserem Leib kein
Geheimnis — und anscheinend kommen wir gerade deswegen nicht gegen sie an. Denn sie bringen es fertig, in
einem ununterbrochenen Wechselspiel der koketten Zur-
schaustellung, des züchtigen Verhüllens, des Schmach-
tens und Verweigerns, der Andeutung und empörten
Unschuld, des Zu-verstehen-Gebens, das doch nicht
beim Wort genommen werden will, ihre ganze Person,
bis in alle Blicke und Gesten, von den gelackten Zehen-
nägeln bis zur rosa Spange im Haar, in einen einzigen
Verweis auf ihre verborgene Verlockung zu verwandeln.
Daher also ihre Überlegenheit — und eine wie weit
zurückreichende Geschichte ist aus ihr herauszuspü-
ren —: sie haben gelernt, dem ständigen Überredungs-
und Eroberungsdruck ein fast unabsehbares Arsenal von
Filtern, Hemmnissen, Gängelungen entgegenzusetzen,
und ihn so einerseits niederzuhalten, andererseits nur
umso mächtiger auf sich zu ziehen.

Aus einem Nichts ein so riesenhaft sich aufplusterndes
Etwas zu machen: Zauber und Zauberei, es gibt kein
anderes Wort dafür. Und nur unserer Zurückgeblieben-
heit ist es offenbar zu verdanken, daß wir ihnen nicht, wie
die restliche Männerwelt, restlos verfallen. Sogar der
Turnlehrer, unser strenges Idol, verliert kein Wort über
ihr heimliches Getuschel, das ganz offensichtlich auf ihn
gemünzt ist, und ruft sie in höchst durchsichtiger Kame-
radschaftlichkeit beim Vornamen auf. Die übrigen Lehrer haben sie ohnehin längst um den kleinen Finger
gewickelt. Waren ihnen die Hausaufgaben zu lästig, so
parieren sie ihre Fragen geraden Blicks mit der Bemer-

kung, sie seien dieser Tage leider *unpäßlich* gewesen; dem folgt ein Schlucken und der Ratschlag, sich nur ja recht zu schonen. Ihre Spickzettel stecken sie sich unter die Röcke, wo sie niemand zu suchen wagt. Und oft ist ihnen auch diese Mühe noch zuviel. *Ich heirate ja später doch einmal,* werfen sie lässig hin, *was kümmern mich dem seine blöden Noten.* Aber erst nach der Schule erwartet uns unsere tiefste Demütigung: da steht er dann selbstbewußt da in seiner Ledermontur, der Riesenkerl aus der nächsten oder gar übernächsten Klasse, und schwuppdich brausen sie auf dem Hintersitz davon mit wehenden Haaren zu einem Cappuccino im Marktplatzcafé und dann in den Stadtpark, man kann sich denken wozu.

Und wir? Wir sind Luft; wir heißen weiter Behringer oder Milowitsch, werden angebrüllt und bekommen Arrest. Uns steigt keine nach — und wenn wir über den Aufschub der Feuerprobe auch heimlich erleichtert sind: muß denen deswegen auch alles gleich in den Schoß fallen und nachgeworfen werden, wonach wir uns abstrampeln? Außerdem treiben sie es mit jedem Tag ärger. *Du hast aber mal einen hübschen Papa!* hat neulich eine zu ihrem Vordermann gesagt, der, puterrot angelaufen, nicht mehr gewußt hat, was denken oder sagen zu einer derartigen Unglaublichkeit. Das alles, finden wir, schreit zum Himmel. Und wir wundern uns nicht, daß unser ohnmächtiger Zorn anfängt, sich lustvolle Szenen von Strafe und Unterwerfung auszumalen. Abgerissen und heruntergefetzt, denken wir, auch wenn wir es einander nicht einzugestehen wagen, gehört ihnen ihr fauler Zauber von Riemchen und Rüschchen, mit denen sie sich durch die Welt mogeln: bis nichts mehr an ihnen dran ist, bis sie ihr erbärmliches kleines Ding herzeigen müssen, eingekrümmt vor Scham, und wenn das nichts hilft, vor Schmerz, da würden wir schon nachhelfen mit diesem und jenem, bis sie es nicht mehr aushalten könnten und riefen: *ja, ich gebe es zu! Das war es! Damit hab ichs gemacht!*

❖ Wieder einmal die trostlose Unaufhaltsamkeit: die Geisterbahn wird neu aus der Versenkung geholt, mit dröhnendem Dschingdarassa dreht sich das Karussell der wildgewordenen Gefühle wirbelnd um die eigene Achse. Er selber hat sich damals ja auch nicht besser durchschaut, als er schaudernd über die *Hexenkunst der Verschwiegenheit* nachlas: *zur Erziehung darin treiben sie mit dem Dämon fleischliche Unfläterei, und verbergen sein Amulett an den geheimsten, nicht namhaft zu machenden Orten. Die Wahrheit bekommt man von ihnen nicht, besonders von solchen, die schon anderwärts peinlich vernommen worden sind. Deren Arme beugen sich nämlich ebenso schnell wieder, wie sie ausgezogen worden* . . .

Dann die Verhöre über ihre heimlichen Ausflüge: *Wie oft sie ausgefahren? Worauf, und durch was sie hinausgekommen? Ob sie vorn oder hinten gesessen? Was für Speisen vor der Hand gewesen? Wielang die Mahlzeit währe und wieviele Leut vorhanden seien? Ob nicht unterdessen Paar und Paar auf die Seiten wischen und was sie derweil dann tun?* Auf solche Fragen haben sie, auch auf dem Streckbrett, immer nur bös gelacht. Aber ab und zu zerrt man doch ein Geständnis aus ihnen heraus: *daß sie die männlichen Glieder wegzuhexen pflegen, nicht zwar, daß sie wirklich die Leiber derselben berauben, sondern sie nur durch Zauberkunst verhüllen, sodaß nichts zu sehen oder zu fassen ist.* Was um Gotteswillen tut man dann? Soll man sich mit denen gut stellen, die da Abhilfe schaffen können? — *welche bisweilen solche Glieder in namhafter Menge, zwanzig bis dreißig auf einmal, in ein Vogelnest oder einen Schrank einschließen, wo sie sich wie lebende Wesen bewegen und sich so zu mächtiger Größe auswachsen, wie es von Vielen gesehen und allgemein erzählt wird?* Nur, wie an die herankommen, wie sie zur Herausgabe bewegen, und, wenn man glücklich in ihren Besitz gelangt ist, welche Ungeheuerlichkeiten werden dann von einem erwartet?

Das Wort *femina* kommt von *fè minus:* das, was übrig bleibt, wenn man den Glauben abzieht. Der Wirbel, das Dämmerlicht! Alles Wirkliche verliert seine Umrisse, der eigene Ort wird zu wer weiß welchem Zauntritt: auf der einen Seite, vertraut und heimelig, der alte Obstgarten, *wer hat Angst vorm schwarzen Mann? — Kei-ner!* Aber draußen, jenseits der Umhegung, da beugt sich in einer weiten, ebenen Landschaft das Gras in graugrünen Wellen unter dem Wind. *Die Grenze, die du nicht überschreiten darfst; die Welt ist vergeben, sie gehört mir; es gibt Mittel der Abtötung, von denen du noch nichts wissen kannst. Ich werde sie alle benutzen . . .* Etwas hatte uns eingeholt. Schon griff das Übel nach uns. *Welcher Vater denn?* riefen die einen, *weg mit dem Popanz!* Die anderen packte sausende Angst, und mit dem Mut der Verzweiflung stürzten sie sich auf die Besessenen. Endlich hatten wir den wahren Feind erkannt: er saß in unserer Mitte.

❖ Noch einmal, bevor er dann aus meinem Leben verschwindet, zeigt mir Harry zum Abschied einen seiner geraden Wege: erst dies und dann das. Ich bekomme von dem Streit gerade noch die letzten, schon ganz abgeschliffenen Schlußformeln mit. Lauter Wortwechsel unten im Treppenhaus. Harry: *Ich komme heim, wann ich will.* Hausmeister: *Solange du bei mir wohnst, bestimme immer noch ich.* Harry: *Deswegen gehe ich ja.* Hausmeister: *Siebzehn Jahre, und das ist der Dank.* Harry: *Dank für was.* Hausmeister: *Du hast noch nie was getaugt. Immer nur vor allem gedrückt, immer dagegen.* Harry: *Und du? Vierzig Jahre gebuckelt.* Hausmeister: *Du Hund sag das nochmal.* Harry: *Ein Arschkriecher und sonst gar nichts.* Hausmeisterin: *Hört endlich auf!* Harry: *Also dann machts gut.* Hausmeister: *Wenn du jetzt gehst, dann endgültig.* Harry: *Mich hast du gesehen.* Rasche, leichte Schritte, dann fällt das Gittertor in der Durchfahrt ins Schloß.

❖ Die immer höher geschraubten Steuern, die immer unverhohlener im Direktverkauf verhökerten Titel, das für Monate und Jahre nachhaus geschickte Parlament,

dann doch wieder zusammengetrommelt für Steuerbe-
willigungen: Petitionen, Abschmetterungen, Gegenfor-
derungen — so ging es nicht weiter. Die Sache mußte
ausgefochten werden. Wer mit dem Bürgerkrieg angefangen hat, war, wie bei allen überreifen Konflikten, im
Hinterdrein nicht mehr auszumachen. Und was niemand
im Ernst gehofft hatte, gelang: nach vier Jahren hatten
wir König Karl endlich am Boden.

Was jetzt? Nachdem ihm sein Gottesgnadentum so zu
Kopf gestiegen war, daß andere Gedanken darin offenbar keinen Platz mehr fanden und er sich als reines Ober-
haupt sah, kam logischerweise nur die Köpfung in
Frage. Aber kaum war es soweit, verloren wir auch
schon alle Lust dazu. Wie gern hätten wir sie noch ein
paar Jahre vor uns hergeschoben! Und deswegen ist die
Hinrichtung von Karl auch so vollständig in die Hose
gegangen.

Schon der Prozeß geriet uns zum reinen Debakel.
Denn der war nicht etwa so dumm, sich auf die Anklage
einzulassen: zweieinhalb von den drei dafür angesetzten
Tagen hat er uns höhnisch und von oben herab wie die
Schulbuben geschuriegelt. Er verstünde nicht ganz, wen
er da vor sich hätte. Soso, ein Gericht seien wir? Und
mit welcher Legitimation denn, von wem eingesetzt?
Soweit ihm bekannt sei (aber vielleicht täusche er sich)
gehe in England seit etwa tausend Jahren die Rechtsge-
walt von der Krone aus. Soviel er wisse (er lasse sich
gerne belehren) beruhe die englische Rechtsprechung
auf Präzedenzen, und sein (zugegeben gebrechliches)
Gedächtnis suche vergebens nach dem Fall, daß der
König schon jemals vor Gericht gezerrt worden sei.
Dann drehte er den Spieß um: wer die Prinzipien einer
gewachsenen Justiz umstürze und nach den eigenen
Interessen neu zusammenbastle, sei der Zerstörer allen
Rechts: wir also die Totengräber jeder gefestigten und
verläßlichen Ordnung — er der Verteidiger und Garant
englischer Bürgerfreiheit und -sicherheit. Das sollten
wir erst einmal widerlegen.

Im ganzen Saal verbreitete sich sofort das Gefühl: er hat recht. Wir hätten ihn gar nicht erst zu Wort kommen lassen dürfen. Die Ankläger gaben ihm nur wirres Zeug zur Antwort. Von der Galerie schrie es schon spöttisch herunter: *lang lebe der König!* Einer von ihnen wollte öffentlich das Handtuch werfen: er halte das nicht mehr aus. Wir mußten ihn mit Gewalt in seinen Stuhl zurückdrücken. Dann versuchte es sein Kollege mit dem ältesten Hut aus der Trickkiste: entweder Anerkennung oder Zurückweisung der Anklage; wer sich nicht zu ihr äußere, gelte nach herrschender Lehre eo ipso als schuldig. Karl lächelte mit gekonnter Müdigkeit. Die Geschäftsordnung habe Vorrang. Seiner mehr als bescheidenen Rechtskenntnis nach.

Es war entsetzlich. Keiner konnte sich vorstellen, wie es in den nächsten drei Minuten weitergehen sollte. Aber wie soviele Prozesse war auch dieser ein Kampfplatz hinter den Wörtern, auf dem nicht die Argumente, sondern der Siegeswillen den Ausschlag gibt; und dort, als wir schon dachten: jetzt sind wir ausgepunktet, das können erst die Nachkommenden für sich ausfechten — wendete sich nun tatsächlich das Glück.

Der Hauptankläger hatte sich, im letztmöglichen Augenblick, endlich zusammengerafft. Was Geschäftsordnung! Der Angeklagte hatte den Bürgerkrieg angezettelt, war das vergessen? Eine fremde Armee ins Land geholt! Englisches Blut auf englischer Erde vergossen! Seine Geschäftsordnung hieß: Mord an den eigenen Untertanen! Und so staffelte er geschickt seine Beschimpfungen, nannte ihn Verschleuderer, Blutsäufer, Verfassungsfeind, bis er, genau auf dem rhetorischen Höhepunkt, die Frage auf ihn abschoß: was er denn sei, wenn nicht ein Hochverräter, dieser *Mister Stuart?* Der Köder war ausgeworfen und wurde geschluckt. Karl lief rot an und wetterte wie wild gegen die *läppische und haltlose Anklage:* wer hatte zuerst zu den Waffen gegriffen, mit den Schotten paktiert, den irischen Aufstand zu seiner Sache gemacht? Wir atmeten auf. Er hatte, indem er es beleidigte, das Gericht als Gericht anerkannt. Dahinter konnte er nicht mehr zurück.

Der Rest schien einfach. Aber der Murks ging erst los und nahm wahrhaft monströse Ausmaße an. Wir hatten das Urteil in der Tasche, die Hinrichtung war für den kommenden Morgen angesetzt, da fragte einer in der Runde, vor Schreck fast flüsternd: *und was passiert, wenn er hin ist?* Uns schwankte der Boden unter den Füßen. Dann kam doch der nächste! Den konnten wir dann auch gleich köpfen, ein milchgesichtiges, unschuldiges Bübchen! Und seine Vettern, Schwestern, Cousinen alle dazu bis auf den entlegensten Sproß! Wie gern hätten wir es geleugnet, aber das war aus den Geschichtsbüchern nicht mehr zu tilgen: wir hatten vergessen — aber was heißt das? hatten den Gedanken von uns weggeschoben, verdrängt, nicht zu ergreifen gewagt — *die Republik auszurufen!*

Die Blamage war in jeder Hinsicht einzigartig. Wir rasten frühmorgens ins Parlament, zogen in anderthalb Stunden ein Gesetz durch, das die Verkündigung eines Thronfolgers bei Todesstrafe verbot: alles Flickwerk, alles auf den letzten Drücker. Und dann, um das Maß vollzumachen, ließ der Henker das versammelte Volk noch geschlagene fünf Stunden lang warten. Es war kein Helfer aufzutreiben: den brauchte er aber, damit später keinem von beiden, durch dieselbe Vermummung unkenntlich gemacht, der Todesstreich zugeschrieben werden konnte. Wir saßen zusammengekauert auf der Tribüne und bissen uns nur noch in die Fingerknöchel.

Karl peinigte uns bis zuletzt. Wie zu erwarten, nahm er sofort die Chance für einen großen Auftritt wahr: der König als Märtyrer. Und er spielte die Rolle erbarmungslos aus. Mußte der Block wirklich so niedrig sein? fragte er betrübt und so leise, daß seine Worte auch garantiert von Mund zu Mund weitergetuschelt wurden. Nun denn, auch dem beuge er sich. So demütig, so lammfromm, so gottergeben — zum Haareausraufen! Dann fing er an zu beten — und zwar *für uns!* Aufrichtigen Herzens verzeihe er uns fehlgeleiteten Übeltätern; inniglich hoffe er, sein Blut möge nicht auf uns kommen; auf Knien flehe er zu Gott, über unseren Frevel (auch wenn er Kains Untat noch übertraf) Gnade walten zu lassen: so zehn Minuten lang mindestens.

Zum ersten Mal wünschten wir ihm wirklich den Tod. Das lag zweifellos auch in seiner Absicht; aber hauptsächlich ging es ihm um das Volk, das er peinlich vermied, direkt anzusprechen. Nicht lange, und er hatte es herumgekriegt. Die Menge war gerührt, begann zu schluchzen, rief nach Begnadigung, und als der Henker endlich, endlich zuschlug, gab sie, so der offizielle Berichterstatter, einen Laut von sich, *wie ich ihn niemals gehört, und meiner Lebtage kein zweites Mal zu hören verlange* —

Tausend Münder hatten mit einem Atemzug die Luft eingesogen. Ein heller, kahler Zustand verbreitete sich blitzschnell von dem Gerüst aus über den Platz: als hätte das Beil die Zukunft mit abgehackt. Und die Angst, die uns damit durchdrang, sollte auch rechtbehalten — aber nicht auf die Dauer. Denn der dort oben, das spürten wir bis ins Mark, der war nicht erledigt und abgetan, der würde, um weniges verkürzt, wiederkehren, und dann brachte ihn nichts mehr von seinem Stuhl, dann schaffte ihn keiner mehr ab: unsere erste und letzte Gelegenheit dazu war für alle Zeiten verpatzt.

❖ Fast unbemerkt hat sich unser Schulunterricht immer weiter von der Außenwelt abgelöst und sich zudem in überschaubare, aber untereinander nicht mehr verknüpfbare Einzelfächer unterteilt. Alle Fragen, nur nicht die eigenen, finden darin eine Antwort: jede Stunde ist ein Eintritt in eine neue Unwirklichkeit mit unumstößlichen, aber nur in ihr gültigen Gesetzen.

Latein zwar eine erklärtermaßen tote und zur Verständigung untaugliche Sprache: aber sie bietet ein Grundgerüst und schärft die logischen Fähigkeiten. Aufs

Englische freilich sind weder die Fähigkeiten noch das Gerüst anwendbar. Wenn es ein römisches Wort für *Frühstück* gibt, ist es uns jedenfalls noch nicht untergekommen; hingegen *puppis,* das Achterdeck. Der Großteil des mühsam Entzifferten erweist sich als wenig ergiebiger Wahrspruch: der Mensch ein gebrechliches Gefäß; die Liebe, die alles besiegt. Aber auch die Beschreibungen von Schlachten oder dem einfachen Hirtenleben bringen kaum Unerwartetes: in den einen quillt schwärzlicher Blutfluß, in den anderen plätschern muntere Bäche. Daß sich darin Männer nacheinander verzehren, gilt als ausgemacht und wird nicht erörtert. Erstaunlich allenfalls, wie genau die immer gleichen Requisiten sich in das komplizierte Versmaß fügen.

Überblendung in den Biologiesaal. An den Wänden dunkle, ewig verschlossene Vitrinen mit Skeletten und Spirituspräparaten, Schlangen hauptsächlich, aber auch grausig Ungeborenes und Zweiköpfiges, ein Kasten voller Schmetterlinge mit abgebrochenen Fühlern. Kriegseinwirkung. Man hat es grundsätzlich nur mit Leichen zu tun. Die Kreuzspinne im Querschnitt. Nur sommers wird einige Wochen lang am lebenden Material gearbeitet; aber das Material läßt, am Vortag eingesammelt, in der Stunde schon längst die Köpfe hängen, riecht nach Maikäfern und wandert, nachdem seine Bestimmung sich als unmöglich erwiesen hat, in den Abfall. Erst die Schautafel vermittelt wieder ein klares Bild: hier die Narbe, dort die Antheren und Theken. Der Pollen treibt einen Schlauch aus und gelangt damit in die fälschlich so genannte Samenanlage; dort verschmilzt dann das Erbgut. Wir unterscheiden die Nacktsamer. Etwas anders gelagert ist der Vorgang bei den Lebermoosen, den Bärlappen, den überaus primitiven Baumfarnen, die nicht nur nach Art, Gattung, Tribus, Familie und Ordnung, sondern auf der allerhöchsten Ebene der Klasse voneinander zu trennen sind.

Wie einfach, wie nützlich und klar! So eingeteilt und überschaubar gemacht, kann mich die Welt nicht mehr ängstigen; denn einmal der Generalregel unterworfen, wird das widerspenstige Einzelne zum Fall unter vielen: es hat nichts mehr zu melden. Umsonst sträubt es sich gegen seine Einordnung; und wenn die Feder gemächlicher als der Stein zu Boden trudelt, dann genügt die Einberechnung des Luftwiderstands, und schon ist ihr Verhalten als idealtypisch entlarvt. Aber auch wo Verhältnisse ganz und gar durcheinandergeraten wollen, sich der Voraussage entziehen, wie das Kleinklima zum Beispiel, wenn ein aufsässiger Kremper oder Fallwind die Großwetterlage unterläuft, und statt der zugesagten Julisonne sich ein Platzregen über die Badehungrigen ergießt, gilt das Gesetz so streng wie zuvor; es sind dann eben in der Prognose zuwenig Einzeldaten berücksichtigt worden, weiter gar nichts! Denn wer zu einem bestimmten Zeitpunkt den Bewegungszustand und Ort jedes Moleküls im Universum wüßte, so lernen wir, der könnte es mit unfehlbarer Genauigkeit bis in alle Zukunft vorausberechnen und schon heute sagen, welche Note er in der nächsten Physikschulaufgabe bekäme.

Wir lachen gehorsam, aber auch gleichsam geschmeichelt. In meinen Tagträumen bin ich der Kapitän eines Stratosphärenkreuzers aus dem *Wettflug der Nationen:* äußerlich von einem herkömmlichen Flugzeug ununterscheidbar, kann die hypermoderne Konstruktion im fast schon luftleeren Höhenbereich die Tragflächen weiter ausfahren und auf Düsenantrieb umschalten. Ausgerüstet mit allem nur denkbaren Lebensbedarf, mit automatischer Steuerung, Teleskopen und undurchbrechbaren Abwehrwaffen, setzt es federleicht neben dem gestrandeten Konkurrenten in der Sahara auf und rettet die gesamte chinesische Mannschaft, die sich nur so die Augen reibt. *Wir hätten schon vor Stunden im Ziel sein können,* erkläre ich ihr mit feinsinnigem Lächeln, *wir wollten uns nur nicht so großspurig in Szene setzen, verstehen Sie das?*

Wir kommen zu *Kabale und Liebe;* und ganz gleich, ob ich den Ferdinand oder Wurm lese, meine Stimme trifft unfehlbar den rechten Ton, denn wieder halten sich die

Überraschungen in Grenzen: Liebesschwur, Niedertracht, Hohn und Verachtung, dunkle Vorahnung, erhabene Größe. Auch in meinen Aufsätzen gelingt mir ohne Mühe die Empörung über schreiendes Unrecht, haarsträubenden Mißstand; ich fege darin alle Einwände als durchsichtigste Heuchelei hinweg und rufe bebend nach einer *von* Menschen *für* Menschen gemachten politischen Ordnung.

Die Eins ist mir jedesmal sicher. Aber *meine* ich denn auch, was ich da schreibe? Manchmal kommen mir die so schwungvoll geäußerten Gefühle nicht weniger vereinfacht und übergroß vor wie unsere Schautafeln, etikettiert und stillgelegt wie die Spiritusleichen im Glasschrank. Aber was wirklich in mir vorgeht, kann ich nicht fassen: es schwankt, vibriert, schillert, und jede Bezeichnung schlägt es sofort tot. Das hat auch der Verfasser des Rührstücks bemerkt, und in getragenem Pastoso deklamiere ich vor der Klasse: »Spricht *die Seele, so spricht ach! schon die Seele nicht mehr.*« Dann setzte ich mich und denke: und wer oder was hat da jetzt grade gesprochen?

❖ Die Befreiung blieb aus. Wir lebten wie in einem Haus ohne Hüter. Jeder versuchte, ein eigenes Zimmer für sich in Beschlag zu nehmen und es gegen die andern zu verteidigen. Gekläff und Aufruhr auf allen Seiten, von linksdemokratisch bis rechtsmonarchistisch, von der *Pápa*-Verhimmelung bis zum Laienpriestertum; dazu die äußeren Feinde, die anfingen, eine leichte Beute zu wittern. Ein starker Mann und eiserner Besen mußte her und trat auf. Sein Gebot hieß Ruhe, Ruhe und nochmals Ruhe. Er setzte sich damit durch, denn es gab keine andere Lösung. Aber es war eine Ruhe ohne Wärme und Zusammenhalt, wie in einer Familie mit einer kaltgestellten Mama, und tatsächlich hatte unser Kanzler zwar eine Ehefrau — aber verheiratet war er mit der Vernunft: und das hieß mit der Armee.

Uns ergriff ein Gefühl des Verlusts und der Verwaisung. Aus alten Selbstverständlichkeiten herausgerissen,
versuchten wir uns mit bohrenden Fragen Klarheit zu
verschaffen und stießen damit immer nur weiter in die
Kälte und Leere vor. Was war das *eigentlich,* eine Nation?
Eine vertragliche Regelung. Ein Landesvater? Auch
bloß so einer wie wir. Der Besitz? Eine Maschine zur
eigenen Durchsetzung auf Kosten der anderen.

Die Fragen griffen immer weiter um sich. Was war
der Mond? Früher eine kühle, still in sich geschlossene
Jungfräulichkeit, die Sehnsucht, das Alter; jetzt ein zwei
Lichtsekunden entfernter, zufällig eingefangener Stein-
ball. *Ein Laubfrosch!* hatten wir bisher gerufen, *grüner als
Gras, wie kommt denn der hierher?* Und plitsch war er weg.
Aber inzwischen beugten wir uns über ein zerschnippel-
tes Etwas auf dem Seziertisch in der Anatomie, um den
Nervenapparat von *Hyla arborea* zu studieren: wenn
man nun mit dieser Metallsonde den freigelegten weiß-
lichen Strang berührte ... Jeder wollte das blutige
Beinchen eigenhändig zum Zucken bringen, bis das
Halbleben endgültig in ihm erloschen war.

Aber alle Dinge entseelten sich ja, Hilfe, unsere Bilder
schwammen uns weg! Was waren Raum und Zeit
eigentlich? Gähnende Unendlichkeiten, abschnurrende
Äonen, personenlos, angefüllt mit Kugelwellen, Kraft-
feldern, elliptischen Bahnen, mit Isothermen, Isobaren,
Isohypsen, nichts wie Striche, Kreise und Pünktchen!
Hinter jeder Erscheinung ihre Vorgängerin, tausend
hintereinanderstehende Zeitschatten, einer hinter dem
andern, die sich in der Ferne verlieren, eine Endloskette
von Darum und Deswegen-Weil ...

War das nicht auch nur eine Einbildung, eine Phantasie, eine Erfindung? Wenn man sich umsah, schaute
doch alles ganz anders aus! Aber nein, es war ja *bewiesen!*
Und wie lautete demnach der Beweis *für uns? Aufhören!*
dachten wir, *Schluß damit! —* denn wir ahnten, was sich
herausstellen würde: das Resultat von Vektoren, Affek-
tationen des Triebs, Bündel von ansozialisierten Verhal-

tensmustern. Das alles waren wir also nicht. Sondern? Einer nach dem andern bekam Angst, steckte auf. Nur einer blieb unbeirrbar, räumte weg, fegte fort, schaffte beiseite und kam zum erwarteten Ergebnis: *calculo ergo sum,* ich bin nur, insofern ich rechne, ein denkender Punkt.

❖ Unbedingt suche und brauche ich in dieser zusehends erkaltenden Schul- und Familienwelt eine Insel, einen eingehegten Ort, an dem — warum sie bei ihrem traulichen Namen nicht nennen? — an dem die Seele nicht von vornherein, wie eine Ungehörigkeit, geleugnet und zum Verstummen gebracht wird: und, wie alles, was wirklich gewollt wird, tut er sich auf.

Der Schulfreund. Nein, kein Christopher, und auch kein Olf — oder wenn, dann in seiner frühesten Gestalt des *Nebenwesens,* lange vor aller Willkürherrschaft oder auch nur Vorbildlichkeit. Seinen Namen verrate ich nicht, auch nicht sein Aussehen. Denn das erste Gesetz dieser Freundschaft, wenn nicht sogar der Antrieb dazu, besteht darin, sie nicht preiszugeben. Sie ist unser Schutzwall gegen die Übergriffe der finsteren Lehrertyrannei, gegen die herablassende Mißbilligung unserer zwei aufgeblasenen Klassendämchen, überhaupt gegen alles, was von uns gedacht und erwartet wird; denn sobald es uns nahekommen, festlegen und nach seinen Vorstellungen zurichten will, haben wir es auch schon durch einen schnell getauschten Blick abgewehrt: *was wissen denn die schon!*

In seinem Inneren ist unser Verhältnis weniger leicht beschrieben. Nie wird es von uns besprochen oder beteuert, und wir wissen auch warum: alle Wörter, alle Gesten würden es nur verunzieren. Es ist darin nicht vorgesehen. Wir treffen keine Verabredungen, vermeiden es peinlich, einander zuhaus zu besuchen, um nicht mitansehen zu müssen, in welche beflissene oder verdrießliche Rolle der andere dort gedrängt wird, machen einander keine Geschenke, auch zum Geburtstag nicht.

Tatsächlich, es fallen mir dafür nur Verneinungen ein. Sicher beruhigt mich die gleichsam schnurrende, fast träge Behaglichkeit, in die er sich zurückziehen kann, und er lacht beifällig und augenzwinkernd, wenn ich über unsere Mitschülerinnen herziehe: *wer duftet, denkt nicht!* Aber unsere Gegensätze sind nur dasjenige, woran sich unsere Anziehung festhält, nicht, was sie bewirkt. Und sie macht sich auch am stärksten, dann aber schmerzlich, im Fehlen des andern bemerkbar, wenn ohne seine vertraute Gegenwart der Alleingelassene in das öde Spiel von Angriff und Abwehr, Prahlsucht und Gängelei wieder miteintreten muß.

Was uns verbindet, gibt es dort draußen nicht, oder wir können es nicht erkennen. Freunde? Freund sein kann jeder. Wie aber nennt man diese stillvergnügte, zweiseitige Zugewandtheit, dieses Aufgehobensein in einer versöhnlichen Eintracht, diese rätselhafte Kostbarkeit, golden und süß, wie von Honig?

Sie ist nur von einer Gewißheit, ich weiß nicht, ob gehoben oder überschattet: daß sie nicht dauern wird. Sie ist eine Insel auch in der Zeit. Dann wird der Kampf unvermeidlich, in dem wir bestehen oder versagen, und uns aus diesem Garten vertreiben. Aber vorläufig sitzen wir noch nebeneinander, mein Schulfreund und ich, einer vom andern gewärmt, und freuen uns an dieser Frist, dieser Erholung.

❖ So geht es nicht weiter mit mir. Das muß der Babbà einsehen, und er sieht es auch ein: er rückt Geld heraus. Höchste Zeit, denn ich werde ja allmählich zur komischen Figur. Was jetzt hermuß, ist ein Nadelstreifen mit weitgeschnittenen Hosen, die Schuhe dürfen nicht vorschauen. Und zwar zweireihig ohne Weste. Das trägt man jetzt so. Was hermuß, ist ein Nylonhemd, drip-dry in Weiß, mit seidener Strickkrawatte. Teuer, aber na wenn schon. Es müssen, allein wegen der Tanzstunde, Manschettenknöpfe her, ein Crewcut. Das hat jetzt jeder.

Inzwischen hat man ja seine Partnerin. Man führt sie, *aus dem Knie heraus* heißt die Vorschrift, in den Wiegeschritt, geht dann *zügig wie Zahnpasta* in Frontstellung zur Promenade. Es zahlt der Herr, aber na wenn schon. Er bringt die Dame nach dem dritten Tanz zurück auf ihren Platz, er bringt sie nach der Tanzstunde mit der Straßenbahn zurück bis vor die Haustür. *Gute Nacht, gute Nacht.* Keine Zudringlichkeiten! Man wahrt die Form.

Schließlich ist man jetzt Klassensprecher, schließlich raucht man jetzt in der Pause und wird in der Klasse gesiezt. Die demokratische Selbstverwaltung besteht weitgehend aus Beschiß, aber na wenn schon. Wenigstens muß man sich nicht mehr von jedem frischgebackenen Referendar mit *Aufstehen! Hinsetzen!* anbrüllen lassen. Da protestiert man inzwischen, fühlt sich an die *unseligen Jahre* erinnert. Seinen Cicero hat man jetzt schließlich intus.

Vor allem ist jetzt in den Ferien eine Frankreichfahrt fällig. Wozu hat man sich schließlich wochenlang den *subjonctif* eingepaukt: *faut qu'je m'en aille.* Per Autostop, aber na wenn schon. Irgendwie, mit Käse und Weißbrot, schlägt man sich da schon durch. *Un coup de rouge.* Das ist Europa. Die Loireschlösser. Das ist Format. *Café Deux Magots.* Das ist Sartre persönlich.

Im Tagebuch Eindrücke. Hinter den Eindrücken Ratlosigkeit. Wozu bin ich gefahren? Im fremden Auto nichts wie monomanes Gequassel, feindliches, verstocktes Vorsichhinschweigen. Wer bin ich? Mit wem mich anfreunden auf dem verregneten Boulevard? *Tu n'en as pas envie, p'tite gueule?* Im Hotelzimmer riecht es nach Maiglöckchenseife und Schimmel. *Mach dir nichts draus, mon choux, beim ersten Mal habens die Meisten schwer.*

Ich will immer nur weg. Nie komme ich an. Die *place Stanislas* in Nancy sagt mir nicht viel. Etwas anderes gibt es hier nicht. Nirgends ein fester Ort. Am Ende hat es ja doch keinen Zweck: aufhören, schlußmachen, das ist am Ende das Beste.

✤ Eine nachdenkliche, etwas schwermütige Stille lag über diesen langen Jahrzehnten, wie bei einer Verpuppung, und brachte eine so unauffällige wie tiefgreifende Veränderung mit sich. Dann auf einmal wehte eine andere Luft. In unsere Kinderstuben war ruhige Vernünftigkeit eingezogen; es regierte nicht mehr der Stock, sondern die geduldige Mahnung. Alle redeten etwas leiser. Wir gingen einfach gekleidet, in gedämpften, bräunlichen Tönen, nur zur Hervorhebung des Kopfes gestatteten wir uns ein zierlich gewelltes, bescheidnes Jabot.

Das geschah nicht ganz absichtslos: denn im Haupt, wenn irgendwo, vermuteten wir den wahren Sitz der Person. Daher kämmten wir auch das Haar straff zurück und färbten es weiß: denn eine hohe und kluge Stirn — damit, so kam es uns vor, fing der Mensch doch erst an! Und nach hinten war es zu einem adretten Zöpfchen gebunden und mit einer Schleife geschmückt: denn dort, sagte uns unser Gefühl, hörten wir im Grunde schon wieder auf. Unsere Lieblingsberufe waren Lehrer und Pastor. An den Dichtern verehrten wir das schöne Ebenmaß ihrer Werke und fürchteten ihre Gesetzlosigkeit.

Hatte mit uns die Geschichte ihr seltenstes Werk hervorgebracht: eine neue Generation? Aller Bombast, das ganze gestelzte Theater, die das Zeitalter vor uns noch so tief entzückt und bewegt hatten, waren uns gründlich zuwider. Wir schrieben in klaren, überschaubaren Sätzen. Wir begriffen nicht, wie es über bare Selbstverständlichkeiten zum Streit kommen konnte. Daß die Menschen gleich geboren waren und ein Recht auf Unversehrtheit und freie Rede hatten, lag doch, für jeden erkennbar, in ihrem Wesen: er brauchte nur einen Augenblick lang Herz und Vernunft zu öffnen, um sich fortan der großen Bruderschaft zugehörig zu wissen.

Wir waren alle ein bißchen ineinander verliebt. Arm in Arm sahen wir schweigend den Mond über verschleierten Tälern aufgehen und versanken, zu Tränen gerührt, in niegekannten Gefühlen wehmütigen Glücks. Wenn

uns dann die Welt auseinanderriß, versuchten wir umsonst, uns in langen, schwärmerischen Briefen über die
Trennung hinwegzutrösten: *Teurer Freund, wie fehlt mir*
dein lebendiges, liebendes Auge, wie einst mit dir durchstreif ich
die blühende Flur, aber ach, jedes Sennerlied, jede friedliche
Hütte gemahnt mich nur an deinen Verlust —

Und dann schlug der Blitz ein; wir begegneten dem
Himmelsgeschöpf, einem Wesen wie nicht von dieser
Erde: *ein Engel! Pfui! das sagt jeder! Soviel Einfalt bei*
soviel Verstand, soviel Güte bei soviel Festigkeit ... Und
wenn sie dann noch in dem Bild erschien, das wir eigentlich suchten, dem der verjüngten Mutter, und gütig
lächelnd ihren acht — nein, nicht Kindern, sondern
Geschwistern, das Brot vorschnitt, wars um uns geschehen. Unmöglich, nicht an sie zu denken; jeder nicht
in ihrer Nähe verbrachte Augenblick eine stumpfsinnige
Ewigkeit ... Dann das Unglaubliche; in einem Pfänder-
spiel dreht sich die Zeit zurück: *ich selbst kriegte zwei*
Maulschellen und glaubte mit innigem Vergnügen zu bemerken,
daß sie stärker seien als sie sie den übrigen zumaß. Ich ertrugs
nicht, neigte mich auf ihre Hand und küßte sie unter den wonne-
vollsten Tränen — *O darf ich, kann ich den Himmel in diesen*
Worten aussprechen? — *daß sie mich liebt.*

Die Gefühle schwemmten alles mit sich fort, trieben
dem Unglück zu. *Warum weckst du mich, Frühlingsluft? Du*
buhlst und sprichst: Ich betaue mit Tropfen des Himmels!
Aber die Zeit meines Welkens ist nahe, nahe der Sturm, der
meine Blätter herabstört! Noch nie hatten wir uns, weil
fast ebensoweit wie nie nach unten gedrückt, den Frauen
so nahgefühlt — freilich nur denen aus dem Volk. Aber
gerade diese Liebe ging nicht, sollte nicht sein, fügte sich
nicht in die vaterverordnete Welt. Wir schwankten
zwischen Sehnsucht und Vorwurf: *Vater, den ich nicht*
kenne! Vater, der sonst meine ganze Seele füllte, und nun sein
Angesicht von mir gewendet hat! Schweige nicht länger! Dein
Schweigen wird diese durstende Seele nicht aufhalten. Ist es
nicht die Stimme der sich selbst ermangelnden und unaufhaltsam
hinabstürzenden Creatur, in den innern Tiefen ihrer vergebens

hinaufarbeitenden Kräfte zu knirschen: mein Gott! mein Gott! warum hast du mich verlassen?

Die Frauen, und eben das ließ sie in unseren Augen so edel und engelsgleich erscheinen, hatten die Vatergesetze besser eingeübt. *Ich deckte ihre zitternden Lippen mit wütenden Küssen. Sie riß sich auf, in ängstlicher Verwirrung, bebend zwischen Liebe und Zorn.* Und dann kam der Klartext: *du bist nichts, du kannst nichts, du hast nichts. Ein Stipendium, ein Monatswechsel vom Alten? Komm doch zu dir! Das ist das letztemal! Du siehst mich nicht wieder.* Sie nahm einen Amtmann und hieß fortan Frau Kästner.

Gleich reihenweise haben sie sich damals bei uns wegen solcher Geschichten umgebracht. Und die übrigen, bei denen es schließlich doch noch geklappt hat? Gar nichts hat geklappt. Immer kamen wir entweder zu früh oder gar nicht. Die Vorhaltungen, die wir dafür verdient hätten, blieben aus. Den Frauen lag nichts daran, oder sie dachten, das sei eben so. Umso emsiger richteten sie das Haus, zogen die Vorhänge straff und brachten die Konsolen auf Hochglanz. Immer hielten sie die Köpfe gesenkt, über die Wiege, das Klöppelzeug, den Roman.

Wir konnten ihnen nicht helfen. Wir waren ja selbst noch lang nicht bei uns, strebten blindlings immer weiter nach oben. Selbstverständlich waren wir protestantisch, etwas anderes als die Republik gab es nicht. Aber je höher unsere Ideale, desto anspruchsvoller wir selbst. Ewig fühlten wir uns verkannt und auf den Schlips getreten: wir waren grundsätzlich beleidigt. Eine schiefe Bemerkung höheren Orts, und wir dachten uns drei schlaflose Nächte lang Retourkutschen aus. Wenn man uns einen Freiplatz abschlug, eiferten wir uns endlos über Günstlingswirtschaft und Knauserei; sobald wir unseren Doktorhut hatten, erwarteten wir eine Titularstelle bei Hof, die mit keinen Pflichten verbunden war. Als Hauslehrer quälten wir die Achtjährigen mit zweistündigen Vorträgen über Rousseau; ihnen das Einmaleins beizubringen, waren wir uns zu schade. Für unser morgendliches Bad ließen wir uns erbarmungslos das heiße Wasser vier Treppen hochschleppen und beschwerten uns dann über das laute Geplansche. Mag sein, daß wir ernsthafter, reflektierter, weniger grobschlächtig als unsere Vorgänger gewesen sind: aber fauler, ängstlicher, selbstsüchtiger waren wir auch.

❖ Nichts kann mich inzwischen in eine so rasende und zugleich ohnmächtige Wut versetzen wie die Frage, was ich einmal werden will. Hinter ihrer scheinbaren kühlen Vernünftigkeit liegt etwas Hämisch-Heimtückisches, das ich nicht deuten kann. Die Eltern habe ich durch pampige Antworten wie *Straßenkehrer* oder *kann man hier vielleicht einmal in Ruhe ein Buch lesen?* so entmutigt, daß das Thema nur noch beschwiegen wird, dafür freilich umso schwerer in der Luft liegt; und es braucht nur irgendein Hornochse von Onkel, die nächstbeste Trampel von Schwägerin zum Kaffee zu kommen, und ich kann sicher sein, daß sie mich in den süßesten Tönen und der festen Absicht, mich niederzumachen, damit überfallen.

Und jedesmal erfülle ich ihnen ihren Wunsch: bekomme, unter den auf mich gerichteten angelegentlichen Blicken rote Ohren, stottere etwas daher von Dolmetsch oder Wetterfrosch, und sogleich stoßen sie mit ihren längst bereitgehaltenen Rückfragen auf mich herunter. Dafür glaubte ich mich wirklich zu eignen? Wieviel verdiente man denn da so? Waren das nicht reichlich ausgefallene Ideen, völlig überlaufene Sparten?

Schon haben sie mich am Boden. Denn ich bin tatsächlich unfähig, mich für etwas zu entscheiden — nein: mich einer Entscheidung auch nur zu nähern. Noch bevor ich etwas Bestimmtes ins Auge fassen kann, bricht mir der Schweiß aus. Und das geht nun schon eine ganze Weile so. Auf jeden Vorschlag antwortet, als käme sie von außen, sofort eine höhnische Gegenstimme. Schiffsarzt, Funker — *da traust du dich ja doch nicht hinaus!* — Kernforscher, Biochemiker — *das stellst du dir offenbar recht einfach vor!*

Vor jeder Betätigung scheint ein ungreifbarer, aber massiver Wall aufgebaut. Unmöglich, über eine von ihnen etwas Genaueres zu erfahren. Sie heißen *behördlich, kaufmännisch, verwaltungstechnisch* — als sollte sie zugleich volltönend klingen, und doch unbezeichnet bleiben. Und was tat man darin von morgens bis abends? Vom Babbà kenne ich inzwischen die Antwort: nichts. Sooft ich ihn auch in seinem Büro besuche — was er daher auch ungern sieht —, bestätigt sich die spöttische Bemerkung des Olfs: nie klingelt jemals das Telefon, immer liegt auf seinem Schreibtisch nur eine Lesemappe mit ausgefüllten Kreuzworträtseln. Wozu also die Stelle, und vor allem: wie kommt man zu sowas?

Die Auskünfte der anderen klingen ebenso leer: sie müssen *Verhandlungen führen, Vorgänge bearbeiten und weiterleiten, den Absatz organisieren und ausbauen:* jedesmal dieselbe pompöse Nebelwolke. Und wie hatten sie sich Eingang verschafft? Durch einen unglaublichen Glücksfall, durch alte Beziehungen schon vom Großvater her, durch glänzende Zeugnisse. Wie standen sie zu den Kollegen, hatten sie da Schwierigkeiten? Nun, man mußte sich natürlich schon durchsetzen können, gut angeschrieben sein, die Hauptsache war, sich eine dicke Haut zuzulegen. Auf gut deutsch: sie mauern. Im Hintergrund steht ein nie ausgesprochener, auf Befragen sogar geleugneter Vorbehalt. Nur der hämische Ton verrät ihn: *die Welt ist vergeben. Jeder Bezirk ist vereinnahmt, gegen Eindringlinge und Erkundung streng abgeschirmt. Die Schranke öffnet sich nur unter einer Bedingung: keiner wird die Dummheit begehen, sie dir zu nennen. Du sollst es auch nicht besser haben als wir.*

Die Verschwörung ist lückenlos. Die Bedingung bleibt dunkel. Oder habe ich schon angefangen, mich ihr zu unterwerfen? Meine Wünsche werden immer bescheidener, ich gebe einen hochfliegenden Plan nach dem anderen auf: da kommst du ja doch nicht dran, daraus wird nie etwas. Ich muß mich an das halten, wo ich bescheid weiß, in den Sperrkreis einbrechen kann. Nur eine solche Stelle gibt es: die verhaßteste von allen; die, an der mein Versagen am Sichersten feststeht. Ich als Pauker! Den ekelhaften Wortbrei, an dem ich jetzt schon würge, täglich neu wiederkäuen und in widerwillige Schülerhälse hinunterdrücken zu müssen!

Nur daran nicht denken. Möglichst an gar nichts denken. Am besten immer weiter geradeauslaufen, bei jedem Schritt alles aus meiner Vorstellung verbannen außer den nächsten. Allmählich dämmert mir die Wahrheit: zu einem Nichts muß ich mich machen, um Etwas zu werden, daher die Neugier; schon wieder einmal heißt der Befehl, *töte dich selbst.*

✣ Im Äußeren das geregelte Leben; im Innern der Albtraum. Nur, merkwürdig, so schaurig auch seine Bilder: sie blieben immer bloß Papier, platte Scherenschnittmärchen, als wagten sie nicht, sich zu ihrer vollen Gestalt auszuwachsen. Fast schämten wir uns, den Schund zu lesen; aber wir kamen und kamen davon nicht los: Gewölbe, Verliese, die Inquisition. Der Usurpator. Und dann auf einmal, den halben Schloßhof füllend, ein riesiger Helm mit schwarzflatternden Federn und daneben, tonnenschwer, eine Eiserne Hand: endlich naht die Rache des ins Übermenschliche hinaufgeschossenen, hintergangenen Urahns! Denn der Tyrann und Unmensch hat es auf die eigene Tochter abgesehen. *Kann ich den Vater heiraten?* ruft die Schuldlose verzweifelt, *keine Macht der Erde zerrt mich in sein verhaßtes Bett!*

Etwas abseits kniet, ins Gebet versunken, ein Mönch in seiner Kapelle: der wahre Erbe, der nichts von sich weiß. Denn auch schon der Urahn hat den Thron durch Meuchelmord sich erschlichen: nun will er büßen. Drohend wedelt sein schwarzer Helmbusch, als der Mönch, von einer inneren Stimme gerufen, ans Tor pocht. Aber der mißratene Schloßherr geht noch immer nicht in sich. *Sag mir, wer du bist, oder das Streckbett wird dir dein Geheimnis entreißen!*

Und so weiter.   Bis dann zum Schluß alles bereut,
alles stirbt, alles heiratet.   Zuvor fallen der Statue des
Urahns noch drei Tropfen Blut aus der Nase.   Das ging
zu weit!   Wir warfen den Mist in die Ecke, und als sich
der Schmierant tatsächlich zu einer Lesung blicken ließ,
schrien wir ihn an, *du verdirbst uns unseren Geschmack!*
Treibst Schindluder mit der Dichtkunst!   Wie kommst du zu
der hanebüchenen Geschichte?   Und da erzählte der ganz
unbefangen: *Naja, anfang letzten Juni bin ich eines Morgens*
aus einem Traum aufgewacht, von dem ich mich nur noch an
einen Riesenarm in einer Rüstung erinnern konnte.   Vielleicht
ganz natürlich, wenn man einen Premierminister zum Vater
gehabt hat, nein?   Und abends habe ich mich dann hingesetzt und
angefangen zu schreiben, ohne die geringste Vorstellung, was ich
eigentlich vorhatte zu erzählen . . .

❖ Die eigene Zerstörung ist alt.   Aber mit dem Versuch
der Söhne, sich an die Stelle des Vaters zu setzen, wird
sie heillos.   Je höher, je besser ihre Vorsätze, desto tiefer
der Sturz, wenn sie versagen.   Und das tun sie immer,
so oder so.   Kriecht nicht gerade der Minister hinters
Gebüsch, um sich dort beim Unsäglichen ertappen zu
lassen?   Dann fallen sie aus der Gesellschaft, aus der
Geschichte, aus allem Vorhandenen.   Denn sie haben
nichts, was sie aufhalten könnte, es fehlt ihnen der Boden
des Besitzes, des selbstgeschaffenen eigenen Werks.   Sie
knallen durch.   Die Angst saust ihnen in den Ohren.
Sind sie denn überhaupt noch Menschen?   Und wenn
nicht, was dann?

Fortan gibt es im Leben des Gestrauchelten den
gewissen Umstand, das Loch, den unauslöschlichen
Makel.   Wenn es aufkommt, ist alles aus.   Er kann sich
begraben lassen.   Mit Fingern wird auf ihn gedeutet, die
Buben rufen ihm auf der Straße nach, *Drecksack!*   Er
fängt an zu laufen, er zieht um, er wandert aus; aber das
hilft nichts.   Auf Parkbänken wird er enden, mit geschwollenen Beinen, schon morgens besoffen, und auch

am Abend ist er mit seinem Selbstgespräch noch bei keinem Schluß angelangt.

Warum hat er es dann getan? Warum hat er sich das gefälschte Doktordiplom besorgt, wozu den weißen Seidenschal geklaut und ihn dann einen halben Meter aus der Jacke heraushängen lassen? Und wenn er schon die häßlichen Bildchen malen muß, auf denen nackte Figuren sich zu anatomisch unmöglichen Entblößungen verrenken, wieso legt er sie in seiner Schreibtischschublade obenauf?

Vielleicht sucht er sein Elend; vielleicht ist ihm die Verachtung des Vaters noch lieber als seine Gleichgültigkeit; vielleicht hofft er auf sein Machtwort für den Verlorenen: *den laßt mir in Ruhe! Warum? Weil ich es sage!* — Aber nichts dergleichen geschieht. Wenn überhaupt etwas, bekommt er zu hören, *du mußt selbst wissen, was du tust.*

Und auf die Mama ist erst recht nicht mehr zu zählen. Sie ist kalt und unerbittlich geworden in ihrer langen Enttäuschung. Sie sagt: *jahrelang wolltest du nichts mehr von mir wissen. Jetzt, wo du nicht weiterweißt, kämst du daher. Gut, ich nehme dich auf; aber nicht mehr umsonst. Zuerst kommt die Prüfung; und so emsig du dir auch den Kopf vollgestopft hast mit Unsinnigkeiten: er wird von der ersten Frage an leer sein; verworrenes Zeug wirst du stammeln, statt der einzig richtigen Antwort. Dann kannst du selbst sehen, wie wenig du taugst. Mein Stadtschulrat wird an deinem Probeunterricht kein gutes Haar lassen, die Schüler werden dir ins Gesicht gähnen, weil du sie nicht hinlänglich motivierst. Du wirst ausharren, weil dir nichts anderes übrigbleibt. Mit dem versorgten Leben, mein Bester, ist es vorbei.*

Und vergiß nicht, fährt sie fort: *ich weiß bescheid. Man hat mir das Material zugetragen, ich besitze Beweise. Soll ich dir das Band vorspielen?* Seine scheinheilige *Frage nach der Uhrzeit;* dein schon halb einverstandenes *Laß mich in Ruhe;* sein hechelnd hingehaltener *Köder* Gehst mit aufs Volksfest? *und seine Einflüsterungen, bis er dich soweit hatte. Dann die Szene im Auto bei der Kanalschleuse: die Fotos sind unterbelichtet,*

*aber eindeutig. Ein aufsässiges Wort, und du fliegst. Du kennst
den Brief, der im Direktorzimmer für dich bereitliegt:* ›Unser
Bedauern ist aufrichtig, aber daß Sie nach dem Bekannt-
gewordenen nicht mehr tragbar sind, bedarf wohl keiner
Erläuterung . . .‹

So fangen die einen an, wie verrückt zu funktionieren.
Sie wollen gut sein und sich bewähren. Sie machen
Karriere, haben es am Ende sehr weit gebracht. Aber das
Loch bleibt, und sie im Käfig. Die anderen werden sich
nach einer Zeit der Benommenheit fragen: *war mein Sturz
etwa heilsam? Geht es mir hier unten nicht besser? Waren
deswegen unsere Schauermärchen so dünn? Gehört dieses Obere
und Höhere, dieses Eigentum, dieser breite Hintern, der mir auf
dem Gesicht sitzt, nicht endlich weg?* Und somit kämpfen
auch sie von jetzt an um das Gute, und zwar unbedingt,
koste es, was es wolle.

✜ Anderswo ging es schneller voran. Hundertdreißig
Jahre, und die Unentschlossenheit, das innere Schwanken, waren besiegt: die Köpfung hatte sich zur Oper vereinfacht. Der Babbà überreif wie eine matschige Pflaume,
von seiner Oberhauptrolle restlos gelangweilt. Der
Johannistrieb war in ihm erwacht. Die Mama verließ
kaum mehr ihre Gemächer. Seit neuestem waren Mä-
tressen im Haus; *die* Dubarry; *die* Pompadour. Über sie
lief nun alles, bis zur letzten Richterernennung. Kabi-
nettchef und Nutte in einer Person: darum der unvergleichliche Doppelton auf dem *die.*

Ihr Problem war, daß sie jeden Tag geschaßt werden
konnten. Daher ihre verzweifelten Anstrengungen, den
Alten zu fesseln. Das ging aber nicht mehr so leicht:
denn der hatte inzwischen liederliche Greisengewohn-
heiten angenommen, interessierte sich nur noch für die
Busen, allenfalls noch für die Popos. Wie seine Begierde,
war auch seine Phantasie weitgehend erloschen. Mit der
bloßen Behauptung, daß sich unter Frauengewändern
selbstredend das Ziel aller Wünsche verberge, war es

also nicht mehr getan. Die ermüdeten Äuglein mußten vom oberen Blickfang angezogen und in einem Trichter nach unten gelenkt werden, bis sie sich in seinem spitz zulaufenden Ende verfingen; damit sie nun da aber nicht ratlos hängenblieben und dann zerstreut abwanderten, wurde, um dem Gedächtnis nachzuhelfen, ein von dort aus losbrausendes Gesums vorgeführt, eine Quellwolke im Aufwind, so heftig emportreibende Heißluft, daß die Bodenhaftung gefährdet schien. Immer mächtiger plusterten sie sich auf, wurden zu Schirmen, zu Ballonen, zeigten durch Schlitze an, wie nah sie daran waren, vor Begierde zu bersten. Zuletzt kamen sie in der Tür nicht mehr aneinander vorbei und keiften um Vortritt. Da kicherte er dann und kratzte sich zwinkernd sein runzliges Tütterchen.

Alle hielten sich genau an das Libretto, aus dem übrigens Meisterschaft sprach. Das Halsbandintermezzo: eine Glanznummer. Der breit angelegte Baßchor *Manca pane al popolo, regina* und die dagegengezirpte Soprankoloratur *Perché non mangiano pasticcio?* — unübertrefflich. Die Köpfung diesmal also musikalisch tadellos vorbereitet: Trommelwirbel, Paukenschlag, Tusch! — und ab in die Grube. Der Genuß, mit dem man eine wabernde, schillernde Seifenblase anpiekst. Die Erleichterung der endlich aufgegangenen Pustel. Pausenvorhang, Beifallsstürme aus Galerie und Parkett.

War die Oper schon aus? Nein, es folgte ja erst noch die Errettung des Freiheitshelden aus dem Kerker. Aber mitten in dem bewegenden Duett mit der Geliebten, die dem Schmachtenden zuhilfe geeilt ist, erscholl von draußen mißtönendes Geschrei: kein gesungener, sondern ein Sprechchor, mit dem nämlichen Text: *Brot! Brot!* Wer also in drei Teufels Namen —?

Erst als die Türen aufkrachten, und ein zerlumpter Haufen anfing, das Gestühl zu demolieren, dämmerte uns die Erinnerung: die Unterkinder! Hatten die jetzt etwa gekündigt? Damit hatte keiner gerechnet. Aber ein geköpfter Babbà zahlte nun einmal die Gehälter nicht weiter. Und wer schälte jetzt die Kartoffeln und schürte vom Gang her die Öfen, möglichst geräuschlos, damit die schneidende Diskussion über die Menschenrechte darunter nicht litt?

Wie zu erwarten, spaltete sich das Publikum sofort in zwei Parteien. Die Mehrheit war für Weiterspielen; die Minderheit für Volksherrschaft und Abschaffung des Eigentums: die einzig mögliche Konsequenz sei die Überführung der Kunst in die Wirklichkeit. Aber die sperrte sich, wollte auf alles gute Zureden nicht hören. Ein Haushalt, wie ging das? Wir zuckten die Achseln. Keine Ahnung; woher auch?

Begriffe ohne Anschauung sind leer; und eine Anschauung hatten die Söhne leider niemals gehabt. Wie gewohnt, verknüpften wir also die Voraussetzungen und kamen zum Schluß: deckte sich das Prinzip mit dem Einzelfall? Nein? Dann Kopf ab. Einmal vom Willkürkrimskrams befreit, wurde Politik kinderleicht: ein einfacher Syllogismus. Deswegen waren die Köpfungen auch so schmerzlos: es wurde dabei ja nur das Wesentliche vom unnützen Ballast getrennt. Es wollte damit nur nicht recht vorangehen. Offenbar deckte sich kaum je ein Einzelfall ganz mit dem Prinzip: überall fuchtelten diese überflüssigen Arme, meckerten die aufsässigen leeren Bäuche. Wielang sollte das Prinzip also noch ungedeckt herumstehen? Das Prinzip verlangte die Kopf-ab-Maschine. Die Maschine lief heiß und spie immer mehr Gerechtigkeit, das heißt immer mehr Köpfe aus. Sollte sich etwa die ganze Gerechtigkeit am Ende über einem einzigen Haupt versammeln? Denn der Kopfvorrat ging allmählich zur Neige ...

Bis dann einer mit einer in der Vorzeit erlernten Geste die Zeitung säuberlich zusammenfaltete und sagte, *es reicht.* Er hieß — aber es ist ja gleichgültig, wie er hieß. Worauf es ankam: daß er einer von uns war, also ein Sohn, besessen von dem Gedanken an die Überholung des Vaters. *Mir nach!* rief er infolgedessen, schrie etwas von *Mumm* und von *Memme,* und gab die Losung aus:

die Welt muß werden wie wir! Auch das mußte demnach wiederholt werden, mit dem absehbaren bösen Ende? Anscheinend ja. *Und die Unterkinder?* fragten wir anstandshalber noch nach. Ach was! Wir hatten doch gesehen, worauf das hinauslief: Chaos und Plünderei; da mußte man jetzt hartbleiben, auch wenn es schwerfiel; aus den Kinderschuhen waren wir schließlich heraus. Kein Zweifel, er war unser Mann: der wußte, was Sache ist. Und so trotteten wir ihm nach wie die Schafe.

❖ Und hier? So tief der Genuß, die Erleichterung auch gewesen sein mögen: sie sind nicht die seinen. Bei ihm zuland hat es zu einer Mätresse nicht ganz gereicht. Die alljährlich geschwängerten und davongejagten Dienstmädchen des Großvaters, die Lola Montez — alles nur matter, verspäteter Abklatsch. In seiner Geschichte ist kein Babbà jemals von den Söhnen geköpft worden, also auch nicht der seine von ihm.

Soll er das Versäumnis beklagen? Er will zu seiner Geschichte stehen, er urteilt parteiisch. Und wenn er bedenkt, was nach dieser und den darauffolgenden Köpfungen alles geschah, kommen ihm tatsächlich Zweifel. In den Köpfungen kann man auch steckenbleiben, das ist ihr Nachteil: daß das Messer nicht nur durch den abgeschnittenen, sondern auch den eigenen Kopf fährt. Der Nachteil ist dann diese öde und ausgeleierte *clarté,* zum Beispiel. *Clarté* heißt seiner voreingenommenen Meinung nach: reden wie damals; abstraktes Gehirnzeug, abgehäutete Wörter. *Il s'est penché sur Flaubert; il s'est totalisé!* Schon allein, wie diese *Pléiade*-Bände gedruckt sind: da wird auch Rabelais noch zum Oberstufenpensum, sogar die Hennen sind klassisch. *Léda pondit* heißt dann der Beispielsatz bei den unregelmäßigen Verben, sie *legte ein Ei.* Daß daraus die schöne Helena kroch, wer wüßte es nicht!

Der Nachteil ist dann beispielsweise, daß man danach nicht mehr aus diesem verbiesterten, lehmigen *common sense* herausfindet, diesem sogenannten praktischen Denken, dem Ideenmurks: alles von dazumal. *The continent, how peculiar!* Über Inhalte zu diskutieren! Wo sich jede schickliche Unterredung doch zurückhaltend auf die Abwägung zwischen *dry* oder *medium* beschränkt. Und wenn sie ausnahmsweise einmal darüber hinausgeht, riecht sofort alles durchdringend nach Untertertia. Wie damals auch. Lauter Hobbes. Oder Shaftesbury, was noch schlimmer ist. Um von Malthus zu schweigen; um von Bentham zweimal zu schweigen; und um schon gar nicht zu reden, Gott schütze uns alle! von John Suart Mill.

Aber auch über die andere Möglichkeit denkt er zuweilen nach: man läuft vor der Köpfung davon, verabschiedet sich aus der Ferne, und wehrt sich nur, wenn einem der Alte nachgerannt kommt. Heißt das nicht vernünftig gehandelt? Weg mit den Basalten! Man wird nicht nur ihn los, sondern auch sein Gespenst. Und tatsächlich läßt sich die Sache gut an. Ein Rausch von Möglichkeiten; das Recht auf Selbstverwirklichung in der Verfassung verbrieft. Grundbesitz? Bittesehr! Und doch bleibt die Verwirklichung aus. Der Nachteil ist: keiner weiß mehr, wozu, oder das Gegenteil wovon, er nun eigentlich werden soll. Auf dem Maisgürtel breitet sich Eintönigkeit aus, von Ohio bis Wyoming. Dem happy end folgt nur noch verwässertes Unglück. Ein guter Kamerad wollte die Ehefrau sein; aber bald hat sie es satt, sich dazu auch noch die leerstehende Babbàrolle aufhalsen zu lassen, und brüllt ihren verdutzten sunny boy an: *will you* please *stop calling me honey!* Der Sohn war als *junior* und jüngerer Bruder gedacht; aber die beiden können nicht aufhören, mit ihm zu zündeln, und folglich bringt ihn jetzt keine Therapie mehr vom cocksucking runter; er zieht in eine Wohnwagenstadt und trägt karierte Hosen noch mit siebzig.

Denn auch bei der selbstgewählten Verwaisung bleibt der Rücksturz nicht aus. Die Söhne können sich nicht versorgen; sie krachen durch bis zur Sklavenwirtschaft, versuchen umsonst, mit Brandeisen und Peitsche am schwarzen Ebenbild die Wut über ihr eigenes Ungenügen auszulassen: sie wird nicht weniger. Zur Buße bauen sie an jeder Ecke eine Kirche; aber in keiner geruht Gott sich niederzulassen, sondern wacht streng über sie aus der Ferne, wo er zurückgelassen worden war.

Wohin sie sich auch wenden, immer treffen sie nur auf ihresgleichen; ihr höchstes Kompliment heißt, jemand sei *anders*. Wer nicht mithält, geht unter; wer nicht spuren will, wird gefeuert. Kräftig sind sie ja immer schon gewesen. Aber worauf wollen sie eigentlich hinaus? Sie kennen nichts Höheres als das 115te Stockwerk; der mit dem billion-dollar-Vermögen ist der Größte. Und was ist aus ihrer Befreiung geworden? Die Töchter der Revolution tragen Blumentopfhüte und sammeln Unterschriften gegen Zungenküsse im Kino; der Präsident ist grundsätzlich ein Rindvieh; eine Stadt ist von der nächsten ununterscheidbar — nichttot allein die Einwanderer und die Verrückten, lebendig bloß noch Manhattan.

Das ist ungerecht. Aber er will nun einmal für seine eigene Geschichte plädieren: dem Babbà in Gottesnamen auf dem Weg zu folgen, den er vorgezeichnet hat; er ist vielleicht nicht der beste, aber immerhin schon vorgebahnt. Kleiner wird der Alte im Lauf der Zeit ja ohnehin, auch ohne Köpfung. Freilich kommt dabei etwas Verklebtes und Ungetrenntes in die Seele; sicher hockt dann das Volk muffig, stur und großmäulig in der Wirtschaft und macht sichs gemütlich. Über ihm thront die Obrigkeit und braucht ein Jahr und fünf Monate, um den Garagenbau zu genehmigen — wie zügig wechseln dagegen im Stadtrat die Grundstücke die Hand! Aber wenigstens weiß hier jeder, woran er ist: die Gerechtigkeit hat ihm bestimmt keiner versprochen.

Die Geschichte ein Baum. Jede Nation eine andere Verzweigung in der großen Stimme, ohne Filter und ohne Bewußtsein. Und selbstverständlich fangen die dann an, miteinander zu streiten: das soll ein Babbà sein, dieser schwarze Finsterling, der dem Sohn seine Frau weggeheiratet hat? Und du bist ihm nachgeraten, schau dich doch an, *caballero!* Und schon blitzt der gezogene Degen, schreit Schmach nach Blut.

Ihm ist das gleich. Er will nur möglichst weit gelaufen sein, bevor er anfangen muß, sich mit eigenen Kräften durchs Gestrüpp seiner Gegenwart weiterzukämpfen. Es geht langsam, sehr langsam sogar. Viel zu viel Reflexion, viel zu viel zweite Reflexion über die erste: lauter Ausschuß. Das Bewußtsein in dem von ihm selbst gebauten Gehäuse gefangen, alles bleibt Spiegel. Wer gefesselt ist, kann eben nur dichten und denken: muß erfinden, sich durch die Erfindung durchfinden, bis er an der Wand des Gehäuses angelangt ist. Jetzt noch Anlauf, ein Kopfsprung, sie kracht auseinander. Dann ist er frei.

❖ Es gibt eine Angst, die mit keinem anderen Seelenzustand zu vergleichen ist. Ich lerne sie kennen, als der ewige Klassentunichtgut Korhammer einer Tages unter allgemeinem Gejohle eine nackte Schöne mit geübtem Strich an die Tafel malt und sie umdreht. In der Deutschstunde — es geht um die *erlebte Rede als literarisches Ausdrucksmittel* — wird, wie erwartet, die Rückseite gebraucht. Der Deutschlehrer erbleicht, stürzt hinaus, und kommt mit dem Schuldirektor im Gefolge zurück. Noch vor jeder Überlegung sind wir von den Bänken hochgeschossen und stehen stramm. Eine Stille wie vor einer Implosion. *Wer war das?* Die Wörter wie Funken an einer Zündschnur, langsam näherzischelnd ans Pulverfaß. *Grabowski?* Nein, Herr Direktor. *Lüge Arrest Setzen Hampelmann Würstchen. Wir sprechen uns noch.*

Womit droht er eigentlich, was kann dem Missetäter passieren? Ein *Verweis,* ein *Eintrag ins Klassenbuch* — lauter Lappalien. Aber die Erinnerung daran ist ausgelöscht. Er droht, aber woher hat er diese Gewalt über uns? mit der allgemeinen Vernichtung. Wir waren es alle. Jetzt bin ich an der Reihe. Wallungen, Schweißausbruch, eine Stimme, die nicht mehr gehorcht. *Antworten Sie! Diesmal greife ich durch. Schweigen Sie! Diesmal räume ich auf. Reden Sie endlich! Meine Geduld ist erschöpft. Kommen Sie mir nicht damit! Ich will nichts hören.*

Er ist ganz offensichtlich verrückt. Aber die Einsicht hat nichts Beruhigendes: denn er steckt mich damit an. Etwas verdreht sich in mir, kichert, läßt einen absurden, pfeifenden Furz. In meinem Kopf riecht es nach Elektrizität. Ich beginne die Strahlen zu spüren, die von seinen stechenden Pupillen ausgehen, eine Richtantenne, die mich abtastet nach meinem dunklen Punkt. Aber ich habe doch nichts auf dem Kerbholz! Offenbar doch. Schichtweise entkörpere ich mich, bis der Punkt, zuerst verschwommen, dann deutlicher zutagekommt.

Er besteht darin, daß es mich gibt, daß ich nicht Nichts bin. Nein, noch immer ungenau. In dem Schuldanteil, der seit der Aufdeckung in jeden von uns hineingeflogen ist. Auch nicht. *Durchgreifen? Aufräumen?* Endlich habe ich es. Der dunkle Punkt ist mein Unterschied zum Gesetz. Die Anklage lautet nicht, daß ich es war, sondern es bin. Im Namen des Allgemeinen soll ich aufhören, es zu sein. Ein Lichtbogen wird angesetzt, um dieses Es von mir abzutrennen.

Aber ich will es ja, das Allgemeine, denke ich, ich unterschreibe es, sehe es ein. Das hilft nichts: denn in mir ist es mit dem Besonderen vermischt und verwachsen. Diese *Vermischung* bin ich; sie soll auseinander. Daher kann ich nicht sprechen. Meine Stimme, jedermanns Stimme, ist nicht die des Gesetzes. Der dunkle, auszubrennende Punkt ist das Selbst. Der gleichzeitige Befehl, zu reden, zu schweigen, ist mit Leichtigkeit zu befolgen, solang der Gehorchende nicht ein und derselbe bleibt. Ein Kinderspiel.

Ich könnte mich fügen. Die Versuchung dazu schwillt an zu einer weißen, sich ausbreitenden Helle. Ich bräuchte mich nie mehr zu fragen, wer ich bin. Ohne zu zögern könnte der andere in mir sagen: Korhammer war es. Ich hätte nicht mehr die Angst, sondern wäre sie. Aufgehoben im Gesetz wäre ich das einzig Wahre. Ich wäre ein Engel. Ich wäre wahnsinnig. Denn der Wahnsinn heißt: Gesetz ohne Vermittlung, das Zusammenfallen des Inneren und Äußeren ohne Spiegel. Soviel habe ich von meinem Schuldirektor gelernt.

✣ Aus der brüderlichen und gleichen Gemeinschaft war also nichts geworden. Die Menschenliebe war umgekippt in den Terror, dann blind hinausgerast bis an die Eisgrenze, dort in einem halb zugefrorenen Fluß ersoffen. Mußte sie immer so enden? Oder fehlte uns nur die innere Festigkeit dazu, der Boden, die zweite Kraft zum Guten, die nicht liebt, sondern hervorbringt?

Das war ja schon lang unser heimlicher Kummer gewesen. Nie etwas Eigenes, immer nur abhängig, seit unseren pleitegegangenen Geschäften ohne vernünftige Beschäftigung: kein Wunder, daß sich unsere Kraft zur Werktätigkeit gelockert und zurückgebildet hatte: darüber hielten immer noch die Alten ihre Hand. Aber mit ihrer Wirtschaft konnte es auch nicht so weitergehen: mühselig und unwirksam trat sie auf der Stelle und fraß, was sie herstellte, am nächsten Tag wieder auf; grade daß sie ihnen selber noch ein halbwegs sorgenfreies und bequemes Auskommen bot; aber wie sollte sie uns zu dem verhelfen, was zu einem Erwachsenendasein nun einmal gehört?

Wir saßen da und grübelten. Auch die Väterherrschaft, die sich den Willen der andern unterwarf, um der Erde das Notwendige abzugewinnen, war schließlich nur eine Erfindung gewesen. Wie zustandegekommen? Aus irgendeinem Grund wollte uns der Gedanke an die ersten Menschen nicht aus dem Sinn; aber es stiegen davon nur postkartenhafte, deutlich geschönte Bilder in uns auf: sanfte, gebräunte Naturwesen mit freundlich blitzenden Zähnen, die auf den leisesten Wink hin davonwieselten, um mit dem Tigerfell, der Bananenstaude flugs wieder zur Stelle zu sein. Kindsphantasien! So waren sie ganz gewiß nicht gewesen! Sondern hatten mit wer weiß welchem Scharfsinn, welcher Mühe, das Innere aus sich herausgesetzt, um es dann im Äußeren tausendfach zu vermehren —

Deutlicher wollte die Erinnerung nicht werden. Aber reichte sie nicht schon? Auch wir mußten für unsere schwachen Kräfte etwas Stärkeres suchen, was ihnen draußen entsprach. Wir ahnten, daß es vor unseren Füßen lag, aber es hielt sich verborgen. Nützliche Kraft, so hatten die Alten behauptet, gibt es nur im Lebendigen, das sich durch den darauf gerichteten Willen beugen und lenken läßt: die Kinder und Unterkinder, die Tiere, die mâ-hafte Erde. Vor allem anderen hatten sie eine Heidenangst. Was ihnen überlegen war, sollte es gar nicht erst geben: nur das erhöhte Abbild ihrer selbst, in ferne Himmel erhöht, ließen sie gelten. Aber was trieb dann die Segelschiffe an, die Mühlen? Was hievte, seit Jahrhunderten, in den Hammerwerken die zentnerschweren Steinklötze hoch, bis sie, losgelassen, herunterdonnerten, daß das Tal davon dröhnte? Davon wußten sie nur Ammenmärchen zu erzählen: der Schmied hat es mit dem Gottseibeiuns, sagten sie; in der Mühle sitzt der Tod; da huschen nachts immer solche Männlein rum.

Männlein, Männlein? Das konnte doch nur heißen, daß da bis jetzt noch nie hingedacht worden war, daß sich etwas gesträubt hatte vor dem genaueren Hinsehen: ein blinder Fleck, der womöglich das Tor zu etwas Unbekanntem — ja gut, vielleicht auch etwas Unheimlichem verdeckte. Darauf durften wir jetzt keine Rücksicht nehmen; es mußte her; und deswegen stemmten wir uns, warfen uns immer entschlossener gegen die vor unseren Augen verschwimmende Gedankensperre, und tatsächlich, sie hob sich, ging auf, und enthüllte das bisher Unerkennbare: die Kraft war ja überall! Sie stürmte durch die Luft, flammte aus dem Stoff, schoß im Sturzbach zu Tal. Unsere Augen begegneten sich stumm in einer wilden Ahnung, als stünden wir an den Ufern eines neuentdeckten Ozeans. Wie schon einmal in der

Urzeit kam das Äußere überwältigend mit dem Gewünschten entgegen. Wieder hatte sich die Wahrheit bestätigt, daß die Welt nicht eine ist, sondern viele, vielleicht unzählige hintereinander, und daher, aus alter Herkunftsverwandtschaft, zu allem werden kann, was von ihr gewollt wird.

Wir mußten es einer späteren Zeit überlassen, darüber zu rätseln; vor uns standen dringlichere Fragen: wenn man damit Mühlsteine antreiben konnte, warum nicht Pumpen, nicht Pflüge? Vielleicht angeschlossen an Rohre, die sich feldauf, feldab ausziehen und wieder zusammenschieben ließen? Nein, das doch wohl nicht. Verbissen fingen wir an zu basteln. Hebewerke aus Balken, über Kilometer hinweg, Sägen, die zwischen zwei Dampfkesseln hin- und hergeschoben wurden, Kanäle, auf Brücken über die Täler geführt: verquere Projekte am laufenden Band. Die Spötter hatten schon recht: warum nicht gleich aus Gurken das Sonnenlicht wieder auspressen und in Gläser abfüllen, zum Vorrat für dunklere Tage? Denn dauernd splitterte Holz, knickten Träger; unsere Fehlberechnungen waren atemberaubend. Wir zogen allen Ernstes die Schleppkähne noch einzeln über die Viadukte, weil wir fürchteten, die brächen sonst ein unter dem plötzlich erhöhten Gewicht!

Dann allmählich fanden unsere Konstruktionen zu ihrem Prinzip, und zum zweiten Mal erfuhren wir, wie lange einem etwas unsichtbar vor Augen liegen kann, von Gewohnheit oder Geistesblindheit verdeckt: es war, über seinem langen Gebrauch schon fast wieder zurückgesunken in die Natur, das Rad. Seit seiner Erfindung hatte sich keiner mehr gefragt, ob in der Fortbewegung wirklich sein einziger Nutzen lag; und niemand erinnerte sich mehr an die tiefsinnigen (wenn auch überaus dunklen) Reden seines Hervordenkers, der es ein Himmelsauge genannt hatte, das untere wahrscheinlich, und insofern den Vermittler von Kraft in das Dasein, den Vogel der Freiheit, der aus hoch und niedrig wieder eins machte; oder an die Warnung von damals, es würde uns losreißen von Sitte und Brauch, uns hineinzuziehen in einen Wirbel von Markt und Austausch, ja uns am Ende gar überrollen und zerquetschen wie Ungeziefer ... Aber was heißt schon Erinnerung! Dem Bewußtsein geht nichts je ganz verloren. Es wollte, und wußte nicht was, wiederholen.

Wir merkten davon nur soviel, daß uns jetzt das Bild nicht mehr losließ: die Räder wurden zu einer fixen Idee, sausten und tanzten wüst in unserem Kopf durcheinander. Und daher entstanden anfangs auch nur ganz wirre Gebilde, wacklige Transmissionen um sechs Ecken, ein lebensgefährliches Gewirr und Gesurr von Riemen, Speichen und Achsen. Aber daß sie mit uns in eine bestimmte Richtung rollten, darüber gab es bald keinen Zweifel mehr; unsere Einfälle überschlugen sich. Vierzig Jahre später, und wir waren soweit. Die Schlaghämmer ratterten im Takt, auf Exzentern hoben und senkten sich die Wollkämme; zuerst zwanzig Spindeln, dann hundert; die Jenny, die Wasserspinnmaschine, der *self-actor:* unser größter Triumph schließlich die Dampfmaschine mit Schwingregulator, der ab einer bestimmten Drehzahl automatisch den Zustrom aus dem Kessel drosselte. Wir brauchten keinen Finger mehr zu rühren, es ging alles von selbst!

Wie hypnotisiert standen wir vor dem Wunderwerk, konnten die Augen nicht wenden. Wir hatten etwas hervorgebracht, was seinerseits zur Hervorbringung fähig war, und zwar in niegesehener Masse und Mächtigkeit: wie das Ballen um Ballen unersättlich in sich hineinfraß, wie das malmte, schlang, schluckte — um dann, ohne jemals innezuhalten, das glatte Produkt in jeder wünschbaren Gestalt gleichmütig aus sich herauszubefördern!

Aber was da, in befremdlicher Unverhohlenheit übrigens, vor sich ging, war ja gar nicht nur eine Verdauung. Mit einer Mischung von Grausen und Bewunderung verfolgten wir die Stangen in ihrem öligen Geschiebe, sahen den Kolben zu, die fauchend und zischend, von

Rohren wie von Adern überzogen, von Ventilen gekitzelt, sich in die Zylinder drückten, weit nach hinten ausholten und sich dann neuerlich in sie hineinbohrten. Alle Ableugnung wäre unsinnig gewesen: wir wohnten einem Liebesakt bei, einer monströsen Paarung, deren Ende ins Unabsehbare hinausgezögert war, sodaß sie sich mit unentwegt hochgespannter Lustenergie immer weiter vor unseren Augen vollzog.

Wir erschraken vor dem, was wir da aus uns herausgesetzt hatten; denn wo hätten wir ein Vorbild für dergleichen hernehmen können, wenn nicht aus uns selbst? Was also war in unserem Innern passiert? Offenbar hatte sich das Urvermögen zur Werktätigkeit, von der praktischen Betätigung so lange abgeschnitten, jetzt eine umso nachdrücklichere Veräußerung gesucht — und sich dann mit unserem neuen Antrieb zur liebevollen Menschengemeinschaft nicht nur verbunden, sondern verschraubt, verschweißt und vernietet! Als hätte der lange Druck von oben die beiden Kräfte, die schon dabei gewesen waren, sich voneinander zu lösen, und sich gesondert nach eigenem Gesetz zu entfalten, wieder und noch unerbittlicher hinuntergepreßt und verbacken als in der Frühzeit.

Bedeutete das die Wiederkehr der alten Greuel von Tötung und Zwang, die neuerlich zugemauerte Zukunft? Das stand zu fürchten. Oder lag in der Koppelung, deren vorantreibende und explosive Gewalt uns ja schier die Sinne betäubte, nicht viel mehr der notwendige Durchgang zu unserer Befreiung? Aber im Grunde war der Streit über Dämonie oder Fortschritt müßig: wir hatten doch gar keine andere Wahl! Soweit wir zurückdenken konnten, waren wir eingeschränkt und beschnitten gewesen vom Mangel, auf dem die Väterherrschaft ihre Zwingburgen doch erst hatte errichten können. Und nun auf einmal tat sich dieser breite Weg in den Überfluß auf, in die sich selbsttätig verrichtende Arbeit — und also warum nicht auch in die vaterlose, gerechte Gesellschaft? Wer wäre hier umgekehrt? Schon wieder einmal aus dem Nichts ein Etwas. Und was für eins! Das wollten wir jetzt erkunden, um uns endlich auch zu bereichern, uns die ewig hungrigen und fast schon verkümmerten Möglichkeiten endlich zu holen: da hielt uns jetzt keiner mehr auf.

❖ Zwei Kästen, die mich nun schon allzulang gefangen gehalten haben, springen, überständig, von selber auf und entlassen mich ins Freie: die Schule und die Familie. Dort nichts wie weltlose, aufs Schema vereinfachte Richtigkeiten, für die Abschlußprüfung noch einmal in ganzen Schwaden eingepaukt und dann säuberlich abgeliefert. Das Resultat? Ich komme mir vor, als müßte ich endlich anfangen, etwas zu *lernen*. Hier eine kleinkarierte überregulierte Herrschaftsordnung, die mich, ganz ohne bösartige Absicht, in einer stummen und geschlechtslosen Zwölfjährigkeit festhalten will. Beim Anblick des häuslichen Bücherschranks bekomme ich Gähnkrämpfe: Emil Strauß, Felix Dahn, Jakob Wassermann — alles so großväterlich, schwülstig und altdeutsch wie die verschnörkelte Frakturschrift, in der es gedruckt ist. Umsonst versucht die Wohnzimmeruhr, in gedämpft-bebenden Schlägen die heimelige *mieljen*-Aufgehobenheit von vormals zu beschwören: sie verkündet nur noch die Langeweile. Der Babbà erstarrt im öden Trott von Büro und *ein-Uhr-pünktlich;* die Mama verhärmt in unerwiderter Sehnsüchtigkeit.

Der Absprung von daheim ist nicht nur schmerzlos, sondern ein Aufatmen und eine Erleichterung — für beide Seiten; er kappt mit einem Schlag die längst faulig gewordene Verwachsung. Die Mama sagt mir regelmäßige Pakete zu, der Babbà einen Monatswechsel, knapp, aber pünktlich; die Wahl des Studiums bleibt mir überlassen. Ich danke ihm ohne Überschwang; beide Zugeständnisse ist er mir, finde ich, schuldig.

Dabei bin ich selbst unfähig, meine Seite des Vertrags einzuhalten. In der Schule hatte in der letzten Zeit eisern festgestanden: ein Fach mit praktischer Anwendbarkeit. Vielleicht nicht gerade Maschinenbau, obwohl das im Zug der nüchternen Zeit läge, gute Aussichten hätte; aber doch zu bieder und schulmäßig eingezwängt; nur doch auch wieder etwas Rationales, Nachprüfbares, Handfestes. Am besten Physik.

Und nun bin ich auf einmal gar nicht mehr sicher. Heißt das nicht dem Babbà allzu nah folgen, entspricht es, auch wenn ich darin kompetent bin, meiner wahren Begabung? Durch einen Glückszufall gerate ich an den Prospekt des *Europa-Kollegs:* ein Überblick über den derzeitigen Stand der Wissenschaften soll dort geboten werden *im Sinn des heute so aktuellen Studium-generale-Gedankens.* Kurz entschlossen bewerbe ich mich: das sei gerade, was ich suchte; bisher eher den Naturwissenschaften zuneigend, seien in letzter Zeit meine Zweifel an ihrer Erkenntniskraft gewachsen: war in ihren Fragen die Art der Beantwortung nicht immer schon eingewickelt? Umgekehrt, lieferten sich die philosophischen Disziplinen nicht hilflos dem Subjektiven aus, der bodenlosen Reflexion?

Postwendend bekomme ich eine Zusage auf die *ernsthafte und gedanklich verantwortungsvolle Bewerbung.* Drei Monate später stehe ich in der Eingangstür des klosterartigen Neubaus am Hang. Für mich beginnt eine halbjährige Wunderzeit. Schon das erste gemeinsame Abendessen wird zu einem ausgelassenen Freudenfest der Auserwählten und Entronnenen: wir alle haben das Familienunglück endlich vom Hals, und zugleich eine fast unabsehbar vor uns ausgebreitete Schonfrist; alles brodelt und sprüht vor Ausblicken und Möglichkeiten; die Debatten bei Rotwein, die nächtlichen Bootsfahrten, die Verliebtheiten nehmen kein Ende.

Erstmals werden wir ernstgenommen. Auch die Berühmtheiten unter den Professoren sind sich nicht zu schade für unser vormittägliches *Colloquium.* Sie versuchen nicht, uns mit abgepackten Lehrbuchwahrheiten abzuspeisen, sondern legen uns gerade die noch offenen

Fragen ihrer Wissenschaften dar. Sind die Zeugnisse für die Auferstehung als Erlebnisberichte aufzufassen oder vielmehr als neueingekleideter Mythos? Kandinsky läßt sich im klassischen Kunstkanon nicht mehr unterbringen — welches Verhältnis herrscht demnach im Spätwerk zwischen dem Ganzen und den Teilen, bleibt das scheinbar Undeutbare trotzdem noch interpretierfähig? Ergeben sich aus der Unschärferelation zulässige Schlußfolgerungen für die Willensfreiheit?

Der Leiter des Kollegs, unser erklärtes Vorbild: eine blasse, mönchische Gestalt, die sich vor allem scheu zurückzieht, was laut, forsch oder unbedacht daherpoltert. Sich vor ihm zu blamieren: entsetzliche Vorstellung; von ihm aufs Zimmer zum Tee eingeladen zu werden: die höchste aller nur denkbaren Auszeichnungen — und zugleich das Hinaufstaunen zu einem Seiltänzer, der von der Botanik zur Sprachgeschichte springt, von der Psychoanalyse zur Theologie: ob es da Analogien gab? Die ungreifbare Verwandtschaft zwischen der Chemie und der Dichtung beispielsweise, bei beiden das gleiche plötzliche Zusammenschießen zu den Gebilden, ihre unerklärliche Verwandlung: eine banale NH_3-Gruppe, eine Ausfällung mit Salpeter, und ein neuer Stoff trat zutage, unvorhersehbar in seinen Eigenschaften: was ließ ihn gasförmig werden, zitronenduftend, kristallin, was färbte ihn weinrot? Und jedesmal diese merkwürdige Stimmigkeit der Qualitäten, die sofort einleuchtete: der Siedepunkt *paßte* so rätselhaft zum Geruch, zur Farbe. Die Alchemie hatte gewiß noch nicht ausgedient. Um von den organischen Verbindungen einmal ganz zu schweigen: die Hyperkomplexität als Vorbedingung des organischen Lebens, vielleicht mußte man da einmal anfangen weiterzudenken? Und ob, anders als die *Wahlverwandtschaften* meinten, die Menschen nicht wie die Moleküle aufeinander reagierten, sondern diese vielmehr etwas unerkannt Menschenverwandtes zueinanderzog?

Ich verstehe nichts, verfalle in einen glücklichen und gebannten Denktaumel: wie der tanzt, wie der spielt! Und dann plötzlich kichert, schalkhaft, fast tonlos, als sei er sich selbst hinter die Schliche gekommen. Nichts ist mehr festgezurrt und erledigt: nach allen Seiten tun sich Erdspalten des Unbekannten auf. Waren wir demnach ortlos? Nein, das wohl nicht; aber ganz gewiß aus der früheren Mitte gefallen, gottlob, denn von allen Standpunkten war die doch der ödeste: das Ich, um das alles sich drehen soll, welche Banalisierung von Welt und Bewußtsein! Exzentrisch mußten wir werden!

Wie mir geht es uns allen; magnetisch fühlen wir uns auf ihn ausgerichtet, aber dadurch auch auf einander, und so in eine verschworene, wenn auch etwas blasierte Geistesgemeinschaft versetzt, der das Staunenswerte immer zuerst für das Wahre gilt. Es gibt keine Grenzen; alles ist Neuland. Europa! Chiuso und Klausen, Kastelruth-Castelrotto, Campodazzo und Atzwang, so singen wir uns vor, und hören daraus keine Feindseligkeit mehr, sondern einen geschwisterlichen Zusammenklang . . .

Ich entdecke Novalis. *Der Weltstaat ist der Körper, den die schöne, gesellige Welt beseelt; er ist ihr notwendiges Organ. Die Poesie löst fremdes Dasein in eignem auf. Alles muß poetisch werden. Wir leben in einem kolossalen Roman.*

❖ Wo waren wir stehengeblieben? Richtig, bei der immer gleichförmiger werdenden Zeit, dem sich entleerenden Raum. Was wir früher als *Örter* erlebt hatten, das tabakduftende Wohnzimmer, den staubigen Speicher, die orgeldurchbrauste Kirche: das schien uns jetzt alles zu *menschlich* gesehen; und auch die Jahreszeiten, die finstere Nacht wie der verregnete Sonntag war doch *genau betrachtet* alles dasselbe: gleichförmig, endlos, ins beliebig Winzige teilbar.

Und darüber hat dann einer von uns ein scharfsinniges Gedankengebäude errichtet. Wenn es keinen Gegenstand gibt, der sich ohne Zeit, ohne Raum denken läßt, sagte sich der, aber diese sehr wohl ohne einen Gegenstand, dann müßten sie notwendige Formen der Anschauung sein, Bedingung ihrer Möglichkeit überhaupt. Das Bewußtsein wirft sie der Welt über! Das war einleuchtend, aber unheimlich nicht weniger: und er selber ist am tiefsten erschrocken. Und wo um Himmelswillen, hat er gerufen, sind dann die Dinge an sich?

Das haben wir uns allmählich auch gefragt. Denn auch in Sachen des täglichen Gebrauchs ist diese Leere und Teilbarkeit nun eingedrungen, am deutlichsten in die, die in riesigen Mengen und völliger Gleichartigkeit von unseren neuartigen künstlichen Versorgungsmaschinen hergestellt waren. Ob Kattunröcke oder Teppiche mit Tulpenmuster, wo blieb denn da der große Unterschied? Eigentlich kam es doch nur darauf an, daß sie sich auf dem Markt unterbringen ließen und genug abwarfen, um nach der Abschöpfung des Gewinns den Einkauf von Rohmaterial zu decken.

Das alles erkannten wir wieder: Quantität, Qualität ... *Vier Striche längs, einer quer* ... *endlose, über eine weite Ebene ziehende Kolonnen* ... Zum zweiten Mal, aber mit vervielfachter Mächtigkeit hatte das Geld nach uns gegriffen und erfüllte alles mit seiner tödlichen Öde. Waren wir abermals bei der Frage angelangt, *wieviel kostet deine Durchfütterung, wieviel der Platz, den du einnimmst?* Und wann würde der Aufseher wie damals zum Pferch der Wartenden hinüberrufen, *der Nächste!*

Aber es gab auch einen Unterschied: die Unterkinder ließen sich nicht mehr einfach besitzen, und wir wären dazu auch gar nicht fähig gewesen. Wir wollten möglichst wenig mit ihnen zu tun haben. Soundsoviel Tageslohn, aus. Sollten sie sich doch, wie wir, selber versorgen! Aber das hieß natürlich auch, sie mußten einkaufen, kochen, Möbel kaufen, Kinder groß ziehen ... Und so begann, was es beim ersten Mal eigentlich gar nicht gegeben hatte, dieses sonderbare Gerangel um die Zeit. Sie fing an zu drängeln, zu pressieren, als innerer Drang ... Und auf einmal wußten wir, was dieses Abstrakte, beliebig Teilbare war, was unser Bewußtsein seiner Umgebung da überstülpte ...

Das neue, gelockerte Verhältnis funktionierte; aber es hatte etwas Unstillbares und Heilloses an sich. Hatten wir uns zu früh zu unserem plötzlichen Gütersegen beglückwünscht? Unsere ins Äußere hinausgesetzte Werktätigkeit drängte unaufhaltsam in unsere innere Leere wieder ein; und wenn sie sich dort einmal festgesetzt hatte, würde nichts mehr den Schein durchbrechen können, sie wäre die einzige und unzweifelhafte Wirklichkeit. Schon merkten wir, wie etwas in uns nachgab. Die Entleerung von Raum und Zeit war nur der Anfang; unser ganzes Denken begann ichlos zu werden. Wenn wir jetzt nach dem Wirklichen fragten, meinten wir eigentlich schon: wie sieht die Welt ohne mich aus? Und wieder einmal zeigte sie sich so, wie sie gewollt war: als eine tote, sich selbst fabrizierende Maschine.

Der Geldgeist drohte das Allgemeine zusehends an sich zu ziehen und mit sich selbst fortzureißen; denn gegen diese geballte Masse von freigesetztem, in die Verwertung strömendem Willen kam auch unser Gemeinwesen immer weniger an: er fing an, unsere Gesetze wie unsere Freiheiten zu steuern, uns vielleicht am Ende alle gleichzumachen, aber gleichgültig und austauschbar auch. Entsetzt standen wir vor der Aussicht auf eine menschenlose Gesellschaft, und einer menschenlosen Geschichte dazu: denn auch die verlor mehr und mehr ihre Umrisse und ihre Gestalt, dehnte sich nach rückwärts zu einer schier endlosen Gleichförmigkeit von Jahrmillionen, in denen sich außer Ursache und Wirkung, Wirkung und Ursache nichts Nennenswertes begeben hatte. Vergessen oder verdeckt die Wahrheit, daß sie sich als unser eigenes Heranwachsen entwickelt und entfaltet hatte: denn das Bild von uns selbst verschwamm uns ja auch mit jedem Tag mehr vor den Augen.

Es war Zeit, daß wir uns zu uns selber zurückwendeten; wir mußten versuchen, über die innere Leerstelle und Bodenlosigkeit hinweg das Untere und Obere in uns neu zu verknüpfen: was uns jetzt allein vor der Entmenschung retten konnte, war die Wiederentdeckung unserer Seele.

❖ Und sie schien zu gelingen. Wir brauchten uns nur die alten, liegengelassenen Fragen zu stellen: was lag denn hinter dem Geldschleier? Was, beispielsweise, war aus dem lieben Gott geworden? Als wir sein lang nicht bedachtes Bild in uns wachriefen, kam eine Chimäre zum Vorschein: eine Art halbdurchsichtige Ballonhülle in Form eines vor sich hinlächelnden Rauschebarts mit einem Uhrwerk im Innern, das Herz die gleichmäßig vor sich hintickende Vernunft: *dies ist die beste aller möglichen Welten, dies ist die beste aller möglichen Welten* ...

Der Vater in der Phase der resignierten, tautologischen Selbstbestätigung: ein kalter, dürrer Rest seiner selbst. Der und anbetungswürdig? Eher schon überflüssig: tatsächlich, kaum hatten wir den Blick näher auf ihn gerichtet, begann er sich auch aufzulösen. Er verlor seine abgetragene menschliche Einkleidung, schmolz bei der ersten Frage nach seiner Beweisbarkeit dahin zu einem verstandesmäßigen Nichts: und dann auf einmal — aber natürlich! das war doch genau unser Verhältnis zu ihm! — meldete er sich neu aus der Ferne, als entrücktes, kaum erahnbares Sehnsuchtsziel, dem Verstand unerkennbar, aber dem Gefühl umso lebendiger gegenwärtig, nirgends zu fassen, aber alles durchwaltend.

Dem spürten wir nach. Die Reise ging in die Tiefe. Geheimnisvolle Schächte taten sich auf, aber ohne Schrecken und ohne Verliese, an Tropfsteinen und Kristalldrusen vorbei. Waren wir hier schon einmal gewesen? Eine vergessene Heimat, endlich erinnert? Jedenfalls kannten wir den Weg irgendwoher, wir wußten genau, jetzt diese Ecke, dann diese ... Schließlich die weite, hallende Höhle, unzweifelhaft die Ankunft; vor uns, als Schattenriß, eine vom Dunkel verhüllte, und doch vertraute Gestalt, in der für jeden von uns alles versammelt scheint, was er vorher nur als verschwommenes Wesen und Walten wahrnehmen konnte. Er tritt näher, die Gestalt beginnt von den Füßen her inwendig zu schimmern, das Gesicht leuchtet auf, und noch

bevor er es ganz erkennen kann, weiß er, wen er erblik-
ken wird: sich selbst.

Nach dem Erwachen waren wir selbst und unsere
Umgebung wie ausgetauscht. Was Ursache, was Wirkung, was leere Räume! Die ganze Bewußtseins- und
Männerwelt lag wie ein schlechter Traum hinter uns.
Oder fanden wir aus dem unseren nur nicht mehr heraus? In der Wissenschaft fingen wir an, nach einer Geo-
logie der Seele zu suchen, nach der Poetik der Elemente,
glaubten die Hieroglyphen der Muscheln entziffern zu
können. Endlich hatten wir unsere Herkunftsverwandtschaft mit der Natur wiederentdeckt: in uns selbst wohnte
immer noch, wir wußten nur nicht mehr, ob väterlich
oder mütterlich, dasjenige, was zugleich sie und uns
hervorgebracht hatte. Allein deswegen hatten wir sie
jemals verstehen, oder auch nur erkennen können, allein
so, und nicht durch analytische Verstandeszergliederung
lernten wir sie tiefer begreifen. Es war Zeit, den Irrweg
zurückzulaufen, die falsche Trennung wieder rückgängig
zu machen: *ein Traum bricht unsere Banden los, | Und senkt
uns in des Vaters Schooß:* so mußte es werden.

✤ Die Glocke, die uns nach durchdebattierten Nächten
viel zu früh aus dem Schlaf reißt; die hastige Morgen-
wäsche und der im Stehen hinuntergegossene Tee; das
Colloquium, das sich nach zerfahrenen Anläufen dann
doch noch zu einem bis ins Mittagessen fortgesetzten
Streitgespräch aufschwingt; der zur Lektüre vorgesehene
Nachmittag, in dem keiner mehr je zum Lesen kommt,
denn in unserer Gruppe hat es längst angefangen zu
gären: jeder von uns hat sich, nach einem Augenblick
des Zögerns, in dieses lebendige Gewimmel geworfen,
um darin Nähe zu finden, sich zu reiben, sich abzusetzen,
den Clown, den Tragöden, das Idol zu spielen; und so
müssen jetzt Mißverständnisse dringend aufgeklärt, Kon-
flikte auf den Punkt gebracht, Liebesgeständnisse ange-
tragen, erwogen, erwidert, abgewiesen werden; bis dann

abends, nach einem trappelnden Hin und Her auf den Gängen, in den einzelnen Zimmern, lautstark oder sinnierend, alle Sensationen, Gerüchte und Heimlichkeiten des Tages noch einmal ausgetauscht, bekrittelt, belacht oder glühend gerechtfertigt sind — dieses wildbewegte, sich täglich überstürzende, in immer neuen Gedankensphären und Gefühlswelten auf uns herunterschwappende Leben hat, wir reiben uns die Augen, sein unwiderrufliches Ende gefunden, flammt in einem wilden, zwischen Wehmut und Ausgelassenheit dahintaumelnden Abschiedsfest noch einmal auf und zerstreut sich nach einem verkaterten Tag voller Koffergescharr schubweise und fast wortlos in alle Winde.

Ich habe vorgesorgt, will davon retten, was noch zu retten ist, und habe mir ein Zimmer im Wohnheim für die Exkollegiaten ergattert, auch wenn es dort dem Hörensagen nach, das sich durch gelegentliche, schüchtern-schülerhafte Besuche bestätigt, alles andere als fröhlich zugeht; der innere Rückzug hat sich dort breitgemacht, eine mürrische, untätige Verstummung ... Aber besser allemal als das isolierte Mietzimmer in der Stadt mit einer keifenden, engstirnigen Wirtin und langen, vor Einsamkeit knisternden Abenden ...

Das alles kann sich im Semester näher erweisen. Denn auch ich will jetzt fort, und längst steht schon fest, wohin: allein der Name klingt wie ein feierliches Geläute: nach Griechenland! Zum Ursprung, der wie durch ein Wunder von der Geschichte verschont, unzerfressen geblieben ist vom Geist und vom Ausverkauf sonnenölverpesteter Stränge: keine *papagalli* und kein Sartre! Sondern zurück in wer weiß welche einfach gefügte Welt aus Licht, Wasser und Luft ...

Ich weiß mich nach drei Tagen schon nicht mehr zu fassen; mein allabendlich geführter Reisebericht kommt kaum noch nach. Was habe ich nicht alles erlebt! Am Morgen nach der nächtlichen Ankunft in Patras vor der zurückgeschlagenen Zelttür ein Halbkreis wartender Kinder: *kalimera, kalimera!* Und schon laufen sie davon,

bringen Wasser, Trauben, und, als Überraschung verschmitzt aus der Hosentasche hervorgeholt, ein Ei! Wo
bin ich, was nimmt mich da auf? Die Überfahrt auf dem
fast unbewegten Golf vor Korinth, aus dem Nebel
steigt über himmelblau-hellila Schlieren die jenseitige
Küste. Der Rundtempel in Delphi, die Erdspalte, aus
der der Rauch der Pythia vor den Orakelsuchenden auf-
quoll, der *omphalos:* Nabel der Welt und zugleich ein-
gebundener, verwundeter Phallus.

Von Zeichen bestürmt, vom Wind gehoben, als Unbe-
kannter willkommen geheißen schon weit vor der
Ortschaft. *Ein Fremder!* — der dann an beiden Händen,
da hilft alles Geziere nichts, ins Dorf geführt wird wie
eine kostbare Beute. Abends vor dem Zelt in Andritsena
der schnurrbärtige Dorfpolizist mit den schmachtenden
Augen: *ela spiti mu, na fame, na piume!* der Geruch von
Holzfeuer, von Thymian und heißem Öl. *Student bist du
also?* Das zerfledderte Geographiebuch wird vom Ältesten aus dem Schrank gekramt. *Siehst du? Germanjia! Da
will ich auch hin, wenn ich groß bin!*

In jeder freien Minute das Wörterbuch. Ich muß
unbedingt die Sprache erlernen. *Alithia, xenos, aghápimu.*
Ferne Echos aus einem halbvergessenen Wahlfachkurs,
der in eine heitere, bunte Welt zu führen schien, dann zu
Konjugationskästen vertrocknet war. Ist sie hier nicht
noch aufbewahrt? Alle Häuser öffnen sich, aus drei
einfachen Sätzen wird eine Begegnung, denn immer
schwingt darin die ewig nicht gehörte, langentbehrte
Frage mit *Und wer wärst nachher du?*

Ich weiß es weniger denn je. Ein Bündel von Möglichkeiten, die sich danach strecken, wirklich zu werden.
Nachts auf dem Berg, von der Südflanke her erklommen,
allein zwischen den Parthenonsäulen fahre ich mit dem
Finger an den scharfen Kanten der Kannelüren entlang,
will einswerden mit dem durchwachsenen, weiß aus-
kristallisierten Stein, der Form, die alles Ungenaue und
Verschnörkelte von sich geworfen hat. Warum? Ich
kann das Zeichen nicht deuten. Dann, auf Kap Sunion,

zwischen Buchten und Inseln, die sich immer weiter in der Ferne verlieren, glaube ich es zu begreifen: der unerreichbar gewordene Geist vor dem Rücksturz schimmert aus dem Innern der Säulen heraus, deswegen sind sie stehengeblieben, die unverratene, nach außen gerichtete Männlichkeit, die fraglos und ebenbürtig vor die Natur hintritt und ihr zuruft: ich bin dein Gegenüber! Und wie zur Antwort am Fuß des Fundaments ein einzelner weißer Krokus: derselbe Schimmer von innen her, dasselbe Licht!

Also doch die Utopie. Benommen laufe ich querfeldein, weiß nicht wo, weiß nicht was, bin wie nicht vorhanden, bin, was ich sehe, bin. Wütend kläffende Hunde, eine Stimme, die sie beruhigt, ein Schäfer: *komm herüber! Du bist bei den Steinen gewesen . . .* Woher er das weiß? *Ich kann es sehen! Ich kenne die Steine . . .*

Ich soll mich setzen. Ich soll trinken, hier, das beste Wasser in ganz Attika. Ich soll bleiben. Ein gutes Leben, zehn Schafe aus der Herde gehören ihm, das reicht für zwei. Sein Name? Manolis. *Da, nimm Tabak; komm näher ans Feuer; die Bohnen sind für heute abend; sie werden erst gut nach sechs Stunden. Wenn ich die Schafe eingesperrt habe, gehen wir nochmal hinauf auf den Berg.*

Ich kann nicht mehr weg. Wieder einmal die einfachen Fragen. Wozu? Wegen der Wolle. Warum? Damit der Käse nicht schimmelt. Und auch die Geduld erkenne ich wieder. Denn natürlich stelle ich mich ungeschickt an, habe Angst vor den zappelnden Schafen. *Du klemmst sie zwischen die Beine, siehst du? Dann hast du die Hände frei. Und wenn sie dich erst einmal kennen . . .*

Meimus und doch nicht. Denn seine Welt ist noch nicht nach unten ins Schwarze gedrückt, und kein Vatergesetz beherrscht ihn. In meinem Traum liebt er ein Schaf, gibt ihm einen Schmatz auf die Schnauze und schickt es lachend mit einem Klaps zurück in die Herde. Ich muß fort. Meine Geschichte ist mir nachgelaufen, zerrt an meinen Hosenbeinen, sitzt in meinem Nacken, zwitschert mir in den Ohren. *Ich muß, verstehst du Manolis, es geht nicht anders, ich muß weiter.* Er schaut auf seine Zigarette hinunter, nickt stumm und trostlos. Ich laufe wie gegen Gummi. Nach fünfzig Metern höre ich seine Stimme, fahre herum. Er hat sich ermannt, lacht, winkt und ruft mir sein Abschiedsgeschenk nach: *kalo taxidhi!*

Das Bild von damals: wieder hat es, zehn Festtage lang, angefangen zu laufen und weitergesprochen, und ist erstarrt. Ein Schiff, bloß ein Schiff jetzt! Hier habe ich nichts mehr zu suchen. Die hölzerne U-Bahn nach Piräus, ein Platz neben dem Schornstein auf dem Mitteldeck der *Kalokotrakis*. Ich bin betrunken. Auf einmal bereitet sich etwas vor, überfällt mich: die Sterne fallen herunter, hängen verschieden hoch als vielfarbige, in sich kreisende Kugeln über und unter den Schiffstauen: ein jähes, flammendes Wunder, das sich mittels meiner Augen selber bestaunt.

Manolis Wunsch hat mich eingeholt. Ich halte die Erscheinung fest, solange ich kann, muß dann erschöpft davon ablassen und kann vor dem Einschlafen gerade noch denken: *ein anderer wird übernehmen; die Kette wird nicht mehr reißen; wenn wir unsere Sinne immer soweit offenhalten können, kommt die Welt zu sich.*

❖ Warum sich nicht zurücklehnen, das Leben in seiner selbsttätig hervorgebrachten Fülle genießen, sich der eigenen unerkundeten Tiefe zuwenden in der neueroberten Freizeit? Erwachsene hätten das wahrscheinlich gekonnt. Aber erwachsen werden heißt, den Babbà einzuholen und dann hinter sich zu lassen, und die Mama in neuer Gestalt lieben zu lernen; und zu beidem waren wir unfähiger denn je. Entlastet von der schweren Pflicht zur Werktätigkeit stürmten wir nach vorn und hinaus, um alles Mâ-ähnliche, was uns umgab an noch nicht angeeigneter, spendender oder bedrohlicher Natur, zu erobern, zu beherrschen, zu zähmen, zu zügeln und zu zerlegen. Die kurze Ahnung, es könnte auch in unserem Innern noch wohnen und fügte uns so, aus alter Herkunftsverwandtschaft, in eine uns angemessene Welt, verflog, und mit ihr zerrann, was wir grade wieder gelernt hatten, in uns zu bestaunen: die Seele. Die glitzernden Berghöhlen und Schächte verschlossen sich; es gab nur noch den Stoff und den Geist; darunter kam nichts mehr.

Andererseits, was sollte das Gejammer über diesen Verlust, und über das neu sich ausbreitende Gefühl von Unwirklichkeit? Endlich waren wir soweit, der Natur vorzuschreiben, was sie zu tun und zu lassen hatte: die launische alte Vettel, die uns, soweit wir zurückdenken konnten, gepeinigt hatte mit Dürre und steinigen Äckern, zwei Regentage und die halbe Rübenernte war verfault — das hörte jetzt auf! Jetzt kam die Entwässerung, die Regulierung, der Dampfpflug!

Seit jeher war es der Geist in seiner Wassergestalt gewesen, der den Stoff hatte wecken können. Das Geld, diese nach fast versunkenem Vorbild aus Phantasie, Fiktion und Zukunft gezeugte Flüssigkeit, schaffte sich Bahn, durchbohrte die Gebirge, sprudelte in den entlegensten Weltgegenden, durch bloße Vorwegnahme des erst noch herzustellenden Produkts, wie aus dem Felsen geschlagen neu hervor. Sein Ziel war wie immer die Erde: gelockert, aufgebrochen, begann sie wie in der Urzeit in unerhörter Fruchtbarkeit aufzuquellen; aber diesmal trieb sie nicht nur Früchte aus sich heraus, sondern Häuser, Brücken, Hafenanlagen, Städtekonglomerate, riesenhaft und unüberschaubar; davon nicht erschöpft, sondern belebt, drang das Scheidewasser in die Tiefe, schwemmte Kohle, Salpeter, Kalk und Kupfer ans Licht, spaltete sie in ihre Elemente, fügte sie neu zusammen zu seltsamen Äthern, Wirkstoffen, Salzen und Sublimaten.

Es war die Welteroberung nochmal; aber keine, die wie die einstmaligen kindlichen Kriegsspiele im Sandkasten nur die Oberfläche streifte und die eine leichthin darübergewischte Hand wieder auslöschen konnte zu nichts. Erst wir hoben ihre wahren Schätze; erst wir waren aus dem Halbwüchsigenalter heraus.

Freilich stand uns noch eine Bewährungsprobe bevor. Denn mit ihrer zweiten Urbarmachung hatte sich die Erde merkwürdig verwandelt: sie trug und hielt uns nicht mehr in der alten selbstverständlichen Unerschütterlichkeit, sondern hatte sich von ihrer Unterlage gleichsam abgelöst, schwebte als eine Art Kunstboden im Nirgendwo, der an seiner Unterseite immer wieder wegschmolz und abbröckelte, und deswegen von oben unablässig nachgefüllt werden mußte. Daher galt uns der Reichtum, der uns bei diesem Durchlauf in Händen blieb, als eine Annehmlichkeit, aber nicht als Beruhigung: wenn die Schwebedecke einbrach, das wußten wir, dann gurgelte der auch mit weg. Aufschütten, soviel nur herging, darauf kam es jetzt also an, die dünngewordenen Stellen flicken, die Einsackungen abstützen, raus mit dem veralteten Gerät, rein mit dem neuen, schnelleren Nachfolger, weg mit der Fertigware, notfalls per Dumping, aufpassen, daß die Rohstoffzufuhr nicht abriß: jeder Stillstand hieß Untergang.

Der Schein hatte getrogen: auch in seiner neuen Kunstgestalt blieb der Vater die Einschränkung und das Gesetz, beherrschte als Knecht den schwächlichen Herrn, verlangte unablässig nach seiner Bedienung, und wir mußten gehorchen: wie die Besessenen pumpten wir das Produkt in die Märkte, bis es dort stockte, verfaulte; und kaum waren die Kanäle geräumt, jagten wir die vom Rückstau gelähmte Maschinerie wieder auf Hochtouren bis zur nächsten Verstopfung.

Denn den künstlichen Vater einzuholen, wie hätten wir das anstellen sollen? Wir hatten ihn ja ausdrücklich als ein allgewaltiges Unteres aus uns herausgesetzt. Noch stärker, noch tiefer? Das war unmöglich. Und so wußten wir auf einmal nicht mehr, wem nacheifern: das Höhere verlor seine Gestalt und seinen Umriß, wurde zu einem verschwommenen Guten, Edlen, Gewissenhaften, Frommen und Braven. Wir wurden unermüdlich, nahmen uns riesenhafte Pensen vor und brachten sie hinter uns: was unter zwölf Bänden oder dreihundert Spinnautomaten lag, erschien uns als unzulängliches Lebenswerk. Wir strebten und strebten und wußten nicht mehr wohin. *To strive, to seek, to find, and not to yield!* — ja, so mußte der sich jetzt von uns deuten lassen, der arme Odysseus.

❖ Mit dem Gemeinschaftsleben im Kollegiatenhaus ist es tatsächlich nicht weit her. Kein geteilter Tageslauf oder Lernstoff verbindet uns hier noch, jeder hat mit der Erkundung, Planung und den Einstiegsschwierigkeiten des eigenen Studiums vollauf zu tun. Nur ich bin anscheinend die Ausnahme. Zwar steht meine Wahl jetzt fest: sie ist wie von selbst auf die Anglistik gefallen. Ein Allerweltsfach, nun gut; nichts Exotisches wie mein Zimmernachbar, der mit einem Stichel akkadische Keilschriftzeichen in graue Knetgummiklumpen eingräbt; aber hier habe ich doch, abgesehen von allen ergebnislosen Grübeleien über Berufsaussichten und Erkenntniswert, aus der Christopher-Zeit noch meine Vorgabe, einen vorgebahnten, aber dann nie mehr ernsthaft nachverfolgten Weg, den ich nicht einfach verwerfen darf.

Aber er kann auch noch warten. Die Universität hat mich aufgenommen, feierlich, düster, und so weitläufig wie ihre Treppenaufgänge und Korridore stelle ich mir die unerforschten Denkwege und Wissenschaftszweige vor, die mir aus allen Hörsälen, hinter jeder Seminartür undeutlich entgegenraunen: eine summend-geschäftige Allwissenheit, die ich mir zunutze machen will: denn auf keinen Fall will ich in mein Fachstudium springen, bevor ich es nicht in einen Rahmen gestellt habe, der es eingrenzt und von außen her verständlich macht; soviel ist von meiner Schreckerfahrung aus der Schule, von meinem Kollegsanspruch noch übrig.

Ich stürze mich auf alles, was Überblick und Allgemeinwissen verspricht, renne von *Technologie und Skepsis* zum *Deutschen Idealismus I*, von den *Göttern Griechenlands* in die *Krise der Aufklärung* und fühle mich jedesmal zugleich eingeschüchtert und gleichsam geehrt von der Weitläufigkeit, mit der das in Frage stehende Thema umrissen, aus den historischen Wurzeln hergeleitet, schließlich in einem Riesenfächer von Einzelaspekten und den dazugehörigen widersprüchlichen Lehrmeinungen vor mir aufgeschlagen wird.

Das ist nicht mehr der etwas flappsige Überflug, mit dem wir noch vor einem halben Jahr ganze Disziplinen in drei Vormittagsstunden abgehandelt haben; aber umgekehrt geht mir dabei der Gedanken an einen inneren Zusammenhang aller Wissenschaften zusehends verloren. Keine Spekulation auf ein gemeinsames Grundmuster, auf unterschwellige Entsprechungen läßt sich ins Genauere weiterverfolgen; die Altphilologie muß nun einmal von anderen Grundbegriffen ausgehen als die Kernphysik; und so stehen ihre Ergebnisse dann eben auch am Ende als unverbindbare Richtigkeiten nebeneinander.

Im Kollegiatenhaus scheint jeder zunehmend in seine eigene Begriffs- und Vorstellungswelt versunken. Immerhin haben wir uns zu zwei Lese- und Diskussionszirkeln aufgeschwungen, die sich dann einmal im Monat zu einem *Meinungsaustausch* zusammensetzen. Der eine, über Hegel, nimmt mich, eben weil er so etwas wie ein übergreifendes Wissens- und Weltsystem in Aussicht stellt, sogleich gefangen; außerdem verspricht er die Auflösung einer Schreckidee, die mir seit der Kantvorlesung immer mehr zu schaffen macht. Das auf sich selbst gerichtete Denken, habe ich dort gelernt, landet zuletzt ausweglos bei einer unüberbrückbaren Kluft zwischen dem Inneren und dem Äußeren; es stößt auf eine Bewußtseinsmaschine, die die verworrenen, ihr *gegebenen* Signale durch einen darübergelegten Kategorienraster zu einer Scheinwelt zusammenfügt, und also vom Wirklichen nicht das mindeste wissen kann.

Ich bin auf eine schauerliche Weise an die früheste Vorzeit erinnert: da hatte sich also tatsächlich einer bis zu ihr hin zurückgebohrt, und sie zum nur verdrängten, aber immer noch gültigen Urmuster aller Erfahrung erhoben. Hat mich mein Gefühl also getrogen, ich wäre seither, wenn auch auf undeutlichen Bahnen, in die Welt hineingewachsen, und hätte die ringsum mich umgebende Lücke des Anfangs allmählich ausgefüllt und überwunden?

Ah, die neue Lehre heilt die bösartige Trennung: und zudem kann sie sich dabei noch auf die Erfahrung berufen. Daher ist ihr Grundgedanke auch nicht sonderlich verzwickt; unser Mentor kann ihn in drei Sätzen entwickeln: schon im Bewußtsein — man braucht das ja nur in sich abzurufen — erscheint der Gegenstand doch in zweifacher Gestalt, als das, was er an sich, und was er für den Betrachter ist, als *Wesen* und *Wissen;* es hat demnach so etwas wie Welt immer schon in sich, und das heißt, die zwei müssen verwandt, füreinander gemacht sein. Großes Aufatmen — aber was ist dann mit der Kluft? Ganz einfach: das Bewußtsein ist nicht weltartig, sondern die Welt bewußtseinshaft gebaut — ihr *Wesen ist Subjekt!* Und läßt sich daher auch durch eine Grammatik von Satzsubjekt, -objekt und -prädikat angemessen beschreiben. So daß — und darüber kann sich unser Mentor regelrecht ins Feuer reden — die zwei eben nicht starr und fremd gegenüberstehen, sondern sich auch nach demselben Gesetz fortentwickeln: der Bewegung des Bewußtseins entspricht die Bewegung der Wirklichkeit und umgekehrt, sie sind geschichtlich, entfalten sich immer weiter, bis sie im allgemeinen Begriff ihrer selbst, in ihrer eigentlichen Wahrheit und Wirklichkeit zu sich kommen und sich also — *begreifen* lassen. Niemand konnte eindringlicher als der Philosoph von dem *Weg der Seele* sprechen, *welche die Reihe ihrer Gestaltungen als durch ihre Natur ihr vorgegebene Stationen durchwandert, daß sie sich zum Geist läutere, indem sie durch die vollständige Erfahrung ihrer selbst zur Kenntnis desjenigen gelangt, was sie an sich selbst ist.* Nur darum konnte im Lauf der Geschichte, *was in früheren Zeitaltern den Geist reifer Männer beschäftigte, zu Kenntnissen, Übungen und selbst Spielen des Knaben* herabgesunken sein . . .

Ein Fortschreiten von Ich und Welt also, ein gemeinsames Auf- und Heranwachsen: das gefällt mir. Nur, wer wächst da wem nach? Die Welt dem Kopf? Diese ganze ungeheure Fortwälzung von Natur und Geschichte, angetrieben allein von der Kraft des Gedankens? *Weil grammatikalische Beziehungen metaphysische Beziehungen sind! Weil am Anfang das Wort war! Weil, wer als Student an etwas andres als an das Denken denkt, ein TIER ist!* Das alles habe ich doch, in irgendeiner finsteren Vergangenheitsecke, schon einmal so ähnlich gehört? Nur, daß es diesmal sonderbar vaterlos klingt . . .

Mir kommen Zweifel. Aber meine zaghaften Einwände werden sogleich niedergedonnert durch ganze Breitsalven aus der Mittwochsgruppe, die sich den *existentialistischen Gegenwartsroman* vorgenommen und von da aus immer wütender auf uns eingeschossen hat. Das liegt sicher vor allem an der Unverträglichkeit unserer beiden Mentoren: feist und verzärtelt der unsere, dem ein unendlicher, gleichsam flehentlicher Wortstrom von den ewig nassen Lippen fließt; der andere stößt, im viel zu weiten, schmuddlig-schwarzen Flanellhemd unter finsteren Blicken immer nur Vorwurfsvoll-Bedrohliches hinter seiner Pfeife hervor. *Hegel!* Waren wir überhaupt noch zu retten? Der im Staat zu sich selbst kommende Weltgeist — und das nach zwei Weltkriegen, nach Hitler? *Das Wahre ist das Ganze* — da könne sich der Zeitgenosse doch nur noch kugeln. Überhaupt dieses ganze *Einbettungsdenken:* wer sich umsehe im heutigen Roman, oder auch nur im eigenen Bewußtsein, was finde der vor? Das Geworfensein in das *Man,* Isolierung, Angst, Langeweile, *mauvaise foi,* Ekel.

Die zwei verbeißen sich ineinander, die Gruppe langweilt sich, ich rutsche unbehaglich auf meinem Stuhl hin und her. Schon seit Monaten versuche ich, hinter diese ganzen *Existentialien, Grenzsituationen,* diese *Freiheit zum Tode* zu kommen, aber es gelingt mir nicht. Fehlt mir

denn etwas? Ich fühle mich nun einmal nicht *geworfen:*
oder doch nur eben in diese Art von Gedankenstreit
und Ideengezänk. Ein Nachmittag in der Schwäbischen
Alb, und ich kann mir kaum die Schlüsselbegriffe zu-
rückrufen, um die sich hier alles dreht . . . Ich werde aus
meinen Gedanken gerissen. Der Leiter der Gegengruppe
hat zum entscheidenden Schlag ausgeholt. Das neue
Lebensgefühl gelte nichts, sei kein Argument? Und wer
hatte am leidenschaftlichsten und radikalsten den ge-
schichtlichen Bewußtseinswandel gepredigt? Wer die
bewußte Einsicht in die Unwahrheit des erscheinenden Wissens
gefordert? Na also. Hegel hätte als letzter geleugnet,
daß auch seine Lehre diesem Gesetz unterliegt.

Ich fange an, meine Entscheidung für diese Geistes-
wissenschaften zu verwünschen. Neulich hatte ein
kleines Männchen heftig gestikulierend vor dem überfüllten Auditorium über *das Numinose* gesprochen —
diese *jedem zugängliche Erfahrung von Transzendenz;* und
sein Singsang hatte mich in einen erhitzten und halb
hysterischen Zustand versetzt, der mich für eine halbe
Stunde glauben ließ, ich wüßte, wovon er redete; danach
ist die *Evidenz* wie ein Spuk wieder verflogen.

Oder sind alle vermeintlichen Evidenzen nur Rhetorik? Mein Zimmergenosse aus dem Kolleg erzählt mir
von seinem Praktikum: ein Labor mit Feinwaagen, Retorten und Schläuchen, knapp und präzis gestellte Aufgaben, Kaffeepause, Absprachen über das weitere Vor-
gehen. Alle haben anscheinend ihren Weg, ihre Sache,
ihren Standpunkt gefunden: nur ich nicht.

❖ Wir hatten das Naturäußere noch nie je wirklich wahrgenommen: diese Ungeheuerlichkeit ging uns jetzt mehr
und mehr auf. Seit Menschengedenken hatten wir uns
mit bloßen Allgemeineindrücken zufriedengegeben,
waren händeklatschend durch die Landschaft gerannt
und hatten geblökt: *nein diese Berge! diese blühenden Auen!* —
als wäre davon nur das zu uns durchgedrungen, was mit

den in unser Hirn gestanzten Postkarten übereinstimmte. Dabei hatten sich die Älteren durchaus schon einmal ernsthaft mit den Naturgebilden befaßt, und hatten mit sonderbarer Andacht ihre Hirschkäfer und Remontantrosen auf große Foliantblätter gemalt. Aber dann hatten wir uns ja unbedingt um unsere *Seele* kümmern müssen, um das geheimnisvolle *Weben und Wirken* um uns her, und dabei war uns das tatsächlich Vorhandene anscheinend nur noch zu lauter vorbeitreibenden Klecksen und Tupfern verschwommen.

Die Befreiung aus dem Schlierendunst der Familienkapsel hatte unsere Augen geschärft und wacher gemacht. Jetzt brauchten wir nur einmal hinzuschauen, um zu erkennen: das waren doch zwei vollkommen verschiedene Wuchsformen! Nicht unähnlich vielleicht, aber im Blattumriß, in der Ausbildung der gefleckten Unterlippe unmöglich miteinander zu verwechseln. Zuerst also einmal eine Bestandsaufnahme. Das Material strömte nur so herein. Jeder Expeditionsbericht quoll über von neuen Medusen, neuen Porphyren, Vogeleiern; bei den Spinnen waren wir bei 8 000 Arten angelangt, und die Neueingänge nahmen immer noch mehr zu als ab. Eigentümlich, wie wenig wir uns wunderten über die verschwenderische Fülle dieser makellos ausgeformten Geschöpfe; aber damals spürten wir nur Entdeckerstolz und Sammlergier in uns, und fühlten uns zugleich ein wenig belästigt: bis das alles unter Dach und Fach war, klar und eindeutig beschriftet in der Vitrine lag!

Und dabei ließ uns auch die noch alte Systematik im Stich. Immer öfter versagte die Einordnung nach äußeren Merkmalen; die Morphologie hatte offenbar ausgedient. Von uns hielt keiner mehr einen Kaktus für eine Wolfsmilch. Woher dann die Konvergenz? Aus der Entwicklung, sagten wir uns, aus dem Milieu; das Wesentliche einer Sache hat erst begriffen, wer ihre Entstehung kennt.

Es fiel uns lange nicht auf, wie schwerfällig wir diesen

einfachen Gedanken auf einmal handhaben; in den übrigen Naturwissenschaften jonglierten wir damit lässig hin und her; aber in der Biologie waren es immer nur Teilgebiete, und dann meist sehr entlegene, wo wir ihn nutzbar machten, bevor er uns dann unbemerkt wieder entglitt. Irgendetwas sträubte sich oder stockte in unserer Vorstellungskraft — mit Grund, wie sich zeigte: denn überall, wo wir ihn anwandten, gingen alte Sicherheiten zu Bruch. Die Konstanz der Arten hatte schon lange dran glauben müssen: wir fanden in Steinbrüchen und Ablagerungen die Reste von Lebewesen, die es schon längst nicht mehr gab — und was für welche! Bäume mit wurstartigen Stämmen und dicken Blattwülsten, wie von Vierjährigen gemalt; hautige Flügelwesen und dickleibige, zähnestarrende Drachen, die uns doch bis in den Schuppenpanzer, den Rückenkamm vollständig aus unseren Kindermärchen geläufig waren! Was sollte nun das wieder heißen? Die Natur konnte ja wohl kaum einem Bewußtsein nachgewachsen sein, das es überhaupt noch nicht gab! Und dabei blieb es ja nicht: nirgendwo war ein fester Anfang und Ausgangspunkt aufzutreiben, auch die Flugechse hatte ihre Vorfahren, jede neugefundene Schicht löste sich in eine tiefere auf, und die wiederum in eine vorausgehende, wir landeten schließlich bei Schleimklümpchen, Ursuppen, Miasmen, Gasbällen . . .

Wir fühlten uns losgerissen und in der Schwebe, an irgendeiner zufälligen und beliebigen Stelle dahintreigend im Strom der Erscheinungen. Und dann schnappte dieses Bild plötzlich nach uns: wie stand es also mit unserer eigenen Abkunft? Dreißig Jahre hat ihr Entdecker gezögert, sich dazu zu äußern, und schließlich, auf der drittletzten Seite einer dickleibigen gelehrten Abhandlung den einzigen Satz gewagt: *Licht wird auch fallen auf den Ursprung des Menschen und seine Geschichte.* Weiter nichts! Und doch hat er sich in den hintersten Winkel des Landes flüchten müssen vor unserem einstimmigen Wutgeheul: *selber Affe!*

Wir waren so außer uns, daß wir uns lange weigerten, seine Beweisführung auch nur zur Kenntnis zu nehmen; und als wir endlich einsehen mußten, daß sie leider recht schlüssig war, blieb eine tiefe Verstörung in uns zurück. Ausgerechnet in dem Augenblick, wo wir uns aus der äußeren Natur endlich herausgestrampelt und gelernt hatten, sie sachgerecht zu nutzen und zu ordnen, zog sie uns an Leib und Geist wieder in ihrem Schlamm hinunter. Der zur Versorgungsmaschine hinuntergedrückte Vater hatte seine Rache lange vorausgeplant und weitschauend ein haariges, vernunftloses Untier als Urahn von sich abgespalten, das in unserem Inneren weiterhauste und, wer wollte da sicher sein? jeden Augenblick in uns neu aufleben konnte. Wir wagten am Morgen kaum noch, in den Spiegel zu sehen; denn zwar hatten wir den Vater nun offenbar schon hinter uns gelassen; aber soweit getrennt von ihm, daß er uns nichts mehr hätte anhaben und von unten her nach uns greifen konnte, waren wir auch noch nicht.

Auf keinen Fall wollten wir uns weiter in schönen Täuschungen wiegen; so schmerzlich es auch sein mochte, wir mußten den lieben Gott aus der Natur und unserem eigenen Innern vertreiben. Was hieß da schon geheimes Weben? Auch die Natur war nur eine Maschine. Was hieß da Seele? Auch sie war nur ein Wunschmechanismus. Wir konnten gar nicht mehr aufhören mit dieser Suche nach der eigenen Widerlegung; und immer mehr verfestigten sich die Zeugnisse zu dem einen unumstößlichen Satz: wir sind nichts weiter als das.

❖ Etwas Quälendes hat mich in diesem Sommer eingeholt; unbemerkt hat sich auf einmal alles, was mit meiner Person zusammenhängt, mit einer Peinlichkeit durchsetzt, die ich um mich her verbreite, aber dann auch wieder zwanghaft dort aufsuche. Ich finde mich häßlich; aber worin liegt die Genugtuung, meine Beine bleich und knochig zu nennen, die Hände plump und dabei doch lasch und verzärtelt? Meine Kleider stehen mir nicht, meine Frisur paßt nicht zu meinem Typ, und doch fällt mir nichts Besseres dafür ein. Wie ich zum ersten Mal meine Stimme vom Tonband höre, wird mir schwindlig: diese Geziertheit, dieses gepreßte Genöle — so klinge ich also für die anderen?

Nicht, daß ich die etwa bewunderte, im Gegenteil: ihre Reden kommen mir blaß und geschwätzig vor, erschöpfen sich in Gemeinplätzen oder durch nichts vorbereiteten Vertraulichkeiten, unter denen sich die ohnehin dünne Beziehung dann gleichsam zusammenkrümmt: die Margarine war schon wieder teurer geworden; glaubte ich eigentlich an ein Leben nach dem Tod? Uneigennütziges Handeln gebe es im Grunde gar nicht: bei Licht besehen immer nur maskierte Selbstsucht. Ich verbitte mir unwirsch derlei abgedroschenes Zeug, will dann die Verstimmung wieder ins Reine bringen, und muß doch jeden Satz, der mir einfällt, sogleich als unangebracht wieder verwerfen: meine eigenen Ansichten sind ja genauso banal! Auf die besorgte Frage, was ich denn hätte, warum ich schwiege, sage ich *nichts*. Ist dann das Schweigen unerträglich geworden, bricht aus mir das Geständnis hervor, daß ich grundsätzlich, wie zum Beispiel auch jetzt, versagte, vor niemandem, eben auch vor Freunden nicht, bestehen konnte — schauerliche Selbstentblößungen, nach denen beide einer weiteren Zusammenkunft aus dem Weg gehen.

Ich finde keine Worte mehr; jedes einzelne, das ich in den Mund nehmen will, scheint mir mit etwas Fremdem und Abgeschmacktem behaftet. *Wie geht es dir?* — unmöglich; darauf wüßte auch ich nichts zu sagen. *Ich will dich gar nicht erst fragen, wie es dir geht* — noch unmöglicher: dann lieber gleich den Mund halten. In der Diskussionsrunde werden meine Sätze immer länger, scheinen vor etwas Ungreifbarem zu fliehen, verlieren sich unter Stockungen und Denkpausen ins Ungewisse oder in plötzlich auftauchende Grundsätze, die ich in dieser Allgemeinheit gar nicht vertreten kann. Hinterher werfe ich mir Unaufrichtigkeit vor.

Aber irgendwo muß ich doch hin mit dem ehrlich und wirklich und aufrichtig Gemeinten, das sich da in mir aufstaut! Ich versuche es mit einem Tagebuch: und tatsächlich, die peinliche Hemmung hebt sich, mein Stift hetzt geradezu über die Seiten, deckt eine tief in mir sitzende Liebesunfähigkeit auf, die unzweifelhaft mit meinem gestörten Körperverhältnis zusammenhängt, mit meinem Denkzwang, mit meiner heillosen Verquickung von Sehnsucht und Meidung, die mich auf einen Stolperweg zwischen falscher Nähe und schlechter Distanz schickt ... Am nächsten Tag kann ich mich kaum dazu bringen, das Geschriebene noch einmal durchzulesen: lauter abstraktes, wehleidiges, und vor allem *folgenloses* Gefasel. So geht es auch nicht.

Ich muß endlich ins Fach: nur so werde ich diese innere Leere los, die keiner Nachfrage standhält, komme zu einem genaueren Gegenstand und kann mich, wenn auch nur in einem eingeschränkten Bereich, durch kompetente Sachkenntnis ausweisen und blicken lassen. Allerdings macht das Fach dem Neuling den Zugang keineswegs leicht. Von außenher mag es eher abgelegen und unscheinbar wirken: beim Eintritt aber zeigt es sich als riesenhafter, bis ins Unendliche gestaffelter und ausgedehnter Bau. Etwas Unerhebliches gibt es darin nicht, allein die Zugehörigkeit zum Fach macht alles bedeutsam, auch die Werke kaum dem Namen nach bekannter Autoren, die vielbändig, in akribischen Editionen und unter Berücksichtigung aller Textvarianten die Regale füllen bis hinauf zur Empore.

Ein Überblick! *Die englische Literatur von den Anfängen bis zur Gegenwart,* vierstündig. Ich bin ganz Ohr. In langer Reihenfolge, die ich in meinem Ringbuch festhalte, wechselte darin ein Dichter den andern ab, wobei jeder den nächsten in der vielfältigsten Weise beeinflußte; jedoch waren diese Einflüsse von der älteren Kritik grob überschätzt worden, und erst neuere Untersuchungen hatten das Bild wieder zurechtgerückt: danach war der Stil des Vorgängers doch mehr als bisher behauptet von schwülstigem Wortprunk gekennzeichnet, während der Nachfolger eher mit geistreicher Frivolität kokettierte. Die Epigonen waren dann zu dürrem Rationalismus erstarrt. Erst die Romantik überraschte dann wieder durch die Neuentdeckung des Subjektiven — Nach drei Wochen stecke ich auf. Ein Wortbrei; ein Adjektivsalat. In meinen Notizen nichts wie leere, im Zweifelsfall falsch geschriebene Namen, Seitenhiebe auf Methoden, von deren Vorhandensein ich erst durch ihre Widerlegung erfahre. Der Überblick bringt es nicht; verlangt ist die Aneignung. Aber gerade die erweist sich als unmögliche Aufgabe: das Fach ist nämlich nicht nur seinem Stoff nach grenzenlos, sondern auch in seinen Vorgehensweisen, das Fach ist unendlich in der zweiten Potenz! Seine lückenlose Beherrschung daher ausgeschlossen, aber auch seine Spezialgebiete, wie eingeschränkt auch immer, in ihrer rasanten Entwicklung selbst vom Fachmann kaum mehr zu verfolgen. Allmonatlich in Dutzenden von Zeitschriften neue Artikel, in denen das bisher noch Zusammengehörige unterteilt, abgegrenzt, differenziert wird . . .

Ich finde das bedenklich, aber unabwendbar; vor allem weiß ich keine bessere Lösung. Sicher muß das Ganze darüber eines Tages aus dem Blick geraten, in jeder seiner Fasern überwuchert von einem undurchdringlichen Gespinst von Richtigkeiten. Aber wenn das Nachprüfbare nun einmal anders nicht zu haben ist? Von großartigen Gesamtentwürfen, die, wenn sie dem Vorhandenen widersprachen, großmäulig verlautbarten, *umso schlimmer für die Tatsachen!* will ich nichts mehr wissen; und bloße Meinungen, subjektive Wertungen haben in der Wissenschaft auch nichts zu suchen: entweder man betreibt sie, oder betreibt sie nicht.

So bücke ich mich also auch, weil jeder andere Eintritt verwehrt ist, tief unters Einzelne: *Shakespeares ›Sturm‹ — eine Allegorie über die Dichtung?* heißt das mir aufgetragene

Thema für meine Seminararbeit. Gewissenhaft trage ich alles zusammen, was je dafür oder dagegen vorgebracht worden ist, kein noch so entlegener Beitrag entgeht mir. Dann folgt die Aufrechnung; und was zeigt sich? Sie führt zu keinem Ergebnis! Man kann den *Sturm* so oder so lesen, je nach Standpunkt! Ich gerate in die Krise, kann das unentschiedene Geschreibsel kaum zu Papier bringen. Gibt es denn keine Tatsachen? Und bei alldem glaube ich noch ein höhnisches Gekecker aus dem Text herauszuhören: *Tiefer denn je ein Senkblei loten kann, | Will ich mein Buch ertränken* . . . Wie gehetzt, um nur ja schnell ans Ende damit zu kommen, trage ich das mißglückte Elaborat der Seminarversammlung vor. Zustimmendes Gemurmel, beifälliges Klopfen. *Ein Musterbeispiel an Scharfsinn, Textnähe und Ausgewogenheit* lautet die schriftliche Beurteilung meines Professors.

❖ Woher nur diese felsenfeste und zugleich quälende Überzeugung, wir wären durch unsere Herkunft entwürdigt? Wir hätten uns doch ebensogut dazu beglückwünschen können, wie weit wir es inzwischen gebracht hatten, und daß es uns, zum ersten Mal in der Menschheitsgeschichte, gelungen war, die Naturschranke endgültig zu durchbrechen. Aber wir hielten unsere Nichtigkeit für ausgemacht, und in den hunderttausend Leitartikeln über *Das Fabriksystem — Fluch oder Segen?* wurde der Grund dafür auch immer wieder beim Namen genannt. Der war so urtümlich wie das, was wir entbehrten: es lag tatsächlich kein *Segen* auf uns — und woher hätte der auch kommen sollen, seit der Vater zur Unperson abgetan war, sich aufgelöst hatte in eine dröhnend sich fortwälzende Werkelmaschine? Dem galt es gleichviel, ob es uns gab oder nicht: unsere höhere Abkunft war geleugnet, gekündigt, vernichtet.

Seither diese Verlorenheit. Abgetrennt von der wahren Lebenskraft, wurde jedes Werk künstlich, und versuchte vergeblich, das schönere Einst zurückzubeschwö-

ren. Wie liebevoll haben wir, um unseren Städten die
schmucke Heimeligkeit von vormals wiederzugeben,
nicht unsere Rathäuser und Bahnhöfe ausgeziert mit
Erkern, Konsolen, Zinnen, Wasserspeiern, Gewölben,
alles mit peinlichster Sorgfalt nachgemeißelt und weitaus
perfekter, als es die Originale je waren! Aber wenn wir
die Gerüste dann abnahmen, wirkten sie so tot wie die
aufgespießten Schmetterlinge in unseren Sammlungen
und ließen uns auch sommers noch frösteln. Für unsere
Statuen verwendeten wir nur den klassischen Kanon und
den besten carrarischen Marmor; aber wie gewagt, ja
lüstern in ihren Posen, schienen sie sich ewig nur zu
langweilen. Unsere Umgebung wurde so unecht wie
wir, und verhöhnte uns noch dabei: je angestrengter
wir das Substanzhafte, Kernige und Gewachsene in ihr
einfangen wollten, desto offener gähnte sie uns entgegen.

Und die Mama, statt uns herauszuhelfen, trieb uns nur
immer noch tiefer in diese Scheinwelt hinein: denn sie
fürchtete, nach dem erkalteten Ehemann, der ganz in
seinen Geschäften aufging, nun auch noch die Söhne zu
verlieren. Unsichtbar hielten die Mütter Einzug in unsere Ämter, Kanzleien, Schulen und Friedhöfe, um wieder für die alte Ordnung zu sorgen. *Ich dulde nicht, daß
sich hier studentische Verlotterung breitmacht!* riefen sie und
beklebten jeden freien Fleck an der Wand mit Erlassen,
Verboten und Bekanntmachungen. *Die Denkmäler und
Pflanzungen an diesem geweihten Orte unterstellt man der
schonenden Obhut eines gefühlvollen Publikums,* malten sie auf
die Schilder und sagten, *das trifft doch ganz seinen Ton,
nicht wahr? Er spricht doch von sich auch immer nur in der
dritten Person . . .*

Er wurde uns auch sonst von früh bis spät als Vorbild
unter die Nase gerieben. *Willst du niemals erwachsen
werden?* mahnten sie uns, *benimm dich anständig, sieh zu,
daß du endlich was darstellst!* Wir beugten uns seufzend:
es mußte ja sein. Und so legten wir uns, in geradezu
lachhafter Übertreibung, alle väterlichen Züge zu, die

sich aufgabeln ließen. Niemals waren die Bärte rauschender, die Schnauzer strammer, die Bäuche behäbiger gewesen, und wenn gar nichts half, stopften wir uns ein Kissen vorn in die Hose; keiner hatte je dröhnender gelacht, so bierernst dahersalbadert wie wir. Wir strotzten nur so vor Persönlichkeit. Untertags trugen wir grundsätzlich schwarz, verschmähten aber am Feierabend auch die aus der Vorzeit vertraute grünsamtene Hausjacke mit den rostroten Kordeln nicht. Unsere Wohnungen waren zum Ersticken gemütlich; wir ließen keinen Klassiker ungelesen; alles an uns wirkte gediegen, gemessen, gebildet und unausstehlich jovial.

Aber leider, es war nichts dahinter. Sobald uns jemand zu nah auf den Leib rückte, begannen wir zu schwitzen vor Angst, er könnte unser Gehabe durchschauen. Vergeblich versuchten wir uns durch die Übernahme der mütterlichen Vorschriften zu schützen: wir gaben uns die Ehre, empfahlen uns als ergebenste Diener, titulierten einander als Forstadjunkt und Äquitationsaspirant, untersagten dem unterbezahlten Personal schnarrend jede persönliche Bemerkung. Bald wußten wir selbst nicht mehr, was die Schicklichkeit vorschrieb: mußte beim Morgenbesuch der Hut abgegeben oder zusammen mit den Handschuhen neben den Stuhl gelegt werden? Keins von beiden schien uns ganz das Richtige zu sein.

Wir wurden stocksteif und hilflos, konnten uns die Schuhe nicht mehr selbst binden, kämpften ächzend gegen unsere unheilbare Verstopfung an. Es war ja nichts mehr erlaubt! Alles Unvorhergesehene empfanden wir als Affront, aber auch der gewahrte Anstand, hinter dem wir mit recht die eigene Verstellung argwöhnten, erfüllte uns mit mühsam gebändigter Wut. Unsere Kinder machten uns schier rasend. Mit altklugen und trostlosen Augen saßen sie am Tisch und sagten *Ja, Papa, nein, Papa* — wie ausgeleierte Schallplatten. Wenn wir ihnen befahlen, *seid fröhlich!* strahlten sie; wenn wir sie anfuhren, *was wollt ihr noch immer hier!* trotteten sie stumm zur Tür hinaus. Am liebsten hätten wir sie ununterbrochen geohrfeigt.

Die Klügeren von uns sind damals ohnehin Junggesellen geblieben. Sie wurden Privatgelehrte und ließen sich von ihrer Haushälterin tyrannisieren. Dafür verlangten sie dann aber auch, daß die Servietten vor Tisch ordentlich durchgelüftet worden waren — es hätte ihnen sonst etwas Dämpfiges oder Stockiges anhaften und mit seiner üblen Ausdünstung die Atemwege angreifen können . . .

Wir übrigen armen Tröpfe aber verliebten uns bis über die Ohren in eins dieser reizenden, scheu errötenden und wohlbehüteten Geschöpfe, und hielten hackenschlagend um ihre Hand an; in den sechs Jahren, die wir dann warten mußten, bis ein Posten ergattert war, brachten wir ihnen Blumen und bekamen dafür Tee und Klaviermusik. Ihr wahres Wesen auszukundschaften, wäre uns unzart erschienen, und wir kannten es ja auch: sie waren die reine, unverdorbene Natur. Auch wir hielten von uns soviel wie möglich verborgen. Wir nannten das *ritterlich.*

Sobald das Frauchen dann heimgeführt war, gingen uns die Augen auf. Sie hatten uns schlicht und einfach geleimt. Mit hochgehievten Busen und aufgedonnerten Popos hatten sie uns die verjüngte Mama vorgegaukelt, weil sie wußten, daß wir der nicht widerstehen konnten. Dann kamen die Forderungen: ich soll zu dir aufschauen können, *aber* meine Wünsche müssen dir Befehl sein; mach deine Kohlen, *aber* widme mir deine ganze Zeit; ich bin dein eigen, *aber* wage nicht, mich zu besitzen; sei klug und geistreich, *aber* bilde dir nichts darauf ein!

Von wegen Natur! Ein einziger fleischgewordener, schreiender Widerspruch von zwei Rollen, in die unsere Erwartungen so eisern eingetrieben waren wie die ihren. Die Grundformel hieß: *Du machst alles, ich nichts. Dafür darfst du ihn manchmal reinstecken. Dies ist ein Vertrag.* Und so ging der Affentanz los: ewige Treue, traute Häuslichkeit, zärtliche Rücksicht. So wie der kleine Moritz sich

Mann und Frau vorstellt. Das Ganze als verbissener Kampf, wer von den beiden als der Trautere, Treuere, zärtlich-Rücksichtsvollere dastehen konnte — bis einem von uns die Luft ausging, der damit als roher Geselle oder Hausdrachen entlarvt war.

Unsere Lust hatte sich nach drei Wochen verflüchtigt: *doch nicht mit der Gattin!* war unser Schreckensruf, den diese mit befriedigtem Lächeln quittierte. Nein, da stahlen wir uns schon lieber in die heimlichen, lauschigen Häuser, wo wenigstens nur *unsere* Erwartungen etwas galten, und wo man von unserer Verlobungszeit unsere Vorlieben noch gut in Erinnerung hatte. Ach, die süß sengenden Riemchen und Stiefelchen, die Stöckchen und Peitschchen! Hier durften wir endlich eingestehen, wie hohl unsere männliche Fassade war, und herausschreien, daß wir nichts taugten, wir Würmer, wir Nichtsnutze, wir Scheißerchen! Da brauchte es dann nur noch einen kurzen Klaps auf den Hintern, und schon krümmten wir uns im Erguß.

Leider war auch zuhause ein handgreiflicher Beweis von Trautheit und Treue ab und zu unumgänglich. Gottlob sah sie nicht hin; so blieb unentdeckt, wie wenig es den Beweis zu seiner Vollführung trieb. Der Leib unter unseren Händen fühlte sich zugleich weich und stachlig an. Es ging nicht. Wir mußten die verschwiegenen Bilder des Vorabends in uns wachrufen und uns eigenhändig forthelfen, bis wir fast soweit waren; erst im letzten Augenblick drangen wir in etwas ein, was wir uns lieber nicht so genau vorstellen wollten. Dann war auch das wieder einmal geschafft.

❖ Im Seminar wiederholt sich mein eigener Auftritt in endloser Folge: anderthalbstündige, monoton vorgelesene Referate, dann ein paar Anstandsfragen und (a) Lob, (b) Kritik des Professors, beides zunächst methodisch, weiterhin aber auch inhaltlich. Er ist offensichtlich unvorbereitet, hat sich gelangweilt, will andere als die eigenen Ansichten gar nicht mehr erst hören. Ich kann es ihm nachfühlen. Auch ich will nichts mehr Neues in mich aufnehmen, fühle mich wie ein vollgestopfter Sack, in dem sich die Masse der verstaubten Romane und gelehrten Artikel zu einem schweren, für jede eigene Durchdringung unzugänglichen Kloß zusammengeklumpt hat, der mir alle Luft und Sinnlichkeit abdrückt. Mein Studium ist wie ein altmodisch möbliertes Wartezimmer, zu dem die äußere Welt, durch graue Stores gefiltert, kaum mehr als Gesumm hereindringt, und erfüllt mich mit derselben Mischung von Schläfrigkeit und Angst.

Ich lasse mich treiben. Aber wohin? Im Kollegiatenhaus scheint es den meisten wie mir zu gehen. Überall Verengung, Vereinzelung. Die zwei Lesezirkel bekämpfen sich schon lange nicht mehr: die Diskussion ist beendet. In der Teeküche geht man sich nur noch aus dem Weg. Dauernd wird etwas aus dem gemeinsamen Kühlschrank geklaut. Wir scheinen alle einem vorgegebenen, aber ungreifbaren Raster nachzuleben, der uns mehr und mehr in eine Versammlung von trübseligen Monaden verwandelt.

Das Wenige, was es in der Kleinstadt im Kino oder Theater zu sehen gibt, bestärkt uns in diesem unheimlichen Eindruck. *Les jeux sont faits; Warten auf Godot.* Ist darin denn nicht unsere Lage und Stimmung ganz genau geschildert? Welch ein Irrtum, an ein eigenes, unverwechselbares Leben zu glauben! Gleichgültig, wie sehr wir uns den Kopf zerbrachen über Fluchtwege, Neuanfänge, zum Schluß verfielen wir doch wieder in denselben Fehler und manövrierten uns mit ungeminderter Anstrengung in das Nichtgewollte hinein: auch für uns ist die Zukunft wiederholte Vergangenheit, bloße Verlängerung dessen, was hinter uns liegt, mit einem unausdenklichen schwarzen Loch am Ende. Und so lassen wir uns, mit dem merkwürdigen Vergnügen des Wiedererkennens, von Didi und Gogo in einen Ablauf von sausender Leere hineinziehen, der die Zeit buchstäblich und ohne Rest verzehrt, in dem die Sätze, grundlos geäußert, so vollständig verhallen, daß es unmöglich ist, sich den drittletzten noch zurückzurufen. *Was wir Sein nennen, schreibe ich in mein Tagebuch, sind nicht die Dinge, sondern ihr scheinbarer Zusammenhang. Fällt er auseinander, so kommt die bis dahin von ihm verdeckte Existenz zum Vorschein, bloßgelegt, und daher strikt nur als Tortur.* Und eben da stoße ich, in einem unter einem staubigen Stapel von Schallplatten vergessenen, mit dicken Unterstreichungen und Fragezeichen verschmierten Buch, auf eine Lehre, die behauptet, einen solchen Zusammenhang unwiderleglich nachweisen zu können. Ein Zufall? *Es gibt keinen Zufall,* ist der erste Satz, der mir davon ins Auge springt. Ich blättere hin und her, bleibe hängen, glaube, nicht recht gelesen zu haben und renne aufs Zimmer, um mich darin zu vertiefen. Nein, nicht in der Form des Denkens kam also der Weltvorgang voran, *sonst wäre ja alles, was in einem Hirnkasten spukt, sofort wahr und real. Gallimathias! Afterphilosophie! Der hohlste sinnleerste Wortkram, an welchem jemals Strohköpfe ihr Genüge gehabt!* Sondern er hatte einen wirklichen Antrieb und Motor: ein unerklärlicher, nur aus sich selbst begründbarer, nur sich selbst wollender Wille hatte ihn in Gang gesetzt, hielt ihn am Dasein, entwickelte ihn rastlos immer weiter aus sich heraus . . .

Ich bin nur noch halb bei der Lektüre, schemenhafte Halberinnerungen wirbeln mir durch den Kopf und werden deutlicher: das kenne ich irgendwoher, aus einer nebligen Vorzeit, ein solches Etwas, das, bevor es noch denken konnte, gewollt und gewollt hat, um sich so, ich weiß nicht mehr unter welchem Wehtun, eine Welt zu erobern oder zu erfinden oder nachzuerfinden . . .

Also wie war jetzt die Beweisführung? Dieser Willen, der da anfängt, sich zu veräußern in Raum und Zeit, sich zu *individuieren* in den Erscheinungen, wo ist der am deutlichsten und unanfechtbarsten zu greifen? *In uns selbst!* Denn eines sei, noch vor allem Denken, unhintergehbar: *eben daß wir wollen.* Gut, es ließen sich immer noch Ursachen dafür finden, *daß ich etwas Bestimmtes zu dieser Zeit, an diesem Ort, unter diesen Umständen will; nicht aber, daß ich überhaupt will, noch was ich überhaupt will, das heißt für die Maxime, welche mein gesamtes Wollen charakterisiert.*

Wie scharfsinnig und tiefblickend zugleich! Die entscheidende Entdeckung, dort wo sie dem nach außen gerichteten Geist am schwersten fällt: im scheinbar Selbstverständlichen und Immergewußten! Mit der der alte, und eben doch unwiderlegliche Kant nicht einfach zur Seite geschoben, sondern weitergeführt wird: sein auf ewig unerkennbar geglaubtes Ding an sich plötzlich sichtbar gemacht, als Weltwesen, als *Urding!* Und ich fast schon im Nebel verlorenes Nichts brauche ihm nicht fremd oder aufschauend gegenüberzutreten: ich habe es in mir, bin teil davon, und mehr noch — in mir, als einzig dafür denkbarem Ort, kommt es zu sich! Denn mit dem Hervortreten des Bewußtseins *steht nun, mit einem Schlage, die Welt als Vorstellung da; der Wille, bis hieher im Dunkeln, hat sich ein Licht angezündet* . . . der Geist ist *bloßer, klarer Spiegel der Welt,* die heillose Trennung ein Irrtum. Also doch die gleiche Ursache fürs Innere und Äußere! Also doch die Herkunftsverwandtschaft!

Ich fühle mich gehoben, gerechtfertigt, tief beruhigt. Alles, von der kindlichen Erhöhung des Vaters bis schließlich zu seinem Verlust, ist demnach notwendig gewesen; ohne sie wäre ich auf immer unfähig zum Ergreifen dieser Wahrheit geblieben: *gibt keinen Zufall, sondern nur eine Entwicklung* — von deren Höhe ich jetzt, in einem zweiten Durchgang, allen Erinnerungen und Ereignissen meines Lebens ihren Platz zuordnen kann.

Der Sturz läßt nicht lang auf sich warten. Denn welches Ziel hat dieser Willen im Großen? Gar keins. Wohin will Gott — denn so kann er doch damit für alle praktischen Zwecke heißen? Egal wohin, nur immer weiter. Er ist vernunftlos, personenlos, blind, *eine finstere treibende Kraft,* sonst nichts, und daher Selbstwiderspruch, Kampf, Zerstörung, und alle seine Hervorbringungen sind *Ausdruck jener Nichtigkeit, jener Ermangelung eines letztes Zwecks.* Schneidet man eine Bulldoggenameise auseinander, so gehen der Kopf und der Schwanzteil aufeinander los, bis beide tot sind. *Der Vorgang findet jedesmal statt. Bis zuletzt das Menschengeschlecht in sich diese Selbstentzweiung des Willens zur furchtbarsten Deutlichkeit offenbart: ein jeder dem andern ein Wolf.*

Und was folgt daraus im Kleinen? Daß jeder als Willensträger sich zu allem Möglichen imstand glaubt, *sich zuerst einmal für ganz frei, auch in seinen einzelnen Handlungen, hält und meint, er könne jeden Augenblick einen anderen Lebenswandel anfangen, welches hieße, ein Anderer werden.* Aber auch er unterliegt dem großen Gesetz, und *im Nachhinein, durch die Erfahrung, findet er zu seinem Erstaunen, daß er nicht frei, sondern der Nothwendigkeit unterworfen, daß er, aller Vorsätze und Reflexionen ungeachtet, sein Thun nicht ändert, und sein Leben lang denselben, von ihm selbst mißbilligten Charakter durchführen und gleichsam die übernommene Rolle zuendespielen muß.*

Ich bin, wo ich vorher war: in einem dunklen, unaufhaltsamen Getriebe. Nur, daß ich das jetzt auch noch verstehen soll.

❖ Große und schlüssige Weltdeutungen sind das eine; das ungeordnete und verworrene alltägliche Leben das andere. Aber haben die zwei miteinander auch etwas zu schaffen? Ziemlich viel sogar, wie es scheint. Ich werde in eine lupenreine Beziehungskomödie verwickelt. Eine Mitstudentin aus dem Seminar hat sich in mich verschaut. Erika. Ich merke lange nichts davon. Endlose, übrigens höchst mittelmäßige Unterhaltungen über das vorausgegangene Referat, Einladungen in ihr karg möbliertes, ungeheiztes Zimmer zu Tee mit Kerze: die Schlußfolgerung wird unvermeidlich. Eine Gräßlichkeit; die Sorte von Frau, die ich mir zuallerletzt ausgesucht hätte: überstehende Vorderzähne, Schnittlauchfrisur, Webkleid, Reformhauskost. Aber noch anstrengender ist das schlimme Gefühlsgemisch, das mir von ihr entgegenkommt: ein sogleich wieder zurückgenommenes Herandrängen und Unterschlupfsuchen, unvermittelt umschlagend in das geschlechtslose *Fräulein Kommilitonin;* eine süchtige Jüngferlichkeit, die mich beherrschen und in Beschlag nehmen will durch eine Dauerbereitschaft, abgewiesen, gekränkt, *verwundet* zu werden . . .

Alles in mir zieht sich zusammen, will flüchten aus der schauerlichen Nähe. Und zum wievielten Mal schon! Immer wieder stoße ich bei den Frauen auf diese Unmöglichkeit einer auch nur halbwegs klaren Beziehung, diese Überkreuzung von Herrschsucht und Selbstverachtung, diese *Verstelltheit* . . . Außerdem sind meine Gefühle vollauf in Anspruch genommen. Ein Mann, wie üblich. Aber bin ich damit nicht jedesmal besser gefahren? Christopher, der Schulfreund, Manolis . . . Und jetzt also ein Mitstudent aus dem Kollegiatenhaus. Maximilian. Etwas Helles, Strahlendes, Gefestigtes geht von ihm aus, das mich magnetisch in seine Nähe zieht. Nicht eigentlich körperlich, jedenfalls nicht als Begierde; es ist eher eine Vertrautheit, die ich suche, ein *Schulter-an-Schulter*-Verhältnis. Trotzdem bin ich, zum ersten Mal, von Selbstzweifeln gepeinigt. Bisher hat mich immer nur eine *andere* Männlichkeit angezogen: ist es diesmal etwa die Männlichkeit *selbst? Fehlt* sie mir? Wird aus mir etwa *kein* Mann?

Er scheint von meiner Verliebtheit lange nichts zu merken. Ich verfolge ihn gegen besseres Wissen mit Gesprächen über meine Lektüre, mit etwas zu aufwendigen Geschenken, Leckereien. Schließlich, auf seine Halbfragen hin, läßt sich ein Geständnis nicht mehr umgehen: ja, es stimmte, seine Selbstverständlichkeit, mit der Welt umzugehen, hätte es mir angetan, die klare Entschiedenheit für sein naturwissenschaftliches Fach, überhaupt seine nüchterne, unsentimentale, etwas spöttische Denkungsart. So ähnlich hätte ich mir meinen Vater in seiner Jugend vorgestellt. . . .

Eine einzige, würgende Peinlichkeit. Er selbst ist wie

aus allen Wolken gefallen. Ja wie denn das? Er, der seiner selbst so tief unsicher sei, schon morgens aufwache mit dem Gedanken, er hätte das Falsche studiert, und sich dann damit trösten müsse, zu mehr hätte es eben nicht gereicht bei ihm ... Dagegen ich, mit meiner Intelligenz, meiner philosophischen Begabung, meinen so anschaulichen wie kritischen Ausführungen über Schopenhauer ...

Von meiner Gefühlsbeziehung zu ihm sei er geschmeichelt, aber er finde davon in sich nichts vor, könne sich darunter nichts Rechtes vorstellen und sie jedenfalls nur auf einer rein freundschaftlichen Ebene erwidern. Außerdem müsse er mir ein Geständnis machen, er sei in dieser Hinsicht anderweitig schon ganz ausgelastet. Eine Anglistin übrigens, vielleicht kenne ich sie? Erika. Er komme von der Frau einfach nicht los, obwohl sie von ihm nichts wissen wolle: sie habe so etwas Zartes und Zurückhaltendes an sich, schon wie sie sich kleide und eingerichtet habe, und bei aller Klugheit wolle sie nie jemand damit imponieren. Er sei von ihr nicht hauptsächlich physisch angezogen, ich dürfe ihn da nicht falsch verstehen, sondern suche eine Wärme und Nähe bei ihr, die Sicherheit von Übergriffen und Verletzungen, etwas, bei aller Jugend, eben doch Mütterliches ...

Die Peinlichkeit übertrifft fast noch die vorige. Währenddessen immer länger hinausgedehnte, immer verstummtere Heimsuchungen von seiner Angebeteten. Ich muß mich auf ihre Erklärung gefaßt machen, und sie kommt auch: für sie sei nicht mein Äußeres entscheidend gewesen, das spiele immer nur eine untergeordnete Rolle bei ihr, aber es gehe von mir etwas Helles, Heiteres, rasch Zupackendes aus, schon bei meinem Seminarvortrag damals, wie differenziert und zugleich selbstironisch, etwas, dürfe sie mir das sagen? im besten Sinn Männliches. So hätte sie sich immer ihren Vater gewünscht, den sie übrigens kaum kenne ...

Wer diesmal der Verlegenere ist, läßt sich nicht mehr entscheiden. Ich glaube, mich verhört zu haben. Ich

heiter und hell? Von meiner Lektüre seit Monaten ver-
düstert, aus aller menschlichen Nähe vertrieben, außerdem unglücklich verliebt . . . Ja, sie wisse davon. Maximilian. Ein Grobian in ihren Augen, mit einem Pferde-
verstand, fast schon verletzend unsensibel; er hätte ihr
davon erzählt. Und was genau? Nein, nein, ich kennte
ja seine unbedachte und undifferenzierte Art zu reden.
Aber ich müßte es wissen, und zwar wörtlich! Nun ja
also — aber hinterher keine Vorwürfe, abgemacht? Von
allen Sorten von Beziehung sei ihm diese die gräßlichste.
Alles in ihm ziehe sich davor zusammen. Eine Art
unmännlicher Anwanzung, und doch keine Spur von
dem dauernd beschworenen kameradschaftlichen Gefühl.
Diese Überkreuzung von Überheblichkeit und Kriecher-
tum, diese *Unnatur!*

Der Hieb bereitet ihr sichtliches Vergnügen. Lauernd
schaut sie nach, wie er gesessen hat. Ich habe nur noch
einen Gedanken: raus hier, und zwar so schnell wie möglich! Am Tag nach Semesterende ziehe ich in die Groß-
stadt.

❖ So hätten wir uns in unserer selbsteingebrockten Häus-
lichkeitssuppe wahrscheinlich noch lange weichgekocht
und, um gut vor uns dastehen zu können, immer mehr
Gift ausgeschwitzt: aber dann kam das böse Erwachen.
Schon lange war von draußen ein Scharren und Murmeln
zu hören gewesen, auf das wir, in uns selber verstrickt,
nicht weiter geachtet hatten — da auf einmal steigerte
sich der undeutliche Lärm zu Gepfeif und Gejohle, es
flogen Steine, Glas ging zu Bruch, und als wir schließlich, nun doch etwas irritiert, aus dem Fenster sahen, da
wurde uns vor Schrecken und Ekel fast schwarz vor den
Augen. Die Unterkinder von ehedem hatten sich unabsehbar vermehrt! Und sie kratzten und nuckelten auch
nicht mehr wie früher an der Erde — natürlich nicht!
Sondern sie waren den neuen Kunstvätern und Versorgungsmaschinen nachgelaufen, hatten sie, wie früher,
umschwärmt, ihnen zu fressen gegeben und auf die

Überbleibsel gewartet. Aber die unermüdlich vor sich hinstampfenden Räderwerke nahmen sie nicht mehr wahr, oder schienen sie für ihresgleichen zu halten; es fiel nichts mehr für sie ab; und ehe sie sich umdrehten, waren das überreichlich ausgespiene Produkt in fest verrammelten Warenlagern verstaut. Kein Wunder, daß sie sich jetzt zu einer dunklen, fuchtelnden Masse zusammengeballt hatten: sie waren in einem erbärmlichen Zustand.

Wir schauten unwillkürlich nach oben, wohin ihr Geschrei ja gerichtet war, aber wir wußten schon, wen sie da zu sehen bekamen: eine verblaßte, in sich gekehrte und zerstreut herablächelnde Gestalt, zu der kaum noch etwas durchdrang. Offenbar war von uns Abhilfe verlangt. Aber wieso denn von uns? Den guten Willen hatten wir ja: aber auch über uns herrschte unerbittlich das neue Gesetz, wir waren ohnehin schon eng genug eingezwängt in das ständige Gedrängel von nebenan; kaum hatten wir einen guten Posten, einen freien Platz auf dem Markt erspäht, spürten wir auch schon die Ellbogen in der Seite. Nein, es half alles nichts: wenn die Maschinerie, die uns erhielt, nicht in einem unvorstellbaren Strudel aus zusammenkrachenden Schlöten, verbogenen Schienen und abgesoffenen Bergwerken in die Tiefe gerissen werden sollte, dann mußten wir jetzt in die schlechte Rolle hinein, so wenig wir uns ihr auch gewachsen fühlten: denn oben bleiben wollten wir schon, aber herrschen? Das ging nicht nur gegen unser Gewissen, sondern auch über unsere Kraft.

Außerdem hatten wir Schiß. Denn die waren ja unglaublich gewachsen, reichten uns fast schon bis zur Hüfte! Und entsprechend anders traten sie auf: die senkten vor uns nicht mehr gottergebene Schafsgesichter zu Boden, sondern sahen uns geradewegs und abschätzend in die Augen — als hätten sie die aus uns herausgesetzte Kraft zur Werktätigkeit in sich aufgenommen und sich zu eigen gemacht — und das hieß doch: den ersten Schritt aus der Vorzeitlichkeit in die Geschichte getan! Und dabei schien etwas von dem auf- und abfahrenden

Kolbenwerk, das sie bedienten, auf sie übergegangen zu sein: oder war es nur unsere Phantasie, die ihnen eine ähnlich entmenschte und gewalttätige Männlichkeit zuschrieb, mit der sie auf uns losgehen wollten, um uns zu überwältigen und niederzumachen? Jedenfalls drohten sie jetzt mit ihren schweren Fäusten und gepanzerten Seelen zu uns herauf und riefen höhnisch: *wie stehts denn heute mit den moralischen Nöten? Wenn euch der Betrieb nur bedrückt, dann gebt ihn heraus!*

Gottlob standen uns auch diesmal die Mütter zur Seite. *Das kriegen wir schon,* riefen sie, *wir wissen, wie man mit aufsässigen, ungezogenen Achtkläßlern fertigwird, euch haben wir schließlich auch zur Raison gebracht! Wer jetzt nicht die Stange hält, wird ausgesperrt!* Und wieder fingen sie an, ihre Schilder zu malen: *Das Spucken auf den Boden ist untersagt!* stand darauf; *Verdorbenes Material wird vom Wochenlohn abgezogen. Nach der Schicht sind die Werkhallen gründlich zu lüften!*

Sie machten vor nichts halt; sogar die Frömmigkeit haben sie noch einmal aus der Schublade gezogen. Und wir ließen sie gerne gewähren. Wie schnell wir doch gealtert waren! Noch keine vierzig Jahre zuvor hatten wir uns noch für die Menschenrechte begeistert und nach Gleichheit geschrien; fassungslos hatten wir den Alten dabei zugesehen, wie sie aus Angst vor den Nachwachsenden in kindlichen Starrsinn zurückgefallen waren, in die blinde Verteidigung des Überkommenen, Karikaturen ihres ehemaligen, überlegenen Selbst. Und jetzt machten wir ihnen das alles wörtlich nach, unser drittes Wort war *Unvernunft* und *rohe, ungehobelte Masse,* wir schlugen um uns mit Gesetzen, Aussperrungen, Polizei und Gefängnis, und als einer von uns, entgegen aller angeblich eisernen, objektiven Gesetze, seine Spinnerei halbwegs zivilisiert organisierte, mit kooperativem Wareneinkauf, betriebseigenen Schulen und Kinderarbeitsverbot, und dabei auch noch gute Rücklagen schaffte, hielten wir uns wie ein Mann die Augen und Ohren zu: wir *wollten* die bessere Lösung gar nicht mehr.

Am eigenen Leib mußten wir jetzt die schlimme Regel erfahren, daß jede neue Generation die alte ins schon überwunden Geglaubte zurückdrückt: in die Gewalt, den Anhäufungszwang, die Besitzwut die einen; die andern in den Rückzug, die Verkapselung und das allmähliche Verrücktwerden in der selbstgeschaffenen Verlassenheit. So hat sich unser Jahrhundert verdunkelt.

❖ Mit einem Schlag bin ich ledig und frei: keine zähen Bindungen, kein Gummizug in die Vergangenheit, bloß noch die Gegenwart. Die Stadt steht unter Hochdruck. Es hat sich in ihr alles verflüssigt. Die Gehsteige quellen über von einer gegenläufig dahinhastenden Menge, die jedoch in schmiegsamen Einbuchtungen zurückweicht vor dem haarscharf an ihr vorübersausenden rollenden Verkehr: Fahrräder, Lastwagen, Straßenbahnen. Der gewalttätige Durchlauf hat die Adern abgeschliffen, die Kanten abgeschrägt, sich zügigere Kurven, streng unterteilte und begradigte Fahrspuren gesucht; die niedrigeren Häuser sind längst durch glattwandige Massivbauten ersetzt, die mit Fahrtreppen und geräumigen Korridoren die Strömung leichter bewältigten. Ein Sillstand wird nicht geduldet; wer in den Stadtsog hineingerät, muß damit rechnen, ohne die Mitte auch nur erblickt zu haben, am anderen Ende zwischen Baugruben und Autofriedhöfen wieder hinausgeschleudert zu werden.

Er hat dann wenig versäumt. Denn von Zentrum ist gar nichts mehr übrig — bis auf ein paar überrestaurierte Versteinerungen, die der Austausch gleichsam mürrisch umfließt. Dafür kriecht eine ununterbrochene Besucherschlange durch ihre wuchtigen Mauern, die aber nichts zu sehen bekommt: denn ihre süchtigen Blicke haben von dem Zeugnis aus der Vorzeit längst weggewetzt, was daran zum Staunen oder Erschrecken gewesen sein mag; erblindet und abgenutzt gähnt es leer vor sich hin.

Und das soll alles gewesen sein? Ich bekomme Angst. Das Gewimmel der Geschäfte und Gesichter schwimmt an mir vorbei. Kein Blick trifft mich. Ich kann nirgendwo Fuß fassen, auch an der Universität nicht, die wie die übrige Stadt aus den Nähten platzt: aussichtslose Wartelisten, die Bücher entweder schon ausgeliehen oder geklaut, im Hörsaal nur noch Notsitze auf der Fensterbank. Ich bin zu spät gekommen. Alle Freundschaften sind schon geschlossen. Auf meine Frage, *was war denn das letzte Mal?* wird mir stumm ein Ringbuch zugeschoben. Ich kenne den Inhalt. Ich hatte nicht gefehlt, nur mit jemand bekannt werden wollen. Ich schiebe das Ringbuch zurück. Die Seminare sind überfüllt, bis auf das ödeste: *die elisabethanischen Sonettzyklen im Spiegel der zeitgenössischen Dichtungslehre.*

Ich schreibe mich ein. Dann ab in mein Zimmer: ein düsterer, nach Mottenpulver riechender Raum in einem Haus in der Vorstadt. Er ist von der schleichenden Gegenwart der Wirtin belagert, die mich mit widersinnigen Regeln peinigt und, mit Mahnungen oder dürrem Apfelkuchen bewaffnet, allabendlich bei mir eindringt, um jeder Sittenlosigkeit vorzubeugen. Ich hause zwischen den Möbeln ihres an einer unappetitlichen Krankheit gestorbenen Mannes, die um Himmelswillen zu schonen sind; jeden Fleck oder Kratzer darauf spürt sie wie am eigenen Leib.

Mein Vorhandensein wird einzig bezeugt von zwei wackligen Orangenkisten für die Bücher, von einem ungemachten Bett und dem Geruch nach schwarzem Tabak und gebrauchter Wäsche. Vor dem Schlafengehen tröstet mich eine kalte Mahlzeit aus Mettwurstbroten, Tee und Salat eine Stunde über die Leere hinweg, dann höre ich noch eine der zwei Schallplatten, die ich mir zur Erinnerung aus dem Kollegiatenhaus mitgenommen habe, manchmal auch beide hintereinander.

Ich fahre alle vier Wochen nachhause. Meine Besuche gelten der Mama. Auch von ihr kommt mir eine abgelegte Vergangenheit wie eine erstickende Ausdünstung entgegen, und es ist unmöglich, mit ihr über meine Bedrückung zu reden: was versteht sie schon von dem

Kampf um einen eigenen Weg? Aber sie scheint meine
Not, ohne in mich zu dringen, zu erraten, und ich kann
es mir auch nicht mehr leisten, wählerisch zu sein: sie
allein nimmt mich noch wahr; und ihr Mitgefühl ist die
einzige Nähe, die ich noch zu spüren bekomme.

Es ist der Babbà, der mir diese Besuche dann regelmäßig verdirbt. Die nur noch geschäftliche Gleichgültigkeit zwischen uns hat sich zu einem Daueraustausch
stummer Vorwürfe ausgewachsen. Kaum sitzen wir bei
Tisch, beginnt der wortlose Dialog. *Laß mich mit deinen
Vorwürfen in Frieden, erspare mir die Einzelheiten deines
selbstverschuldeten Unglücks,* will mir seine entgegengehaltene Zeitung bedeuten. Darauf ich: *nur dir habe ich es zu
verdanken; deine Kälte sitzt mir in den Knochen, deine Erwartung hat mich gelähmt. Davon kann ich nicht schweigen!* Und
er, unvermeidlich: *aber daß ich dir deinen Müßiggang be-
zahle, klaglos, bis heute, davon schweigst du sehr wohl!* Ich,
wie jedesmal aufgebracht aus schlechtem Gewissen und
Zorn über seine ausweichende Antwort: *dein Geld ist
meine Fessel; es hat mich ins Falsche getrieben und hält mich
darin fest.* Auf seine erwartete Antwort gibt es keine
Erwiderung mehr: *genommen hast du es trotzdem.*

Meine Schonfrist läuft ab, das wird mir von Mal zu
Mal klarer. Und dann? Die Prüfung reicht mir schon,
ich brauche an das Danach gar nicht zu denken. Die
bloße Vorstellung bringt mich ins Schwitzen. Es ist ja
von der ganzen Studiererei überhaupt nichts hängengeblieben! Jeder Theatergänger scheint *Hamlet* besser
zu kennen als ich; wie die Hauptfiguren von *Stolz und
Vorurteil* heißen, habe ich schon längst wieder vergessen.
Sie können mir übrigens auch gestohlen bleiben. Aber es
hilft mir nichts: ich muß endlich, gleichgültig was, etwas
werden.

❖ Wo? Niemand kennt sich mehr aus. Jedenfalls ein-
gekeilt. Halbdunkel, nirgendwo ein Ausgang, nur ab
und zu ein heißer, öliger Windstoß. Eine lavaartige

Masse, die sich näherschiebt, durch sonderbar nachgiebige Wände, erstarrt zu einer schuppigen Oberfläche, stockt. Gleich platzt das Ganze! Dann eine Pause. Was tun, bevor es weitergeht? Die Frage erübrigt sich. Abwarten, nicht nachdenken. Tun kann man schon lange nichts mehr.

Manchmal gelingt noch der Sprung zurück. Man muß sich mit aller Macht auf den Gedanken konzentrieren, daß es die andere Welt noch gibt, drei- oder viermal fest die Augen zudrücken — und wie zuvor spielen die Laubschatten auf der Tischdecke, in der Talsenke eilt der Vier-Uhr-Zug leise grollend über die Spielzeugbrücke. Ein ganz besonders milder Herbst; der Tee muß noch etwas ziehen. Der Spuk ist vorbei. Nur, unter dem Rasen, hinter der Waldung, auf der anderen Seite des Abhangs, schwer zu sagen, wo eigentlich: da wo noch alles unstet und gestaltlos durcheinanderwogt, dem Blick unerreichbar, weil es sich, bis er dort anlangt, jedesmal schon neu zusammengefügt hat zur trügerisch festen Erscheinung, ja genau: an der Haut des Bewußtseins, scheint es, als ob — jetzt aber Schluß damit! Ein schlechter Traum. Eine Einbildung.

Ein neuandrängender Schub, und der still summende, herbstliche Garten wird beiseite gewischt von einer scharfen Linie, die quer übers Sehfeld zieht. Wieder die Anklammerung mit aller Kraft, das abgewandte Gesicht fest in die rettende Nische gepreßt. Großer, schmatzender Lärm. Eine Verständigung ist ausgeschlossen. Hier kämpft jeder für sich. Gegenüber kippt schon wieder ein Baum. Vorn an der Biegung wird schon wieder einer zerquetscht. Nur der aufgerissene Mund zeigt an, daß er schreit, dann ist es aus mit ihm: eine kurze, schneidende Leere in den Lungen, im Hirn, ein fegendes Nichts. Wie lange geht das nun schon? Das weiß keiner.

❖ In der Hölle also. Und nicht einmal dieser Gedanke weckt in mir noch erkennbare Gefühle. Meine Umgebung löst in mir nur noch den einen wiederkehrenden Satz aus: *es ist wie es ist.* Ich benenne, was ich vor mir sehe, um es dadurch in mein Inneres, das sich dagegen sperrt, gleichsam hineinzupressen: *Tisch, Bett, Wand.* Einen anderen Zustand kann ich mir nicht in Erinnerung rufen, nichts mit nichts mehr vergleichen, und also auch nicht angeben, was es außer sich selbst noch bedeuten könnte. Mich friert.

Ich flüchte mich in das Café um die Ecke. Die Kellnerin mißbilligt mich, weil ich mit meinen Büchern und Zetteln den ganzen Nachmittag lang einen Tisch in Beschlag lege, ohne mehr als ein Glas Tee zu bestellen; sie läßt mich aber gewähren, weil außer mir nur noch drei oder vier andere Gäste schläfrig vor ihrem Bier sitzen. Ich ackere eine zweibändige Sammlung von elisabethanischen Liebessonetten durch, Stück für Stück, pro Sitzung mindestens dreißig, und klaube aus ihnen, mein einziger Gesichtspunkt, die in ihnen enthaltenen *Aussagen über das Dichten* heraus. Ja, eine Doktorarbeit. Der Professor hat sie mir vorgeschlagen, als sein Seminar bis auf fünf Teilnehmer geschrumpft war und ich als Einziger ihn noch ab und zu mit einer Anstandsfrage in seinen Monolog eingriff. Die Mama ist bei der Nachricht in Begeisterung ausgebrochen, der Babbà hat dazu undurchsichtig gebrummt.

Die Aussagen über das Dichten beschränken sich auf dieselben drei, bis zum Erbrechen wiederholten Gemeinplätze über die Musen, die Unmöglichkeit, die Schönheit der Geliebten zu beschreiben — woraufhin ihre Beschreibung mit allen nur denkbaren ausgeleierten Clichés versucht wird und auch tatsächlich mißlingt — und über einen angeblich aufrichtigen Liebesschmerz, dessen Erlogenheit aus jeder Zeile quillt. Die Sonette sind wie Schulübungen eines Tertianers, der sich unter dem gestellten Thema nichts vorstellen kann und alles zusammenkratzt, was der Lehrer seiner Meinung nach gern hören will; ich sammle ihre Einzelteile lückenlos auf blaulinierte Kärtchen, ordne sie und verfasse meinerseits über das gestellte Thema, unter dem ich mir nichts vorstellen kann, eine Schulübung, wie sie der Lehrer wohl am ehesten erwartet. Ich finde daran nichts Merkwürdiges. Eine Beschäftigung wie andere auch. Die einzige Mühe besteht darin, Sätze über nicht vorhandene Bedeutungsunterschiede und Entwicklungen aus mir herauszupressen. Auch sonst hat niemand an meinem Leerprodukt etwas auszusetzen. So sind Doktorarbeiten nun einmal.

In Wahrheit ist das der Bankrott. Ohne einen Anstoß von außen hätte ich auch davon nichts mehr bemerkt. Aber da taucht, nach langen Jahren der Trennung und des Schweigens, auf einmal wieder der Olf aus der Versenkung auf, um mir sein inzwischen erobertes, glänzendes Reich vorzuführen und mir damit über meinen eigenen Abfall und Niedergang die Augen zu öffnen. *Eine neue, helle Stimme im Chor der deutschen Nachkriegslyrik,* steht in der Zeitung über ihn zu lesen, *wach, kritisch, nüchtern, und so souverän wie virtuos.*

Ich kann es kaum erwarten, mit dem Band in mein Zimmer zurückzukommen, und schon nach ein paar Zeilen weiß ich: er hat es geschafft. Der hat sich die Welt nicht rauben lassen, und nicht seinen Platz in ihr — und der Grund? Er ist ihr nicht in ihre gewundenen Schneckengänge nachgekrochen; er hat sich entzogen; er tanzt. *Ich bin niemand,* ruft er, *kiwitt! Mich kriegt ihr nicht!* Und so kann er sie beriechen, betasten, bedenken, verletzt oder belustigt, aber niemals gefesselt. Zuerst sein Zorn, seine Trauer: die Liebe vergeblich; die Frauen undurchdringlich oder monströs. Und die Männer? In der Vorzeit vielleicht, in Mazedonien, der geigenspielende Vetter aus Hamburg: aber damit ist es vorbei. Das versteinerte Herz, das Alter, der Tod. Über mir vergreiste, machtbesessene Affen, neben mir Anzüge von der Stange, vollgefüllt mit Blumenkohl bis zum Stehkragen. Die Welt geht unter, der Krieg kommt. Seht euch vor! Dann ist er weg, so klug und schnell wie die Elster: *Grüß Gott!*

Nichts in mir kann ihm folgen; aber ich weiß wieder, wo ich bin: auf einem toten Ast der unausweichlich vorgezeichneten Bahn, am Endpunkt der falschen Verzweigung. Das Ende der Liebe, die Bombe — wenn es nur das wäre! Sie berühren mich kaum. Ins leere Höhere hinaufgetrieben, hat sich der verselbständigte Geist von der Erfahrung oder Natur immer weiter abgetrennt, bis er am Äußeren nichts mehr gutheißen oder mißbilligen kann, weil er nichts mehr davon wahrnimmt. Er ist nur noch fähig, sich aufs ebenso Abgetrennte zu beziehen, um es in einer Art von Selbstverdauung festzuhalten, und neu zu zergliedern: ein zwischen zwei zusammengeklebten Spiegeln plattgequetschtes Ich, eine nur noch mit dem selbst hervorgebrachten Stoff befaßte Kopfwelt.

Abends betrinke ich mich. Ich habe in der Wohnküche der Zimmerwirtin einen Stoß Groschenhefte aufgestöbert und bemerke zu meinem Erstaunen, daß ich nicht mehr aufhören kann, darin zu lesen. Ich erkenne jedes der grobschlächtigen Mittel der Überzeichnung, und bin doch gefesselt vom heimtückischen Schurkenstreich, schlucke beim längst überfälligen Liebesgeständnis vor Rührung. Nur noch die massivsten, künstlich verstärkten Reize dringen zu mir durch, und auch sie bleiben mir fremd. Ich muß versuchen, den ganzen Krempel loszuwerden; ich muß ganz in die Kopfwelt hinüber.

❖ Wir wußten allmählich nicht mehr aus noch ein. Die Volkskinder schossen von Jahr zu Jahr weiter in die Höhe, man konnte ihnen geradezu dabei zusehen. Inzwischen glaubten wir manchmal schon, sie siezen zu müssen. Am Ende war es ein Fehler gewesen, sie in die Schule zu schicken? Denn unvermeidlich wurde ihnen dort, wie uns ja auch vor unvordenklichen Jahren, eine Vorstellung vom Allgemeinen eingepflanzt, von für alle gleich geltenden Regeln und einem Leben, das nicht nur aus Arbeit, Essen und Schlafen bestand. Aber ganz

im Unwissen konnten wir sie auch nicht lassen. Schließlich waren wir es selbst gewesen, die aus Besitzunfähig-
keit die alten Herrschaftsbande gelockert und sie in die
Selbstversorgung gestoßen hatten; jetzt mußten wir sie
auch instand setzen dazu. Außerdem sollten sie endlich
die Bedienungsvorschriften lesen lernen. Aber der
wahre Grund lag wohl woanders: es liegt nämlich im
Erwachsenwerden eine sanfte, aber unwiderstehliche
Gewalt, gegen die man sich nur eine Weile sträuben
kann; aber dann sagt einem die Vernunft: es muß ja doch
sein.

Wir versuchten ja auch, ihr zu folgen. Nur, die Vernunft schien die Fronten gewechselt zu haben; sie stand
bei allen ihren Forderungen auf ihrer Seite, und das
Recht dazu; aber wir wußten immer nur eins: die Verwertung. Zum Beispiel, als sie verlangt hatten, die
Sechsjährigen, die Achtjährigen, schließlich sogar die
Zehnjährigen dürften noch nicht zur Arbeit gezwungen
werden: also jedesmal das Alter, über das sie gerade
innerlich hinausgewachsen waren, und dessen Hilf-
losigkeit und Schutzbedürftigkeit sie damit erkannten.
Aber die waren in der Fabrik doch gerade die geschick-
testen, und die billigsten dazu! Und kräftig brauchten
sie nicht zu sein, das waren schon die Maschinen. Für
sich verlangten sie genug Zeit zum Ausschlafen, genug
Lohn zum Sattwerden, Häuser, in denen sie nicht
erstickten — das war doch gar nicht das Wutgeheul von
früher, Steine flogen schon lang keine mehr! Nur, wir
hatten eben auch an den Export zu denken, an die Aus-
landskonkurrenz. Und als sie schließlich behaupteten,
sie wären jetzt mündig geworden, hätten es satt, immer
nur über sich bestimmen zu lassen, und forderten das
überständige männliche Wahlrecht, da war unsere Geduld am Ende: das bedeutete den Umsturz, das hieß
Anarchie!

Angst, Angst und nochmal Angst. Unsere Einwände
klangen nicht nur hohl: sie wurden auch einer nach dem
andern durch die Tatsachen widerlegt. Wir sahen immer

gleich die Welt untergehen. *Elf Stunden? — unmöglich!*
entschieden wir, *erst die zwölfte bringt doch den Gewinn für
die notwendigen Neuinvestitionen!* Stimmte natürlich kein
Wort davon. Und auch als wir, nach Ausrufungen des
Notstands, Sozialistengesetzen, Streikniederschlagungen
durch das Militär, im Wahlrecht schließlich doch klein
beigaben, passierte gar nichts. In den Fabriken wurde
rationalisiert, in den Wahlprogrammen noch kräftiger
als üblich gelogen, und der Laden lief besser denn je.

Nichts davon wollten wir wahrhaben; wir fühlten uns
im Gegenteil nur immer mehr eingeengt und bedrückt.
Es kam da etwas näher, rückte uns auf den Leib, unheimlich und fremd, und insgeheim fürchteten wir auch: uns
überlegen. Denn die wuchsen nicht zu unseresgleichen
auf, das wurde von Tag zu Tag klarer. Schon wie sie
auftraten, in diesen tausendköpfigen Massen und Blök-
ken, sich im Handumdrehen auf eine Vertretung einig-
ten — das hatten wir in unseren besten Zeiten kaum einmal geschafft, und uns dann nach drei Tagen wieder
zerstritten. Und das konnte nicht nur an ihrer Unterdrückung liegen — gegen die hatten wir auch anzu-
kämpfen gehabt. Sondern aus irgendeinem Grund, der
uns lange dunkel blieb, folgten uns die in unser zwangs-
haftes Gerangel und Gestrampel ins Höhere und Einzigartige nicht nach, als hätten sie das nicht nötig. Etwas
mußte sie von Grund auf anders geformt und geprägt
haben, eine Herkunft, eine Geschichte . . .

Und auf einmal wußten wir es: ihre Familie natürlich,
genauso wie uns, die Väter, wer sonst! Die hatten sich
bei denen nie als etwas Unvergleichliches und Unnach-
ahmliches gesehen, sondern wie das Allernormalste —
nein, die Sache ging noch tiefer: sie waren nicht, wie die
unseren, vor dem Unteren panisch weggeflohen, in die
Macht, oder fast schlimmer noch, in den Geist, hatten
nicht, aus Angst vor den Nachkommenden, eine Auf-
fahrt in einen unerreichbaren Himmel veranstaltet, von
dem sie dann höhnisch und strafend auf die Zurückge-
lassenen heruntergeäugt hätten. So konnten die Söhne

sie einholen, mit achtzehn, und mußten sie nicht wie wir, mühsam wieder herunterziehen und ihnen die geschwollenen Köpfe abhauen, um uns dann mit zwanzig zur selben ziellosen Kletterpartie aufzumachen — sondern sie verdienten in dem Alter schon längst dasselbe wie der Alte und gingen gelassen ihren eigenen Weg. Und hatte der Vater ausnahmsweise den heranwachsenden Sohn wirklich nicht mehr ertragen, dann, nach dem fünfzigsten besoffenen Getobe, hatte die Mutter ihn angeschrien, *dann hau doch ab! Wir schaffens auch ohne dich!* Das stimmte nämlich, denn sie ging selbst in die Arbeit; und die Söhne wußten sehr wohl, was sie an ihr hatten.

Das hieß aber auch: wir waren in einer unmöglichen Lage, die Rollen gingen nicht auf — ausgeschlossen, daß sich diese Nicht-mehr-Söhne von uns Noch-nicht-Vätern bis in alle Zeit auf der Nase herumtanzen ließen. Aber die Einsicht half uns wenig, verstärkte höchstens noch unsere Unsicherheit, unsere Rachsucht. Wir hatten, um es kurz zu sagen, keine Idee mehr, waren darauf angewiesen, weiterzumachen ohne Sinn und Verstand, mit dem sicheren schlechten Ende vor Augen. Die Gesellschaft folgte nun mal objektiven, durch keine gute Absicht veränderbaren Gesetzen. Die Tatsachen waren die Tatsachen. Dem Geist blieb als letzte Aufgabe, sie zu konstatieren, zu sammeln, zu ordnen. Was geschah, geschah mit Notwendigkeit und würde weiterhin so geschehen. Wir merkten selbst, wie wir in dem selbstgezimmerten Gehäuse durchdrehten, uns immer weiter darin verloren, und konnten nicht das mindeste dagegen tun.

Und wieder halfen uns die Mütter aus der Zwickmühle heraus: ohne sie wären wir in diesem Zeitalter wirklich aufgeschmissen gewesen. Ihr Vorschlag war freilich verblüffend: sie behaupteten einfach, die Volkskinder und wir wären *eigentlich* verwandt, gehörten zur selben Großfamilie *im weiteren Sinn.* Wir starrten sie ungläubig an: eben noch hatten sie uns dabei geholfen, die Heraufdrängelnden niederzuhalten, und jetzt warfen sie uns in einen Topf mit der rohen, ungebildeten und vernunftlosen Masse?   Aber sie fegten alle Einwände beiseite. *Kurzblick und Engstirnigkeit!* riefen sie, *so haben die Erstgeborenen die Nachkömmlinge seit jeher verleumdet. Mütteraugen durchschauen das. Jedem nach seinem Alter! Jetzt gelten andere Maßstäbe. Schaut euch doch um: im ganzen Land wieviel Fleiß, Ausdauer, und übrigens Mutteranhänglichkeit. Ihr wißt ja gar nicht, wie gut ihr es habt. Bei den Nachbarn nichts wie armseliger Mief, kleinkariertes Geknauser, keinerlei Hausmusik.   Hättet ihr etwa gern mit denen getauscht?* Und doch, müßten sie uns vorhalten, zeigten die mehr Familiensinn.   Die hätten ihren häuslichen Streit längst begraben, hielten zusammen wie Pech und Schwefel — und zwar gegen uns! Nicht direkt vielleicht, aber zäh und beharrlich hätten sie ihr Erbe um eine koloniale Besitzung nach der andern bereichert, um uns zu überflügeln. *Und jetzt ist der Kuchen bald aufgeteilt,* schalten sie uns, *und ihr brummelt immer noch weiter vor euch und päppelt euren Trübsinn und eure Bitterkeit gegen die Väter und Kinder. Schluß damit! Die nationale Einheit muß her!* mahnten sie, *unser Sago, unser Kakao, unser Palmoliv muß endlich auch in deutscher Beschriftung zu haben sein. Das seid ihr uns schuldig!*

Von einer Familienzusammengehörigkeit konnten wir zwar noch immer nicht viel in uns spüren, aber mit den Nachbarn, da hatten sie recht. Über dem Gedrängel im Innern hatten wir tatsächlich zuwenig darauf geachtet, daß diese welschen Streithähne, die sich seit ihrer Vaterköpfung schon immer für etwas Besseres hielten, neuerlich angefangen hatten, sich aufzuplustern und von ihrer *gloire* und *grande nation* zu krähen, als wären sie weiß Gott wer.   Das war doch alles nur heiße Luft, einen Dreck hatten die uns voraus, die wollten damit, genauso wie wir, nur den eigenen schwelenden Zwist überdecken! Und sie trieben es immer ärger; ununterbrochen faselten sie etwas von *Gleichgewicht* und *Interessensphären* daher, die Rempeleien, Übergriffe und Provokationen hörten überhaupt nicht mehr auf. Wollten die es tatsächlich darauf ankommen lassen? Allmählich begann unser Zorn denn doch zu erwachen. Sie verlangten eine Entschuldigung — ja, für was eigentlich? Eine schriftliche Zusicherung, wir würden nie mehr ohne ihre ausdrückliche Erlaubnis, in alle Ewigkeit nicht mehr — sonst sei ein bewaffneter Konflikt unvermeidlich, das müßten wir einsehen. Sie waren übergeschnappt. Wir mußten handeln.

❖ Es ist soweit. Ich habe das zähe, bleierne Machwerk tatsächlich zuendegebracht, die Prüfung in einer Art Trance, einem mit eiserner Gewalt niedergehaltenen inneren Gezappel, durchgestanden. Promoviert also — aber wohin? Ins Abseits. Der Titel braucht nur zu fallen, und schon ist klar: der *Herr Doktor* ist ein aussichtsloser Fall. Man kann zu ihm gerade noch hinüberrufen wie über den Wassergraben vor einem Tiergehege. Aber reden kann man mit dem Herrn Doktor nicht. Der Herr Doktor verstünde gar nicht, wovon man spricht, und ebensowenig könnte irgendjemand auch nur ein Wort seiner gehüstelt-gestelzten Erwiderung begreifen.

Ich bin der Menschenwelt nicht mehr zugehörig; die Abtrennung ist vollzogen und unwiderruflich. Sogar der Babbà hält sich jetzt mit seinen Belehrungen, die er sonst wahllos über seine Umgebung ausgießt, mir gegenüber zurück. Er fühlt sich abgedrängt, sieht mich außerhalb seiner Reichweite. Damit ist sein Interesse an mir endgültig erloschen. Nur von einer Seite kommt uneingeschränkte Zustimmung, jetzt gerade erst recht. Die Mama strahlt vor Stolz. In ihren Augen ist der Sohn jetzt endlich, was er schon lange hätte sein sollen, eigentlich immer war: etwas Besseres. Mit ihm beginnt ein Aufstieg, der endlich auch sie in die Höhe bringen wird. Die *Ma-ohne* und die *Ma-mit* verschmelzen zu einer Person. *Jetzt aber ran!* heißt ihr unüberhörbarer Aufruf; *nur ordentlich zugepackt! Von der Wissenschaft, vom Geist, verstehe ich nichts. Aber daß zu ihnen aufgeschaut wird, soviel weiß ich. Also hinauf mit dir!*

Ihre Mahnung fließt widerstandslos in mich ein. Einen anderen Antrieb kann ich nirgendwo, weder in mir, noch außer mir, mehr entdecken: höchstens, daß der Babbà die lang mitgeschleppte Last endlich vom Hals haben will. Ich bin substanzlos, bodenlos, gegenstandslos. Am Ende hat sie recht: wenn schon ohne inneren Halt, hilft mir vielleicht eine äußere Stützung.

So fange ich an, weil sonst weit und breit kein anderer Platz für mich in Sicht ist, nach oben zu strampeln. Eine Assistentenstelle muß her. Leicht gesagt! Da wollen andere auch drauf. Der Professor ist die ewig hoch oben im Fach schwebende, ewig wacklige, schwankende Drehscheibe. Er will sich nicht festlegen. Begabt? Gewiß. Aber da ist eben auch noch diese neue, höchst vielversprechende Untersuchung kurz vor dem Abschluß ... Er läßt mich hängen. Ich brauche offensichtlich einen Hebel. Ich bewerbe mich ringsum für Stellen, die ich nicht haben will. Ah, sieh einer an: eine Einladung zu einem Vorstellungsgespräch beim *Zweiten Programm*. Damit läßt er sich vielleicht erpressen. Tja, also für die nächste Sitzung müßte ich mich entschuldigen: eine geschäftliche Angelegenheit in Norddeutschland; mit einer Universitätslaufbahn hätte ich, wie es scheint, doch wohl zu hoch gegriffen. Seine Antwort kommt wie aus der Pistole geschossen: *Nein, aber wieso denn, mein Lieber? Gedulden Sie sich noch bis Oktober ...*

So geht das also. Und natürlich ist der hoch oben Schwebende ein furchtbarer Chef. Er muß sich ja ganz der Wissenschaft widmen können. Diese lästigen praktischen Fragen! Ich werde mit Tafeldiensten, Raumverteilungen, Anwesenheitsplänen gepeinigt. Bei jeder Panne wird er vom Sonettforscher zum wutschäumenden Zwerg. Er versteht nicht, wie das schon wieder hat unterlaufen können. Er wird für Abhilfe sorgen, wird sich, wenn nötig, umsehen nach einer geeigneteren Kraft.

Ich bleibe gelassen. In mir steckt die Stärke des Geschlagenen. Ein Anschiß? Wenn es weiter nichts ist . . .
Ich katzbuckle, fließe über vor Bewunderung, vergehe
in Ehrerbietung, zitiere in jedem dritten Satz sein mit
recht so gerühmtes Hauptwerk. Alles, was verlangt wird.
Er kommt mir nicht aus. Wenn die Zeit dafür da ist,
werde ich mich auf die Quälerei und den Mißbrauch
stumm, aber unabweislich berufen. Dann habe ich die
Habilitation in der Tasche. Soviel habe ich jetzt schon
verstanden.

❖ Hinterher wußte keiner so recht zu sagen, worum es in
dem Krieg eigentlich gegangen war. Es interessierte uns
auch nicht sonderlich. Der Erbfeind war jedenfalls gedeckelt. Und außerdem hatten wir eine Erfahrung
gemacht, die wir uns ein Leben lang bewahren wollten:
die alte Mauer zwischen uns und den Volkssöhnen war
mit einem Schlag wie niedergerissen gewesen. Die
Mütter hatten da tatsächlich weitergeblickt als wir. Wer
da geunkt hatte, *Arbeiter haben kein Vaterland!* — der
hatte sich gewaltig gebrannt. Sie kämpften, als wollten
sie mit einem Mal loswerden, was sie über die Jahre
hinweg hatten schlucken müssen, waren wohl auch in
dem Alter, wo man seine Wut noch am liebsten im
Handgemenge austobt: und endlich wurden sie einmal
nicht nur mißbraucht, sondern gefordert.
Jetzt zeigte sich, was in ihnen steckte: nicht nur an
Kampfgeist und Zähigkeit, sondern auch an Pflichtge-
fühl und Großmut. Wie leicht hätten sie uns im Feld
unser Unrecht heimzahlen und uns sitzenlassen können!
Aber sie gehorchten tapfer und brav, nicht maulend und
geduckt wie die Kinder; sondern von Mann zu Mann
sahen sie uns in die Augen, und ihre Blicke forderten:
›*nun zeigt, was ihr könnt!* So aus unserer langen Verzärte-
lung und Selbstversenkung geweckt, gaben wir knapp
und hart, und zugleich mit tiefer Bewegung unsere
Befehle: nicht als Väter, sondern als ältere Brüder; und

sie stürmten uns mit derselben unbändigen Kraft, mit der sie uns zuvor schier die Luft abgedrückt hätten, ins Sperrfeuer voraus und bissen wie wir die Zähne zusammen, wenn es neben uns einen traf. Seite an Seite erkannten wir uns als Kameraden, und wenn wir nachts im Schutz unserer Gräben gemeinsam *Heimat, deine Sterne* anstimmten, wollte uns vor Rührung und Liebe fast das Herz bersten, so bis in die Seele und unverbrüchlich wußten wir uns in der fern auf uns wartenden Mutter vereint.

Die Verbrüderung hielt nicht vor. Aber etwas hatten wir aus dem Krieg doch nachhause gerettet: eine mögliche Rolle. Einen Offizier fragt keiner, ob er zum Vater taugt; hinter einer Uniform steckt in jedem Falle ein Mann: wir zogen sie gar nicht mehr aus, so wohl fühlten wir uns darin. Und auch im Betrieb kamen wir damit besser über die Runden als vorher. *Na, auch gedient?* fragten wir, und darin lag soviel Anerkennung fürs Geleistete wie Mahnung, an der gefestigten Ordnung nicht zu rütteln. Und tatsächlich hatte sich der alte Konflikt zu einer Art Waffenstillstand entschärft. Die Lohnforderungen der Gewerkschaften kamen regelmäßig, aber doch halbwegs sachlich und maßvoll, und wir konnten uns auch meistens darüber einigen: denn trotz der wachsenden Konkurrenz von außen ging das Geschäft glänzend, wir verstanden selbst nicht warum, die Nachfrage überschlug sich nur so, und die fallenden Preise ließen sich durch schnellere Maschinen rasch wieder wettmachen. Es war eben alles bestens organisiert. Man mußte sich nur dranhalten.

Und wer da nicht ganz mitkam, dem blieben ja immer noch die Kolonien. Ja, wir hatten schließlich doch noch ein paar kleine Fleckchen ergattert, und die Auswanderer konnten mit ihren Lobreden gar nicht mehr aufhören: dort waren die Landeskinder noch willig und winzig, folgsam kratzten sie für ein Butterbrot bis zum Umfallen in der Erde herum, verbeugten sich vor dem *Massa,* wenn er vorbeiritt, ohne zu ahnen, daß der zuhaus mit seiner Fahrradfabrik schon mit einem Fuß im betrügerischen Bankrott gestanden hatte. Und wollten sie sich wirklich einmal nach Kinderart auf die faule Haut legen oder frechwerden, dann bekamen sie eben eins drübergezunden, ganz wie in früheren Zeiten!

Eine Atempause also. Daß es nicht mehr war, spürten wir alle. Die Mütter blieben unversöhnt, trieben uns immer weiter an und hatten für unsere Erfolge nur Hohn übrig: *das und eine Kolonialmacht? Schaut euch die andern an! Wo wollt ihr eigentlich hin mit eurem Geburtenüberschuß?* Was fehlte ihnen denn nur, daß sie niemals genug bekamen? Und wielang die Arbeitersöhne in ihren Wohnkasernen noch stillhalten würden, wußte auch keiner. Aber daran wollten wir jetzt nicht denken. Immer nur neue Pflichten — wir hatten ja noch gar nicht richtig gelebt!

❖ Ah, Giacomo. Endlich. Das war knapp. Allein hätte ich das nicht durchgestanden. Denn sich nur mit dem einzigen Antrieb, die innere Leere und Haltlosigkeit loszuwerden, nach oben zu boxen, das heißt ins noch Leerere und Haltlosere: das macht keiner lang. Oder doch nur, wenn auch der letzte Rest in ihm aufgehört hat, sich dagegen zu wehren; wenn er damit zusammenfällt; wenn er sich löscht. Und fortan wird kein Gedanke mehr sein eigener sein. Er wird sagen, was er gesagt bekommt: Teil, und nicht mehr Gegenüber.

In mir sagt etwas *nein*. Eine dünne, beharrlich vor sich hinzirpende Stimme, die kein anderes Wort kennt. Sie schickt mich auf die Suche, aber wonach weiß sie nicht: es muß nur *das andere* sein. Und ich folge ihr, ziellos, verwinkelte Treppen hinunter zu hallenden Fußgängertunnels, in denen das Wasser steht; zum Kanal und zum Gaswerk; an Baubaracken mit aufgehängter Wäsche vorbei, dreistöckige Betten hinter den staubigen Fenstern; auf das Bahngelände hinter der Brücke, zu dem Schuppen im Halbrund mit einer Lokomotive in jedem offenen Tor, schläfrige Untiere: aber auf der Drehscheibe davor, wo die Geleise zusammenlaufen, ist es dann doch nicht geheuer.

Abends zum Griechen. Ich will mich betrinken. Die Lampen und Gesichter zerfließen zu farbigen Schlieren, die hohen, sehnsüchtigen Töne des Bouzouki werden zu glühenden Punkten, zwischen denen die Fiedel einen Zeitfaden ausspannt. Ich sehe mich darauf tanzen; bevor er sich auflöst, springe ich weiter. Jetzt, jetzt und jetzt. Bilder steigen auf, weißer Stein zwischen Inseln und Buchten, Hunde bellen, jemand ruft: *kalo taxidhi!*

Und da erscheint er: Manolis noch einmal, Meimus in hellerer verjüngter Gestalt. Die Zeit kollert in trockenen, kratzenden Brocken eine Halde hinunter: ein warmer Wind bläst mir ins Gesicht, ein Blick fragt: *und wer wärst dann du?* Ich weiß nicht, ich weiß nicht. Giacomo führt mich heim. Und diesmal bin ich nicht erstaunt, nicht geehrt, diesmal sage ich nicht, *ich muß weiter, es geht nicht:* — sondern mit einem Sprung, in den ich alles lege, was irgend noch in mir leben will, denn er muß mich über ein Menschenalter hinwegtragen, über eine ganze Geschichte, jetzt oder nie, werfe ich mich ihm entgegen — und es gelingt mir, ich komme bis zu ihm hinüber, er fängt mich auf und beruhigt mich. *Es wird schon werden.*

Natürlich habe ich ihn gesucht, wen denn sonst? Etwa einen, der mich anfaucht, *komm mir nicht nah! Sonst weiß ich erst recht nicht mehr, ob ich ein Mann bin!* Oder eine, die mir einflüstern will, *laß dich einsaugen in meine hohle, wunde Seele, damit ich danach noch mehr beleidigt sein kann als zuvor?* Nein, nicht zum Ähnlichen hat es mich getrieben über die Kanäle, die Geleise, zum Gaswerk: sondern nach der anderen Hälfte der Kugel habe ich mir die Hacken abgelaufen, seit ich gehen kann, nach dem Leben, der Natur jenseits der Glaswand.

Die Erlösung ist namenlos. Denn ich habe ja kaum mehr gewußt, daß es sie gibt, die Luft, die Wärme, den Atem, der mich da jetzt streift, in mich einströmt, sich wie Quecksilber seinen Weg bahnt durch Nerven und Adern bis in jede Verästelung und, was Lehm war, zu

Haut macht, zu Knochen macht, zu Fleisch macht, die sich anfangen zu dehnen und zu strecken unter der Wohltat ihrer Erweckung, mich hinaufheben bis ich weiß nicht zu welchem Lichtsturz, bis ich rufe, *ich lebe! Ich lebe ja!* Und so schlafe ich ein.

Der verlorengegangene Hauptstrang, neuentdeckt, wiedergefunden. Bis wohin reicht er zurück? *Figlio mio,* sagt Giacomo; aber wer spricht? Der Babbà aus der goldenen Zeit des Brückenbaus, bevor er mich auf seinen eigenen Holzweg geschickt hat? Nein, älter: die Brücke war ja schon die falsche Verzweigung. Giacomo arbeitet im Kanalbau. Warum? Damit ich Geld heimschicken kann. Wozu? Weil sonst die Scheiße auf der Straße steht, Mensch! Also vielleicht doch eher die Mama, als sie sich noch nicht ins selbstgewobene Gespinst verschnürt hatte? Giacomo träumt von einer weißen Schlange im Haus, von einem Ei, in das er hineingeplumpst ist: eine Mütterwelt. Er hat einen Blick in mein Zimmer, in die Küche geworfen und gesagt, *ja, was ist denn hier los!*

Großer Hausputz. Eimergeschepper, mit dem Putzlumpen naß in die Ecken gepflatscht, bloß runter mit diesen Vorhängen! Am Samstag laden wir die Landsleute ein, was meinst du? Aber kein Schafsfleisch. Schrumpelt zu nichts ein. *Carne pecorina, vergogna per chi la cucina* — das weißt du nicht? Ich habe im Koffer noch ein Glas eingelegte Lamponi. Du wirst sehen, wie bitter, wie dir der Wein dazu schmeckt!

Das alles habe ich mir nehmen lassen, von mir abgetan und als *unwesentlich* beiseite geschoben, bis ich schließlich in einer Wüste gestanden bin. Sogar im Garten beim Haus sind die alten Beete, von Unkraut überwuchert, zurückgesunken und nur noch an den Einfassungen aus hellem Ziegel vom niegemähten Rasen zu unterscheiden. *Aber die Petersilie, die Rüben, die Äpfel!* ruft Giacomo, *bist du verrückt geworden, hai impazzito?*

Ja, anders kann man es schwer nennen. Wir graben um. Wie sein Vorgänger in der Urzeit wird mir Giacomo zum uneingeschränkten Vorbild. Anders als damals weiß ich inzwischen, wieviel es dazu braucht, leben zu können; für ihn scheint es etwas zu sein, was sich von selber versteht. *Du darfst dich nur nicht davor drücken! Zur Last mußt du sagen: dich schaffe ich auch noch!* Und er singt mir das Lied vor, mit dem er sich nachts auf dem Pferdewagen wachgehalten hat: macht sein Blinzeln nach, wenn er nach drei Monaten Ölmühle zum ersten Mal wieder ans Tageslicht kam: *come una talpa!*

Und er hat recht: deswegen hat nichts Löchriges und Brüchiges in ihm aufkommen können; so ist er langsam, aber in einem Stück herangewachsen und steht fest auf den Beinen, umzuwerfen durch nichts mehr. Das macht ihn schön. Aber ich habe damit doch auch schon einmal angefangen, in der Soldatenküche damals, die Kartoffeln, die Töpfe, das Holz: die verständliche Welt der einfachen Verrichtungen, der fraglosen Nützlichkeit! Was soll das denn heißen: *es ist wie es ist, etwas benennen, um es ins Innere hineinzupressen, nichts mit nichts mehr vergleichen können?* Man muß nur hineingehen, und alles bedeutet etwas, sagt etwas: daß es riecht, daß es schmeckt, daß es kratzt, daß es drückt, daß es *da ist!*

Solange ich darin war, ist mir mein voriges Leben wie eine weltlose Hölle erschienen; in der Gegenwart von Giacomo schrumpft sie zur Farce. Diese Unterscheidungen des nicht Unterschiednen, diese Auslegungen von Auslegungen, dieser Mist über den Mist! Und seit ich Giacomo kenne, verstehe ich auch den Grund, warum sie so leer bleiben müssen: nichts davon ist von der Geschichte erfüllt und getragen. Nur was er davon eingeholt hat, ist wahrhaft eingeholt.

Ich muß unbedingt so werden wie er. Wir sind ja nicht allein, es gibt nicht nur uns zwei. Woher sonst hätte es bei unserer Umarmung, ich kann es doch hören! um uns herum auf einmal so gebraust und gemurmelt, sich dieser Tumult erhoben, dieses Geschrei, Gelächter, Getrappel von Füßen, eine Menge, die da, wie von zwei Anhöhen herunter, auf einander zurennt, achtlos, mit starr nach vorn gerichteten Augen, um dann in der Senke zusammenzuströmen und atemlos, ungläubig den immer gleichen Satz hervorzustammeln: *da seid ihr, endlich seid ihr ja da!* Denn sie hatten schon lange nicht mehr daran geglaubt.

Noch ist es dazu nicht zu spät. Aber es eilt. Also nochmal ein Sprung. Viertel nach sieben vor dem Arbeitsamt, um halb acht öffnet die Schnelldienstvermittlung, lange Bänke, ein olivgrüner Ölsockel. Lange wage ich nicht, mich zu melden. Drei Mann zum Hofkehren. Naja, mal abwarten. Acht Mann für den Schlachthof. Da wird mir schlecht. Fünf Mann aufs Oktoberfest, eine Geisterbahn.

Mein Arm ist hochgeflogen, bevor ich nachdenken kann. Oder habe ich mich verhört? Das hat doch einer für mich erfunden! Nein, es hat alles seine Richtigkeit. Eine Knochenarbeit. Die Bodenplatten sind so schwer, daß ich mich darunter grade noch aufrapple. Kann ich das bis zum Abend durchhalten? Ich kann. Und noch etwas habe ich gelernt: wie der zu steil angelehnte Stapel zu kippen anfängt, springe ich hin, und zugleich, mit ein und derselben Bewegung, zwei von den anderen Helfern. Wir halten sie auf. Ein anderer Meimus lacht und sagt, *siehst du?* Ein anderer Stani brummt, *vom Arbeiten versteht er doch nichts.* Ich kann den Schluß kaum erwarten. Den besorgt der Schausteller selbst, das behält er sich vor. Aber mein Lohn bleibt nicht aus: noch zerlumpter und armseliger, als ich hoffte, purzeln die Fratzen und Gespenster aus ihren Kisten, werden angeschraubt und montiert, und so steht sie dann da, fast bemitleidenswert harmlos und von der Nachmittagssonne verlacht, die künstliche Hölle.

✜ Glücksstrahlend, mit krummem Rücken und zerschundenen Händen, komme ich heim, gesättigt, gerechtfertigt; die Mühle im Kopf steht endlich still. Aber je mehr ich mich in meinem Bericht in Begeisterung rede,

desto tiefer verfinstert sich Giacomos Gesicht. Er ist
entsetzt und beleidigt. Denn nicht nur ich schaue auf
zu ihm; auch er sieht in mir, was ihm seine Geschichte
verwehrt hat, und was ich also an seiner Stelle werden
muß. Und jetzt dieser Abfall, dieser Rücksturz ins Alte,
aus reiner Mutwilligkeit: *pala e pico!* hat er sich dafür
abgerackert, daß mir am Ende von zwölf Jahren Schule,
von zehn Jahren Studium, alles von seiner Arbeit bezahlt, nicht besseres einfällt als nochmal *pala e pico?* Was
mich an den Büchern verzweifeln läßt, versteht er nicht.
Das ist nicht sein Bier. Dann habe ich es eben falsch
angepackt. Aber sie einfach hinzuschmeißen, ist unmännlich. Da vergeht ihm fast die Lust, mit mir noch zu
schlafen.

Es ist unser erster ernsthafter Streit. Auch ich bin verstört: dann soll ich ihm also nicht nachfolgen, nicht ähnlich werden? Nein, natürlich nicht. Der Sohn muß
weiter, der Sohn muß es besser machen, nichts ist zu gut
für ihn. Was soll die Mama nach einem Leben, das sie
damit zugebracht hat, mich zu päppeln und stark zu
machen, den Nachbarinnen sagen, wenn die sich nach
ihrem *figlio dottore* erkundigen — er ist jetzt *Kanalarbeiter?*

Und sogleich bekommt er recht. Der empörte Auf-
schrei über mein Zusammenleben mit Giacomo bleibt
aus, im Gegenteil: Besuch von zuhause wird angekündigt und trifft ein. *Ah, das ist er also. Wie ordentlich du es
auf einmal hast!* sagt die Mama. Die zwei schließen sofort
ein Bündnis, sitzen schon nach einer Stunde beieinander,
um sich laut und unbekümmert über mich das Herz
auszuschütten. *Er ist schon seit jeher schwierig gewesen . . .
Immer sitzt er da und denkt . . . Man muß ihn lassen . . . Aber
leichtfertig ist er nicht . . . Es dauert seine Zeit, aber dann
kommt er zur Einsicht . . .* Der Babbà sitzt daneben und
läßt sich von den beiden wie selbstverständlich umwie-
seln.

Auch sie sind nicht allein, es gibt nicht nur die drei;
aus ihnen spricht eine so allgemeine und unumstößliche
Erwartung, daß mir schließlich nichts anderes übrig-

bleiben wird, als ihr zu folgen: ich muß wieder hinauf. Schon spüre ich sie in mir arbeiten: vielleicht hat sie recht? Am Ende bin ich nur deswegen so tief im Stoff versunken, bis in mir jeder Gedanke erstickt war, weil ich nicht entschieden genug darüber hinweggestiegen bin? Jetzt, mit so festem Grund unter den Füßen, könnte ich es doch noch einmal probieren?

Pünktlich bewilligt mir die Universität das Stipendium und mahnt mich als *nährende Mutter: nun mach aber auch!* Und ganz allmählich, ich kann den Vorgang selbst nicht durchschauen, gelingt es mir, abzurücken, mich aus der unabsehbaren, immer weiter aufgeschütteten Geröllhalde von Geschriebenem ein Stück weit herauszustrecken, sie mir entgegenzusetzen, und so, wenn auch nur undeutlich, in eine Beziehung zu mir zu bringen. Wieso gerade die Viktorianer? Das weiß ich nicht; aus einer Ahnung heraus. Und tatsächlich finden sich immer mehr merkwürdige Ähnlichkeiten: der Zusammenbruch einer geheimnisvoll funkelnden Bedeutungswelt, eine Verlassenheit — ›Kein Wort‹, *schrie meine Seele in dem leeren Saal,* | ›*Kein Wort durchbricht die Stille dieser Welt,* | *Tief, tief schweigt alles,* | *mein Inneres brennt wie Feuer . . .*‹ Ist da schon einmal einer in der Hölle gewesen, hat umsonst versucht, sich an einen Maximilian zu klammern? *Tür, vor der mein Herz schneller klopfte,* | *Die Hand erwartend, die ich nicht mehr ergreifen kann:* | *Er ist nicht da . . .*

Ich bin jetzt ganz dabei. Eine sich über alles ausbreitende Entfremdung, eine Unfähigkeit, in sich noch etwas anderes aufzufinden als das äußerlich und öffentlich Vorgegebene. *Die Person verliert ihr inneres Reich, sie steht am Erstickungspunkt . . . Auch das Ich hat seine Geschichte —* ich schreibe, ohne es zu bemerken, schon längst nur noch über mich selbst.

Und wie geht es weiter? Mit einem kleinen, verwachsenen Männchen, einem Kobold, der es wagt, genauer in sich hineinzuschauen, und dabei etwas ganz anderes entdeckt, als die ewig heruntergespulten, hin- und hergewendeten, und klapprig gewordenen, offiziellen Gefühle der verlorenen Liebe, der vergeblichen Gottessuche, des besiegten Lebens: nämlich das Dunkle und Böse, das Giftige und Schändliche — alles eben, was in seiner Natur niedergetreten, zerquetscht und verworfen worden ist; und der das zusammenfügt zu lang ausschwingenden, feierlichen Zeilen, volltönend und fremd, wie der Klang eines niegezogenen *vox humana*-Registers auf einer mächtigen Orgel. Die Studenten deklamieren seine Verse lauthals in den Straßen von Oxford; denn ihr Inhalt ist schauerlich und zum Erschrecken; aber sie selbst sind makellos und unanfechtbar.

Das Untere kann auch schön sein! Dem will ich nach. Denn auch ich habe die Angst davor endlich verloren. Ohne lang zu überlegen, worauf ich mich einlasse, steige ich abwärts, und finde mich in einer bizarren und doch altvertrauten Landschaft, von der ich jetzt staunend erkenne, daß sie die meine ist, weil sie mir etwas sagt, so laut wie schwer verständlich. Wieder ziehen die vor Unrat starrenden Kanäle vorbei, der Unterstand beim Gaskessel lädt mich ein, eine Eisentür mit einer Treppe dahinter lockt mich in den hallenden, staubig riechenden Bunker, Bilder steigen auf in der Schwärze, es ist Krieg, ein dröhnender Knall, und dann nur noch lauter *Gestorbene mit Lagen von Salz bis zur Decke.* Sie sind harmlos, ich leuchte ihnen in die verzerrten und zugleich friedlichen Gesichter, zerkrümle ein von grün ins Lila hinübergeschimmeltes Stück Mantelstoff. Was heißt da Schmutz? Warum bin ich hier frei, rede mit einer eigenen Stimme? Was klebt denn sonst an mir, entstellt mich, zieht mich saugend in sich hinein? Die falsche Geschichte doch, sie ist das Schmutzige! Ja dann weg damit, raus aus ihr! Und ob das gut ist, ob das richtig ist, darauf pfeife ich, das ist *mir* doch gleich!

❖ Aber leben, wie ging das? Wir schienen ganz in unsere Ideensysteme, unsere Verbesserungspläne, unsere *Weltanschauungen* verstrickt; etwas anderes, als uns gegen die zu versündigen, fiel uns nicht ein. Umso wilder führten sich jetzt unsere Künstler auf, sie kannten kein Halten mehr. *Je verbohrter eure Wissenschaft wird, desto mehr Engel werde ich malen!* rief der eine; und der andere wollte es anscheinend zu seiner Lebensaufgabe zu machen, uns auf die Palme zu bringen. Dieser Hochmut! Dieser rasende Snobismus! *Ich kann für alles Mitgefühl aufbringen, nur für das Leiden nicht.* Soviel zur sozialen Frage. Und über unsere Wohlfahrtsvereine, unsere Wärmestuben, unsere ganze Anstrengung, wenn schon nicht helfen, so doch wenigstens moralisch vor uns bestehen zu können? *Philanthropen verlieren jeden Sinn für Menschlichkeit. Selbstlose Menschen sind farblos. Es fehlt ihnen die eigene Prägung.* Oder die endlich so mühsam durchgesetzte allgemeine Schulpflicht? *Unbildung ist wie eine taufrische Frucht: ein Tatscher, und der Flaum ist ab.*

Es passierte jedesmal dasselbe: zuerst wollten wir ihm an die Gurgel; dann mußten wir lachen; dann nahmen wir es ihm übel, daß wir gelacht hatten; und dann wurden wir süchtig nach mehr. Denn es stimmte ja, auch wenn es nicht stimmen durfte! Jedesmal hatte er einen Zipfel der Wahrheit erwischt. Wir kamen uns vor wie Kinder in der Schaubude, wenn der große Zauberer seine riesigen Papierrosensträuße aus dem Zylinder zieht, und riefen, *Schwindel! Wie machst du das?* — und statt einer Antwort holte er lächelnd das nächste weiße Kaninchen heraus: *nichts ist jemals ganz wahr* —

Natürlich verschlangen wir seinen Roman, um mehr zu erfahren. *Jedem Gefühl seine Form, jedem Gedanken seinen Ausdruck, jedem Traum seine Verwirklichung! Nur die Sinne heilen die Seele. Jeder Antrieb, den wir in uns ersticken, vergiftet uns. Das wahre Geheimnis der Welt liegt nicht im Unsichtbaren, sondern vor aller Augen. Die Griechen haben es noch gekannt: das Leben als Kunst.* Irgendwo klingelte etwas ganz tief in unserer Erinnerung. Jetzt waren wir die Kaninchen, und er die Schlange. Ja, und die Moral? *Manieren sind wichtiger.* Und überhaupt hätte in der Kunst das Leben nichts zu suchen, mit seiner Gewöhnlichkeit, seiner unendlichen Banalität, seinem Mief, seinem Dreck! Als dunkler Tupfer im bunten Gemälde allenfalls, als bizarrer Kontrast ... Aber das hieß doch immer nur danebenstehen, sich nie hineinwerfen, das hieß doch gerade *nicht leben!* Und er, wie aus der Pistole geschossen: *das sage ich ja!*

Er war wie ein Wesen aus einer höheren Welt, wir bekamen ihn mit unseren tolpatschigen Fragen nie zu fassen. Und er sagte uns auch den Grund: *ich liebe das Theater. Es ist soviel wirklicher als das Leben. Daher spiele ich mich selber. Ich bin meine eigene Kunstfigur.* Und bei ihm bewahrheitete sich der unglaubliche Satz auch. Er wirkte in seiner Person, seinem Charakter, seinem Geist so durchgeformt und unverwechselbar, daß wir uns dagegen alle wie die Schwämme oder Quallen ausnahmen — und wie bierernste Meinungsapostel dazu. Bei ihm ließ sich niemals und durch nichts je entscheiden, ob er etwas meinte, und je mehr er das beteuerte, desto weniger glaubten wir es ihm. Wieviel war denn an der Geschichte mit diesem tuntigen Lord Alfred, den er so demonstrativ anhimmelte? Gar nichts! Reine Pose! *Meint nicht dauernd alles!* hieß sein Appell und seine Verlockung, *identifiziert euch nicht mit jedem Mist! Dann seid ihr gefeit! Dann kommt ihr zu euch! Seid unernst!*

Er hatte sich am eigenen Schopf aus dem zähen Elend gezogen, in dem wir steckten. War das nicht die Lösung? Wäre nur seine Spielwelt auch so wirklich gewesen wie er! Aber die blieb, bei allem Witz, sonderbar stickig und leblos. Diese überirdisch schönen Jünglinge, diese Gärten aus Flieder und Goldregen schienen immer gradewegs aus einer Postkarte herausgepurzelt zu sein, die Laster aus dem *Grand Guignol,* und die Amethyste und Smaragde, von denen er endlos schwärmte — waren die, bei Licht besehen, nicht doch nur aus Buntglas? Und tatsächlich kam ihm einer dahinter, daß er die ganze Liste aus einem Museumskatalog geklaut hatte. Noch einmal zog er sich aus der Klemme. *Genie heißt, aus dem Nichts das Schöne zu bilden.* Das klang zum ersten Mal hohl. Hatte er nicht doch, aus wer weiß welcher Angst, die Kunst vom Leben soweit abgeschnürt, daß sie dabei verhungert war?

Dann kam der Sturz, und alles wurde erbarmungslos aufgedeckt: die Zuhälter, die Stricher, die Erpressungen, die Flecken im Bettuch. *Ach, das waren also die Tupfer im bunten Gemälde!* höhnten wir. Wir kannten uns selbst kaum mehr vor Wut und Entrüstung — nicht über die *Unmoral,* so philiströs waren wir nun doch nicht: sondern aus Enttäuschung. Darum also hatte seine neue Kunst so unbedingt *rein* sein müssen! Weil sich ihm die Liebe nicht weniger, sondern noch mehr als allen andern zu Sünde und Sumpf verdunkelt hat. *Sie waren alle schmutzig, das hat mich an ihnen gereizt.* Armer Oscar! Er ist auch nur einer von uns gewesen: deswegen hat er weggemußt.

❖ Eigentlich haben ihn die Väter fertiggemacht. Das zornbibbernde Rumpelstilzchen, das ihn vernichten wollte, hat die Meute nur angeführt. Sie alle waren sonderbar erstarrt und zu schnarrenden Militärpopanzen eingeschnurrt, vom Kaiser abwärts, denen bei allem, was nicht millimetergenau in ihre Vorstellungen paßte, nur noch der Hut hochging. Und vor allem nichts *Weibisches:* das war ihnen von allem das Abscheulichste.

Dabei standen sie selber längst unter dem Pantoffel. Die Mütter, zu mächtigen Matronen herangewachsen, hatten jetzt das Heft in der Hand. Der Prozeß interessierte sie nicht. Sie sagten allenfalls, *müßt ihr jetzt schon Schmetterlinge zerquetschen?* und ein verächtlicher Blick streifte dabei den Gatten: *als ob grade du so männlich wärst* . . .

Aber ihre wahren Sorgen galten dem Haus. Da stimmte in ihren Augen nun gar nichts mehr. Den früheren Volkskindern, schon fast zu Männern herangereift, mußte endlich ihr eigener Platz eingeräumt werden, sie hatten ein Recht auf Schutz und Versorgung. Aber die älteren Söhne hatten es immer noch zu nichts Rechtem gebracht, ewig krebsten sie in ihrer Wissenschaft und ihrem Geist herum, und wenn sie gebraucht wurden, streckten sie hilflos die Arme in die Luft und behaupteten, es gebe keine vernünftige Lösung. *Ja, dann zum Teufel mit dieser Vernunft!* riefen sie, *dieser fruchtlosen Kopfgeburt! Sie taugt nichts! Der Mensch ist irrational! Das Leben ist Kampf! Das wissen wir seit zweitausend Jahren, und niemand will auf uns hören. Aber das ändert sich! Wo bleiben eigentlich die Rechte der Frau?*

Wir wußten sofort: sie würden sie kriegen. Denn in ihnen war eine neue Sicherheit erwacht, der sich keiner ganz entziehen konnte, und zugleich etwas Wildes und Unbändiges, als wollte sich ihre uralte Wut über ihre Zurücksetzung, ihre lebenslange, vergebliche Abrackerei endlich Luft schaffen. Am Schlimmsten bekamen das die Alten zu spüren. *Da sitzt du nun in deinem Ohrenbackensessel,* geiferten sie, *und trägst deine Uniform ins Kurkonzert! Du Datterich! Und du meinst, das lasse ich dir durchgehen? Das soll alles gewesen sein? Nein, mein Lieber: zur Villa muß es noch reichen. Wenn schon sonst nichts, sollen mich die andern wenigstens beneiden. Los, kämpfe! — zu was anderem taugst du ja schon lange nicht mehr. Das bist du mir schuldig!*

Und sie schafften es. Der Alte kam noch einmal auf die Beine. Die Söhne und Untersöhne, von neuer Energie beseelt, hoben beide die Köpfe: kam da ein gemeinsames Ziel in Sicht? Ihr Streit schien ihnen auf einmal nicht mehr so wichtig. Die stumpfsinnige Hervorbringung von immer weiteren Massen sinnlos verpraßter Güter hatte ein Ende: jetzt wurde der in die Tiefe getretene mächtige Kunstvater gebraucht, und richtete sich stolz und großartig mit erhobenem Rohr gegen den Feind; und auch in unserem eigenen Innern stieg der lang unterdrückte und zusammengestauchte Lebensdrang auf, ergriff und überschwemmte uns mit Schwällen von fast besinnungsloser Begeisterung. Und so zogen wir feierlich vor die Stadt, wo sich die Mutter in kolossaler Gestalt, mit Löwenfell und Schwert und erhobener Siegesfackel als unbezwingbare Amazone vor uns erhob und riefen, *Lang lebe Germania! Britannia herrscht über die Meere!* Jetzt sollte die Welt sehen, wer wir waren!

❖ Aus der falschen Geschichte heraus — der Weg ist nun wenigstens erkannt und beschrieben. Das habe ich Giacomo zu verdanken. Ohne ihn hätte ich mich nie soweit aus ihr herausziehen können, um zu sehen, was mich da lähmte und festhielt. Aber in welcher Richtung? Nach unten darf ich ja nicht. *Der Sohn muß es besser machen!* heißt die Bedingung der Freundschaft, und die Mama nickt dazu stumm und heftig. *Aber ich habe es doch schon besser gemacht!* entgegne ich ihnen, *die Bücher sind gedruckt und gelobt, was wollt ihr denn jetzt noch?*

Dabei weiß ich sehr wohl, was sie wollen. In der Geistwelt, im luftleeren Vaterreich einen Winkel zu finden — nichts dagegen zu sagen. Aber das steht hinten im Feuilleton. *Wirklich* oben ist anderswo. Nun gut, ich kanns ja probieren. Keiner von uns ist je dort gewesen — außer dem Olf vielleicht, aber der schweigt sich aus. Vielleicht stimmt ja etwas an dem scheuen Geraune, und das schöne Leben liegt tatsächlich dort, hinter der Absperrung, am Ende des samtgrauen Läufers, im ersten Stock, wo aus hellerleuchteten Fenstern das Gelächter perlt?

Und wie kommt man da hinauf, mit welchem Wort bringt man die Diener zum Schweigen, wenn sie einander mit abschätzigen Blicken fragen, *was hat denn der hier zu suchen?* Nichts leichter als das. Die Tür geht auf, die Gastgeberin tritt heraus, das Hündchen im Arm, die Freundlichkeit in Person: *Wie lieb, daß Sie gekommen sind. Wir haben schon soviel von Ihnen gehört!* Und tatsächlich, da sitzen sie, und heißen Stolberg und Schönborn und Radziwill. Ja, sogar die Prinzessin ist heute erschienen. Häßlich zwar, der Blick schon etwas glasig, *sie säuft wie ein Loch, unter uns gesagt, aber trotzdem — welche tenure!*

Das schöne Leben ganz sicher nicht. Soviel ist gleich klar. Auch nicht besonders klug oder lebendig — mit

Ausnahmen. Aber darauf kommt es nicht an. Sondern? Denn ich spüre doch etwas, ganz deutlich sogar, eine Aufgeblasenheit, ja das auch, aber nicht nur, es steckt was dahinter, und auf einmal weiß ich es auch —: die andere Geschichte. Ich versuche, in den Gesichtern zu lesen, horche den Stimmen nach. Die Mama eine Leerstelle: daher also die Hohlheit. Da bin ich besser dran. Und auf der anderen Seite? Fehlt da vielleicht die Vernichtung? Nein, im Gegenteil: *du bist nichts, du taugst nichts, mir aus den Augen!* So laut und deutlich, als würde es eben im Nebenzimmer geschrien. Man säuft nicht umsonst. Und woher dann der unausrottbare Stolz, der Hochmut und Mut zum Höheren? Aus der beredten Pause nach dem Gebrüll tönt es heraus: *Aber das gilt nur mir gegenüber. Für das Kroppzeug bist du mein Kind und Erbe. Für die bleib, wie du bist, das reicht schon lange. Nur, mich überholen, mich vertreiben? — das schlag dir aus dem Kopf. Du wirst mir nachfolgen, und dabei versagen. Das ist alles. Du kannst gehen.*

Er hat dafür gesorgt, daß er recht behält. Worin sollten sie sich auch groß bewähren? Er hat ihnen nichts hinterlassen, als ihren Stuhl. Aber auf dem sitzen sie nun auch, unumwerfbar. *Er gehört uns!* rufen sie von ihm herunter, *er ist bezahlt und beglichen; wir sind gerechtfertigt. Und ihr?* Da nutzt kein Appell an die Vernunft, an die Gleichheit, an die Rücksicht und Güte. *Das sagt ihr doch alles nur, weil ihr auf den schwankenden Schultern eurer schwächlichen Väter steht! Weil ihr wackelt! Als wolltet ihr nichts Besseres sein, als wärt ihr vernünftig und gut!*

Es hilft nichts, da ist etwas dran. Was tun? Ich sitze auf der Kante des Sessels, verdrehe die Beine zu einem Knoten, schaue mich hilfesuchend um. Wie lässig und gelöst dagegen zurückgelehnt im Fauteuil der elegante Professor im modischen Janker! Er plaudert. Nichts Akademisches, keine Pedanterien: so folgenreich auch sein Buch über die *Schwarze Romantik* — aber das gehört nicht hierher. Er nämlich weiß am besten, nein, weiß als Einziger, was hierhergehört. Sogar der Prinzessin fährt er über den Mund: *bitte sprechen Sie nicht über Hunde, meine Liebe, ich fühle mich dabei, wie soll ich sagen? — beleckt.* Und mit flatternden Fingern zupft er den Genuß des Vorabends in der Oper herbei: *Pelléas et Mélisande.* Freilich muß er sagen, er hat schon stimmungsvollere Wasserschlösser gesehen: dieses habe schon eher einem neugotischen Hochofen geglichen. Bis ihm dann das bewußte Freundespaar mit seinem Gezänk den Abend vollends verdarb; zur Rache habe er sie umgetauft: *Pédéraste et Médisance* sollten sie ihm fortan heißen . . .

Das gefällt. Aber woher nimmt er es? Ich lausche wie vorhin der Stimme nach, und da sagt sie: *ich habe meine Geschichte hinter mir gelassen. Früher ja, früher das Zähe, das Kleine, das Miese: die Mama, sitzengelassen, hat mich durchs Abitur geputzt; sie schickt mich bis heute zu den Buben hinters Gebüsch. Aber das zählt nicht, das bin ich nicht, bis auf die anzügliche Andeutung, die den Abstand markieren soll: soweit habe ich es von mir abgetan. Es geht ganz leicht. Man muß es eigentlich nur behaupten.*

Deshalb also die bewundernden Blicke, der unhörbare, sehnsüchtige Seufzer aus den verbittert nach unten gebogenen Mündern: *wer das könnte . . .!* Denn die kommen da nicht mehr heraus. Aber vielleicht kann ich? Brauche ich denn, von Giacomo getragen, meine Vatergeschichte noch? Muß ich mich ewig weiterrangeln von Verdienst zu Verdienst? So komme ich nie bis zu denen hinauf. Diese unausstehliche Ludmilla zum Beispiel, angeheiratet natürlich, wie schon ihr gräßlicher Vornamen zeigt, die alles, was ich sage, immerzu *reizend* zu finden beliebt. Der gehört endlich eine aufs Dach. *Ach wissen Sie, reizend ist ein so gefährliches Wort: je öfter man dazu greift, desto weniger wird man es selbst . . .*

Ah, sie beißt sich die Lippen, und der Professor zwinkert mir zu: *für den Anfang nicht schlecht.* Die Aufnahme in den *kleinen Zirkel* ist mir gewiß. Und jedesmal blühe ich auf. Ich bin schon wieder verwandelt: bin nichts und kann alles. Darin liegt ein Geheimnis, soviel weiß ich — aber entziffern kann ich es nicht.

Oben sein ist auch nur ein Spiel! verkünde ich großspurig
zuhause. Giacomo ist skeptisch. Er hat seine Erfahrungen mit den *signori,* diesem Pack! So hat er sich meinen
Aufstieg nicht vorgestellt. *Quando ti fai professore?* fragt
er. Er hat wie immer den wunden Punkt erwischt. Ich
ziehe nicht recht. Was erzähle ich diesen schafsköpfigen
Studentinnen da eigentlich immer? Die Literatur ist
Aufklärung, ist Skepsis, ist Emanzipation: eine biedere
eintönige Predigt; eine Halbwahrheit, an der mir noch
nicht einmal etwas liegt. Bin ich durch den raschen,
glitzernden Kugeltanz schon verdorben? Aber auch er
verblaßt, verliert seinen Glanz. *Wurmbrand-Stuppach,*
was soll denn das *sein?* — *Aber Sie täuschen sich, Liebste,*
ein sehr anständiges Haus ... Das habe ich doch schon
einmal gehört? Wieder die Hunde ... Ist die Gesellschaft oben so leer wie der Geist? Irgendetwas an dieser
Vaterwelt wird dünn, läuft aus, gurgelt weg — und wo
bin ich dann?

✦ Mit der Atempause ging es offensichtlich zuende. Die
Volkskinder ließen sich durch die immer lauteren Aufrufe
zur nationalen Einheit nicht länger beschwichtigen, im
Gegenteil: sie fühlten sich dadurch bestärkt. Waren sie
nun Söhne des Vaterlandes oder nicht? Dann wollten sie
auch nicht weiter zur Zwangsarbeit mißbraucht und in
Elendsquartiere abgeschoben werden. Wieder, und entschlossener denn je rotteten sie sich zu Aufläufen und
Umzügen zusammen, und diesmal ging es nicht mehr um
Löhne oder Sicherheitsvorschriften, sondern jetzt hieß
es; *weg mit den Patriarchen! Damit ist es vorbei!*
Richtig! riefen die Mütter. Sie drängten jetzt rück-
sichtslos zur Macht, kämpften mit oder gegen die Väter
um die Herrschaft, alles andere war ihnen egal. Um die
Vernunft scherten sie sich nicht, sondern folgten nur
noch ihren lebenslang niedergehaltenen Gefühlen. Und
so wollten sie alles auf einmal, auf Widersprüche pfiffen
sie, sie kamen ihnen kaum zu Bewußtsein. *Reform und*

Versöhnung! verlangten die einen; *Revolution!* schrien die andern, und *zwar die vaterlose, von der mütterlichen Basis her! — Zurück zur Natur!* die dritten; *was sollen uns diese starren Korsettstangen am Leib, diese fühllosen, kalten Kanten an unseren Möbeln? Das muß sich alles schmiegen und biegen in freiem, lebendigen Wuchs!*

Eine Zeitlang kannte sich keiner mehr aus. Jetzt tanzten sie schon barfuß im Reformkleid über taufrische Wiesen! Die Väter zogen sich beleidigt ins Herrenzimmer zurück, die Söhne wollten auch auf den Monte Giuventù nach Ascona, die Arbeiter riefen zum Generalstreik auf, und von den Nachbarn giftete es immer bösartiger herüber: *Rache für Sédan!* Das fehlte noch! Hatten die noch immer nicht genug?

Das Haus wackelte! Und da waren sie sich rasch wieder einig. Nachbarschaft? Wie man mit sowas umgeht, das wußten sie; das hatte die Familie immer noch am schnellsten auf Linie gebracht. Wieder wechselten sie ihre Meinung so schnell wie das Hemd. Eben noch hatten sie von der Bond Street geschwärmt, den solide gearbeiteten ledernen Tischauflagen, nichts war ihnen über ihr Wedgewood-Service gegangen; jetzt zogen sie über die *Pferdegesichter* her, die sich da als *Herren der Welt* aufspielen wollten, noch über die ersten Häuser der Stadt rümpften die die Nase, da sei ihr *Dorchester* eben doch etwas ganz anderes — und mit welcher Berechtigung? Sowenig Seele wie Geist, statt Waldesweben nur gestutzter Rasen, nirgendwo mütterliche Tiefe. Und wo es vorher oh! und ah! geheißen hatte über das neue Pariser Modellkleid, *dieser Chic, dieser Charme, dieser Pfiff!* — da war jetzt nur noch von einem *Lottervolk* etwas zu hören, dem die strenge und ordnende Mutterhand fehlte, und daher ohne Zucht, ohne jeden inneren Adel.

Das konnte man so auf die Dauer nicht durchgehen lassen. Nur, davor war man wenigstens durch Grenzen halbwegs geschützt, das mied man eben. Aber diese widerwärtige Brut im eigenen Staat, die sich breitmachte in Winkeln und Kellern, man brauchte nur einen Vor-

hang zu lüpfen, schon saß sie da: *Jüdisch!* Beim bloßen
Wort verzerrte sich ihr Gesicht vor Ekel. Alles in ihnen
sträubte und wehrte sich, sie spürten den Abscheu bis ins
Blut und in die Seele. Wie sich das duckte und kroch!
Und wovor? Vor einem himmelhoch aufragenden Herrn
Vater in seiner scheußlichsten Urform, und seinen barbarischen Stammesgesetzen, Blut und Milch! — ekel-
erregend. Religionstoleranz gut und schön, aber mußte
man denn Nomaden im gebohnerten Treppenhaus dulden? Denn das Gesetz galt natürlich nur für die auser-
wählte Horde, alles andere war anscheinend vogelfrei,
durfte belogen, betrogen, bestohlen werden nach Strich
und Faden, wie es einem gerade in den Sinn kam. Und
die Mütter erst! Schwarze, gluckende Mamminilpferde,
die vor allem in die Knie sanken, was männlich war, um
es unterschiedslos zu päppeln, zu nuckeln. Da wurde
doch jeder höheren Errungenschaft der Frau ins Gesicht
geschlagen! Der ganze Schmutz der Geschichte klebte
da dran, und deswegen muffelte das auch so aus den
Türen und stank zum Himmel. Wer wird schon putzen,
wenn einem das Haus nicht gehört!

Und nun, das war das Allerschlimmste, hatte sich das
auch noch in die oberen Etagen eingenistet: feiner als
fein, gebildeter als gebildet, deutscher als deutsch, und
warf mit dem zusammengewucherten Geld nur so um
sich. Das schlug dem Faß den Boden aus: alles Gute und
Echte auch noch zur Schminke und Tünche herabzu-
würdigen! Im *sogenannten* Haus Rothschild mußten sich
alle Anwesenden vor dem vorübergetragenen goldenen
Nachttopf des Familienoberhaupts verbeugen: darin
bestand diese höhere Bildung! Und wenn die *Gojs* dann
glücklich draußen waren beim Tempel, wurden die
Türen verrammelt, dann fielen die Masken: dann wurde
zum *Passah* dem Fliegengott geräuchert und die Töchter
an den nächstbesten Fettwanst verhökert, unter wer weiß
welchem Gewisper, welchen Verschwörungen . . .

Wir wären ihnen am liebsten um den Hals gefallen:
endlich jemand, der das auszusprechen wagte, der sich

kein Blatt vor den Mund nahm! Und der bedingungslos
für uns Partei ergriff und zu uns stand; nicht über uns
urteilte nach dem, was wir geschafft hatten oder nicht,
sondern uns hochschätzte für das, was wir waren: die
Söhne der besten Mütter der Welt! Uns durchströmte
ein Glücksgefühl wie seit der Vorzeit nicht: sie hatten
uns unseren Stolz, unsere Selbstachtung wiedergegeben.
Ihr Zorn war unser Zorn, was sie wollten, wollten auch
wir.

✣ Später hat es über diesen Krieg nur eine Rede gegeben:
wie grauenvoll, wie unvorstellbar entsetzlich! Aber
davon hat, wenigstens anfangs, überhaupt nichts gestimmt: es war doch herrlich! Seit unserer Jugend, so
kam es uns vor, hatten wir nichts mehr erlebt: untertags
im Kontor, abends die lustlose Mahlzeit, am Sonntag ein
Familienausflug mit den quengelnden Kindern — ein
einziges graues Dahindämmern in unentwegter Beherrschung, Vernünftigkeit und bohrenden Selbstzweifeln.
Die Mütter hatten schon recht: das Leben war Kampf!
In der gemeinsam bestandenen Gefahr, der bezwungenen
Angst, den Siegen, und nicht in der Geldscheffelei und
im Ehetrott, zeigte sich, was das hieß: ein Mann sein.
Jetzt endlich der Abschuß, die niederheulende Salve: das
saß! Da flogen die Fetzen!

Dann die Stille. Noch nie hatten die Grillen so laut
gezirpt, die Grashalme so lebendig im Sommerwind
getanzt. Uns ergriff ein sirrendes Gefühl von Freiheit,
etwas ewig Zusammengedrücktes in uns blühte auf, als
hätte sich ein gar nicht mehr bemerktes Gewicht, ein
lastender Deckel plötzlich gehoben. Wir tasteten uns in
Gedanken nach oben, stießen ins Leere und wußten auf
einmal, was fehlte: Gottvater war mitzerplatzt! Wir
setzten uns, um darüber nachzugrübeln, was dieses unab-
weisliche Bild wohl bedeuten konnte: wann war denn
der, wie eine schlaffe Ballonhülle, aus dem Kopf des
Vaters aufgestiegen, um sich dann aufzublähen, bis er
den ganzen Himmel verdeckt und verfinstert hatte? Fast

überscharf kam die Erinnerung zurück: eine mit Gift und Unrat bombardierte Gestalt, die sich hilflos und händepatschend am Boden wälzt, endlich erledigt ... aber ein kleiner Rauchfaden wirbelt auf, verzieht sich ... plötzlich hinter uns dann die Geisterstimme: *ein Angriff, immerhin* ... Ja genau, von da hatte die Erhöhung ihren Anfang genommen und war nun, in einem riesigen Bogen, zu ihrem Ursprung zurückgekehrt: denn genau so starr, so fremd wie damals standen uns jetzt die Väter auf der Feindseite gegenüber.

Sie hatten uns, ohne daß wir viel davon ahnten, zu unseren ältesten und barbarischsten Mitteln zurückgezwungen; aber was jetzt auf sie niederging, waren nicht mehr bloße kindliche Einbildungen, oder hatte sich doch zumindest zu Stahl und Sprengstoff verfestigt, und wenn die überhaupt noch einmal aufstanden, dann ganz gewiß nur noch als Gespenster ihrer selbst. Sie konnten vielleicht noch durch die Welt irrlichtern, aber nicht mehr über uns thronen. Nur, sonderbar — mit ihnen war uns auch der höhere Beistand verloren gegangen: Stockung, festgefahrene Fronten, Stellungskrieg. Nichts ging mehr. Der Schrecken wurde langweilig, dann unwirklich: insektenhaft maskierte Gestalten tauchten aus den Gasschwaden auf, glotzten sich an, rannten los, fielen um. War das grauenvoll und entsetzlich? Wir hätten es nicht so genannt. Wir haben einfach nichts mehr gespürt.

Nur bei einer Gelegenheit ging uns noch das Herz auf: das war, wenn wir, auf der Rückkehr vom Heimaturlaub, den Verwundetentransporten begegneten. Da hielt es uns nicht in unseren Abteilen, wir rannten hinüber zu den Söhnen, unseren tapferen Blutsbrüdern, drängelten uns zwischen die Schwestern, kramten den Flachmann und die Zigaretten heraus. Die unrasierten Gesichter unter dem weißen Kopfverband, die vom Schmerz verdunkelten Augen rührten uns tief. Von Liebe fast überwältigt, wagten wir doch nicht sie zu umarmen; denn sie sahen durch uns hindurch, nachdenklich, als wären sie einer eigenen Wahrheit auf der Spur.

Und dann wachten sie auf. Die neue Vaterlosigkeit hatte sie nicht, wie uns, betäubt oder gelähmt, sondern zu sich kommen lassen. Sie sahen um sich und sagten, *Schluß damit.* Nicht einmal besonders laut, aber entschieden. Umsonst fuchtelte der Oberst mit seiner Pistole; er war umzingelt und entwaffnet, bevor er sich zweimal umdrehen konnte. Wir standen unschlüssig daneben. Und dann auf einmal wußten wir: die hatten ja recht. Unser Sieg war erfochten; die Vätersachen, um die da noch weitergekämpft werden sollte, gingen uns nichts an. Kapitulation — wenn schon! Mit dem alten Reich war es ohnehin aus.

Ohne rechte Vorstellung, was uns erwartete, stolperten wir hinter den Söhnen nachhause. Wir wurden schon heiß erwartet. Ein wildes Gewühl und Gedränge auf den Straßen, alles in heller Aufregung, die Mütter kamen kaum dazu, uns zu begrüßen. *Stellt euch vor, er ist weg!* jubelten sie uns schon von fern entgegen, *der Kaiser hat abgedankt! Die Republik ist ausgerufen!* Ja, davon hatten wir unterwegs schon gehört. Und was jetzt?

Eine neue Ordnung natürlich! — Ja gut, aber wie, aber welche? Und wieder schwankten sie in ihren Meinungen wie wild hin und her. Sie schrien so laut durcheinander, daß wir Mühe hatten, sie überhaupt zu verstehen. Schließlich ließen sich drei Standpunkte ausmachen, eigentlich die erwarteten. *Die vaterlose Gesellschaft!* riefen die einen, *Abschaffung des Eigentums, Volksherrschaft durch die Söhne in Staat und Betrieb, und zwar jetzt und augenblicklich! Es werden ganz einfach Räte gebildet, jeder hat darin eine Stimme, das Volk wird bewaffnet, und schon hat sich die Sache!*

Nein, nein, meinten die anderen. Das sei verfrüht und spontaneistisch. Die Väter waren zwar geschlagen, aber noch lang nicht erledigt. Noch saßen sie in den Aufsichtsräten, den Banken, in der Regierung. Zuerst Aufbau einer schlagkräftigen Mutterpartei unter der Führung der Besten, dann erst der Umsturz.

Und den dritten paßte die ganze Richtung nicht. *Auch die neue Ordnung ist eine Ordnung!* schrien sie aus ihrer Ecke,

wenn jeder nur tut, was er will, geht es im Haus drunter und
drüber. Die Jugend will und braucht Zucht und Gehorsam:
sie muß nur begreifen können wozu. Für ein korporatives Ge-
meinwesen! Für ein organisch gewachsenes Ganzes!

Die Grundlage war also klar: nach dem Ende der
Vatergewalt mußten sich die früheren Söhne und Untersöhne zusammentun; die künstliche, ungerechte und
brüchige Trennwand, durch die wir auseinanderdividiert
und so beherrscht worden waren, mußte fallen; mit den
Klassen war es vorbei. Aber wie die Mütter einigen?
Es brauchte eine von ihnen nur lang genug auf uns
einzureden, und schon hatte sie uns auf ihrer Seite.
Denn sie alle weckten in uns die mächtige, alte Erinnerung an unseren ersten Kampf gegen den Vater; alle
drei Wege hatten wir doch damals versucht! So redeten
sie wie mit unserer eigenen Stimme — ja, eigentlich
sprachen wir aus ihnen! Wie sollten wir sie da widerlegen?

Wir wußten nicht mehr, was denken. Aber eine Entscheidung ließ sich jetzt nicht mehr umgehen, und so
schlugen wir uns — nein, nicht zufällig, sondern je
nachdem, was uns die Stimme von altersher einflüsterte
oder befahl, zu dem einen oder dem anderen Lager. Von
da aus lief alles wie eine Maschine. Bündnis der ersten
zwei Parteien gegen die dritte: nur, daß das Bündnis
keins war! In jeder Versammlung bis zum Erbrechen
dasselbe: *Jetzt! Später! Später ist es zu spät! Früher ist es*
zu früh! Die Vertager sabotierten jeden Versuch zur
Aktion; die Aktionisten hintertrieben alle längerfristigen
Pläne. Das schlimmste waren die Begründungen: denn
jeder wußte bei den unendlichen, mit Pathos vollge-
stopften Tiraden, die auf ihn niederprasselten: dem geht
es doch um keine Logik! Der will immer nur sagen:
ich habe damals richtig gekämpft!

Unsere Gegenreden waren um kein Haar verständiger.
Wutschnaubend, zornbebend sahen wir nur noch ein-
ander. Um was ging es denn eigentlich? Ach ja, um die
Arbeiter: das hatten wir schon fast wieder vergessen.

Und um die Väter: die waren ja immer noch da, oder schon wieder! Schwer zu sagen, ob sie die Ordnungspartei zu sich herübergelockt, oder ob die sie mit neuem Scheinleben aufgepumpt hatte. Auf jeden Fall waren sie sich rasch handelseinig geworden: die Mißstände bekämpfen, das ja, die Auswüchse, über das Parlament ließ sich reden. Aber vor allem Schluß mit dem Durcheinander! Und zwar notfalls, wenn wir auf nichts anderes hören wollten, auch mit Gewalt. Die Schutztruppen, die Volkswehr standen bereit; und bevor der Kampf noch richtig losgegangen war, hatten wir ihn schon verloren.

❖ Semesterplanung. Was soll ich ankündigen? Eigentlich ist es mir gleich. Nur nicht die Viktorianer noch einmal, diese langwierig abgewürgte Poesie, die dann, weil ihr nichts anderes einfällt, sich dem scheppernd hoffnungsfrohen Ausverkauf in die Arme wirft! Beckett vielleicht — die Figur des Absurden, der ja auch ich zunehmend verfalle: das Ungewollte und Leere, in das man umso tiefer hineingerät, je heftiger man versucht, sich herauszustrampeln. Sind nicht alle Anstrengungen, über den Babbà hinauszukommen, schließlich bei seiner Nachahmung gelandet? Auch ich in Gnaden aufgenommen bei einem etwas anders gearteten *Amt,* lebenslang versorgt ohne wirkliche Arbeit, und am Ende gelangweilt? Immer öfter ertappe ich mich dabei, wie ich, Kringel aufs Papier malend, vor mich hinsumme . . .

In der ersten Sitzung geht die Tür auf: unangemeldet und in langer Reihe entschlossene, mich herausfordernd musternde Gesichter. Das sind sie also, die Störer, die Schreier, die Vorlesungssprenger. Ich hätte ja damit rechnen müssen. Was geschieht jetzt? *Konfliktstrategie.* Mir laufen Schauer der Angst den Rücken hinunter. Sie werden mich hochgehen lassen natürlich; meine Unsicherheit, mein Unwissen, von einer *autoritären Seminarführung* mühsam verdeckt, alles wird aufkommen . . .

Die Fragen fallen höflich, aber scharf. Es sollte hier also, was doch gleich? — Beckett gelesen werden. Ich könnte ihnen doch gewiß den Sinn und Zweck dieser Veranstaltung erläutern? Was draußen geschähe, wüßte ich ja: Krieg, Menschenzerstörung, die arbeitenden Massen in der Verwertung verheizt, eine rasend gewordene Imperialismusmaschine. Welche Verbindung? Welche Rechtfertigung, welcher Erkenntniswert, welche *Funktion?*

Ich höre mich drei Minuten lang stammeln; dann schweige ich. Etwas steigt in mir hoch, es ist, als fiele ich in die fragenden, ernsten Blicke hinein, meine Angst stülpt sich um, und endlich wage ich die wielange? fünf Jahre? zehn Jahre? hinuntergeschluckten Sätze: *ich weiß es auch nicht! Es hat keine Funktion! Es gibt keine Verbindung! Das Ganze ist eine leere, ihr eigenes Inneres spiegelnde Blase! Holt mich raus hier!*

Die Front zwischen uns hebt sich wie ein plötzlich hochgerissener Vorhang. Nahe, vorsichtige, aufmunternde Gefühle von allen Seiten: ich bin aufgenommen in eine vor Eifer und Zuversicht übersprudelnde Duz-Gemeinschaft, freilich noch als Neuling und wackliger, nicht recht gehfähiger Patient. Keine zu hohe Dosierung: das *Kapital,* die *Grundrisse* können warten; *Pariser Manuskripte* und *Deutsche Ideologie,* das reicht für den Anfang.

Ihre Einschränkung ist weise. Die Lektüre stürzt mich von der ersten Seite an in einen Tumult, den sie offenbar kennen: niebefragte Sicherheiten, zwischen denen ich undeutlich eingeklemmt war, lösen sich ab und werden in breiten Schollen weggeschwemmt. Die Bewußtseins- und Klassenkapsel, in der ich bis jetzt gedacht und gelebt habe, die ich fürs Ganze hielt, die mir, von Moment zu Moment immer unbegreiflicher, den Blick nach außen vollkommen verstellt hat, bricht auseinander: ich stehe, überwältigt, vor dem lebenslang weggeblendeten Gegenüber.

Was war das? Nichts davon, auch aus der allernächsten, täglich gelebten Nähe mit Giacomo nicht, aus der mit eigenen Händen verrichteten Arbeit, ist zu mir durchgedrungen, alles hat zuerst durch einen Deutungsfilter gemußt, der daraus, was ich nicht sehen mochte, getilgt hat. Die Welt, die sich, scheinbar lückenlos, als das zeigt, was von ihr gewollt wird: schon wieder! Von wem gewollt, von welcher ungreifbaren und daher, solang sie nicht gefaßt ist, auch unwiderstehlichen Kraft? Eine ganze Institution hat sich, und doch nicht etwa unaufrichtig, der Wahrheit verschrieben: wieweit kommt sie, bis wohin dringt sie vor? Zur *werkimmanenten Interpretation*. Und draußen? *Welches Draußen?* fragt sie zurück, *es geht hier doch zunächst nur um den Text* . . .

Erklärs mir, erklärs mir! Und die Stimme aus dem Buch, aus der ich die Erregung über die Ungeheuerlichkeit noch heraushöre, aber auch ein leises Schwanken, das sie dann mit Entschiedenheit überspringt, sagt: *wir denken nicht, wir* werden *gedacht*. Und von wem, von was? *Von dem, was wir selbst aus uns herausgesetzt und hervorgebracht haben, von unserer eigenen Erfindung*. Ich bin jetzt wie in einem Wirbel, alles klare Denken verdreht sich mir. *Aber dein Satz geht nicht auf*, rufe ich, *auch der, das sagt er doch selbst, ist nur in dich hineingedacht, daher dein Zögern!* Die Antwort kommt etwas väterlich, aber hier hilft bloß ein Machtwort: *die Wahrheit wird nicht drinnen, sondern draußen erkämpft*.

Und so stelle ich mich dem Anblick. Hinter dem gewohnten, alltäglichen Bild taucht eine andere Wirklichkeit auf, schiebt sich nach vorn und wird zur einzig sichtbaren. Häßlich, kalt, blicklos und nach strengem Kalkül herrscht dort der nur noch auf sich gerichtete Geist über die von ihm geschaffene Bewußtseinswelt; sein starrer, geometrischer Kunstkörper schlingt alles, was ihn an Tier, Pflanze, Mensch oder Mineral umgibt, in sich ein, um es als von ihm durchsetzte Tauschware wieder aus sich zu entlassen und in hilflos aus Not oder Gier aufgerissene Münder neu einzustopfen — und zu welchem Ende? Der Verwertung: der Auspressung von verflüssigter Lebenszeit, die er sich als Plasma und Geld-

strom in das immer weiter wuchernde, immer feiner sich
verästelnde stählerne Adernetz pumpt. Die Gegennatur!
Mörderisch, weil ihrem Wesen nach gegen das Lebendige
gerichtet. Bloße Faktizität, weil darin nichts mehr etwas
Menschliches bedeuten kann. Die alles, was fühlt, atmet
oder in sich ruht, von sich weg und nach unten drückt,
um ins unablässig Höhere aufzusteigen. Dem eigenen
Gesetz nach unbeirrbar ihrem letzten Ziel zustrebend,
das sie nun bald erreicht hat: nach der Abtötung der
Welt sich selbst zu vernichten, im Endknall, der Apo-
kalypse.

Das Ganze ist das Falsche und Böse. Ein kleines, verlorenes Häuflein im alleinigen Besitz der Wahrheit, mit-
schuldig geworden aus Blindheit und Eigennutz, und
daher mit dem Auftrag zum Guten. Ja dann Aufklärung! Es hat doch keiner was davon! Aber anscheinend
doch, wenigstens in den mittleren und oberen Lagen:
den nächsten Tag, die nächste Stunde, die nächste Ei-
gentumswohnung, den nächsthöheren Sessel. Der Alte
hat rechtgehabt: sie werden gedacht.

Also dann los, nach unten, zu den Betrogenen, den
Beraubten, die sind unsere Verbündeten, unsere Streit-
macht! Ein Flugblatt! — ja, warum nicht bei mir
zuhaus, da haben wir Platz! Aus der Küche Geklapper.
Giacomo hat sich krankschreiben lassen. Eine Band-
scheibe, die ihn ängstigt: was ist, wenn er nicht mehr
arbeiten kann? Er kommt zur Tür herein, wirft einen
Blick über unsere Schultern, geht stumm wieder hinaus.
Unser Eifer fällt mit einem Mal in sich zusammen, als
hätten wir in einen großen Saal hinausgeredet und
jemand hätte das Licht angedreht und gesagt: *seht ihr, da
sitzt niemand!*

Ich laufe ihm nach. Vor mir steht, grauhaarig und
ehrwürdig, Meimus, der mich, der uns alle, gleichgültig,
ob wir es gewußt haben oder nicht, durchs Leben
getragen hat. Warum, wenn die große Geistmühle jeden
zerstört, gerade ihn nicht? Er schaukelt nicht zwischen
den Zeiten hin und her. Hinter seinen Worten steht

nicht die Bekehrung von vorgestern. Sein Blick ist alt
wie ein Felsen, seine Stimme gebieterisch. *Was du zerschlagen willst, ist mein Werk und meine Geschichte. Daran
rührst du mir nicht. Mein Rücken tut weh, nicht der deine.
Weltuntergang? Das höre ich seit tausend Jahren. Ein Bagger
ist besser als der Pickel, weniger Arbeit ist besser als mehr. Wer
das nicht festhält, verrät mich. Befreie dich selbst, wenn du
kannst. Danach? Danach wirst du mich von dir abtun; und
ich ziehe heim zu meinen Oliven.*

✤ Daß sich die Mütter sonderlich gegrämt hätten über
den niedergeschlagenen Aufstand, kann man nicht gerade
behaupten. Aber was sich da oben an Herrschaft noch
tat, ließ sich ja auch wahrhaftig ertragen, war schon eher
eine Karikatur der vormaligen: blasse, unscheinbare,
wieselige Figuren, die ewig lavierten und sich rück-
versicherten, bevor sie eine Entscheidung wagten, die
sie dann noch nicht einmal durchsetzten. Eine Schwatzbude. Etwas, was in der Zeitung stand.

Auch wir merkten bald, daß sie nichts mehr zu melden
hatten. Wir waren ja praktisch unter uns! Weit und
breit nur noch Söhne — und wie gut hatte uns die
Abschlachtung der Väter getan! Wir kannten uns kaum
wieder, so belebt und verjüngt hatte sie uns, fast als
wären wir zum zweiten Mal mannbar geworden. Mit
mehr Staunen als Ekel blickten wir auf die Zeit zurück,
der wir entwachsen waren, mit ihrer Rauschebärtigkeit,
ihrem behäbigen Fett, ihrer hüstelnden Umständlichkeit
und verbohrten Allesverbieterei, ihrem Brimborium,
ihrem Gedöns!

Weg mit dem Krempel! Das hatten wir schon einmal
gerufen. Aber diesmal schien es fast noch aussichtsloser,
damit aufzuräumen. Die hatten ja die ganze Stadt
zugepflastert: vorn das Geschnörkel und die Karyatiden,
hinten die Ratten und das Klo im Zwischengeschoß; und
in den Fabriken wälzten sich immer noch, sage und
schreibe mit Dampf betrieben, die vorsintflutlichen

Kolosse in ihren schwarzfettigen Lagern. So sollte es
einmal in unserem eigenen Innern ausgesehen haben?
Pfui Deibel! Auf dem letzten Loch pfiff das ja! Am
besten gleich Abbruch; oder doch jedenfalls neues, flin-
kes Gerät, elektrisch natürlich, aufsummend unter der
stofflosen, reinen, hochgespannten Energie der neuen
Epoche, in vier Sekunden auf Vollast. Dem fühlten wir
uns schon eher verwandt. Tempo war, was wir brauchten, noch der Schienenzeppelin fuhr uns nicht schnell
genug. Und die Neubauten funktional, sonnige, luftige
Wohnungen, sachlich-sauber entworfene Möbel, Tele-
phon, und vor allen Dingen: ein Bad!

Die Mütter strahlten. *Kinder, jetzt wollen wir leben!*
riefen sie, und warfen aufjubelnd ihre Gattinnen-Maske-
rade in den Müll: die Blumentopfhüte, die Fischbein-
panzer, die Schnürstiefel. Wie hübsch und lebendig doch
immer noch war, was dahinter zum Vorschein kam! *Und
jetzt nichts wie hinaus ins Grüne,* drängelten sie, *wenn der
Alte nicht mitwill, soll er zuhause versauern. Ach was, Fahr-
karte! Genug mit dem Geknauser, das Geld ist doch da!*

Und sogar die Natur, so kam es uns vor, mußten wir
erst mal entrümpeln, verstellt wie sie war von röhrenden
Hirschen, Kühen im Wasser, lauschigen Lauben, Alm-
rausch und Alpenglühen. Überhaupt diese opernartigen
Gebirge andauernd, überhaupt diese Opern! Eine einzige Pappmachékulisse, die von eingedicktem Gefühls-
sirup troff. Daß Seegras auf einer Nordseedüne, eine
einzelne Kiefer im Hochmoor schöner sein konnte als
blumenkohlgroß aufgeblähte *Gloria-Dei*-Zuchtrosen,
hatte vor uns anscheinend noch keiner entdeckt.

Endlich schwand das Gefühl von Unechtheit, das uns
solange verfolgt und gequält hatte: die selbstauferlegte
Väternachäffung, die uns in ein Jahrhundert der Gestelzt-
heit und des blinden Gewerkels hinuntergezogen hatte,
waren wir los. Und so löste sich unsere Männlichkeit, die
wir fast ohne Rest in den Dienst der Güterhervorpres-
sung gestellt hatten, aus ihrer alten Verbackung, kam zu
sich — und ein Verbot, das so alt war wie unsere

Erinnerung, trocknete aus und zerstob. Wieder einmal fielen uns die Schuppen — die wievielten? — von den Augen. Und wieviele trugen wir demnach, ohne von ihnen zu ahnen, mit uns herum?

Aber auf eine Überraschung waren wir dennoch nicht gefaßt: wer trippelte da kichernd Arm in Arm an den Schaufenstern entlang? Die Töchter! Dabei hatte doch kein Mensch je zuvor öffentlich Töchter gesehen! Die hatten sich bisher doch immer als Köder in den Mädchenzimmern oder Haushaltsschulen verborgen gehalten, bis auf die Flittchen oder die Serviererinnen. Aber sonst waren sie grundsätzlich nur nach ihrer Verpuppung zur Mama hervorgetreten, die in den Flitterwochen erfolgte. Und nun, in ganzen Schwärmen, die Nase hoch in der Luft, diese unglaublichen Un- und Antimütter, bei denen eine Verpuppung kaum mehr vorstellbar war! Uns fielen die Augen heraus: Bubikopf, keinerlei Busen, langstakelige Beine, von dünnen, knielangen Fähnchen umweht. Ging das nicht doch etwas weit? Hätte es eine — nun sagen wir: Zwischenlösung nicht auch getan?

Sie gaben sich alle Mühe, uns loszueisen von unseren urtümlichen Wünschen und Ängsten, zierten sich nicht beim Wiegeschritt, nahmen den schnellen Glupscher in den Ausschnitt nicht übel: wenn uns dabei nur endlich klarwurde, daß darin nichts waberte und schwappte an alter, verlockender Drohung. Auch ihre mehr als knappen Badeanzüge sollten die Schreckbilder von früher verscheuchen: darin hatte beim besten Willen kein fletschender Urschoß oder verschlingender Abgrund mehr Platz. Manche gingen sogar soweit, sich Männerkleider anzuziehen, *damit ihr merkt, daß wir euch eigentlich ganz ähnlich sind, bis auf — du weißt schon. Und jetzt will ich wohin, wo was los ist — führ mich doch aus, Männe, nimm mich mit in die Kakadu-Bar!*

Das ließen wir uns nicht zweimal sagen; und es war wohl auch als Einladung in ein lockereres, weniger verschwitztes Verhältnis gemeint. Und doch fühlten wir uns leicht geknickt: von der früheren Scheu, unserer

unfraglichen Überlegenheit war ja kaum mehr was übrig!
Unverhohlen wurden wir mit Blicken taxiert und bekamen den neuesten Witz über Bananen zu hören. Von
Liebe wagten wir gar nicht mehr zu reden. Und das, worauf wir uns stattdessen stürzten, schnelle Abenteuer,
den herzlosen Kitzel — war das nicht ein wenig dünn?
Schon drängten wir wieder heraus, aus diesem Ausverkauf, dieser Verpulverung, und sehnten uns zurück
nach näheren, tieferen Banden.

❖ Augenblick! Er hat doch da gerade etwas vorbei-
huschen sehen? Standfoto! Ausschnittvergrößerung!
Wahrhaftig, da sitzen sie, nebeneinander, frisch verheiratet, auf einer Felsbank, Fränkische Schweiz vermutlich;
er blitzt sie schalkhaft an durch seine runde Hornbrille
aus der Studentenzeit, hat ihr eben ein Kompliment gemacht; sie lacht zurück, bläst sich dabei eine Haarsträhne
aus der Stirn. Sie glaubt schwanger zu sein, aber er soll
es erst erfahren, wenn sie ganz sicher ist. Um sie beide
eine Aura von Glück. Er betrachtet das Bild lange, voller Rührung, tief in Gedanken. Dann legt er es weg.

❖ Wie neu war sie eigentlich, die Neue Zeit? Äußerlich
gesehen hatte sich alles gewandelt: kein Paar Schuhe,
keine Zahnpastatube, kein Schulbuch hatte die alte überlebt. Nur, was da jetzt zum Vorschein kam, das war
allzu deutlich nur Anstrich, ein dünner, glitzernder Film,
eine grellbunte Verkleidung aus Sperrholz und Blech —
und das gefiel uns gerade, dieses Panoptikum von Neon-
licht und Extrablättern, von Bahnhof und Warenhaus,
von Litfaßsäulen, Quickstep und Trambahngeklingel, es
unterhielt uns, warf uns von Flugzeugunglück zu Weltrekord, vom Wettbüro in die Eisrevue, nahm uns
gefangen, von Moment zu Moment, in einem Wirbel
synkopisch klopfender Gegenwart. Ohne Vorbereitung
in die Welt hinausgeschubst, wollten wir nun auch etwas
von ihr haben. Zerstreuung, weg von uns selber! Jetzt

oder nie! Daß wir die einzige Gelegenheit zu einem freien Leben ungenutzt hatten verstreichen lassen, wollten wir uns später nicht vorwerfen müssen.

Denn wieder meldete sich unabweislich das Gefühl von einer bald ablaufenden Frist. Wir ahnten den Grund, warum wir uns an der Oberfläche so festklammerten; denn in der Tiefe verschoben sich, davon unberührt, die jahrhundertealten, schweren Gewichte, folgten unbeirrbar der vorgezeichneten Drift, um sich neuerlich ineinander zu verkeilen. Auch die früheren Volkskinder waren ja jetzt als herangewachsene Männer und Frauen in die Vaterlosigkeit entlassen, aber in eine Welt, die ihnen nichts anderes zu bieten hatte als die Untätigkeit oder den Stumpfsinn. Denn wir dachten ja gar nicht daran, uns noch einmal in diese selbstzerstörerische Oberhauptrolle hineindrängen zu lassen, und in dem Fenster, in dem sonst der Alte zu Ordnung und Mäßigung aufgerufen hatte, angesichts der mehr als angespannten Weltwirtschaftslage, stand nun plötzlich der Erbe und rief: *macht, was ihr wollt! Die Klitsche ist seit gestern verkauft! Die Weltwirtschaftslage kann mich kreuzweis!* Und weg war er in seinem offenen Flitzer, mit der Varietéschönheit auf dem Beisitz.

Aus den finsteren Gesichtern, mit denen sich die Menge danach aus dem Hoftor schob, war zu lesen: diesmal hatten sie endgültig gekündigt. Durch nichts würden sie sich noch einmal dazu umstimmen lassen, dieses vernunftlose und von ihnen abgetrennte Ganze weiter in Gang zu halten. Was daraus wurde, kümmerte sie von jetzt an so wenig wie die jungen Verprasser; lieber standen sie gelangweilt an den Straßenecken, die Hände tief in den Taschen. Die Fallhöhe zwischen früheren Großen und vormaligen Kleinen, durch die sich seit seiner Erfindung das Eigentum prall angefüllt hatte mit Wert, war eingeebnet, lieferte keinen Druck mehr; es erschlaffte, sackte ein, verlangte immer mehr künstlichen Auftrieb durch Pump, durch den aufs nächste Quartal gezogenen Wechsel. Die große Maschine ratterte noch eine Zeitlang weiter, kam ins Stocken, dann gingen die Zeiger auf den Skalen zurück und legten sich müde gegen den Nullstift. Alles rannte zur Bank; die Türsteher ließen rasselnd die Rolläden herunter. Ende der Frist; Ende der Freiheit; aus der Traum.

❖ Giacomos Machtspruch wäre gar nicht nötig gewesen: wir kommen noch nicht einmal in die Nähe einer möglichen Front, müssen froh sein, wenn uns vor dem Fabriktor nicht der Werkschutz vermöbelt. Aber meistens schaut er uns untätig zu, denn für die Arbeiter sind wir ohnehin Luft, und wenn sie doch einmal ein Flugblatt lesen, sagen sie, *Repression? Könnt ihr nicht deutsch reden? Daß wir beschissen werden, wissen wir selbst; für den alten Hut haben wir euch nicht euer Studium bezahlt.*

Für was dann? So sitzen wir im Seminar und grübeln über den *Grundlinien einer neu zu erstellenden Literaturwissenschaft.* Denn was darin jemals gesagt oder gelehrt worden ist, war ja alles nichtig und falsch! Erst mit uns kann, wenn wir Glück haben, das richtige Denken anfangen. Vorsicht! In jedem neuen Satz kann eine bürgerliche Falle lauern, *vielleicht schon allein in der Grammatik, der bloßen Syntax?* Die Warnung wirft uns in ein zehnminütiges Schweigen. *Oder ist auch das nur ein interessiertes Argument?* Wieder zehn Minuten Pause. *So kommen wir nicht weiter.* Pause. *Wie dann?* Pause.

Der Alte hat recht gehabt, wir müssen nach draußen. Notfalls eben nur an die Nebenschauplätze, in die nie gelüfteten Ecken und Winkel. Zu den Gerichten, in die Prozesse! Wir kommen gerade im richtigen Moment. *Angeklagt des Diebstahls von 47 Radiogeräten, 4 Staubsaugern, 12 elektrischen Trockenhauben . . .* Wir bekommen Lachkrämpfe. *Was haben Sie dazu zu sagen? — Ja, also die Verlockung durch die Werbung, Herr Richter, der psychologische Druck . . .* Alles mit todernstem Gesicht. Der Richter klappert nachdenklich mit den Augendeckeln. Der Anwalt, vom Kollektiv offenbar, springt auf und

jodelt, *öch als Organ deä Rächtspfleeche . . . üst dos Oigentom
meä weät als deä Mönsch?!*

Ein halbes Jahr mit Bewährung. Vor dem Gerichts-
saal fallen wir einander in die Arme. Das ist die Lösung!
Nicht dasitzen und grübeln: das Ganze ist schließlich
auch eine Komödie! Man kann sie spielen, auf Schritt
und Tritt, sobald man in die Rolle geht, platzt die Blase
von selber: der Augenblick der Freiheit. Mit der Knastgruppe im Gefängnis, ein düsterer Klosterbau, alles
stumm, alles zu, alles furchtbar gebohnert; wenn man
dann zum Wärter sagt: *und die Familie? doch alles wohlauf,
hoffentlich? die Kinder brav? die Frau fleißig und treu?* — dann
kann der doch gar nichts machen! Außer die Tür hinter
einem zuknallen und *Scheißbande, elende!* in seinen Bart
murmeln. Oder bei der Rede über den langen Besucher-
tisch: *hör zu, das bist nicht du gewesen, du hast doch gar keine
andere Wahl gehabt, das System hat dich da reingetrieben,
nichts anderes!* — rücken dann nicht doch die Wände ein
Stück weit auseinander?

Mit Abstand unsere beste Aktion wird die Hansa-
straße. Da donnern sie seit Jahren die ganze Nacht mit
ihren Schwertransportern durch, keine Beschwerde hat je
geholfen. Übers Telefonnetz läuft der Aufruf: alles, was
ein Auto hat, am Samstagmorgen um zehn. Gegen elf
ist die Blockade auf ihrem Höhepunkt: die Fahrer der
zwei Sattelschlepper sind ausgestiegen und rauchen;
alles andere hat ja doch keinen Zweck. Auf der Straße
herrscht das vollendete Chaos. Alles kurvt wie wild
durcheinander, will von der rechten Spur links auf den
Parkplatz, jagt den Motor hoch, würgt ihn ab, springt
zum Anschieben heraus. Gehupe, hochrote Gesichter,
Gebrüll: *Frau am Steuer! Typisch! Fahr doch zu, doofe
Ziege! Du wartest, du Mistbock! Ich knall dir gleich eine!*
Endlich können wir einmal unsere Wut aufeinander
loswerden, endlich erfahren, daß wir zusammengehören.
Wer sonst noch durch die Straße will, muß mitspielen, es
bleibt ihm nichts anderes übrig. Streifenwagen haben
sich ins Gewühl mit hineingeschoben, aber wie sollen

sie eingreifen? Die Anwohner feixen zu den Fenstern heraus: *Wann wird hier für Ruhe und Ordnung gesorgt? Fotografieren kann jeder!* Die Abordnung kommt stolzgeschwellt aus dem Verwaltungsgebäude über den Hof. Die Werksleitung hat eingelenkt.

Mitten im Gewühl und Gewimmel der Gedanke: wenn das immer so wäre? Wenn es jeder gelernt hätte, nie mehr losließe: ich bin das nicht, ich spiele das nur? Auch noch als Polizist in der Funkstreife? Um dieses Dabeisein zu spüren, diese Gegenwärtigkeit, diese Erhebung, diese Art Tanz, diese Art Kunst und das jähe, feierliche Gefühl: *jetzt bin ich ich selbst?*

Der Sieg muß gefeiert werden, über den Treffpunkt brauchen wir nicht zu reden: die *Gasteigquelle* ist seit Monaten unser Stammlokal. Hinter der Theke: Giacomo. Das ist, seit er nicht mehr schwer arbeiten darf, der einzige Ausweg gewesen: die Mama hat mir, mit einem Seufzer, die Bürgschaft dafür unterschrieben; der Babbà darf um Himmelswillen davon nichts erfahren. Aber zufrieden ist Giacomo nicht. *Giuventù bruciata,* murrt er, *verbrannte Jugend — und du alter Esel machst da auch noch mit und vermasselst dabei deinen* posto. *Du bist nicht mehr der, auf den ich gesetzt habe, das ist keine Arbeit für mich; mich hält es hier nicht mehr lang.*

Ich schlage seine Worte in den Wind. Brauche ich ihn denn noch? Sein Versorgungsdrang, seine absurde Erwartung, ich sollte mich ernsthaft noch einmal in diesen entleerten und begriffslos gewordenen Wissenschaftsbetrieb hineinknien — soll mich darauf weiter festschreiben lassen, ist das nicht alles zu eng? Und außerdem, was beklagt er sich? Ich habe ihm doch die Kneipe besorgt, bin ihm nützlich als Kellner, und wie flink, wie gut gelaunt drängle ich mich durch die hundert bekannten Gesichter, wieder nicht ich, und deshalb umso mehr, ganz bei der Sache, und böse werde ich nur, wie mich einer nicht ernstnehmen will und mir flachsend ein Bein stellt. Dem haue ich mein Tablett über den Schädel und schreie: *he, ich* arbeite *hier!* Da gibt er Ruhe.

In den Ferien die langgeplante Reise nach Albanien. Wir haben schon zuhause von der neuen Eisenbahnlinie von Elbasa nach Prenjas gehört: der feierlichen Verpflichtung der *Jungpioniere,* sie aus eigenen Kräften, ohne technische Hilfsmittel, zu bauen. Unser Bus wird auf der Trasse erwartet und mit Jubel begrüßt. Aber warum keine Traktoren, keine Kräne? Die Jugend, wenn sie nur will, kann alles! Das Erz muß zur Kohle! Das ist der Sinn! Wir schaufeln wie die Verrückten. Und abends das Fest, die Musik, der Wein, die Verbrüderung. In die glückliche Erschöpfung mischt sich die Wehmut: hier ja. Aber daheim geht das nicht mehr. Für uns ist es damit für immer vorbei. Denn wir leben in einer anderen Zeit, in einem späteren Teil der Geschichte.

❖ Diesmal blieb keiner verschont. Was von der großen Maschine noch übrig war, setzte sich mühsam und schleppend wieder in Gang. Es kam eine graue Zeit des Mangels und der Entmutigung. Wie in der Frühzeit wurde die Sättigung zur alles beherrschenden Frage. Wo man hinsah, nichts wie ausgelatschte Schuhe, geschorene Kinder, Schlangen vor den Volksküchen, den Arbeitsämtern, den Sozialhilfeschaltern. Unsere Jubelkarrieren konnten wir uns abschminken. Wir schlugen uns um die selten gewordenen Anwärterstellen, auch wenn es da drei Jahre lang nur eine mickrige Beihilfe gab. Sonst konnte man zusehen, wie man in einer Versicherung unterkam, in einer säuerlich riechenden Abendschule, oder landete als Spüler oder Zeitungsausträger. Wenn es für ein Möblierzimmer reichte, für eine Rückfahrkarte in die Berge dreimal im Jahr, konnte man schon von Glück reden. Andere waren noch schlechter dran.

So hätte es ewig weitergehen können — hätten sich nicht die Mütter noch einmal aufgerafft und ermannt. Sie wandelten sich schlagartig. Nichts mehr von Freiheit und Lebensrausch: denn nun waren sie um alles betrogen. Mit Langmut hatten sie die blinde Tyrannei des

Gatten ertragen; geduldig, gegen seinen Willen, und in kluger Voraussicht die Aufnahme der heranwachsenden Volkssöhne in die Familie betrieben und endlich erreicht; dann hatten sie miterleben müssen, wie ihre Männer entweder im Krieg geblieben waren, oder nach der Rückkehr teilnahmslos durch die Wohnung geisterten. Schlimm genug. Aber sie hatten ja noch die groß-gewordenen und geeinten Kinder gehabt, nichts stand mehr ihrem höchsten Ehrgeiz entgegen: das Haus allein mit ihrer Hilfe ohne die Väter zu führen. Und was hatten die Nachkommen zustandegebracht? Den Bankrott. Die Versorgung selbst versagte: dasjenige, wofür sie sich seit der Frühzeit hintangestellt, abgerackert, ins Zeug gelegt hatten: auf den Alten aufgepaßt, daß der nicht wieder einmal alles versoff; die Kinder angefleht, groß und kräftig zu werden, etwas zu lernen, um nicht auf der Strecke zu bleiben — und was war das Ergebnis? Ein Scherbenhaufen.

Aber sie gaben nicht auf. Stark wie das Leben selbst, wagten sie die Rückkehr zum Anfang. Ihre Hoffnung lag bei den neu aufgenommenen Söhnen; die waren vielleicht noch roh und unfertig, aber stark und in Dankbarkeit hörig. An sie richteten sie ihren Appell: *wenn ihr jetzt nicht euren starrköpfigen Mißmut, eure kindliche Verbitterung ablegt, ist alles verloren!* riefen sie ihnen zu; *keine Arbeit — wieso denn das? Grade von der gibt es mehr als genug. Erinnert euch an den Anbeginn: was haben wir da gebraucht? Die Kraft und die Erde, die Furche, den Erdstock. So habt ihr die schönere, die stolze und freie Germanenwelt errichtet und tapfer gegen die Feinde verteidigt. Hört auf die Stimme in eurem Blut: denn weit kommt es her, weit fließt es hin: ans Werk! Kümmert euch nicht um die verlotterten Herrensöhnchen, die kommen von allein angekrochen. Die Rasse zählt, nicht die Klasse!*

Nur undeutlich ahnten wir die Richtung, aus der diese Rede kam. Denn die Mütter hielten sich nach alter Übung bedeckt und hatten sich diejenigen unter uns zu ihrem Stellvertreter und Sprachrohr auserwählt, die sie von sich am abhängigsten wußten: von einer starken und strengen Mama aufgezogen und möglichst ohne, oder wenn, mit einem Trottel zum Vater. Wir spürten nur, wie uns bei diesen bedeutungsschwangeren Worten ein Schauer überlief, als hätte uns etwas Feuchtwarmes angefaßt, etwas Urig-Wallendes, das wir von uns fernzuhalten und zu meiden gelernt hatten. Aber wir sahen ja, wohin uns die Flucht geführt hatte: in den Selbstverlust, die Isolation, den leeren Genuß, die Pleite. Sollte überhaupt etwas aus uns werden, mußten wir endlich aufhören mit dem Müßiggang, der Abwälzung der Last auf die Volkssöhne, uns mit ihnen, und diesmal ernsthaft, zusammentun — und sogar noch frohsein, wenn die uns überhaupt noch haben wollten und nicht etwa davonjagten oder abstraften, als Aussauger, Fettsäcke, Schmarotzer. Was hätten wir darauf schon entgegnen können? Und ob wir für die Arbeit überhaupt noch taugten, wußten wir auch nicht.

Und damit haben sie uns dann auch so unverbrüchlich auf ihre Seite gebracht: die Achtlosigkeit, nein, die Großmut, mit der sie unsere Schandtaten übergingen: als wäre nie was gewesen. In allem schienen sie uns voraus: an Herz, an Kraft und an Besonnenheit; und so schüttelten sie nicht nur die eigene Geschichte, diesen jahrhundertelang auf sie heruntergekippten Unrat, mit einem Mal von sich ab, sondern erlösten uns auch von der unsern. Alte Rechnungen aufzumachen — nichts als verschwendete Zeit. Es ging ihnen nur um eins: waren wir jetzt mit dabei, ja oder nein? Wir konnten es ja ausprobieren, im Juli-August, auf dem großen Sommerlager in Mecklenburg. Das war besser als lange Worte.

Wieviele Jahre nun auch darüber verstrichen sind, die Erinnerung daran hat sich uns unauslöschlich eingeprägt. Wir holten tief Luft, fuhren hin und fanden uns wieder in einer ganz und gar vaterlosen Welt, die nur noch uns gehörte. Die Gegenwart war nicht mehr bloße Verlängerung des Altgewohnten, Ergebung ins Unabänderliche, sondern ein einziges Sprungbrett nach vorn; die Wirklichkeit nichts mehr nur Auferlegtes, das uns zu Jammerfiguren zusammenstauchte, sondern freiwillig und mutig ergriffen, wie ein Spiel mit hohem Einsatz.

Unser sprechendes Zeichen dafür war ein durchs Moor gelegter Fahrweg, der das Zeltdorf nicht nur mit der Hauptstraße verbinden sollte, sondern auch mit einer noch nicht eingeholten Zeit. Wir merkten nicht, wie der Tag verging, so sehr waren wir in die Arbeit vertieft. Denn jeder Stein, der zur Seite flog, hatte zugleich in unserem Innern gelegen; worauf wir einhackten, waren Mauern der Herrschsucht und Ängstlichkeit, die uns schon lange nicht mehr schützten, sondern nur noch gefangenhielten. Die Erleichterung darüber, daß uns die gefürchtete Blamage erspart blieb, daß, bei aller Unbeholfenheit, unsere Arme etwas bewegen, unsere Augen etwas richtig abschätzen, unser Verstand etwas vermessen konnte, daß uns die Söhne, mit einem Wort, instand gesetzt hatten, die Welt zu verändern, nahm uns schier den Atem — und öffnete sich doch zu einer noch größeren Erfahrung: daß wir uns endlich nach außen gewendet, mit einem Mal gelernt hatten, auszugreifen, statt uns anzuklammern, loszulassen, statt zu besitzen, uns umzuschauen, statt unseren Selbstgesprächen nachzuhorchen in ihrem unablässigen Wechsel zwischen Verdammung und Ausrede. Wir waren, wenn wir einander ansahen, nicht mehr von der feindlichen Frage gequält: was will der von mir, was gelte ich ihm, wie kann ich ihn dazu bringen, etwas für mich zu tun? — sondern kannten die Antwort. Wir hatten unseren sechsten Sinn wiedergefunden, den wichtigsten von allen, der als einziger die andern von innen her wahrnehmen kann. Die Brücke über die lebenslange Kluft war geschlagen. Wir hatten es also doch noch vermocht, uns wieder, wie ganz am Anfang, ohne Hilfe eines Außenfeinds zu verbrüdern. An die Stelle der Einbehaltung trat der Austausch und die Gemeinsamkeit: von Tabak, von Löffeln, von Lebensgeschichten, und abends von Müdigkeit.

Danach gingen wir baden.　Unser Anführer war der erste, der sich auszog.　An unserem Zögern merkten wir: noch hatte sich die Trennung nicht ganz gehoben.　Eine alte Angst, wir könnten dem fremden Blick nicht standhalten, sträubte sich, krümmte sich weg.　Zum zweiten Mal holten wir Luft, warfen sie ab, und was dahinter zum Vorschein kam — aber was hatten wir denn anderes erwartet? — war nichts als unscheinbar, rührend und verletzlich.　Wir hatten uns bloßgestellt, aber die Beschämung blieb aus: wer die Gleichheit wagt, hat sie auch schon errungen.　Wir rasten ins Wasser, am Ende doch erleichtert über den Schutz.　Aber als wir dann bibbernd wieder am Ufer standen, war uns unsere neue Einigkeit schon geläufig geworden.　Wieder in unsere Decken gehüllt, saßen wir um das Feuer, sangen *Flamme empor!* und fühlten uns durchströmt von einer unaufkündbaren Verbundenheit.

Wir waren glücklich: aber frei waren wir nicht.　Das spürten wir an einer befremdlichen Weihe und Feierlichkeit, die sich über uns legte: unsere Kameradschaft war, kaum gestiftet, auch schon so *heilig* geworden, daß wir vor dem bloßen Gedanken, einander anzurühren, zurückzuckten, als hätte uns etwas gebissen.　Und auch sonst merkten wir, wie das, was uns einigte, zugleich beengte, und sich mit nie ausgesprochenen, aber umso undurchbrechbareren Vorschriften durchsetzte.　Noch nie hatte einer die Schaufel in den Graben geschmissen und *Scheißfahrweg!* geschrien, keiner je über die dünne Suppe und das klumpige Brot geschimpft . . .

Aus uns stammte die Sperre nicht.　Sie fühlte sich fremd und sehr alt an.　Aber von irgendwoher kannten wir dieses eiserne *das muß so:* und es war schon einmal mit derselben Wärme und Unzertrennlichkeit einhergegangen, die uns jetzt am Feuer einhüllte wie — wir suchten das richtige Bild — wie ein schützender, im Dunkel über uns ausgebreiteter Mantel.　Und wieso schrieben unsere Kameraden allabendlich denselben Brief nachhause? *Stell dir vor, heute haben wir fast hundert Meter*

*geschafft. Du solltest uns sehen! Überall geht es jetzt mächtig
voran. Und wenn wir am Ziel sind, das verspreche ich dir, wirst
du es besser haben als jetzt . . .*

Von da an wußten die Mütter: es klappt. Ihre Ordnung war der väterlichen nicht nur ebenbürtig, sondern
überlegen.   Hatten sie es nicht schon immer gewußt?
Aus dieser Bindung, der mächtigsten, ließen sich Kräfte
mobilisieren, denen nichts auf der Welt widerstand. Und
nun kannte ihr Ehrgeiz keine Grenzen mehr. Alles, was
die Versorgung betraf, war von Grund auf neu zu überdenken, zu organisieren. Wozu der überflüssige Verkehr
nach draußen, zugleich Aderlaß und schädlicher, feind-
licher Einfluß?   Ein wohlbestelltes Haus kam alleine
zurecht.   Es reichte, wenn alle zupackten, sich auf-
opferten für das Ganze. Völkische Sammlung! Dazu
war freilich auch männliche Zucht verlangt. Und daher
hatte von jetzt an auch dieses Geluder aufzuhören, diese
Herumhurerei. Damit hatte doch die Schwächung, Zersetzung, Entartung begonnen!   Der wahre Mann ließ
sich von seinem Trieb nicht besiegen, und erst recht nicht
die wahre Frau, deren tiefster Wunsch noch nie der
Sinnlichkeit, sondern immer schon der Mutterschaft gegolten hatte, vor der sich zu verneigen den Söhnen heilige Pflicht war und die nun endlich auch gebührend
geehrt werden sollte durch Muttertag, Mutterkreuz,
Mütterhilfswerk. Das Volk mußte doch wachsen! *Platz
da! Hinaus mit der jüdischen Väterbrut! Lebensraum! Wir
sind eingekreist!*

Wir merkten noch immer nichts; und das lag nicht nur
an der Täuschung durch die männlichen Stimmen, sondern an einer tieferen Verblendung.   Da uns nichts
Drittes mehr trennte, begannen wir mit den Müttern zu
verschwimmen: so wie wir werden mußten, wie sie uns
haben wollten, drängten wir sie in unsere Wunschgestalt.
Wir wurden einander zum einzig Guten und Wahren,
das wir noch kannten. Die Zeit war gekommen, wo wir
für die Abschlachtung der Väter bezahlen mußten: wir
hatten mit ihrer Macht auch ihr Maß, mit ihrer Welt auch

ihren Sinn für das Wirkliche zerschlagen. Nie hatten die
Mütter etwas anderes getan und gelernt, als das Gesetz
zu verwalten; jetzt griffen sie selbst danach oder nach
dem, was sie dafür hielten, und so stand nichts mehr
zwischen ihm und seiner tödlichen Wirkung.

Die blinde Allmächtigkeit war gefährlich genug. Aber
zugleich mit der Rückkehr in die Urzeit erwachte in den
Müttern ihre älteste Wut. So frisch, als sei sie gestern
geschehen, stieg in ihnen das Bild von ihrer ersten Über-
wältigung auf; nichts, was ihnen jemals angetan worden
war an Demütigung, an Mißbrauch, an Verachtung,
hatten sie vergessen. Und so fingen sie an zu rasen. Wie
am Anfang schmolzen sie uns in sich ein zum Großen
Einen, das außer sich nichts mehr wahrnahm, mit einer
einzigen Stimme rief *das Volk ist mein Körper!* und
über alles, was ihm nicht ähnlich war, schrie *das muß weg!*
Es wurde zur hohen Gestalt mit der Kapuze, die die
zappelnden Fische hinauskehrte aus dem betonierten
Kanal; wurde zum steinernen Turm mit dem Tor, aus
dem es herausdröhnte *das kommt und das geht.* Dann setzte
sich das tausendgliedrige klumpige Scheusal stampfend
in Bewegung, um, was noch nicht in ihm war, in sich
hineinzufressen und zu verschlingen.

Aber nicht überall herrschte die Vorzeit. Eine spätere
Welt, von der es nichts mehr bemerkte, stand auf und
rannte gegen es an. Halb überwältigt schrie es noch
das ist gleich! Dann, wie beim ersten Mal, schwankte der
Turm, kippte, krachte um, und alles war voller Blut.
Aber diesmal versank er in keinem inneren Abgrund, um
daraus neuerlich wiederzukehren. Das Greuel hatte ein
Ende, das Bild war zerbrochen; seine Trümmer rauchten,
für jedermann sichtbar, auf den verschütteten Straßen.
Wir Überlebenden kamen, noch benommen vom Zeit-
schock, in einer fremdartigen Gegenwart blinzelnd zu
uns. Umsonst fragten wir einander, was geschehen war.
Keiner konnte es sagen, denn es lag weiter zurück, als
unsere Erinnerung reichte. Aber auch das Allerfrüheste
muß wiederholt werden. Kein Wunder, daß es solang

auf sich warten ließ: das Bewußtsein wird nicht an einem Tag erwachsen. Das Älteste erfährt es zuletzt.

❖ Große Pause: die Gegenwart eine sirrende Leere. Nur nicht ans Geschehene denken! Sogar die Frauen verhüllten zum Zeichen der Trauer mit Tüchern das Haupt, versuchten sich mit Turban und Turnhose ins Männliche hinüberzuretten. Aber wie sollte das gehen, ein Leben ohne Geschichte, ohne Bilder? Die Demokratie? Leicht gesagt, wenn niemand mehr weiß, was er will, weil sich jede Vorstellung vom Allgemeinen in dem mörderischen Rückfall zerschlagen hat.

Was also war nicht kaputt? Gab es da denn nicht noch — aber ja doch, wir hatten nur solang nicht mehr an sie gedacht: es gab noch die Opas! Die hatten sich, als damalige Schattenväter, vor der Mütter- und Söhneherrschaft gekränkt und entrüstet in ihre Kammern verzogen, unter düsteren Weissagungen von einem Ende mit Schrecken, vom Untergang — und wir hatten sie angeschrien *halts Maul!* oder uns stumm an die Stirn getippt. Wir wurden schamrot bei der Erinnerung. Wie recht sie behalten hatten!

Sie allein konnten uns helfen. Und so kehrten sie zurück, durchsichtig vor Alter, aber starr und ungebeugt, mit tief gezeichneten Gesichtern, die uns vor Ehrfurcht erschauern ließen. In ihren Augen stand eine Verachtung, die wir geduckt auf uns nahmen, und gefügig wie die Hündchen folgten wir ihrem leisesten Wink.

Aber auch aus ihren Köpfen hatten sich alle Ideen verflüchtigt. Sie glaubten an nichts mehr. Ihr einziger Gesichtspunkt war das reibungslose Funktionieren des Ganzen, ihr Rezept hieß Maloche. Sie duldeten keinen Einspruch. *Hier wird nicht gedacht und gestänkert, sondern hingelangt,* verfügten sie, *wem das nicht paßt, der kann gehen.* Der Befehl galt nicht uns, die sie ohnehin keines Wortes mehr würdigten, sondern den nachgewachse-

nen Söhnen: und die tauschten untereinander einen
raschen Blick, wußten sich einig und warfen sich in
die Arbeit. Denn für sie hatte die Lehre geheißen, daß
ihnen kein bloßer Entschluß zur Gemeinsamkeit, kein
Sprung in die Freiheit weiterhalf, sondern nur die Errichtung einer Welt, in der auch für sie Platz war, und unbeirrt hielten sie fortan daran fest, nie mehr wollten sie, wie
in ihrer ganzen bisherigen Geschichte, betteln müssen:
gebt Suppe, gebt Brot, gebt ein Dach überm Kopf! Wiederholungen hin oder her: diese nicht. Auch sie verlangten
nur eins: daß der Karren lief. Den Beschiß und die
Skandale, die damit einhergingen, nahmen sie in kauf;
Mitbestimmung war ihnen egal, Streik eine ärgerliche
Unterbrechung: aber wenn schon Mißbrauch, wenn
schon Überstunden, dann auch gut bezahlt. Ein Auto,
zwei Zimmer, drei Wochen Adria — damit gaben sie sich
zufrieden, aber für weniger waren sie nicht mehr zu
haben. Was sich an Sehnsucht in ihnen meldete, soffen
sie weg.

Wie alle anderen hatten auch sie den Rücksturz mit
einem Stück Erwachsenheit gebüßt; sie wurden von
derselben Herstellungs- und Werkbesessenheit erfaßt,
wie wir im Jahrhundert davor, und zahlten den gleichen
Preis dafür: eine Zeit der Kälte, der Abkapselung, des
stumm schreienden Unglücks. Alle Bilder waren dahin;
jede lebendige Form schrumpfte langsam aber unerbittlich ein aufs Quadrat, bis sich vor unseren erschrok-
kenen Augen eine kalte, gläserne Bewußtseinswelt aus
Kästen und Würfeln erhob, die niemand mehr für
bewohnbar hielt. Umso rasender rotierte darin die Verwertung, kletterte in steilen Kurven nach oben, schwang
sich auf zum reinen Gesetz, und kristallisierte aus in die
Selbsttätigkeit. Und dann geschah das Unerhörte: das
große Werk der Herstellung und Versorgung, das uns,
von den frühesten Formen seiner gemeinsamen Bewäl-
tigung und über alle ihre Umwälzungen hinweg, in die
Geschichte hineingezwungen und durch sie hindurch-
getrieben, uns bis in unsere tiefsten Antriebe geprägt

und, scheinbar grenzenlos und übermächtig, mit sich fortgerissen hatte bis an den Rand des Untergangs, rundete sich, wurde überschaubar, setzte sich ab als bloßer Teil des Ganzen; seine Last begann sich zu heben; und an einem Tag, der unbeachtet verstrich, erschien wie ein Schimmer am Horizont unserer Gegenwart, und wurde heller, als Lohn und Rechtfertigung des vermeintlichen unabsehbaren Irrwegs: das Ende der Zwangsarbeit.

❖ Giacomo also tatsächlich fort, unversöhnt. Der Abschied auf beiden Seiten herzlos und kalt. *Ciao. Machs gut.* Als gäbe es nach zwölf Jahren, in denen er mich aus der Hölle geholt und mir das Leben geschenkt hat, nicht mehr zu sagen! Erst als ich mich auf dem juliheißen Bahnsteig allein wiederfinde, fange ich an, das schmerzende Loch zu spüren, das sein Fehlen in mir hinterläßt, die Wunde der Freiheit, nie mehr ganz vernarbt.

Nach alter Übung fahre ich nachhause, um mir dann den Besuch selbst mutwillig zu verderben. Kaum habe ich mich am Wohnzimmertisch niedergelassen, überfalle ich die ganz unvorbereiteten Eltern auch schon mit weitausholenden Reden über die Gerechtigkeit, die Ausbeutung, die geglückte Gesellschaft. Warum klingt, wovon ich doch überzeugt bin, auf einmal so durchdringend hohl? *Bürgerliche Denkvorschriften, bürgerliches Doppeldenken, bürgerliche Klassenblindheit* . . . Ich kann gar nicht mehr aufhören. Und plötzlich bemerke ich: ich komme bei der Mama ja durch! Sie schaut zuerst ungläubig, dann nachdenklich drein, etwas sehr Altes, sehr Junges erwacht in ihrem Gesicht, noch einmal wagt sie das andere, bessere Leben ins Auge zu fassen, wieder spricht ihr Blick wie früher zu mir, und ich glaube deutlich zu hören: *wie ernst ist es dir damit?*

Wir fahren beide zusammen, vor Schreck, vor Freude, und mit ein und derselben Bewegung wenden sich unsere Gesichter dem Babbà zu: das alte Bündnis! Und die Anklage von damals, in neue Wörter verpackt: *bürgerlich* hat doch immer nur *väterlich* geheißen! — daher der falsche Ton. Umso unwiderleglicher, weil aufrichtig, kommt seine Zurückweisung: *ich hätte dich also lieber in einer Wohnküche großziehen sollen?* Ich beiße mir auf die Lippen: dazu *ja* zu sagen, wage ich denn doch nicht.

Auch in der Stadt vergehen mir allmählich die zuversichtlichen Reden. Der Tanz ist erstarrt, an die Stelle der Befreiung ist die Fesselung an die richtige Linie getreten. Unsere Knastgruppe überwirft sich: ein Teil von ihr füllt seine Briefe an die Genossen solange mit Scharfmacherparolen vom *bewaffneten Kampf* und *Stellt die Machtfrage jetzt!* bis schließlich keine Post mehr durchkommt und jeder Besuch untersagt wird. Da sitzen wir nun. *Keine verbalen Kompromisse!* bekomme ich auf meine Einwände zu hören, *wir lassen uns doch von einer korrupten Justiz unsere politische Identität nicht versauen!*

Ja, die! *Ich bin derjenige, der für alle das Gute will: wenn ich damit aufhöre, bin ich nichts.* So denkt jeder von uns, ich auch. Das aufzugeben, davon abzulassen — darüber liegt ein tiefes Verbot. Keiner wagt es, daran zu tasten, viel weniger, es auszuprobieren: bei der bloßen Vorstellung krümmen sich die Gedanken weg. Merkwürdig. Wie hat der Alte gesagt: wir *werden* gedacht? Und der Weg zu diesem Guten? Die Tat, die Vernunft, die Taktik, die Strategie? Darüber zerstreiten wir uns. Denn nichts davon hilft. Schon wenn wir draußen davon anfangen, schaut man uns an wie die Mondkälber. Wir werden, in unmerklichen, aber kräftigen Schüben, zu komischen Figuren. Ein kurzes konspiratives Getuschel in den Ecken, dann ist die Gruppe geplatzt. Und was jetzt?

❖ Wie meine Wahrnehmung der Universität zurückkehrt, erkenne ich den Ort kaum wieder. Die Transparente, Aufrufe, Anschläge sind von den Wänden gerieselt; stattdessen scharrende Schritte in einer großen Stille, hinter den Türen gedämpftes Gejammer. Was ist

passiert? Es haben sich Gremien gebildet und alles verbessert. Leider haben sich durch die Verbesserungen die
Studiengänge verschult und bis zum Nimmerleinstag
verlängert, sodaß ein übergeordnetes Gremium . . .
  Aha. Und das Fach, die Literaturwissenschaft? Tja,
schwer zu sagen. Die Studenten zeigen mir ihre Ring-
bücher. Darin haben sie Wörter mit dem Index m
(*menschlich*) oder non-m (*nicht-menschlich*) versehen, zwei
Pfeile gezogen, sie aufeinanderprallen lassen und dar-
untergeschrieben: *Personifikation!!* Und sonst? Ja, also
hier diese zwei Kästen: einerseits der sogenannte *Sender,*
der das alles *vertextet* oder *kodiert,* andererseits der *Emp-
fänger,* der das dann wieder, so gut er kann, *dekodiert* bzw.
liest. Schon, aber —
  Das Fach hat seinen Gegenstand verloren, das Fach
sieht nur noch sich selbst, das Fach ist verrückt geworden. Und wann wird man nicht verrückt? So weit
vorn muß ich offenbar anfangen. Wenn man in einem
verständlichen Ganzen lebt. Und wann ist es verständlich? Wenn man von seinen Teilen einsehen kann, wozu
sie gut sind, wenn sie sich deuten lassen. Und wo haben
die Teile eine solche Anordnung? In der Kunst. Und
was heißt das? Daß man nur im Schönen nicht verrückt
wird.
  Sieh an, eine Lehre. Oder fehlt noch was? Vielleicht,
daß die Kunst dann aber auch lügen muß, spielen muß,
jedenfalls nie sagen kann: ich bin wie das Wirkliche —
denn wozu *darin* die Teile, oder man selbst, gut sein
sollen, ist schon längst unerfindlich geworden. Das wärs
dann wohl. Nur, wer hat sich das schon vor mir einmal
überlegt, bei wem steht es zu lesen? Ich suche und suche:
Hinweise, Annäherungen, der Gedanke selbst nirgends.
Sonderbar. Muß er nicht jedem als Erstes einfallen, der
sich die Frage stellt? Oder stellt sich die keiner mehr —
weil alle, wie ich ja übrigens auch, gedacht *werden?*
  Umso besser für mich: es ist *meine* Lehre, ich kann sie
aufschreiben. Endlich was zum Vorzeigen! Voller Stolz
und Erwartung kehre ich nach den Ferien in das Seminar

zurück. Es passiert nichts. *Origineller Einfall, marxistischer Reisbrei.* Das Fach schließt sich über dem Buch wie ein trübes Altwasser über dem Wackerstein. Immerhin: die Studenten horchen auf; aber dann tritt ein verschlossener Ausdruck in ihre Gesichter, und sie klappen die Hefte zu. Ich predige und predige bis zum Umfallen, meine Sätze werden immer einfacher, schrumpfen auf drei Wörter. Ich kann nicht mehr, schreie schließlich: *aber so sagt doch etwas dazu!* Betroffenes Schweigen, dann hinten rechts aus der Ecke: *Wer alle außer sich selbst verrückt nennt, der ist doch wohl — nicht wahr? Na siehst du.*

❖ Aber wo blieb sie denn diesmal, die Wiederkehr? Noch einmal waren wir doch dem Aufruf der Mütter zur Empörung gefolgt und damit gescheitert, noch einmal hatten wir nichts lieber gehört als ihr *Kinder, jetzt wollen wir leben!* und alles Gebrummel der Väter, *man kann nicht mehr ausgeben, als man verdient,* in den Wind geschlagen. Damit war doch eigentlich klar, was als nächstes auf dem Programm stand.

Stattdessen: nichts. Oder doch kaum etwas. Anklänge, Nachhall, fernes Echo. Die Pleite — nicht der Rede wert. Das Erwachen der Urwut in den Frauen — ein kurzes Gezeter, immerhin endlich bewußt. Die Verschmelzung mit der Mutter — ein kleines, um sich ballerndes Häuflein, das so scheußlich umkam wie seine Opfer. Und die Neuordnung? Bißchen Berufsverbote, bißchen Datenmißbrauch, bißchen Polizeistaat, allenfalls in den Knästen hintenrum kräftig zugelangt — aber Faschismus? Doch nicht im Ernst.

Wirklich Angst hatte keiner. Und wovor auch? Was da von den Wahlplakaten heruntergrinste, im Fernseher polternde Kraftreden abließ, das hatte mit Vätern nichts mehr gemeinsam: ausgelutschte Stereotypen mit vorgestanztem Innenprofil, außengesteuerte Knetgummiroboter mit Endlosschleifen im Bauch, wovon die eine verkündete, *wer läuft, soll auch weiterkommen!* und die

andere, *wer weiterkommen will, soll auch laufen!* Der Bild-
stock war abgewetzt, jede Verwandtschaft erloschen.

Aber auch die mütterliche Stimme in der Parteifrak-
tion, dem Kreisjugendring, dem Rundfunkrat, der Auf-
sichtsbehörde klang dünn und zittrig: *mein armer Kopf!*
klagte sie, *wann endlich wird Ruhe im Haus! Vertragt euch,
vergleicht euch! Wo Konflikt war, muß Kompromiß werden.
Es läßt sich alles regeln!* Und dann regelte sie wie eine
Verrückte, was sie nur in die Finger bekam, bis zu den
Ausfuhrbestimmungen für Roßhaarmatratzen.

Eine allgemeine Vergreisung und Hirnstarre. Sogar
die Nachgewachsenen, aus dem unaufhörlichen Arbeits-
zwang wenigstens ein Stück weit entlassen, vergaßen ihre
Vergangenheit und verfielen in den unsinnigsten
Schlachtruf ihrer ganzen Geschichte: *mehr Arbeit!* Keiner ging daran, die längst locker gewordene Verknotung
von Leistung und Lohn aufzuschnüren. Niemand hatte
mehr eine Idee.

Und so geschah auch nichts mehr. Monatelang dieselbe Zeitung, jahraus, jahrein dieselben Fußballmeister-
schaften, dieselben Landtagswahlen, dieselbe Disko-
musik. Abflachungen, Verdünnungen, Löcher, wo man
hinsah: in der Natur, der Beschäftigtenstatistik, dem
Baumarkt. Von Buchherbst zu Buchherbst die immergleiche Jeremiade: man hat mich verletzt, mir wurde
Unrecht getan, von klein auf hat man mich verstört, verstoßen, vergessen, jetzt bin ich unfähig zu lieben, zu
leben, alles ist aus. Fragen über Fragen nach der Schuld,
keine einzige nach dem Warum. Das lauteste Geräusch
im Land war eine tickende Uhr.

III

Die Erfindung

✤ Nicht mit mir! Soviel ist sicher. Ich lasse mich nicht hier miteinbalsamieren, in eure Therapien, eure Kosmetik. Was nachzuleben war, habe ich nachgelebt, das Ende der vorgebahnten Spur ist erreicht, ich kann mich fragen, *so oder anders?* Das große Familienstück, Komödie, Melodram und Trauerspiel, so rührend wie schäbig, so ehrwürdig wie lachhaft, ist beendet, die Larven sind zu Menschen geworden, unbehelligt vom Gepfeif der zürnenden Schwestern kann Ödipus seiner Wege ziehn.

Ich sitze und schreibe. Was auch sonst? Es geschieht ja doch wieder nichts. Lebe ich auch damit noch etwas nach? Das wird sich zeigen. Vorläufig schreibe ich: *mit den Wiederholungen ist es vorbei, bis auf eine: die steht noch aus. Denn schon einmal hat uns das Werk der Versorgung schier erdrückt; aber dann ist ein neuer Antrieb in uns erwacht, der dritte, und mit einem Sprung haben wir uns darüber erhoben, in einem Spiel, einem Tanz, einer Erfindung; der leuchtende Punkt unseres Selbst glomm in uns auf, konnte sich in seinesgleichen erkennen, und fand so zu sich.*

✤ Als sie dann zwölf oder dreizehn geworden sind, gab es keinen Zweifel mehr: unsre Kinder waren, wenn auch noch keine ganz fertige neue Generation, so doch von einem anderen Schlag als wir. Man brauchte sie bloß anzuschauen: großäugig und feingliedrig, fingen sie schon jetzt an, uns über die Köpfe zu wachsen. Der Druck, der auf uns noch gelastet hatte, war gewichen; die zu quadratischen Schränken zusammengestauchten

Mannsbilder, die hinter vier Wölbungen zugequollenen Ballonfrauen hatten sich anscheinend endgültig überlebt.

Das war nicht nur unser Verdienst. Aber vielleicht hatten sich die dunkelsten Urbilder beim Durchgang durch uns doch ein Stück weit aufgehellt, war die Stimme von altersher, die aus uns redet, ohne daß wir sie hören, jetzt von einem neuen Ton überlagert, sodaß ihr Ruf aus der Vorzeit, ihr Befehl zur Wiederholung nicht mehr alles andere überschrie. Denn schon hatten wir ja weniger eingezwängt gelebt als unsere Vorgänger, und so brauchten wir uns nicht mehr als hochthronende Gesetzgeber und nie versiegende Nährmütter auszugeben und die Nachkommen in ein unauflösliches Familienpaket zu verknoten. Die Zwangsrollen hatten sich gelockert, eine Trennung, wenn es denn sein mußte, war möglich, sodaß auch ihr Leben nicht mehr lückenlos in die vorgegebene Hohlform gepreßt wurde, sondern sich ihr nur noch in der Andeutung, im leichten, sanft gerundeten Umriß angleichen konnte. Was uns noch, aus kindlicherer Sicht, als schroffe Kluft und unerklimmbarer Gipfel geängstigt hatte, nahmen sie nur noch als wellige, nicht weiter schwerbegehbare Landschaft wahr. Vor allem aber blieb ihnen der große Absturz erspart, der, in der großen wie der kleinen Zeit, auf das gebrochene Treuegelöbnis der Mama und den Weggang des Vaters gefolgt war, und der uns in einen Neuanfang und zweiten Durchlauf hineingestoßen hatte, dessen Ende noch immer ausstand. Wo wir also, in der furchtbarsten Zeit unseres Lebens, sprachlos und trostlos, die Trümmer unserer selbst hatten zusammenscharren, uns alle Lust zu Spiel und zu Abstand hatten ausmerzen müssen, um in einem wilden Überlebenskampf uns allmählich wieder dorthin hinaufzustrampeln, wo wir schon einmal gewesen waren, da hatten sie, nach einem kurzen Schwindel, vor dem plötzlich aufgerissenen Graben nur ein wenig gestutzt; dann waren sie ein Stück weit zurückgelaufen, hatten in einem kurzen Anlauf schnell wiederholt, was dazu nötig war, und dann das Hindernis in einem Sprung genommen.

So hatten sie sich viel von ihrer Kindlichkeit bewahrt und zugleich zum Vergangenen ein gelöstes, um nicht zu sagen achselzuckendes Verhältnis gewonnen. Sie zeigten sich ewig bedürftig, nuckelten ununterbrochen an Lutschern und Fläschchen, brauchten immerzu neue Schuhe, neue Mofas, die sie dann herschenkten, vergaßen. An Wertsachen, gar an Besitz, lag ihnen nichts, auch nicht am Geld. Sie warfen es achtlos zum Fenster hinaus, wußten sich hinterher nicht mehr zu erklären, wo es geblieben war. In der Schule konnten sie sich für rein gar nichts erwärmen. Von der ersten Klasse an brauchten sie Nachhilfe, die wenig half. Jedes zweite Wort schrieben sie falsch. Was sie am meisten anödete, waren die historischen Fächer. Der Vormärz ließ sie so kalt wie der Expressionismus. Sie nannten das *Steinzeitkunde. Wenn man aus der Geschichte nichts lernen kann, wozu dann die Einpaukerei?* fragten sie mißmutig. Wir murmelten hilflos etwas von Fundus und Hintergrund. Daraufhin verlangten sie gedrängte Zusammenfassungen in tabellarischer Form. Für jeden zusammengeholzten Mist, den sie zu Papier brachten, erwarteten sie Begeisterungsstürme und aufbauende Unterstützung. Nein, die allgemeinen Wahrheiten hatten es ihnen nicht angetan. Dafür warfen sie sich dann mit plötzlichem Eifer aufs Allereinzelnste, konnten nicht genug hören von Flauberts ägyptischem Schlafzimmer oder von dem Wasserpumpensystem im nahegelegenen Barockschloß. Alles andere mache keinen Spaß, wirke auf sie *restlos pauschal*.

Sie hatten es nicht leicht in dem neueroberten und unerkundeten Freiraum, müssen sich ein wenig vorgekommen sein wie wir am frühesten Anfang: nichteingefügte Wesen, umgeben von einer Außenschale, die mit unvorhersehbaren Ausläufern und Fortsätzen immer wieder nach ihnen griff und ihnen wehtat. Gerade die empfindlichsten und hellsichtigsten unter ihnen sind darüber verrückt geworden: aber was heißt das schon anderes, als in eine vielleicht schreckliche, aber doch immerhin noch verständliche Kunstwelt hinüberzugehen? Der Rest fand sich in eine Ordnung eingesperrt, der außer *das ist so, das muß so* zu ihrer Rechtfertigung nichts mehr einfiel. Sie zeigten sich darüber nicht etwa empört. Veränderung? Für das Gute kämpfen? Sie hätten gar nicht gewußt, wo anfangen; Revolution war auch nur ein Spiel. Erstaunt, befremdet, und immer ein wenig beleidigt hockten sie so auf dem U-Bahngeländer in der Fußgängerzone und schauten auf eine Welt hinaus, die ihnen unbegreiflich blieb. Wozu Arbeit, wenn es doch alles schon gab? Wozu kochen, da drückte man doch auf den Knopf *mit* oder *ohne,* warf das *Frosti* ins *Mikro?*

So brachen sie die Lehre ab, schmissen die Schule. Dann waren sie unglücklich, wußten nicht, wohin mit sich: am besten wohl erst mal nach Kreta. Aber da war auch schon alles versaut, in der Samaria-Schlucht mehr Würstchenbuden als Felsen, und so führten sie wie zuvor in ihrem Zimmer lange Telefonate und blätterten dabei in bunten Heften. Umsonst flehten ihre alleinstehenden Mütter sie an, endlich ins *Leben* hinauszugehen, doch wenigstens ein einziges Mal mit ihnen zu streiten. *Was soll ich dort,* fragten sie dann zurück, *und warum Streit? Ich habe zu dir doch eine sehr liebevolles Verhältnis* ... Und wenn die Überanstrengte dann schrie, *ich kann nicht mehr, ich ziehe auf eine Woche zu meinem Freund, daß dus weißt!* erwiderten sie gütig, *ja tu das nur, das baut Aggressionen ab.*

Das hätten nun wir wieder nicht fertiggebracht. Überhaupt hatten sie auch ihre durchaus fertigen, selbständigen Seiten. Am Fahrkartenschalter, im Kleiderladen, bei der Behörde traten sie mit einer Sicherheit auf, von der wir in ihrem Alter nur hätten träumen können. Von den Erwachsenen von gleich zu gleich behandelt zu werden schien ihnen selbstverständlich; denn mit recht fühlten sie sich ihnen nicht nur ebenbürtig, sondern in Vielem auch überlegen. Vor dem, was wir unter Liebe

verstanden, rissen sie nur Mund und Augen auf: sie
konnten weder ihre Verstoßung in die Tiefe und Ver-
botenheit begreifen noch deren gefühlskalte Umkehrung
auf dem Kontakthof. Ohne rechte Überzeugung sto-
cherten die Buben skeptisch in ihrer Männlichkeit herum, als wollten sie ausprobieren, was von dieser vor-
zeitlichen und verwitterten Prägeform für sie noch
taugte; ihre Freundinnen schwankten, ob sie sie damit
aufziehen oder bemitleiden sollten, hatten sich ihrerseits
gegen ihre Mißdeutung als Hohlkörper oder bloße Anhängsel zu wehren und verbaten sich energisch jede
Vereinnahmung.

Dann fanden sie den Ausweg: sie griffen zu den absurdesten und grellsten Schablonen, die sie aufgabeln
konnten, führten sich vor als Sexflöten oder Medusen,
als Lederkumpane, Troßweiber, Paradiesvögel, Dandies
und Hermaphroditen, und hinter diesen Masken ver-
ständigten sie sich, geheimnisvoll und komplizenhaft,
kichernd und flüsternd; uns aber hielten sie ihr fremdes
Äußeres herausfordernd entgegen und fragten uns so,
wer ich bin? Da kannst du lange raten . . .

Und tatsächlich drang von ihrer so geschützten inneren Mitte auch nur wenig nach außen. Klar war nur
ihre Entschlossenheit, sich nicht wie wir lebenslang in
eine oder zwei Dauerrollen hineinquetschen zu lassen,
an ihrem kindlichen Vermögen zur Verwandlung, das
ihnen in keinem inneren Einbruch zerschlagen worden
war, festzuhalten: als hätten sie verstanden, daß das Spielen mehr sein kann als eine bloße Freistatt und Enklave
im Wirklichen — dieses vielmehr nur ein versteinertes
und verdorbenes Spiel, in dem die Rollen sich der Person
bemächtigen statt umgekehrt, wo *mit* statt *von* den
Spielern gespielt wird. Nie haben sie aufgehört, auf
einem Bein den Gehsteig entlangzuhüpfen, einander
anzuknurren und bösartig in die Seite zu knuffen, um
gleich darauf schallend darüber zu lachen, und sogar ihr
Unglück und ihre Verdrossenheit sah nie ganz aus, als
wären sie ganz davon ergriffen.

Damit versuchten sie auch, uns die zwei Spiele plausibel zu machen, die uns an ihnen am meisten verstörten: wir konnten nicht verstehen, wieso sie in ihren Automaten geradezu süchtig mit Raketen ballerten, Planeten zerplatzen ließen, Autos zu Klumpatsch fuhren; und sich, unter munterem Gequietsch und Gejohle, nicht daran sattsehen konnten, wie Videoblut quer über den Monitor spritzte, abgerissene Beine von Blutsaugern aus Plastik schmatzend vertilgt wurden. *Wovon seid ihr nur so sadistisch und fühllos geworden?* fragten wir sie betrübt, *dabei haben wir euch so behutsam sozialisiert! — Und wohin sonst mit den Bildern, die ihr uns dabei eingedrückt habt?* antworteten sie ungerührt, *erledigt man die nicht besser im Als-Ob, statt daß man sie wahrmacht? Probiert das ruhig auch mal aus!* Wie klug sie doch waren, wie mutig und hilflos, wie entschieden und wirklichkeitsfremd! Denn sie lebten in einer anderen, zu der unseren mehr und mehr verschobenen Welt, in der die alten Gräben und Grenzen zunehmend verblaßten und sich verflüchtigten. So lernten sie die unsere durchschauen und meiden. *Ihr denkt immer so inhaltlich!* maulten sie — und tatsächlich schienen sie die Muster und Macharten dessen, was ihnen begegnete, so deutlich wahrnehmen zu können, wie wir einen Gartenstuhl oder Regenschirm.

Wenn sich überhaupt zusammenfassen läßt, worauf sie hinauswollten, dann war es das *Künstliche* — also weg von allem, was uns unverrückbar, selbstverständlich und zur schlechten zweiten Natur geworden war. Sie ernährten sich am liebsten von gefärbter Chemie, schminkten sich dreieckige Augen, rasierten sich bis hoch in die Stirn Zacken ins orange-grüne Haar, und fühlten sich wohl nur im Glitzerschloß ihrer Disko oder dem im Walkman mitgetragenen dröhnenden Schallraum. Solche Kunstübungen nannten sie, um zu bezeichnen, wie übermächtig und bis in ihre Sinne sie davon angelockt waren, *affengeil* — aber so keß und flappsig das Wort, so alt und bewegend die Sache: sie konnten dem *Schönen* nicht widerstehen, von dem sie wohl wußten, daß es sich auch aus dem Häßlichen und Entstellten errichten läßt — und alles andere schien ihnen von uns durchtränkt und abgebraucht. Ob sich dahinter noch einmal und wieder das Bild von einem Zusammenleben verbarg, das den Gesetzen der Kunst folgt, wie es aussah, und ob es ihnen bestimmt war, es ins Werk zu setzen? Das stand dahin. Geschichte geht langsam. Wir jedenfalls haben ihnen wenig dabei geholfen, sich zurechtzufinden, dafür sie uns umso mehr: denn sie haben uns vor Augen geführt, daß unser Zeitalter zuendeging, und daß jetzt, wenn überhaupt noch etwas, das ihre begann.

❖ Fast schon gelandet, fast schon am rettenden Ufer: eben doch kein rollender Stein, nicht verloren im Gestaltlosen, eben doch eine Ordnung und eine Notwendigkeit in dem, was warum geschah, warum nicht, eine eigene kleine Geschichte in einer großen, die ihr gleicht, und umgekehrt, beide zu einem verständlichen Ganzen gefügt —

Aber ich bin noch nicht fertig. Denn wer soll sich einwickeln und blenden lassen von diesen zwei Geschichten, diesem Spiel, dieser Kunst, da sie doch beide — jetzt muß es gesagt sein! — nur erdacht und erdichtet sind? Hätte ich mich wahrheitsgetreu ans Erfahrene gehalten, was wäre dann, statt des Verständlichen, zu erzählen gewesen außer der blinden Weiterwälzung, dem Schutthaufen? Ich muß sie also wegwerfen, im Namen der Wahrheit, meine schöne Erfindung, ist das der Schluß? Denn sie lügt ja!

Augenblick, Augenblick. Vielleicht kann ich aus ihr lernen? Freilich habe ich nochmal etwas nachgelebt, in der kleinen Zeit: das Ganze, das sich da in gang gesetzt und weitergetrieben hat, das sich immer weiter ausfalten will, bis es zu sich kommt — und was hat sich darin gezeigt, Schritt für Schritt, unentwegt? Immer wieder — und das habe ich nicht hineingelogen! sind uns darin die Augen aufgegangen für das bisher nicht Gesehene: weil

die Welt mehr war, als wir von ihr erfuhren. Die Geschichte, ob sie darum so heißt? ist ja selbst nichts anderes
gewesen als eine einzige Erfindung! In die ich also
meinerseits selbst hineinerfunden bin — um was zu tun?
Etwa um, im Namen der Wahrheit, das Erfundene aus
ihr wieder zu tilgen? Das darf ich doch nicht! Dann
ginge ihre Wahrheit ja grade verloren!

Lauter Verworrenheit, ich brauche ein Bild dafür. Ah,
es steigt höher, taucht auf, und liegt da: ein größeres
Buch, in dem mein kleineres steckt und in *dem* nochmal
das große — worin wer wiederum vorkommt, als win-
ziger Punkt? Ich, der ich dasitze, um neuerlich das große
zu schreiben! Die Erdichtung in der Erdichtung, und so
immer weiter, das Buch im Buch und nochmal im Buch,
eine undurchbrechbare schwebende Kugel, die sich am
Ende, denn das ist das Gesetz der Kunst und der Erdichtung, runden muß zum Geglückten: sie kann gar nicht
anders!

Und noch nicht genug: denn jeder von uns hat ein
solches kleines Buch in dem großen, ob geschrieben oder
nicht, und jeder ein anderes — aber ein Buch jedesmal,
und immer sagt es dasselbe: die Welt kann zu allem
werden, was von ihr gewollt wird, wir müssen uns nur
weitererfinden, erst so endlich bekommt das Schöne sein
Recht übers Wahre, amen, das ist der Schluß, jetzt bin
ich fertig.

❖ Aber dann —

Inhaltsverzeichnis

I Die Eroberung

II Die Wiederholung

III Die Erfindung

Was ist Was von Christian Enzensberger ist im September 1987 als dreiunddreißigster Band der Anderen Bibliothek bei der Greno Verlagsgesellschaft m. b. H. in Nördlingen erschienen.

⟨✦≋

Dieses Buch wurde in der Werkstatt von Franz Greno in Nördlingen aus der Korpus Garamond Monotype gesetzt und auf einer Condor Schnellpresse gedruckt. Das holzfreie mattgeglättete 80 g/qm Werkdruckpapier stammt aus der Papierfabrik Niefern. Den Einband besorgte die Buchbinderei G. Lachenmaier in Reutlingen.

1.–10. Tausend, September 1987. ISBN 3891902336. Printed in Germany.

⟨✦≋

Von jedem Band der Anderen Bibliothek gibt es eine Vorzugsausgabe mit den Nummern 1–999.

Printed in Germany.